HEYNE BÜCHER

Das Buch
Die bevorstehende Heirat zwischen Rote Schlinge, der Enkelin des Stammesoberhauptes Jagender Falke, und Kupferdonner soll den Frieden im Stamm bewahren. Doch am Tag der Hochzeit wird Rote Schlinge ermordet. Als Wilder Fuchs, der Sohn eines befreundeten Häuptlings, verdächtigt wird, die Tat begangen zu haben, ist das mutige Indianermädchen Sonnenmuschel verzweifelt. Trotz ihrer Jugend liebt sie Wilder Fuchs und will ihn um jeden Preis von dem Verdacht reinwaschen. In ihrer Not wendet sie sich an den geheimnisvollen Jaguar, von dem niemand so genau weiß, welchem Stamm er angehört, und von dem es heißt, er sei ein Zauberer.
Wie ein moderner Detektiv macht sich der Jaguar Sonnenmuschel zuliebe auf die Suche nach dem wirklichen Täter und seinem Motiv. Bei seinen Untersuchungen stößt er auf manches dunkle Geheimnis. Wird es Jaguar gelingen, den Schuldigen zu fassen und den Frieden im Volk der Algonkin wieder herzustellen?

Die Autoren
Kathleen O'Neal Gear, führende Archäologin in den USA, veröffentlichte bereits über zwanzig Sachbücher, die sich mit der prähistorischen Geschichte Amerikas befassen. W. Michael Gear studierte Anthropologie an der Colorado State University und arbeitete als Archäologe. Beide leben in Wyoming.

Kathleen O'Neal Gear und W. Michael Gear im Wilhelm Heyne Verlag: *Im Zeichen des Wolfes* (01/8796), *Das Volk des Feuers* (01/9084), *Das Volk der Erde* (01/9610), *Das Volk vom Fluss* (01/9947), *Das Volk an der Küste* (01/10338), *Das Volk an den Seen* (01/10588), *Das Volk der Stille* (01/13029), *Das Volk der Blitze* (01/13181), *Das Volk des Nebels* (01/13212) und *Das Volk der Masken* (01/13305).

GEAR & GEAR

DAS VOLK DES NEBELS

Roman

Aus dem Amerikanischen
von Fred Schmitz

WILHELM HEYNE VERLAG
MÜNCHEN

HEYNE ALLGEMEINE REIHE
Band-Nr. 01/13212

Titel der Originalausgabe
PEOPLE OF THE MIST
erschien im Verlag Tom Doherty Associates, Inc., New York

Umwelthinweis:
Dieses Buch wurde auf
chlor- und säurefreiem Papier gedruckt.

Redaktion: lüra – in der VillaMedia, Wuppertal/Petra R. Stremer

Deutsche Erstausgabe 4/2001

Printed in Germany 2001
Umschlagillustration: ROYO/Norma, Barcelona
Umschlaggestaltung: Nele Schütz Design, München
Satz: Buch-Werkstatt GmbH, Bad Aibling
Druck und Bindung: Bercker, Kevelaer

ISBN: 3-453-17752-5

http://www.heyne.de

Für Lucia StClair Robson und Brian Daley,
Freunden, die mit uns durch die Dunkelheit gingen
und hoffentlich bald ins Licht treten werden.

13 000 v.Chr. 10 000 v.Chr. 6 000 v.Chr. 5 000 v.Chr.

Jüngere Altsteinzeit *Mittelsteinzeit*

Im Zeichen des Wolfes
Alaska und Nordwest-Kanada

Das Volk des Feuers
Mittlere Rocky Mountains und Große Ebenen

Das Volk an der Küste
Ostküste

Das Volk der Blitze
Florida

Jüngere Altsteinzeit *Jungsteinzeit*

3 000 v.Chr. 100 n.Chr. 800 n.Chr. 1 300 n.Chr.

ungsteinzeit *Waldland-Kultur* *Mississippi-Kultur*

Das Volk der Erde

Nördliche Ebenen

Das Volk des Nebels

Chesapeake Bay

Das Volk vom Fluss

Mississippi-Tal

Das Volk an den Seen

Östliches Mittel-Waldland
und Große Seen

Das Volk der Stille

Südwest-Anasazi

Korbmacher *Pueblo-Kultur*

Das
Volk
des

Aufsteigender
Weißer Rauchs
Stadt
Fluss
des Schwarzen
Kriegers
Norden

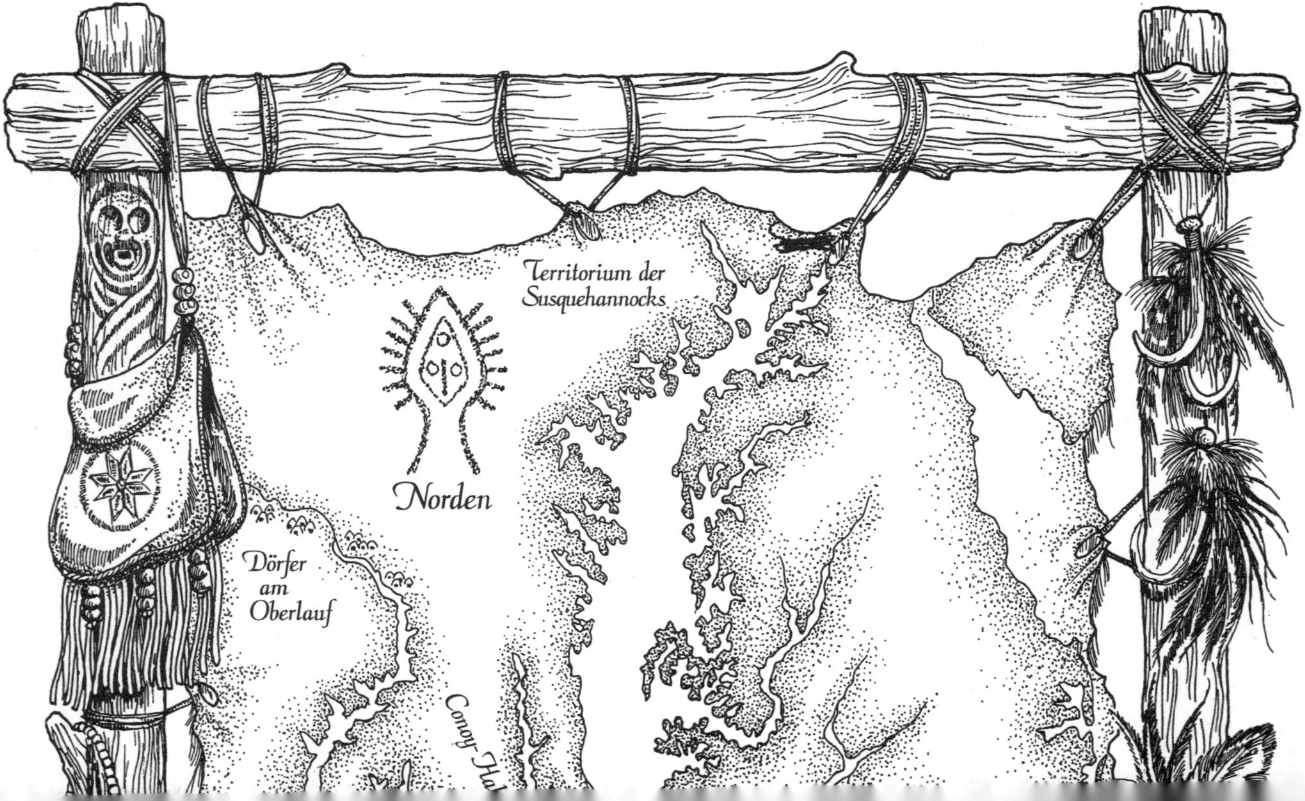
Territorium der
Susquehannocks
Norden
Dörfer
am
Oberlauf

Weißer Pfahl
Drei Myrten
Austernsteg
Salzwasserbucht
Appamattuck
Alisa Mitchell 1997

Vorwort

Für die Bewohner der Gebiete an der Atlantikküste Mittelamerikas war die Gegend um die Chesapeake Bay einst ein Paradies. Das fruchtbare Land mit den vielen Flussmündungen in einem gemäßigten Klima gab den Menschen alles, was sie zum Leben brauchten. Die alljährliche Ankunft der Wasservögel und die zur Laichzeit flussaufwärts schwimmenden Fische boten zu jeder Jahreszeit eine Fülle von Nahrung. Die Wälder, Lebensraum für Truthähne, Bären, Rotwild, Waschbären und andere Tiere, lieferten Nüsse in Menge. Aus den Marschen holten sich die Menschen Spartgras, Wildreis, Bisamratten, Pfeilwurz für das Aronbrot und andere Nahrungsmittel. In seichten Gewässern fingen sie Krabben, Muscheln und ernteten Austern. In der fruchtbaren Erde an den Flussufern wuchsen unter anderem Bohnen, Mais, Kürbisse, Tabak und Sonnenblumen. In diesem Land des Überflusses konnten nur englische Borniertheit und die damit verbundene Verachtung gegenüber den Einheimischen dazu führen, dass die Jamestown-Kolonie 1608 eine Hungersnot erlebte.

Auch heute noch ist das Gebiet berühmt für seine Fruchtbarkeit, die landschaftliche Schönheit, die Wasservögel, Austern und Krabben, die Landwirtschaft und – erstaunlich genug – den Potomac eine kurzes Stück flussaufwärts für die Politik.

Seit den Tagen der Waldland-Kultur hat sich hier nur wenig verändert. Damals wie heute verlangen die Häuptlinge Tribut und erhalten ihn.

Die Zeit, in der dieser Roman spielt – um 1300 n. Chr. – wird in der Archäologie »Waldland II« genannt; es war eine Übergangszeit für die östliche Gruppe der Völker der Algonkin, die bisher in der Küstenebene gelebt hatte. Mindestens drei verschiedene archäologische Komplexe sind während der Neuansiedlung in größeren Dörfern und der nun beginnenden Häuptlingsherrschaft festzustellen.

In unserem Roman unterscheiden wir drei verschiedene

Stammesgemeinschaften: die Dörfer am Oberlauf des Flusses (Montgomery-Komplex), die Dörfer der Conoy-Halbinsel (Potomac-Komplex) und die Unabhängigen Dörfer und die Mamanatowick-Dörfer (Rappahannock-Komplex).

Diesen Gruppen waren viele kulturelle Lebensformen gemeinsam; sie waren Sammler und Jäger, die fischten und Ackerbau betrieben. Die Archäologie unterscheidet sie nach Töpferstil, nach Bestattungsriten und Häuserformen. Alle drei Gruppen tauschten im Binnenland Feuerstein zur Herstellung von Werkzeugen, Kupfer und Luxusgüter. Der Weg dieser Waren verlief ostwestlich durch das Einzugsgebiet des Potomac und nordsüdlich durch die Chesapeake Bay hinauf zum Susquehanna-Fluss und hinunter bis zu den Gebirgsausläufern der beiden Carolinas. Zur Abwehr der bösartigen Moskitoschwärme fetteten sich die Menschen ein; später beklagten sich Europäer über die verrauchten Häuser, aber dank der blauen Schwaden schliefen sie gut und tief.

Aus der historischen und ethnographischen Forschung wissen wir, dass diese Algonkin – im Gegensatz zu den nördlichen Sippen – eine matrilineare Erbfolge hatten: Die Abstammung wurde in weiblicher Linie gerechnet. Die Frauen verfügten über Häuser, Felder und Kinder und erfreuten sich auch, wie es in solchen Gemeinschaften üblich war, einer großen Freizügigkeit in sexuellen Beziehungen. Die Aufgaben und Verantwortlichkeiten zwischen den Geschlechtern waren genau festgelegt. Die Männer jagten, fischten, bauten Häuser und führten Krieg, während die Frauen sich um Feldarbeit, Nahrungszubereitung, Kindererziehung und Clan-Verwaltung kümmerten.

Aus der Archäologie wissen wir, dass sich die Dörfer um jene Zeit vergrößerten und Palisaden gebaut wurden. Diese Befestigungen wurden nicht zum Vergnügen errichtet, denn der Bau war aufwändig und Zeit raubend. Gleichzeitig befanden sich immer noch Langhäuser außerhalb der Palisaden, und das zeigt uns, dass es in diesem Gebiet zwar Kriege gab, doch nicht im Übermaß. Wir haben versucht, die wechselnden Beziehungen zwischen den Dörfern darzustellen.

Zweihundert Jahre später kamen Europäer in der Chesapeake Bay an und veränderten das Leben der einheimischen Völker von Grund auf. Der Rappahannock-Komplex entwickelte sich nach der Beschreibung von Kapitän John Smith zum Stammesbund der Powhatan unter einem mächtigen Häuptling, dem Vater der berühmten Pocahontas; zwischen der Conoy-Halbinsel und Lord Calverts katholischer Ansiedlung in Maryland fand ein kultureller Austausch statt. Aber hundert Jahre später waren neunzig Prozent der einheimischen Bevölkerung tot, ihre Kulturen fast vollständig zerstört. Heute vermitteln uns nur die Aufzeichnungen der voreingenommenen ersten europäischen Kolonisten und einige fragmentarische archäologische Berichte ein ungefähres Bild über das Leben in der Chesapeake Bay aus der Zeit, als noch kein europäisches Schiff dieses höchst bemerkenswerte Stromgebiet erreicht hatte.

Wir können nur darüber spekulieren, was Jaguar sagen würde, wenn er es heute sähe.

Einführung

Adam Jones hatte im Wartezimmer der angesehenen Kanzlei Koult, Wesson & Brown in Washington, D.C Platz genommen und fragte sich verwundert, warum Anwälte von solchem Renommee nicht dafür sorgten, dass die aktuellen Ausgaben von *Time, Newsweek* und *U.S.News and World Report* auf den polierten Mahagonitischen auslagen. Die exotischen Topfpflanzen um ihn herum, die Eichenholztäfelung und der kostbare Teppich ließen keinen Zweifel daran, dass sie über Macht und Einfluss verfügten. Der Empfangsbereich der Kanzlei glich einer Festung. Hinter einem riesigen Tisch mit Blick auf die gläsernen Eingangstüren saß eine junge Frau. Ihre sanfte, melodische Stimme und das gedämpfte Klingeln der Telefone drangen fortwährend zu Adam herüber. »Koult, Wesson und Brown, was kann ich für Sie tun?« Eine Pause. »Einen Moment, ich verbinde.«

Was ist das bloß für ein Job?, fragte sich Adam. Den ganzen Tag einfach dasitzen und immer und immer wieder Anrufe entgegennehmen. Andererseits saß sie in einem eleganten, klimatisierten Büro, hatte mit Menschen zu tun, die immer freundlich lächelten, und brauchte nicht zu fürchten, eines Morgens in ein leeres Büro zu kommen und ohne Arbeit dazustehen.

Adams Büro hingegen war ein zweimal zweieinhalb Meter großer Quader, der an den Wänden zwei Aktenschränke mit je vier Schubladen beherbergte und Regale, die unter dem Gewicht von Büchern, Aktenordnern und ungeordneten Papierstapeln fast zusammenbrachen. Sein Schreibtisch – den er unter zahllosen Formularen, Mahnungen und anderem Verwaltungskram kaum entdecken konnte – war ein abgenutzter Eichenholz-Veteran und stammte aus einem seiner unzähligen Gelegenheitskäufe. Die einzige Lichtquelle war eine Neonröhre an der Decke. Und wenn das altmodische schwarze Telefon mit der Wählscheibe auf dem Tisch klingelte, dann entsprach der Lärm in etwa dem an einem Silvesterabend auf dem Times Square.

Am vergangenen Montag hatte Adam außerdem feststellen müssen, dass man sein Büro bis auf die schräg eingeschlagenen Nägel in den Dielen ausgeräumt hatte. Eine Woche davor war er zur Jahresversammlung der Gesellschaft Amerikanischer Archäologen nach Atlanta gereist und hatte das Museum mit eingeschränkten Öffnungszeiten unter der Aufsicht freiwilliger Kräfte zurückgelassen. Im April war nicht allzu viel los, anders als im Sommer, wenn die Touristen vorbeikamen.

Und dann der Schock, als er in sein kleines Museum zurückkehrte, die Tür öffnete und die leeren Vitrinen sah, die überall verstreuten Abfälle …

»Mr. Jones?«

Adam schaute auf. Ein gut gekleideter Mann trat auf ihn zu. Er war hoch gewachsen, athletisch gebaut und trug einen makellosen anthrazitfarbenen Anzug, aus dem weiße Manschetten hervorlugten. Die königsblaue Krawatte schien auf dem weißen Hemd geradezu zu strahlen. Hinter ihm schloss sich die Glastür zum Allerheiligsten von Kould, Wesson & Brown geräuschlos.

»Ja.« Adam stand auf und streckte die Hand aus.

»Ich bin Jesse McCoy.« Ein fester Händedruck. Augen, Gesichtsausdruck und Auftreten verrieten den Geschäftsmann, der sofort zur Sache kommt. »Ich habe einen Besprechungsraum für uns reserviert. Bitte, kommen Sie mit.« Sie traten durch die Tür ins Allerheiligste und McCoy fragte: »Möchten Sie etwas trinken? Einen Kaffee vielleicht?«

»Danke, ja. Gern.«

»Milch und Zucker?«

»Schwarz, bitte.«

Adam warf einen Blick in großzügige Büros mit summenden Computern, auf Wände mit bedeutsam aussehenden Büchern, auf Mahagonitische und Polstersessel, die ebenso gut zur Einrichtung des Weißen Hauses hätten gehören können. Dies waren die Außenbüros mit Fenstern. Im Inneren sah Adam jüngere Leute, die an Computern arbeiteten, an schnaufenden Kopiergeräten standen und in Akten blätterten.

Der Besprechungsraum war klein und mit Holz getäfelt. Auf einem Tisch lagen ein Schreibblock mit gelbem Papier und drei Stifte. Daneben stand eine halb volle Kaffeetasse mit dem Aufdruck »Dem tollsten Daddy der Welt!« Drei bequeme Sessel waren in gleichmäßigem Abstand voneinander um den Tisch herum angeordnet; die Chromgestelle hoben sich blitzend von den grauen Polstern ab. Als Adam sich setzte, sagte McCoy in der Tür zu einem jungen Mann mit weißem Hemd und Krawatte: »Einen Kaffee, Tom. Schwarz, bitte.« Die Tür fiel ins Schloss.

»Der Kaffee kommt gleich.« Mc Coy setzte sich rechts von Adam hinter den gelben Block und trank einen Schluck aus der Tasse für den »tollsten Daddy.« Dann hob er eine Braue. »Ich muss gestehen, dass wir noch nie einen Archäologen beraten haben. Ich wäre selbst gern Archäologe geworden. Hatte als Student sogar das Fach belegt.«

»Ja, das wünschen sich viele.« Adam stellte fest, dass der Sessel bequemer aussah, als er war. In diesem Augenblick kam Tom herein und setzte eine Porzellantasse vor Adam ab. Er schenkte ihm ein geschäftsmäßiges Lächeln und ging mit einstudierter Beflissenheit wieder hinaus.

McCoy sah auf seinen Block. »Nach unserem Telefongespräch hat ein Indianerstamm namens Piankatank ... spreche ich das richtig aus?«

»Ja, Piankatank ist richtig. Piankatank war eine Stadt, die Powhatan im Jahr 1608 zerstörte. Männer und Knaben wurden getötet, Frauen und Mädchen als Sklaven verschleppt.«

McCoy runzelte die Stirn. »Da komme ich nicht mit. Die Stadt wurde 1608 von Powhatan zerstört? Von dem habe ich gehört.«

»Er war der Vater von Pocahontas.«

»Richtig. John Smith und so. Der Disney-Film, der hat mir gefallen.«

Adam zuckte zusammen. »Ja, damit fängt das Problem schon an. Die Leute bekommen ihren Geschichtsunterricht von Disney ... alles ist so rosig, so reizend, die Welt so heil und Geschichte ist plötzlich nicht mehr als ein Traum in Technicolor. Und so kommt es dann zu Vorfällen wie dem in meinem Museum.«

McCoy rutschte unruhig hin und her. »Am besten, Sie erzählen von Anfang an.«

Adam nippte an seinem Kaffee. Es war ein guter Kaffee, irgendeine französische Röstung. »Vor drei oder vier Monaten bekam ich die ersten Briefe. Professionell aufgemacht: hübscher kleiner Briefkopf mit Prärie-Indianern, Bisons und geometrischen Mustern. In diesen Briefen forderte das Volk der Piankatank die Rückgabe seines kulturellen Erbes. Wir wurden um eine komplette Aufstellung unserer Sammlung gebeten.«

»Haben Sie die Briefe noch?«

»Ja, ich muss meine Korrespondenz aufbewahren.« Adam blickte finster in seine Tasse. »Zuerst habe ich das alles für einen Witz gehalten. Die Piankatank? Ich bin Archäologe, Spezialist auf diesem Gebiet, und ich habe noch nie einen Piankatank gesehen. Archäologen spielen sich gegenseitig dauernd solche Streiche, vor allem mit der Angst vor der NAGPRA im Nacken.«

»NAGPRA? Das heißt ...« McCoy kritzelte etwas auf seinen gelben Block.

»Das Gesetz dient einerseits dem Schutz der Grabstätten der amerikanischen Ureinwohner, andererseits regelt es die Rückführung der Indianer in ihre ursprünglichen Stammesgebiete. Der Kongress hat in seiner unendlichen Weisheit versucht, ein Problem zu lösen – und eine Katastrophe ausgelöst. Das Gesetz legt, kurz gesagt, fest, dass menschliche Überreste und kulturelle Güter, die durch archäologische Ausgrabungen entdeckt wurden, den Ureinwohnern Amerikas zurückgegeben werden müssen.«

»Und das ist ein Problem?«

»Welchem Volk denn? Wem? Sehen Sie, ich habe gerade ein ganzes Museum voller Gegenstände indianischen Ursprungs an eine Gruppe verloren, deren Mitglieder behaupten, Nachkommen der Einwohner des Dorfes zu sein, das Powhatans Krieger 1608 zerstört haben. Sie sind zu Richter Al Kruse gegangen, haben ihm das NAGPRA-Gesetz vor die Nase gehalten und eine gerichtliche Verfügung durchgesetzt, mit der sie auf die Freigabe ihres ›kulturellen Erbes‹ pochen können.« Adam holte tief Luft, um sich zu beruhigen. »Sie haben nicht nur die komplette Algonkin-Sammlung mitgenommen, sondern auch alle Fundstücke, die den Irokesen und den Monacau zugeordnet werden.«

»Monacau?«

»Ein Sioux-Stamm, der östlich der Chesapeake Bay lebte.«

»Ich dachte, die Sioux seien aus Dakota?«

»Sind sie auch. Die Monacau sprachen eine verwandte Sprache.« Adam spielte mit seiner Kaffeetasse. »Also, wie Sie sehen, haben die Piankatank – oder wer auch immer – alles mitgenommen. Das ist das Problem mit dem NAGPRA. Wer sich als Ureinwohner Amerikas ausweist, kann sich schnappen, was er will. Der Kongress hat entschieden, kulturelle Hinterlassenschaften an die Ureinwohner zurückzugeben, und dabei auf weitere Bestimmungen verzichtet. Eine gute Idee, aufgenommen in ein schlampig formuliertes Gesetz.«

»Sie glauben also nicht, dass die Piankatank wirklich Indianer sind?«

Adam breitete die Arme aus. »Was bedeutet denn ›Indianer‹? Wir unterscheiden nicht mehr nach der Abstammung. Ich kenne Menschen, die werden auf einer Stammesliste geführt und sind so weiß wie Sie oder ich. Ich habe selbst gesehen, *wie* sie nach den Bräuchen der Ureinwohner leben. Aber wenn sie auf der Suche nach Visionen loswandern, einmal in der Woche in die Schwitzhütte gehen und die alten Stammestänze tanzen – sind sie dann schon Indianer?«

»Würde ich sagen.« McCoy spielte nachdenklich mit seinem Kugelschreiber. »Die Regierung erkennt doch die Stämme an.«

»So einfach ist das nicht. Die Piquot, Pamunky oder Piscataway zum Beispiel werden von der Regierung der Vereinigten Staaten nicht anerkannt. Und viele andere auch nicht. Dabei sind sie doch Indianer, oder etwa nicht?«

»Hatten Sie Knochen in Ihren Sammlungen? Nachweislich menschliche Gebeine?«

»Einige. Meistens handelte es sich um Knochenstücke aus einem Beinhaus in Maryland. Aber diese Gebeine stammten nicht von den Vorfahren der Piankatank. Ich habe die Fundstücke irokesischen Ursprungs bereits erwähnt. Wir hatten zwei Schädel, vermutlich Susquehannocks, die bei einem Überfall der Conoy um 1630 getötet worden waren. Die Conoy hatten sie an die Powhatan verkauft, die sie ihrerseits zwischen 1700 und 1750 an einen weißen Pflanzer weitergaben. Sie waren seit vielen Jahren in unserem Besitz.« Mit zusammengebissenen Zähnen starrte Adam auf seine Kaffeetasse.

»Das ärgert Sie offenbar sehr.«

»Ja. Denken Sie doch einmal darüber nach. Wenn die Piankatank wirklich Piankatank-Indianer sind, dann sind sie auch Algonkin-Indianer, nicht wahr? Angenommen, sie üben noch ihre ursprüngliche Religion aus, was ich bezweifle, dann werden sie diese zwei Irokesen-Seelen mit ihrem Totengesang direkt zu Okeus schicken.«

»Okeus?« McCoy sah Adam verwirrt an.

»Das ist der Algonkin-Gott des Chaos'. Aber der Witz ist, dass die zwei Susquehannocks in ein Jenseits geschickt werden, in dem es von Feinden nur so wimmelt. Sie gehören eigentlich ins Totendorf der Irokesen. Selbst wenn man den Glauben der Ureinwohner nicht teilt, ist alles andere unmoralisch und ungerecht und auch dem Ziel des NAGPRA-Gesetzes völlig entgegengesetzt. Stellen Sie sich vor, Deutsche feierten einen lutherischen Gottesdienst über dem Grab eines Holocaust-Opfers. Der Affront wäre vergleichbar. Und wir billigen einen solchen Vorgang. Das ist eine moralische Gemeinheit!«

»Ich verstehe.« McCoy machte sich schnell einige Notizen.

»Verstehen Sie's wirklich? Die Idee, den Totenkult der eingeborenen Völker zu schützen, ist nicht präzise genug. Natürlich haben die Algonkin ihre Toten geehrt, sie haben die Leichen ihrer Häuptlinge jahrelang in Tempeln aufgebahrt, sodass sie mit deren Geistern sprechen konnten. Aber die Leichen ihrer Feinde, die haben sie geschunden, ihnen die Skalpe abgeschnitten und ihre Köpfe als Trophäen mitgenommen. Wenn sie Missetäter aus den eigenen Reihen bestraften, wegen Mord oder Inzest zum Beispiel, dann brachen sie dem Schuldigen die Beine und warfen den schreienden Mann auf den Scheiterhaufen. Susquehannocks und Powhatan hassten sich. Eine Rückführung in die Hände der Algonkin wäre unter keinen Umständen im Sinne der Susquehannocks.«

»Dann sind Sie also gegen NAGPRA?«

»Überhaupt nicht. Wenn wir menschliche Überreste in unseren Sammlungen haben, die nachweislich einer bestimmten ethnischen Gruppe zuzuordnen sind, dann müssen sie selbstverständlich den Nachfahren dieser Gruppe zurückgegeben werden. Das ist moralisch geboten und gerecht, und die Archäologie hat dabei eine wichtige Aufgabe zu erfüllen. Aber ohne einen Nachweis scheint es mir doch ungerechter, die Gebeine eines amerikanischen Ureinwohners den Nachfahren seiner verhassten Feinde zur Wiederbestattung zu übergeben, als sie in der Vitrine eines Museums ruhen zu lassen.«

»Ja, vielleicht.« McCoy lehnte sich seufzend zurück. »Mir war nicht klar, wie vertrackt die Situation tatsächlich ist.«

»Und das ist noch nicht alles.« Adam leerte hastig seine Tasse. »Als Archäologe bin ich gesetzlich dazu verpflichtet, mit der nächstgelegenen Gruppe von Ureinwohnern Verbindung aufzunehmen, bevor ich an einer Ausgrabungsstätte Gebeine aus dem Boden hole. Wenn ich aber in einer alten Pflanzung arbeite und Sklavenunterkünfte ausgrabe, dann brauche ich vorher keinen Afro-Amerikaner zu fragen. Wenn ich auf einem Militärposten im Westen arbeite, benötige ich auch keine Genehmigung von der nächstgelegenen Kleinstadt.«

»Mit anderen Worten: Sie halten das Gesetz für rassistisch.«

»Sie etwa nicht? NAGPRA räumt den Ureinwohnern Amerikas juristische Privilegien vor allen anderen Rassen ein. Jede Gruppe von Ureinwohnern Amerikas kann Gegenstände aus einem Museum für sich beanspruchen. Aber die Staaten Virginia oder Maryland dürfen aus den Sammlungen des Amerikanischen Museums für Naturgeschichte überhaupt nichts verlangen. Was würde wohl geschehen, wenn der Staat Ohio die Rückführung der Gebeine von General Ulysses S. Grant verlangte?«

»Eine derartige Forderung stieße wahrscheinlich auf taube Ohren.« McCoy klopfte mit dem Kugelschreiber auf die Tischplatte. Er schien ins Leere zu starren.

»Außerdem missachtet dieses Gesetz die Trennung zwischen Kirche und Staat, es begünstigt die Religion der Ureinwohner und erkennt sie juristisch an. Ein Katholik kann aufgrund seiner Religion keine Gebeine von einem Museum fordern. Oder kann das etwa ein Jude?«

»Nein.« McCoy betrachtete seinen Kugelschreiber nachdenklich. »Und jetzt lassen Sie uns wieder zu Ihrem eigentlichen Problem kommen. Hat Ihr Museum einen rechtmäßigen Anspruch auf die entwendeten Fundstücke? Ich meine, sind Sie der Eigentümer?«

»Die meisten Gegenstände gehörten dem Museum. Ja, wir

sind die rechtmäßigen Eigentümer, die Fundstücke gelangten hauptsächlich durch Schenkungen in all den Jahren in unseren Besitz. Aber wir waren auch verantwortlich für fremde archäologische Sammlungen. Viele Fundstücke, die die Piankatank mitgenommen haben, gehörten Grundbesitzern aus der Gegend. Auf deren Land wurden sie ausgegraben. Sie wurden uns unter der Bedingung anvertraut, sie der Öffentlichkeit zugänglich zu machen. Ein Teil der Sammlung wurde also gestohlen.«

»Und wer ist nun der Eigentümer des Museums? Sie?«

»Nein, es gehört der Stadt Potomac Cove. Wir haben einen Treuhänderausschuss, der mit dem Stadtrat zusammenarbeitet.«

»Wollen die Treuhänder Anklage erheben?«

Adam zuckte zusammen. »Ich hatte vielmehr den Eindruck, dass sie gar nichts unternehmen wollen.«

»Dann möchten Sie also selbst Anklage erheben?«

»Ja, so ist es.«

McCoy nickte nachdenklich, als wollte er Puzzleteile in seinem Kopf zusammensetzen. Dann sagte er:«Ein solcher Prozess ist so riskant wie das Öffnen der Büchse der Pandora. In diesem Streitfall ginge es nämlich im Grunde um die Verfassung, jedenfalls um eine ganze Reihe von Verfassungspunkten.«

»Könnte ich gewinnen?«

McCoy zuckte die Achseln. »Wir sprechen hier über die Justiz, Mr.Jones. Der Erfolg eines Prozesses hängt vom taktischen Vorgehen, von der Darstellung der Tatsachen, von der Argumentation der Anwälte und davon ab, ob der Richter überzeugt werden kann. Sie wissen sicher, dass das komplette Justizministerium Ihr Gegner wäre? Dort stehen immer die Kanonen bereit, und notfalls werden sie sofort in Stellung gebracht. Nur für Sie.«

»Aha.« Adam drehte die leere Kaffeetasse in seinen Händen. »Ist mir da in der Staatsbürgerkunde etwas entgangen? Hat sich die Regierung in diesem Fall etwa nicht zum Komplizen einer Diebesbande gemacht?«

McCoy beugte sich vor, und runzelte leicht die Stirn. »Lassen Sie mich Folgendes ohne Umschweife klarstellen: Sie als Einzelperson können die Gegenstände des Museums nicht zurückbekommen. Das kann nur der Stadtrat und der Treuhänderausschuss. Sie müssen dazu gebracht werden, das Problem der Piankatank selbst in die Hand zu nehmen. Andererseits können Sie die Regierung verklagen und Sie beschuldigen, NAGPRA außer Kraft zu setzen.«

»Ich verstehe.«

»Wenn Sie sich dazu entschließen, beträgt mein Honorar dreihundert Dollar pro Stunde, plus Spesen, die auch die Ausgaben für meine Ermittler, Telefongespräche, den Papierkram und eventuelle Reisen enthalten. Angenommen, wir gewinnen vor dem Bezirksgericht. Die Regierung verliert nicht gern – und sie verfügt über weitere zweihundert Millionen Steuerzahler, die sie nach Belieben anzapfen kann. Sie geht auf jeden Fall in Berufung … und ich versichere Ihnen, der Weg durch alle Instanzen bis zum Obersten Bundesgericht ist lang.«

»Und das heißt?«

»Fünf bis sechs Jahre, Adam.« McCoy lehnte sich zurück. Sein Blick war neutral. »Und vergessen Sie nicht: etwa hundertfünfzigtausend nur an Gerichtsgebühren, mindestens, bis Sie nach all den Scharmützeln im Schoß des Hohen Gerichts gelandet sind. Haben Sie so viel Geld?«

Adam schüttelte langsam den Kopf. »Ich verdiene zweiundzwanzigtausend Dollar im Jahr, Mr. McCoy. Ich fahre einen fünfzehn Jahre alten Blazer mit hundertdreißigtausend auf dem Tacho. Ich wohne zur Miete in einem Wohnwagenanhänger.«

McCoy betrachtete ihn ausdruckslos.

»Und was ist mit der Union für bürgerliche Freiheiten? Die machen doch solche Sachen, nicht wahr?«

McCoy ließ ein trockenes Lachen hören. »Ich habe den Verdacht, Mr.Jones, dass die eher auf der anderen Seite stehen. Und machen Sie sich noch auf etwas anderes gefasst: Ob falsch oder richtig – die Medien werden einseitig und voreingenommen über den Fall berichten. Die Abendnachrichten werden sich freuen, schamlose Wissenschaftler vorführen zu können, die die armen geknechteten Indianer ausbeuten wollen. Sind Sie gewappnet, als Dieb angeprangert zu werden, der die Ureinwohner um ihr kulturelles Erbe bringt?«

»Ich bringe keinen Menschen um sein Erbe! Hier geht es um Gerechtigkeit, nicht nur um die für die Ureinwohner, sondern auch um die für die Toten.«

»Möglich. Aber das einundzwanzigste Jahrhundert dämmert heran. Moralische Dimensionen und ihre Zwickmühlen haben nichts zu sagen – es sei denn, ein schöner Batzen Geld hängt daran. Seien Sie darauf vorbereitet, dass man Sie als einen Weißen hinstellen wird, der sich anderer Leute kulturelles Erbe sichern will.«

»Einen Weißen? Meine Großmutter mütterlicherseits war eingetragene Cherokesin. Die Cherokesen sind matrilinear organisiert, und damit bin ich automatisch Cherokese.«

»Sie sind blond, Mr.Jones. Und ich glaube nicht, dass Ihr Aussehen irgendetwas ändern könnte, was immer Ihre Großmutter auch war.«

»Teilen Sie denn meine Meinung, bezüglich der Probleme mit NAGPRA nicht?«

»Doch absolut. Aber als Anwalt sage ich Ihnen: Zu wissen, was Recht ist, und es vor der Öffentlichkeit oder einem Gericht zu beweisen, ist zweierlei.«

Adam fiel in seinen Sessel zurück; ihm war übel. McCoy betrachtete ihn gleichmütig. Schließlich schüttelte Adam den Kopf. »Wissen Sie, mein Leben lang habe ich versucht, so viel wie möglich über die Menschen zu erfahren, die hier lebten, bevor Kolumbus kam. Was wir von ihnen wissen, haben wir von den Archäologen, aus völkerkundlichen Quellen und den mündlichen Überlieferungen der Ureinwohner. Ihre Geschichte wird an unseren Schulen gar nicht gelehrt. Unsere Studenten erfahren alles über die Pyramiden, aber über Cahokia lesen sie nichts. Wir wissen mehr über Alt-Mexiko, Ägypten und über den Irak als über unser eigenes Land.«

»Das mag sein.«

»Mit einem Federstrich wischt ein Politiker alles vom Tisch.«

»Das kommt vor.« McCoy zuckte die Achseln. »Die Indianer werden Ihnen sagen, dass das schon seit langer Zeit so ist.«

»Alle Gegenstände, die ich ausgegraben habe, Mr. McCoy, sind von Menschen gemacht worden. Man hat sie vorsichtig konserviert, sodass spätere Generationen sie betrachten und etwas daraus lernen können, so wie ich. Mit der Aneignung fremden kulturellen Erbes hat das nichts zu tun; es geht um die Weitergabe von Wissen. Und das ist Teil des Erbes der Menschheit, das uns allen gehört. Und jetzt hat man diese Gegenstände irgendwo auf einen Lastwagen geworfen und weggebracht.

Wozu? Um sie in ein neues Grab zu legen? Oder um sie auf dem Sammlermarkt zu verkaufen? Was geschieht mit den feinen Webereien, den Gebeinen, den Kupferstückchen? Die Leute, die sie geraubt haben, werden sie auf den Müll werfen, denn sie wissen nicht, dass diese Dinge für die alten Algonkin wertvoller waren als Gold.«

»In diesem Fall, immer vorausgesetzt, dass Ihre Piankatank tatsächlich Indianer sind, schaden sie sich also nur selbst.«

»Nein, Mr. McCoy, sie schaden uns allen. Am Ende sind wir alle Verlierer.« Adam war aufgestanden, er fühlte sich ganz leer. »Wir haben noch viel über uns selbst zu lernen, nämlich was und wer wir sind. Wir sollten die Toten respektieren, wegen all der Dinge, die sie uns auch heute noch lehren können, aber auch als die Menschen, die sie einmal waren.«

»Ein sehr fortschrittlicher Standpunkt.«

Adam seufzte. »Ich bin nicht fortschrittlich, Mr. McCoy. Was hier geschieht, ist ein Unrecht – und ich kann nichts dagegen tun.«

»Dann möchten Sie die Angelegenheit juristisch nicht weiter verfolgen?«

Adam breitete die Arme aus. »Mit zwanzigtausend im Jahr? Ich könnte Ihnen für Ihre anwaltlichen Dienste nur noch meine Seele bieten. Die dürfte schon etwas wert sein. Die alten Algonkin würden jedenfalls so denken.« Adam sah die Verständnislosigkeit in McCoys Augen und lächelte ironisch. »Jedenfalls – vielen Dank, dass Sie mir Ihre Zeit geopfert haben ... und für den Kaffee.«

»Ich bedaure, dass ich nicht helfen konnte. Guten Tag, Mr. Jones.«

McCoy stand auf und ging vor, um Adam die Tür aufzuhalten. Schweigend gingen die beiden Männer durch die eleganten Gänge zu den hohen Glastüren.

Zur selben Zeit hielt eine junge Frau ihrem hoch gewachsenen Begleiter die Tür zu einem Spezialitätengeschäft im reichen Georgetown auf. Im Inneren ertönte Navajo-Flötenmusik, die dem Raum eine exotische Atmosphäre verlieh. Traumfänger und Kunstwerke, die Indianer mit Federschmuck und Bisons darstellten, füllten die Regale. Schmuckstücke aus Türkis, perlenbestickte Ledertaschen und bemalte Masken von der Nordwestküste zeigten sich im hellen Licht von ihrer besten Seite. Eine Reihe ausgebleichter Bisonschädel war mit berittenen Kriegern bemalt, die mit Pfeilen auf galoppierende Herden schossen. An einer Wand tanzten Reihen bunt bemalter Katchinas hinter Glas.

Darunter standen wertvolle Töpfe aus dem Südwesten, die nach Herkunftsorten und Künstlern geordnet waren.

Die junge Frau trug ihr honigbraunes Haar offen, eine einzelne Truthahnfeder war in die seidigen Locken geflochten. Das Jeans-Hemd unterstrich das helle Blau ihrer Augen. Ein bestickter Gürtel hielt die Jeans-Hose fest um ihre Hüften, die zierlichen Füße steckten in Minnetonka-Mokassins.

Der hoch gewachsene Mann mit kurz geschorenem blondem Haar trug ein T-Shirt mit dem Aufdruck »Nieder mit den Red Skins«. Die Football-Mannschaft aus Washington war offenbar nicht sein Fall. Seine Luchese-Stiefel klapperten hohl auf den Fliesen. Mit Leichtigkeit trug er eine große schwarze Kiste zur Theke.

Die Verkäuferin, eine Frau in mittleren Jahren, trug eine prächtige Kürbisblütenhalskette über ihrer Bluse. Eine perlenbesetzte Spange hielt ihr von silberfarbenen Strähnen durchzogenes schwarzes Haar zusammen. Mit einem schlanken weißen Finger rückte sie die Hornbrille auf der geraden schmalen Nase zurecht.

»Kann ich Ihnen behilflich sein?« Mit eingeübtem Lächeln begrüßte sie die Kunden.

Der große Mann stellte die Kiste auf die Glastheke und erwiderte das Lächeln, doch es war die junge Frau, die sprach. »Wir kommen vom Piankatank-Bund.« Sie reichte der Verkäuferin eine Karte. »Unser Medizinmann hat gerade unsere Sammlung durchgesehen, und diese Gegenstände haben für unser Volk keine Bedeutung mehr. Die Weißen haben sie getötet, ihre Macht ist gebrochen. Wir wüssten gern, ob Sie vielleicht daran interessiert sind.«

Aufmerksam betrachtete die Verkäuferin die Gegenstände, die der Blonde nacheinander auspackte und vorsichtig nebeneinander auf die Theke stellte – geschnitzte Muscheln, Gebeine und Steine.

»Algonkin- und Irokesen-Erzeugnisse«, stellte die Verkäuferin sachkundig fest. »Auf einigen Stücken sehe ich Akzessionsnummern von Museen. Sind sie echt?«

»Aber sicher.« Die junge Frau zog ein gefaltetes Papier aus der Tasche. »Das ist die eidesstattliche Erklärung unseres Stammesanwalts, in der bescheinigt wird, dass der Piankatank-Stamm der rechtmäßige Besitzer dieser Gegenstände ist. Sie können doch im Büro von Richter Kruse nachfragen.«

Die Verkäuferin las das Dokument durch und betrachtete erneut die Gegenstände auf der Theke. »Wir machen hier gute Geschäfte mit Indianer-Kunst. Japaner, Kuwaitis, Deutsche und auch mancher betuchter Amerikaner zählen zu unseren Kunden. Vielleicht können wir zusammenarbeiten.«

»Ja, das hoffen wir.« Die junge Frau lächelte zufrieden. »Ihr Geschäft ist das beste, deswegen sind wir zu Ihnen gekommen.«

Die Verkäuferin nahm einen Muschelhalsschmuck auf, der eine Spinne darstellte. »Grabbeigabe. Mississippi-Kultur, wenn ich mich nicht irre.«

Die junge Frau zuckte die Achseln. »Das ist nur ein Beispiel. Wenn der Preis stimmt, haben wir noch eine ganze Menge mehr anzubieten. Sogar zwei erstaunlich gut erhaltene Schädel.«

Die Verkäuferin nickte lächelnd. »Wenn das Dokument in Ordnung ist, kommen wir sicher mit dem Piankatank-Bund ins Geschäft.«

Die junge Frau blickte auf den blonden Mann und strahlte befriedigt. »Gut. Wir haben unsere Hausaufgaben gemacht. Wir verkaufen nur echte Stücke in Museumsqualität, keine Reproduktionen. Ihre Käufer werden das bestimmt zu schätzen wissen.«

Die Verkäuferin hob eine Augenbraue, musterte die junge Frau abschätzend und betrachtete dann die Gegenstände mit geschultem Auge. »Meine Leute müssen diese Dinge natürlich erst sehen. Aber wenn sie einverstanden sind, dann können wir für diese erste Lieferung mit zehntausend anfangen. Voraussetzung dafür ist allerdings, dass wir die Alleinvertretung für den Rest Ihrer Sammlung bekommen.«

Dort ist ein Schatten

Wahrlich, ich sage dir, die Quelle größter Wonne und Seligkeit des Lebens ist der Tod. Er ist unsere Seele.

Hell und leuchtend.

Ja, ich weiß, dein Leben lang hat man dich gelehrt, dass die Seele ein geheimnisvolles Wesen ist, das sich unter einem Umhang in einem Winkel deines Geistes verbirgt. Aber das ist eine Lüge.

Tod ist *Seele.*

Jedermann, der wahrhaft lebendig ist, weiß dies. In jedem Augenblick spürt er, dass der Tod aus seinen Augen starrt und beobachtet und ihn mahnt und ihn jeden Atemzug genießen lässt.

Sonnenaufgänge sind wunderbar, denn der Tod kennt die Sonnenuntergänge. Der Frühling ist herrlich, weil der Tod den Winter kennt.

Warum aber sehen nur so wenige von uns den Mörder in ihm?

Denn die Schrecken der Welt sind die seinen. Der schwarze Abgrund, der uns fortwährend zu verschlingen droht, ist ein Teil von ihm.

Er ist ein neugieriger Wanderer, der mit lautlosen Schritten durch die Leere schreitet. Seine Schreie sind stumm, sein Schmerz endet nicht.

Wir alle werfen hie und da einen Blick auf ihn, wenn sein Schatten in uns umherschleicht, und dann befällt uns die Angst. Wir wissen, dass Schatten ohne Licht nicht existieren können.

Schatten leben durch das Licht.

Und abermals sage ich dir, mein Freund, der Tod ist unsere hell leuchtende Seele.

Und die Seele wirft einen Schatten.

Er ist immer da. Dunkel. Und Furcht erregend lebendig.

Er starrt durch unsere Augen. Er bewegt sich, wenn wir uns bewegen. Er berührt, wen wir lieben.

... Seien wir auf der Hut.

Eins

Rote Schlinge blieb stehen. Die Palisaden gaben an dieser Stelle einen geschützten Einlass nach Flache Perle frei. Von hier aus konnten die Verteidiger aus der sicheren Deckung heraus angreifende Krieger beschießen. Rote Schlinge blickte unruhig in den Morgen und zögerte, zwischen den Palisaden hervorzutreten.

Ich tue ja nichts Unrechtes, sagte sie sich immer wieder.

Der Morgen graute, und Nebel schwebte wie ein Geist über dem ruhigen Wasser in der Bucht. Die Kanus zu ihrer Rechten unten am sandigen Anlegeplatz waren kaum zu erkennen, ihre Umrisse verschwammen im dichten Dunst. Oberhalb der Kanus lagen die Gärten jetzt brach, Mais und Bohnen waren schon geerntet, die Pflanzen kahl und welk. Hie und da standen einzelne strohgedeckte Häuser zwischen den Feldern. Aus den Rauchlöchern in den Dächern kräuselten sich blaue Rauchfahnen empor. Jenseits der Gärten, am Fuß der baumbestandenen Hügelkette, gingen die stoppeligen Maisfelder in dichten Wald über.

Rote Schlinge blickte nach Flache Perle zurück. Die Langhäuser, das Haus der Toten und die Lagerbauten standen schweigend in der Dämmerung; ihre runden Formen erinnerten sie an buckelige Ungeheuer.

Der braunweiß gefleckte Hund von Großmutter Jagender Falke beobachtete sie mit gespitzten Ohren. Der Hund litt Schmerzen und hatte geschwollene Gelenke – er war genauso altersschwach wie seine Herrin. Er stolperte ein paar Schritte heran und betrachtete Rote Schlinge mit sanfter Neugier.

Seltsam, dachte Rote Schlinge. An einem so kühlen Morgen hielt Jagender Falke den alten Hund sonst immer nahe am Bett. Warum lief der Hund hier draußen herum? Vielleicht erging es ihm ebenso wie den anderen Dorfbewohnern, und er war einfach gereizt und ungeduldig.

Rote Schlinge überlegte, welchen Pfad sie nehmen sollte.

Die Zeit wurde knapp. Sie hob den Kopf und lauschte. Von den Häusern hinter ihr drang kein Laut zu ihr, und auch aus dem dunstverhangenen Wald, der das Dorf und die Felder umgab, war kein Laut zu hören. Doch bald würden die Wintervögel zu singen beginnen, das Dorf würde erwachen, und die verehrten Gäste würden vor dem Aufbruch noch ein Frühstück bekommen.

Die Gäste – nur ihr zu Ehren waren sie nach Flache Perle gekommen. Entschlossen biss sie die Zähne zusammen. Die endlosen Ermahnungen ihrer Großmutter hallten immer noch in ihren Ohren. Ehre! Pflicht! Respekt! Sie schrumpften jetzt zu Wörtern ohne Bedeutung.

Ich bin mir selbst etwas schuldig. Ich kann nicht die sein, die ich sein soll, kann nicht hingehen, wo ich hingehen soll.

Die Erinnerung an Kupferdonners Gesicht verfolgte sie. Selbst wenn er ganz entspannt war, glich er eher einem verschlagenen Zauberer als einem normalen Menschen. Wenn allein der Gedanke an eine bloße Berührung einen solchen Ekel in ihr auslöste, wie konnte sie dann zulassen, dass er sie bestieg? Sicher, sie war Muschelkamms Tochter, aber bei der Vorstellung, ihren rechtmäßigen Platz einzunehmen und sich in Kupferdonners verfilzte Netze zu begeben, wurde ihr übel.

Das Dorf, den Clan, die Sippe – sie ließ alles im Stich. Rote Schlinge schloss die Augen und sah die graue Welt um sich herum: feucht, kalt und neblig. *Wie alles andere in meinem Leben.*

Sie ballte die Faust unter dem Umhang, der um ihre Schultern hing, und glitt zwischen den Palisaden hindurch. In ihren Mokassins schritt sie lautlos und geschwind aus und kürzte den Weg über die mit Rauhreif bedeckten Gärten ab. Sie eilte dahin und konnte im Halbdunkel gerade noch ihren Atem sehen.

Die kahlen Bäume am Flussufer vor ihr standen nur zwei Bogenschusslängen entfernt. Wenn sie erst dort war, hatte sie den ersten Schritt in die Freiheit getan – und in eine hellere Zukunft.

Ich bin jetzt eine Frau.

Der Gedanke ließ sie nicht mehr los. Ja, sie hatte sich verändert – und war doch dieselbe geblieben. Vor vier Tagen war sie zum ersten Mal aus dem Frauenhaus gekommen. Während ihrer ersten Menstruation hatte man sie den rituellen Waschungen unterworfen und in prachtvolle Gewänder gehüllt. Die Stiche der neuen Tätowierungen auf Kinn und Wangen schmerzten immer noch.

Als die Krämpfe eingesetzt hatten, waren Läufer ausgeschickt worden, und sofort waren die Gäste aus den umliegenden Dörfern herbeigeeilt. Es wurden Reden gehalten und Geschenke ausgetauscht. Der Clan hatte ihr zu Ehren ein herrliches Festmahl gegeben, die Holzschüsseln quollen über vor Hirsch- und Entenbraten, Austern, gerösteten Maiskolben, dampfenden Aronpilzen und geräuchertem Fisch.

Zur allgemeinen Verblüffung war Kupferdonner mit vier Kanus voller Krieger am letzten Tag der Feierlichkeiten eingetroffen.

Rote Schlinge hatte vor ihm und allen anderen Ehrengästen getanzt. Im Grunde aber hatte ihr Tanz nur Wilder Fuchs gegolten. Verzweiflung hatte sie beflügelt, als sie das Strahlen in seinen Augen sah.

Sie dachte an ihn, und ihr Herz schlug schneller. Diese Chance, glücklich zu werden, musste sie einfach ergreifen. Was nun geschehen und wie alles enden würde, davon hatte sie keine Vorstellung. Aber vor ihr hatten andere dasselbe Wagnis auf sich genommen – und waren in ihrem leidenschaftlichen Volk zur Legende geworden. Man besang ihre Abenteuer in Weroansquas Großhaus. Vielleicht würde man auch eines Tages von Rote Schlinge und Wilder Fuchs singen – und von ihrer Liebe, deretwegen sie ihre Clans verlassen hatten.

Rote Schlinge eilte zwischen den Bäumen hindurch. Rechts von ihr leckte das Wasser ans sandige Ufer. Auf der anderen Seite sah sie den Dunst über einem der Äcker von Jagender Falke. Dahinter würde sie sich links halten, um die geräumten Felder herumlaufen und auf dem alten Wildpfad den steilen Hang emporklettern.

»Ich warte auf dich am Austernsteg.«

Die Worte von Wilder Fuchs hallten in ihr nach. Sie sah die ernsten Augen und das schöne Gesicht, das vor Liebe strahlte, vor sich. *»Wir treffen uns dort, sobald der Morgen graut.«*

Nein, es war kein Unrecht. Nicht in den Augen der Götter.

Sie gerieten nur bei Lügen und Mord oder dem schlimmsten aller Verbrechen, der Blutschande, in Zorn.

Ihre Füße liefen über eine Matte aus feuchtem Laub. Die Kinder hatten schon Brennholz gesammelt und die Zweige mitgenommen. So brauchte sie nur auf die Wurzeln zu achten, um nicht zu stolpern.

Beinahe hätte sie den steilen gewundenen Pfad verfehlt, doch mit klopfendem Herzen lief sie schließlich den Hügel hinauf und begann zu keuchen. Früher hatten sich die Weißschwanzhirsche hier ihren Weg zu den Maisfeldern gebahnt, aber das war lange her. Ihr Volk hatte die Tiere auf dem schmalen Streifen Land, der das Dorf umgab, so gut wie ausgerottet. Die Menschen zogen es vor, den Hirsch im Bauch zu haben als den Mais im Bauch des Hirsches. Jetzt fielen die Tiere nur noch selten in die Felder ein und wurden dann Opfer der Pfeile der Jäger.

Rote Schlinge kletterte den Hang hinauf und dankte den Geistern, dass sie Wärme geschickt und den Schnee aufgehalten hatten. Fußspuren hätten sie allzu schnell verraten. Ihre Zehen bohrten sich in den aufgeweichten, laubbedeckten Boden.

Bei der großen Buche, auf deren einst glatter Rinde die Zeichen der Jahre deutlich zu sehen waren, hielt sie inne, um Atem zu holen. Sechs Männer wären nötig gewesen, um Fingerspitze an Fingerspitze, den Stamm zu umfassen. Dann lief sie im Schatten anderer Baumriesen weiter. Eine Wanderdrossel zwitscherte hoch oben in dem Baldachin kahler Zweige und ein Eichhörnchen huschte über einen Baumstamm.

Der Morgen nahte, die Zeit wurde knapp.

Rote Schlinge holte tief Luft und lief schneller. Sie musste jetzt nur den Hügelkamm überqueren und dann auf der anderen Seite den steilen Pfad hinab…

»So habe ich mir das vorgestellt«, rief plötzlich eine vertraute Stimme hinter ihr. »Es liegt einfach im Blut.«

Rote Schlinge fuhr keuchend herum, und ihre schlimmsten Befürchtungen wurden wahr, als eine Gestalt mit einem Umhang aus dem tiefen Schatten eines Nussbaums hervortrat.

»Was tust du hier? Solltest du nicht eigentlich in deinem…«

Mit unglaublicher Geschwindigkeit kam der Angreifer heran. Rote Schlinge erhaschte noch einen Blick auf die Kriegskeule, hörte ein schrilles Pfeifen, als sie die Morgenluft durchschnitt.

Das laute Krachen splitternder Knochen hallte durch den Nebel.

Zwei

Muschelkamm, die älteste Tochter von Jagender Falke zögerte, als sie aus dem schattigen Einlass des Hauses der Toten hinausschaute. Sie musste zuerst ihre Fassung zurückgewinnen.

Heute begann ein neues Leben für sie. Sie war geläutert und von den Fehlern der Vergangenheit freigesprochen worden und hatte den Preis, den man ihrer Seele abverlangt hatte, bezahlt. Sie konnte von Neuem beginnen und leben, wie es sich für eine Tochter der Weroansqua schickte. Sie hatte sich selbst bewiesen, dass sie der Ehrfurcht gebietenden Verantwortung der Macht würdig war. Dennoch wischte sie nervös ihre Hände an ihrem Hirschlederhemd ab, als sie auf die Lichtung vor dem Einlass blickte.

Auf dem Platz herrschte geschäftiges Treiben. Rosenknospes Tochter, Weißer Otter, trug einen Wasserkrug zum Tor. Blauer Mond urinierte gerade hinter seinem Haus. Er war zu alt und zu blind, um den Weg außerhalb der Palisaden zu finden. Erstaunt beobachtete Muschelkamm, wie der Große Tayac, Kupferdonner, durch den Palisadeneinlass glitt, sich verstohlen umschaute und mit energischen Schritten zum Großhaus von Jagender Falke ging.

Muschelkamm hustete und rieb ihren wunden Hals.

Wo ist er gewesen? Warum hat er das Dorf verlassen? Der Große Tayac hatte hier keine Bundesgenossen und würde auch keine finden, solange er nicht durch ordnungsgemäße Heirat mit dem Grünstein-Clan verbunden war. Wann hatte er das Dorf verlassen? Kalte Schauer liefen über Muschelkamms Rücken. Wenn seine Abwesenheit Ärger bedeutete, würde sie sehr bald davon erfahren.

Jetzt, da ein Lebensabschnitt zu Ende war und ein neuer begann, benötigte sie ihren ganzen Verstand. Diesmal würde sie gescheiter sein; mit einem letzten Nadelstich war ein Sack zugenäht worden, der viel zu lange geöffnet war. Aber weshalb machte ihr Herz Sprünge, warum bebten ihre Muskeln?

Sie vergewisserte sich, dass niemand sie beobachtete, und trat dann ins Freie, um den neuen Tag zu begrüßen. Mit äußerster Beherrschung zwang sie sich, über den Platz zum Großhaus zu gehen. Die Wächter, Pfähle mit geschnitzten Menschen- und Tiergesichtern, sahen zu, wie sie an der rauchenden Feuergrube in der Mitte des Platzes vorüberging. Hier hatten die Tänzer in der vergangenen Nacht den Boden festgetreten.

Spottdrossel trottete auf sie zu. Der alte Mann hörte sie husten, und im schwachen Morgenlicht blinzelnd schaute er sie an.

»Musst was dagegen tun, Mädchen«, sagte er warnend. »Bei dieser Kälte solltest du nicht draußen sein.«

»Vielen Dank, Ältester«, erwiderte Muschelkamm und eilte an ihm vorbei.

Das Großhaus von Jagender Falke lag eingebettet in den ausladenden Zweigen dreier Maulbeerbäume, und dies war ein Hinweis auf den Stand der Besitzerin. Das Haus selbst bestand aus zwei Reihen Robinien, zwischen denen beschnittene junge rote Zedern wurzelten. Die Spitzen waren zusammengebogen und so miteinander verbunden, dass sie ein umgekehrtes U bildeten. Querstreben aus Rotahorn, mit biegsamen gelben Kiefernwurzeln ans Fachwerk gebunden, gaben dem Rahmen Festigkeit; das ganze Haus war mit großen Rindenstücken abgedeckt. Innen war es sechs Schritt breit und beinahe vierzig Schritt lang. Gewebte Matten teilten das Großhaus in drei getrennte Räume.

Muschelkamm schritt geduckt durch den niedrigen Einlass und trat auf Matten, die den Boden bedeckten. Lagerstätten, zwischen Pfählen aufgehängtes Flechtwerk aus Schößlingen und Rinde, standen an den Wänden. Matten bedeckten das Geflecht, und darüber lagen weiche Hirschfelle. Matten und Felle wurden gerade an die Seite geräumt, um Platz für Zusammenkünfte zu schaffen.

Niemand beachtete Muschelkamm. Doch hätten man sie eigentlich mit anderen Augen sehen oder zumindest die Veränderung in ihrem Leben spüren müssen. Heute hatte sie sich, wie nie zuvor, würdig erwiesen, ihrer Mutter Tochter zu sein. Ihre Fähigkeit, dieses Gebäude zu übernehmen und die Geschäfte des Clans zu überwachen, stand jetzt außer Frage. In Gegenwart der heiligen Ahnen hatte sie für ihr Fehlurteil gebüßt – als hätte Schwarzer Dorn nie existiert. Der Bogen des Lebens hatte sich gerundet, alles war wieder im Gleichgewicht.

Das Großhaus gehörte Jagender Falke, wie alle Häuser in der weiblichen Linie der Sippe. Nach ihrem Tod würde der ganze Besitz auf Muschelkamm übergehen – Häuser, Land, Fisch- und Jagdgründe, Muschelbetten, Sklaven und alles Übrige –, da Jagender Falke keine Brüder hatte, die den Bestand des Geschlechts gesichert hätten.

Muschelkamm schaute auf den Reichtum ringsum, der einmal ihr gehören würde. Große Körbe hingen an den Wänden, überquellend vor Mais, getrocknetem Kürbis, Eicheln, Hickorynüssen, Bohnen, Zwergkastanien und großen Kastanien. Die verschnürten Bündel Hanf, in Stapeln an einer Wand, warteten auf Frauen, die die seidigen Fasern zu Schnüren oder weichen Stoffen verarbeiten würden. Flache Perle verfügte über viele Rohstoffe, und es kam selten vor, dass jemand Hunger leiden musste.

Kupferdonner saß neben dem Feuer in der Mitte des Raums und beobachtete Muschelkamm mit seltsam glänzenden Augen. Sie blickte auf den großen Keramiktopf, der über dem glimmenden Feuer hing. Darin dampfte ein Mahl aus Mais, Austern, Kürbis und Fischwürfeln. Als direkte Nachfolgerin von Jagender Falke war es ihre erste Aufgabe, für das Wohlbefinden der Gäste ihrer Familie zu sorgen.

An diesem Morgen wäre Muschelkamm dieser Aufgabe gern ausgewichen. Sie wollte nur eines, nämlich allein sein, um Zeit zum Nachdenken zu haben. Sie blickte in die Runde, sah aber nirgends ihre Mutter. Jagender Falke war offenbar weggegangen, obwohl ein so wichtiger Gast an ihrem Feuer saß. Diesen Menschen gegenübertreten zu müssen, besonders diesem mächtigen Mann, würde eine Qual sein, aber es war nun nicht zu ändern.

Muschelkamm schürte das Feuer und zwang sich, das Zittern ihrer Hände zu unterdrücken. Müdigkeit lastete auf ihr. Würde man es ihr ansehen? So lange hatte Sie nicht mehr geschlafen. Seit die ersten Krämpfe von Rote Schlinge eingesetzt hatten, war sie bei dem Mädchen gewesen, hatte Boten ausgesandt, die Zubereitung des Essens überwacht, sich um die eintreffenden Gäste gekümmert, die Tänze eingeteilt und sich nach Kräften bemüht, so aufzutreten, wie es einer Tochter von Weroansqua gebührte. Sie selbst war von ihrer Tüchtigkeit überrascht; sie hatte offenbar Reserven, von denen sie nichts geahnt hatte.

Das Amt einer künftigen Weroansqua von Flache Perle hatte einen hohen Preis. Das verstand sie erst jetzt. Sie blickte auf ihre rechte Hand und ballte sie zu einer festen Faust: Welch eine beachtliche Kraft, mit der sie so zupacken konnte.

Muschelkamm war immer noch eine schöne Frau, trotz der zweiunddreißig Blätterblüten, die sie erlebt hatte, trotz der sechs Kinder, die aus ihrem Schoß gekommen waren. Man sagte, mit ihren großen dunklen Augen könnte sie die Seele eines Mannes umschlingen und sich zu Diensten machen. Das hatte sie immer belustigt. Sie wusste um ihre Eitelkeit, dämpfte sie, wenn nötig, und gab ihr nach, wenn die Umstände es gestatteten. Viel zu oft hatte sie ihr nachgegeben. Aber Ohona und Okeus hatten nach der Schöpfung um die Welt gekämpft, sie trugen also die Schuld daran; sie hatten ihr die Eitelkeit in die Wiege gelegt.

Folge der Linie deiner Ahnen, und du wirst auf Okeus stoßen, der dich mit boshaftem Lächeln anstarrt. Finde dich damit ab, Muschelkamm, du selbst und deine Nachkommen entstammen seinen Lenden. Wie viele Generationen dies auch zurückliegen mag, du bist jedenfalls seine Tochter.

Muschelkamm streifte den Federnumhang von ihren Schultern und ließ ihn über die Rundung ihrer Hüften hinabgleiten, als die Hitze des Feuers sie erreichte. Endlich wich die Eiseskälte aus ihren Knochen, so wie am Ende auch Trauer und Verwirrung von ihr weichen würden.

Das dritte ihrer sechs Kinder war bei der Geburt gestorben; zwei Mädchen und drei Jungen waren am Leben geblieben.

Der älteste Sohn, Weißes Bein, war mit sechzehn Sommern auf offener See von einem furchtbaren Sturm überrascht worden und ertrunken. Sein Kanu war am Westufer gelandet, aber seine Leiche wurde nie gefunden. Ihr dritter Sohn, Seetaucher, war in seinem fünften Jahr von einem Blitz erschlagen worden; sein versengter Körper hatte unter einer zersplitterten schwarzen Eiche gelegen. Die Narbe, die sich über die Borke schraubenförmig nach unten wand, war immer noch zu sehen.

Das Fieber hatte ihre älteste Tochter getötet, kaum ein Jahr nach ihrer Geburt. Was Kinder betraf, hatte sie nie Glück gehabt. Aber dies war ein Erbe der weiblichen Linie ihres Geschlechts, wie Jagender Falke bestätigen würde, wenn sie nur den Mut dazu hätte.

Soll ich noch einmal versuchen, ein Kind zu bekommen?

Zuweilen fragte sie sich, ob irgendeine böse Macht in sie hineingeglitten war und sie mit Gift durchtränkt hatte, um die Früchte ihres Leibes zu verderben. Woher sonst rührte dieses unstillbare Verlangen? Warum hatte sie so oft jede Vorsicht außer Acht gelassen? Warum hatte der falsche Same sich ihrer so oft bemächtigt?

Muschelkamm schauderte bei diesen Gedanken und war sich doch der Begierde bewusst, die in ihr erwachte, als sie Kupferdonner betrachtete.

Der Große Tayac hockte ihr gegenüber am Feuer, die Arme um die angezogenen Knie geschlungen. Schön konnte man ihn nicht nennen. Die Nase war zu groß für sein Gesicht, und sein Kinn erinnerte an das Gebiss einer Schnappschildkröte. Gabelförmige Tätowierungen umgaben seine Augen, und ein schwarzer Querstreifen lief, der Kinnlinie folgend, über den Mund. Ältere Tätowierungen waren verblasst und hatten die Farbe seiner mit Schminke bedeckten Haut angenommen. Er trug das Haar hoch gekämmt, an den Seiten war der Schädel abrasiert. Nein, schön war er nicht, aber wenn er Muschelkamm ansah, erschauerte sie unter seinem durchdringenden Blick. Geheimnisse verbargen sich hinter diesen finster blickenden Augen, die manchmal auch eine schnelle Auffassung verrieten. Beim kleinsten Vorwand würde er töten, und wenn er zuschlug, dann tat er es sicher wie eine Klapperschlange: blitzschnell, erbarmungslos und ebenso kaltblütig.

Und dieser Schlange haben wir Rote Schlinge versprochen? Worauf haben wir uns da eingelassen?

Muschelkamms gepeinigte Seele litt.

Kupferdonner trug ein braunes Bärenfell über der linken

Schulter, das die rechte Brusthälfte nackt ließ. Ein Muschelschmuck, an einem engen Halsband befestigt, hing über der Halsbeuge; in die polierte weiße Muschel war das Bild einer großen Spinne eingeritzt. Darunter hing eine mit Kupferperlen reich verzierte Halskette, sie leuchtete im Feuerschein. Die Schösse seines Lendenschurzes waren vorn und hinten bunt. Die Muscheln, mit denen die Schärpe verziert war, funkelten im Licht. Er hatte eine zusammengefaltete Decke neben sich gelegt. Leggings und Mokassins waren feucht, er war offenbar lange draußen gewesen.

Er wandte den Blick zu den Flammen, die um das brennende Holz leckten. Hinter ihm saßen zehn Krieger mit untergeschlagenen Beinen auf den Matten. Sie hatten ihre Schlaffelle schon zusammengerollt neben die Langhaustür gelegt und waren zum Aufbruch bereit. Sie sprachen leise miteinander und lachten, als die Rede auf das Festmahl und den neu erfundenen Frauentanz vom vergangenen Abend kam.

Kupferdonner deutete auf den Topf über dem Feuer. »Schon fertig?« fragte er mit seinem harten Akzent.

Muschelkamm zwang sich zur Ruhe. »Bald, Großer Tayac, gleich. Wir haben noch eine Schale mit geräuchertem Fisch hinzugegeben, und der muss noch garen. Ich möchte nicht, dass du fortgehst und von dem schlechten Essen berichtest, das du bei uns bekommen hast.«

Sein Lächeln drang nicht in die harten Augen vor. »Sei versichert, Muschelkamm, dass ich euch vollkommen zufrieden verlassen werde.«

Es war tatsächlich ein Fehler gewesen, Rote Schlinge dieser Spinne zu versprechen. Anders als andere Häuptlinge hatte sich Kupferdonner seinen eigenen Herrschaftsbereich abgesteckt, aus dem Gebiet von Wasserschlange nach Süden und dem von Steinfrosch, aus dem Stammesverband der Conoy, nach Norden. Wasserschlange und Steinfrosch hassten Kupferdonner gleichermaßen, doch sie konnten die generationenalte Feindschaft zwischen ihren Clans nicht überwinden um sich zu verbünden und den Emporkömmling zwischen sich zu vernichten.

Muschelkamm betrachtete Kupferdonner. Sie starrten sich gegenseitig gebannt an, abwägend, forschend. Seine dunklen Augäpfel schienen zu fragen: Bist du es wert?

Sie knirschte mit den Zähnen. Sie hatte das Schlimmste durchgemacht und überstanden, und jetzt konnte sie alles ertragen. Ihr Herz wurde ebenso eiskalt und berechnend wie seines. Wenn er dies ahnte, so ließ er es sich nicht anmerken.

Nach einer Weile fragte er: »Tut es dir Leid, deine Tochter zu verlieren?«

Sie ließ ihr Gesicht zu einer Maske erstarren, die nichts verriet. »Wir alle tragen Verantwortung, Großer Tayac. Gegenüber unseren Familien, unseren Ahnen und unserem Clan. Ich habe meine Pflicht getan. Rote Schlinge ... nun, sie hat eine Pflicht, nämlich deine Frau zu werden.«

»Ich habe nicht gefragt, ob deine Tochter ihre Pflicht tun wird. Ich habe gefragt, ob du traurig bist, weil du sie verlierst.«

»Ja«, antwortete sie heiser; die Kehle war ihr wie zugeschnürt. Sie holte Luft und zwang sich zu sagen: »Bei der Geburt einer Tochter weiß jede Mutter, dass sie ihre Tochter nur für eine begrenzte Zeit für sich hat. So wie ein Vater seinen Sohn.« »Gestern Abend war da ein junger Mann. Wer war das?«

Sie rang um Fassung. »Wer? Ich weiß nicht, wen du meinst.«

»Dieser junge Mann, der dir so missfallen hat. Wilder Fuchs. Ja, so hieß er.«

Muschelkamm machte sich an dem Topf über dem Feuer zu schaffen. »Rote Schlinge geht heute mit dir fort, Großer Tayac. Sie ist eine Frau, die im Begriff ist, deine Gattin zu werden. Sie ... sie ist nicht als erwachsene Frau vom Himmel gefallen. Noch vor acht Tagen war sie ein Mädchen. Du selbst warst einmal ein Junge. Hast du nicht oft auf viele Mädchen geschaut, von denen du wusstest, dass du sie nie heiraten würdest?«

Er nickte und sah dem Rauch nach, der zu dem verrußten Rindendach emporstieg; er blieb eine Weile vor dem rechteckigen Abzug stehen, bevor er sich hinausringelte.

»Du hast eine Abneigung gegen Wilder Fuchs?«

»Was soll das heißen? Wie kommst du darauf?«

»Ich habe sie in deinem Gesicht gesehen. Die Angst in deinen Augen. Wenn du ihn angeschaut hast, schienst du verzweifelt.«

»Du irrst dich. Wilder Fuchs und Rote Schlinge waren als Kinder Freunde. Mehr nicht.« Mit gespielter Gleichgültigkeit zog Muschelkamm den Stapel hölzerner Platten unter der Schlafbank hervor. Wie sie erwartet hatte, ruhte sein Blick jetzt auf der sanften Rundung ihrer Hüften und auf den vollen Brüsten, die sich unter dem Stoff ihres Gewandes abzeichneten. Vielleicht war jeder Mann eben einfach nur ein Mann, selbst wenn er der Große Tayac war. Die Schlange in ihr war unruhig.

»Sehen wir einmal von dem Mädchen ab«, sagte Kupferdonner. »Was hältst du von *diesem* Abkommen zwischen deinem Clan und meinem?«

Muschelkamm wog ihre Worte sorgfältig ab. Fallen drohten auf allen Seiten, und sie durfte nicht den kleinsten Fehltritt tun. »Wir begrüßen diese Heirat natürlich. Der Grünstein-Clan gewinnt ebenso wie du , Großer Tayac. Deine Jagdgründe liegen flussaufwärts und du kontrollierst den Handelsweg ins Landesinnere. In deiner Nähe finden wir die Rohstoffe für unsere Werkzeuge. Die Jagd ist besser in deinen bewaldeten Hügeln. Deine Maisernten sind sicherer als unsere. Andererseits gewinnst du Zugang zu unseren Muschelbetten, unseren Fischgründen und dem Reichtum unseres fruchtbaren Landes.« Sie zwang sich zu lächeln. »Sicher würde meine Tochter nie zulassen, dass ihr Ehemann verhungert.«

»Das mag sein, aber der Mamanatowick, der große Häuptling Wasserschlange, wird nicht sehr glücklich darüber sein, dass Kupferdonner jetzt einen Stützpunkt in der Nähe seines Landes hat. Möglicherweise bekommst du Besuch von seinen Kriegern.«

»Der Grünstein-Clan ist nicht an Wasserschlanges Kümmernissen interessiert. Er und seine Weroanzi, seine Unterhäuptlinge, haben sich schon einmal in unsere Angelegenheiten einmischen wollen ... und das haben sie bitter bereut.« Muschelkamm machte eine Pause. »Großer Tayac, all dies haben wir bedacht, bevor wir in die Heirat einwilligten. Wir waten nicht gedankenlos in seichten Wassern umher, wie du vielleicht glaubst.«

Mit einer Königskrabbe in dem dampfenden Eintopf belud sie seinen Teller, rief dann über die Schulter einige Sklavinnen herbei, die die dicke Suppe in Holzschalen füllten. Nacheinander nahmen Kupferdonners Krieger ihre Mahlzeit an. Erst als alle Männer versorgt waren, nahmen sich die Sklavinnen ihren

Anteil und zogen sich zum Essen in ihre Ecke im Langhaus zurück.

Kupferdonner kostete von dem Eintopf. »Ich glaube nicht, dass ausgerechnet du in seichten Wassern watest, Muschelkamm. Nein, du gehst ins Tiefe, da, wo das Wasser dunkel und undurchdringlich ist.«

Muschelkamm lächelte, als hätte sie ein Kompliment gehört und sagte: »Erst wenn wir tief unten in der Finsternis sind, wissen wir, wie schnell das Leben vergeht.«

Jagender Falke fuhr sich mit der Zunge durch den zahnlosen Mund und über den Gaumen, als sie unter Schmerzen um die rindenbedeckte Wand des Hauses der Toten herum zum Einlass humpelte. Die Feuchtigkeit in der kühlen Luft dämpfte den Geruch der Verwesung, aber sie hatte den stechenden süßlichen Gestank noch in der Nase.

Der Morgen blieb kalt, grau und bedrohlich. Nebelschwaden wälzten sich von der Bucht herüber, krochen den Fluss hinauf und zerfransten in den Bäumen hinter Flache Perle.

Jagender Falke lehnte sich an die verwitterte Rindenwand und atmete tief; sie versuchte sich zu erinnern, wann sie sich jemals so müde gefühlt hatte. Nicht einmal nach der Geburt ihrer Kinder war sie so erschöpft gewesen. Aber eine Geburt war, wie so vieles im Leben, ein Kompromiss. Der Schöpfer Ohona hatte Frauen so geformt, dass sie die Erschaffung des Lebens als freudvollen Vorgang empfinden sollten. Der launenhafte Okeus hatte sich, wie immer und überall, eingemischt und dafür gesorgt, dass Schmerzen und Pein das Geschehen begleiteten. Aber meistens vergaß eine Frau die Schmerzen nur wenige Tage nach der Entbindung.

»Du hast immer gern einen guten Witz gemacht, Okeus, stimmt's?«, fragte sie und hob die Augen zum sturmverheißenden Himmel. Dunkle Wolken trieben über das tiefe Blau.

Nun, dies alles war nun nicht mehr wichtig. Nach dreiundfünfzig Blätterblüten und drei Ehemännern im Haus der Toten war ihre Zeit für das Liebesspiel vorbei, gleichgültig, ob es dabei ums Vergnügen oder um Berechnung ging. Ihre Brüste lagen flach auf dem Oberkörper und erreichten den Nabel. Ihre Haut, jahrelang mit Blutkrautwurzel bemalt, hatte sich dunkelrot gefärbt und war so rissig wie eine Zedernborke. Ihre einst scharfen Augen konnten in der Ferne nichts mehr deutlich erkennen. Ihre Nase, spotteten manche, war schrumpeliger als der trockenste Pilz.

Jagender Falke schüttelte den Kopf und rieb sich mit einer Hand die wunde Hüfte. Beim Gehen, und sei es nur auf kurzen Strecken, schoss die Qual von den Knöcheln über die Knie in die Hüften und verschmolz mit dem brennenden Schmerz im Rücken. Sie benutzte zum Gehen einen Stock aus Sassafrasholz, den sie leicht heben konnte und dessen angenehmer Geruch sie erfreute; zum Glück war ihre Nase noch ganz in Ordnung.

Sie hob die Hand und zog an dem grau melierten Zopf, der ihr über die Schulter hing. Einst hatte sie schwarze Haare gehabt, so glänzend wie die von Rote Schlinge.

Rote Schlinge. Sie zuckte kummervoll zusammen, und in ihrem Herzen fühlte sie einen dumpfen Schmerz. Sie hatte das Mädchen immer gern gehabt, so jung, wie es war, mit seinen wachen Augen, stets zu Streichen aufgelegt. Als Weroansqua war sie zwar gezwungen, unangenehme, ja abstoßende Dinge zu tun. Aber vor allem war sie für den Grünstein-Clan verantwortlich. Für das Bündnis mit Kupferdonner hatte sie alles auf eine Karte gesetzt – einschließlich Rote Schlinge. Außerdem hatte sie in den vielen Jahren zahllose hübsche Kinder gesehen und dann erleben müssen, wie aus ihnen stumpfäugige Erwachsene wurden, von der Mühsal und den Sorgen des Lebens zermürbt.

Leben bedeutete Qual, und die Qual lag schon verborgen hinter jedem Lächeln, hinter jedem Seufzen über die Schönheit eines neuen Tages, hinter jedem frohlockenden Kichern eines kleinen Kindes. Auch dafür hatte Okeus gesorgt, gleich nach der Schöpfung.

Geduckt betrat sie das Haus der Toten. Das immer währende Feuer war zu einem Glutbett heruntergebrannt. Der einzige zusätzliche Lichtschein kam von den fahlen Strahlen, die durch den Einlass und das Abzugsloch im Dach einfielen. Ihre Augen brauchten einige Zeit, um sich an das Dunkel im Vorraum zu gewöhnen. Dies war der Mittelpunkt ihrer Stadt, ein zehn Schritt breites und fünfundvierzig Schritt langes Gebäude, mit viermal mannshohen Mauern bis zum Runddach. Matten teilten den Bau in drei große Räume.

Jagender Falke humpelte durch den Vorraum, murmelte den rituellen Gruß und blieb lange in der läuternden Hitze stehen. An der Südwand ruhte Grüne Schlange, Kwiokos oder Hoherpriester, zusammengerollt auf seinem Hirschfelllager. Eine Kürbisrassel und mehrere Hirschfelltaschen lagen in Reichweite. Sein Gesicht war zum Licht gewandt, der schlaffe Mund offen, die Augen geschlossen. Eine Hakennase ragte gebieterisch aus einem Runzelfeld empor. Die Augenbrauen hätten an die Stirn geklebte Kaninchenschwänze sein können, so weiß und flauschig waren sie.

An der Nordseite waren zwei weitere Lager von Blitzende Katze und Gestreifter Bär besetzt. Blitzende Katze war der hoch aufgeschossene Lehrling, immer bereit, gefällig zu sein und jede Aufgabe zu übernehmen. Gestreifter Bär war mit seiner stämmigen Gestalt eher geeignet, schwere körperliche Arbeit zu verrichten, als dem Heiligtum zu dienen.

Jagender Falke spielte mit dem Gedanken, die Männer mit einem Fußtritt aufzuwecken, besann sich dann aber. Die Feierlichkeiten hatten fast die ganze Nacht angedauert und die Priester hatten das Singen und Tanzen beaufsichtigt. Auch sie verdienten manchmal eine Ruhepause. Ein stechender Schmerz schoss aus ihren Hüften in den Rücken, als sie den langen Gang mit den geschnitzten Figuren der Wächter, der Windgeister und der Tiergeister durchschritt. Geschulte Hände, die mit Stein- und Muschelwerkzeugen umgehen konnten, hatten in mühsamer Arbeit jede Figur aus dicken Holzstücken geschnitzt. Am Ende hatten sie die Abbilder mit leuchtenden Farben bemalt und Augen aus polierten Muscheln oder Kupfer eingesetzt, damit die Geister sehen konnten.

Hinter den Wächtern waren die Gaben für Jagender Falke aufgestapelt. Sie standen einer Weroansqua zu: Körbe voller Mais, Nüsse, Kürbisse und Samen; geräuchertes Fleisch und Fisch, Krebse und Wasservögel; Netzbeutel mit Blutkrautwurzeln, Tabak, Muschelperlen, Kupfer und Säckchen mit Antimon; Stapel gegerbter Hirschfelle, bunte Federn, feinste Stoffe und Töpfe mit Färbemitteln. Nicht alle Dinge waren Tributgaben. Der Grünstein-Clan bewahrte auch Kriegstrophäen im

Haus der Toten auf. Skalpe, getrocknete Menschenhände, abgetrennte Finger, Halsketten aus Menschenzähnen und Trophäenschädel, jeder sorgfältig poliert und bemalt, zierten die Wände. Darunter waren Bogen und Pfeilbündel neben einem Stapel hölzerner Schilde sauber aufgeschichtet: die Ausrüstung für ihre Krieger für den Fall eines Konflikts.

Jagender Falke strich im Vorbeigehen mit einem Finger über jeden der Wächter. Die Berührung beruhigte sie immer und gab ihr Mut, aber diesmal wuchs ihr Unbehagen, als ob die Wächter in das dunkle Labyrinth ihrer Seele geblickt hätten.

Am Eingang zum Heiligtum blieb sie stehen. Auch hier war ein Feuer in der zentralen Feuerstelle zu Glut heruntergebrannt. Ein Gerüst in Kopfhöhe ragte aus der Rückwand, und darauf lagen in Reihen angeordnet die Körper ihrer Ahnen. Jede Leiche war in Matten eingewickelt, die die ausgetrockneten Gebeine und die Haut schützte.

Im Schatten darunter stand die Statue von Okeus; die heilige Stätte war auf drei Seiten von Maishülsenmatten abgeschirmt. Die langen schwarzen Haare der Figur waren auf dem Scheitel zu einem Knoten zusammengebunden. Der Ausdruck seines geschnitzten Gesichts verblüffte Jagender Falke immer wieder. Bedeutete der geschwungene Mund Hohn oder Tücke? Okeus' Brust war weiß bemalt, an seinem Hals hingen schwere Ketten aus Kupfer und Muschelperlen. Um die Taille trug er einen fein gegerbten Hirschledergürtel, der mit Malereien und Muschelperlen verziert war. Die ausgestreckten Arme des Gottes waren so bemalt, dass sie Blitze darstellten. In der rechten Hand hatte er eine schön geschnitzte Kriegskeule aus Holz, in die zwei steinerne Faustkeile eingesetzt waren. In der linken Hand trug er ein Bündel Maisstängel. Die Schenkel waren schwarz bemalt, weiße Streifen zogen sich über die ganze Länge. Okeus betrachtete die Besucherin mit glühenden weißen Muschelaugen aus dem Dunkel heraus.

Mit alterskrummen Fingern holte Jagender Falke eine Hand voll Maismehl und gehackte Walnüsse aus einer Seitentasche hervor und verteilte beides auf der Glut. Das Mehl wurde schwarz und zerbarst im Feuer. So schnell, wie das Feuer aufflammte, war das Opfer verzehrt. Jagender Falke spürte, dass Okeus befriedigt war.

»Ich habe einen Sturm entfesselt. Furchtbare Dinge kommen auf uns zu, nicht wahr?«, fragte sie den gedrungenen Gott. »Wessen Fehler war es, Okeus? War es meiner?«

Schauer liefen ihr den Rücken hinab, als sie in die glühenden Augen starrte. Einen winzigen Augenblick lang glaubte sie, Gelächter zu hören – und dann wieder Stille.

»Verhöhne mich nicht, du niederträchtiger Gott. Ich habe dir in all den Jahren treu gedient.«

Sie blickte am Gerüst hinauf, zu den in Matten gewickelten Bündeln. »Ich grüße euch, meine alten Freunde«, flüsterte sie und blickte gedankenvoll auf die ausgedörrten Leichen.

»Also gut, ich habe es getan«, verkündete sie mit barscher Stimme. »Es wird sich erweisen, ob zum Besten des Clans oder nicht.« Sie lehnte sich gegen einen der Pfosten, die vom Alter und Ruß eine honigfarbene Tönung erhalten hatten. »Ich habe etwas Schreckliches getan. Aber es war notwendig, ich hatte keine Wahl. Das solltet ihr wissen. Überhaupt keine Wahl.«

Sie spürte, wie sich in den Geistern etwas regte und reckte sich. Jemand hatte ihr einst gesagt, dass man in den letzten Augenblicken des Lebens die Worte der Geister vernehmen kann. Aber kein Laut drang an ihre Ohren.

»Ich habe das Gefühl, dass ich bald dort oben bei euch sein werde. Wir wollen nur noch abwarten und sehen, wer die nächste Weroansqua wird. Eine, die ihre Pflichten dem Clan und ihrer Sippe gegenüber kennt. Ich hoffe nur, sie wird euer aller würdig sein.«

Weidenstumpf entspannte seinen muskulösen Körper; er glitt leichtfüßig zwischen den Bäumen hindurch und setzte seine Füße ganz behutsam auf den Boden. Als Junge hatte er die Gottesanbeterin beobachtet, jede Bewegung, die sie machte, wenn sie sich anschlich und ihre Beute packte. Er jagte jetzt wie eine Gottesanbeterin, mit sparsamen, doch präzisen Bewegungen.

Er trug nur einen Lendenschurz und hatte seinen Körper gegen die Kälte eingefettet. Eine Nadel aus Knochen hielt das lange Haar zusammen. Es war zu einem Knoten gebunden und auf der linken Seite des Kopfes festgesteckt Die Beine steckten in Leggings, die Füße in Mokassins. In der linken Hand trug er einen Eschenholzbogen, und mit der rechten hielt er den eingelegten Pfeil an der Sehne schussbereit.

Dies war offenbar der härteste Tag seines Lebens. Er musste töten, er brauchte es, um zu vergessen, um den dumpfen Schmerz in seiner Brust zu lindern. Solange sie ein Mädchen gewesen war, hatte er es ertragen können, Rote Schlinge nahe zu sein. Aber jetzt war Rote Schlinge eine Frau – und einem Mann versprochen, den Weidenstumpf verachtete.

Als die andern getanzt und geschmaust und das Frauentum von Rote Schlinge gefeiert hatten und Kupferdonner eingetroffen war, hatte Weidenstumpf gelitten. Dann hatte sich Steinknolle zu ihm gesellt und ihm die lästigste aller Aufgaben übertragen. Dann hatte sich alles in den vorgezeichneten Bahnen entwickelt. Selbst Räuber konnten untereinander Abkommen treffen. Eines Tages würde Steinknolle bezahlen – so wie alle anderen auch bezahlen würden. Von der Gottesanbeterin hatte er schließlich Geduld und unbemerktes Anschleichen gelernt. Am vergangenen Abend, nach dem Tanz von Rote Schlinge, hatte sich sein Leben verändert. An diesem Morgen hatte er die Sache in die eigenen Hände genommen. Was hatte ihn dazu getrieben? Verrat? Rache? Oder die unerwartete Gelegenheit? Aber was auch immer es gewesen war, es spielte keine Rolle mehr. Entscheidend war nur, dass er unbesonnen gehandelt hatte. Später, fassungslos über seine Tat, hatte Weidenstumpf sich lautlos davongemacht und die Stille des Waldes gesucht, um über Vergangenheit und Zukunft nachzudenken.

Der graue Morgen war zum Jagen wie geschaffen. Die Matte aus Laub war feucht und schluckte jeden Laut. Wäre es kälter gewesen, hätten die von Rauhreif bedeckten Blätter geraschelt; wäre es trockener gewesen, hätten sie bei jedem Schritt geknistert. Die Nebelschwaden, die der schwache Wind vor sich hertrieb, würden die scharfen Augen des Wildes verwirren und zugleich die Witterung von Weidenstumpf forttragen.

Zwei Jahre waren vergangen, seit er eines Sommertages aus der Huskanaw-Zeremonie wieder auferstanden war, nachdem der Junge, der er einst gewesen war, in diesem Ritual den Tod erlitten hatte. Es war eine Prüfung gewesen, um seine Kraft und seine Ausdauer zu bestimmen und um festzustellen, wie viel Schmerz er aushalten konnte, ohne zu schreien. Man hatte ihn tätowiert, und am Ende hatte ihn der Priester mit einem magischen Stab erschlagen, um die Seele des Jungen aus seinem Körper zu treiben. Danach hatte er in einem schmerzhaften Zustand der Betäubung dagelegen, während sein Körper schwarz bemalt worden war wie eine Leiche und Totenlieder über ihm und seinen Gefährten gesungen wurden. Er hatte tagelang gefastet und geweihten Stechapfel- und Stechpalmenblättertee getrunken. Dann hatte der Priester ihn mit einer Peitsche auf die Füße gezwungen, ihn mit Wasser begossen und Tabakrauch über ihn geblasen, um seinen Leib zu reinigen. Die schwarze Todesfarbe war abgewaschen worden, und dann hatte man ihn mit dem Rot der Blutkrautwurzel bemalt und mit Bärenfett eingerieben. Aus dem Knaben war ein Mann geworden.

Seit dieser Zeit hatte Weidenstumpf sich der Jagd gewidmet. Vor dem Altar von Okeus hatte er gelobt, der beste Jäger im Grünstein-Clan zu werden. Tag für Tag war er durch die Wälder gepirscht, um Vollkommenheit zu erlangen. Er drang in das Wesen des Hirsches, des Bären und des Rotluchses ein; seine Seele wurde eins mit dem Wald. In seinem Herzen war er völlig besessen gewesen, dass wachsender Ruhm ihm Beachtung einbringen würde, sodass er sich an Muschelkamm wenden dürfte, sobald Rote Schlinge zur Frau geworden war.

Lautlos wie Rauch glitt er über eine kleine Lichtung zwischen die Bäume, gleich einem Schatten, der durch das Zwielicht huscht, und folgte den kleinen herzförmigen Spuren eines Hirsches.

Seinen Augen entging nicht das kleinste Zeichen, seine Ohren fingen das schwächste Geräusch auf. Er fand eine Losung und betastete sie, um festzustellen, wie warm sie war. Der Hirsch musste jetzt ganz in der Nähe sein.

Weidenstumpf schnupperte in die feuchte Luft, um festzustellen, aus welcher Richtung der Wind kam. Vor ihm gabelte sich der Pfad. Er wandte sich nach rechts. Dort standen einige Eichen, und der Hirsch würde einer verlockenden Mahlzeit aus Eicheln sicher nicht widerstehen können, bevor er sich in seiner Deckung aus dichtem Weißdorngestrüpp und Rispengras zur Ruhe legen würde.

Weidenstumpf stieg den Hang hinauf. Durch die kahlen Zweige hindurch sah er unter Nebelfetzen die silbern schimmernde Bucht unter sich liegen. Plötzlich knackte ein Zweig hinter ihm. Langsam wandte er den Kopf. Nur eine Bogenschussweite entfernt stand die Hirschkuh am Rand des Eichenwäldchens, witternd und lauschend.

Weidenstumpf erstarrte. Die erste Welle der Erregung auf dieser Jagd erfasste ihn. Erst als die Hirschkuh den Kopf zu einer Eichel hinabbeugte, schob er sich langsam einen Schritt näher. Eine zweite Hirschkuh trat ins Bild, ein Kitz neben sich. Er wartete, bis sie ebenfalls den Kopf senkte, um hinter einen riesigen Rotahorn zu treten.

Jetzt sah er nur noch die Hirschkühe, der Rest der Welt verschwand aus seinem Bewusstsein. Behutsam, Schritt für Schritt, schob er sich näher, überquerte den Pfad, der hinab zum Austernsteg führte, und huschte in den Schutz einer uralten Buche. Geduldig wandte er langsam den Kopf zur Seite und sah einen jungen Bock, einen Spießer, nur fünfzehn Schritt entfernt; das Tier scharrte im Laub und suchte nach vergrabenen Bucheckern. Weidenstumpf schob den linken Fuß um den Baum herum und machte sich für den Schuss bereit. Voller Vorfreude verlagerte er sein Gewicht und zog den rechten Fuß nach. Mit erhobenem Bogen zog er den Pfeil bis zum Ohr zurück und zielte über den Schaft. Noch ein letzter Atemzug ... er nahm mit der Pfeilspitze den Rücken des Tieres ins Visier, um die Krümmung der Flugbahn auszugleichen.

Dies war der Augenblick, für den er gelebt hatte. *Jetzt bist du mein!*

Der Bock riss den Kopf hoch, spitzte die Ohren und starrte hinauf zum Hügel, alle Muskeln gespannt.

Als Weidenstumpf den tödlichen Pfeil fliegen ließ, sprang der Hirsch schnaubend davon. Der Pfeil beschrieb einen Boden und landete irgendwo in der Laubdecke.

Weidenstumpf stieß fauchend die Luft aus. Die übrigen Hirsche sprangen mit erhobenem Schwanz durch.das Unterholz und verschwanden. Dann drang das Geräusch stampfender Mokassins, peitschender Zweige und keuchenden Atems an Weidenstumpfs Ohr. Er verzog das Gesicht und richtete sich auf. Welcher Dummkopf rannte an einem solchen Morgen durch den Wald? Aus Gewohnheit nahm er einen weiteren Pfeil aus dem Rindenköcher, der ihm über die Schulter hing.

Durch die Bäume hindurch erhaschte er einen flüchtigen Blick auf eine Gestalt, die über den Pfad hastete, springend, stolpernd und rutschend vor lauter Eile. Einen Augenblick lang dachte er daran sich zu verstecken, erkannte aber dann den Mann.

Es war Wilder Fuchs aus Drei Myrten. Weidenstumpf verdrehte vor Widerwillen die Augen. Ausgerechnet Wilder Fuchs. Für keinen anderen als für diesen Grünschnabel hatte Rote Schlinge Augen gehabt, ausgerechnet für diesen Schwächling, der als Jäger einem Könner wie Weidenstumpf das Wasser nicht reichen konnte.

Weidenstumpf kniff überrascht die Augen zusammen, als Wilder Fuchs ihn erkannte und mit offensichtlichem Entsetzen stehen blieb und die Augen aufriss. Mit dem rechten Fuß rutschte er aus, fiel flach hin und schlidderte über die Blätter.

»Wilder Fuchs! Ich bin's nur, Weidenstumpf.«

Wilder Fuchs blieb keuchend liegen, schaute sich wie nach einem Fluchtweg um und stand dann mit zitternden Knien auf. Er wischte sich die Hände an seinem Lendenschurz ab.

»Was ist los?« fragte Weidenstumpf. »Bist du in Schwierigkeiten?« Er machte einen Schritt auf den anderen zu, blieb aber stehen, als Wilder Fuchs mit bleichem Gesicht den Kopf schüttelte.

»Nein ... keine Schwierigkeiten.«

»Aber du bist gerannt wie ein Verrückter,« stellte Weidenstumpf argwöhnisch fest. »Du hast meine Beute verjagt. Den Hirsch verscheucht!«

Wilder Fuchs lächelte schwach. »Das tut mir Leid. Ich ... ich war sehr in Eile, das ist alles. Ich komme zu spät.«

»Zu spät wofür? Es ist noch nicht mal richtig Tag.«

»Ich weiß. Ich ... ich habe gestern Nacht zu lange getanzt. Das ist alles. Ich muss zurück. Heim, verstehst du? Ich hab ... na ja, zu tun. Muss etwas für meinen Vater erledigen.«

Weidenstumpf runzelte die Stirn. Ihm entging nicht, wie verstört Wilder Fuchs war. »Also dann, lauf.«

Wilder Fuchs stand völlig verkrampft da. Er holte tief Luft und schien endlich seine Fassung zurückzugewinnen. Sein Lächeln aber war immer noch gezwungen. »Tut mir Leid, ich habe sicher ziemlich dumm ausgesehen.«

»Ich habe Kaninchen schon schneller laufen sehen, aber es waren nicht viele.«

Mit zitternden Lippen kletterte Wilder Fuchs den steilen Pfad zu Weidenstumpf hinunter. »Hirsche, wie?«

»Ein paar Kühe, ein Kitz und einen netten kleinen Spießer, der nur einen Herzschlag vom Tod entfernt war, als du den Pfad hinuntergerast bist.«

»Tut mir Leid, wirklich. Ich weiß, wie selten die so nahe am Dorf sind.« Das Lächeln erlosch, und Wilder Fuchs' Augen weiteten sich. Woher kam nur dieser panische Blick, als hätte ihn etwas zu Tode erschreckt? War Kupferdonner dahinter gekommen, dass der Junge dauernd um Rote Schlinge herumschlich? Oder war er noch fassungslos wegen der Geschehnisse in Drei Myrten gestern Morgen? Weidenstumpf hatte gestern Abend vor dem Tanz von den Hänseleien gehört: Offenbar hatte ein junges Mädchen namens Sonnenmuschel ihn gebeten, es zu heiraten, und war von Schwarzer Dorn barsch zurechtgewiesen worden.

»Alles in Ordnung mit dir?«

Wilder Fuchs stand nur einen Schritt entfernt; seine Muskeln zitterten, und er atmete schwer. »Ich muss mich dafür entschuldigen, dass ich die Hirsche verjagt habe. Wenn du dich hier weiter umsiehst, findest du sie vielleicht wieder. Ich würde es dort drüben versuchen.«

Er deutete in die Richtung aus der Weidenstumpf gekommen war.

»Da komme ich doch gerade her.«

»Na, du weißt doch, dass Hirsche im Kreis herumlaufen.« Er leckte sich über die Lippen. »Tut mir Leid, aber ... ich muss jetzt weiter. Aber ich mach's wieder gut, ich versprech's dir.«

Als Wilder Fuchs in einigem Abstand um ihn herumging, sah Weidenstumpf den dunkelroten Fleck auf seiner rechten Hand. »Bist du verletzt?«, fragte er.

»Nur ein Kratzer.« Aber Tränen schimmerten in seinen Augen. »Ich bin unglücklich gefallen und mit der Hand auf einen alten Baumstumpf geprallt.«

»Kommt vor. Pass besser auf!«

»Werde ich. Also, gute Jagd!« rief Wilder Fuchs und rannte davon.

Gute Jagd? Verwundert sah Weidenstumpf ihm nach. Dann schüttelte er den Kopf und wandte sich wieder zu der Stelle, von der aus er geschossen hatte. Er wollte den verlorenen Pfeil wieder finden, aber dieses seltsame Zusammentreffen ließ ihn zögern. Was hatte Wilder Fuchs hier zu suchen? Und wichtiger noch: Was hatte er gesehen, dass er so außer sich war?

Widerwillig gab Weidenstumpf die Suche nach dem Pfeil für den Augenblick auf und kehrte auf dem kürzesten Weg zum Pfad zurück. Er folgte ihm, bis er durch das graue Flechtwerk der Zweige hindurch den Austernsteg sehen konnte.

Wilder Fuchs schob gerade ein schmales Kanu ins Wasser. Dann sprang er leichtfüßig hinein, setzte sich und paddelte in die Bucht hinaus. Wenn er sich wirklich so heftig in die Hand geschnitten hatte, wie der Blutfleck anzudeuten schien, so schien ihn die Wunde jedenfalls nicht weiter zu beeinträchtigen. Weidenstumpf kauerte sich nieder. Warum hatte Wilder Fuchs ein Kanu auf dieser Seite der Bucht auf den Strand gezogen? Warum nicht bei Flache Perle?

»Bin froh, dass ich dich los bin, Wilder Fuchs, du Dummkopf.«

Wilder Fuchs, der verwöhnte Sohn des Weroanzi, hatte alles gehabt – sogar Rote Schlinge. Aber seit heute Morgen nahm Weidenstumpf die Dinge selbst in die Hand und begann, es ihnen allen heimzuzahlen.

Du wirst sehen, Wilder Fuchs, du wirst Weidenstumpf nicht mehr unterschätzen.

Er schlug sich auf den Schenkel und richtete sich auf, um wieder nach dem Pfeil zu suchen.

Drei

Jagender Falke presste die zahnlosen Kiefern aufeinander. Seit Mittag schon wurde Rote Schlinge vermisst. Die hastige Suche nach ihr innerhalb der Palisaden war ebenso ergebnislos verlaufen wie die in den Häusern auf den Feldern. Jagender Falke war verärgert über das Durcheinander, das dabei entstanden war. Immerhin fanden selbst Fische, die über keinerlei Verstand verfügten, in Schwärmen mühelos zu einer Ordnung.

Kupferdonner hielt sich abseits, seine Krieger standen in Reihen hinter ihm. Jagender Falke beobachtete ihn und versuchte, seinen Gesichtsausdruck zu deuten. Sie hatte die Wahl zwischen Überheblichkeit, Schadenfreude oder Spott.

Zu ihrer Rechten gaben Neuntöters Unterhäuptlinge, Steinknolle und Fliegende Fischreuse, Befehle aus, während Neuntöter selbst die Männer in Suchtrupps einteilte. Er sah nicht wie ein Kriegshäuptling aus, die meisten Frauen waren größer als er, aber Jagender Falke wusste, dass Äußerlichkeiten täuschen konnten. Schwere Lider und volle Wangen ließen ihn schläfrig und träge erscheinen, der breite Mund mit den üppigen Lippen versprach Milde und Güte. Die krummen Beine bewegten sich vielleicht nicht allzu flink, aber sie trugen ihn immer noch, wenn die schnellsten Läufer längst aufgegeben hatten. Mit den allzu langen Armen paddelte er durch die Bucht, ohne einmal innezuhalten. Er betonte auch selbst gern, dass imponierende Körpergröße im Krieg nicht entscheidend sei. Er hatte sich einen Namen gemacht, als er nach Mattaponi geschlichen war und dort ganz allein den Weroanzi und acht seiner Krieger getötet hatte und anschließend, zur Verblüffung seiner Feinde, auf geheimnisvolle Weise in der Nacht verschwunden war. Jeder tat gut daran, solch einen Mann nicht zu unterschätzen.

»Es geht los! Macht euch bereit!«, rief Neuntöter jetzt und deutete mit seinem Bogen auf das Tor in den Palisaden. »Ihr wisst, wonach zu suchen ist! Wahrscheinlich ist sie nur spazieren gegangen, um allein zu sein, aber seid auf der Hut! Achtet auf Verdächtiges!«

Die Krieger liefen mit erhobenen Köpfen durch das Tor und schlugen die Keulen im Takt ihrer Schritte gegen die Bogen.

Belustigt beobachtete Jagender Falke das Schauspiel, das nur für die Gäste aufgeführt wurde. Sie sahen ausdruckslos zu, einigen stand die Langeweile ins Gesicht geschrieben, aber Jagender Falke entging das Glitzern in ihren dunklen Augen nicht. Die Krieger des Grünstein-Clans hatten den Ruf, besonders kampfeslustig zu sein, verdient. Selbst Wasserschlange, der Mamanatowick, vermied Zusammenstöße mit ihnen, obwohl seine Unterhäuptlinge zahlreiche Kriegslisten kannten.

Schwarzer Dorn, Weroanzi von Drei Myrten, stand auf der anderen Seite des Platzes und beobachtete mit verschränkten Armen, wie die Krieger aufbrachen. Die Anspannung, die sich in seinem Gesicht und in seiner Haltung zeigte, weckte die Aufmerksamkeit von Jagender Falke.

Schwarzer Dorn war immer ein schöner Mann gewesen. Er war hoch gewachsen und muskulös und verfügte über eine schnelle Auffassungsgabe und ein ausgezeichnetes Reaktionsvermögen. Drei Myrten lag eine halbe Tagesreise von Flache Perle entfernt an der nächsten größeren Bucht. Im Laufe der Jahre hatten sich die beiden Dörfer aus praktischen und politischen Erwägungen miteinander verbündet. Muschelkamm, Jagender Falkes Tochter, hatte als Drachenknochens Ehefrau dort gelebt.

Die Kiefer von Schwarzer Dorn mahlten; seine Fäuste ballten und entspannten sich in schnellem Rhythmus. Was kümmerte ihn denn ein vermisstes Mädchen? Zweifellos würde man es schmollend irgendwo im Wäldchen finden, und binnen einer Woche wäre die ganze Sache vergessen.

Jagender Falke hob die Brauen, als sie bemerkte, dass nun Muschelkamm Schwarzer Dorns ungeteilte Aufmerksamkeit auf sich gezogen hatte. Die beiden starrten sich über den Platz hinweg eine Weile lang an. Herausforderung und Verzweiflung, Fragen und Antworten lagen in den Blicken. Was hatte dieser ganz private, ja, heimliche Austausch von Botschaften zu bedeuten? Dann wandte Muschelkamm sich plötzlich ab, und Schwarzer Dorn biss die Zähne zusammen. Seine Wangenknochen verrieten ihn.

Jagender Falke konnte jedoch nicht bei ihren Gedanken verweilen, denn jetzt trat Kupferdonner zielstrebig auf sie zu. »Verehrte Weroansqua«, sagte er, »bist du sicher, dass meine Krieger dir nicht behilflich sein können?«

»Es ist wirklich nicht nötig, Großer Tayac.« Sie wies auf den bewaldeten Hügelkamm. »Meine Leute kennen die Gegend, kennen jeden Winkel, jedes Schlupfloch.«

Kupferdonners dunkle Augen brannten. »Sie würde doch nicht davonlaufen, oder?«

Jagender Falke erstarrte. »Niemals!«

»Es geht das Gerücht …«

»Sie weiß, dass ich Neuntöter nach ihr suchen ließe, bis er sie gefunden und zurückgebracht hätte. Rote Schlinge würde ihren Clan niemals auf diese Weise entehren.«

»Ich verstehe.« Kupferdonners ausdrucksloses Gesicht verriet nichts.

»Sie macht sicher einen Spaziergang, um mit sich selbst ins Reine zu kommen. Bedenke doch: Erst vor kurzem ist sie vom Mädchen zur Frau geworden, und morgen verlässt sie ihr Heimatdorf, um deine Frau zu werden. Sie hatte keine Ruhe mehr, seit die ersten Krämpfe einsetzten. Sicher wollte sie noch einmal für kurze Zeit allein sein, um über alles nachzudenken.«

Kupferdonner betastete seine Kriegskeule, die an seinem Lendenschurz hing. Sie war fein geschnitzt, und oberhalb eines scharfen Kupferstachels war ein spitzer Stein eingesetzt. »Ich habe bereits bemerkt, dass die Frauen in deiner Familie viel nachdenken. Ich frage mich, ob ich mir wirklich einen Gefallen tue, wenn ich in deine Familie einheirate.«

»Das weiß ich nicht. Beantworte du die Frage.« Jagender Falke sah ihn versöhnlich lächelnd an, um ihr Unbehagen zu verbergen. Heilige Geister, ahnte er etwa, wie groß ihre Mitschuld war?

Er lachte leise. »Meine Männer und ich würden dir wirklich gern behilflich sein, als Ausdruck unserer neuen Verwandtschaft.«

Jagender Falke nickte widerstrebend. »Gut, Großer Tayac, teile deine Männer ein. Es ist unwahrscheinlich, dass sie irgendwo in der Klemme sitzt, aber es kann auch nicht schaden, wenn einige Augen zusätzlich Ausschau halten.«

Kupferdonner hob die Hand und schnippte mit den Fingern. Seine Krieger erhoben sich wie ein Mann und trabten hinaus wie ein Fischschwarm. Jenseits der Palisade gab der Unterführer Befehle, und die Männer verteilten sich.

»Gut ausgebildet«, bemerkte Jagender Falke.

»Natürlich. Was ich erreicht habe, erreicht niemand ohne Disziplin.«

»Und Härte«, ergänzte sie.

»Ja, auch Härte. Aber wer wie du zwischen Schlange und Stein lebt, weiß dies sicher zu würdigen.«

»Das weiß ich in der Tat.« *Und das wirst du bald erfahren, mein Freund.*

Jagender Falke fing einen Blick ihrer Nichte Gelbes Netz auf, die gerade vorüberging, und sah die Angst in ihren Augen, als das Mädchen voller Sorge auf Kupferdonner schaute. Jagender Falke lächelte ihr ermutigend zu. Gelbes Netz holte tief Atem und ging weiter.

Jagender Falke wandte sich wieder an Kupferdonner und fragte: »Was beschäftigt dich, Großer Tayac?«

»Ich bin erstaunt, das ist alles. Warum gerade ich, Weroansqua? Wasserschlange wäre ein viel besserer Bundesgenosse gewesen. Sein Land schließt sich im Süden an deines an. Waren aus dem Binnenland könntest du ebenso gut über ihn wie über mich bekommen.«

Sie schenkte ihm ein falsches Lächeln. *Vorsichtig, Frau! Er wittert die Falle.* »Und wenn ich dir sage, dass ich einfach meinem Gefühl gefolgt bin?«

»Das würde ich nicht glauben. Sag mal ehrlich: Bist du jemals nur einfach deinem Gefühl gefolgt?«

»Aber natürlich ... genau wie du. Du bist klug, Großer Tayac. Du horchst dein Gegenüber aus, du tastest es ab, willst herausbekommen, wo seine Stärken und Schwächen liegen.«

Er zuckte die Achseln. »Bei uns wird niemand Tayac, geschweige denn Großer Tayac, wenn er nicht in seinen Brüdern lesen kann. Ein kluger Führer schläft nie.«

»Genauso wenig wie eine kluge Führerin.«

Er sah sie scharf von der Seite an. »Du weißt sicher, dass es Leute gibt, denen die Entführung deiner Enkeltochter sehr gelegen käme.«

»Ich habe versucht, nicht daran zu denken. Eine Entführung ist tatsächlich nicht ausgeschlossen. Und die Folgen wären schlimm.«

Er holte tief Luft. »Es wäre ein Schlag in dein Gesicht und in das meine. Eine Beleidigung deines Clans und des meinen. Uns bliebe nichts anderes übrig, als den Urheber zu vernichten.«

»Ganze Dörfer würden brennen, die Bewohner getötet. Niemand wäre mehr sicher.«

»Lass uns also hoffen, dass dein erster Gedanke der richtige war.«

Jagender Falke rang die Hände, als wollte sie diese Hoffnung fest umschließen. »Es findet sich sicher eine ganz einfache Erklärung.«

Nein, sie brauchte sich nicht zu sorgen – er hatte keinen Verdacht.

Springendes Kitz bückte sich nach einem Stück Brennholz, dem ersten, das sie sah, seit sie das Dorf verlassen hatte. Sie war zwölf, gertenschlank und hübsch. Ihre Mutter, Gelbes Netz, hatte die langen schwarzen Haare so lange gekämmt, bis sie glänzten. Ihre Freundinnen beneideten sie um ihr herzförmiges Gesicht und die funkelnden Augen. Sie begann jetzt, etwas runder zu werden, und man sah bereits, wie schön sie einmal als erwachsene Frau sein würde.

Seit ihre Mutter sie zum Holzmachen geschickt hatte, war mindestens eine Zeithand vergangen, die Zeit also, die die Sonne brauchte, um vom linken Rand der erhobenen Hand zum rechten zu wandern. Die Feuer mussten in Gang gehalten werden, und das bedeutete Arbeit. Jahrelang hatte man im Umkreis des Dorfes Holz gesammelt. Jetzt gab es hier kaum noch Holz, und sie musste landeinwärts suchen. Aber, um die Wahrheit zu sagen, sie hatte einfach getrödelt und die Zeit totgeschlagen. Die Auseinandersetzung mit Rote Schlinge nach dem Tanz in der vergangenen Nacht beunruhigte sie immer noch. Es geschah so viel – sie brauchte Zeit zum Nachdenken.

Ein Eichhörnchen über ihr sprang von Ast zu Ast und hielt inne, um sie mit kleinen glänzenden Augen zu betrachten.

»Sei froh, dass du dort oben bist, Freundchen«, sagte Springendes Kitz zu dem Tier mit dem buschigen Schweif. »Und dass du kein Mädchen bist.«

Das Eichhörnchen wippte wie zur Bestätigung mit dem Schwanz und huschte in die höheren Äste hinauf.

Springendes Kitz kletterte den Hügel empor und erreichte schnell die alte umgestürzte Eiche. Mit ihrem riesigen Stamm war sie bis zum vergangenen Jahr der größte Baum im Wald oberhalb von Flache Perle gewesen. Ein Blitz hatte sie im letzten Sommer gefällt. Zur allgemeinen Verblüffung war der Stamm hohl und verfault gewesen. Der Baum war in der Mitte geborsten, und im Fall hatte die obere Hälfte die Zweige der Nachbarbäume zersplittert. Die untere Hälfte stand noch, verwittert und tot, und wartete auf das unausweichliche Verhängnis durch den nächsten Sturm. Für die jungen Holzsammler von Flache Perle war diese Baumleiche eine wahre Fundgrube.

Springendes Kitz schaute auf den Abfall, der den Boden bedeckte, und dann zum klaren Himmel hinauf. Als die mächtige Eiche fiel, hatte sie dem Wald ein großes Lichtfenster geöffnet.

Sie legte ihr Feuerholz ab und kletterte behände auf den am Boden liegenden Stamm. Sie setzte sich in eine abgebrochene Astgabel und blickte mit zurückgelegtem Kopf zu den Wolken empor. »Ich glaube, ich will keine Frau sein«, erklärte sie dem schweigenden Himmel.

Rote Schlinge war ihre beste Freundin. Sie hatten zusammen gespielt, gearbeitet und geträumt. Sie hatten gelacht, den Jungs ein Lächeln zugeblitzt und sie gnadenlos gehänselt.

Springendes Kitz dachte an jene Sommernacht vor nicht einmal fünf Monden, als Jagender Falke, die alte schlaue Führerin, Läufer in die umliegenden Dörfer gesandt hatte. Die Felder waren beinahe bestellt, und es würde ein Fest geben. Als die Gäste bald darauf eintrafen, fanden sie die Bewohner von Flache Perle noch beim Jäten ihrer Mais-, Bohnen- und Kürbisfelder, und natürlich sprangen sie sofort helfend ein. Die Arbeit, die sonst fünf Tage in Anspruch genommen hätte, war in weniger als einem Tag erledigt worden.

Jagender Falke hatte noch üppige Vorräte vom letzten Winter übrig, die in den Lagerkörben und Töpfen zu verschimmeln drohten. Da war es doch besser, dass sich Freunde und Bundesgenossen aus der Umgebung die Bäuche damit füllten.

Springendes Kitz hatte Rote Schlinge und Wilder Fuchs aus dem Augenwinkel beobachtet. Seite an Seite jäteten sie in den Furchen Unkraut. Mais-, Bohnen- und Kürbisfelder wechselten sich ab. Hier und dort ragten wie Krähenschnäbel verkohlte Baumstümpfe aus dem Boden. Gebückt hatten Wilder Fuchs und Rote Schlinge miteinander geredet, gescherzt und gelächelt.

Anfangs war Springendes Kitz noch in ihre Spiele einbezogen worden, aber später, nach dem Essen, als Weidenstumpf sich hervortun wollte und vor dem Haus der Toten seinen Jagdtanz vorgeführt hatte, waren die beiden aus dem Kreis der Tänzer um das Feuer herum verschwunden.

Also bin ich ihnen gefolgt.

Springendes Kitz rieb sich das Gesicht und starrte seufzend in die dahinziehenden Wolken. Bei den dunklen Bäumen jenseits der Anlegestelle hatte sie die beiden verloren. Später entdeckte sie sie wieder auf dem Sandstrand der Bucht, als sie im Mondlicht badeten.

Wilder Fuchs hatte seine Wiedergeburt, das Ritual der Mannhaftigkeit und das Schwärzen des Körpers erst zwei Monde zuvor durchgemacht, und Rote Schlinge hatte mit vierzehn noch nicht einmal ihre erste Blutung gehabt. Und doch waren die beiden Körper ineinander verschlungen. Springendes Kitz sah das Licht des Mondes auf eingeölter Haut. Zwei Halbmonde zeichnete er auf das Gesäß und den Rücken von Wilder Fuchs, und seine Waden schimmerten wie Silber, als er seine Hüften rhythmisch auf- und abbewegte.

Diese Kühnheit hatte ihr die Fassung geraubt. Ein Mann durfte keinem Mädchen beiwohnen. Rote Schlinge würde geschlagen werden, und Schmähungen würden bei ihrer Bestrafung nur so auf sie niederprasseln. Wilder Fuchs würde entehrt und geächtet, vielleicht sogar von Neuntöter und den Kriegern von Flache Perle getötet werden.

Lautlos wie ein Schatten war Springendes Kitz in der Deckung der Bäume verschwunden und hatte sich die Hand aufs Herz gelegt, ängstlich um sich schauend, ob niemand in der Nähe war.

Am nächsten Tag brach Wilder Fuchs mit Schwarzer Dorn, seinem Vater, auf. Rote Schlinge ging wie auf Wolken, sie war glücklich und träumte vor sich hin.

»Weißt du eigentlich, was du tust?«, fragte Springendes Kitz an jenem Nachmittag. Mit schweren Stößeln, die aus geraden Ästen geschnitzt worden waren, zerstießen sie Maiskörner zu Mehl. Jedem Stoß folgte ein dumpfer Schlag auf Holz, und sie stießen in gemeinsamem Takt.

»Was ich tue?«

»Ja, du und Wilder Fuchs. Ich weiß Bescheid über euch. Aber ich bin deine Freundin. Doch was geschieht, wenn ein anderer dahinter kommt? Es würde dein Leben zerstören.«

Rote Schlinge lachte. Ihr geschmeidiger Körper bog sich, als der schwere Stößel auf die tanzenden Körner in der Reibschale traf. »Aber nein, meine Liebe, ganz im Gegenteil. Ich rette mich. Heilige Fledermaus, Springendes Kitz. Wir werden heiraten und bis ans Ende unserer Tage zusammenleben. Eines Tages wird er ein großer Häuptling sein, vielleicht sogar Mamanatowick. Und ich werde seine Frau sein.«

Springendes Kitz betrachtete düster das Maismehl und stieß den Stößel mit Nachdruck darauf. »Ich nehme an, Jagender Falke und Muschelkamm sind einverstanden?«

»Oh, sie werden einverstanden sein. Da bin ich sicher. Mutter hat schon immer gut mit Schwarzer Dorn und Drei Myrten verhandeln können. Was sollte dagegen sprechen?«

»Ich glaube, diese Lichtgestalt Wilder Fuchs hat dich verblendet, liebe Freundin. Die Weroansqua und deine Mutter tun niemals etwas aus Bequemlichkeit oder richten sich nach den Wünschen anderer. Du bist die Enkeltochter eines Häuptlings, die Tochter einer Frau, die einmal Weroansqua wird. Denk darüber nach! Du kannst dich nicht mit anderen vergleichen.«

Dies waren prophetische Worte. Denn einen Mond bevor Rote Schlinge zur Frau wurde, hatte man verkündet, dass sie Kupferdonner versprochen war.

Wie gut konnte sich Springendes Kitz noch an die Augen ihrer Freundin an jenem Tag erinnern! Heftige Erschütterung, grenzenloses Erstaunen und abgrundtiefe Verzweiflung hatten ihr schönes Gesicht in eine Maske der zerschlagenen Hoffnungen verwandelt.

Nein, ich will keine Frau werden. Lasst mich so bleiben, wie ich bin – frei und glücklich, und die tägliche Hausarbeit sei meine einzige Sorge.

An jenem Tag war es zur Entscheidung gekommen. Im Dunkel der Abenddämmerung war Springendes Kitz zu ihrer Freundin geschlichen und Rote Schlinge hatte ihre Pläne offenbart. »Ich laufe mit Wilder Fuchs davon. Im Morgengrauen treffe ich ihn am Austernsteg.«

Springendes Kitz fühlte sich vollkommen leer, als sie sich daran erinnerte, wie verzweifelt sie Rote Schlinge beschworen hatte, nicht fortzulaufen. Verantwortung und Pflicht gegenüber dem Clan seien viel zu groß. Sie hatten sich gestritten, sogar heftig gestritten.

Ich hätte sie aufhalten können.

Springendes Kitz schloss die Augen und sah wieder den Triumph auf dem Gesicht von Rote Schlinge.

Wie dumm ihre Cousine doch war! Der Kriegshäuptling würde sie jagen, erwischen und entehrt ins Dorf zurückbringen.

Sie seufzte und legte das Kinn auf die angezogenen Knie. Es war gespenstisch still geworden im Wald.

Plötzlich spürte sie ein eigenartiges Prickeln. Sie runzelte die Stirn und entschloss sich, nun endlich den Weg zurück ins Dorf einzuschlagen. Doch als sie auf den Boden springen wollte, um das Holz aufzusammeln, nahm sie aus dem Augenwinkel eine schwache Bewegung wahr. Sie wandte vorsichtig den Kopf, erschrocken beobachtete sie, wie zweimal zehn Krieger am Hang unter ihr vorbeimarschieren, die Bogen schussbereit mit eingelegten Pfeilen. Ganz leise knisterten die Mokassins auf dem feuchten Laub. Wachsame dunkle Augen funkelten, als sie den Wald ringsum prüfend betrachteten. Jedes Gesicht war rot und schwarz bemalt, in den Farben von Krieg und Tod.

Springendes Kitz erkannte sie an ihrer Haartracht: Die rechte Seite des Kopfes war kahl geschoren, eine lange geflochtene Mähne fiel von der Scheitellocke über den Rücken, und ein Kriegstalisman war in den festen Haarknoten auf der linken Seite gesteckt. Dies waren Wasserschlanges Krieger.

Aber was taten sie hier, warum schlichen sie durch das Gebiet von Flache Perle?

Ihre Kehle war wie zugeschnürt, und sie schluckte heftig. Ihr Herz raste, als wollte es zerspringen. Jeder Nerv schrie ihr zu, sie solle rennen, aber der lähmende Schrecken hielt sie an der alten Eiche fest.

Es schien, als ob einer der Krieger genau in ihre Richtung blickte. Die Welt verschwamm vor ihren Augen, und sie schien zu zerfließen vor lauter Angst.

In diesem Augenblick aber schoss ein Kaninchen aus den dichten Büschen unter ihr hervor, durch die Nähe der Männer erschreckt, und sauste davon. Der flauschige weiße Schwanz wippte bei jedem Sprung auf und ab. Abgelenkt blickte der Krieger dem Kaninchen nach und setzte seinen Weg fort.

Springendes Kitz rang nach Luft, als die Krieger endlich vorübergegangen und aus ihrem Blickfeld verschwunden waren, und rutschte von der Eiche auf den Boden. Sie presste die Knie fest zusammen, sonst hätten ihre Beine nachgegeben.

»Ich muss die anderen sofort warnen!«

Springendes Kitz hatte sich ihren Namen verdient. Sie war das schnellste Mädchen von Flache Perle. Jetzt wurde sie wieder ihrem Ruf gerecht und lief mit fliegenden Haaren in Windeseile zum Dorf zurück.

Neuntöter jonglierte mit seinen Gedanken wie ein Zauberer mit grünen Walnüssen. Dank dieser Fähigkeit hatte er mehr als einen Kriegszug vor einem katastrophalen Ausgang bewahrt. Er nahm sich ein Problem vor, dachte kurz darüber nach und ließ es dann fallen, während er mit einem anderen Gedanken spielte. Schließlich nahm er den ersten wieder in den ununterbrochenen Fluss seiner Gedanken auf.

Zahlreiche Ideen schossen ihm durch den Kopf, als er auf dem Hügelpfad vier Krieger anführte. Das Leben in Flache Perle erschien ihm wie ein Tanz auf Spinnweben. Man musste die Füße schnell bewegen, sonst klebten sie fest. Das Gleichgewicht zu finden, war, vorsichtig ausgedrückt, eine schwierige Angelegenheit. Und selbst ein Rundumschlag verhinderte oft nicht, dass man einer Spinne, die irgendwo in einer Ecke lauerte, zum Opfer fiel.

Zum Glück für den Flachperlen- und den Grünstein-Clan war Jagender Falke stets eine flinke Tänzerin gewesen. Ihrem scharfen Verstand war es zu verdanken, dass dem Land zwischen der Austernbucht und dem Entenbach die Selbstständigkeit erhalten blieb. Dass die Unabhängigen Dörfer ihre Ziele oft durch Manipulation, kämpferischen Mut und Einschüchterung erreichten, interessierte niemanden; am Ende zählte nur das Überleben.

Aber nun lagen die Unabhängigen Dörfer wie eine ungeknackte Nuss zwischen drei Mühlsteinen: Im Süden dachte der Mamanatowick Wasserschlange unablässig darüber nach, wie er die Unabhängigen Dörfer in seine Gewalt bekommen könnte, während im Norden, auf der anderen Seite des Fischflusses, der Tayac Steinfrosch die Conoy-Dörfer, die bislang nur in einer losen Koalition miteinander verbunden gewesen waren, zu einem festen, starken Dorfverbund vereint hatte.

Im Westen war nun Kupferdonner ein neues Element. Es war noch keine zehn Blätterblüten her, dass er in die Dörfer am Oberlauf des Flusses gekommen war. Seine Mutter, eine Frau aus dem Pfeifenstein-Clan hatte einen Händler geheiratet und war ihm in die reichen Häuptlingsgebiete landeinwärts gefolgt. Dort war Kupferdonner auf die Welt gekommen und an den großen Flüssen aufgewachsen. Er erzählte Geschichten von fantastischen Städten und gewaltigen Tempelbauten, die im Sonnenlicht leuchteten und auf Bergen standen, die von Menschen aufgeschüttet worden waren.

Solche Geschichten weckten Neuntöters Argwohn, doch es gab viele Händler, die beteuerten, dass es derart wunderbare Stammesgebiete tatsächlich gab. In den Erzählungen steckte also wohl doch ein Körnchen Wahrheit.

Kupferdonner war als junger Mann zum Volk seiner Mutter zurückgekehrt. Und er war ein beeindruckender Mann: Sein Gesicht war in auffälliger Weise tätowiert worden. Seine Augen schienen aus zwei Schwalbenschwänzen herauszuschauen. Er trug eine Furcht erregende Kriegskeule mit einer tödlichen Kupferklinge bei sich. Der Anhänger in Form einer Spinne, den er um den Hals trug, war dem Vernehmen nach das Abzeichen eines Geheimbundes von Kriegern, die den Schlangenhäuptlingen dienten. Andere verbreiteten, er wisse seltsame Dinge, spreche zu fremdartigen Göttern und gebiete über böse Geister.

All das war möglicherweise richtig, denn es war ihm als Erstem gelungen, die zänkischen Clans vom Oberlauf zu einem festen Bund zusammenzuschmieden. Mit diesem Rückhalt hatte er zuerst Steinfrosch und dann Wasserschlange besiegt.

Beide Auseinandersetzungen hatte er mit zahlenmäßig unterlegenen Streitkräften gewonnen und dem überlegenen Feind dabei große Verluste zugefügt. Nun saß der Große Tayac, zu dem er sich selbst ernannt hatte, auf der wichtigsten Handelsroute ins Binnenland. Hier kamen alle Waren durch – Kupfer, Feuerstein und Quarze zur Herstellung von Werkzeugen, feine Gewebe, Färbstoffe und Speckstein für Pfeifen und Schalen.

Der junge Einzelgänger hatte sich ein erstaunliches Maß an Prestige, Autorität und Macht erworben. Seine Stärke schien unaufhaltsam zuzunehmen. Jetzt bezeugten viele, dass ihn nichts aufhalten könne.

War dies wirklich so?

Neuntöter lauschte den Schreien seiner Männer, die durch den Wald hallten, und dachte darüber nach, welcher Mann so etwas tatsächlich fertig brächte.

Kupferdonner war mehr als nur ein nach langer Zeit wieder aufgetauchter Stammesgenosse des Pfeifenstein-Clans. Irgendetwas schien ihn über andere Menschen zu stellen. Was auch immer es war – es hatte nichts zu tun mit der angeblichen Göttlichkeit von Männern wie Wasserschlange, die sich selbst für göttlich hielten. Wann immer Neuntöter mit dem Mamanatowick verhandelt hatte, wusste er doch im Innersten, dass ihm nur ein Mensch gegenüber stand, wenn auch einer mit viel Macht.

Aber Kupferdonner war anders. Neuntöter brauchte nur in dessen Augen zu blicken – und seine Seele erschauerte.

Man flüsterte, der Große Tayac trage ein mächtiges Amulett, ein Täfelchen mit dem eingravierten Bild einer Kreatur, teils Vogel, teils Mensch, teils Schlange, das ihn unbesiegbar machte.

Neuntöter packte seinen Bogen fester, und das biegsame Holz stärkte sein Selbstvertrauen. Er hatte die Waffe selbst gefertigt, hatte sie aus dem feuergehärteten Zweig eines Hickorybaums geschnitzt. Unter allen Kriegern, die er kannte, gab es nur fünf, die fähig gewesen wären, diesen Bogen zu spannen. Mit ihm konnte Neuntöter einen Pfeil durch den Eichenschild eines feindlichen Kriegers hindurch in dessen Körper schießen, gleichgültig, was gute oder böse Geister für Ränke gegen ihn spinnen mochten.

Über das neue Bündnis zwischen Jagender Falke und Kupferdonner hatte er sich schon Gedanken gemacht. Ganz natürlich – als Kriegshäuptling eben. Schließlich war er es, der die Wucht der Wut von Wasserschlange und Steinfrosch aus- und aufhalten musste.

Die Welt wandelte sich. Das alte, gewohnte Gefüge war zusammengebrochen – größtenteils wegen Kupferdonners Auftritt. Ohne ihn und die Ausdehnung der Clans am Oberlauf wäre das Leben um die große Salzwasserbucht mehr oder weniger unverändert geblieben. Jedoch – wie Okeus nach der Schöpfung – hatte Kupferdonner das Land ins Chaos gestürzt.

Diese drei Mühlsteine schlossen die Unabhängigen Dörfer nun ein und mahlten mit wachsendem Druck.

Neuntöter runzelte die Stirn. Der Gedanke an Okeus machte ihn immer unruhig. Immerhin wurden dem dunklen Gott zu Ehren Tempel und Schreine errichtet. Er wurde verehrt und durch Gebete günstig gestimmt, während Ohona, der Gott der Schöpfung und der Ordnung, meist vergessen wurde. Bei Okeus hatte Neuntöter immer das Gefühl, er stünde wehrlos auf einer Anhöhe, während grelle Blitze durch den Himmel zuckten. Und ein Mensch konnte nicht wissen, wann ihn ein solcher Blitz treffen würde.

Okeus und die Weroansqua hatten viel gemeinsam. Vielleicht hatte Jagender Falke das Bündnis mit Kupferdonners Pfeifenstein-Clan um der Sicherheit willen geschlossen. Ob es sich bewährte, hing von der Frage ab, wie geschickt Jagender Falke Kupferdonner leiten konnte. Nur Okeus wusste, was geschehen würde, wenn …

Ein junges Mädchen eilte mit fliegenden schwarzen Haaren den Pfad hinunter, und einen Augenblick lang glaubte Neuntöter, es sei Rote Schlinge. Dann erkannte er seine Nichte Springendes Kitz.

»Krieger!«, schrie das Mädchen. »Krieger, Onkel! Fast zweimal zehn.« Sie hielt vor ihm an, beugte sich nieder und rang nach Luft. »Bei der … alten Eiche … kamen vorbei … Bogen schussbereit … Gesichter bemalt … kommen hierher!«

»Wessen Krieger?« Neuntöter strich liebevoll über den Kopf seiner Nichte. »Hast du sie erkannt?«

»Vom … vom Mamanatowick!«

Neuntöter wandte sich an seine Krieger. »Die Krieger von Wasserschlange sind auf der Westseite des Hügels. Wenn sie einen Überfall planen, werden sie unten am Hang bleiben, nur auf den Pfaden vom Strand. Steinknolle, bieg links ab und warne die anderen. Fliegende Fischreuse, sammle deine Männer! Wir wollen diesen schlauen Eindringlingen eine Falle stellen. Mal sehen, was daraus wird.«

Auf sein Zeichen hin stoben die beiden Krieger durch die Bäume zu den anderen Suchtrupps davon. Die beiden übrigen Männer spannten ihre Bogen, legten Pfeile ein und sahen ihn an, Befehle erwartend.

»Bleib bei mir, Nichte. Wir klettern den Hang hinunter. Ich glaube, ich weiß, wo sie vorbeikommen werden.« Er kniete sich nieder und blickte Springendes Kitz, die immer noch keuchte, in die Augen. »War Rote Schlinge bei dir?«

»Nein.« Springendes Kitz schnaufte. »Stimmt etwas nicht?«

»Sie wird vermisst. Und jetzt sagst du mir, dass die Krieger vom Mamanatowick dort unten sind.«

»Aber sie müsste längst …« Sie warf die wirren schwarzen Haare zurück und richtete sich mit plötzlich verängstigtem Gesichtsausdruck auf. »Ich … ja, ich verstehe, Onkel.«

»Eins nach dem andern, mein Mädchen.« Neuntöter lächelte ihr ermutigend zu. »Wir befassen uns jetzt mit den Kriegern, und dann finden wir sie.« Er klopfte ihr auf den Rücken. »Und jetzt lauf! Warne das Dorf! Mit zweimal zehn Kriegern sind sie noch nicht sehr gefährlich. Aber vielleicht richten sie Unheil an.«

Amselflügel eilte voran, darauf bedacht, die Mitte zwischen Lautlosigkeit und Geschwindigkeit zu halten. Seine Krieger folgten ihm einer hinter dem anderen. Die Lage behagte ihm nicht. Die schmale Landzunge, über die er vordrang, stand unter der Kontrolle der berühmten Krieger von Flache Perle. Doch sein Rang als Kriegshäuptling von Maisjäger, dem Weroanzi von Weißer Pfahl, brachte eben gewisse Risiken mit sich. Amselflügel hatte sein ganzes Leben hart gearbeitet, aber in seinem zweiten Jahr als Häuptling erkannte er, wie schwach seine Position war. Seine einzige Hoffnung lag in geräuschloser Überraschung. Sie mussten schnell sein und ihren Auftrag erledigen, bevor dieser gerissene Neuntöter erfasst hatte, wie schwach sie waren.

Noch vor drei Tagen hatte er in seinem Familienlanghaus in Weißer Pfahl gesessen und ein neues Fischernetz geknüpft, während seine Frau, Die-durch-die-Muschel-schaut, ihm den neuesten Klatsch berichtete. Da war der Läufer von Maisjäger gekommen.

Amselflügel hatte sich noch seine schönste Muschelkette umgelegt und nach der ausgestopften Amsel gegriffen. Er trug den Vogel auf der geschorenen rechten Schädelseite über dem Ohr. Dann nahm er seine Kriegskeule und machte sich auf den Weg zum Weroanzi.

Maisjäger war von seinen Priestern und einigen Clan-Führern umgeben gewesen; außerdem war ein fadendünner, tätowierter Bursche, ein Händler namens Entenmuschel, zugegen. Amselflügel kannte ihn; er war ein fauler, schlaffer Kerl und nirgends beliebt. Nach allem, was er erzählte, hatte er mindestens vier oder fünf verschiedene Mütter. Anders waren seine Behauptungen bezüglich seiner Clan-Zugehörigkeit nicht zu erklären. In all den Jahren, in denen Entenmuschel die Salzwasserbucht bereist hatte, war es keinem Clan je eingefallen, ihn als Mitglied anzuerkennen, und wie man hörte, hatte auch niemand von denen, die nach seiner Herkunft forschten, jemanden getroffen, der seine Familie gekannt hätte.

Maisjäger starrte mit grimmigem Ausdruck nachdenklich auf Entenmuschel, das eckige Kinn auf die fleischige Handfläche gestützt. Der Weroanzi ergraute allmählich und um den Bauch herum war er weich und füllig geworden. Alte Tätowierungen waren auf seiner dunklen Haut kaum mehr zu erkennen. Wasserschlange hatte seinem jüngeren Bruder Maisjäger schon vor zwanzig Jahren die Herrschaft über Weißer Pfahl anvertraut. Seine Ernennung durch die Krieger des Mamanatowick war unter Zwang durchgesetzt worden, aber im Laufe der Zeit hatte sich Maisjäger als verlässlicher, wenn auch fantasieloser Mann erwiesen. Seine Pflicht gegenüber seinem älteren Bruder bestand im Wesentlichen darin, die nördlichen Grenzen zu festigen und zu sichern und ein wachsames Auge auf Flache Perle und dessen Verbündete vom Grünstein-Clan zu haben.

Es ließ sich kaum leugnen, dass Wasserschlange sich die Territorien unter der Herrschaft der Unabhängigen Dörfer aneignen wollte. Im Laufe der Jahre hatte er verschiedentlich Expeditionen ausgeschickt, um Flache Perle, Drei Myrten und die Austerndörfer unter seinen Einfluss zu bringen, sei es durch Einschüchterung, sei es durch Gewalt. Doch war jeder Versuch von den Grünstein-Kriegern und ihren Verbündeten zurückgeschlagen worden. Amselflügel verdankte seine Beförderung zum Kriegshäuptling einem solchen Überfall, bei dem sein Vorgänger, Netztaucher, im Kampf mit Neuntöter umgekommen war.

»Entenmuschel hat Neuigkeiten gebracht«, hatte ihm Maisjäger erklärt. »Jagender Falke vom Grünstein-Clan hat Kupferdonner ihre Enkeltochter versprochen. Das Mädchen ist heute Frau geworden. Nimm Krieger und geh nach Norden! Hör dich um, ob der Händler die Wahrheit sagt.«

Entgeistert hatte Amselflügel gefragt: »Wann, mein Häuptling?«

»Jetzt. Heute Nacht. Lass Jagender Falke wissen, dass Wasserschlange diese Heirat missfällt.«

»Heute Nacht? Aber ich brauche ein paar Tage, um meine Krieger zu sammeln. Einige sind auf der Jagd, andere beim Fischen …«

»Heute Nacht, Kriegshäuptling.«

»Und was soll ich tun? Soll ich ihr einfach sagen, sie dürfe ihre Enkeltochter nicht verheiraten?«

»Das überlass ich dir. Du bist der Kriegshäuptling. Erledige das auf deine Weise. Aber diese Heirat darf nicht stattfinden.«

Amselflügel hatte schließlich zweimal zehn Krieger zusammengeholt. Was er mit einer solch kleinen Streitmacht ausrichten konnte, würde sich erweisen. Erst einmal jedenfalls würde er mit seinen Männern unerwartet in Flache Perle erscheinen, als Jäger getarnt, die zufällig in der Gegend waren. Ein friedlicher Besuch, das war alles.

Jagender Falke war schlau. Die alte Frau hatte nicht ohne Grund ihre Position und ihre Unabhängigkeit all die Jahre bewahren können. Es würde kaum gelingen, sie zu täuschen. Amselflügel würde besonders geschickt vorgehen müssen. Jagender Falke durfte die Warnung nicht als offene Feindseligkeit verstehen, aber sie musste doch so deutlich sein, dass sie von der unseligen Heirat absah.

»Wir sind bald da«, sagte Amselflügel nun zu seinen Kriegern. »Seid wachsam!«

Nicht das kleinste Bruchholz lag auf dem Waldboden, und einige Baumstümpfe waren mit Steinäxten zerhackt worden. Der Boden unter den Nussbäumen war auf der Suche nach Hickory-, Pinaquin- und Walnüssen von fleißigen Sammlern festgetreten worden.

So weit, so gut. Mit etwas Glück konnte er mit seinen Kriegern bis zu den Palisaden gelangen und einen Gruß ins Dorf rufen. Mit noch mehr Glück würde ihn Jagender Falke höflich empfangen und festlich bewirten. Dann könnte er seine Botschaft überbringen und schon bei Einbruch der Nacht nach Süden eilen.

In dem Augenblick, als er diese winzige Chance bedachte, trat ein Mann hinter einem dicken Baum hervor und verstellte ihm den Weg. Amselflügel hob die Hand und gebot seinen Kriegern Halt. Er erschrak, als er die stämmige Gestalt mit den krummen Beinen und den muskulösen Armen erkannte. Der berühmte Bogen aus Eschenholz war gespannt, und Neuntöter hatte einen Pfeil an der Sehne.

»Ich grüße dich, Häuptling,« rief Neuntöter. »Was schleichst du im Land von Flache Perle herum?« Er legte den Kopf argwöhnisch auf die Seite. »Wird doch hoffentlich kein Überfall sein?«

Amselflügel gab seinen nervösen Kriegern ein Zeichen stillzuhalten. Neuntöter war bestimmt nicht allein. Eine wilde Hoffnung durchzuckte ihn. Wenn er Neuntöters Kopf nach Weißer Pfahl brächte, würde man mondelang Lobgesänge auf seinen Namen singen. Er hatte sich vorbereitet und war gerüstet, einsame Dorfbewohner zu töten, bevor sie Alarm geben konnten. Aber Neuntöter – das wäre eine ganz besondere Trophäe!

»Überfall, großer Neuntöter? Nein, nein, wir sind auf der Jagd. Da wir gerade im Süden eures Landes waren, dachten wir, wir könnten euch einen Besuch abstatten … als Geste unseres guten Willens, um euch mitzuteilen, dass wir gerade in der Gegend sind. Es gibt keinen Grund zur Beunruhigung.«

Neuntöter lächelte ihn hämisch an. »Das höre ich gern, Amselflügel, edler Krieger. Jedoch … ich bin verwirrt. Warum kommt ihr nicht den Hauptpfad hinunter?«

»Der lag nicht auf unserem Weg«, log Amselflügel und gab seinen Männern unmerklich das Zeichen, sich zu verteilen.

Wenn Neuntöter die Bewegung der Krieger richtig einschätzte, so ließ er es sich nicht anmerken. Er schien sehr selbstsicher, und Amselflügel wurde unruhig.

»Nicht auf eurem Weg? Auf dieser schmalen Landzunge?« Neuntöter zog die Sehne seines Bogens zurück. »Ihr seid jedenfalls weit genug gekommen, Amselflügel. Wenn deine Krieger noch einen Schritt tun, schieße ich diesen Pfeil durch dein Herz in den Baum hinter dir.«

»Ein Mann, der allein ist, sollte nicht drohen, Häuptling.«

»Nur eine Bewegung, Häuptling, und du bist der Erste, der stirbt.«

Jemand hinter Amselflügel zischte etwas, und aus dem Augenwinkel heraus nahm er eine Bewegung wahr. Die Krieger von Flache Perle traten hinter den Bäumen hervor, jeder mit gespanntem Bogen, und umstellten seinen kleinen Trupp. Sein Mund wurde trocken. Wenn hier etwas schief ging, wären seine Krieger das sichere Ziel der Pfeile von allen Seiten und würden bis auf den letzten Mann ausgelöscht.

»Neuntöter, ich bin in Frieden gekommen. Ich will nichts weiter, als mit Jagender Falke sprechen.« Er senkte die Spitze seines Bogens zur Erde und lächelte in der Hoffnung, das Lächeln würde nicht als vorgetäuschte Selbstsicherheit erkannt. »Wäre ich in kriegerischer Absicht hier, glaubst du, ich hätte nur zweimal zehn Krieger mitgenommen?«

»Wenn du in friedlicher Absicht gekommen bist, warum dann die Kriegsbemalung und die schussbereiten Bogen?« Neuntöter schüttelte den Kopf. »Was mache ich jetzt mit dir?«

»Gib mir sicheres Geleit, damit ich mit der Weroansqua sprechen kann. Ich werde ihr meine Botschaft überbringen und dann sofort verschwinden.«

Immer mehr Krieger glitten aus dem Wald heraus und vereinigten sich mit Neuntöters Streitmacht. Die Situation wurde zunehmend bedrohlich.

Amselflügel biss sich auf die Lippen und zuckte die Achseln, als Neuntöter schwieg. »Wie du willst, Häuptling. Wenn du den Kampf willst, wirst du ihn gewinnen. An deiner Stelle würde ich ebenso denken. Bedenke aber die Folgen! Wir leben in gefahrvollen Zeiten. Der Mamanatowick könnte die Ermordung eines seiner Boten mit äußerster Wut zur Kenntnis nehmen. Ist ein so leichter Sieg es wert, einen grausamen Krieg zu riskieren?«

»Ja ... und nein«, erwiderte Neuntöter und entspannte die Sehne seines Bogens. Er schien nachzudenken. »Sage also mir deine Botschaft. Und bei den Göttern: Ich werde sie Wort für Wort vor der Weroansqua wiederholen.«

»Warum lässt du mich nicht persönlich mit Jagender Falke sprechen?«

Neuntöter grinste ihn böse an. »Weil Kupferdonner in Flache Perle weilt. Meine Krieger, so leidenschaftlich sie auch sind, habe ich in der Gewalt. Aber ihn nicht und seine Krieger ebenfalls nicht – und ich würde es auch gar nicht erst versuchen.«

Amselflügels Unruhe wuchs. »Dann ist die Heirat also bereits beschlossen?«

»Wäre ich ein Spieler, ich würde nicht dagegen wetten, Häuptling. Dies ist doch deine Botschaft, oder? Du solltest Jagender Falke empfehlen, das Bündnis mit Kupferdonner nicht einzugehen. Ihr habt sicher Kunde davon, dass Rote Schlinge gerade ihre erste Blutung hatte. Deshalb hast du nur zweimal zehn Krieger dabei. Der Schreck ist Maisjäger derart in die Glieder gefahren, dass er dich geschickt hat, bevor du noch mehr Krieger sammeln konntest.«

Verflucht noch mal, kann er Gedanken lesen?

»Mein Weroanzi erschrickt nicht. Wir wollen Flache Perle auch nicht drohen, wir wollen euch nur, wie du sagen würdest, einen freundschaftlichen Rat geben.«

Neuntöter spannte erneut seinen Bogen. »Der Rat ist gegeben. Und jetzt geh! Nimm deine Krieger mit und lass die Sonne nicht untergehen, solange ihr noch über das Land von Flache Perle trampelt. Ich schenke dir das Leben, Häuptling. Sorge dafür, dass ich es nicht bereue.«

Neuntöter senkte den Kopf, und die Krieger, die Amselflügels Trupp umstellt hatten, verschwanden.

»Dort ist dein Weg, Häuptling. Geh jetzt!«

Amselflügel bewegte sich rückwärts und spürte, wie Schweißtropfen über seine Schläfen und die bemalten Wangen liefen. Seine Krieger hatten den Weg hierher schnell zurückgelegt. Jetzt verließen sie den Ort im Laufschritt.

»Das war eng, was?«, fragte Blutbeere, der leichtfüßig an Amselflügels Seite lief.

»Ziemlich eng.«

»Was sagst du dem Weroanzi, wenn wir heimkommen?«

»Was geschehen ist. Dass wir die Botschaft übermittelt haben.«

»Und dann?«

»Das hängt vom Weroanzi ab – und vom Mamanatowick. Aber sieh dich hier einmal genau um, Blutbeere. Dies ist sicher nicht das letzte Mal, dass wir auf dem Gebiet von Flache Perle sind.«

»Dann wird Neuntöter also doch noch einmal bedauern, dass er uns gehen ließ?«

»Um seine eigenen Worte zu gebrauchen: Wenn du ein Spieler wärst, dann würde ich dir raten, nicht dagegen zu wetten.«

Kupferdonner hatte Neuntöter noch gefehlt. Aber dort stolzierte er an der Spitze seiner Krieger den Pfad hinunter, arrogant wie ein brünstiger Wapiti. Der Große Tayac sah Furcht erregend aus, die grausigen Tätowierungen schienen im Zwielicht geradezu bedrohlich. Vielleicht war dies der Grund, warum die Schlangenhäuptlinge in der Ferne die gabelförmige Tätowierung um die Augen so gern nachahmten; sie machte sie weniger menschlich. Der Kupferdorn in der Keule des Großen Tayac schien im Schatten der Bäume blutbefleckt.

»Was gibt es Neues, Häuptling?«, fragte Kupferdonner und verlangsamte seinen Schritt. Seine Krieger schauten neugierig auf die Männer, die sich um sie herum versammelten.

Neuntöter scharrte mit einem Zeh im Laub. »Oh, ich habe viele Neuigkeiten.«

»Hast du das Mädchen gefunden?«

»Rote Schlinge ist eine Frau, Großer Tayac. Vergiss das nicht. Nein, wir haben sie nicht gefunden.«

Kupferdonner hob die schwere Kriegskeule. »Und warum stehst du dann hier herum? Warum schwärmen deine Männer nicht aus und suchen nach ihr?«

»Ich warte ab. Ich muss sicher sein, dass meine Fährtensucher nicht melden, Amselflügel habe kehrtgemacht.«

»Amselflügel?« Kupferdonners Lippen bildeten eine dünne Linie. »Ich liebe keine Rätsel, Häuptling.«

»Nein? Gut, Großer Tayac, ich habe gerade einen Kriegstrupp aus Weißer Pfahl abgefangen. Er stand unter dem Kommando von Amselflügel. Er arbeitet für den Weroanzi Maisjäger von Weißer Pfahl. Maisjäger ist der Bruder von Wasserschlange. Offenbar wurde Amselflügel mit einer Botschaft zu Jagender Falke geschickt. Der Mamanatowick will nicht, dass du Rote Schlinge heiratest. Die ist die Botschaft für Jagender Falke.«

Die Andeutung eines Lächelns kräuselte Kupferdonners Lippen. »Die sind schnell, was?«

»Du und Jagender Falke, ihr habt das Hornissennest geschüttelt, und jetzt summen sie alle durcheinander.«

»War es ein großer Trupp?«

»Zweimal zehn. Die Tochter von Gelbes Netz hat draußen Holz gesammelt und sie unten am Hang entlangschleichen sehen.« Er deutete mit dem Bogen auf den Ausläufer des Hügels. »Dahinter habe ich sie abgefangen.«

»Und hast sie gehen lassen?« Kupferdonners Gesicht verdunkelte sich und spiegelte gewaltigen Zorn.

Neuntöter stellte seinen Bogen vor sich auf den Boden. »Ja.«

»In der Götter Namen: Warum?«

»Ich bin nicht dein Häuptling.« Neuntöter blickte in die dunklen, drohenden Augen. Sie waren wie ein schwarzer Abgrund, und es schien, als könnten sie einem Mann die Seele aus dem Leib saugen. »Ich diene dem Grünstein-Clan und Flache Perle. Nicht dir.«

Aus der Kehle des Großen Tayac stieg schallendes Gelächter. Er lachte und schlug Neuntöter auf die Schulter. Der Schlag hätte einen schwächeren Mann zu Boden geworfen. »Du bist der Richtige, Häuptling. Ich hoffe, Jagender Falke weiß, was du wert bist.«

»Sie weiß es.« Neuntöter bemerkte, dass Kupferdonners Krieger sich entspannt hatten. Einige lächelten sogar.

Kupferdonner grinste ihn an. »Wir verstehen uns, da bin ich sicher. Also, jetzt sag mir von Krieger zu Krieger: Warum hast du den Feind ziehen lassen?«

»Ich kenne ihn. Ein entmutigter Amselflügel ist uns nützlicher als ein toter. Er wird Maisjäger melden, dass die Botschaft überbracht worden ist, und sie werden beide betroffen sein. Maisjäger handelte überstürzt und schickte seine Krieger unvorbereitet auf den Weg. Er wird sich gut überlegen, ob er dem Mamanatowick von dem Unternehmen berichtet. Ein aus dem Hinterhalt überfallener Bote dagegen hätte diesen Mann derart in Wut versetzt, dass er ohne Rücksicht auf mögliche Folgen wild auf Rache gedrängt hätte.«

Kupferdonner starrte zu der Stelle hinüber, wo die Begegnung stattgefunden hatte. »Welch ein Jammer, sie einfach laufen zu lassen.«

»Vielleicht. Aber wichtig ist doch, was sie mit nach Hause nehmen. Von den zwanzig will sicher keiner mehr zurückkehren. Und wenn sie den Befehl dazu bekommen, dann werden sie ihn nur halbherzig befolgen.«

Ein bösartiges Glitzern erschien in den dunklen Augen von Kupferdonner. »Also gut. Dann wollen wir uns wieder auf die Suche nach meiner Frau machen.«

Der Große Tayac ging davon und befahl seinen Kriegern, sich in kleine Suchtrupps aufzuteilen.

Neuntöter holte tief Atem. Wie seltsam, dass Kupferdonner viel leidenschaftlicher vom Töten gesprochen hatte als von seiner Frau. *Ich muss Rote Schlinge finden und sie in Kupferdonners Kanu setzen, damit ich endlich meine Ruhe habe.* Er hob seinen Bogen hoch und winkte seinen Kriegern, ihm zu folgen. »Auf! Wir müssen Rote Schlinge finden!«

Vier

Weidenstumpf stand langsam auf und wischte sich die feuchten Blätter von den Händen. Der Wald ringsum war gespenstisch still. In der Ferne hörte er Männerstimmen, aber er erfasste die Bedeutung der Worte nicht. Ein einziger Gedanke beherrschte ihn: Nur Blutschande war noch grauenvoller als Mord.

Er lehnte sich an den glatten Stamm einer großen Buche. Der Tod war nichts Neues für ihn. Oft genug hatte er selbst ihm den Weg gebahnt, hatte Tiere getötet und während des letzten Kampfes gegen die Krieger von Wasserschlange sogar Männer.

Warum bist du noch einmal hier heraufgeklettert?, fragte er sich geistesabwesend, und nach der Antwort brauchte er nicht lange zu suchen: *Weil sie der Mittelpunkt all meiner Träume war.*

Er schloss die Augen und holte tief Luft. Wäre er doch nicht auf den Hügel zurückgekehrt. Er hätte Hirsche jagen sollen. Erschöpft öffnete er die Augen wieder und starrte auf den Boden. Sie lag auf dem Rücken, ein Arm war seltsam verdreht, das rechte Bein angezogen, das linke gestreckt. Die wirren schwarzen Haare verhüllten ihr Gesicht. Laub war über die Leiche gehäuft worden, doch offenbar hatte jemand einige Blätter wieder vom Kopf entfernt. Die linke Hälfte des Schädels war zertrümmert, die Wunde hatte stark geblutet.

»Warum, Rote Schlinge?«, fragte er. »Warum ist dies geschehen? Ich hatte alles vorbereitet. Nur so hätten wir vereint sein können.«

Er konnte nicht zusammenhängend denken und zwang sich, die Leiche wie ein unbeteiligter Jäger zu betrachten: verwirrt und nachdenklich. Ein feindlicher Krieger? Der hätte sie als Sklavin gefangen genommen … Ein rachsüchtiger Mörder hätte sie offen liegen gelassen, um ihre Familie zu beleidigen. Man hatte auch keine Trophäe mitgenommen – keinen Skalp, keinen Finger, kein Ohr.

Er beugte sich nieder und hob vorsichtig den Hirschlederschurz an. Wie die meisten Frauen hatte sie sich die Schamhaare ausgezupft, und das rechte Bein gab die Vulva frei. Mit der Fingerspitze nahm er ein Tröpfchen der Flüssigkeit daran auf und roch daran.

Urin – und keine Spur von Sperma. Kein Mann war in sie eingedrungen. Ihre Blase hatte sich also im Tod entleert. Er kannte diesen Vorgang von dem Hirsch, den er erlegt hatte.

Er ließ den Schurz fallen und starrte mit zusammengekniffenen Augen auf ihre rechte Hand. Sie umklammerte etwas. Er hob den steifen Arm an und zog gewaltsam eine Halskette zwischen den erstarrenden Fingern hervor. Ein sorgfältig durchbohrter Haifischzahn hing an einer Lederschnur und wurde auf beiden Seiten von einer Reihe polierter Perlen eingerahmt.

Merkwürdig, an diese Halskette konnte er sich nicht erinnern. Woher kam sie? Hatte Rote Schlinge jemals eine solche Halskette getragen? Oder sonst jemand in Flache Perle?

Wilder Fuchs!

Weidenstumpf lächelte befriedigt. Sorgfältig legte er die Kette zurück, sammelte dann einige Blätter und streute sie über den Kopf der Leiche und die Schleifspur, gerade so viele, dass ein erfahrener Fährtenleser sie noch entdecken konnte.

Er blickte den Hang hinunter auf die Spuren, die sie hinterlassen hatte, als sie hinaufgeklettert war. An den tiefen Fußabdrücken konnte selbst ein Blinder erkennen, dass sie um die riesige Buche herumgegangen und über den Kamm gelaufen war. Auf dem Hang folgte er dem Weg, den sie wahrscheinlich genommen hatte, als sie über die ebene Anhöhe gelaufen war. Hier und dort waren die Blätter eingedrückt, so wie durch Füße in Mokassins. Auf halber Strecke waren die Blätter in Unordnung geraten. Er betrachtete die blutigen Blätter nachdenklich und ging um sie herum, um weiteres Laub zu sammeln, das er sorgfältig über dem geronnenen Blut verstreute, sodass es nicht mehr zu sehen war.

Im Kreis gehend betrachtete er die zertretenen Blätter unter dem Nussbaum neben dem Pfad. Er strich sie behutsam auseinander und fand einen Schmutzfleck im Laub, der vielleicht ein Fußabdruck gewesen war. Er ließ ihn frei, damit er schneller entdeckt werden konnte. Die Rinde des Baumes hatte einige kleine Narben. Ein Daumennagel hatte sie geritzt, und Weidenstumpf ritzte sie noch weiter auf.

Einen Schritt vom Baum fand er einen angekauten Sassafraszweig. Er roch den schwachen Duft. Aber er konnte nichts Ungewöhnliches mehr finden, so sehr er auch suchte. Der Nussbaum, der einzige Zeuge, gab keine weiteren Spuren preis.

Weidenstumpf überquerte die Anhöhe und blickte hinunter zum Austernsteg. Die Fußabdrücke von Wilder Fuchs zeichneten sich im Boden ab. Er war den Pfad hinaufgeklettert und hatte bei seiner wilden Flucht hinunter große Sprünge gemacht.

Weidenstumpf lachte in sich hinein und schüttelte den Kopf.

Beim Okeus, Wilder Fuchs, du bist dümmer als ein Kiesel.

Er wandte sich um, drehte seinen Bogen in der Hand und starrte auf das Laub, das die Anhöhe bedeckte. Niemand hatte ein schärferes Auge als er. Das Geschehen lag klar vor seinen Augen. Rote Schlinge war von der Westseite her hinaufgeklettert und Wilder Fuchs von der Ostseite her. Sie waren sich begegnet – und er hatte sie getötet, bevor er sich zur Flucht wandte.

»Was gesehen?«, rief eine Stimme am Fuß des Hangs.

»Nein«, rief jemand aus größerer Entfernung.

Soll ich derjenige sein, der ihre Leiche findet? Oder soll ich einfach fortgehen? Was nützt mir am meisten?

Er lächelte grimmig und hielt die Hände trichterförmig an

den Mund. »Hier herauf! Kommt schnell! Ich habe Rote Schlinge gefunden. Man hat sie ermordet!«

Jagender Falke wartete am Palisadeneinlass und beobachtete, wie die Krieger Rote Schlinge auf dem Pfad herunterbrachten. Sie hing mit zusammengebundenen Armen und Beinen an einem Bratpfahl. Der Kopf baumelte nach unten, das Haar schleifte über den Boden und war blut- und schmutzverklebt. Der Mund stand offen und mit halb geöffneten Augen starrte sie zum leeren Himmel empor. Die Leute standen flüsternd in einer Traube hinter Jagender Falke und wagten nicht, näher zu treten.

Nur Muschelkamm stand neben ihr, das anziehende Gesicht grau vor Schmerz, so starr, als hätte sich eine riesige Schlange um ihren Leib geschlungen. Ihre Fäuste waren geballt, die Wangenknochen traten hervor. Namenlose Verzweiflung brannte tief in ihren Augen wie ein Feuer, das den Schmerz und das Entsetzen in ihrer Seele lodern ließ. Sie schwankte, jeder Muskel verkrampft, und es war, als könnte sie das Gleichgewicht nicht mehr halten; sie stand am Rande eines Zusammenbruchs.

Jagender Falke hob das Kinn und zwang sich, zu der Prozession hinüberzuschauen, die über die Stoppelfelder herannahte. Die grausige Last schwang bei jedem Schritt hin und her.

Neuntöter führte den Zug an, Empörung und Wut verdunkelten sein Gesicht. O ja, Jagender Falke kannte diesen Gesichtsausdruck gut, er verhieß nichts Gutes für Flache Perle.

Was weiß er? Hat er einen Verdacht?

Hinter Neuntöter marschierten die Krieger, gespannte Bogen in den Fäusten. Sie blickten immer wieder über die Schulter zum Waldrand. Die Nachhut bildete Kupferdonner mit seinen dicht gedrängten Kriegern, die leise miteinander sprachen.

Dies ist eine schwierige Angelegenheit; sie gleicht einer Zwiebel, und wir werden Schale für Schale voneinander lösen müssen.

Sie erinnerte sich an den Bericht von Springendes Kitz, die Krieger aus Weißer Pfahl durch die Wälder hatte schleichen sehen. Wer weiß, welches Unheil sie angerichtet hätten, wenn Neuntöter sie nicht zufällig entdeckt hätte. Jede Neuigkeit an diesem schrecklichen Morgen schien ein Funke neben einem Strohhaufen zu sein.

Jagender Falke verlagerte das Gewicht und weigerte sich, den Schmerz in ihren Hüften und ihrem Rücken zur Kenntnis zu nehmen. In ihrem Alter war das Stehen kaum zu ertragen.

Es würde jetzt nicht mehr lange dauern, bis man sie selbst im Haus der Toten aufbahren würde. Man würde ihr den alten Bauch aufschlitzen und die Eingeweide herausnehmen. Grüne Schlange würde vorsichtig die runzlige Haut abziehen und sie gerben. Dann würde der nackte Leichnam dort liegen, um auszutrocknen und zu verwesen, bis Grüne Schlange Blitzende Katze und Gestreifter Bär anweisen würde, die letzten Fetzen braunen Fleisches von den Knochen zu zupfen, um dann die gegerbte Haut über das trockene Skelett zu ziehen und sie mit Gras auszustopfen. Anschließend würde man die Haut wieder zusammennähen. Während eines großen Festes würde sie dann neben ihre Vorfahren gelegt, geehrt und angebetet, auf dass ihr Geist dem Dorf Führung und Schutz schenke und Muschelkamm und ihre Nachfolgerinnen leite und inspiriere.

Und wenn mein Geist die andern trifft – was werden sie sagen? Wie werden sie mich behandeln?

Ihre Lippen zuckten, sie fühlte sich unbehaglich. Wie konnte eine Bande von Geistern ihresgleichen etwas antun? Wenn sie sich dafür entschieden, sie zu bestrafen – welche Wunden konnten sie ihr zufügen?

Du bist ein dummes altes Weib. Was du getan hast, musste getan werden! Flache Perle war unabhängig geblieben und hatte eine führende Rolle unter den Dörfern am Fischfluss. Der Grünstein-Clan wurde diesseits und jenseits der Salzwasserbucht respektiert. Welche Verbrechen sie auch begangen hatte – der Erfolg sprach für sich.

Sie blickte zu Muschelkamm hinüber und bemerkte die eiserne Entschlossenheit der Frau. Sie hielt sich allein durch Willenskraft aufrecht, das Gesicht wie eine Maske, als man ihr die Leiche ihrer Tochter brachte.

Vielleicht war Muschelkamm nun reif genug, um zu verstehen, welche Verantwortung eine künftige Weroansqua zu übernehmen hatte. Endlich handelte sie wie eine Führerin, äußerlich unberührt, ein Vorbild für ihr Volk. Nur weil sie Muschelkamm so gut kannte, spürte Jagender Falke, wie brüchig diese Fassade war. Doch was brüchig war, das bröckelte nicht, ließ keine Löcher zu, es zerfiel mit einem Schlag. Wenn Muschelkamm nicht durch ein großes Unglück gebrochen würde, dann würde sie zu einer Führerin mit ungeheurer Widerstandskraft werden.

Alles in allem – es gibt noch Hoffnung.

Jagender Falke hätte vor Erleichterung beinahe laut geseufzt, hätte nicht die traurige Situation ein solches Verhalten verboten.

Neuntöter trat auf sie zu. Sein Gesicht war so ausdruckslos, als wäre es aus Holz geschnitzt.

»Was ist dort draußen vorgefallen?«

Neuntöter holte tief Luft. Einen Augenblick lang hielt er den Atem an, um innerlich zur Ruhe zu kommen. »Ein ereignisreicher Morgen, Weroansqua. Wir hatten uns auf der Landzunge vorgearbeitet, als die junge Springendes Kitz herbeilief und uns vor feindlichen Kriegern warnte. Ich rief meine Männer zusammen und stellte eine Falle, in die Amselflügel eilig hineintappte. Er berichtete alsbald bereitwillig, er komme in Frieden und habe den Auftrag, dir eine Botschaft vom Weroanzi zu bringen.«

»Nämlich?«

»Der Weroanzi von Weißer Pfahl möchte dir vorsichtig andeuten, dass ihm der Gedanke an eine Heirat von Rote Schlinge mit dem Großen Tayac sehr missfällt. Kurz, Weroansqua, Maisjäger muss erfahren haben, dass Rote Schlinge eine Frau geworden ist. Dies hat ihn offenbar derartig erschreckt, dass er Amselflügel aufgetragen hat, dich davon zu überzeugen, die Entscheidung zurückzunehmen. Er sollte es jedenfalls versuchen.«

Jagender Falke warf einen Seitenblick auf Muschelkamm. Die Augen ihrer Tochter glitzerten. Gut! Sie dachte nach, sie benutzte ihren Kopf nicht nur für ihre Trauer.

»Ich verstehe.« Sie deutete auf die zwei Krieger, die immer noch den Pfahl mit der Leiche von Rote Schlinge trugen. »Und das?«

»Die Leute von Weißer Pfahl haben sie umgebracht, oder?«, rief Muschelkamm schneidend. »Sie haben meine Tochter umgebracht, damit sie den Großen Tayac nicht heiratet!« Sie trat mit erhobener Faust vor. »Dafür werden sie teuer bezahlen.«

Jagender Falke biss sich auf die Zunge. Sie wollte Muschelkamm nicht öffentlich zurechtweisen, aber es war vielleicht doch zu viel verlangt, dass sie sich völlig änderte. Sie sagte: »Bevor wir uns hinreißen lassen und einen Krieg beginnen, beende doch bitte erst deinen Bericht, Kriegshäuptling.«

Neuntöter blickte mit großem Unbehagen auf Muschelkamm. »Als Amselflügel gegangen war, schickte ich ihm ein paar Pfadfinder nach, um mich zu vergewissern, dass er tatsächlich seiner Wege ging. Anschließend nahmen wir die Suche wieder auf. Der junge Weidenstumpf fand die Leiche.«

»Weidenstumpf?« Jagender Falke hielt nach dem jungen Mann Ausschau, der bei den anderen stand. Er löste sich zögernd aus der Gruppe und blickte sich unruhig um. Eingeschüchtert trat er von einem Bein auf das andere und senkte den Kopf.

»Du hast sie gefunden, Weidenstumpf?«

»Ja, Weroansqua. Ich war bei der Jagd. Ich wäre nie auf den Hügelkamm gegangen, wenn Wilder Fuchs nicht gewesen wäre. Seinetwegen habe ich daneben geschossen ... einen Pfeil verloren ... und der Hirsch sprang davon ... und ...«

»Wilder Fuchs?«, rief Schwarzer Dorn und trat aus der Menge hervor. »Du sprichst von meinem Sohn?«

Weidenstumpf warf dem Weroanzi von Drei Myrten einen flammenden Blick zu. »Du sagst es ... dein Sohn!«

Schwarzer Dorn wollte sich auf ihn stürzen und wurde mit Mühe von einem seiner Krieger zurückgehalten.

»Langsam, Schwarzer Dorn!«, sagte Jagender Falke. »Wir werden der Sache auf den Grund gehen. Niemand ist beschuldigt worden.« Sie trat vor und legte Weidenstumpf eine Hand auf die Schulter. »Ruhig jetzt, mein Junge. Lass dir Zeit. Erzähl uns, was du gesehen hast.«

Jagender Falke sah, wie der junge Mann sich mit der Zunge über die Lippen fuhr. Beunruhigt starrte er sie an. Er nahm sich zusammen und berichtete von seiner morgendlichen Pirsch, von dem aufgeschreckten Hirsch und von Wilder Fuchs, der den Pfad hinuntergerannt war. Er wiederholte dessen sonderbare Worte. Dann erzählte er, wie er die Suche nach dem verlorenen Pfeil aufgegeben hatte und Wilder Fuchs bis auf den Hügelkamm gefolgt war.

»Aber ich glaube nicht, dass Wilder Fuchs sie getötet hat.« Weidenstumpf warf schnell einen forschenden Blick auf Schwarzer Dorn. »Das ist unmöglich. Er hat sie doch geliebt!«

Die überraschte Menge stieß hörbar den Atem aus. In den Augen von Muschelkamm tanzte ein Feuer. Schwarzer Dorn riss sich los und trat einen Schritt vor. »Was sagst du da, Jäger?«

Kupferdonner stand mit gekreuzten Armen da. Sein Gesicht war ausdruckslos, aber die verschlagen blickenden schwarzen Augen ließen seine bösen Gedanken ahnen.

»Es waren die Krieger von Weißer Pfahl!« Muschelkamm stellte sich zwischen Weidenstumpf und Schwarzer Dorn. »Diese verlogenen Ratten haben tatsächlich die Heirat verhindert. Sie haben sie umgebracht und anschließend wollten sie uns in die Irre führen! Das dürfen wir uns nicht gefallen lassen. Je eher wir zurückschlagen, desto besser. Wir müssen uns eilen, ehe sie darauf vorbereitet sind.«

Kupferdonner zog erstaunt eine Augenbraue in die Höhe.

Jagender Falke humpelte auf ihren Stock gestützt umher. »Und was denkst du, Großer Tayac?«

Kupferdonner sah Muschelkamm ungerührt an und sagte: »Im Augenblick möchte ich meine Meinung noch für mich behalten. Wir haben erst zwei Seiten dieser unglücklichen Angelegenheit betrachtet. Doch ich frage mich, ob nicht noch viel mehr dahinter steckt. Vielleicht sind wir in einen Ameisenhaufen getreten.«

Schwarzer Dorn trat mit geballten Fäusten vor. »Und was ist mit meinem Sohn?«

»Wir wissen es noch nicht.« Jagender Falke betrachtete sein angespanntes Gesicht, auf dem sich Entsetzen und Wut zugleich spiegelten. Dann blickte sie wieder auf die schwankende Leiche von Rote Schlinge und fragte: »Wie ist sie gestorben?«

»Durch einen Schlag auf den Kopf, Weroansqua.« Neuntöter beugte sich nieder und schob das blutverschmierte Haar auf dem Kopf des Mädchens zur Seite. »Hier wurde sie getroffen. Der Schlag war so stark, dass er ihren Schädel zertrümmert hat. Man kann spüren, dass der Knochen nach innen, ins Gehirn, gedrungen ist. Sie war sofort tot.«

»Hat man in der Nähe irgendetwas gefunden?«

Neuntöter hielt die Halskette aus Perlen mit einem Haifischzahn in die Höhe. »Dies hier, Weroansqua. Weidenstumpf entdeckte die Kette in ihrer rechten Hand.«

Schwarzer Dorn gab einen erstickten Laut von sich und wandte sich schnell ab, während er rief: »Ich habe genug! Ich gehe!« Mit funkelnden Augen deutete er auf Jagender Falke. »Wenn du mehr von mir willst oder von meinen Leuten, Weroansqua, dann komm mit deinen Kriegern und hol es dir.«

Jagender Falke sah ihn davongehen und ärgerlich seinen Leuten winken. Sie war so bestürzt, dass ihr beinahe übel wurde. Der Drei-Myrten-Clan war in all den Jahren ihr zuverlässigster Bundesgenosse gewesen. Gut, Wilder Fuchs war Schwarzer Dorns Sohn – aber wie konnte ein einfacher Haifischzahn einen solchen Keil zwischen sie treiben?

Sie wollte ihm schon hinterherhumpeln, aber da spürte sie Muschelkamms Hand auf ihrer Schulter. »Lass ihn gehen, Mutter. Es ist ein Schlag für ihn, das ist alles. Lass ihn zur Ruhe kommen. Wir werden ihm dann eine Nachricht schicken, die seinen Sohn entlastet.«

Jagender Falke sah ihre Tochter forschend an. »Meinst du wirklich? Wilder Fuchs ist doch offensichtlich der Schuldige.«

Muschelkamms Kinn schnellte vor. »Das glaubst du? Obwohl es im Wald vor Kriegern aus Weißer Pfahl nur so wimmelt? Mutter, denk noch einmal nach. Wer hat hier am meisten zu gewinnen? Das ist doch Wasserschlange. Sieh nur, was er angestellt hat. Mit diesem Mord hat er nicht nur die Heirat, sondern auch ein Bündnis zwischen uns und dem Pfeifenstein-Clan verhindert. Und er hat eine Freundschaft vergiftet, die uns seit Generationen mit dem Drei-Myrten-Clan verband, unsere Freundschaft mit unseren Clan-Brüdern! Es war ein Meisterstreich, meinst du nicht auch?«

»Und deshalb sollten wir gegen den Weißpfahl-Clan Krieg führen?«

»Ja!« Muschelkamm trat zu Kupferdonner und sah ihm in die Augen. »Und was ist mit dir, Großer Tayac? Dieser Mord ist ebenso ein Schlag in dein Gesicht wie in unseres. Maisjäger hat deine Frau getötet. Soll er ungestraft davonkommen? Willst du es hinnehmen, oder willst du mit uns gemeinsam dieses Untier in die Knie zwingen?«

Kupferdonner schien verlegen, sagte aber mit fester Stimme: »Jetzt will ich abwarten, bis ich klarer sehe. Aber wenn dieser armselige Weroanzi tatsächlich meine Rote Schlinge getötet hat, dann werde ich handeln. Ich selbst werde jedoch den Zeitpunkt bestimmen und auch darüber entscheiden, wie ich vorgehe. Wasserschlange und sein Mamanatowick werden ihre Tat in diesem und im nächsten Leben noch bereuen.«

Jagender Falke rieb sich das Kinn. Die Leute von Drei Myrten schoben jetzt ihre Kanus ins Wasser und stiegen ein. Entsetzt beobachteten alle, wie sie die Paddel ins Wasser tauchten und die Kanus sich immer schneller entfernten, während die Wellen sich hinter ihnen teilten. *Irgendetwas stimmt hier nicht.* Es war ihr, als blicke sie auf einen zerbrochenen Krug, von dem die Hälfte der Scherben fehlte.

»Neuntöter!«, rief sie. »Glaubst du, dass die Weiß-Pfahl-Krieger uns dies angetan haben?«

»Nein, Weroansqua.« Kaum hatte er die Worte ausgesprochen, warf er Muschelkamm einen Blick zu, und es schien, als hätte er sie am liebsten sofort wieder zurückgenommen. Er fügte mit leiserer Stimme hinzu: »Es ist jedenfalls nicht sehr wahrscheinlich. Der Trupp von Amselflügel hätte sie fangen und töten können, ohne eine Spur zu hinterlassen. Sie sind erfahren genug. Aber so war es nicht.«

Jagender Falke winkte den beiden wartenden Kriegern, die immer noch die Leiche trugen. »Bringt meine Enkeltochter ins Haus der Toten. Sagt ... sagt Grüne Schlange, er soll sie räuchern, aber nichts weiter, bis ich es ihm sage.«

»Ja, Weroansqua«, antwortete Fliegende Fischreuse ehrerbietig, und die beiden machten sich mit ihrer schwankenden Last auf den Weg.

»Mutter!« Muschelkamms Augen blitzten. »Sollen wir etwa ...«

»Schluss!« Jagender Falke schnitt ihr das Wort ab. »Wir werden nichts tun, bis ich alle Seiten dieser Angelegenheit bedacht habe. Im Gegensatz zu dir, Mädchen, denke ich nach, bevor ich handele. Und ich hoffe sehr, dass du es mir in Zukunft gleichtust. Oder – und möge Okeus uns helfen! – du wirst nach meinem Tod binnen einer Woche als Sklavin in Weißer Pfahl die Töpfe waschen.« Sie wandte sich ab und humpelte unter

Schmerzen in ihr Großhaus. Jetzt musste sie allein sein, nachdenken und versuchen, aus diesem Wahnsinn den rechten Ausweg zu finden. Sonst würde ihr Volk untergehen.

Fünf

Hoch über dem winterlichen Wald kreisten zwei schwarze Punkte durch die lavendelfarbenen Strahlen der Dämmerung. Sonnenmuschel zog den bunten Federumhang um die angezogenen Knie und hob den Kopf, um sie zu betrachten. Es waren sicher Adler aus dem Norden. Ihre geschmeidigen Flügelschläge waren die einzige Bewegung in der schimmernden Kuppel des Himmels.

Als Nachtfrau die Welt in ihren Armen wiegte, wurde es kälter. Sonnenmuschel erschauerte. Der Holzstoß befand sich rechts von ihr, nördlich vom Feuer, und dahinter war die Tür zum Haus ihrer Mutter. Sie griff nach dem Holz, und dabei streifte ihr Blick den Einlass. Das grasgedeckte Langhaus flackerte orangefarben im tanzenden Licht der Flammen. Leise Stimmen drangen durch den Vorhang, die ihrer Mutter klang unglücklich, die ihrer Tante zornig.

»Jaguar soll sie holen!«, zischte Tante Faserblatt gerade. »Sie hat uns entehrt und verdient eine harte Strafe.«

Sonnenmuschel legte einen Zweig auf das Feuer und sah den Funken zu, die tanzend in den Abendhimmel stiegen. Jaguar, ein mächtiger Zauberer, lebte allein auf einer Insel in der Bucht. In seinem Namen ausgestoßene Flüche, so sagte man, kämen ihm pfeilschnell zu Ohren. Er bannte den verfluchten Menschen daraufhin mit einem Zauber. Nur in größter Not wurden deshalb solche Flüche ausgestoßen.

Sonnenmuschel starrte abwesend in die Flammen und dachte darüber nach, was sie tun sollte. Wilder Fuchs hatte versprochen, mit Rote Schlinge fortzulaufen. Was spielte es jetzt noch für eine Rolle, dass Sonnenmuschel sich ihm an den Hals geworfen hatte, dass sie ihn angefleht hatte, sie zu heiraten?

»Wir sollten sie eine Zeit lang verbannen. Sie muss darüber nachdenken, dass …«

»Nein, nein«, widersprach ihre Mutter, »wir wollen nicht so streng sein.«

»Dann ist eine Tracht Prügel angebracht. So kann es jedenfalls nicht weitergehen. Ich werde die Missachtung des Clans, der Familie und der Tradition nicht länger dulden.«

Sonnenmuschel verspürte einen schmerzhaften, kalten Stich, als hätte ein Eiszapfen ihr Herz durchbohrt. Sie blickte über den Platz. Die ärmlichen Häuser von Drei Myrten standen schweigend da, blaue Rauchwolken stiegen aus den Abzugslöchern in den Dächern empor. Ein ovaler Wall von zweimal mannshohen Pfählen umgab das Dorf. Nichts bewegte sich. Kein Laut war zu hören. Selbst die Adler hatten den Nachthimmel verlassen, sodass sie sich einsamer fühlte, als sie es in den vier und zehn Blätterblüten ihres Lebens je gewesen war.

Fast alle Dorfbewohner waren zu den Weihefestlichkeiten für Neue Frau nach Flache Perle gegangen, aber Sonnenmuschel und ihrer Familie war befohlen worden, im Dorf zu bleiben. Schwarzer Dorn hatte sich über Sonnenmuschels Benehmen empört und vor den versammelten Dorfbewohnern verkündet, dass sein Sohn Wilder Fuchs nichts getan habe, um für einen solch »peinlichen Zwischenfall« verantwortlich gemacht zu werden. Derweil hatte Wilder Fuchs mit gesenktem Kopf neben seinem Vater gestanden, und die Qual, die sein Herz litt, stand in den dunklen Augen geschrieben. Sie hatte mit ihm gelitten. Wie hatte sie nur so etwas tun können? Mitten auf dem überfüllten Platz laut ihre Gefühle preisgeben!

»Du weißt, warum«. Ihre Lippen formten die Worte, sodass niemand sie hörte.

In der Nacht zuvor hatte er ihr anvertraut, er lasse nicht zu, dass seine teure Rote Schlinge den alten Mann heirate, dem sie vom Grünstein-Clan versprochen war. Er hatte gesagt, er werde mit ihr fortlaufen, wenn es sein musste bis zu Vater Wasser, und nie mehr zurückkehren.

Verzweiflung hatte sie überrollt – sie hatte es ihm sagen müssen und nicht an die Folgen gedacht.

Das heisere Flüstern ihrer Tante wurde drängender, und Tränen stiegen in Sonnenmuschels Augen. Sie zog einen Stecken aus dem Holzstoß und schürte das Feuer. Blaue Flammen zuckten durch das orangefarbene Lodern wie die flatternden Flügel einer Amsel. Tapfer schluckte sie die Tränen hinunter. Sie wollte nicht weinen. Nie mehr! Tränen waren nur dann gut, wenn jemand in der Nähe war, der einen trösten konnte.

»Hast du davon gewusst?«, fragte Faserblatt. »Dass sie sich in den Sohn des Weroanzi verliebt hat? Welch ein Größenwahn! Wie kann sie nur glauben, dass sie, die unansehnliche Tochter eines Töpfers, in eine solche Familie einheiraten kann?«

Sonnenmuschel schob den Stecken ins Feuer und sah zu, wie er verbrannte. Ihre Gefühle für Wilder Fuchs hatten sich zwei Blätterblüten zuvor verändert. Es war nach der Zeremonie zu seiner Weihe gewesen. Wilder Fuchs war als Mann wieder geboren worden, sein Gang war leichtfüßiger, sein Lächeln noch anziehender geworden. Er hatte Sonnenmuschel seltsam angeschaut, mit einem plötzlichen Leuchten in den Augen, und sie hatte seine unausgesprochenen Worte so deutlich gehört, als hätte er sie hinausgeschrien. Er konnte erst um sie werben, wenn sie zur Frau geworden war, aber in seinen Augen lag schon das Versprechen. Doch während der Sonnenwendfeier im vergangenen Sommer hatte er seine Aufmerksamkeit der schönen Enkeltochter der Weroansqua Jagender Falke von Flache Perle, Rote Schlinge, zugewandt. Sie waren einander ebenbürtig. Obwohl sie noch keine Frau war, hatte Rote Schlinge Wilder Fuchs geschmeichelt, als wäre sie eine, hatte ihm über seine muskulösen Arme gestrichen und ihn angelächelt, als wüsste er mehr als die Erste Frau selbst. Sonnenmuschel hatte sie deswegen gehasst, aber nichts unternommen. Hätte sie es doch … vielleicht wäre er … vielleicht …

Sie krallte die Finger in den Federumhang. »Welch eine Närrin du bist!«, sagte sie kaum hörbar. »Er hat sie geliebt. Nicht dich. Dich hat er nie geliebt.«

Der Wind schlug um und hüllte ihr Gesicht in den Duft des Zedernholzrauchs, der sich vor ihren Augen drehte und in den Wirbeln sah sie das Gesicht von Wilder Fuchs so wie vor zwei Tagen, als das Leuchten in den Augen ersetzt worden war von tiefster Qual. Sie hatte diesen Blick schon einmal gesehen, an dem Tag, als sein geliebter Hund, den ein Bär angefallen hatte, ins Dorf humpelte und Wilder Fuchs ihn mit seiner Keule erschlagen musste.

Ihre Mutter sagte beschwörend: »Erinnerst du dich denn nicht mehr an deine erste Liebe, Faserblatt? An den furchtbaren Kummer und an deine Sehnsucht? Ich schon. Ich …«

»Du hast deinen Clan nicht entehrt. Du hast gewartet, bis du aus der Menstruationshütte kamst, und erst dann bekanntest du dich zu deiner Liebe für Windgesang. Dann erst erzähltest du mir davon, und ich trug die Kunde davon weiter an den Clan. Wir sprachen für dich. Du kanntest deinen Platz, deine Pflichten. Sonnenmuschel weiß gar nichts.«

Faserblatt schob den Türvorhang beiseite und starrte ärgerlich zu ihrer Nichte hinaus. Sie hatte ein aufgedunsenes Gesicht mit vielen Falten und weißlich überzogenen Augen, die Sonnenmuschel immer Angst gemacht hatten. Ihr Hirschlederumhang war mit roten Vogelbildern bemalt.

»Komm her, Mädchen!«, befahl sie.

Sonnenmuschel stand gehorsam auf und kniete vor ihr nieder. »Hier bin ich, Tante.« Ihre sonst tiefe Stimme klang schrill.

»Hast du bei ihm gelegen?«

Sonnenmuschel war bestürzt. Einen Augenblick lang konnte sie Faserblatt nur ungläubig anstarren. Dann stotterte sie: »W-w-wie denn? Ich bin noch keine Frau. Glaubst du, ich würde …«

Ihre Mutter mischte sich jetzt ein. »Faserblatt, um der Geister willen! Sie ist noch ein Kind, und Wilder Fuchs weiß das. Glaubst du, er will sterben? Er würde es niemals wagen …«

Faserblatt wirbelte herum und blickte grimmig durch den Einlass: »Erzähl mir bloß nicht, was ein junger Mann wagt, wenn ihn die Lenden schmerzen. Ich weiß Bescheid. Ich habe acht Söhne geboren.«

Sie wandte sich wieder um, hob eine Braue und musterte Sonnenmuschel mit ihren milchigen Augen langsam und aufmerksam von den Mokassins bis zu ihrem bleichen Gesicht. Als sie sprach, war ihre Stimme so scharf wie ein fein behauener Feuerstein. »Na ja, an dir ist nicht viel dran, um einen Mann zu verführen, das gebe ich zu. Aber sag mir, Nichte, was ist zwischen dir und Wilder Fuchs vorgefallen? Hat er mit deinen Gefühlen gespielt? Oder bist du ihm nachgerannt wie ein läufiges Wiesel?«

»Ich ... ich habe es dir schon gesagt«, erwiderte Sonnenmuschel aufgeregt. »Wir sind Freunde. Wir sind immer Freunde gewesen. Ich habe angefangen, ihn zu lieben ...«

Die Wucht des Hiebes warf sie zu Boden. Sie schlug hart auf, krallte die Finger in die Erde, spuckte Erde, und ihr Mund war voller Blut. Sie versuchte, sich aufzusetzen, aber alles verschwamm vor ihren Augen.

»Faserblatt!«, rief ihre Mutter. »Geh mir aus dem Weg! Was hast du getan?«

Sonnenmuschel zwang sich aufzustehen und taumelte über den Platz zum Durchgang in den Palisaden. Ihre Beine zitterten. Seit dem »Zwischenfall« hatte sie nichts mehr gegessen, und jetzt fühlte sie sich leer; ihre Seele schwebte wie Löwenzahnsamen auf einer kühlen Brise.

Einer der Hunde vom Dorf sah sie und begann zu bellen. Sie nahm die Beine in die Hand und rannte los.

»Sonnenmuschel!«, schrie Faserblatt. »Komm sofort zurück! Ich befehle dir umzukehren!«

Sie blickte über die Schulter; Tante und Mutter standen neben dem Feuer. Beide trugen knielange Hirschfellumhänge über abgetragenen Gewändern. Das Gesicht ihrer Mutter drückte Qualen aus und der Anblick brach Sonnenmuschel beinahe das Herz. Sie lief dennoch weiter, die Mokassins flogen über den gefrorenen Boden des Platzes. Es war stockdunkel, die Vögel schwiegen. Der Wald jenseits der Palisaden war ebenso stumm wie der Tod.

»Sonnenmuschel!«, rief ihre Mutter. »Bitte! Bitte, komm zurück!«

Sonnenmuschel eilte durch den engen Gang zwischen den Pfahlreihen hinaus ins Freie. Die hoch aufragenden kahlen Bäume schienen sich mit ihren schwankenden Zweigen über sie zu beugen und im Nachtwind leise zu murmeln. Sie nahm den aufgeweichten, Laub bedeckten Pfad hinunter zur Bucht. In der Ferne heulten Wölfe und tauschten über die sanften Anhöhen hinweg Botschaften aus.

Sonnenmuschel zwang sich, langsamer zu laufen. Wurzeln und Steine ragten aus der Erde hervor. Wenn sie fiel und sich verletzte, wäre sie auf Hilfe angewiesen – und lieber würde sie sich einen Hirschhorndolch ins Herz stoßen.

Ihr Leben lang hatte sie nichts sehnlicher gewünscht, als eine Kriegerin zu sein und Wilder Fuchs zu heiraten. Sie hatte davon geträumt, mit ihm gemeinsam in den Krieg zu ziehen, sich tagsüber gegenseitig zu beschützen und sich nachts zu umarmen. Doch damit war es nun vorbei. Wilder Fuchs war verschwunden, und ihre Tante würde dafür sorgen, dass ihr niemals erlaubt würde, Waffen zu tragen und an einem Kriegszug teilzunehmen.

Geh zur Bucht, stiehl ein Kanu und flieh! Wenn es nicht wegen Mutter wäre …

Schluchzer sammelten sich in ihrer Kehle. Sie schlug sich mit der Hand auf den Mund, um sie zu ersticken. Bei ihrer Geburt war sie ein schwaches Kind gewesen. Bis vor zwei Blätterblüten hatte ihre Mutter die Tage damit zugebracht, sich um die Anfälligkeit und die Stimmungen ihrer Tochter zu kümmern, hatte ihre Unfähigkeit, bei Spielen mitzumachen oder schwer zu arbeiten, entschuldigt und sie vor den Quälereien der anderen Kinder geschützt … und jetzt das!

Und du glaubst, du könntest eine Kriegerin sein? Du kannst ja nicht einmal deine Mutter verlassen!, verspottete sie eine innere Stimme.

Der Mond schien durch die Äste, und silberfarbene Dreiecke tanzten vor ihren Füßen über den Pfad. Sie fiel in Laufschritt. Es war allein ihre Schuld. Sie hatte alles falsch gemacht. Wäre sie schon eine Frau gewesen, hätte sich Wilder Fuchs vielleicht nicht nach einer anderen Gefährtin umgesehen, oder wenn sie schöner und auffallender ausgesehen hätte, so wie Rote Schlinge, dann hätte er statt ihrer vielleicht sie geliebt. Aber nein, die immer fröhlich und praktisch veranlagte Sonnenmuschel hatte keine Ahnung, wie man flirtete oder sich herausputzte. Und im Übrigen war sie nicht fähig, etwas zu tun oder zu lassen, ohne zuvor ausführlich darüber nachzudenken. So war es wenigstens bis vor zwei Tagen gewesen.

Und diese eine unbesonnene Handlung hatte vielleicht ihr Leben zerstört.

Sonnenmuschel lief auf den Strand, hielt inne und ließ den Kopf nach vorn fallen, um zu Atem zu kommen. Die kalte Luft roch nach gefrorener Erde und Fisch. Das Wasser schimmerte im Mondlicht wie Schiefer, in den der Wind Streifen blies.

Links von ihr lagen sieben Kanus auf dem Sand, die bemalten Rümpfe leuchteten silberfarben.

Da du jetzt von Tante Faserblatt davongelaufen bist, weißt du, was dich erwartet, wenn du heimkehrst, nicht wahr? Du wirst verprügelt werden wie noch nie in deinem Leben.

Jeder in Drei Myrten wird die Schläge hören, und gegen Ende dieses Mondes wird jedes Kind in den Unabhängigen Dörfern vom Entenbach bis zur Austernbucht Bescheid wissen.

Und du wolltest eine Kriegerin sein?

Sonnenmuschel richtete sich auf. Die schmale gezackte Bucht – eigentlich die Flussmündung zu Vater Wasser – maß hier etwa zehnmal zehn Körperlängen in der Breite. Die dunklen Ufer waren baumbestanden. Ihr Blick folgte den mondbeschienenen Wellen, die sanft über den Sand flossen, und sie dachte an Wilder Fuchs. Waren er und Rote Schlinge entkommen? Waren sie vielleicht sogar schon auf dem Weg zu Vater Wasser und den legendären Städten der Schlangenhäuptlinge? Seit vielen Blätterblüten hatte Sonnenmuschel den Geschichten der Händler über das Land von Vater Wasser gelauscht. Sie hatten wunderbare, von Menschen errichtete Berge beschrieben und von Häusern gesprochen, die so groß waren wie ihr ganzes Dorf. Anfangs hatte sie darüber gelächelt, aber so viele Händler hatten davon berichtet, dass sie begann, ihnen zu glauben. Und sie hatten viele Dinge mitgebracht: Schmuckstücke aus Kupfer und herrliche Muschelanhänger, mit dem eingeritzten Bild eines wundersamen und Furcht erregenden Vogelmenschen, der die Flügel spreizte und sie mit Menschenaugen anstarrte, als wollte er ihre Seele zum Schmelzen bringen. Sie erinnerte sich, wie Wilder Fuchs, mit vor Staunen offenem Mund, einen besonders fein gearbeiteten Anhänger ehrfürchtig hin- und hergedreht hatte. »O heilige Götter, er fehlt mir so! Wenn ich nur …«

Aus dem Augenwinkel nahm sie eine Bewegung wahr. Sie drehte sich schnell um und sah, wie sich aus dem Bauch eines Kanus eine schwarze Gestalt erhob. Sie schwankte und griff mit einer Hand unsicher nach dem Bootsrand.

»Sonnenmuschel?«, rief eine bebende Stimme. »Bist du es?«

Fassungslos stand sie da, einer hölzernen Statue gleich. Das konnte doch nicht sein … Sie trat einen Schritt näher, und das Herz schlug ihr bis zum Hals. »Wilder Fuchs?«

»Oh, Okeus sei Dank!« Die Gestalt kletterte aus dem Kanu und ging auf sie zu. »Sonnenmuschel, der dunkle Gott selbst muss dich geschickt haben. Seit dem Nachmittag verstecke ich mich hier und warte, dass die Nachtfrau die Lichter löscht. Ich wollte zu dir kommen. Du bist die Einzige, der ich vertrauen kann.«

Wilder Fuchs schlang die Arme um Sonnenmuschel und drückte sie so fest an sich, dass sie kaum noch Luft holen konnte. Er hatte acht und zehn Blätterblüten gesehen und war zwei Kopf größer als sie. Ihr Gesicht lag auf seiner eingeölten Brust. Sie nahm den Geruch nach scharfem Schweiß wahr, der sich mit dem Gestank nach trockenem Blut mischte.

Sie wich zurück, um ihn anzusehen. Sein vollkommenes, ovales Gesicht mit der spitzen Nase wies Schmutzstreifen auf. Verwirrt stammelte sie: »Was … was machst du hier? Ich dachte …«

»Ich weiß, aber … ». Mit gepresster Stimme stieß er hervor: »Sie ist tot.«

Sonnenmuschel starrte ihn mit offenem Munde an. »Wer? Wer ist tot?«

Wilder Fuchs fiel auf die Knie, umfasste Sonnenmuschels Hüften und vergrub sein Gesicht in ihrem Federumhang. Die würgenden Geräusche, die er von sich gab, machten ihr Angst. »Heiliger Okeus«, stöhnte er. »Mein süßes Mädchen. Meine Rote Schlinge. Sie ist tot. Ermordet!«

Eine ganze Weile war Sonnenmuschel unfähig, auch nur ein Wort zu sagen. Freudige Erregung vermischte sich mit großer Trauer. Sie war traurig, dass die junge, schöne Rote Schlinge getötet worden war, aber gleichzeitig klopfte ihr vor Freude darüber, dass Wilder Fuchs den Weg zu ihr gefunden hatte.

Plötzlich schaute der Mann zu ihr auf, und sie sah Tränen auf seinen Wangen schimmern. Geschwind kniete sie nieder und sah ihm in die Augen. »Was ist geschehen?«

»Es hat … es begann schon beim Tanz. Kupferdonner … er … er beobachtete Rote Schlinge wie ein Wolf seine Beute. Ich konnte es nicht ertragen, Sonnenmuschel. Ich wartete, bis ich Rote Schlinge allein für mich hatte, und dann …« Er schluchzte jetzt laut und klammerte sich an ihren Umhang, als wäre er ein Seil, das einem Ertrinkenden zugeworfen wird.

»Ich bin hier bei dir, Wilder Fuchs«, sagte Sonnenmuschel beruhigend. »Ich bin hier. Jetzt erzähl mir alles. Was hast du getan?«

»Ich habe sie überredet, mit mir davonzulaufen«, rief er mit tränenerstickter Stimme. Die Worte stürzten förmlich aus seinem Mund, schnell und abgehackt. »Und jemand hat uns belauscht. Wir … ich … ich weiß nicht, wer, ich habe niemanden gesehen, aber er hat wohl beschlossen, sie aufzuhalten, und er … o ihr Götter!« Wilder Fuchs lehnte seine Stirn an die ihre. »Es ist meine Schuld. Ich habe sie getötet, Sonnenmuschel. Ich war es!«

Sonnenmuschel wurde bleich. Ihre Augen weiteten sich vor Entsetzen. »Du … du hast sie getötet? Du …«

»Nein!« Er starrte sie an, und in seiner Stimme zitterte die Angst. »Beschuldige du mich nicht! Ich habe es nicht getan. Ich … ich sage dir, ich war es nicht. Sie war schon tot, als ich sie fand. Lag da, auf der Erde. Und Blut … überall war Blut.« Er blickte auf seine rechte Hand und schauderte.

Seine Finger bohrten sich wie die Krallen eines Adlers in ihre Schultern, und Sonnenmuschel knirschte mit den Zähnen, um nicht laut aufzuschreien. Sie sagte: »Natürlich hast du sie nicht getötet. So etwas könntest du nie jemandem antun. Nicht jemandem, den du liebst, Wilder Fuchs, das weiß ich. Aber lass mich los, du tust mir weh.«

Als würde er sich jetzt erst seiner Kraft bewusst, gab er sie frei und trat einen Schritt zurück, die dunklen Augen weit aufgerissen. »O Sonnenmuschel, verzeih mir! Ich wollte dir nicht wehtun. Niemals. Du bist die Einzige, der ich vertraue.« Er schüttelte die geballten Fäuste. »Hilf mir, Sonnenmuschel. Du musst mir helfen. Bitte! Ich bitte dich.«

Sie zwang sich, ihrer Stimme einen ruhigen Klang zu verleihen. »Ich werde alles tun, was du von mir verlangst. Das weißt du. Aber du musst mir erklären, was geschehen ist. Denn ich verstehe gar nichts.«

Er warf die Arme in die Luft. »Ich auch nicht. Ich …«. Er blinzelte und blickte plötzlich angestrengt auf ihren Mund. »Du … du blutest. Deine Lippen … was …«

»Es ist nichts. Schau nicht hin.«

»Was war das? Sieht aus wie …«

»Ich bin gefallen, Wilder Fuchs. Ich bin durch den Wald gelaufen. Es war dunkel. Hab nicht aufgepasst.«

Er runzelte die Stirn, als wüsste er, dass sie log. »Hat dich jemand geschlagen?« Er wurde zornig. »Wer? Warum? War es die Strafe dafür, dass du es gewagt hast zu sagen, dass du mich liebst …«

»Vergiss es! Bitte, Wilder Fuchs. Wir haben Wichtigeres zu besprechen. Glaubst du, der Grünstein-Clan hat sie umgebracht, weil sie mit dir fliehen wollte? Weil sie das Bündnis mit dem großen Kupferdonner aufs Spiel setzte?«

»Ich weiß es nicht. Wirklich nicht. Vielleicht ist es so. Aber ich habe niemandem von meinen Plänen erzählt. Außer Rote Schlinge.«

»Mir hast du davon erzählt.«

»Natürlich«, flüsterte er, und ein kleines Lächeln erschien auf seinen Lippen. »Du bist meine beste Freundin.«

Die Beklemmung, die sie zwei Tage lang in sich verschlossen hatte, wurde plötzlich an die Oberfläche geschwemmt. »Und du bist mein bester Freund, Wilder Fuchs. Du hast mir so gefehlt. Ich wäre beinahe gestorben.«

Er packte ihre Hände mit festem Griff. »Schon gut. Es wird alles wieder in Ordnung kommen. Du musst mir nur helfen nachzudenken. Ich bin verloren, Sonnenmuschel. Sie … ». Seine Stimme wurde zu einem Flüstern. »Sonnenmuschel, sie werden glauben, dass ich es war.«

»Aber wie sollten sie, Wilder Fuchs? Jeder weiß doch, dass du sie geliebt hast.«

Er schüttelte den Kopf. »Nein, Sonnenmuschel. Sie wissen nicht, wie sehr ich sie wirklich liebte. Die Leute … sie hielten uns für Freunde. Sie wissen nicht, dass ich … wir … Jemand hat mich gesehen, hat gesehen, wie ich davonlief. Es war Weidenstumpf.«

Sonnenmuschel fror plötzlich. Weidenstumpf hatte die Seele einer lauernden Katze. Wenn er gesehen hatte, dass Wilder Fuchs davongelaufen war, würde er es bestimmt nicht für sich behalten. Sie wich vor Wilder Fuchs zurück. »Dann musst du zu deinen Clan-Ältesten gehen und ihnen alles erklären. Dass du es nicht getan hast. Du bist der Sohn des Weroanzi. Dir werden sie glauben.«

Er streichelte ihre Hand. »Mein armes Unschuldslamm. Was unsere Leute denken, ist nicht so wichtig. Der Flachperlen-Clan, der wird mich hetzen. Sie werden …«

»Aber du hast sie nicht getötet!«

»Nein, aber in jener Nacht haben alle mein Gesicht gesehen. Ich sah aus wie ein tollwütiger Hund. Heilige Götter, ich hätte nicht mit anschauen können, wenn sie mit diesem gemeinen alten Mann fortgegangen wäre. Sie vereint mit diesem … schon der Gedanke daran glich einem Moskitoschwarm in meinem Bauch. Ich musste etwas unternehmen. Aber niemand wird verstehen, was ich tatsächlich getan habe, verstehst du? Man wird glauben, ich hätte sie überredet, mit mir zu fliehen, um sie zu töten, damit kein anderer Mann sie bekommt.«

»Selbst wenn man dich in Flache Perle für schuldig hält, werden deine Leute das nicht glauben und dich beschützen.«

Wilder Fuchs lachte, aber das Lachen verwandelte sich schnell in erstickte Klagelaute. »Die alte Weroansqua Jagender Falke hat mich schon immer gehasst. Sie wird meine Auslieferung verlangen.«

»Dein Clan … und dein Vater … werden ablehnen.«

»Ja, ich weiß. Schwarzer Dorn wird ablehnen, ebenso wie die Ältesten – und damit ist das Bündnis zerstört. Siehst du das nicht ein, Sonnenmuschel? Dieser Mord bedeutet Krieg. Und ich … ich weiß nicht, was ich tun soll. Ich kann keinen klaren Gedanken mehr fassen.«

Das Mondlicht versilberte seine Haut, und Sonnenmuschel sah Flecken auf seinen Fingern, die wie Blutflecken aussahen. Unwillkürlich wich sie zurück, und ihr Herz klopfte heftig.

Als ob er ihre Gedanken las, zog er die Hände zurück. »Was ist?«

»Nichts. Ich habe nur … ich fühle mich nicht gut. Ich habe seit Tagen nichts gegessen.«

Seine Fäuste ballten und öffnete sich wieder. »Ich hätte nicht hierher kommen sollen. Es war falsch. Ich habe kein Recht, dich um irgendetwas zu bitten, besonders nicht nach den Ereignissen vor zwei Tagen. Ich hätte meinem Vater widersprechen müssen. Ich …«

»Nein, das hättest du nicht!« Mit roten Wangen unterbrach sie ihn: »Ich liebe dich wirklich, Wilder Fuchs, aber es war falsch, es vor allen Leuten zu sagen. Es hat deinem Vater Schande gebracht, dass die Tochter eines Töpfers vom Tellmuschel-Clan so etwas öffentlich verkündet. Du bist der Sohn eines großen Weroanzi, und ich bin … ich bin ein Nichts. Wenn du für mich gesprochen hättest, wäre es nur noch schlimmer geworden.«

Wilder Fuchs strich ihr sanft über die Wange. »Du magst die Tochter eines Töpfers sein, aber du bist die einzige wahre Freundin, die ich je hatte. Und ich liebe dich, Sonnenmuschel. Bevor ich Rote Schlinge begegnet bin, dachte ich, wir …« Er zog die Hand zurück und ballte sie zur Faust. »Und das hätte ich meinem Vater sagen sollen. Nicht du warst zu tadeln. Ich war es.«

Hoffnung belebte sie. Sie legte ihm drängend eine heiße Hand auf den Arm. »Wir könnten fortlaufen, Wilder Fuchs. Du und ich. Jetzt gleich! Ich würde mit dir zu den Schlangenhäuptlingen gehen. Bitte. Nimm mich mit, weg von hier.«

Tränen standen in seinen Augen. »Mein Liebes. Glaubst du, ich könnte vergessen, wie jung du bist? Dein Clan würde mich töten, Sonnenmuschel, und das mit vollem Recht.«

»Nicht, wenn wir fortgehen. Ich … ich kann deine Frau sein, Wilder Fuchs. Das kann ich, wirklich. Wenn du mich nur lässt, dann verspreche ich, dass …«

»Bitte!« Wie unter Schmerzen schloss er die Augen und wich zurück. Im Mondlicht glich er einem gemarterten Krieger. »Ich darf jetzt nicht noch einen Fehler machen. Irgendwie muss ich beweisen, dass ich unschuldig bin.«

Ein kalter Windstoß fegte über das Wasser und wehte lange Haarsträhnen vor Sonnenmuschels Augen; sie hatte nicht die Kraft, sie aus ihrem Gesicht zu streichen. Solange sie noch ein Mädchen war, würde er sie nicht anrühren. Dies war die Wahrheit, und sie fühlte sich plötzlich krank und leer.

Sie steckte die Hände unter die Achselhöhlen, um das Zittern zu verbergen. »Du hast Recht … natürlich hast du Recht. Du darfst nicht dein Dorf gegen dich haben, wenn dich gleichzeitig Flache Perle des Mordes beschuldigt. Ein Feind ist genug.« Sie füllte ihre Lungen mit Luft und hielt den Atem für eine Weile an. Als sie langsam wieder ausatmete, fragte sie: »Aber wie können wir beweisen, dass du sie nicht ermordet hast?«

»Das können wir nicht. Wer würde uns glauben? Mein Vater

ist der mächtigste Mann in seinem Land. Was wir sagen, ist ihm gleichgültig. Selbst wenn ich schuldig wäre, würde er mich sicher nicht an Flache Perle ausliefern. Denn dies würde Jagender Falke als Schwäche auslegen und sie irgendwann ausnutzen. Stell dir doch nur vor, Sonnenmuschel, ich bin noch kaum ein Mann und werde zudem bald des Mordes angeklagt, und du bist nur ein Mädchen. Wer würde uns anhören?«

Sonnenmuschel schwieg. Sie war unsicher. Sie sah die Schwierigkeiten und dachte an Lösungen, die ihr nie zuvor in den Sinn gekommen wären. Gesichter glitten durch ihre Gedanken, und sie verbannte alle außer einem: das des einzigen lebenden Menschen, der ihr wirklich Furcht einjagte. »Wahrscheinlich niemand. Aber ich glaube, ich kenne jemanden, den sie anhören würden.«

»Wen?«

Sie überhörte die Frage. »Wir müssen darüber sprechen. Ich muss über jede Einzelheit Bescheid wissen. Verstehst du mich? Alles muss ich wissen. Auch wenn du etwas nicht für wichtig hältst, will ich es hören. Wilder Fuchs, wenn wir dein Leben retten wollen, muss ich deinen Weg nach Flache Perle und von dort zurück beschreiben können, als wäre ich dabei gewesen. Ich weiß, du bist müde. Das bin ich auch. Kannst du trotzdem sprechen?«

Wilder Fuchs betrachtete Sonnenmuschel eine Weile schweigend. Dann ließ er sich erschöpft in den Sand fallen. »Sag mir, wo ich anfangen soll.«

»Du gingst mit deinem Vater durch den Einlass zwischen den Palisaden. Was geschah dann?«

Wilder Fuchs nahm eine Hand voll nassen Sandes auf und knetete ihn. »Mein Vater hatte einen Wutausbruch. So hochrot im Gesicht und so erregt wie an jenem Tag hatte ich ihn noch nie gesehen. Er schlug seine Kriegskeule in jeden Baum, an dem wir vorbeikamen, verfluchte mich und meine Mutter und sagte, er werde sich noch um mich kümmern, sobald er seinen Verpflichtungen der Weroansqua gegenüber nachgekommen sei. Ich schwöre dir, Sonnenmuschel, ich hatte Angst, ihm den Rücken zuzuwenden.

Wir kamen dann nach Flache Perle; unsere Leute verteilten sich dort, und Vater befahl mir, ihm zu folgen und mit niemandem zu sprechen. Dann, beim Tanz in jener Nacht ... heilige Götter ...« Er ließ eine Kugel aus Sand fallen und griff sich mit beiden Händen in das verfilztes Haar. »Rote Schlinge war so schön. Dauernd sah sie zu mir herüber, weißt du, mit diesem besonderen Augenaufschlag, und ich fragte mich, ob Kupferdonner es bemerkt und was er sich denkt. Denn kein Mann missversteht solche Blicke, erst recht nicht, wenn sie einem anderen Mann gelten. Ich dachte, mein Herz müsse zerspringen, Sonnenmuschel. Jetzt drohte Gefahr von allen Seiten. Von meinem Vater, von Jagender Falke und von Kupferdonner. Selbst Weidenstumpf starrte mich an, belustigt zwar, aber der Hass in seinen Augen war nicht zu übersehen. Ich fühlte mich wie ein Mann vor seinem ersten Kampf, war verzweifelt und voller Angst.« Er warf die Sandkugel ins Wasser und verzog das Gesicht. »Dann begann Rote Schlinge, vor mir zu tanzen ... nur für mich zu tanzen ...«

Sonnenmuschel saß mit untergeschlagenen Beinen da, hatte den Federumhang unter sich zusammengelegt und beobachtete den Horizont. Die Sterne waren zu bleichen Lichtpünktchen verblasst, und der Himmel schimmerte wie nasser Schiefer. Sie stieß dampfenden Atem aus; die Nacht war eisig kalt und feucht gewesen. Ein schmaler Eisstreifen lag auf dem Strand.

Wilder Fuchs schlief zu ihrer Linken, in seine Decke gewickelt. Morgentau hatte sein schönes Gesicht überzogen. Vor weniger als zwei Zeithänden hatte er seine Geschichte beendet und war anschließend in tiefen Schlaf gefallen.

Sonnenmuschel betrachtete ihn; dabei knüllte sie den Saum ihres roten Hirschlederkleides zusammen und glättete ihn wieder. Er hatte ihr nicht die ganze Wahrheit gesagt, das wusste sie. Schließlich kannte sie ihn gut genug. Sie wusste nicht, warum, aber sie vertraute ihm trotzdem. Wenn er etwas für sich behielt, dann hatte er sicher Gründe dafür – gute Gründe. Dennoch war ihr nicht wohl dabei und sie versuchte, die Lücken in seiner Erzählung mit der Kraft ihrer eigenen Fantasie aufzufüllen, aber es hatte keinen Sinn.

Lautlos erhob sie sich und ging zu den Kanus am Strand. Sie konnte beim Gehen besser nachdenken. In der Ferne flog ein Wildgänseschwarm schreiend in unregelmäßigen Zickzacklinien über den rosafarbenen Himmel. Das Wasser schlug, vier Handbreit entfernt, sanft an den Strand. Möwen schwammen weit draußen auf den Wogen, und wenn eine Welle sie von unten hochhob, blitzte ihr Gefieder silbern auf.

Sonnenmuschel schauerte nicht nur wegen der kalten Morgenluft und der Geheimnisse von Wilder Fuchs. Offenbar hatte niemand in der Nacht nach ihr gesucht, und in den Winkeln ihrer Seele hallte die raue Stimme ihrer Tante wider, die sagte: »Lass sie doch! Eine Nacht allein im Dunkeln und in dieser Eiseskälte wird unsere kleine Sonnenmuschel schon lehren, dass sie ihre Familie vielleicht doch braucht.« Sie hatte Faserblatt schon oft solche Dinge über streunende Mädchen sagen hören und sah das unglückliche Gesicht ihrer Mutter deutlich vor sich. Sie trat nach einem Stück Treibholz.

Sonst wimmelte der Strand vor Menschen, die fischten, Vögel jagten und Holz sammelten. Heute aber war niemand dort. Sonnenmuschel war, als ob die Zeit stehen geblieben wäre, als ob nur noch sie und Wilder Fuchs am Leben wären und atmeten. Spuren liefen über den Strand, und sie erkannte die Abdrücke eines Hirschs, von verschiedenen Vögeln und einem Waschbären, konnte aber keines dieser Tiere erblicken. Die Mokassins drückten sich in den kalten Sand einer Welt, die stumm und leblos war.

Neben den Kanus lagen gefaltete Fischernetze und Paddel. Auch Angelhaken und Harpunen waren zu sehen. Der schlanke Einbaum ihres Onkels Sägezahn dümpelte im Wasser. Weiße Zacken wie die von Blitzen schmückten seinen Rumpf. Dieser Einbaum war für sie am leichtesten zu steuern; sie war oft darin gefahren und kannte seine Tücken …

Ein Schrei zerriss plötzlich die Stille, und Sonnenmuschel wandte sich hastig um. Wilder Fuchs lag am Boden, atmete in kurzen Stößen und krallte die Hände in den Sand. Laute der Trauer kamen aus seinem Mund, eine verzweifelte Klage wie von einem Tier, das in der Falle saß.

Sie schlang die Arme um ihren Oberkörper.

Wieder schrie er auf und fuhr keuchend in die Höhe.

»Ich bin ja hier«, rief Sonnenmuschel beruhigend und eilte zu ihm hinüber. »Du bist in Sicherheit. Ich habe die ganze Nacht gewacht, so wie ich es versprochen habe.«

Wilder Fuchs sank in sich zusammen. Er zog die Schultern nach vorn und rieb sich das Gesicht. »Heilige Götter, ich träumte, dass mein Vater mich hetzte, dass er sich mit der alten Frau Jagender Falke verbündet hätte, um mich zu finden.« Er nahm die Hände vom Gesicht und betrachtete sie, als hätte er sie noch nie gesehen. »Sie haben mir die Hände abgehackt, Sonnenmuschel. Beide. Jagender Falke hackte sie ab, und mein Vater warf sie ins Meer. Welch grauenhafter Traum! Mein Blut überflutete das ganze Dorf. Mein Clan ist darin ertrunken.«

Sonnenmuschel stand verlegen vor ihm und wusste nicht, was sie sagen sollte. »Du hast sie nicht getötet, Wilder Fuchs. Und niemand tut dir etwas zu Leide.«

Er atmete hörbar aus und starrte auf das schimmernde Wasser. »Ich bete, dass du Recht hast.«

»Ich verspreche dir, dass er kommt, Wilder Fuchs. Dafür sorge ich. Und gemeinsam beweisen wir deine Unschuld.«

Sonnenmuschel wandte sich zum Einbaum ihres Onkels, und Wilder Fuchs erhob sich. Einen Augenblick lang blieb er stehen, als wollte er sich wappnen, und ging ihr dann nach.

»Sonnenmuschel, bitte, sei vorsichtig. Es ist ein gefährliches Unternehmen, es kann uns beide das Leben kosten.«

»Es gibt keinen Gewinn ohne Verlust.« Sie schob das Kanu ins Wasser.

»Warte mal. Einen Augenblick noch.« Er lief zu seinem eigenen Kanu, zog seinen Bogen, seine Keule und seinen Köcher daraus hervor und hielt ihr die Waffen hin.

»Nein, Wilder Fuchs. Du brauchst sie doch selbst, ich ...«

»Ich mache mir neue. Du wolltest doch immer eine Kriegerin sein.«

Sonnenmuschel streckte widerstrebend die Hand aus. Das Gewicht der Keule überraschte sie. »Wir müssen uns beeilen, Wilder Fuchs, es wird gleich hell. Dann kommt meine Familie her, um Wasser und Holz zu holen. Je eher ich aufbreche, umso eher sind wir am Ziel.«

»Ich weiß. Ich wollte nur ...». Wilder Fuchs trat unsicher von einem Fuß auf den anderen. Dann, als hätte er eine Entscheidung getroffen, zog er sie in seine Arme und hielt sie fest. »Sonnenmuschel, hör mich an. Sag jetzt nichts. Manchmal glaube ich, dass du mich besser kennst als ich mich selbst, und deswegen … also, du bist sicher beunruhigt, weil ich dir gestern Nacht nicht alles erzählt habe.« Sie wand sich in seinen Armen und wollte etwas sagen, aber er hielt sie nur noch fester und entgegnete: »Pst! Bitte! Du sollst wissen, dass ich dir alles sagen werde. Nicht jetzt, aber bald. Sobald ich kann. Vertraust du mir?«

»Ich vertraue dir. Ich weiß nicht, warum, aber ich vertraue dir. Wenn ich aber deine beste Freundin bin, wie du sagst, warum darf ich dann nicht alles wissen?«

»Ich kann es niemandem sagen, Sonnenmuschel.« Er strich ihr übers Haar. »Ich kann nicht einmal mit meiner eigenen Seele darüber sprechen. Noch nicht. In ein paar Tagen … dann bin ich vielleicht mutig genug. Dann werde ich es dir sagen.«

Sonnenmuschel seufzte und nickte. »Ich muss jetzt gehen. Heute habe ich viel zu tun.«

Wilder Fuchs ließ sie zögernd los, und sie ging zum Kanu ihres Onkels. Sie watete ins knietiefe eiskalte Wasser und zog das Kanu vom Sand ins Wasser. Es schaukelte auf den Wellen.

Sonnenmuschel stieg ins Boot und legte die Waffen auf den Boden. Wilder Fuchs schob den Einbaum ins tiefere Wasser und gab ihm einen kräftigen Stoß.

»Sei vorsichtig, Sonnenmuschel! Du weißt, dass er gefährlich ist«, rief er ihr nach. »Wir wissen nicht, in welcher Stimmung er dich empfängt. Halte den Bogen bereit.«

»Sieh in zwei Tagen nach mir!« Sie tauchte das Paddel ins Wasser und begann zu rudern. »Wir treffen uns wie verabredet.«

»Sonnenmuschel!«, rief Wilder Fuchs noch lauter. »Du trägst meine Seele in deinen Händen. Komm schnell zu mir zurück.«

Zu mir zurück! – diese Worte klangen in Sonnenmuschels Herzen, als sie den Einbaum an der Küste entlangsteuerte, an Feldern und Büschen vorbei, in den Hauptkanal vom Fischfluss. Das erste Licht des Morgens schimmerte auf dem grünen Wasser und warf hellblaue Flecken auf die Bäume am Ufer.

»Ich werde ihn retten«, rief sie den Möwen zu, die um das Boot herumflatterten. »Er hat Rote Schlinge nicht getötet. Ich weiß es.«

Eine große weiße Möwe flog kreischend im Sturzflug auf sie zu. Sonnenmuschel blickte auf: Mit einem Auge schaute sie der Vogel skeptisch an.

Sie machte zwei weitere Paddelschläge und sog die salzige Morgenluft tief in ihre Lungen. Bald erreichte sie die breite Mündung des Fischflusses, und da tauchte auch schon Jaguars kleine bewaldete Insel im Dunst jenseits der Salzwasserbucht am fernen Horizont auf.

Furcht griff mit eiskalten Fingern nach Sonnenmuschels Herzen. Sie schaute zu dem über ihr flatternden Vogel auf; es war eine Lachmöwe, so genannt, weil sie beim Jagen über dem Strand seltsam gackernde Laute von sich gab, so wie sie lachende Menschen machen. Man sagte, Jaguar könne sich in jedes beliebige Tier verwandeln, in Hund, Wurm oder Vogel. Man sagte auch, er könne einem Menschen solche Angst einjagen, dass dessen Seele den Körper verlässt. Aber der Mensch stirbt nicht immer daran. Oft wanderte die von Furcht erfüllte Seele übers Land, klagend und auf Zweige schlagend, bis aus ihr ein böser Waldgeist mit leeren, toten Augen wurde, während des Menschen seelenloser Körper weiter unter den Lebenden wandelte, unfähig zu sprechen oder ein normales Leben zu führen.

Im Laufe ihrer vier und zehn Blätterblüten hatte Sonnenmuschel einen seelenlosen Körper gesehen, einen alten Mann namens Heitere Helle. Er hatte seine Seele einen Sommer zuvor verloren. Nach dem Vorfall hatte ihn seine Familie jeden Tag auf eine Grasmatte vor das Haus gesetzt. Dort hatte er mit offenem Mund ins Leere gestarrt, und Speichel war über sein Kinn geflossen. Bei der Erinnerung an diesen Mann zog sich jetzt noch Sonnenmuschels Magen vor Entsetzen zusammen.

Die Möwe über ihr stieß einen lauten Schrei aus und flatterte davon. Sonnenmuschel paddelte, als würde sie von einer Horde feindlicher Krieger gejagt. Das Kanu schoss über die Bucht und hüpfte über das Wasser wie eine Schwalbe.

Sie hatte schon vier Blätterblüten gesehen, als sie zum ersten Mal von Jaguar hörte. Die alte Wolfslauf, eine der Ältesten des Tellmuschel-Clans, war mit einem Säckchen Salz in der verkrümmten Hand durchs Dorf gerannt. Sie hatte das Salz um die Palisaden herum verstreut und geheimnisvoll geflüstert: »Jaguar ist zurückgekehrt. Er macht Maisschalenpuppen von uns«, hatte sie gesagt, »und dann verzaubert er sie.« In derselben Nacht war ein großer schwarzer Hund um die Palisaden herumgesprungen und hatte den Namen von Wolfslauf geheult. Man hatte sie am nächsten Morgen tot aufgefunden, die Finger in die Erde gekrallt, als hätte sie versucht, einen Gang aus ihrem Haus zu graben, um zu fliehen.

Ein kalter Windstoß fuhr durch Sonnenmuschels Haar. Sie erschauerte und zog das Paddel ein. Das Kanu krängte zur Seite. Faserblatt hatte sie verflucht und dabei Jaguars Namen verwendet. Hatte er es gehört?

»Jaguar!«, rief sie den flatternden Möwen zu. »Ich will mit dir sprechen. Ich bin nur ein Mädchen, ich kann dir nichts tun.«

Die Möwen stürzten schreiend herab; ihre Flügel leuchteten hell in der Morgenröte.

Sonnenmuschel steuerte das Kanu zu der Insel in der Ferne. Unsicher glitten ihre Blicke immer wieder zum Himmel. Im Osten hingen tiefe Wolken. So weit war sie noch nie gepaddelt, und die Muskeln an Armen, Brust und Schultern begannen zu schmerzen. Sie hatte nicht gewusst, wie riesig die Salzwasserbucht war, und auch noch nie erlebt, wie Furcht erregend die Dünung war, die ihr Kanu so hoch hob und so tief fallen ließ.

Trotz der stechenden Schmerzen paddelte sie keuchend weiter. Auch die Blasen an ihren Händen, die das hölzerne Paddel führten, taten weh, aber sie würden später heilen. Sie näherte sich der niedrigen Insel; vom Wind geschüttelte Bäume säumten das Ufer. Schatten sprangen umher, geisterhaft und undeutlich wie Waldgeister, die nach dem besten Standort spähten, um ihre Ankunft zu beobachten.

»Ich komme, Jaguar!«, rief Sonnenmuschel. »Ich habe Angst. Große Angst. Aber niemand hält mich auf. Auch du nicht.«

Sechs

Das Wasser der Bucht leuchtete silbern in der Mittagssonne. Enten hatten sich darauf verteilt, und hier und da hinterließen springende Fische wachsende Ringe, die sich überschnitten und dann wieder verloren. Das ferne Westufer glich einem Buckel aus Flaum, über dem sich Wolken türmten.

Am Ufer machte das Riedgras steinigen Schlammzonen Platz. Er kam immer bei Ebbe hierher, in verdreckten, nassen Mokassins. In einer Hand trug er einen Grabstock, in der andern einen Ledereimer. Im Laufe seines Lebens hatte er viele Namen gehabt, doch nun nannte er sich selbst nur noch bei dem, den ihm seine Opfer gegeben hatten: Jaguar.

Manchmal blieb er stehen und benutzte seinen Stock wie einen Hebel, um eine Muschel aus dem Schlamm zu holen. Oder er schlug damit auf eine Krabbe im seichten Wasser und warf sie in den Eimer zu den Muscheln.

Links von ihm ragte Spartgras in dichten Reihen auf, ein riesiger Teppich, der sich nach Osten hin ausbreitete, bis er in der Ferne endlich niedrigen Büschen Platz machte. Zu seiner Rechten lag die große Salzwasserbucht, deren Geist sich heute rätselhaft ruhig verhielt.

Seine einzige Gesellschaft waren die Vögel. Reiher sahen ihm aus sicherer Entfernung zu; Regenpfeifer, Steinwälzer und Flussuferläufer trippelten ihm aus dem Weg und kehrten gleich wieder zurück, wenn er vorüber war. Über ihm kreiste eine Hand voll Möwen. Der alte Mann schlug eine Muschel mit dem harten Griff seines Stocks auf und warf den kreischenden Möwen die Delikatesse entgegen. Sie schnappten sich den Bissen in der Luft, und er grinste, immer wieder entzückt von der Anmut ihres Fluges.

Er fand das Plätzchen, das er suchte, und stapfte ins Wasser, als setze er einfach seinen Weg fort. Im tieferen Wasser biss die Kälte in seine Waden und dann in seine Knie. Kleine Fische schwammen um ihn herum. Sein Spiegelbild schwankte, während er ging, und manchmal blickte er auf sein verzerrtes Abbild. Die schütteren, grauen Haare fielen lose über seine Schultern. Ein abgetragener Lendenschurz hing an den schmalen Hüften hinunter, und ein ausgeblichener, ausgefranster roter Stoffumhang lag über der linken Schulter. Seine Haut war mit dem Alter fleckig und an Armen, Beinen und Bauch schlaff geworden, aber seine Augen blickten unter dicken Brauen noch scharf und wachsam hervor. Die Nase über dem schmalen Mund hatte sich gebogen und in die Länge gezogen.

Er hatte jetzt die Austernbank erreicht. Unter seinen Füßen wurde der weiche Boden von den harten, scharfen Kanten der

Austern aufgeschnitten. Er ging weiter. Der Grund hob sich wieder, bis er fast nur noch bis zu den Knien im Wasser stand. Er spähte hinunter und stocherte mit seinem Stock auf dem Boden herum. Befriedigt beugte er sich nieder und holte eine Hand voll Austern aus dem Wasser. Er prüfte sie, grunzte und warf sie in den Eimer. Am nächsten Häuflein Austern klebte eine Purpurschnecke. Mit einem krummen Daumen kratzte er das Moos vom Gehäuse der Schnecke, die Farbe war noch gut, und er warf sie ebenfalls in den Eimer.

Der war binnen Minuten gefüllt. Er schwang ihn sich auf den Rücken und stapfte durch das seichte Wasser zurück. Am Ufer schlug er den Weg nach Norden ein, zu der schmalen Landzunge mit der kleinen Baumgruppe.

Ein schmaler Weg, nicht viel mehr als ein Trampelpfad durch Schlickgras, Teichrosen und Laichkraut, führte durchs Ried. Bei einem Büschel von wildem Reis blieb er stehen und prüfte die leeren Grannen, die er zuvor abgeerntet hatte.

Der schmale Pfad führte zu einer leichten Anhöhe, die so trocken war, dass dort nur Gras, Sträucher und kleines Gehölz wachsen konnte. Er trat in die Schatten von Kiefern und Sassafras und dann in einen Eichenhain. Dort, auf dem höchsten Punkt der Insel, stand sein einfaches Haus. Er hatte es auf einer kleinen Lichtung errichtet, wo es im Schatten der ausladenden Äste mächtiger Eichen stand: ein kuppelförmiger Bau aus Holzbalken und Spartgras. Östlich und westlich davon standen kleinere Hütten, Schreine der Zwillingsgötter, mit schäbigen Hirschfellvorhängen vor den Eingängen.

Die Reste des kleinen Feuers glommen noch in einer Grube vor der Tür. Seufzend stellte er seinen Eimer neben einen großen Holzblock, der neben dem Feuer zur Hälfte im Boden eingelassen war.

»Bin nicht mehr so flink wie früher«, sagte er ins Leere. Er zuckte zusammen, als er die Arme im Kreis schwang und seine knochige Schulter massierte. Geduckt trat er ins Haus und betrachtete seine wenigen Habseligkeiten. Ein hölzernes Gestell war mit Hirschfellen bedeckt, die fast alle ihre Haare verloren hatten. In der Nacht war dies sein Lager. Eine zweite Feuermulde sah ihn aus der Mitte des Raums so finster an wie ein kaltes schwarzes Auge. Netztaschen hingen vom Dach herab, prall gefüllt mit getrockneten Kräutern, Maisähren, Nüssen, Schlickgrassamen und wildem Reis. Ein Bogen stand neben dem Lager, und gegenüber lehnten mehrere Pfeile an der Wand.

Sein Blick blieb an dem großen runden Topf haften. Der Rand war gesprungen und gesplittert, aber die gemusterte Oberfläche konnte man durch die Rußschicht hindurch noch erkennen. Er spähte in den Topf und rieb mit dem Daumen über die Kruste, die sich im Inneren gebildet hatte.

Geduckt begab er sich wieder hinaus in das schräg einfallende Nachmittagslicht und stellte den Topf neben die Glut; mit einem Ledereimer in der Hand ging er durch die Bäume ostwärts zu einer kleinen Frischwasserquelle, keine zwei Bogenschusslängen entfernt. Hier füllte er den Eimer und kehrte zum Haus zurück.

Nacheinander wusch er die Austern, Muscheln und Krabben und legte sie in den Topf; das Wasser bedeckte die ganze Beute. Knurrend beugte er sich auf knirschenden Knien hinunter, um in die Glut zu blasen. Unwillkürlich atmete er etwas von der wirbelnden Asche ein und hustete. Würgend setzte er sich auf die Fersen, räusperte sich und brach in raues Gelächter aus. »Und die nennen mich Zauberer.«

Als das Feuer brannte, stellte er drei größere Steine als Aufsatz hinein und schob den Topf darauf. Befriedigt beobachtete er die Flammen, die bald um den Topf herumzüngelten.

Dann erhob er sich, kehrte ins Haus zurück und betrachtete die Netztaschen. Aus einer nahm er schließlich Mais, Eicheln aus einer andern, ferner einige Bucheckern und Hagebutten. Missmutig warf er auch diese in den Topf und setzte sich dann auf den Klotz. Wenn er doch nur noch etwas Kürbis hätte! Frisch gebratener Kürbis war ihm lieber als alles andere. Schon bei dem Gedanken daran lief ihm das Wasser im Mund zusammen.

»Schlimmer als ein Narr ist ein alter Narr«, murmelte er vor sich hin. »Das heißt, nein, noch schlimmer ist ein verrückter alter Narr, und genau das bist du, Jaguar.«

Er kratzte sich unter dem grauen Haar. »Aber … wenn ich verrückt bin, wie steht es dann mit dem Rest der Welt?«

»Die ist noch verrückter. Sonst wäre ich wohl kaum hier.«

»Du bist hier, weil du all dem aus dem Weg gehen willst.«

»Bärenscheiße! Ich bin hier, weil hier Frieden ist.«

Er unterbrach sich selbst, dachte an den Schmerz, an die Stimmen in seinem Kopf und an den Tag, als er mit seinen sieben Sachen die Welt der Menschen verlassen hatte. »Du bist schon immer ein Narr gewesen.«

»Nein, mein Alter. Nur verrückt.« Mit braunen Zahnstümpfen biss er sich auf die Lippen. »Du weißt genau, dass einer wirklich verrückt ist, wenn er sich dabei ertappt, dass er seine eigenen Fragen beantwortet.«

Seit er hergekommen war, hatte er den Wechsel der Jahreszeiten zehnmal beobachten können. *Nach so langer Zeit sollte ein Mann alle Antworten kennen.*

Ins Feuer schauend verzog er das Gesicht und rieb sich die trockenen braunen Hände. Kannte er denn alle Antworten?

In diesem Augenblick landeten die beiden Krähen in der kahlen schwarzen Eiche und starrten ihn mit forschenden dunklen Augen an.

»Was gibt's?«

Eine der Krähen blickte nach Westen, plusterte die Federn auf und krächzte.

»Was du nicht sagst!«

Der alte Mann erhob sich und folgte neugierig dem festgetretenen Pfad zum westlichen Ufer seiner kleinen Insel. Das Wasser hatte hier einen kleinen Strand geschaffen, und der Uferhang fiel steil ab. Am Rand der Bäume spähte er von oben in das Licht der untergehenden Sonne hinaus. Eine junge Frau lenkte ihr Kanu gerade über das bewegte Wasser. Jeder Schlag des Paddels war ruhig und präzise, und sie schien nicht in Eile zu sein.

Jaguar schlich zurück in den Schatten der Bäume und beobachtete, wie das kleine Boot näher kam. Jetzt schien die Reisende zu zögern. Schließlich legte sie das Paddel quer über den Dollbord und ließ das Kanu treiben.

Jaguars alte Augen waren noch nicht so trübe, dass er die Unentschlossenheit auf dem nachdenklichen Gesicht nicht erkannt hätte. *Was denn? Wieder so eine junge Verrückte, die einen Liebeszauber will? Oder soll ich ihre Rivalin verhexen?* Junge Leute konnten so töricht sein. Er selbst war auch einmal töricht gewesen. Aber das war lange her.

Jaguar wartete geduldig. Die junge Frau fuhr sich mit der Zunge über die Lippen und schien sich innerlich zu wappnen. Dann holte sie tief Luft und tauchte das Paddel entschlossen ins Wasser, um das Kanu zur Anlegestelle zu steuern.

Sieben

Von seinem Versteck aus nahm Jaguar die Besucherin aufmerksam in Augenschein. Die Frau hatte lange schwarze Haare, ein rundes Eulengesicht mit großen dunklen Augen und eine kleine Adlernase. Sie trug einen Umhang aus roten und blauen Federn. Offenbar war sie aus der Sippe von Wasserschlange – oder eine Frau aus den bündnislosen Dörfern.

Das Kanu knirschte auf dem Sand, und die junge Frau stieg ins Wasser, um den Einbaum an Land zu ziehen. Sie nahm den Bogen und hängte ihn sich über die Schulter. Über die andere Schulter warf sie den Köcher. Darauf ergriff sie eine Kriegskeule, die für die schlanke Gestalt und die dünnen Arme viel zu groß und zu schwer schien, packte sie und marschierte an Land.

Wenn sie gekommen ist, um mich umzubringen, dann viel Glück – das haben schon andere versucht. Und wie diese würde auch die junge Verrückte Wind und Wellen preisgegeben werden und als Leiche im Boot liegen. Jaguar hatte gehört, dass man einige seiner Opfer gefunden hatte. Die anderen, vermutete er, waren wohl aufs Meer hinausgetrieben worden.

Er versteckte sich hinter einem Baum. Die junge Frau richtete sich auf und schlich lautlos den Pfad hinauf.

Jaguar runzelte die Stirn; wo hatte er seinen Bogen gelassen? Im Haus wahrscheinlich. Aber das war nicht so wichtig – er kannte seine kleine Insel wie seinen Handrücken. Wachsam folgte er der Frau. Die Bäume waren seine Deckung, als er mit ihr auf gleicher Höhe ging.

Auch im Alter hatte er nichts von seiner Fähigkeit, Ahnungslose heimlich und unentdeckt zu verfolgen, verloren. Die Frau hatte keine Ahnung, dass aus der Jägerin eine Gejagte geworden war, und das erfüllte ihn mit Heiterkeit.

So sicher wie der Schnee im Winter betrat sie nun die kleine Lichtung und betrachtete seine Hütte, den dampfenden Eintopf und die leeren Ledereimer neben dem Feuer. Ängstlich hielt sie nach irgendeinem Lebenszeichen Ausschau. Sie beobachtete die Schatten, und das schwindende Tageslicht steigerte ihre Unsicherheit.

So mutig, wie sie einmal waren, sind sie auch nicht mehr. Was ist heutzutage nur mit den Frauen los?

Jaguar kroch hinter ein Dickicht aus Schwarzbeerbüschen und betrachtete sie geduldig.

Sie beruhigte sich offenbar, nahm ihren Mut zusammen und rief: »Ältester! Bist du hier?«

Jaguar rührte sich nicht; lange Jahre in der Einsamkeit hatten ihn gelehrt, dass die Dinge sich schließlich von selbst zum Guten Wenden. Nur die Jungen und die Törichten wollten alles sofort erreichen.

Langsam und unbeholfen trat die Frau nun an das Kuppelhaus heran und rief wieder: »Ältester, ich bin Sonnenmuschel vom Tellmuschel-Clan, ein Mädchen aus Drei Myrten. Ich will mit dir sprechen.«

Ein Mädchen. Keine Frau. Wie sonderbar!

Eine der Krähen kreischte im Baum, und das Mädchen fuhr erschrocken zusammen. Es drehte sich um und starrte auf den schweigenden Wald. »Bitte, Ältester!«

Jaguar blieb regungslos stehen, bis Sonnenmuschel weiter ging und den Boden gebückt nach Spuren absuchte.

Wie ein Geist huschte Jaguar dann zur Rückseite des Hauses, hob vorsichtig eine Grasmatte und trat gebückt ein. Am Kopfende seines Lagers fand er den Bogen und tastete nach den Pfeilen. Verärgert stellte er fest, dass sie schräg an der Wand gelehnt und sich verzogen hatten. Und den einzigen, der noch zu gebrauchen gewesen wäre, hatte eine Maus zernagt.

Seine Gelenke krachten, als er den Bogen spannte und betete, die Sehne möge nicht reißen. Dreimal zog er sie versuchsweise zurück.

Mit gespannten Muskeln schlich er schließlich zur Tür, trat hinaus und rief mit durchdringender Stimme: »Lass die Keule fallen, Mädchen!«

Sonnenmuschel erstarrte. Jeder Muskel war verkrampft.

Einen Augenblick lang schien sie nicht zu wissen, ob sie zusammenbrechen oder davonspringen sollte wie ein entsetztes Kitz.

»Lass sie fallen!«

Die Keule glitt aus ihren gefühllosen Fingern und schlug hohl auf dem Boden auf.

»Dreh dich um!«

Fast hätten ihre Beine versagt, als sie sich mit aufgerissenen Augen umwandte. Ihre Lippen bewegten sich, aber sie brachte kein Wort heraus.

»Was? Ich kann dich nicht hören.«

»Du … du bist nicht hier gewesen. Ich bin nur … ich bin einfach …«

»Ja, ja, du hast dich umgesehen, aber mich nicht bemerkt. Also, was willst du? Bist du hergekommen, um mich zu töten?«

Sonnenmuschel schüttelte heftig den Kopf. Jaguar sah die Angst in ihren glasigen Augen und das Zittern ihrer Glieder und entspannte dankbar seinen altersschwachen Bogen. Jeder Muskel seufzte vor Erleichterung.

»Also, was willst du?«

Sonnenmuschel würgte wie ein Fisch an Land. »Dich sprechen, Ältester.«

»Wozu? Nun los, Mädchen, wie oft soll ich denn noch fragen?«

»Ich … wir brauchen deine Hilfe.«

Die Nacht brach herein, und es wurde kühl. Jaguar saß mit gebeugtem Oberkörper am Feuer. Sonnenmuschel hockte ihm gegenüber, und ihre Kaninchenaugen registrierten jede Bewegung. Die ersten Sterne leuchteten durch den Nachtdunst.

Die Nacht war friedvoll hier. Nur wenn heftige Unwetter vom Meer her tobten, wurde es manchmal ungemütlich. Jaguars Haus stand jedoch hoch genug und die Sturzbäche konnten ihm nichts anhaben.

Der Feuerschein tanzte über sein Haus, die beiden Schreine und die Zweige der Eiche. Jaguar fischte in seiner Schildkrötenschale nach einer Muschel, öffnete sie mit einem Holzspan und saugte das Fleisch heraus. Seine Backenzähne waren schon vor Jahren ausgefallen, und so war ihm das Muschelfleisch gerade recht. Er zerdrückte es mit dem Gaumen und konnte es dann schlucken.

»Also dann …« – Jaguar wischte sich mit dem Handrücken über die Lippen – »… an welche Art von Hilfe hast du denn gedacht?« Er hob eine Braue. »Irgendeinen närrischen Zauber oder was?«

Sonnenmuschel zuckte zusammen. »Nein, Ältester. Es geht um meinen Freund, Wilder Fuchs. Er ist vom Tellmuschel-Clan. Sein Vater ist Schwarzer Dorn, Weroanzi von Drei Myrten. Wilder Fuchs ist in Schwierigkeiten. In großen Schwierigkeiten.«

»In welchen denn? Kriegt er keine Frau?«

Sonnenmuschels Gesicht wurde sehr bleich. »N… nein, Ältester. Man glaubt, dass er sie getötet hat … na ja, ich meine, sie war eigentlich nicht seine Frau, wäre es aber …«

Jaguar blickte sie mürrisch an. »Mädchen, du bist aufgeregt. Ich habe beschlossen, dich nicht zu töten, und wenn du mir keinen Grund gibst, die Meinung zu ändern, werde ich es auch nicht tun. Einverstanden? Warum erzählst du nicht von Anfang an?«

Sonnenmuschel nickte und zog den Federumhang enger um sich. »Sie hieß Rote Schlinge. Vom Grünstein-Clan. Sie war die Tochter von Muschelkamm und die Enkeltochter von Jagender Falke von Flache Perle.«

»Ja, ja, ich habe von Jagender Falke gehört. Erzähl weiter.« Heiliger Ohona, seit wie vielen Jahren hatte er sie nicht mehr gesehen? Wie hatte die Sonne auf ihrem glatten, schwarzen Haar geglänzt! Er erinnerte sich gut an ihr warmherziges Lächeln und daran, wie anmutig der Rehfellrock sich um ihre verführerischen Hüften geschmiegt hatte. Sie waren damals Feinde gewesen. *Im Grunde,* dachte er, *sind wir es immer noch.*

»Ältester! Wilder Fuchs hat Rote Schlinge geliebt. Sie wollten heiraten. Aber Jagender Falke hatte Rote Schlinge schon Kupferdonner versprochen, dem Großen Tayac.«

Jaguar richtete sich auf, sein Interesse war jetzt geweckt. »Der ist doch so ein Emporkömmling von irgendwoher hinter den Bergen, nicht wahr? Pfeifenstein-Clan, habe ich gehört.« *Konnte das möglich sein?* Aber nein, das lag Jahre zurück und so weit weg.

»Ja, das ist er, Ältester. Seine Macht und sein Einfluss sind ständig gewachsen. Er hat die Dörfer am Oberlauf vereinigt, Wasserschlange und die Krieger von Steinfrosch besiegt. Manche Leute sagen, er sei nur zum Teil ein Mensch.«

»Möwendreck, Mädchen. Das sagen sie auch über mich.«

»O ja, das ... das habe ich auch gehört.« Sonnenmuschel fühlte sich unbehaglich.

»Wo waren wir?«

»Ich hatte erzählt, dass Rote Schlinge vor kurzem zur Frau wurde, und Kupferdonner kam nach Flache Perle, um sie zu holen. Aber sie wollte ihn nicht. Rote Schlinge und Wilder Fuchs waren verzweifelt, Ältester, und er schmiedete einen Plan. Sie wollten sich am Austernsteg treffen und dann gemeinsam fliehen.«

Er bemerkte die gepresste Stimme und sah den Schmerz in ihren Augen. »Das war dir nicht recht?«

Sie hob die Schultern und schüttelte den Kopf. »Das ist jetzt nicht mehr wichtig. Ich ...«

»Du liebst Wilder Fuchs also auch.«

Sonnenmuschel schwieg.

»Antworte!«

»Ja, Ältester.«

»Gut. Fahr fort!«

Sie holte tief Luft und sagte: »Wilder Fuchs verließ jedenfalls beim letzten Tanz das Fest und paddelte um die Landspitze herum zu der Anlegestelle. Rote Schlinge sollte sich vor der Morgendämmerung davonstehlen und ihn dort treffen. Aber sie kam nicht. Wilder Fuchs wurde nervös und kletterte den Hang hinauf. Dort fand er sie. Tot. Ihr Schädel war eingeschlagen, und man hatte sie einfach dort liegen lassen. Und jetzt glaubt jeder ... ich meine, jeder in Flache Perle hält ihn für den Mörder.«

»Ich verstehe.«

»Aber er war es nicht. Ich kenne ihn. Er ist mein Freund. Er hat sie geliebt. Warum hätte er sie töten sollen?«

»Vielleicht hatte sie es sich anders überlegt. Männer töten schon aus geringerem Anlass als aus der Leidenschaft eines verwirrten Herzens.«

Sonnenmuschels Gesicht wurde hart. »Nein, Ältester. So etwas liegt nicht in seinem Wesen, ich schwöre es. Ich kenne ihn mein Leben lang. Du musst mir glauben!«

Jaguar fischte eine Muschel, saugte das Fleisch heraus und verschlang es. Er warf Sonnenmuschel einen neugierigen Blick zu. »Ich habe nicht gesagt, dass ich dir nicht glaube. Ich habe nur eine weitere Möglichkeit angeführt. Die Menschen machen lauter verrückten Sachen aus ganz verrückten Gründen. Sie haben zu viel von Okeus in ihren Seelen und nicht genug von Ohona. Wir sind dumme Bestien, Mädchen, beherrscht von noch dümmeren Gedanken.«

Sonnenmuschel senkte den Kopf und rang verlegen die Hände. »Er ist keine Bestie, Ältester. Er ist ein guter Mensch.«

»Also, was soll ich nun tun? Hingehen und für deinen Freund sprechen? Jedem erzählen, dass er es nicht war?«

Sonnenmuschel blickte auf, und neue Hoffnung blitzte in ihren Augen. »Ja, das sollst du, Ältester. Ich weiß, jeder würde auf dich hören. Du bist Jaguar. Die Menschen achten dich!«

Jaguar lachte. »Ach, glaubst du wirklich?«

»Ja, Ältester. Von allen lebenden Menschen bist du derjenige, der die größte Achtung genießt.«

»Quatsch! Ich bin derjenige, den sie am meisten fürchten.«

Sie blinzelte. »Das ist doch dasselbe, nicht wahr?«

»Was du so alles weißt! Furcht und Achtung ähneln sich vielleicht wie zwei Holzstäbe. Aber man darf sie trotzdem nicht miteinander verwechseln.« Jaguar schluckte eine weitere Auster hinunter. »Woher soll ich wissen, dass Wilder Fuchs sie wirklich nicht getötet hat? Dein Wort soll mir genügen?«

»Ja. Das heißt ... nein. Ich ... weiß nicht. Ich kann dir nur versichern, dass er unschuldig ist. Genügt das denn nicht? Muschelkamm gibt Amselflügel die Schuld, und ich habe gehört ...«

»Wer? Amselflügel?«

»Der Kriegshäuptling von Maisjäger, dem Weroanzi von Weißer Pfahl. Seine Krieger waren dort, an dem Morgen, als Rote Schlinge getötet wurde. Er ...«

»Woher weißt du das?«

»Als Wilder Fuchs die Leiche von Rote Schlinge entdeckt hatte, paddelte er zum Ufer, dort, wo Bäume stehen, versteckte sein Kanu und schlich ins Dorf. Er hielt sich bis zum Nachmittag dort versteckt, Ältester, und hörte, was die Leute redeten.«

Jaguar hob eine Braue. Sonnenmuschel wusste offenbar

nicht, dass dieses Verhalten der Glaubwürdigkeit ihres Freundes schadete. Dann fragte er: »Was geschah mit Netztaucher? Er war Kriegshäuptling von Weißer Pfahl.«

»Er wurde vor zwei Jahren von Neuntöter erschlagen.« Sonnenmuschel runzelte die Stirn. »Seit wann lebst du hier?« »Seit diese kleine Insel existiert. Aber ich muss noch einiges mehr wissen. Warum waren die Krieger von Maisjäger im Gebiet von Flache Perle?«

»Der Mamanatowick wollte die Heirat verhindern. Er ist kein Dummkopf. Das Bündnis zwischen Kupferdonner und den Unabhängigen Dörfern ist für ihn eine Bedrohung. Wasserschlange will uns schon seit Jahren haben. Und jetzt, mit Kupferdonners wachsendem Einfluss...«. Mit offenem Mund hielt sie inne, als hätte sie Angst weiterzusprechen. »Ältester, wenn man Wilder Fuchs nicht für den Mord verantwortlich machen kann, dann wird es ein großes Unglück geben. Kupferdonner, Wasserschlange und die Unabhängigen Dörfer werden sich gegenseitig zerfleischen.«

»Sollen sie!«

»Sollen sie?«, stieß Sonnenmuschel empört hervor. Sie sah ihn ungläubig an. »Ältester, weißt du, was du sagst? Zehnmal zehnmal zehn Menschen werden sterben! Alte Leute. Kleine Kinder, die nichts Böses getan haben.«

Der funkelnde Blick aus seinen schmalen Augen brannte sich durch ihre Empörung, und sie schrumpfte in sich zusammen wie eine vertrocknende Beere.

»Mädchen, die Menschen sind ebenso stumpfsinnig wie ein Schwarm Barsche. Sie tappen blind durchs Leben, richtungslos, mal dahin, mal dorthin, und wühlen den Schlamm im Wasser auf, derweil der listige Todesreiher sich einen nach dem anderen schnappt. Ich verließ die Menschen und ihre schäbigen kleinen Streitereien schon vor langer Zeit.«

Sonnenmuschel spürte die Tränen in ihren Augen. »Aber, Ältester ...«

»Sieh mich nicht so an, Mädchen«, befahl Jaguar. »Warum willst du Wilder Fuchs unbedingt retten? Weil du ihn liebst? Weil du glaubst, jetzt, da Rote Schlinge aus dem Weg geräumt wurde, wird er dich heiraten und dich bitten, mit ihm davonzulaufen?«

Ihr Kinn zitterte. »Ich war es, die ihn gebeten hat, Ältester. Ich … ich habe ihn angefleht, mit mir fortzugehen. Aber er wollte nicht. Er ist zu anständig.«

Die Qual in ihrem Gesicht rührte etwas in ihm an, das er schon lange tot und begraben wähnte. »Antworte! Warum willst du Wilder Fuchs unbedingt retten?«

Sonnenmuschel streckte flehend die Arme aus. »Weil er unschuldig ist!«

»Du vermutest also, dass er es nicht getan hat.«

Ihre ausgestreckten Hände ballten sich zu Fäusten. »Nein, Ältester! Es gibt Dinge, die ein Mensch tief im Herzen weiß. Und ich weiß, dass er es nicht getan hat.« Sie blickte ärgerlich über das Feuer hinweg auf Jaguar. »Er hat Rote Schlinge nicht getötet, Ältester. Ich weiß, dass er unschuldig ist!« Sie zog die Brauen zusammen. »Was hier geschieht, ist Unrecht … und ich kann allein nichts dagegen tun.«

Jaguar sah sie nachdenklich an. Sie hatte jetzt keine Angst mehr, und er dachte einen Augenblick lang darüber nach. Sie war zu ihm gekommen – nicht aus Ruhmsucht, nicht aus Eigensucht und auch nicht, um sich einen Vorteil zu verschaffen, sondern um einem Freund das Leben zu retten.

»Sag mir, Sonnenmuschel, was geschieht mit dir, wenn Wilder Fuchs schuldig gesprochen wird?«

Sie blickte ihn verwirrt an. »Ich werde sehr traurig sein, Ältester. Weil es nicht Recht ist. Wilder Fuchs hat Rote Schlinge mehr als alles in der Welt geliebt. Wenn sie ihn fangen und töten …« Sie presste die Hände gegen die Schläfen, als wollte sie ihre Gedanken zerquetschen. »Wenn sie es tun, dann werde ich es mit seinen Augen sehen, werde es mit ihm erleiden. Und mich fragen, wie und warum ein Mann eine Frau von ganzem Herzen lieben kann – und dann für den Mord an ihr schuldig gesprochen wird. Wie wäre dir zumute, Ältester, wenn dir so etwas zustieße?«

Der Schmerz durchstach sein Herz wie ein Hirschhorndolch. Ihm wurde übel. Das Leid, das er so viele Jahre in seinem Innern eingesperrt hatte – jetzt glitt es aus dem dunklen Verließ seiner Seele an die Oberfläche. *Ja, du weißt, wie einem dann zumute ist, nicht wahr?*

»Ältester?« Sonnenmuschel beugte sich besorgt vor.

Jaguar hob eine Hand. Er hoffte, dass sie nicht zitterte. »Alles in Ordnung, Mädchen. Nur so ein Stich, weiter nichts.«

Zum ersten Mal in vielen Blätterblüten war seine Seele angerührt worden. »Bist du ein menschliches Wesen, Mädchen? Oder ein ruchloser Geist, gesandt, um mich zu quälen?«

»Was?«, fragte sie bestürzt. »Ein menschliches Wesen? Ältester, ich verstehe dich nicht.«

»Hat nichts zu sagen. Nichts.«

»Ältester, ist es denn falsch, etwas zu tun, weil es das Richtige ist?«

Jaguar hob seine Schale und trank den Sud bis auf die dünne Sandschicht am Boden, die er mit den Fingern fortwischte. »Das Richtige? Wenn ich die Lage richtig beurteile, werden doch – falls dein Wilder Fuchs freigesprochen wird – Kupferdonner, Wasserschlange und all die anderen einen Krieg beginnen. Was ist nun richtiger: einen Mann zu opfern, um andere zu retten? Oder einen Mann zu retten und zahllose Unschuldige zu opfern? Du warst es doch, die solche Angst hatte, dass ein Krieg ausbrechen könnte. Also sag mir: Was ist das Richtige?«

Sonnenmuschel starrte ihn an. Schließlich murmelte sie: »Ich weiß es nicht, Ältester. Weißt du es denn nicht?«

Wie viele Jahre hatte er selbst um eine Antwort auf diese Frage gerungen? Die Finsternis, die er so gut kannte, wühlte ihn auf. Woher sollte ein Mensch wissen, was richtig war, wenn es selbst die Götter nicht wussten? Unwillkürlich fiel sein misstrauischer Blick auf die Schreine neben seinem Haus.

Sonnenmuschel folgte dem Blick. »Wer sind sie, Ältester?«

»Komm mit, ich zeige es dir. Dann findest du vielleicht selbst eine Antwort.« Er erhob sich mit steifen Beinen und ging um das Feuer herum zum östlichen Schrein. Sonnenmuschel folgte ihm wachsam und holte tief Luft, als Jaguar die vom Wetter gegerbte, rissige Hirschlederklappe in die Höhe hielt.

Das Feuer warf einen zitternden rötlichen Schein ins Innere. Dort stand eine mannshohe bleiche Statue auf einem niedrigen Holzgestell. Hölzerne Opferschalen standen davor – sie waren leer.

Die Figur war aus Holz, Ton und zusammengenähten Fellen gefertigt und mit weißem Lehm bemalt. Ein dickes schwarzes Band schlang sich um den Brustkasten; er war mit weißen Flecken übersät. Wellenförmige Streifen liefen über die Arme, die auf den Knien ruhten. Die Beine waren blau und mit Zickzacklinien bemalt. Ein Stück Bärenfell bedeckte den Schädel; kleine Muschelstückchen glitzerten darin. Große Augen aus polierten Austernschalen schmückten das Gesicht Die blassgelb bemalte Nase war schmal und gerade. Der breite Mund – die Mundwinkel bogen sich traurig nach unten – war in das Holz geschnitzt worden.

»Schon mal gesehen?«, fragte Jaguar?

»Nein«. Aber Sonnenmuschel kniete nieder, die Augen vor Ehrfurcht weit aufgerissen, und senkte den Kopf, um die Gottheit nicht zu beleidigen.

»Da bist du nicht die Einzige, Mädchen. Auch dies gehört zu den Dingen, die nicht richtig sind. Alles ist aus dem Gleichgewicht geraten. Du blickst gerade auf Ohona.«

Sonnenmuschel hob voller Staunen den Kopf und sagte leise: »Ich grüße dich, mein Herr und Gott.«

»Geh zum Feuer, Mädchen. Es ist noch etwas von dem Eintopf übrig. Schöpfe etwas heraus und bring es her. Ohona hat Hunger.«

Sonnenmuschel beeilte sich zu gehorchen. Sie lief zum Feuer, schöpfte den Rest des Eintopfes aus dem Topf und kehrte damit zurück. Zögernd füllte sie eine der Opferschalen damit.

»Dank für die Welt, die du uns erschaffen hast, Großer Herr«. Jaguar stimmte das alte Gebet an. »Segne diese Nahrung und nimm sie hin und gieße dein Wohlwollen über uns aus.«

Zu seiner Überraschung griff Sonnenmuschel unter ihren Umhang und zog eine kleine Tabakration heraus, die sie vor Ohona auf den Boden legte. »Ich danke dir, Großer Herr. Segne mich … und meinen Freund Wilder Fuchs, der angeklagt ist für etwas, das er nicht getan hat.«

Jaguar ließ die Klappe fallen und betrachtete Sonnenmuschel. »Am besten kratzt du jetzt den letzten Rest für den anderen zusammen.«

Der furchtsame Blick, den Sonnenmuschel zu dem andern Schrein hinüberwarf, ließ erkennen, dass sie verstanden hatte, wer dort der Herr war. Sie ging zu dem Topf zurück, schöpfte heraus, was noch darin war, und traf Jaguar vor dem westlichen Schrein. Er hob die Klappe, und dort saß Okeus, vom tanzenden Feuerschein beschienen. Er war schwarz bemalt – das Gegenteil von Ohona. Er trug ein weißes Band mit schwarzen Flecken über der Brust. Seine Muschelaugen schimmerten im Feuerschein, und im Gegensatz zu Ohona lächelte er, als wäre er heiterer Stimmung.

Sonnenmuschel beugte sich tief hinab, ihre Stirn berührte fast den Boden. Vorsichtig goss sie die Reste des Eintopfs in die leere Schale vor Okeus. Dann blickte sie Jaguar an. »Und um seinen Segen bittest du nicht?«

»Nein.«

Er ließ die Klappe fallen und ging zu seinem Feuer zurück. Dort setzte er sich auf den Klotz und nahm sich die gekochte Purpurschnecke vor. Mit einem Span schabte er den Inhalt aus dem Gehäuse, zog den Horndeckel ab und schob sich die Schnecke in den Mund. Beim Kauen rieb er mit einer Ecke seines Schurzes das Moos von dem Schneckenhaus.

Sonnenmuschel trat zögernd näher und schaute zwischen Jaguar und dem Schrein hin und her.

»Setz dich, Mädchen. Für die Antwort bist du noch nicht reif genug.« Jaguar betrachtete das Schneckenhaus und rülpste.

Sonnenmuschel blieb stirnrunzelnd stehen.

Jaguar würdigte sie keines Blickes. »Weshalb sollte ich mich in eine so verworrene Angelegenheit hineinziehen lassen?«

Nach einer langen Pause sagte Sonnenmuschel: »Ich bin überzeugt davon, dass Schwarzer Dorn dich sehr gut bezahlen würde, wenn du seinen Sohn verteidigst.«

»Verstehe. Und was könnte er mir geben, was ich nicht schon habe?«

»Er ist der Weroanzi! Welchen Tribut er auch immer von seinem Volk fordert, er bekommt ihn. Mais, Kupfer, Tabak, Speckstein, Grünstein, Muscheln, Blutkraut ... alles könntest du bekommen.«

»Was ich an Nahrung brauche, habe ich selbst angepflanzt oder ich sammle es. Einschließlich Tabak. Kupfer und Blutkraut? Damit macht man sich nur wichtig, um mit seinem Reichtum und seinem Ansehen zu protzen. Wem soll ich denn imponieren? Den Möwen? Die sind nicht interessiert. Und ich bin es auch nicht. Feuerstein für Werkzeuge? Ich habe die Werkzeuge, was ich brauche, selbst hergestellt.«

Sonnenmuschel trat unruhig von einem Fuß auf den andern. Die bunten Federn auf ihrem Umhang leuchteten im Feuerschein. »Irgendetwas brauchst du doch bestimmt.«

»Das kann mir kein Mensch bieten.« Einem Impuls folgend starrte er Sonnenmuschel an – Okeus hätte nicht böser schauen können. »Und was ist mit dir selbst?«

»Ich will ja nur …«

»Nein! Was ist mit dir? Was ist, wenn ich dich will? Hm? Wenn ich für deinen Freund spreche, wirst du dich mir hingeben? Meine Sklavin werden? Hier wohnen und tun, was ich will? Bedeutet er dir so viel, Sonnenmuschel? Glaubst du so sehr an ›das Richtige‹, dass du dich für deinen Freund opfern, dass du deinen Clan und deine Familie aufgeben würdest? Und wie steht es mit deiner Seele?« Jaguar lachte über den entsetzten Ausdruck des Mädchens. »Ah ja, ich verstehe. Aber es spielt keine Rolle. Es war mir ein Vergnügen, mit dir zu sprechen. Morgen wird das Wetter besser sein. Geh jetzt! Und sag deinem geliebten Wilder Fuchs, dass ich ihm alles Gute wünsche.«

Wie ein Kugelfisch, der Wasser verliert, sank Sonnenmuschel in sich zusammen. Sie lag am Boden, der Umhang war über sie gebreitet.

Jaguar ließ von dem Schneckengehäuse ab und stand auf. »Ich gehe jetzt schlafen, Mädchen. Wenn dir dein Leben lieb ist, dann störe mich nicht. Übrigens, ich mache mich vor Sonnenaufgang davon. Dann ist das Wasser am ruhigsten.«

Jaguar ließ Sonnenmuschel am Boden liegen und betrat geduckt sein Haus. Er legte die Schnecke auf sein Lager. Dann ging er lautlos wieder hinaus in die Dunkelheit und glitt in den Wald. Im Schatten einer alten Eiche rutschte er in die Blätter am Boden, seufzte und versuchte zu schlafen. Aber die Worte des Mädchens ließen ihm keine Ruhe: *»Ich werde es durch durch seine Augen sehen und mit ihm erleiden. Und mich fragen, wie und warum ein Mann eine Frau von ganzem Herzen lieben kann und dann für den Mord an ihr schuldig gesprochen wird. Wie wäre dir zumute, Ältester, wenn dir so etwas zustieße?«* Warum war er so schroff gewesen? Weil sie in seine Seele geblickt hatte? Weil sie seinen Schmerz – und seine Scham – gespürt hatte?

Jaguar knurrte. Seine Gedanken überschlugen sich, und er fand lange keinen Schlaf.

Das Licht des Morgens hatte schon längst den Himmel grau gefärbt, und Jaguar lag immer noch unter den Blättern. Sonnenmuschel hatte genügend Zeit, um zum westlichen Ufer hinüberzupaddeln. Er lauschte den Vögeln und betrachtete die Wolkenfetzen, die am Himmel entlang zogen. Endlich wischte er die Blätter beiseite und erhob sich mühsam von seinem Lager.

Als er auf die Lichtung vor seinem Haus schlenderte, kniete Sonnenmuschel mit gesenktem Kopf vor der rauchenden Feuergrube.

Barsch rief er: »Was machst du hier?«

Sonnenmuschel wandte sich um, und Jaguar sah die mutige Entschlossenheit in jedem ihrer Gesichtszüge. Langes schwarzes Haar hing über ihrer Brust. »Ich habe die ganze Nacht nachgedacht, Ältester. Du hast Recht. Wenn etwas wirklich richtig und gerecht ist, dann muss ein Mensch bereit sein, alles dafür zu tun, um es durchzusetzen.« Sie sah ihn mit blanken Augen an. »Wenn du also für Wilder Fuchs sprichst, werde ich mich dir hingeben ... und alles tun, was du von mir verlangst.«

Jaguar spürte, wie sein klopfendes Herz in seinen Magen fiel.

Neuntöter saß im mittleren Raum von Jagender Falkes Haus. Ein prasselndes Feuer spendete Licht. Stiebende Funken und dünne Rauchwedel stiegen in die Kuppel über ihm hinauf. Das tanzende gelbe Licht warf Schatten auf die Stützpfosten, die hängenden Körbe, die Maiskolbenketten, die Kräutersäcke und die Menschen, die um das Feuer herum auf dem Boden saßen.

Das nagende Gefühl einer düsteren Vorahnung störte Neuntöters Verdauung; er hatte gerade ein vorzügliches Mahl aus Mais und Entenbraten genossen. Der Tod von Rote Schlinge beschwor großes Unheil herauf, dessen Ausmaß er nun allmählich begriff. Wer oder was zerrte da nur am brüchigen Gewebe seines Lebens?

Jagender Falke saß auf ihrem Platz auf der Matte hinter dem Feuer. Gebeugt beobachtete sie nachdenklich die tanzenden Flammen. Hatte ihr einst so scharfer Verstand nachgelassen? Hatte sie die Bedürfnisse und Interessen von Flache Perle falsch eingeschätzt?

Auf dem Ehrenplatz zu ihrer Linken saß Kupferdonner wie eine geölte Schlange; der Mord an seiner Verlobten schien ihn merkwürdig kalt zu lassen.

Neuntöter beobachtete Kupferdonner aufmerksam; der Mann schien beinahe belustigt über die plötzliche Unsicherheit, die den Grünstein-Clan quälte. Warum? Was steckte dahinter?

Rechts von Jagender Falke saß Muschelkamm; die Schönheit ihres Gesichts konnte nicht über ihr Leid hinwegtäuschen. Sie beharrte unbeirrbar darauf, dass Amselflügel und seine Krieger Rote Schlinge getötet hatten.

Neuntöter war beunruhigt. Seinen Gefühlen für Muschelkamm hatte er nie getraut. Ihre Schönheit hatte ihn immer verunsichert, und das verzehrende Verlangen nach ihr war lebensgefährlich. Von allen Verbrechen, die ein Mensch begehen konnte, war Blutschande das grauenvollste und verursachte den größten Abscheu. So hoch gewachsen und gertenschlank, wie Muschelkamm war, blieb sie dennoch seine Cousine. Sie gehörten beide zum Grünstein-Clan, und eine solche Verbindung würde in den Augen seiner Sippe als größte Schande betrachtet werden. Solch ein Verbrechen würde mit qualvollem Tod bestraft. Neuntöters Familie würde zusammengetrieben und mit ihm verbrannt werden, einschließlich seiner Schwester Rosenknospe, ihrer Tochter Weißer Otter und allen anderen Kindern. Nur der Feuertod der Schuldigen konnte die Beleidigung der Götter mildern und deren sterbliche Abkömmlinge läutern. Um die Götter zu versöhnen, mussten alle am Inzest Beteiligten ganz langsam verbrennen, damit ihre Schreie genügend Zeit hatten, um in die geistige Welt zu gelangen.

Neuntöter gestattete sich nie, mit Muschelkamm allein zu sein, doch war er trotz der düsteren Aussichten seiner selbst nicht sicher, sollte sie sich ihm jemals anbieten.

Der Kwiokos Grüne Schlange saß rechts vom Feuer, Blitzende Katze und Gestreifter Bär knieten respektvoll hinter ihm. Der alte Priester sah müde aus. Seine Blicke irrten ratlos umher, als wäre der Grund für diese Ratsversammlung vor ihm verborgen geblieben.

Die Nichte von Jagender Falke, Gelbes Netz, saß neben ihm. Sie war ein hochrangiges Mitglied der Dorfgemeinschaft, und

Jagender Falke hatte schon immer ihren Rat gesucht. Sie war die Tochter der jüngeren Schwester von Jagender Falke und eine alte Freundin von Muschelkamm. Nachdenklich runzelte sie die Stirn.

»Ich habe eine Nachricht aus Drei Myrten erhalten«, sagte Jagender Falke verdrossen. »Schwarzer Dolch teilt uns mit, dass seine Krieger bereits auf uns warten, sollten wir Wilder Fuchs holen wollen. Er behauptet, sein Sohn sei unschuldig.«

»Das ist er auch.« Muschelkamm sah ihre Mutter eindringlich an. »Der Verdacht gegen ihn lenkt uns nur ab. Wir verlieren Zeit und den Vorteil des Überraschungsangriffs, da Maisjäger sich bereits auf den Vergeltungsschlag vorbereitet.«

»Die Spur des jungen Mannes führt zur Leiche des Mädchens.« Jagender Falke gab den Blick genauso eindringlich zurück.

»Maisjägers Krieger waren auf der anderen Seite des Hügelkamms. Springendes Kitz hat sie gesehen und Neuntöter hat sie abgefangen. Aus ihrer Position kann man schließen, dass nicht sie es waren, die Rote Schlinge getötet haben.«

»Trotzdem. Man kann auch annehmen, sie hätten sie zum Zeitvertreib getötet und wären dann um den Hügel zurückgelaufen, um uns Ahnungslose zu überfallen.« Muschelkamm verzog die Augen zu Schlitzen, als wollte sie ihre Mutter herausfordern.

Jagender Falke ging nicht darauf ein; sie blickte Neuntöter an.

Neuntöter seufzte und hob die Hände. »Es ist zwar möglich, aber ich glaube nicht, dass es so gewesen ist.«

»Und warum nicht?« Muschelkamm sah ihm in die Augen. Verflucht, dieser Blick konnte einen Mann schrumpfen lassen. Warum nur sah sie ihn auf diese Weise an?

»Wenn Amselflügels Krieger sie getötet hätten, warum sind sie dann nicht einfach nach Hause gegangen? Ihr Auftrag war damit erfüllt; ein totes Mädchen kann den Großen Tayac nicht heiraten. Sie hätten das Mädchen außerdem skalpiert und verstümmelt, um uns zu warnen und von einem Bündnis mit den Dörfern am Oberlauf abzuhalten.«

»Vorausgesetzt, sie wussten, wen sie vor sich hatten«, fügte Kupferdonner hinzu. »Vielleicht hat Rote Schlinge ahnungslos ihren Weg gekreuzt, und sie wurde getötet, damit sie niemanden warnen konnte. Anschließend haben sich die Männer aus dem Staub gemacht.«

Tayac, du solltest es besser wissen. Selbst wenn ein Trupp auf dem Kriegszug nicht gewusst hätte, wer sie war, dann hätte er doch eine Trophäe mitgenommen, um sie Maisjäger zu bringen. Was spielst du nur für ein Spiel, du Ungeheuer?

Bevor Neuntöter antworten konnte, schüttelte Gelbes Netz den Kopf. »Nein. Amselflügel kannte Rote Schlinge.« Ihr Blick wanderte zu Muschelkamm. »Vor einem Jahr begleitete sie dich, als wir Quarze kaufen wollten.«

Muschelkamm nickte langsam. »Ja, sie spielte mit vielen Kindern, sogar mit denen von Maisjäger. Sie müssen sie gekannt haben.« Sie sah Neuntöter versöhnlich an. »Vielleicht haben sie sie nicht getötet, Häuptling. Aber ich ... ich versuche nur ...«

»Drei Myrten freizusprechen?«, fragte Jagender Falke. »Ist es so? Du hast lange dort gelebt.«

Muschelkamm starrte auf ihre Hände. Neuntöter biss sich auf die Unterlippe, von ihrer plötzlichen Verletzlichkeit gerührt.

»Ich habe ihren Geist gesehen«, sagte Grüne Schlange und blickte in weite Ferne.

»Welchen Geist, Kwiokos?«, fragte Jagender Falke verdrossen. »Was redest du da, alter Mann?«

Grüne Schlange öffnete den Mund und man sah die rosige Zunge in seinem walnussbraunen faltigen Gesicht. »Am Morgen ihres Todes. Ihr Geist war im Haus der Toten. Betrachtete die Leichen der Vorfahren. Sie war zurückgekehrt, um bei ihnen zu sein.«

»Ihr Geist?«, fragte Kupferdonner mit einer unmerklichen Heiterkeit in der Stimme. »Bist du sicher, dass es der ihre war?«

Grüne Schlange runzelte die Stirn. »Ich glaube, ja. Aber ihr wisst, es gibt viele Geister. Es ist manchmal schwer, sie auseinander zu halten. Ich habe zuerst nicht darauf geachtet. Sie laufen schließlich die ganze Nacht herum. Aber dieser Geist war offenbar in großer Eile, und deshalb ist er mir aufgefallen.«

»Du schliefst bereits, als ich dich nach Einbruch der Dämmerung sah«, sagte Jagender Falke scharf. »Was ist los mit dir?«

Blitzende Katze zuckte zusammen und schaute zu Gestreifter Bär hinüber. Sie wechselten einen wissenden Blick.

Mit ausdruckslosem Gesicht schlug Kupferdonner vor: »Wir sollten den Geist vielleicht fragen, wer der Mörder ist.«

»Ja«, stimmte Grüne Schlange zu. »Das werde ich tun. Wenn ich ihn das nächste Mal sehe. Ich halte Ausschau nach dem Mörder, aber die Bilder schwanken, und die Geister sprechen nur undeutlich.«

Mach dich nicht lustig über den alten Mann! Neuntöter rutschte unruhig auf seinem Platz herum, seine Abneigung gegen den alten Mann wuchs. *Dieser Scheißefresser verhöhnt uns. Er ist ein Wiesel, und wir sind die Mäuse. Warum wirft Jagender Falke ihn nicht einfach hinaus? Hat sie solche Angst vor ihm? Oder ist sie blind?*

Jagender Falke starrte geistesabwesend in die Flammen. »Die Ahnen sprachen an jenem Morgen zu mir. Aber ich konnte sie nicht verstehen.«

»Meist schreien sie.« Grüne Schlange nickte nachdrücklich. »Du hattest Glück gehabt, dass du sie nicht hören konntest.«

»Hast du sie denn gehört, edler Priester?« Muschelkamm beobachtete ihn angespannt. Als Grüne Schlange sie mit leerem Blick ansah, spreizte sie die Finger und stellte seufzend fest: »Nein, natürlich nicht. Wie meine Mutter sagte – du schliefst bereits.«

»Lass ihn«, befahl Jagender Falke. »Es hilft uns nicht weiter, wenn wir uns gegenseitig zerfleischen.« Sie begegnete Neuntöters Blick. »Was kostet es dich, Hand an Wilder Fuchs zu legen?«

»Das hängt von Schwarzer Dorn ab, Weroansqua. Du kennst die unerschrockenen Krieger von Drei Myrten. Wir haben oft genug Seite an Seite gekämpft. Aber bevor du eine Entscheidung triffst, möchte ich meiner Weroansqua noch einmal dringend raten, gründlich nachzudenken.«

»Das werde ich, Häuptling.« Jagender Falke legte den Kopf auf die Seite und betrachtete ihn. »Du würdest es also lieber nicht tun, nicht wahr?«

Kupferdonners Lippen zuckten belustigt. Hatte es jemand außer Neuntöter bemerkt?

»Richtig, Weroansqua. Erstens wäre es ein sehr gefährliches

Unternehmen; Schwarzer Dorn hat Späher aufgestellt. Er ist vorbereitet. Zweitens: Selbst wenn wir seine Verteidigungslinien durchbrechen, werden wir teuer dafür bezahlen müssen. Außerdem wissen wir nicht, wo der junge Mann sich versteckt hält. Vielleicht ist er nicht einmal im Dorf. Und drittens: Meine Krieger haben Freunde und Verwandte unter den Kriegern von Drei Myrten. Wenn du es befiehlst, werden deine Krieger dir zwar gehorchen, aber sie werden es diesmal nur mit halbem Herzen tun.«

»Und du selbst, Häuptling?«

»Ich werde tun, was du verlangst.«

Neuntöter wagte es nicht, Kupferdonner anzusehen. Er befürchtete, die Beherrschung zu verlieren, wenn er noch einmal in das spöttische Gesicht des Großen Tayac blicken müsste.

»Wir wissen nicht genau, ob Wilder Fuchs den Mord tatsächlich begangen hat«, bemerkte Gelbes Netz besänftigend. »Er war es wahrscheinlich, aber Muschelkamm hat Recht. Es könnte auch ein anderer gewesen sein.« Ihr Blick streifte Kupferdonner. Dann fuhr sie fort: »Es steht hier zu viel auf dem Spiel. Ein Fehlurteil könnte uns alle ins Verderben stürzen.«

Verstohlen sah Neuntöter zu Kupferdonner hinüber und stellte fest, dass dieser Gelbes Netz anstarrte. Der selbstgefällige Spott war einem aufmerksamen Blick unter gesenkten Lidern gewichen.

Neuntöter nahm es mit Unbehagen zur Kenntnis.

Acht

Das schlanke Kanu hob und senkte sich mit der Dünung und erinnerte Jaguar daran, wie anfällig diese kleinen Einbäume waren. Eine Fahrt über die Salzwasserbucht barg immer die Gefahr des Kenterns, selbst an einem so ruhigen Tag wie heute. In den schmalen Flussarmen waren die Kanus recht sicher, aber auf offener See konnte ein heftiger Windstoß sie leicht versenken.

Die Hände auf den Dollbord gestützt, schaute Jaguar über

die Schulter zu Sonnenmuschel hinüber, die gleichmäßig paddelte. Tiefe Niedergeschlagenheit zeichnete ihr Gesicht.

Fledermausscheiße! Sonnenmuschel glaubt, sie sei jetzt mein und schon tot. Warum also sollte sie sich noch vor dem Ertrinken fürchten? Nach dem Schrecken, den ich ihr eingejagt habe, wünscht sie sich wahrscheinlich sogar einen solchen Tod. Und es gibt tatsächlich Menschen, die Jaguar für unglaublich gerissen halten!

Wolkentürme wechselten sich mit hellblauen Flecken am Winterhimmel über ihnen ab. Auf dem Wasser funkelte das Sonnenlicht über den anschwellenden Wogen und ließ die dunklen Tiefen vergessen.

In der Ferne flog ein Schwarm Meerschwalben tief über die Dünung hinweg. Dass sie so furchtlos die Wellenkämme streiften, erschien Jaguar wie eine Herausforderung des Schicksals.

Geheimnisse! Überall Geheimnisse!

Jaguar atmete tief ein und füllte die Lungen mit kühler Luft. Er hatte den Moschusgeruch der Bucht in der Nase, diesen besonderen Duft in der feuchten Luft kannte er gut, aber an diesem Tag schenkte er ihm nicht wie sonst das Gefühl der Sicherheit.

Er wandte sich vorsichtig um, damit das Boot nicht schwankte. »Wohin fahren wir jetzt?«

»Nach Flache Perle«, antwortete Sonnenmuschel.

»Nein. Wir fahren zuerst nach Drei Myrten.«

»Ältester, die Leute von Drei Myrten wollen den Tod von Wilder Fuchs nicht. Das Problem ist Flache Perle, und dorthin bringe ich dich.«

Jaguar sah sie mit zusammengekniffenen Augen scharf an. »Mädchen, wir wollen eines klarstellen. Du befiehlst hier nicht …«

In diesem Augenblick machte das Kanu einen Satz nach vorn und bäumte sich auf. Das kalte Wasser schwappte gegen den Rumpf und bespritzte Jaguar. Er hielt sich am Dollbord fest und starrte böse ins Wasser. »Lass das! Sonnenmuschel muss wissen, wo ihr Platz ist. Mit dir befasse ich mich später.«

War es Einbildung, oder verlor die Dünung tatsächlich an Kraft? Jaguar hob befriedigt eine Braue und wandte sich wieder an Sonnenmuschel. »Du willst doch, dass ich Wilder Fuchs rette, oder?«

Sie sah ihn verwirrt an. »Ja, Ältester.«

»Dann bringst du mich nach Drei Myrten. Bevor ich mit Jagender Falke rede, muss ich mit Wilder Fuchs sprechen und auch ihn anhören.«

»Wilder Fuchs ist nicht in Drei Myrten, Ältester.«

»Wo denn dann? Du sagtest, er sei geflohen, nachdem er die Leiche des Mädchens gefunden hatte. Dann ist er nicht heimgekehrt in die Obhut seiner Familie?«

Sonnenmuschel paddelte geschickt und hielt das Kanu mit jedem Schlag im rechten Winkel zu den Wellen. »Nein, Ältester. Das heißt, er lief nach Hause, aber nur, um mir sein Unglück zu schildern. Anschließend ging er fort. Er wusste doch, dass Jagender Falke ihn hetzen würde. Drei Myrten war für ihn kein sicherer Unterschlupf.«

Jaguar erstarrte, als das Kanu gefährlich schwankte, und rutschte in einem Wellental auf den Boden. Wasser lief über das von der Hitze gebeizte Holz auf den Boden, umspülte seine Füße und führte ihm spöttisch seine Sterblichkeit vor Augen. »Sollen wir schöpfen? Es wird ja immer mehr!«

Sonnenmuschel fragte sanft: »Du hast doch keine Angst, oder?«

Jaguars Gesicht erstarrte zu einer Maske der Entschlossenheit. Er sah sie böse an. »Nein! Also, wo ist Wilder Fuchs jetzt? Ich muss mit ihm sprechen. Ich kann nicht das Geringste für ihn tun, wenn ich nicht von ihm selbst gehört habe, was geschehen ist.«

»Also gut, Ältester. Er versteckt sich auf einer kleinen Insel. Ich bringe dich zu ihm.«

»Gut.« Sein Herz bebte, als wieder eine Welle über den Rand des Kanus schwappte und ihn bespritzte. Das Wasser lief ihm über die Zehen. Verderbnis über diese Kanus! So kann doch kein Mensch reisen. Er schaute sich nach einem Schöpfeimer um.

Wenn ich noch so lange lebe, dass ich Wilder Fuchs treffe, und wenn ich zu der Überzeugung gelange, dass er lügt, dann – bei den Eiern von Okeus – dann werde ich ihm die Seele aus dem Leib pressen!

Ein eiskalter Wind wehte durch die mondlose Nacht. Er kam aus Nordwesten und zog über die hügelige Halbinsel Conoy und die trägen Wasser des Fischflusses. Er stöhnte durch die kahlen Bäume hindurch, riss an den braunen Blättern und pfiff um die Palisaden von Flache Perle. Er schüttelte die Häuser und fegte Sand, Holzkohlenreste und Muschelstücke in Neuntöters angespanntes Gesicht. Er ging gerade über den Platz zum Haus seiner Schwester Rosenknospe.

Er war sehr besorgt. Um seine Nerven zu beruhigen, war er schon kreuz und quer durchs Dorf gelaufen. Er war sogar so weit gegangen, Steinknolle und Krebsfuß, die nur widerwillig gehorchten, auf Wache zu schicken. Jetzt trat er geduckt in das windgeschützte Langhaus seiner Schwester und zog sich den Federumhang fest um die Schultern. *Nicht einmal ein Geist ginge in einer solchen Nacht aus dem Haus.*

Die Kälte und das Unbekannte – beides zusammen ließ ihn frösteln. Vor den schärfsten Windstößen geschützt, lehnte er an der Schilfwand von Rosenknospes Haus und lauschte dem Brausen des Windes.

Seit dem Tod von Rote Schlinge hatten ihn böse Ahnungen verfolgt und aus der stürmischen Dunkelheit starrte ihn das Übel aus unsichtbaren Augen an. An diesem Morgen hatte seine Welt begonnen, auseinander zu brechen, und er fühlte sich machtlos. Wo aber war die Wurzel des Übels?

Der Mord bedeutete großes Unheil für sein Volk. Wenn es tatsächlich Mord war. Er zog eine Augenbraue hoch, als er aus dem Innern des Hauses leises Lachen hörte. Seine Nichte Weißer Otter wahrscheinlich. Das Mädchen kicherte und lachte ständig, selbst wenn es sich um seine kleinen Geschwister kümmerte, um Seidenrinde, Kleine Muschel, Zwei Vögel und Seereis.

Hätte Amselflügel oder einer seiner Krieger Rote Schlinge getötet, dann ginge es nicht um Mord, sondern um Krieg. Eine taktische Maßnahme in dem tödlichen Spiel, das die Weroanzi und Mamanatowick spielten. Wäre dies der Fall – und Neuntöter wünschte sich sehnlichst, er könnte daran glauben –, dann wäre alles klar: Er würde seine Krieger sammeln, seine Kräfte in Weißer Pfahl einschleusen und Vergeltung üben. Wenn er daraufhin ohne bedeutende Verluste entkommen und Amselflügels unausweichlichen Gegenangriff vereiteln könnte, dann wäre das Gleichgewicht zwischen den Mächten wieder hergestellt.

Wenn aber Amselflügel oder seine Krieger Rote Schlinge nicht getötet hatten? Wenn irgendjemand es darauf anlegte, dass er genau das glaubte? Was wäre dann?

Dann würde mein Überfall Maisjägers Hass anstacheln. Er würde jedes Maß verlieren, und jedes Mittel wäre ihm recht, um uns zu vernichten.

Schon einmal hatte er in einem solchen Krieg jeden einzelnen Krieger in den Unabhängigen Dörfern aufbieten müssen, um den Angriffen standzuhalten.

Neuntöter rieb sich den Nacken. Drei Myrten würde ihnen nicht beistehen, nicht, solange eine Entschuldigung bei Schwarzer Dorn ausstand. Das Gleichgewicht unter den Unabhängigen Dörfern war gestört und schwankte wie ein verwundeter Krieger, der einen Schlag auf den Kopf bekommen hatte. Vielleicht war diese Situation von Beginn an geplant gewesen.

Neuntöter schob die Arme unter den Federumhang. Solange er lebte, war das Verhältnis der Unabhängigen Dörfer untereinander so beständig und verlässlich gewesen wie Ebbe und Flut. Kleinere Auseinandersetzungen waren durch ausgewählte Abgesandte aus anderen Dörfern geschlichtet worden, denn die Einigkeit gegen den wachsenden Einfluss des Mamanatowick war wichtiger als alles andere.

Der Mord an Rote Schlinge kam Wasserschlange also sehr gelegen: der erste große Bruch im Bündnis, das ihn im Norden so lange blockiert hatte. Aber war er tatsächlich so gerissen? Wie hatte er einen so raffinierten und wirkungsvollen Streich in die Wege geleitet? Er hätte von Rote Schlinge wissen müssen.

Neuntöter straffte sich; ein Wind, der kälter war als der Nachtwind, ließ seine Seele erschauern. Mit einem Verräter aus Flache Perle könnte er das Problem lösen. Wenn … wenn tatsächlich Wasserschlange der Schuldige war.

Falls jedoch Kupferdonner verantwortlich war, wäre alles viel einfacher. Der Große Tayac hatte sowohl die Gelegenheit als auch die Mittel gehabt, Rote Schlinge durch seine Krieger verfolgen und aus dem Hinterhalt ermorden zu lassen. Andererseits hatte er durch eine Heirat mit Rote Schlinge Zugang zu den Unabhängigen Dörfern erhalten. Er bekam ohnehin alles – bei einem Minimum an Risiko. Nein, wie man es drehte und wendete: Kupferdonner hatte keinen Vorteil von Rote Schlinges Tod.

Neuntöter lächelte grimmig. Wie schade, dass er Kupferdonner nicht die Schuld geben konnte. Wie erhebend wäre es doch, eine Kriegskeule auf dem Gebiss des Großen Tayac zu zerschlagen.

Er hob den Kopf und starrte in den schwarzen Himmel. Der Wind trug den Geruch von verbranntem Holz in seine Nase und quälte ihn mit der Vorstellung, frohgemut im Warmen am Feuer zu sitzen. Seine Frau, Weißer Stern, hatte er seit mindestens einer Woche nicht mehr gesehen. Gewöhnlich säße er in einer solchen Nacht in ihrem Langhaus und würde mit seinen Söhnen Wildkaninchen, Speer und Grille spielen und mit seinem Schwager und alten Freund Halbmond Lügengeschichten austauschen. Wegen seiner Freundschaft zu Halbmond hatte er Weißer Stern geheiratet, und im Laufe der Zeit hatte sich eine gegenseitige Liebe entwickelt.

Später, wenn du dies hier hinter dir hast.

So blieb ihm nur die letzte und wahrscheinlichste Lösung. Als Mädchen hatte Rote Schlinge vielleicht versprochen, Wilder Fuchs zu heiraten. Aber wenn ein Mädchen zur Frau wird, verändert sich das Leben, so wie es sich für einen Jungen ändert, wenn er während des Huskanaw durch den Schwärzenden Tod geht. Vielleicht war Rote Schlinge an jenem Morgen davongelaufen, um Wilder Fuchs zu eröffnen, dass sie Kupferdonner heiraten würde. Wilder Fuchs konnte das nicht hinnehmen und tötete sie in seiner Wut. So konnte es gewesen sein. Wilder Fuchs hatte gewusst, wo Rote Schlinge sein würde. Seine Fußspuren führten zur Leiche des Mädchens. Weidenstumpf hatte ihn gesehen und mit ihm gesprochen. Weiterer Beweise bedurfte es im Grunde nicht.

Aber Neuntöter wusste genau, dass er Wilder Fuchs nicht einfach aus seinem Dorf holen konnte. Schwarzer Dorn würde erbitterten Widerstand leisten. Wenn er angriff, würde das Bündnis wie unter den Hieben einer schartigen Axt zerbrechen.

Es war nur eine Frage der Zeit, wann die Ehre Jagender Falke verpflichten würde zu handeln. Dessen war er sicher. Ihre Enkeltochter war ermordet worden. Diese Tat durfte nicht ungesühnt bleiben.

Neuntöter blickte nach Süden, in die Dunkelheit jenseits der Palisaden. Dort, nur drei Tage Dauerlauf über Hügel, Wald und

Fluss entfernt, lag Wasserschlange zusammengerollt auf seinem Lager, die Nase in denselben kalten Wind gereckt, der den Geruch der Zerstörung auch in Neuntöters scharfe Nase trug. Gäbe es Krieg zwischen Flache Perle und Drei Myrten, würden die Unabhängigen Dörfer im Frühling bei Wasserschlange vorsprechen und ihm ihren Tribut zollen.

Und ich und meine Krieger und die übrigen Mitglieder des Grünstein-Clans – wir werden alle tot sein.

Er senkte den Kopf. Seine Frau und seine Schwestern und deren Kinder würden als Sklaven dienen, die Frauen gezwungen, die Kinder fremder Männer auszutragen. Sie würden auf den Feldern arbeiten und würden kaum besser leben als Hunde.

»Möge Okeus uns helfen«, flüsterte er. »Gibt es denn keinen Ausweg?«

Zwei Tage in einem Kanu waren genug für Jaguar. Die Fahrt über die offene Salzwasserbucht hatte ihm Furcht eingeflößt. Die erste Nacht hatte er auf einem ungeschützten Strand zugebracht und war trotz des kleinen Feuers, das er und Sonnenmuschel entfacht hatten, beinahe erfroren. Die vergangene Nacht hatten sie im Wald verbracht, aber der scharfe Wind hatte das bisschen Wärme, das ihnen die Bäume vielleicht gespendet hätten, gnadenlos fortgeblasen.

Jetzt schob sich das schmale Kanu durch Schilf, Spartgras und Rohrkolben auf eine flache, winzige Insel zu. Bei Flut glich sie einer Warze im Wasser.

Jaguar schüttelte den Kopf. Warum schlug er dem Mädchen nicht einfach den Schädel ein? Dann wäre die Sache erledigt. Aber dann würde er allein über die Bucht zurückpaddeln müssen, und das traute er sich nicht zu. Das Gesäß tat ihm weh, die Gelenke waren geschwollen und alle Muskeln verspannt.

Als das Kanu endlich in dichtes Spartgras glitt und anhielt, sah Jaguar Sonnenmuschel aus tief liegenden Augen an. »Sind wir endlich da?«

»Hierhin wollte er, Ältester.«

»Gib mir die Hand.«

Sonnenmuschel blickte ihn bestürzt an, als hätte sie Angst, ihn zu berühren.

»Ach verd…, zieh mich hoch, Mädchen, meine Knochen machen nicht mehr mit.«

Sonnenmuschel schluckte und stapfte durch das dichte Gras. »Es tut mir Leid, Ältester.« Sie zog Jaguar hoch; die steifen Gelenke knirschten. Das abgerundete Kanu schwankte unter seinen Füßen, und Sonnenmuschel hielt ihn fest, damit er nicht in das schlammige Wasser trat.

»Leg mir den Arm um die Schulter, Ältester.«

Das tat er, und sie hob ihn regelrecht aus dem Kanu und zerrte den stolpernden Mann durchs Wasser. Er zuckte zusammen, als das Gras ihm in die Beine schnitt. Jeder seiner Schritte wurde von dem schmatzenden Sog des Schlamms begleitet.

Da soll doch Okeus …! Sonnenmuschel war stark wie ein Eber. Jaguars rissige braune Lippen verzogen sich zu einem heimlichen Lächeln. Wenn er sie allzu sehr reizte, würde sie ihm vielleicht sogar den Kopf abreißen.

Als sie endlich trockenen Boden unter den Füßen hatten, ließ Sonnenmuschel ihn los. Sie trat beiseite und rief: »Wilder Fuchs! Hier ist Sonnenmuschel. Ich habe ihn mitgebracht, wie versprochen.«

Jaguar betrachtete die kleine Insel. Nur eine Bogenschusslänge breit; sie trug nicht einmal Bäume, ein Zeichen dafür, dass sie bei Sturm manchmal von Salzwasser überspült wurde. Er sagte missmutig: »Ich sehe hier nicht einmal Süßwasser. Und nichts zum Feuern außer trockenem Gras.«

»Ich weiß«, antwortete Sonnenmuschel. »Deswegen ist er hier. Auf diesem trostlosen Eiland wird ihn niemand suchen.«

»Nur die Krähen, Geier und Möwen, wenn er verdurstet oder erfroren ist.«

»Wilder Fuchs!«, rief sie abermals. »Wir sind da! Wo bist du?«

Jaguar nahm aus dem Augenwinkel eine flüchtige Bewegung im dicken Gras wahr und fuhr rechtzeitig herum, um einen hoch gewachsenen, gut aussehenden Jüngling zu erblicken, der sich gerade aufrichtete. Er trug einen Bogen mit eingelegtem Pfeil in den Händen, und eine Kriegskeule hing an seiner Hüfte. Mit wilden Blicken schaute er sich um, als wankte seine Seele auf einer zerbrechlichen Brücke über dem Abgrund des Entsetzens. Er trug einen alten Hirschlederumhang um die Schultern. Grashalme und Schlamm klebten auf seiner Haut. Die Haare waren zu einer schwarzen Matte verfilzt. Wo endete das Tier, und wo begann das menschliche Wesen?

»Wilder Fuchs«, sagte Sonnenmuschel und breitete die Arme aus. Sie tat zwei Schritte auf ihn zu. »Es ist alles in Ordnung. Das ist Jaguar.«

»Bist du … bist du sicher?«

»Aber natürlich. Glaubst du, ich würde sonst jemanden in dein Versteck bringen?«

Der junge Krieger fuhr sich mit der Zunge über die Lippen, aber den Bogen senkte er nicht.

Vorsicht, mein Alter. Er ist außer sich, verzweifelt, er kann vor Angst nicht mehr klar denken.

Jaguar wusste, wie mächtig Angst sein konnte, wenn sie einmal in den Adern eines Menschen floss. Wie die Nerven zittern und versagen und wie grässliche Wahnbilder der Fantasie einen Menschen verfolgen konnten. Das Urteilsvermögen versagte und löste sich schließlich auf. Am Ende waren nur noch die traurigen Folgen zu sehen.

»Ich bin Jaguar«, sagte er. »Sonnenmuschel kam zu mir und bot sich mir an, um dich zu retten. Es geschieht nicht oft, junger Krieger, dass ein Mann deines Alters auf die Treue und Hingabe eines Mädchens bauen kann. Und jetzt will ich von dir hören, was geschehen ist. Verstehst du mich?«

Wilder Fuchs nickte. Die Sehne seines Bogen erschlaffte. Sein Blick trübte sich. »Ich habe sie nicht getötet. Das schwöre ich. Okeus, höre mich! Bei meiner Seele, ich habe sie nicht getötet!«

Jaguar trat auf ihn zu. »Komm, Wilder Fuchs. Lass uns ein Feuer machen und etwas Tee trinken. Dann will ich deine Geschichte hören.«

Die beiden Männer blickten sich starr in die Augen, und Wilder Fuchs flüsterte: »Ich habe sie geliebt. Das musst du mir glauben!«

Sonnenmuschel biss die Zähne zusammen und sah zur Seite. Jaguar sagte: »Eines verspreche ich dir, Wilder Fuchs. Ich werde dafür sorgen, dass du bekommst, was du verdienst. Einverstanden?«

»Ja, Ältester, einverstanden.«

»Also, dann komm.«

Wilder Fuchs erklärte: »Es ist nicht weit bis zu der kleinen Bucht, wo die Kanevasenten überwintern.« Er wandte sich um und deutete auf einen Flussarm.

»Ja«, sagte Sonnenmuschel zustimmend. »Die Stelle kenne ich. Dort wohnt niemand wegen der Sümpfe drum herum. Es ist ein guter Lagerplatz, Ältester.«

»Gut«, sagte Jaguar. »Dann fahren wir dorthin. Wir hören uns seine Geschichte an und entscheiden, wie es weitergehen soll.«

Jaguar seufzte; er würde wieder ins Kanu steigen und eine weitere Fahrt darin ertragen, aber er müsste doch vom blauen Bison gebissen sein, wenn er auch nur eine Nacht auf solch einer Warze von Insel verbrächte.

Muschelkamm ging mit einem kleinen Topf zum Wasser unterhalb von Flache Perle. Die Nacht war angebrochen, es war frisch. Über ihr lag das Band der Sterne, von schwarzen Flecken unterbrochen, dort, wo Wolken den Nachthimmel verdeckten. Hinter ihr, im Dorf, bellten die Hunde, und sie hörte, wie eine Frau mit schriller Stimme mit einem Kind schimpfte. Sonst drang kein laut an ihr Ohr, nur das immer währende Geräusch der Wellen, die ans Ufer schwappten.

Muschelkamm füllte den Topf mit Wasser. In der Dunkelheit platschte ein Fisch ins Wasser zurück. Sie wandte sich um und ging auf dem Pfad zurück, der zur Schwitzhütte führte, einem in den Abhang geschnittenen Schilfbau.

Vor der Tür brannte ein kleines Feuer, in dessen Mitte schon drei heiße Steine lagen. Sie zog den Vorhang zur Seite und trat geduckt durch die kleine Tür ein.

Das Fachwerk der niedrigen Hütte bestand aus Schößlingen, und die Fächer waren mit Schilfbündeln gefüllt. Im Dunkeln leuchtete ein großer Stein wie ein trübes rotes Auge aus einer Grube heraus, die man in der Mitte des Raumes ausgehoben hatte. Zu ihrer Überraschung war die Luft schon voller Dampf. Im Hintergrund der Schwitzhütte stand ein großer Mann, dessen Gestalt sie nur in Umrissen erkennen konnte.

»Nur herein«, sagte er in seiner deutlichen Sprechweise. »Die Hitze wird dich erfrischen.«

Muschelkamm setzte sich und stellte den Topf neben sich

auf den Boden. Der Mann beugte sich vor und tröpfelte Wasser auf den mattroten Stein. Dampf stieg zischend in einer Wolke auf und füllte den kleinen Raum.

Muschelkamm schloss die Augen und ließ die Hitze in ihre Poren dringen. Sie hätte nicht herkommen sollen. Aber er faszinierte sie, etwas zog sie unwiderstehlich zu ihm hin.

»Das habe ich gebraucht«, vertraute Kupferdonner ihr an. »Es reinigt mehr als nur den Körper, weißt du.«

»Ja.« Sie legte den Kopf zurück, sodass die Feuchtigkeit auf ihrer Stirn Perlen bilden konnte. »Es heißt, der Dampf sauge das Böse aus der Seele heraus.« Sie hoffte inbrünstig, dass dies die Wahrheit war.

Er lachte leise. »Oh, das glaube ich nicht. Es gibt so viele Nischen und Spalten in der Seele, da kann sich das Böse verstecken, wo es will. Sauge es ab, wenn du willst, aber ich habe eine Menge ruchloser Männer gekannt, die haben geschwitzt wie große Flüsse, aber ihre Seelen waren schwarz, vor dem Schwitzen und nachher.«

»Und? Gehörst du auch zu ihnen?«

»Wahrscheinlich. Nun – ich habe nie an das Zeug geglaubt, das uns die Priester auftischen.«

»Ich weiß nicht, was ich von dir halten soll.« Sie spürte seinen abschätzenden Blick in der Dunkelheit.

»Denk, was du willst. Manches davon, vielleicht alles, ist sogar wahr.«

Sie wog seine Worte ab, beschloss aber, nicht darauf einzugehen. »Warum bist du noch hier?«

»Mich interessiert, was jetzt geschieht.«

»Wir sind für dich also so eine Art Unterhaltung?«

»So würde ich es nicht sagen.«

»Und wie würdest du es denn sagen?«

»Ich bin ein Beobachter.« Er rutschte auf seinem Platz herum und schlang die Arme um seine Knie.

Muschelkamm stellte sich die entspannten Muskeln vor; Kupferdonners Haut glänzte vom Wasser. Sie fragte sich, wie es wohl wäre, diese glatte Haut zu berühren?

Da ist eine Verderbtheit in meiner Seele; mein Leben lang haben mich starke Männer angezogen. Was ist es nur, was mich so fesselt?

Kupferdonner sagte: »Du überraschst mich. Du bist so gefasst. Ich hätte erwartet, dass du über Rote Schlinges Unglück weinst, dass der Kummer dir die Seele zerreißt, dass du dir die Haare büschelweise ausreißt.«

»Großer Tayac, ich bin die Tochter meiner Mutter. Trauer ist etwas für Leute, die sie sich leisten können. Mein Volk erwartet Führung von mir. Im Augenblick bedarf es vor allem der Stärke.«

»Unterdrückst du deine Regungen immer so? Ich habe schon anderes gehört.«

Sie wischte sich das Wasser aus dem Gesicht und lehnte den Kopf zurück. »Und was, wenn ich fragen darf, hast du gehört?«

»Dass du eine heißblütige Frau bist. Eine, die es gewohnt ist, ihrem Verlangen nachzugeben.«

Sie starrte ihn herausfordernd an und im Innersten spürte sie eine wachsende Erregung. »Das Leben ist kurz, mein Freund. Dafür hat Okeus gesorgt, kurz nach der Schöpfung. Meine Tochter stellte fest: Nur die Dummen vertrauen auf den nächsten Sonnenaufgang. Lassen wir's dabei bewenden, dass ich alles genossen habe, was möglich war – bei vollem Risiko –, und für alles bezahlt habe.«

»Und wenn du Drei Myrten den Krieg erklärst?«

»Das möchte ich vermeiden.« Sie machte eine Pause. »Redest du nur so daher oder hast du etwas Bestimmtes im Sinn?«

»Ich habe immer etwas Bestimmtes im Sinn. Aber im Augenblick bin ich eher an dem interessiert, was du denkst. Angenommen, du ziehst gegen Drei Myrten in den Krieg – welche Folgen hätte ein solches Unternehmen?«

»Das Bündnis unter den Unabhängigen Dörfern würde zerbrechen. Wasserschlange würde die Gelegenheit sehen und nutzen. Aber das weißt du doch.«

»Scheint, als säßest du in der Falle.«

»Wir werden einen Ausweg finden. Aber was ist mit dir? Was gewinnst du? Wenn das Bündnis zerbricht, verlierst du ein Gegengewicht gegen den Mamanatowick, der nur darauf wartet, sich nach Norden auszubreiten. Wenn er das Südufer des Fischflusses unter Kontrolle hat, kann er sich dir mit allen Kräften zuwenden.«

»Das könnte er. Andererseits müsste er dann Krieger von allen anderen Stützpunkten abziehen. Das wäre für mich eine gute Gelegenheit, seine Grenzdörfer zu überfallen. Denn dann wäre er schwach, würde sich im Norden ausbluten.«

Muschelkamm sah es im Geiste vor sich. Wasserschlange würde Männer verlieren. Er hätte im Grunde einen Zweifrontenkrieg zu führen. »Dann würdest du also abwarten, wie eine Klapperschlange beim Adlernest. Erst wenn ein herabstürzender Habicht die Aufmerksamkeit des Adlers auf sich zieht, raubst du sein flügges Junges.« Sie grinste. »Der Haken daran ist, dass der Habicht unsicher werden könnte und der Adler sich im letzten Moment zu dir umdreht.«

»Ein Risiko gibt es immer. Du selbst hast es mir gerade erst erklärt.«

Der Schein des heißen Steins wurde schwächer; sie spürte sein Lächeln in der Dunkelheit.

»Aber wer schlau ist, mindert das Risiko, Großer Tayac. Wäre es nicht besser, ein Bündnis mit dem Grünstein-Clan einzugehen und Wasserschlange dann niederzuringen? Dies war doch dein ursprünglicher Plan, nicht wahr?«

»Natürlich.« Er machte eine Pause und fragte dann: »Also, wer hat deiner Meinung nach Rote Schlinge getötet?«

Sie füllte ihre Lungen mit dem beißenden Dampf. »Wilder Fuchs. Wer sonst?«

»Du scheinst nicht ganz überzeugt.«

»Ich traue Maisjäger nicht über den Weg. Ich habe ihm noch nie getraut. Es macht mich misstrauisch, dass seine Krieger dort draußen waren.« Sie knirschte mit den Zähnen, ihre Fäuste waren geballt. »Seine Krieger hätten die Gelegenheit dazu gehabt, nicht wahr?«

»Das stimmt.«

»Ich habe dich beobachtet.« Die Hitze drang jetzt in ihre Gelenke und minderte die Spannung in den Muskeln. »Der Tod meiner Tochter hat dich offenbar nicht sehr berührt.«

Kupferdonner veränderte seine Haltung im Dunkeln; das schwache Licht des heißen Steins war nun ganz erloschen. »Sie war ein Mädchen, Muschelkamm. Es klingt vielleicht gefühllos, was ich sage, aber so ist es nicht gemeint. Ich habe zweimal zehn Blätterblüten mehr gesehen als sie. Du und ich, wir beide wissen, dass es eine Vernunftehe gewesen wäre. So wie auch du viele geschlossen hast.«

»Du würdest also eine ältere Frau vorziehen?«

Schweigen.

Dann sagte er gleichmütig: »Vielleicht.«

»Eine, die so ähnlich denkt wie du?«

»Das wäre … zur Abwechslung … sehr wohltuend.«

»Mit deinen anderen Frauen warst du nicht zufrieden?«

Er lachte leise. »Doch, was das Fleisch betrifft. Ich habe ihnen Kinder für ihre Stammbäume geschenkt.« Wieder eine Pause. »Ich werde nicht recht schlau aus dir, aus dem, was in deinem Kopf vorgeht. Die anderen heiratsfähigen Frauen aus deinem Clan sind schon alle untergebracht.«

Von dem Mantel der Dunkelheit eingehüllt konnte sie unbemerkt lächeln. »Und wenn ich eine Frau für dich fände? Eine, die fähig wäre, so zu denken wie du? Wäre das auch … wohltuend?«

»Das hängt davon ab«, sagte er vorsichtig. »Ich müsste erst einmal sehen, welche Vorteile eine solche Heirat brächte.«

Muschelkamms Gedanken spielten immer noch mit der Idee, als sie murmelte: »Die Zukunft birgt immer Überraschungen.«

Neun

Der eiskalte Regen aus den niedrig hängenden Wolken nässte Bäume und Laubmatten, und im feuchten Dunst knisterte und spuckte das Feuer. Auf dem nackten Boden konnten die Füße kaum Halt finden.

Ein Topf mit Fisch kochte über den Flammen, und schon der Duft ließ Jaguars Magen rebellieren. Gekochter Fisch bot zwar keinen exquisiten Genuss, war aber immerhin ein nährendes und der Stimmung zuträgliches Mahl in einer kalten Nacht.

Unter grauen Brauen warf Jaguar einen Blick zum Himmel und äußerte seinen Abscheu mit heftig ausgestoßenem weißem Atem. Die Kälte biss in seine Knochen, und er rückte so nah wie irgend möglich ans Feuer, um sich zu wärmen.

Ihm gegenüber saß Wilder Fuchs, der so elend aussah, als hätte man ihm einen Teil seiner Seele gestohlen. Jaguar beobachtete ihn; so könnte es tatsächlich sein, wenn er wirklich unschuldig war. Er würde sich nie wieder vollkommen von diesen Ereignissen erholen. In den kommenden Blätterblüten würde Wilder Fuchs in seinen Träumen zucken und beben, ungerecht beschuldigt zur Hinrichtung geschleppt werden, während er noch beteuerte, unschuldig zu sein. Gab es Albträume, die noch grausiger waren?

Zu seiner Rechten saß Sonnenmuschel mit eingezogenen Schultern in ihrem Federumhang; das nasse Haar umrahmte das runde Gesicht mit den großen dunklen Augen. Wasser tropfte von ihrer Nase. Sie sollte wenigstens etwas Frohsinn zeigen. Schließlich war er hier, um ihres Freundes Darstellung zu hören.

»Ich erkläre den Fisch für gar«, sagte Jaguar jetzt knurrend. »Wenn ich nicht etwas zu essen bekomme, und zwar auf der Stelle, dann werdet ihr schon merken, wie unangenehm ich werden kann.«

»Ich glaube, ich weiß es schon«, antwortete Sonnenmuschel und griff nach der hölzernen Zange. »Willst du etwa behaupten, es könnte noch schlimmer kommen?«

Jaguar kniff die Augen zusammen. »Ärgere mich nicht, Mädchen!«

Sonnenmuschel schluckte schwer und sagte: »Niemals.«

Sie holte sechs gekochte Äschen aus dem Wasser. Sie legte sie auf Rindenstücke, und die ersten beiden bekam Jaguar. Dann war die Reihe an Wilder Fuchs , und Jaguar beobachtete ihre Gesichter, als der junge Mann den Rindenteller aus ihren Händen annahm. Sonnenmuschels Augen glänzten vor Liebe, und Wilder Fuchs presste die Zähne aufeinander und versuchte zu lächeln.

Jaguar blies auf den Fisch, um ihn zu kühlen und zerteilte ihn. Während er das saftige weiße Fleisch aß, betrachtete er den jungen Mann aufmerksam. Er aß gleichgültig, hielt die Augen auf den Fisch gerichtet. Nichts an seinem Verhalten ließ auf Schuld oder Unschuld schließen.

»Wilder Fuchs«, begann Jaguar mit vollem Mund. »Es ist jetzt an der Zeit, deine Geschichte zu hören. Sonnenmuschel hat viel gewagt, um mich herzubringen. Hast du das Mädchen getötet?«

»Nein. Das habe ich schon gesagt.«

»Sieh mich an. Ja, so. Auge in Auge. Ich will deine Seele sehen, während du sprichst.«

Die braunen Augen von Wilder Fuchs zeigten, dass er gekränkt war. »Ich habe Rote Schlinge nicht getötet. Sie war ... sie ...« – er schüttelte den Kopf – »sie war schon tot, als ich sie fand.«

»Erzähl mir alles, Junge, von Anfang an.«

Wilder Fuchs stocherte in dem Essen herum. »Sie wollte ihn nicht.«

»Wen?«

»Kupferdonner. Er machte ihr Angst, er stieß sie ab. Sie sagte, bei der Vorstellung, dass er sie berührte, wäre ihr so, als ob eine Schlange über ihre Haut krieche.«

»Hat sie darüber auch mit Jagender Falke und Muschelkamm gesprochen?«

Wilder Fuchs schüttelte den Kopf. »So etwas würde eine Frau in dieser Familie nie wagen. Jagender Falke ist die Weroansqua, und Muschelkamm ist auf ihre Weise ebenso mächtig. Wenn man sich in Drei Myrten Geschichten über Muschelkamm oder Jagender Falke erzählt, dann nur flüsternd. Die Leute haben Angst vor diesen Frauen.«

»Weil sie böse sind?« Jaguar nahm sich ein weiteres Stück schuppigen Fleischs und schob es sich in den Mund.

»Nicht so wie Zauberinnen oder Hexen ...« Wilder Fuchs machte eine Pause und blickte auf, ängstlich, als hätte er Jaguar beleidigt. »Es ist nur so, dass ihnen niemand in die Quere kommt. Sie haben große Macht.« Er hob die Hand. »Ich habe gehört, wie mein Vater, Schwarzer Dorn, sagte, dass, wenn Jagender Falke in die Hände klatscht, dann sogar der Donner in den Wolken bebt. Es klang wie ein Witz, aber es war auch etwas Wahres daran. Verstehst du?«

»Ich glaube schon.« Jaguar schabte die Gräten aus der ersten Äsche und warf sie ins Feuer. Dann machte er sich über die zweite her. »Und wann hast du Rote Schlinge zum ersten Mal getroffen?«

»Wir haben uns eigentlich schon immer gekannt. Wir sind in Ortschaften aufgewachsen, die verbündet waren. Wir haben als Kinder zusammen gespielt.« Er blickte nervös zur Seite. »Dann hat sich etwas verändert.«

»Wann?«

»Letzten … letzten Sommer.«

»Möwenscheiße, Junge, sieh mir in die Augen!«

Wilder Fuchs gehorchte und sah jetzt so schuldig aus wie Okeus nach der Schöpfung.

»Raus mit der Sprache, Junge. Sofort! Was hat sich auf welche Weise verändert?«

Wilder Fuchs verkrampfte sich. Seine Hände waren plötzlich wie Ameisen, die ziellos umherliefen. »Es war einfach anders. Wie Mann und Frau, weißt du. Nicht mehr wie Junge und Mädchen. Wir … sahen uns plötzlich mit anderen Augen an.«

»Das kommt vor zwischen Männern und Frauen«, gab Jaguar trocken zu bedenken.

»Ich habe sie nie angerührt, das schwöre ich«, stieß Wilder Fuchs hervor.

Jaguars Brauen gingen in die Höhe. »Tatsächlich?«

»Es stimmt, Ältester.« Sonnenmuschel kam Wilder Fuchs zu Hilfe. »Ich habe versucht, ihn dazu zu bewegen … als ich ihn bat, mit mir davonzulaufen … ». Ihre Stimme wurde leiser, und sie senkte den Blick zum rauchenden Feuer. Wilder Fuchs hielt die Augen fest geschlossen, als hätte er Schmerzen. Sonnenmuschel warf einen Blick zu ihm hinüber und fügte hinzu: »Er hätte es nicht gewagt, Ältester, es hätte ihn das Leben gekostet, und das wusste er.«

Ohne Backenzähne kaute Jaguar den Fisch gezwungenermaßen mit den Vorderzähnen. Dabei bedachte er die Schwierigkeiten, über die die beiden jungen Leute gerade berichtet hatten. »Rote Schlinge war also Kupferdonner versprochen worden, aber sie mochte ihn nicht und beschwerte sich auch nicht bei ihrer Mutter oder Großmutter. Stimmt das?«

»Ja, das stimmt.«

»Und was hast du dann unternommen?«

»Ich wollte sie mitnehmen. Nach dem Tanz. Sie sollte mich im Morgengrauen am Austernsteg treffen.«

»Wann hast du ihr das vorgeschlagen?«

»Es war nicht mein Vorschlag. Es war ihre Idee.«

Jaguars Finger schnellten in die Höhe und deutete auf Wilder Fuchs. »Du lügst, Junge. Und man belügt mich nicht.« Er schaute zu Sonnenmuschel, die die beiden angespannt beobachtete. »Ich habe ihn angehört. Er hat seine Chance gehabt.«

»Nein! Halt!« Wilder Fuchs fuhr auf, die Arme ausgebreitet. »Gut, gut! Ich war es. Ich bat sie, mich dort unten zu treffen.«

Jaguar stocherte kurz in seinem Fisch herum, um die Erregung des Jungen zu steigern. »Warum hast du mich belogen?«

»Nun weil ...« – Wilder Fuchs schlug sich auf die Schenkel – »... weil es nicht gut ausgesehen hätte. Als hätte ich sie dazu verleiten wollen. Wenn ein Krieger eine junge Frau dazu bringen will, ihre Pflicht zu vergessen – was wäre ihm sonst noch zuzutrauen? So würde es jedenfalls Jagender Falke sehen.«

»Erzähl mir alles, Junge. Aber keine Lügen. Klar?«

Wilder Fuchs ließ die Schultern fallen, und Sonnenmuschel legte ihm ermutigend eine Hand auf den Arm. Sie sahen sich eine Weile lang in die Augen, dann flüsterte sie: »Alles in Ordnung? Du siehst so krank aus.«

»Müde«, flüsterte er zurück. »Ich bin so müde. Ich habe kaum geschlafen, seit du mich verlassen hattest.«

Sie drückte seinen Arm und wandte sich an Jaguar. »Er ist erschöpft, Ältester. Vielleicht könnten wir dies alles etwas beschleunigen. Wilder Fuchs ...«

»... hat meine Fragen zu beantworten, Mädchen. Sag mir, Junge, wie dein Plan aussah.«

Wilder Fuchs stieß langsam den Atem aus. »Rote Schlinge war dabei, ihren Tanz zu beenden und sah, wie ich mich davonmachte. Nach einer Weile erreichte sie unseren Treffpunkt und ...«

»Eueren Treffpunkt?«

»Auf dem Sandstrand, unterhalb des Austernstegs. Dort hatten wir uns schon oft getroffen.«

»Und dort schlugst du ihr vor, gemeinsam zu fliehen?«

»Ja. Wir hatten nicht viel Zeit, verstehst du. Ich würde um die Landzunge herumpaddeln, sagte ich zu ihr, und sie bei Tagesanbruch am Austernsteg treffen. Wir hätten dann einen guten Tag Vorsprung, und selbst dann würden Neuntöters Krieger nicht wissen, wohin wir fahren wollten.«

»Und sie war einverstanden? Einfach so?«

»Sie war verzweifelt, das schwöre ich. Sie wollte Kupferdonner um keinen Preis heiraten. Sie sagte, sie werde dort sein, im

Morgengrauen, sobald sie sich davonschleichen könnte. Sie umarmte mich und lief dann zum Dorf zurück. Es war das letzte Mal, dass ich sie lebend sah.« Wilder Fuchs rieb sich nervös das Gesicht und durchlebte diesen Augenblick nochmals im Geiste.

Sonnenmuschel erschauerte und wischte kalte Wassertropfen von ihrem durchnässten Umhang.

Jaguar fragte: »Und dann?«

Wilder Fuchs richtete sich auf. »Ich lief zurück zum Steg und schob mein Kanu ins Wasser. Ich paddelte die ganze Nacht um die Landzunge herum und landete kurz vor Morgengrauen am Austernsteg. Ich glaube, ich war müde und schlief ein. Erst kurz nach Tagesanbruch erwachte ich.«

»Hast du jemandem von diesen Plänen erzählt?«

»Nein, Ältester, ich …«. Er machte eine Pause und sah Sonnenmuschel an. »Sonnenmuschel habe ich davon erzählt. Aber sie war die Einzige. Rote Schlinge hat bestimmt niemandem etwas gesagt. Das war nicht ihre Art.«

»Aber hätte sie jemandem davon erzählt, wer wäre das gewesen?«

»Vielleicht Springendes Kitz. Die beiden waren Freundinnen. Sie ist etwas jünger als Rote Schlinge.«

»Ein Plappermaul?«

»Nein. Eigentlich nicht.« Er zuckte die Achseln. »Ich weiß nicht. Ich habe sie nie als redselig erlebt. Eher als … lästig. Sie war aufdringlich. Dauernd war sie bei uns, wenn wir allein sein wollten.«

»Verstehe. Also, du warst am Steg im Boot eingeschlafen …«

»Ja. Ich wurde wach, da war die Sonne … etwa eine Zeithand oder zwei über dem Horizont, aber es war bedeckt, ich weiß es nicht genau. Der Nebel hatte sich aufgelöst, das weiß ich noch. Mir war kalt, ich lief also in der Nähe des Stegs auf und ab und wartete. Ich war nervös. Ich meine, ich hatte noch nie so etwas getan, und dann beginnt man, darüber nachzudenken … verstehst du … wie soll es werden, wohin fährt man, und wie lebt man dort? Davonlaufen ist eine Sache, aber einen Ort zu finden, wo man leben kann, ist eine ganz andere.«

Jaguar zog eine Braue hoch. »Wolltest du aufgeben?«

Wilder Fuchs schüttelte heftig den Kopf. »Ich war ihre letzte

Hoffnung. Kupferdonner war dort, in Flache Perle. Es war geplant, dass sie am selben Tag mit ihm abreisen sollte. Wir mussten also fahren.«

»Und wann kam Rote Schlinge?«

»Nie.« Wilder Fuchs knirschte mit den Zähnen, seine Augen wurden hart. »Es wurde spät, und da konnte ich nicht mehr anders, ich kletterte den Hang hinauf, um zu sehen, wo sie blieb. Ich hatte so eine Ahnung, als ginge etwas schief. Wenn man sie gesehen hätte, ihr gefolgt wäre, dann hätte ich doch eingreifen müssen, verstehst du?«

»Ja.«

»Ich stieg den Hügel hinauf und wäre beinahe an ihr vorbeigegangen. Sie wurde ... sie wurde auf die Seite gezerrt, und dort lag sie in einem Loch hinter einem alten Hickorybaum.« Er zögerte und atmete schwer. »Bei Okeus, dort lag sie, hingeworfen. Wie zerbrochen ... mein süßes Mädchen ... ganz zerbrochen. Wie ... wie etwas, das man weggeworfen hat.«

»Wilder Fuchs, was tatest du? Berührtest du sie? Versuchtest du, sie zu retten? Was?«

»Ich wischte etwas Blut weg, dachte noch, hoffte noch, es wäre vielleicht ein kindliches Spiel. Um mir Angst einzujagen. Aber all das Blut ... Okeus weiß es, das Blut ...«. Er hob die rechte Hand und betrachtete sie, als wäre sie noch befleckt. »Ihr Blut ... ganz kalt, das ganze Haar voller Blut ...«

»Versuchtest du, sie hochzuheben? Um nachzusehen, ob sie vielleicht nur verletzt wäre?«

Wilder Fuchs schüttelte den Kopf. »Sie war tot, Ältester. Es gab keinen Zweifel. Die Augen waren halb geöffnet ... Blätter lagen darauf.«

»Sie war also tot. Wie lag sie? Zeig es mir. Leg dich hin.«

Wilder Fuchs legte sich auf den Boden, ein Bein angezogen, einen Arm ausgestreckt und leicht gekrümmt. »So. Das Blut war auf der linken Seite des Kopfes, und etwas davon war über ihr Gesicht gelaufen. So.« Er deutete das Rinnsal auf seiner Wange an.

»Und lag dort irgendetwas herum? Fiel dir irgendetwas auf?«

»Nein. Ich sah nichts.« Wilder Fuchs stand auf und ging zum Feuer zurück, an dem er sich die zitternden Hände wärmte. »Ich blieb nicht lange, ich drehte mich um und rannte los. Ich … ich …« Er zuckte zusammen. »Ich stieß auf dem Pfad mit einem Mann zusammen. Weidenstumpf. Er war auf halbem Wege nach unten. Ich sagte ihm … also, ich glaube, ich sagte, mein Vater verlangte nach mir. Ich weiß nicht. Ich kann mich nicht erinnern. Ich hatte solche Angst, ich war so erschrocken wie noch nie zuvor. Ich lief einfach zum Boot zurück und legte ab und machte mich davon.«

Jaguar hob die Brauen. »Hast du nicht dein Boot im Gebüsch versteckt und bist zum Dorf geschlichen, um zu hören, was dort geredet wurde?«

»O ja«, sagte Wilder Fuchs und nickte heftig. »Ja, das tat ich. Erst später machte ich mich auf den Weg nach Hause.«

»Und? Das ist alles?«

Wilder Fuchs nickte. »Ich schwöre es, Ältester. Ich habe sie nicht umgebracht, und ich weiß auch nicht, wer es war. Vielleicht Weidenstumpf? Er war dort oben. Außer ihm habe ich niemanden gesehen.«

Jaguar starrte in die vor Entsetzen aufgerissenen Augen und legte die Fingerspitzen aneinander. »Weißt du, du sitzt in der Klemme, Junge. Ich kann mir vorstellen, was Jagender Falke und Flache Perle denken. Nicht nur, dass du mit einer ihrer Frauen davonlaufen wolltest, einer Frau, die Kupferdonner versprochen war – aber außerdem hat man dich beobachtet, als du von dem Ort auf der Flucht warst, an dem die Leiche gefunden wurde.«

»Ja, ich weiß.« Wilder Fuchs starrte erneut auf seine Hand. »Und mir fällt gerade ein, Weidenstumpf fragte mich noch, was mit meiner Hand sei, und ich sagte ihm, ich hätte mich geschnitten.«

»Und warum sagtest du das?«

»An meiner Hand war das Blut von Rote Schlinge.«

Sonnenmuschel legte Holz auf das Feuer, und Jaguar sah zu, wie die Flammen emporzüngelten. Wenn Wilder Fuchs einer Menge Leute viel Ärger ersparen wollte, dann müsste er sich jetzt, auf der Stelle, die Kehle durchschneiden.

Aber, Bisonscheiße, so wird es sowieso enden. Wer glaubt denn dem Jungen, dass er es nicht war? Ich weiß ja selbst nicht, ob ich ihm glauben soll.

»Ich habe lediglich dein Wort, dass du sie nicht getötet hast«, sagte Jaguar.

»Mehr habe ich nicht«, erwiderte Wilder Fuchs. »Vielleicht war es falsch, ihr zu sagen, dass ich sie mitnähme. Aber ich habe es getan! Und ich bereue nichts. Ich würde es wieder tun.« Er schloss die Augen und schüttelte den Kopf. »Beim dunklen Gott, alles, was wir wollten, war eine Chance. Ist das schon zu viel verlangt?«

»Ja, Junge, das ist manchmal zu viel verlangt«, sagte Jaguar seufzend und zog die Decke fest um sich. »Ich will jetzt darüber schlafen. Morgen bekommst du meine Antwort.«

Jaguar rollte sich neben dem Feuer zusammen, und dabei sah er, wie Wilder Fuchs Sonnenmuschel bei der Hand nahm und sie etwas weiter wegführte. Er beobachtete die beiden unter gesenkten Lidern.

Wilder Fuchs ging bis zum Sumpf. Dort ließ er Sonnenmuschels Hand los. Er kreuzte die Arme vor der Brust. Gelbe Augen funkelten auf der anderen Seite des Schilfs, und Sonnenmuschel sah einen großen Wolf ins Dunkel schleichen. Sie beobachtete ihn, bis er verschwunden war, und legte dann Wilder Fuchs zärtlich eine Hand auf die Schulter.

»Was ist?«, fragte sie. »Was ist los?«

»Er glaubt mir nicht«, flüsterte Wilder Fuchs. »Ich habe es in seinem Gesicht lesen können. Er glaubt, ich ...«

»Nein, das stimmt nicht. Das bildest du dir ein. Jaguar sagte, er braucht Zeit, um darüber nachzudenken. Hätte er sich schon entschieden – glaubst du, dann wäre er noch hier?«

Wilder Fuchs breitete die Arme hilflos aus und zog Sonnenmuschel an sich. Er drückte ihren Kopf gegen seine Schulter. »In Okeus' Namen, ich weiß nicht, was ich glauben soll. Was soll ich nur tun?«

Kalter Nebel senkte sich herab und umhüllte sie. Sonnenmuschel spürte, wie sich Wilder Fuchs' Brust in flachen Atemzügen hob und senkte. Sie umschlang seine Hüften. »Du bist müde, Wilder Fuchs. Du solltest dich hinlegen. Vielleicht schläfst du besser, wenn ich über dich wache.«

Seine Hand strich über ihren Rücken, und sie fühlte ihre Wärme durch den Umhang. Der Klang seiner Stimme, seine

Berührung – das öffnete leise die Türen, die sie sich bemüht hatte, für immer zu schließen. Hinter diesen Türen lagen die Freuden und die Zuneigung ihrer gemeinsamen Kindheit. Eine schwermütige Sehnsucht danach erfüllte ihr Herz.

Er vergrub sein Gesicht in ihren Haaren und murmelte: »Ich danke dir, dass du ihn hergebracht hast, Sonnenmuschel. Niemand sonst wäre so mutig gewesen. Ich wahrscheinlich auch nicht.«

Sie hob den Kopf und sah den Kummer in seinen Augen, den er verbergen wollte. Sie sah auch die Angst, die ihn würgte, und die Verzweiflung, die an Wahnsinn grenzte. »Ich liebe dich, Wilder Fuchs. Ich würde alles für dich tun.«

Ein Schauer lief über seinen Rücken, und seine Hände glitten über ihre Arme. »Sonnenmuschel«, sagte er heiser. »Erzähl mir von dem alten Mann. Du warst ein paar Tage mit ihm zusammen. Was weißt du von ihm? Können wir ihm trauen?«

»Was du in Wahrheit wissen willst: Ist er ein Zauberer oder ist er keiner, nicht wahr?«

»Ja, du hast Recht.«

»Ich habe nichts gesehen, was es beweisen würde. Ich glaube auch nicht, dass es wichtig ist. Solange ihn alle für einen Zauberer halten, haben seine Worte Gewicht.«

Wilder Fuchs nickte. »Das ist wahr. Ich wünschte nur, ich wüsste, ob er glaubt, dass ich unschuldig bin oder …«

Sie unterbrach ihn. »Er wird es dir am Morgen sagen, und wenn er beschließt, deine Unschuld zu beweisen, dann solltest du ausgeruht sein.«

Ein schwaches Lächeln glitt über seine Lippen. »Erinnerst du dich noch an die Zeit, als du zehn Blätterblüten gesehen hattest?«, fragte er.

Die Traurigkeit in seiner Stimme zauberte ihr längst vergangene Tage vor Augen; sie hörte sein sorgloses Lachen aus jenen Tagen, sah, wie sein Gesicht bei ihrem Anblick aufleuchtete, wenn sie über Hirschpfade rannten und einander durch den Wald jagten. Eine Welle der Glückseligkeit durchflutete Sonnenmuschel.

Sie lehnte den Kopf an seine Schulter und sagte: »Ja, ich erinnere mich.«

Er hob ihr Kinn, um ihr in die Augen zu sehen, und der Zauber des Augenblicks war vorüber. Verzweiflung zeichnete seine Gesichtszüge. »Es war mir nie bewusst, wie viel du mir bedeutest; ich wusste nur, dass du die Einzige warst, mit der ich reden konnte. Und du bist es immer noch. Ich danke dir. Danke dafür, dass du immer für mich da warst.«

Sonnenmuschel konnte ihn nur noch verschwommen erkennen. »Ich werde immer für dich da sein.«

Er beugte sich zu ihr, und einen Augenblick lang glaubte sie, er werde sie küssen, aber er begann zu zittern und ließ sie los. Er trat zurück. »Du ... du brauchst nicht über mich zu wachen«, sagte er. »Du bist ebenso müde wie ich. Mir geht es gut.«

»Dessen möchte ich sicher sein«, antwortete Sonnenmuschel und löste die Kriegskeule von ihrem Gürtel. Sie zog sie unter dem Umhang hervor. »Roll dich jetzt neben dem Feuer in deine Decke. Ich werde ein Auge auf dich haben, von hier aus, wo mich die Schatten unsichtbar machen. Geh jetzt. Du musst gut schlafen, Wilder Fuchs, damit du morgen hellwach bist.«

Er nahm ihre Hand und drückte sie kurz; dann ging er zum Feuer.

Nachdem Wilder Fuchs, in seine Decke gekuschelt, begonnen hatte, leise zu schnarchen, hob Jaguar den Kopf, um Sonnenmuschel anzuschauen. Sie sah in den trüben alten Augen Anteilnahme. Für sie? Oder für Wilder Fuchs? Oder vielleicht für beide?

Sie atmete den kühlen Dunst ein, streckte die Füße aus, legte sich die Keule über die Schulter und bereitete sich auf eine lange Nacht vor.

Neuntöter saß am mittleren Feuer im Langhaus seiner Schwester Rosenknospe. Er trank lauwarmen Tee, der stehen geblieben war. Er war hergekommen, um seinen jungen Neffen Zwei Vögel zu rügen, der seiner Mutter widersprochen hatte. So war es Sitte: Ein Mann erzog die Kinder seiner Schwester, denn sie gehörten zum Clan und zur Familie. Seine eigenen Kinder gehörten seiner Frau Weißer Stern. Da sie zum Tellmuschel-Clan gehörte, war es Aufgabe ihres älteren Bruders Halbmond, für die Erziehung und Ausbildung ihrer Kinder zu sorgen.

Neuntöter hatte den Jungen bei den Schultern gepackt, ihn hingesetzt, ihm finster in die kleinen dunklen Augen geblickt und klargemacht, wie sich ein Mann seines Volkes zu benehmen hatte und wie schlimm er ihn bestrafen würde, falls er sich nicht bessere.

»Also«, schloss Neuntöter seine Strafpredigt, »sollte ich noch einmal hören, dass du deiner Mutter gegenüber die Stimme erhebst, dann packe ich dich und schicke dich Jaguar. Du hast mich gehört! Der frisst kleine Jungen und verflucht ihre Gebeine, die er zerstampft und herumliegen lässt, wo seine Feinde sie finden. Solche Gebeine sorgen dafür, dass böse Menschen durch die Ohren bluten, bis sie tot sind. Hast du gehört?«

Zwei Vögel schluckte schwer und nickte ernst, seine Augen waren aus den Höhlen getreten.

»Sehr dramatisch, findest du nicht?«, hatte Rosenknospe nüchtern gefragt, als der Kleine zu seinem Lieblingsspielzeug, einer Maiskolbenpuppe, geflohen war, in die sichere Obhut seiner älteren Schwester Weißer Otter.

Rosenknospe war eine kräftige Frau von zweimal zehn und acht Blätterblüten. Im Allgemeinen war ihr Haar zu einem Zopf geflochten, der ihr über den Rücken fiel. Sie hatte ein rundes Gesicht mit einem breiten Mund und einer breiten, geraden Nase. Sie war tüchtig und meisterte das Leben mit einem Sinn für das Praktische, den Neuntöter immer bewundert hatte. Das auffallendste Kennzeichen waren die Augen, sie waren ebenso braun wie Beeren, aber von einer Tiefe, die Neuntöter nie auszuloten fähig gewesen war. Wenn sie ihn anschaute, dann mit einem wissenden Blick, als hätte sie den Einblick in die Dinge des Lebens, der Neuntöter fehlte. Es war zum Verrücktwerden: Wenn er sie zu irgendetwas befragte, schien sie nicht klüger als er, aber, Okeus sei's geklagt, sie machte immer den Eindruck, als ob sie es besser wüsste.

Einstmals schmalhüftig war sie jetzt in die Breite gegangen, und nach der Geburt ihrer fünf Kinder waren ihre Brüste schlaff geworden. Sie hatte sich gerade von ihrem letzten Gemahl getrennt, einem Mann von der Austernbucht, und nun schwor sie, nie wieder zu heiraten.

Neuntöter spürte plötzlich, dass Rosenknospe und die anderen Mitglieder der Familie ihn beunruhigt ansahen. Anfangs hatte er die unverblümten Fragen lässig abgetan. Jetzt saß der Nächste in respektvollem Abstand, als ob diese Entfernung ihm einen Ausweg aus einer bedrohlichen Situation bieten könnte.

Funken sprühend brannte das feuchte Holz trotz des eisigen Nieselregens außerhalb der Langhauswände, aber seine Wärme war so unergiebig wie die Möglichkeiten, die die Zukunft bot. Wie sollte er Wilder Fuchs aus Drei Myrten entführen? Er würde gegen alte Freunde kämpfen, gegen Verwandte und Menschen, die er gern hatte und achtete.

Sowie der erste Pfeil abgeschossen war, wäre der Schaden, den das Bündnis nehmen würde, angerichtet und nicht mehr zu reparieren, wie immer der Kampf ausging. Generationenaltes Vertrauen wäre unwiederbringlich dahin, abgeschnitten wie von einem scharfen Muschelmesser.

Neuntöter drehte seinen Becher in Gedanken versunken in den Händen, und vor seinem geistigen Auge erschienen die Freunde aus Drei Myrten und Bilder von gemeinsam unternommenen Kriegszügen, von Kämpfen, die man gemeinsam bestanden hatte, und von der freudig genossenen Kameradschaft. Mit jeder neuen Erinnerung wuchs das Gefühl hilfloser Leere.

Der Vorhang vor der Tür wurde zurückgezogen. Jagender Falke humpelte auf ihren Sassafrasstock gestützt herein. Die alte Frau richtete sich auf, zuckte vor Schmerz zusammen und trat mühsam näher.

Alle setzten sich in gespannter Haltung auf, die Fäuste in die Kittel gekrallt, und rutschten unruhig und um sich blickend hin und her.

»Fürchterliche Nacht da draußen«, sagte Jagender Falke zur Begrüßung. »Gefrierender Regen. Widerliches Zeug. Da sollte man denken, die nähmen Rücksicht auf alte Frauen wie mich, die einen eisigen Guss nicht mehr vertragen. Wenn ich stürze, bricht mir jeder Knochen im Leib.«

Rosenknospe stand zögernd auf. »Ich grüße dich, Weroansqua. Können wir dir etwas anbieten? Einen Becher Tee vielleicht?«

»Ja, das wäre schön.« Jagender Falke blieb vor Neuntöter stehen. Der Häuptling erhob sich und nickte respektvoll.

Es war, als wäre Okeus selbst eingetreten, so wie die anderen herumzappelten, um Gelassenheit vorzutäuschen.

Jagender Falke tat, als bemerke sie nichts.

»Setz dich doch«, forderte Neuntöter sie auf.

Jagender Falke ließ sich mit knirschenden Gelenken nieder und seufzte.

Rosenknospe schien verwirrt; den Keramikbecher, mit dem sie immer warmen Tee aus dem Topf über dem Feuer schöpfte, hätte sie beinahe fallen lassen. Ängstlich reichte sie ihn Jagender Falke.

Jagender Falke nippte daran und nickte höflich. »Vielen Dank.« Sie hob eine Braue. »Häuptling, ich würde mich gern mit dir unterhalten.«

»Wenn ihr uns entschuldigen wollt.« Rosenknospe streifte die Familie mit einem Blick. »Ich glaube, wir nehmen die Gelegenheit wahr und besuchen Cousine Gelbes Netz.« Wie eine aufgeschreckte Wachtelschar trippelten die Kinder zur Tür und hinaus in die stürmische Nacht.

Ihre eigenen Sorgen hielten Jagender Falke davon ab, von dem fluchtartigen Rückzug Notiz zu nehmen. In dem Schweigen, das darauf folgte, wandte sich die alte Frau nachdenklich dem Feuer zu; die aufgerissenen braunen Lippen kräuselten sich, als sie zusah, wie die Flammen langsam das feuchte Holz besiegten.

Endlich fragte Neuntöter: »Worüber willst du mit mir sprechen, Weroansqua?«

»So förmlich? ›Weroansqua‹? Wo wir beide doch allein sind?«

Neuntöter zuckte die Achseln und musterte sie wachsam.

Sie nahm einen Schluck Tee und wischte sich mit einer Ecke ihres weichen hirschledernen Überwurfs über die Lippen. »Ich will hören, was du dir überlegt hast, Häuptling. Wenn wir beschließen, nach Drei Myrten zu ziehen, um uns Wilder Fuchs zu holen – welche Aussichten haben wir?«

Neuntöter rieb sich das Genick. Die Muskeln waren hart vor lauter Anspannung. »Welche Aussichten haben wir? Wenn wir nach dem Jungen suchen, wird Drei Myrten kämpfen, um ihn zu schützen. Das hat Schwarzer Dorn klargemacht.«

»Kannst du gewinnen?«

Neuntöter konnte sich nicht beherrschen; er lachte. »Gewinnen, Älteste? Selbst wenn ich Drei Myrten einnehmen kann, die

Krieger von Schwarzer Dorn besiege und den Jungen gefangen nehme – haben wir dann gewonnen? Wenn ich angreife und sie uns zurückschlagen und uns in die Enge treiben – haben wir dann gewonnen? Wie auch immer dieser Krieg ausgeht, das Ende ist in keinem Fall ein gutes.« Er sah ihr in die Augen. »Das Bündnis wird zerschlagen, als wäre ein Steinhammer auf eine trockene Walnuss gefallen.«

»Es gibt Dinge, die nicht zu vermeiden sind.« Jagender Falke machte ein verdrossenes Gesicht. »Ich sitze in der Falle, Häuptling, wie ein Eichhörnchen im Käfig. Ich greife dauernd zwischen den Stäben hindurch, um nach der Schnur zu tasten, mit der ich das Törchen hinaufziehen kann, aber es gelingt mir nicht. Wäre es irgendeine junge Frau gewesen, nicht gerade Rote Schlinge, dann könnte ich uns immerhin aus dieser Sache herausmogeln.«

»Aha?«

Sie lächelte listig. »Aber natürlich. Dann würde ich die kummervolle Familie etwas unter Druck setzen, eine Lösung mit dem Clan des Schuldigen aushandeln und einen Sühnebetrag festsetzen. Ich würde wahrscheinlich der einen oder anderen Seite einige Kanuladungen Mais, Kupfer und Gelbwurzel zukommen lassen müssen, aber ich könnte beide Seiten mit einem Kompromiss zufrieden stellen. Dies hätte ich auch diesmal machen können, wenn Rote Schlinge nicht ausgerechnet Kupferdonners Braut gewesen wäre. So aber kann ich die Sache nicht stillschweigend aus der Welt schaffen. Nicht, wenn Kupferdonner die Hauptperson in diesem Drama ist und Wasserschlange in den Wäldern gegen mich intrigiert.«

»Nein, das kannst du tatsächlich nicht.« Neuntöter starrte in seinen Tee. »Der Tod von Rote Schlinge hat unserem Bündnis einen tiefen Riss zugefügt. Bei nächster Gelegenheit nimmt irgendeiner einen Grabstock als Keil und hebelt uns auseinander.«

»Ich glaube, dies wird ohnehin geschehen.« Jagender Falke zupfte an dem Hautlappen unter ihrem Kinn. »Ich kenne solch stumpfe Augen nicht an dir. Einem Überfall auf Drei Myrten siehst du nicht gerade freudig entgegen.«

»Älteste, schon bevor ich geschwärzt und getötet zum Mann geworden war, träumte ich davon, ein Krieger zu werden. Und seit meiner Mannbarkeit widmete ich mein Leben meinem Clan und meinem Volk.«

»Und sehr erfolgreich.«

»Aber zum ersten Mal frage ich mich, wen ich bekämpfen soll. Wo ist der Feind? Die Männer, mit denen ich auf dem Kriegspfad war? Mit denen ich Schulter an Schulter die Krieger des Mamanatowick in die Flucht schlug? Die mir den Rücken frei hielten, als wir die Angreifer von Conoy zurückwarfen?«

»Dieselben, Häuptling. Die Dinge ändern sich.«

Warum war sie hier? Jagender Falke hatte immer Hintergedanken. Sie wollte sicher nicht nur die Meinung ihres Häuptlings hören. Sie wollte irgendetwas erforschen.

Neuntöter rutschte unruhig auf seinem Platz herum. »Und wenn ich Drei Myrten überfalle – was habe ich geschützt? Habe ich Leben gerettet? Habe ich Gebiete verteidigt? Habe ich Wasserschlange geschwächt? Oder Steinfrosch?«

»Darum geht es nicht.« Jagender Falke nippte an ihrem Tee und betrachtete ihn nachdenklich.

Er kannte diesen Blick. Sie verbarg etwas. »Worum geht es? Um Ruhm? Um Ehre? Ich bin ein stolzer Krieger, wenn ich über einem besiegten Feind stehe. Aber so werde ich mich sicher nicht fühlen, wenn ich über dem blutigen Leichnam meines Cousins in Drei Myrten stehe. Und auch nicht, wenn ich in die Augen der Frauen blicke, die um die Männer weinen, die ich kannte und achtete.«

»Ich könnte beinahe glauben, dass du Wilder Fuchs gar nicht für den Mörder hältst. Zögerst du deshalb?«

»Weroansqua, ich will ehrlich sein: Zu viele Fragen über den Tod des Mädchens sind noch offen. Irgendetwas stimmt da nicht.«

»Und was genau stimmt da nicht? Du hast gehört, was Weidenstumpf berichtet hat. Was ist noch unklar?«

»Nun ja, ich weiß nicht …« Neuntöter runzelte die Stirn und versuchte, die richtigen Worte zu finden. »Ich habe eine dumpfe Ahnung, dass wir irgendetwas übersehen, irgendeine Kleinigkeit, die plötzlich alles verständlich machen würde.«

»Und jetzt soll ich deiner dumpfen Ahnung vertrauen?«

Achselzuckend schaute er beiseite. »Mehr habe ich im Augenblick nicht zu bieten.«

»Wäre es dir lieber, ich gäbe jemand anderem den Auftrag, den Überfall zu führen?« Jagender Falkes harte Augen bohrten sich in sein Gesicht, um die Geheimnisse seiner Seele zu ergründen.

Suchte sie etwa nach Zeichen der Schwäche? »Nein, Weroansqua, ich bin der Häuptling von Flache Perle. Ein Mann hat seine Pflicht zu tun und gut zu tun, auch wenn sie ihm nicht gefällt. Wenn dieses Unternehmen überhaupt vollbracht werden kann, dann ist dazu niemand geeigneter als ich. Und wenn es so beschlossen wird, dann muss es so schnell und so gut und so sauber wie möglich erledigt werden. Wir können uns keine Fehler leisten, die eine schlechte Situation in eine Katastrophe verwandeln würden. Wir können bestenfalls hoffen, dass es uns gelingt, blitzartig zuzuschlagen, den Jungen zu erwischen und sofort zu verschwinden und das Ausmaß des Schadens für Drei Myrten und seine Verteidiger so gering wie möglich zu halten.«

»Um die Wut und den Hass auf ein Minimum zu begrenzen?« Die fragend hochgezogene Braue von Jagender Falke veränderte das Muster der Falten auf ihrem Gesicht. »Das, Häuptling, könnte unsere einzige Hoffnung sein. Wenn du leicht hineinkommst, Wilder Fuchs packen und fliehen könntest, ohne allzu viele Menschen zu töten, könnten wir anschließend einen Kompromiss aushandeln. Wir dürfen sie nicht so sehr demütigen, dass eine Wiedergutmachung ausgeschlossen ist.«

»Damit uns dies gelingt, muss ein Wunder geschehen. Beten wir, dass Okeus an jenem Tag lange schläft.«

»Du würdest beinahe alles tun, um es zu verhindern, nicht wahr?«

»Und? Würdest du es nicht ebenso tun? Du kennst doch die Folgen.«

»Ehrlich, Häuptling, wenn du mir einen sauberen Ausweg zeigst, dann nehme ich ihn. Das schwöre ich bei Okeus.« Sie trank ihren Tee aus und winkte ab, als er ihr aufhelfen wollte. Sie verzog das Gesicht, als sie sich aufrichtete und sagte: »Schlaf gut, Häuptling. Träum von einer Taktik, die diesen Überfall gelingen lässt. Ich will den Jungen, und ich will kein Blutvergießen.«

Sie nickte ihm kurz zu und humpelte zur Tür, und ihr Sassafrasstock klickte auf dem festen Erdboden.

Neuntöter starrte ihr nach, eine tiefe Falte auf der Stirn. Er stellte sich vor, wie sie durch die neblige Nacht hinkte, gebückt und mit zusammengezogenen Schultern das Dorf durchquerte wie eine Spinne, die über ihr tödliches Netz klettert.

Kurz darauf spähte Rosenknospe durch die Tür.

»Alles in Ordnung?«

»Nein, Schwester. Nichts ist in Ordnung. Ich fürchte, Okeus lacht in dieser Nacht über uns.«

Zehn

Der kalte Wind aus Nordwesten schickte weißbemützte Wellen in die kleinen Buchten der Flussarme vor Drei Myrten. Das Wasser hatte eine mattgrüne Farbe angenommen und schien alles Warme und Lebendige zu scheuen. Tief hängende graue Wolken türmten sich im Südosten und ließen die kahlen Äste der Bäume noch trostloser erscheinen. Nebelfetzen wehten über die Palisaden, die Drei Myrten umgaben, und befeuchteten die wettergeprüften Pfosten, sodass sie glänzten. Die mit Schilf gedeckten Langhäuser waren ebenfalls in Nebel eingehüllt und wirkten düster. Blaue Rauchwölkchen glitten über die Runddächer, bevor der Wind sie zerteilte.

Es war kein Tag zum Reisen. Ein einsames Kanu hob und senkte sich auf den hohen Wellen und näherte sich dem Steg des Dorfes. Der Paddler darin hatte sich eine Stoffdecke über den Federumhang gelegt, und auf dem Kopf trug er eine Kappe aus Biberfell. Von Zeit zu Zeit legte er das Paddel auf den Dollbord und schöpfte mit einem Schalenbecher Wasser aus dem Boot. Dann nahm er den Kampf wieder auf und steuerte das Boot zu der Reihe der an Land gezogenen Kanus.

Als der Bug des Einbaums über den Sand glitt, war ein Schrei aus dem Dorf zu hören. Der Fremde stapfte an Land und zog das Kanu auf den Strand, und schon erschienen die Krieger des Dorfes mit schussbereiten Bogen.

Der Fremde hob die Hände und rief: »Ich komme mit einer wichtigen Nachricht für Schwarzer Dorn.«

Schwarzer Dorn trat aus dem Einlass in den Palisaden; er trug eine Decke um die Schultern. »Ich bin Schwarzer Dorn, Weroanzi von Drei Myrten. Wer ... Steinknolle, bist du das?«

»Ich bin es, Weroanzi. Ich bringe eine Nachricht.«

Schwarzer Dorn blieb unvermittelt stehen und legte den Kopf auf die Seite. »Welche Nachricht könnte mir der Unterhäuptling von Neuntöter bringen?«

Steinknolle hob seine leeren Hände. »Neuntöters Unterhäuptling bringt dir nichts; aber Steinknolle, Sohn von Blauer Fisch vom Tellmuschel-Clan ist gekommen, um dich zu warnen: Neuntöter sammelt in diesem Augenblick Krieger, um Drei Myrten zu überfallen.«

Die Männer um Schwarzer Dorn herum stießen heftige Flüche aus. Der Weroanzi brachte sie mit einer Handbewegung zum Schweigen. »Also gut, wir sind gewarnt, Steinknolle. Und was ist mit dir? Warum bist du hier?«

»Meine Mutter, meine Schwestern und ein Bruder leben in Drei Myrten. Gleichgültig, was ich Jagender Falke oder Neuntöter geschworen habe, ich kann nicht gegen meine eigene Familie in den Krieg ziehen.«

»Was plant Neuntöter?«

»Einen Überraschungsangriff. Mit List und Kühnheit versucht er zu erreichen, was mit bloßer Waffengewalt vielleicht nicht zu erreichen wäre. Er will eine Stunde vor Tagesanbruch zuschlagen, Wilder Fuchs fangen und mit ihm entkommen.«

»Und wenn wir Widerstand leisten?«

»Er hofft, verschwinden zu können, bevor du die Verteidigung organisieren kannst. Er will Wilder Fuchs, ohne einen deiner Männer zu töten.« Steinknolle blickte unbehaglich zu den Bäumen hinüber, die das nördliche Ufer des Flusses säumten. Sie waren kaum mehr als eine Bogenschusslänge von den Palisaden entfernt. »Seine Krieger sind angewiesen, um Mitternacht dort drüben zu landen. Solange der Wind richtig steht, werden die Hunde die Witterung nicht aufnehmen können.«

»Ich verstehe.« Schwarzer Dorn blickte düster auf die tropfenden Bäume. »Nun, wir können uns auf Neuntöters Angriff vorbereiten.« Er wandte sich wieder an Steinknolle. »Darf ich also glauben, dass du uns beistehst und mit uns gegen die Krieger von Flache Perle kämpfst?«

Steinknolle schüttelte den Kopf. »Nein, großer Weroanzi. Und wenn es mein Leben kostete, ich würde nie die Hand gegen Neuntöter heben. Er hat meine Haut mehr als einmal gerettet. So wie ich nicht teilhaben will an der Ermordung meiner Familie und meines Clans, so wenig kann ich die Waffen gegen meinen Häuptling erheben.«

»Und was hast du jetzt vor?«, fragte Schwarzer Dorn.

Steinknolle hob hilflos die Hände. »Ich weiß es nicht, Weroanzi. Ich will dich vor Neuntöters Angriff warnen. Und damit werde ich mich verabschieden. Vielleicht, wenn alles vorbei ist, werde ich ...«

»Nein, das wirst du nicht, Steinknolle!« Schwarzer Dorn gab seinen Kriegern ein Zeichen, und sofort sprangen zwei mit erhobener Keule vor.

»Was hat das zu bedeuten?«, fragte Steinknolle ärgerlich.

»Dass du vielleicht geschickt wurdest, um mich in die Irre zu führen. Welch ein Narr du doch bist? Glaubst du wirklich, dass ich dich ziehen lasse? Wozu? Damit du zurückkehrst und Neuntöter ausrichtest, dass wir bereit sind und auf ihn warten?«

Steinknolle holte tief Atem und starrte auf den nassen Sand zu seinen Füßen. »Gibt es denn keinen Verstand, keine Ehre mehr auf der Welt?«

»Bindet ihn«, befahl Schwarzer Dorn. »Und dann bereitet euch vor. Neuntöter wird über das Wasser kommen und nach der Landung seine Krieger hinter den Bäumen verstecken.«

Ein Mann fragte: »Und wenn Steinknolle uns belügt? Wenn Neuntöter von Süden kommt, über die Felder?«

»Darauf werden wir uns auch vorbereiten.« Schwarzer Dorn beobachtete Steinknolle aus halb geschlossenen Lidern, als dieser gefesselt wurde. »Und wenn es so ist, werden wir wissen, dass der ehrenwerte Steinknolle als Spion kam, um uns zu täuschen. Sollte ich dahinter kommen, dass es so war, dann schlage ich ihm selbst den Schädel ein.«

Schwarzer Dorn drehte sich auf dem Absatz um und schritt zu den Palisaden. Die Krieger stießen Steinknolle vorwärts, dem Weroanzi folgend.

Neuntöter glaubte beinahe, Okeus sei von Anfang des Kriegszugs an gegen ihn gewesen. Er hatte weniger als die Hälfte seiner Krieger aufbieten können, die anderen waren auf geheimnisvolle Weise verschwunden. Von den meisten hieß es, sie seien auf der Jagd. Nachdem der Plan zum Angriff besprochen war, verschwand auch Steinknolle. Ausgerechnet Steinknolle!

Kaum hatte Neuntöter seine kleine Flotte zu Wasser gelassen, um in den Flussarm bei Drei Myrten zu paddeln, war das Wetter umgeschlagen und zum Schluss recht widrig geworden. Zwei Kanus waren im Morast versunken, und die Krieger mussten sie an Land, in Sicherheit, ziehen, um sie auszukippen und dann wieder zu Wasser zu lassen.

Durchnässt, übellaunig und erschauernd sahen sie zum Nachtnimmel hinauf, als der Nieselregen in Schneeregen überging.

Mit seinem unfehlbaren Orientierungssinn hatte Neuntöter sie zu den Bäumen nördlich von Drei Myrten geführt. Hier kauerten sie sich in der Dunkelheit zusammen, nass bis auf die Knochen, vor Kälte mit den Zähnen klappernd und vollkommen entmutigt.

»Was hältst du davon?«, fragte Fliegende Fischreuse, als sie im Windschatten einer Esche kauerten und im Dunkeln nach Drei Myrten hinüber spähten.

Neuntöter wischte sich das Wasser aus dem gefühllosen Gesicht und blickte mit zusammengekniffenen Augen zu der Stelle, wo seines Wissens die Palisaden standen. »Ich höre keinen Laut. Nur ein Verrückter wäre bei so einem Wetter draußen. Aber vielleicht ist das gerade ein Segen, nach allem, was wir durchgemacht haben.«

»Ein Segen?« Fliegende Fischreuse wrang den Saum aus; das durchtränkte Leder quietschte in seinen Händen. »Meine Eier haben sich so mit Kälte vollgesogen, dass ich kaum schlucken kann.«

»Also, wenn du von der Sorte bist, die durch die Eier schluckt, dann weißt du ganz sicher nicht, was ein Segen ist, selbst wenn dir einer blüht.«

Wieder fegte ein Windstoß eiskalte Wassertropfen über sie hinweg. Neuntöter kauerte sich nieder und fuhr zusammen, als der Wind über ihn hinweg nach Drei Myrten peitschte. Er legte den Kopf zur Seite. Etwas bohrte in seinen Eingeweiden und versuchte, ihm etwas zu sagen. Er suchte den Himmel nach einem Anzeichen von Licht ab. Wie lange dauerte es noch bis zum Tagesanbruch? Das Wetter arbeitete gegen die Verteidiger von Drei Myrten, aber auch gegen die Angreifer. Sie durften keine Zeit verlieren. Durch den Einlass in den Palisaden zu Wilder Fuchs – er befand sich zweifellos im Großhaus von Schwarzer Dorn –, dann auf direktem Weg zurück zu den Kanus. Auf keinen Fall durften sie in der Dunkelheit die Orientierung verlieren.

Neuntöter starrte sorgenvoll in die undurchdringliche Finsternis.

»Also gut«, sagte er grollend zu Fliegende Fischreuse. »Der Wind kommt aus Norden, bläst uns in den Rücken und zum Dorf hinüber. Er zeigt uns die Richtung. Nach meiner Erinnerung ist es zu den Palisaden nicht weiter als ein Bogenschuss. Wir fassen uns an den Händen, damit wir uns nicht verlieren. Ich mache den Anfang. An den Palisaden tasten wir uns bis zum Einlass und warten, bis wir genügend Licht haben. Dann können wir sie überrumpeln.«

»Gut«, murmelte Fliegende Fischreuse. Seine Stimme klang nicht überzeugt, aber er gab den Befehl weiter.

»Auf geht's!« Neuntöter nahm die Hand von Fliegende Fischreuse und ging vorsichtig in die undurchdringliche Dunkelheit, mit den Füßen den Weg ertastend. Das Dunkel lastete auf ihm, als wollte es seine Seele erdrücken. Er spürte, wie Fliegende Fischreuse erschauerte; er selbst zitterte so sehr, dass seine Zähne klapperten.

Schritt für Schritt gingen sie weiter, und das flaue Gefühl in Neuntöters Magengrube wurde stärker. Was hatte das zu bedeuten? Hier gab es doch keinen Graben … oder? Nein, da war nichts, woran er sich erinnern konnte.

Langsam baute die Erinnerung ein Bild von einem Sommertag vor noch nicht allzu langer Zeit: Drei fröhliche Kinder, die mit bellenden Hunden umhertollten, sie spielten, trieben einen Ball mit Stecken über die Sandbänke, und die Hunde bellten und bellten …

»Bleib stehen!«, zischte Neuntöter und drückte die Hand von Fliegende Fischreuse.

»Was ist?«

Neuntöter legte den Kopf auf die Seite, und ihm wurde langsam klar, was ihn so verunsicherte. »Der Wind … in unserem Rücken – und kein Hund wittert uns, kein Hund bellt.«

»Vielleicht sind sie alle in den Häusern?« Fliegende Fischreuse stand mit hochgezogenen Schultern im Schneegestöber.

Neuntöter spürte das Unbehagen seiner durchnässten Krieger. Seine Angst übertrug sich auf sie. »Denk nach, Fliegende Fischreuse. Du kennst Schwarzer Dorn. Er erwartet etwas. Hätte er sonst die Hunde eingeschlossen?«

»Ich … hm. Nein. Hätte er nicht. Nicht er, der mit uns gegen Wasserschlange gekämpft hat.«

Neuntöter biss sich auf die Lippen. Ein kleines Rinnsal lief ihm über die Wange und in den Nacken. »Das ist eine Falle«, schloss er. »Da hält den Hunden jemand die Schnauzen zu. Dreh um. Der letzte Mann soll uns einen Weg zurück zu den Bäumen suchen. Wir müssen unseren Plan ändern.«

»Bist du sicher? Wenn wir …«

»Der wartet auf uns! Wenn wir dort hineingehen, werden wir abgeschnitten, eingeschlossen und abgeschossen wie ein Haufen dämlicher Wachteln. Los, beeil dich!«

Neuntöter spürte, wie der Mut seiner Kriegern sank und ihre letzten Hoffnungen wie das Wasser versickerten, das ihnen über die kalte Haut strömte.

Ein Überraschungsüberfall war nun nicht mehr möglich, ebenso wenig heimliches Anschleichen. Jetzt blieb nur noch die nackte Gewalt, ein Angriff auf eine feindliche Befestigung. Da hätte Okeus Neuntöters Seele eher mit den Stacheln eines Rochens spicken können, bevor er das Leben seiner Männer aufs Spiel gesetzt hätte. Nein, es war besser, sich jetzt, vor dem Morgengrauen zurückzuziehen, an der Küste entlang nach Südosten zu paddeln und dann zu versuchen, mit einem Landmarsch den Vorteil zurückzugewinnen.

Erst als sie das Unterholz erreicht hatten, hörte Neuntöter das ängstliche Gemurmel seiner Leute, und der aufgeregte Unterton darin bewog ihn, über Wurzeln stolpernd voranzueilen. »Was ist los?«, begehrte er zu wissen.

»Die Kanus!«, rief Schlangenzunge heiser. »Sie sind weg! Die hat jemand geraubt.«

Neuntöter tastete über den Sand, über die glatten Spuren

im Schlamm, wo die Boote ins Wasser geschoben worden waren.

Und jetzt, Neuntöter? Wie willst du aus diesem Schlamassel wieder herauskommen?

Als er sich aufrichtete, hörte er den ersten Mann schreien: »Wir haben sie abgeschnitten. Wir haben sie im Gehölz!«

Neuntöter und seine Krieger fuhren herum, als die zweite Stimme südlich von ihnen erschallte: »Wir sind bereit, wenn sie in diese Richtung kommen.«

»Neuntöter!« Die Stimme war dem Häuptling bekannt und schien Teil eines Albtraums. »Hier spricht Schwarzer Dorn! Du bist abgeschnitten! Du kannst dich ergeben und akzeptieren, was dich erwartet, oder sterben, wie es eines Kriegers würdig ist.«

Neuntöter bahnte sich einen Weg durch die zusammengedrängte Menge seiner Krieger und hielt die Hände wie einen Trichter an den Mund. Er schrie: »Komm nur und fang mich, du Inbegriff eines miesen, kleinen Wurms!« Seinen Männern befahl er: »Verteilt euch! Wir haben Zeit bis zum ersten Tageslicht, um eine Verteidigungsstellung aufzubauen.«

»Und du glaubst, du kannst uns retten?«, fragte Fliegende Fischreuse etwas zu laut.

»Natürlich. Wir waren schon schlimmer dran. Wir sind fast viermal zehn kräftige Krieger, und irgendwie hole ich uns hier heraus und nehme mir obendrein auch noch Wilder Fuchs mit.«

Neuntöter wusste, dass viele seiner besten Männer dem Tod geweiht waren.

Jaguar war nicht auf Menschenmengen vorbereitet. Er hatte zehn Blätterblüten auf seiner Insel verbracht, und schon bei dem Gedanken an ein Dorf voll fremder Menschen geriet er aus der Fassung. Mit Sonnenmuschel und Wilder Fuchs, zwei eindrucksvollen jungen Leuten, hatte er sich gut verstanden – aber verfluchte Fledermausscheiße, jetzt würden ihn Dutzende von Leuten bedrängen, die er nicht kannte.

Dieser Gedanke kreiste wie ein gieriger Habicht durch seine Seele, während Sonnenmuschel und Wilder Fuchs im Takt paddelten. Durch die Bäume hindurch sah Jaguar unregelmäßig angelegte Äcker auf gerodetem Waldland. Kleine Pfähle, die in sauberen Reihen aus dem Wasser ragten, zeigten die Lage von Fischreusen an. Kein Zweifel: Hier lebten Menschen.

Jaguar war es flau im Magen. Aber er redete sich selbst flüsternd Mut zu: »Wovor fürchtest du dich? Hier leben Männer und Frauen wie überall, sie sind nicht besser und nicht schlechter als andere.«

Sonnenmuschel wandte sich um. »Hast du etwas gesagt, Ältester?«

»Nein«, antwortete er grollend.

Sie blinzelte und paddelte weiter, aber er bemerkte, dass sich die Muskeln an ihren Schultern verkrampften.

Nach seinem langen Exil war auch er bis aufs Äußerste angespannt, denn er wusste nicht, was ihn erwartete. Man würde ihn sicher entsetzt anstarren, ebenso wie früher, das wusste er. Das Schlimmste waren Argwohn und Misstrauen der anderen. Sie hielten ihn für einen Zauberer, für einen, der nachts umgeht, für einen unheilvollen Geist, der mit dunklen Mächten Verbindung hat.

»Mach dir nichts vor, alter Mann, du wirst nie wieder am Feuer sitzen und mit anderen lachen. Das wusstest du, als du den Schlupfwinkeln der Menschen entflohen bist.«

Sonnenmuschel wollte sich wieder umdrehen, besann sich aber und paddelte noch eifriger.

Der Wind trug Schreie heran.

»Was ist das?«, fragte Sonnenmuschel.

Wilder Fuchs zuckte die Achseln, aber Jaguar sah, wie sich die Arme des Jungen spannten.

»Ein hoher Heulton wie von Wölfen«, bemerkte Sonnenmuschel. »Ich kenne den Schrei … es ist ein Kriegsschrei!«

»Riesenbrüller«, bestätigte Wilder Fuchs, der die Stimme erkannt hatte. »So schreit er nur im Kampf.«

»Los, beeile dich!«, rief Sonnenmuschel und tauchte das Paddel tief und kraftvoll ein.

Jaguar schluckte schwer, die Hände in das Dollbord gekrallt. Was würde er dort vorfinden? Und was würde er tun, wenn er dort ankäme?

Die Krieger von Drei Myrten formierten sich zu einer Reihe und stürmten vorwärts. Neuntöter spannte seinen berühmten

Bogen, berechnete Entfernung und Fallhöhe und ließ den Pfeil fliegen. Er sah, wie er im Bogen in das schwache Licht des Morgens flog, direkt auf die vor der feindlichen Linie heranstolzierende Gestalt. Vielleicht war Schwarzer Dorn nicht wachsam genug; bei dieser Entfernung hätte er den Pfeil sehen müssen und hätte noch Zeit gehabt, ihm auszuweichen. Er hielt den geflochtenen Schild am linken Arm in die Höhe und winkte seine Krieger mit dem rechten Arm vorwärts, als er seine Reihen zum Angriff formierte.

Neuntöters Pfeil schoss aus dem Himmel herab und bohrte sich durch den Schild von Schwarzer Dorn. Der Weroanzi taumelte unter dem Anprall, starrte ungläubig auf den blutigen Pfeilschaft, der nun aus seinem Unterarm ragte. Er fiel auf die Knie, eher vor Überraschung als vor Schmerz, und schrie.

Nun wankte die feindliche Linie.

Neuntöter lächelte grimmig. Er hatte seinen Kriegern etwas Zeit verschafft. Wenn es möglich war, den unausweichlichen Angriff bis zur Dunkelheit hinauszuzögern, würden er und seine Männer versuchen können, durch den Fluss zu schwimmen. Dann könnten wenigstens einige von ihnen der Todesfalle entrinnen, in die er sie geführt hatte.

Ich jedoch nicht. Jemand würde für das Debakel zahlen müssen, und was auch immer geschah, sein Ruf war ruiniert.

Lieber sterbe ich hier, kämpfe tapfer in der Nachhut, halte den andern den Rücken frei und falle, um wenigstens ein Stückchen Ehre für meine Familie und meinen Clan zu retten.

»Nein!«, schrie Schwarzer Dorn und zog die Aufmerksamkeit von Neuntöter wieder auf sich. Der Weroanzi kam mühsam auf die Beine und winkte seine Soldaten vorwärts. »Weiter! Holt sie ein! Tötet sie alle!«

Riesenbrüller sprang rechts von Schwarzer Dorn vor, stieß sein vertrautes Gebrüll aus, fuchtelte mit seinem Rutenschild herum und schwenkte die Kriegskeule über dem Kopf. »Vorwärts! Tötet sie!«

Neuntöter blickte sich nach beiden Seiten um und stellte befriedigt fest, dass seine Krieger unerschütterlich standen, die Bogen mit eingelegten Pfeilen schussbereit. Einige hatten ihre Kameraden in die Bäume gehoben, von wo aus sie auf die Angreifer schießen konnten. Andere hatten Äste abgebrochen und mit Erde zu einer groben Brustwehr aufgehäuft, oder sie nutzten die Bäume als Deckung.

Die Krieger von Drei Myrten könnten sie überrumpeln, sie überrennen, bevor der Tag zu Ende ging – aber sie würden teuer dafür bezahlen müssen.

»Habt ihr das gesehen?«, rief Neuntöter und trat aus den Bäumen vor die aufgerissene Reihe der Krieger. »Habt ihr gesehen, was mit Schwarzer Dorn geschehen ist? Los, kommt! Wer ist der Nächste?« Neuntöter schritt hin und her. »Wer will sterben?«

Die Reihe der gegnerischen Krieger war abermals verdrossen stehen geblieben.

Das ist es! Auf Zeit spielen! Das Unausweichliche hinausschieben!

»Ich bin Neuntöter! Ich habe den ersten Pfeil abgeschossen und das Blut eures Weroanzi vergossen. Ich habe ihn nicht töten wollen!« Eine Lüge konnte nicht schaden. »Aber wisset, dass wir euch töten, wenn wir dazu gezwungen werden.«

»Ihr könnt nicht entkommen«, schrie Schwarzer Dorn. Zwei Krieger bemühten sich um den Pfeil in seinem Arm. Einer brach die Steinspitze ab, der andere zog den schlanken Schaft aus dem Arm und durch das Weidengeflecht des Schildes. Der Schild fiel zu Boden, als der Weroanzi seinen blutenden Arm mit der anderen Hand festhielt.

»Wir wollen gar nicht entkommen!« Neuntöter warf sich stolz in die Brust. »Wir sind wegen Wilder Fuchs hier. Gebt ihn uns, dann gehen wir fort.«

»Wie denn?«, begehrte Riesenbrüller zu wissen. »Könnt ihr auf dem Wasser gehen?«

Die Krieger von Drei Myrten stießen ein höhnisches Gebrüll aus.

Neuntöter hob eine Faust. »Ihr kennt mich. Gebt uns den Jungen, und dann sind wir fort. Wir wollen keinen Krieg. Wir wollen niemanden töten. Aber Rote Schlinge, die Tochter von Muschelkamm, ist ermordet worden.«

Schwarzer Dorn kam mit Mühe zum Stehen; einer seiner Krieger verband seine Wunde mit einem Lederstreifen. »Ihr seid hergekommen, um zu töten, ihr elenden Hunde von Flache Perle. Und jetzt bekommt ihr euren Lohn.«

Neuntöter wiegte sich auf den Fersen und sah, wie sich die feindliche Linie entschlossen formierte. Hätte sein Pfeil doch das Herz von Schwarzer Dorn durchbohrt und nicht seinen Arm. Mit dem toten Weroanzi hätte er vielleicht genügend Zeit gewonnen, um einen geeigneten Fluchtweg zu finden.

»Vorwärts!«, brüllte Schwarzer Dorn und wies auf die Krieger von Neuntöter. »Das war Neuntöters bester Schuss. Und doch stehe ich hier; ein kleiner Kratzer ist alles. Okeus hat uns seine Macht verliehen! Los! Packt sie und lasst keinen am Leben! Durch diesen Tag werdet ihr ewig leben. Noch ungeborene Generationen werden von eurer Tapferkeit singen!«

Da brach ein mächtiger Schrei aus den Lungen der Krieger. Neuntöter schluckte schwer. Er hatte gesehen, wie die Rücken sich strafften, wie die Köpfe sich reckten und das Funkeln in den harten Augen wilder wurde. Nur ein Eingriff der Götter könnte sie jetzt noch zurücktreiben.

»Dort kommen sie!«, rief Neuntöter, der bis zu den Bäumen zurückwich. »Zeigen wir ihnen, aus welchem Stoff wir sind, und dann kommen wir immer noch hier heraus.«

Im Blick von Fliegende Fischreuse sah er die Wahrheit.

»Binnen einer Zeithand sind wir überrannt und ausgelöscht bis auf den letzten Mann. Das weißt du, oder?« Fliegende Fischreuse sprach so leise, dass niemand ihn hörte.

Neuntöter grinste grimmig. »Niemand lebt ewig.«

»Nein. Aber ich verfluche Jagender Falke, dass sie uns zu diesem idiotischen Gang befohlen hat.«

Über die Sandbänke hinweg schrie Schwarzer Dorn seinen tödlichen Befehl. Die geschlossene Linie seiner Krieger stieß ebenfalls einen wilden Schrei aus und stürmte vorwärts.

Neuntöter zog einen neuen Pfeil aus dem Köcher und brüllte: »Erst schießen, wenn sie ganz nahe sind.« Er bereitete sich auf seinen Tod vor.

Jetzt kamen sie näher, im Laufschritt. Er sah die bunten Federn in ihren Haaren. Bemalte und geschmückte Lendenschürzen schwangen bei jedem Schritt hin und her. Die Haut der Krieger glänzte vor Fett; die Körper waren mit dem Rot von Blutkraut bemalt.

Aus den Augenwinkeln blickte er nach beiden Seiten, und der Stolz schwoll in seiner Brust; seine eigenen Krieger warteten regungslos, angespannt, doch entschlossen. Keiner von ihnen würde in diesen letzten Augenblicken davonlaufen.

Da erschollen Schreie von vorn, und zu Neuntöters Überraschung stockte plötzlich der Angriff der Krieger von Drei Myrten, die jetzt zum Steg zurückblickten.

Wie Fasern, die sich aus einer Schnur lösen, so löste sich die Reihe der feindlichen Krieger auf; sie blieben stehen und besprachen sich murmelnd. Die Nachricht wurde durch die Reihe weitergegeben, und schließlich blieb sogar Schwarzer Dorn zögernd stehen. Neuntöter hörte, wie er einen erstaunten Schrei ausstieß.

»Was ist denn das?«, fragte Fliegende Fischreuse alarmiert und hielt seinen Bogen fest umklammert.

»Ich weiß es nicht.« Neuntöter trat zwischen den Bäumen hervor und blickte nach Süden. Ein junger Krieger und ein Mädchen geleiteten einen alten Mann vom Anlegesteg den Strand hinauf.

»Wilder Fuchs!« Der Name war selbst aus der Entfernung vernehmbar. Neuntöter reckte den Hals, den Blick starr auf sein Ziel gerichtet. Und das Mädchen war Sonnenmuschel, die treue Freundin von Wilder Fuchs. Aber wer um alles in der Welt war der alte Mann?

Kaum hatte sich die kleine Gruppe den ersten Kriegern genähert, wichen diese vor ihnen zurück wie vor einer Klapperschlange.

Neuntöter erstarrte, als er die Worte hörte, die von Mund zu Mund gingen. »Es ist Jaguar!« Er hob unwillkürlich die Hand zu einer Geste der Abwehr.

»Jaguar?«, fragte Fliegende Fischreuse verwundert und trat neben Neuntöter. »Der Zauberer? Was sucht der denn hier?«

»Ich habe keine Ahnung.« Neuntöters Mund war trocken. »Aber sieh mal, wen er bei sich hat. Es ist Wilder Fuchs. Du siehst einen Zauberer, der mit einem Mörder spricht. Das ist tatsächlich empörend!«

Fliegende Fischreuse nickte zustimmend und verzog das Gesicht, als hätte er in eine faule Pflaume gebissen.

Jaguars Furcht vor der Begegnung mit Fremden wurde nur von der Erkenntnis übertroffen, dass er mitten in einen Kampf geraten war, und Übelkeit drohte, ihn zu überwältigen.

Als er auf die brüllenden Krieger zuging, warf er schnell einen Blick auf seine Gefährten. Wilder Fuchs sah niedergeschlagen aus – so schuldbewusst, als hätte man ihn auf frischer Tat ertappt. Sonnenmuschel schien ruhig und gefasst, aber schließlich glaubte sie immer noch, sie habe sich mit Leib und Seele in die Gewalt eines gefährlichen Zauberer begeben, und hielt sich schon seit Tagen für so gut wie tot.

Jaguar blickte mit zusammengekniffenen Augen auf die Reihe der Krieger. Einer von ihnen war stehen geblieben und hatte seinen Kameraden den Namen »Wilder Fuchs« zugerufen. Sonnenmuschel schrie: »Ich habe Jaguar mitgebracht, um die Anschuldigungen gegen Wilder Fuchs prüfen zu lassen. Er wird meinen Freund verteidigen.«

Die Krieger schienen zu schrumpfen, und Jaguar sah das Entsetzen in ihren Augen. In diesem Augenblick, das wusste er, hätten sie sich mit Wonne gegen ihn gewandt und ihn mit Pfeilen gespickt, sodass er am Ende nicht mehr von einem Stachelschwein zu unterscheiden gewesen wäre. Jedoch gab niemand den Befehl zum Angriff.

Jaguar trat vor und blickte finster nach links und rechts. Bei den Eiern von Okeus! Wenn sie ihn tatsächlich für einen Zauberer hielten, dann würde er es auch ausnutzen.

»Was geht hier vor?«, verlangte er zornig zu wissen. »Wer ist verantwortlich für diesen Krawall?«

Die Krieger wichen zurück und sammelten sich wie ein Schwarm Kaulquappen hinter einem groß gewachsenen Mann, dessen linker Unterarm in einem blutigen Lederstreifen hing.

»Wer bist du?«, forschte Jaguar und erhaschte einen Blick auf die Krieger zwischen den Bäumen. »Und wer sind diese Leute dort oben?«

Der Anführer atmete schwer; sein Gesicht war aschgrau, entweder infolge der Wunde oder Jaguars Erscheinung. »Ich bin Schwarzer Dorn, der Weroanzi von Drei Myrten. Die Hunde, die sich in den Bäumen verstecken, sind Krieger aus Flache Perle, die zur Weroansqua Jagender Falke gehören.«

Jaguar starrte auf die Bäume und brüllte hinauf: »Wer ist euer Anführer?«

Ein gedrungener Mann mit Schultern wie ein Felsen trat hinter einer riesigen Eiche hervor. Er hatte einen schussbereiten Bogen in der Hand. Seine kräftigen Beine hätten aus Baumstümpfen geschnitzt sein können.

»Du sprichst mit Neuntöter, dem Kriegshäuptling von Flache Perle. Was willst du hier, Zauberer?«

»Einer von der schroffen Sorte, wie?«, fragte Jaguar seine Gefährten.

Sonnenmuschel trat vor und stellte sich neben ihn. »Er ist der angesehenste Kriegshäuptling der Unabhängigen Dörfer.«

»Ho! Im Augenblick macht er eher den Eindruck eines ertappten Rotzjungen, wenn du mich fragst.« Jaguar erhob seine Stimme. »Was geht hier vor?«

Schwarzer Dorn trat unsicher einen Schritt vor. »Die Angreifer kamen in der Nacht, um Wilder Fuchs gewaltsam zu entführen. Wir wurden vorgewarnt. Gestern Nacht schwammen zwei meiner Krieger, Riesenbrüller und Wind, im Dunkeln hinter ihre Reihen und stießen die Kanus auf das Wasser hinaus. Wir umzingelten sie und warteten auf den Morgen. Neuntöter wollte sich nicht ergeben, und so griffen wir an.«

Jaguar wandte sich um. »Du, Neuntöter, tritt vor!«

Der stämmige Krieger behauptete seinen Stand. »Warum sollte ich mich dir anvertrauen, Nachtwanderer?«

»Weil ich hier bin, um Klarheit zu schaffen. Soviel ich sehe, stehst du mit deinen Kriegern kurz davor, getötet zu werden, im besten Falle getötet zu werden. Vielleicht werdet ihr auch gefangen genommen und mit Pech beschmiert verbrannt. Also, willst du die Gelegenheit nutzen? Vielleicht rette ich euer Leben, oder soll ich lieber einen Zauber singen, der die Krieger von Schwarzer Dorn unbesiegbar macht?«

»Denen das Leben retten?«, schrie Schwarzer Dorn außer sich. »Unmöglich! Wir werden sie töten, hier und jetzt!«

Jaguar fuhr auf den Fersen herum und starrte so stechend und finster in die Augen von Schwarzer Dorn, dass dieser den Blick senkte. »Vielleicht werde ich deinen verwundeten Arm eitern lassen. Er könnte anschwellen wie eine stinkende Leiche. Das Fieber wird dir den Verstand verbrennen, während der Eiter wie Regenwasser aus dir herausläuft. Nun, in drei Tagen hättest du dich zu Tode getobt, und alles wäre vorbei.«

Schwarzer Dorn schwankte. Seine Kiefermuskeln arbeiteten. Schließlich nickte er. »Wir werden deinen Worten lauschen, Ältester.«

»Endlich spricht die Stimme der Vernunft.« Jaguar deutete

auf die Krieger, die sich hinter Schwarzer Dorn zusammendrängten. »Ihr anderen dort, macht euch davon! Lasst euren Weroanzi allein. Er ist in Sicherheit.« Jaguar wandte sich an Neuntöter. »Tritt vor, Häuptling. Wir wollen reden.«

»Ich vertraue dir nicht.«

Jaguar wies auf die abziehenden Krieger. »Würdest du lieber ihnen trauen? Ich bin hier, um die Wahrheit über die Anschuldigungen gegen Wilder Fuchs zu untersuchen. Wenn du kein Interesse an dieser Untersuchung hast, kehre ich gern auf meine Insel zurück. Schwarzer Dorn kann dann tun, was immer ihm beliebt.«

Neuntöter zögerte und reichte schließlich seinen Bogen einem Krieger, der unter den Bäumen hervortrat. Wachsam ging der Häuptling auf den Zauberer zu.

Jaguar wartete mit gekreuzten Armen, und sein Fuß klopfte ins nasse Gras. Neuntöter blieb fünf Schritte vor ihm stehen, die Hände zu Fäusten geballt. Die starken Muskeln an seinen Unterarmen schwollen an und zuckten. Sein durchdringender Blick traf auf Wilder Fuchs, dann auf Schwarzer Dorn, streifte Sonnenmuschel und schwenkte daraufhin zum Jaguar. »Du bist also der berühmte Nachtwanderer? Ich habe noch nie einen Zauberer gesehen.«

»Ho!«, schnaubte Jaguar. »Zauberer, das ist etwas für Einfaltspinsel. Ich selbst, ich habe nie an Zauberer geglaubt. An Männer und Frauen, die Macht besitzen, ja! Aber Zauberer und Hexen, Häuptling ...« – Jaguar klopfte sich mit einem Finger an die Schläfe –, »... die existieren nur hier drinnen. Sie sind Auswüchse eurer Fantasie.«

Jaguar warf einen Blick auf Schwarzer Dorn, der Neuntöter böse ansah. Der Weroanzi hatte den verwundeten Arm unter sein Hemd gesteckt; er war bleich und offenbar so schwach auf den Beinen, als könnte ihn die kleinste Brise zu Boden werfen.

»Auswüchse der Fantasie?«, fragte Neuntöter zweifelnd.

»Die Fantasie hat ihre eigene Macht, Häuptling. Sie hat die Macht, größeren Schrecken zu verbreiten als alle deine Krieger mit ihren Bogen und Keulen zusammen.«

»Dummes Geschwätz! Was suchst du hier, Zauberer? Was hast du vor mit diesem hinterlistigen Hund?«, fragte Schwarzer Dorn wütend und starrte mit funkelnden Augen auf Neuntöter.

Jaguar zog den unsicheren Wilder Fuchs nach vorn. »Dieser junge Krieger ist des Mordes angeklagt. Die junge Rote Schlinge ist tot. Sonnenmuschel kam zu mir und berichtete, dass die Unabhängigen Dörfer auseinander zu brechen drohen wie ein ungebrannter Topf im Sturm. Und jetzt komme ich her und sehe, dass ihre Worte viel Wahrheit enthielten. Soviel ich weiß, sind Drei Myrten und Flache Perle der Kern des Bundes, der die Unabhängigen Dörfer vor dem Zugriff des Mamanatowick schützt.«

»Was geht das dich an, Zauberer?« Neuntöter verschränkte die Arme vor der Brust.

»Das Schicksal der Unabhängigen Dörfer?« Jaguar zuckte die Achseln. »Interessiert mich nicht. Selbst wenn der Mamanatowick euch alle ergreift, ist mir das vollkommen gleichgültig. Die Sonne wird weiterhin im Osten aufgehen, über den Himmel wandern und im Westen untergehen. Schnee wird kommen, und anschließend wird die Saat ausgebracht werden. Der Sommer wird die Pflanzen nähren, und die Früchte werden geerntet werden. Die Blätter werden sich verfärben und von den Bäumen fallen, und wieder wird der Winter ins Land ziehen. Und die Menschen werden geboren werden und wachsen und leben und sterben.«

»Aber nicht unsere Clans«, fügte Schwarzer Dorn hinzu. »Und wenn dir dies alles gleichgültig ist, was willst du dann hier?«

Jaguar wies auf Sonnenmuschel. »Dieses Mädchen, Sonnenmuschel, ist davon überzeugt, dass Wilder Fuchs Rote Schlinge nicht ermordet hat. Vielleicht bin ich ihretwegen hier.« Er machte eine Pause und lächelte. »Oder vielleicht bin ich neugierig und frage mich, wer Rote Schlinge tatsächlich getötet hat.«

»Und wenn es doch Wilder Fuchs war?«, begehrte Neuntöter zu wissen. »Was dann, Zauberer?«

Jaguar verengte seine Augen zu Schlitzen und wandte sich an Wilder Fuchs, der erbebte. Der junge Mann war nach vorn getreten und stand nun hinter Sonnenmuschel. Sein schönes Gesicht war vor Qual verzerrt.

»Oh, wenn ich feststelle, dass er Rote Schlinge doch getötet hat – und das heißt: mich angelogen hat –, dann wird er sich wünschen, er hätte sich gleich von dir fangen lassen, Häuptling.«

Elf

Neuntöter hatte seine Krieger angewiesen, ihr Lager in dem kleinen Hain aufzuschlagen, der beinahe zur Todesfalle geworden wäre. Durch die kahlen Zweige waren die dahineilenden grauen Wolken zu sehen. Verstimmt und nachdenklich starrte er ins Feuer. Der Geruch nach gekochtem Mais, Eicheln und Fischbrühe stieg aus den Kochtöpfen, die seine Krieger nun überwachten. In seinem ganzen Leben hatte er noch nie solch schnelle Wendungen des Schicksals erlebt.

Am Morgen hatte er den gewagtesten und kühnsten Überfall erfolgreich durchführen sollen, dann war er getäuscht worden und in die Falle gelaufen, und sein Plan war vereitelt worden. Und als der Feind sich anschickte, ihm eine schreckliche Niederlage zu bereiten, war der Zauberer erschienen und hatte ihn davor bewahrt.

Und jetzt sitze ich hier, glücklich am Leben, aber ich bin weder der Lösung des Dilemmas noch einem Ausweg aus dieser schwierigen Lage näher gekommen.

Zwei Zeithände zuvor hatten ihnen mürrische Krieger von Drei Myrten die Kanus zurückgebracht. Jaguars wundersames Einschreiten hatte ihnen also nicht nur das Leben gerettet, sondern auch die Möglichkeit gegeben, sich zumindest für den Augenblick aus einer unheilvollen Lage zu befreien.

Ein Weiser, der diese Bezeichnung zu Recht trug, hätte längst seine Sachen genommen und wäre davongerannt, solange das noch möglich war.

Neuntöter kratzte sich am Ohr und verzog das Gesicht. Er hatte sich selbst immer für einen hellen Kopf gehalten. Aber wie sehr ihn auch sein Herz drängte, mit seinen Kriegern zu verschwinden, sein Starrsinn hieß ihn bleiben. Er musste wissen, welche Wirkung Jaguars Ankunft in Drei Myrten haben würde.

Mit einem Zweig schlug er auf den feuchten Boden. Er hatte von Anfang an bei jeder neuen Wendung in den Ereignissen um Rote Schlinge ein merkwürdiges Gefühl gehabt, aber nun wurde die Lage immer verworrener.

»Häuptling?« Fliegende Fischreuse unterbrach Neuntöters Gedanken. Sein Stellvertreter deutete in das Halbdunkel der Abenddämmerung.

Durch die Bäume sah Neuntöter Jaguar näher kommen; er ging über die Lichtung zwischen den Bäumen und Drei Myrten.

Sonnenmuschel ging wachsam hinter ihm her. Sie hatte den Federumhang zurückgezogen und über die Keule geschlungen, die an ihrem Gürtel hing. Ihre rechte Hand ruhte auf dem Griff. Die Waffe wirkte für ein so kleines Mädchen viel zu groß. Durch das dünne Gewebe des roten Gewandes konnte Neuntöter die knospenden Brüste erkennen. Hielt sich das Mädchen tatsächlich für eine Kriegerin? Unter anderen Umständen hätte Neuntöter über diesen Auftritt laut gelacht.

Er ließ den Zweig fallen, stand auf und wischte sich die Hände ab. »Lass sie kommen. Aber, Fliegende Fischreuse, behalte sie im Auge. Sag mir sofort Bescheid, wenn dir etwas Verdächtiges auffällt.«

»Ja, Häuptling.« Fliegende Fischreuse schien beunruhigt.

Jaguar trat durch die Bäume direkt auf Neuntöters Feuer zu und grüßte, geistesabwesend nickend. Formlos setzte er sich vor das Feuer und wärmte sich die knochigen Hände. Die Haut des alten Mannes sah aus wie morsches Leder, dunkel, schwielig und runzelig.

Sonnenmuschel stand hinter ihm, die Flügel ihrer Hakennase zuckten. Jaguar gab sich gleichgültig, aber Sonnenmuschel behielt die Krieger von Flache Perle, die sie von allen Seiten her finster beobachteten, im Auge. Ein tapferes Mädchen, obwohl es so mager war. Neuntöter staunte über die Anerkennung, die er nicht verhehlen konnte.

»Wird kalt werden heute Nacht«, sagte Jaguar statt einer Grußformel. »Aber für die Jahreszeit ist es tatsächlich zu warm. Es könnte schlimmer sein, wisst ihr. Um diese Zeit, so kurz vor der Wintersonnenwende, habe ich schon Schnee gesehen, der so hoch war, dass er einem Wapiti bis zu den Hüften reichte.«

»Ich habe von solchen Wintern gehört«, erwiderte Neuntöter. Er hockte sich nieder und nahm den Zweig wieder auf, den er abwartend zwischen den Fingern hin- und herrollte.

Jaguar rieb sich die Hände, betrachtete gedankenverloren die Flammen und fragte: »Hast du einmal gesehen, wie sich der Nebel vom Meer ins Land wälzt?«

Neuntöter hob erstaunt eine Braue. »Habe ich.«

»Der Fall Rote Schlinge scheint mir ähnlich zu sein: dichter Nebel, der uns einhüllt. Niemand sieht klar. Das Mädchen ist tot, und die Menschen fällen Urteile, wie es ihnen gerade passt.«

»Glaubst du?«

Jaguar lächelte. »Würden sich sonst zwei Dörfer, die viele Blätterblüten miteinander befreundet waren, gegenseitig an die Gurgel springen?«

Neuntöter schwieg gereizt.

»Ah«, äußerte sich Jaguar wissend. »Dein Gesichtsausdruck soll mich wohl glauben machen, dass du heute Morgen den Wunsch hattest zu sterben.«

»Dummes Geschwätz!«

Jaguar betrachtete ihn und schien bis in die Tiefe seiner Seele zu blicken. Dann sagte der alte Mann: »Wir wollen ehrlich miteinander sein. Von allen Herausforderungen, denen ein Mann sich stellt, ist Ehrlichkeit die schwierigste. Also sage mir, Häuptling, unter uns, in diesem kleinen Augenblick: Könntest du ehrlich sein?«

Neuntöter neigte den Kopf zur Seite. »Warum sollte ich?«

»Warum nicht? Oder kann es sein, dass du weißt, wer Rote Schlinge getötet hat – und dass es nicht Wilder Fuchs war? Hm?«

»Wie kommst du darauf? Das ist doch … das ist …« Neuntöters Proteste erstarben, als er in die Augen des Alten blickte, der ihn unverwandt anschaute. In diesem Augenblick gewann er unwillkürlich und widerwillig Respekt vor diesem Mann. »Nun gut. Du bist tatsächlich ein Zauberer. Du liest in der Seele der Menschen, nicht wahr?«

Jaguar zuckte die Achseln. »Ach, ich kenne dich, Neuntöter.

Du hast dich verraten, als du dich nicht davongemacht hast, kaum dass du deine Kanus wieder hattest. Wärst du der Mörder – oder hättest du den Mörder schützen wollen –, dann wärst du schneller auf und davon gewesen als eine aufgeschreckte Ente. Weil du genau gewusst hättest, dass du Wilder Fuchs nicht fangen kannst.«

Neuntöter dachte lange über die Worte des Alten nach. »Vielleicht bin ich einfach ein schlauer Mörder, der will, dass du genau das denkst.«

»Warum?« Jaguar legte die Hände aneinander. »Was spielt es für eine Rolle, was ich denke?«

»Es spielt keine … ich …« Neuntöter hielt inne. »Du bist sehr gerissen, Zauberer.«

»Also, können wir jetzt ehrlich zueinander sein, du und ich? Deine Antwort wird uns verraten, ob du wirklich wissen willst, was mit Rote Schlinge geschehen ist.«

»Ich könnte behaupten, dass ich ehrlich bin, und trotzdem lügen.«

»Das könntest du. Aber wirst du es tun?«

Neuntöter lachte leise und klopfte mit dem Zweig auf den Boden. »Also gut, Zauberer, in diesem Augenblick will ich ehrlich zu dir sein.«

»Wenn wir wirklich ehrlich miteinander sein wollen, dann stört es mich, dass man mich einen Zauberer nennt. Ich kenne einige, und ich habe nichts mit ihnen gemein. Um ein Nachtwanderer zu werden, muss man einen sehr hohen Preis zahlen. Aber erstens bin ich nicht bereit, so viel von mir aufzugeben, und zweitens begehre ich nichts von dem, was die meisten Zauberer haben wollen. Der Besitz von Menschenseelen ist eine bedrückende und recht grausige Sache.«

»Warum?«

»Sag, Häuptling, warum sollte jemand, der bei Verstand ist, sich wünschen, eine Menschenseele in einem Krug zu verschließen und dort aufzubewahren. Was geschieht, wenn sie sich befreit und in deine eigene eindringt? Ich weiß nicht, wie es mit dir ist, aber ich habe mit mir selbst genug zu tun. Ich verzichte gern auf die Gesellschaft von fremden Seelen.«

Neuntöter musste unwillkürlich lächeln. »Von dieser Seite habe ich die Dinge noch nie betrachtet.«

»Ja, sicher nicht. Kaum jemand ist dazu in der Lage.« Jaguar machte eine Pause. »Glaubst du wirklich, dass Wilder Fuchs das Mädchen getötet hat?«

Neuntöter zuckte die Achseln. »Er war oben am Hang. Sie war davonglaufen, um ihn zu treffen. Wer könnte sonst der Mörder sein?«

»Ich höre keine Überzeugung in deiner Stimme, Häuptling.«

»Was weißt du über die Ereignisse an jenem Morgen?«

»Ich werde dir alles sagen, was Wilder Fuchs mir berichtet hat.« Jaguar wiederholte die Geschichte von Wilder Fuchs. Er schloss mit den Worten: »Um die Wahrheit zu sagen: Ich bin keineswegs sicher, dass er sie nicht getötet hat.«

Sonnenmuschel warf einen entsetzten Blick auf Jaguar. Als hätte der Alte Augen im Hinterkopf, sagte er: »Ich bin wegen Sonnenmuschel hergekommen. Für sie will ich die Wahrheit herausfinden. Ich werde die Untersuchung vorantreiben, wohin sie uns auch führen mag. Im Augenblick vertraue ich darauf, dass Wilder Fuchs Rote Schlinge nicht getötet hat.«

»Er lief davon«, wandte Neuntöter ein.

»Er ist kaum mehr als ein Junge, mannbar oder nicht. Er geriet in Panik und verlor die Fassung. Er war ja schon in Schwierigkeiten, weil er das Mädchen zur gemeinsamen Flucht überredet hatte. Er war deswegen bereits bis zu den Hüften im Treibsand versunken, und als er die Leiche des Mädchens fand, wusste er nicht ein noch aus. Er konnte nicht klar denken.«

Neuntöter rutschte unruhig hin und her. »Irgendetwas war von Anfang an merkwürdig«, gab er schließlich zu. Er berichtete von den Ereignissen seit Rote Schlinges Verschwinden: von der hastigen Suche, von Kupferdonners offensichtlicher Gleichgültigkeit, von der Meldung von Springendes Kitz über Amselflügels Krieger und ihrer Umzingelung.

»Weidenstumpf, ein junger Jäger, hatte die Leiche gefunden und den Vorfall gemeldet. Wir gingen hinauf, sahen uns um und fanden die Stelle, wo das Mädchen getötet wurde. Rote Schlinge hatte ein Halsband in der Hand, eins mit einem Haifischzahn, Perlen und …«

Sonnenmuschel zog hörbar den Atem ein.

»Ja, Mädchen?«, fragte Neuntöter.

»Nichts, ich … ist nur die Kälte.« Sie zog den Umhang am

Hals fester zusammen, aber ihr Gesicht wirkte eingefallen, die Augen waren weit aufgerissen.

Neuntöter fuhr fort: »Ich will meine Abneigung gegen Kupferdonner nicht verhehlen, aber ich hatte in jedem Fall erwartet, dass ihn der Mord an der Frau, die ihm versprochen war, etwas mehr bestürzt. Jagender Falke spielt ihr eigenes undurchsichtiges Spiel; auch sie scheint nicht übermäßig bedrückt. Muschelkamm andererseits – sie war immer ein Hitzkopf – wollte sich sofort auf Maisjäger stürzen. Sie ist überzeugt davon, dass Amselflügels Krieger das Mädchen getötet haben.«

»Kupferdonner riet nicht zum Krieg?«

»Nein. Er ist wie eine springende Spinne, die abwartet und aus einer Borkenspalte heraus ihre Umgebung beobachtet. Der rührt sich nicht, bis die Beute ohne Deckung in Reichweite ist.«

»So wie die Sonne im Osten erwacht ...« Jaguar seufzte und ließ eine Schulter kreisen, als schmerzten ihn die Knochen.

»Wie war das?«

»Ach nichts.« Jaguar wehrte ab. »Bei jeder Blätterblüte auf meiner Insel habe ich mich während all der Blätterblüten gefragt, warum ich die Welt hinter mir gelassen habe. Jetzt erinnere ich mich. Wegen der Menschen. Die Welt ändert sich nicht.«

»Wir sind so, wie wir sind, Ältester, wir stammen von Okeus ab und leben in der Welt, die er mitgestaltet hat.«

»Und das werde ich ihm nie verzeihen.« Jaguar lachte heiser in sich hinein. »Also, jedenfalls scheint auch dir etwas in diesem Durcheinander nicht ganz geheuer zu sein, Häuptling, wie? Ich habe das Gefühl, aus verschiedenen Richtungen ruft da jemand im dicken Nebel, um zu verhindern, dass wir klar sehen.« Er kratzte sich unter dem Arm; der Feuerschein spiegelte sich in seinen alten Augen. »Wer hätte den größten Nutzen von Rote Schlinges Tod?«

»Der Mamanatowick. Er hätte jedes mögliche Bündnis mit Kupferdonner zunichte gemacht und außerdem die Unabhängigen Dörfer in Verwirrung gestürzt. Aber auch Wilder Fuchs hatte Gründe, sie zu töten, denn er verlor die Frau, die er liebte. Vielleicht war es auch Kupferdonner; möglicherweise spielt er ein Spiel, das wir nicht verstehen.«

»Weidenstumpf«, flüsterte Sonnenmuschel.

Jaguar wandte sich zu ihr um. »Weidenstumpf? Der Jäger, der die Leiche fand?«

Sonnenmuschel strich über ihre Keule. »Er … nun ja, er liebte sie auch. Er versuchte immer, Rote Schlinge zu imponieren. Wenn sie ihre Blicke auf Wilder Fuchs richtete … Es gab Auseinandersetzungen. Weidenstumpf sagte einmal zu Wilder Fuchs, er solle sie in Ruhe lassen oder er werde dafür sorgen, dass Wilder Fuchs nie wieder auch nur in die Nähe von Flache Perle gelangen könne.«

Jaguar hob eine Braue. »Mit diesem jungen Mann muss ich ein Gespräch führen.«

»Ein Gespräch?«, fragte Neuntöter.

Jaguar lächelte grimmig und rieb sich die Hände. »Aber natürlich, Häuptling. Wie ich schon sagte, ich will dieser Sache auf den Grund gehen, wohin sie mich auch führen mag. Schon als ich heute Morgen eintraf, bemerkte ich, dass der Nebel jedermann die Sicht nimmt, sogar dir, mein guter Häuptling. Jetzt bin ich neugierig geworden. Und du wirst zugeben, dass ich doch derjenige bin, der den Nebel am ehesten zu durchdringen vermag.«

»Und was verlangst du von mir?«

Jaguar lächelte verhalten. »Nur zwei Dinge. Erstens: deine Hilfe. Zweitens: deine Aufrichtigkeit, Häuptling.«

Es ist schon sehr merkwürdig, wie sich die Dinge zusammenfügen, dachte Jaguar, als er mit Sonnenmuschel über die brachliegenden Tabakfelder zu den Palisaden von Drei Myrten ging. Neuntöter hätte auch ein großmäuliger, hochmütiger Anführer sein können, einer von der Sorte, die mit Stolz geschwellter Brust große Reden führten und von sich selbst nur allzu überzeugt sind. Stattdessen hatte er einen sachlichen, nachdenklichen Mann getroffen.

»Was machen wir jetzt?«, fragte Sonnenmuschel. Es wurde schon dämmerig.

»Was jeder vernünftige Mensch mit einem Feuer macht, das außer Kontrolle zu geraten droht. Wir schütten etwas Wasser darauf. Wie können wir die Witterung vom Mörder dieses Mädchens aufnehmen, wenn sich die Krieger gegenseitig umbringen und sich Blutfehde schwören?«

»Ältester, was du soeben über Wilder Fuchs gesagt hast … du glaubst doch nicht wirklich, dass er Rote Schlinge getötet hat, oder?«

Oh, die schlichte Unschuld, die aus diesem Mädchen sprach. »Ich habe Neuntöter die Wahrheit gesagt. Ich werde diese Spur verfolgen, wohin sie mich auch führt. Ich habe nicht versprochen, an Wilder Fuchs' Unschuld zu glauben. Wenn er unschuldig ist, dann werde ich mein Bestes tun, um es zu beweisen. Wenn ich herausfinde, dass er sie getötet hat … wie sehr du deinen Freund auch liebst … dann wird er für seine Untat büßen. Oder bist du da anderer Meinung?«

Stirnrunzelnd blickte Sonnenmuschel zu Boden. »Wahrscheinlich nicht, Ältester.«

»Wahrscheinlich nicht? Mein liebes Mädchen, es gibt drei Arten von Menschen auf der Welt: solche, die herausragend sind, solche, die mittelmäßig sind und diejenigen, die wahrhaftig hoffnungslose Fälle sind. Zu mir gekommen bist du mit dem Geist einer Herausragenden. Und jetzt höre ich dich murmeln: ›Wahrscheinlich nicht‹!«

Sonnenmuschel schlurfte über das Tabakfeld. »Ich frage mich selbst, was ich machen soll, wenn Wilder Fuchs sie wirklich getötet hat, das ist alles.«

Jaguar warf ihr einen schnellen Blick zu. »Und wie hast du dich entschieden?«

»Ältester, ich liebe ihn. Ich könnte nicht zuschauen, wie ihm jemand Arme und Beine bricht und ihn kopfüber auf den Scheiterhaufen wirft. Ich …«

»Alles hat seinen Preis, Sonnenmuschel. Wir müssen alle für unsere Fehler bezahlen, auch Wilder Fuchs, wenn er diese junge Frau tatsächlich getötet hat. Du selbst hast dies bereits erfahren, als du auf meine Insel gekommen bist und dich in meine Gewalt begeben hast. Sag mir. Wenn es anders herum gekommen wäre … wenn man dich beschuldigt hätte, glaubst du, Wilder Fuchs hätte so gehandelt wie du?«

»Das würde ich gern glauben.«

»Pah! Das würdest du gern glauben? Gern glauben? Was ist das für ein Geschwätz. Es klingt wie das kindliche Geplapper, mit dem die Menschen sich gemeinhin gegenseitig zum Narren halten.«

Sonnenmuschel atmete hörbar aus. »Du hältst nicht viel von Wilder Fuchs, Ältester?«

Jaguar blieb vor dem Einlass in den Palisaden stehen. »Nein, Sonnenmuschel, ich halte nicht viel von ihm. Obwohl sein Vater der Weroanzi von Drei Myrten ist, obwohl er aus einem mächtigen Clan stammt, wird er doch immer einer von den Mittelmäßigen sein, einer, der Angst hat, den entscheidenden Schritt zu tun, den Schritt, der ihn zu einem der Herausragenden machen würde. Er wird immer ein Mann ohne Bindung, ohne Hingabe sein, ohne den Funken in seiner Seele, der ihn zu einem großen Führer machen würde. Im Gegensatz zu dir würde er nicht den Preis zahlen, den man zahlen muss, um herausragend zu sein.«

Sonnenmuschel runzelte die Stirn und tastete über ihre Keule. »Ich verstehe nicht, Ältester. Er hat ein großes Wagnis auf sich genommen, als er Rote Schlinge bat, mit ihm davonzulaufen. Er war bereit, alles für sie aufzugeben. Das ist doch ein hoher Preis, nicht wahr?«

Jaguar zupfte an der lockeren Haut unter seinem Kinn. »Sonnenmuschel, angenommen, du wärst in seiner Lage gewesen, du hättest deinen Liebsten gebeten, mit dir fortzulaufen, und dann findest du ihn, tot, soeben ermordet, oben auf dem Hang. Was würdest du zuerst tun? Denk nach, bevor du etwas sagst. Sei jetzt ehrlich, mir und auch dir selbst gegenüber.«

»Ich habe schon darüber nachgedacht, Ältester«, antwortete Sonnenmuschel. »Aber ich weiß es wirklich nicht. Ich glaube, wenn ich mich nicht so furchtbar erschrocken hätte wie Wilder Fuchs, dann hätte ich wahrscheinlich … aber hinterher darüber zu sprechen, ist ohnehin etwas ganz anderes.«

»Ah, wie weise! Sehr gut, Sonnenmuschel. Aber ich möchte trotzdem wetten, selbst wenn du entsetzt fortgelaufen wärst – was ich bezweifle –, dann wärst du alsbald umgekehrt, hättest dich zu deiner Verantwortung bekannt und die Folgen auf dich genommen.«

»Ich hoffe, dass du Recht hast, Ältester.«

»Das hoffe ich auch, denn wenn nicht – dann hätte ich schon mehr über die Menschen und ihr Verhalten vergessen, als ich dachte. Und jetzt komm! Wir wollen uns nun mit Schwarzer Dorn beschäftigen.«

Sie betraten Drei Myrten durch die enge Schleuse zwischen den Palisaden. Durch die Lücken zwischen den Pfählen konnte man, ohne selbst ein allzu großes Risiko einzugehen, die ungeschützten Angreifer mit Pfeilen beschießen. Auf ihrem Weg kamen sie an vier bewaffneten Kriegern vorbei, die sich gegen die Kälte in Decken gewickelt hatten. Jaguar entgingen die Abwehrzeichen nicht, die sie mit ihren Fingern machten. Das ernüchterte ihn. *Möge Ohona mir beistehen, wenn jemand unvermittelt krank wird und tot umfällt oder wenn einer einen Hirsch ohne Herz oder Leber erlegt.* Die Menschen verloren Sinn und Verstand und neigten zu unbeschreiblichen Gewaltausbrüchen, wenn sie irgendwo Zauberei oder Hexenwerk vermuteten.

Der muskulöse Krieger namens Riesenbrüller hielt sie am Dorfeingang auf. »Was ist dein Begehr, Jaguar?« Die Augen des Mannes schienen zu glühen; er hielt sicheren Abstand.

»Ich bin gekommen, um mit Schwarzer Dorn zu sprechen, mit dem Weroanzi von Drei Myrten.«

»Hier entlang. Aber ich warne dich! Beim kleinsten Hinweis auf eine Bedrohung werde ich eingreifen, um meinen Häuptling und mein Dorf zu beschützen.«

»Nichts anderes erwarte ich von einem pflichtbewussten Krieger«, sagte Jaguar zustimmend.

Riesenbrüller warf einen Blick auf Sonnenmuschel. »Und was hast du hierbei zu tun, Mädchen?«

Ungerührt und mit steinernem Gesichtsausdruck erwiderte sie: »Ich gehöre Jaguar, und was er mir befiehlt, das tue ich.«

Riesenbrüller verfehlte beinahe die Stufe und fragte fassungslos: »Du gehörst …«

»Ja«, antwortete Sonnenmuschel sanft. »Ich habe ihm meine Seele gegeben. Aber es geschah nicht durch Hexerei, Riesenbrüller. Es war mein eigener freier Entschluss. Ich diene Jaguar mit meinem Leben. Ist das klar?«

Riesenbrüller schluckte schwer und nickte; er führte sie hastig an den mit Schilf gedeckten Häusern vorbei, über den Platz mit der großen Feuergrube und an den Wächterpfählen vor dem Haus der Toten vorbei zum Großen Haus mit dem hoch gezogenen Dach, das Schwarzer Dolch gehörte.

»Einen Augenblick, bitte«, sagte Riesenbrüller und winkte ihnen, stehen zu bleiben. »Ich melde euch beim Weroanzi an.«

Er trat geduckt durch den Türvorhang in das Haus und ließ sie in der abendlichen Kälte stehen.

Jaguar sagte: »Wäre ich wirklich ein Zauberer, dann nähme ich die Gelegenheit wahr und verwandelte mich in eine Eule, um hier alles zu verwüsten. Welche Unfähigkeit! Lässt gefährliche Unholde wie uns hier allein, die jedes Unheil anrichten könnten.«

»Ältester, Riesenbrüller genießt als Kämpfer großen Respekt. Von seinem Denkvermögen hält niemand etwas.«

»Jetzt weiß ich, warum.«

In diesem Augenblick tauchte Riesenbrüller im Dunkel auf, hielt den Vorhang auf und winkte ihnen einzutreten.

Jaguar trat geduckt ins warme Innere und hielt inne, überrascht von der rauchigen Ausdünstung menschlicher Leiber, dem Duft einer zubereiteten Mahlzeit und dem Geruch von Tabak und Mais, der von den Dachpfosten herabhing. Erinnerungen fluteten durch seine Seele: die Kindheit in solch einem Haus, Geräusche des Bratens und Kochens, Fadenspiele, Gelächter und Geschichten, die jemand erzählte. Er sah seinen Onkel vor sich, der sich auf die Schenkel schlug und die wilde Geschichte zum Besten gab, als er versucht hatte, einen Hai vom Kanu aus zu töten, mit nur einem Paddel als Waffe.

Sein eigenes kleines Haus auf der Insel hatte nicht solche Gerüche und weckte keine Erinnerungen. Wenn dort überhaupt etwas roch, dann war es das schimmelige Schilfdach.

Nein, hier roch es nach Menschen. Dies war ein Ort, wo viele von ihnen lebten und nicht nur ein alter Einsiedler mit dem Ruf, ein Hexenmeister zu sein.

Wie lange bist du nicht mehr in einem Langhaus gewesen?

Die Frage rüttelte ihn auf. Waren es zehn und zwei oder zehn und drei Blätterblüten her?

Sonnenmuschel fragte: »Ältester, geht es dir gut?«

Jaguar blinzelte und bemerkte, dass die Leute ihn ängstlich anstarrten. Er holte tief Luft. Bedauernd schüttelte er die Erinnerungen ab und schritt über die Matten zum Feuer, wo Schwarzer Dorn wartete. Wilder Fuchs saß zu seiner Rechten. An der Seitenwand drängten sich drei Frauen – sie waren wie Sklavinnen gekleidet – neben den Schlafbänken zusammen und blickten ihn erschrocken und gleichzeitig wachsam an. Eine von ihnen, eine ältere Frau mit grauem Haar und einer großen Brandnarbe auf der Wange, beobachtete ihn zuerst mit zusammengekniffenen Augen. Plötzlich jedoch riss sie die Augen auf, als hätte sie den Panther erkannt. Aber als er zu ihr hinüberblickte und versuchte, sich zu erinnern, wandte sie sich hastig ab.

»Willkommen, Ältester«, sagte Schwarer Dorn und deutete mit dem gesunden Arm auf die Matte am Feuer, ihm gegenüber. Sein linker Arm war geschwollen, und offenbar schmerzte er ihn. »Setz dich bitte und genieß unsere Gastfreundschaft.«

»Ich danke dir, Weroanzi. Möge Ohona dich schützen und dir ein langes Leben geben.« Jaguar zuckte zusammen, als er sich mit knirschenden Gelenken niederließ. Sonnenmuschel stand hinter ihm, die Keule in ihren gekreuzten Armen.

»Ich habe etwas mit Jaguar zu besprechen. Du bist entschuldigt, Sonnenmuschel.« Schwarzer Dorn winkte mit der Hand. »Sicher will deine Familie hören, was du kürzlich erlebt hast.«

»Sie ist jetzt bei mir«, sagte Jaguar gleichmütig. »Sonnenmuschel gehorcht meinen Befehlen.«

Schwarzer Dorn lehnte sich zurück. »Wie das?«

»Sag's ihm, Sonnenmuschel!«

»Ich habe mich selbst Jaguar gegeben, Weroanzi. Ich habe keinen Clan und keine Familie mehr.«

»Dies war der Preis für meine Dienste«, fügte Jaguar hinzu. Er machte eine Pause, um das schmale Gesicht des fassungslosen Weroanzi zu betrachten. Schwarzer Dorn war erbleicht, Unbehagen flackerte in den dunklen Augen. Er war immer noch ein gut aussehender Mann. Trotz seines Alters und der grauen Strähnen in dem zusammengebundenen Haar waren seine breiten Schultern immer noch muskulös. Die Runzeln betonten die vollkommene Form der Nase und ebenso die beweglichen Lippen und die edlen Gesichtszüge.

»Ich kann deine Gedanken lesen, Schwarzer Dorn«, fuhr Jaguar fort. »Mit Hexerei hatte es nichts zu tun. Sonnenmuschel tat es für Wilder Fuchs.« Sein Blick glitt zu dem jungen Mann hinüber. »Wir hoffen, dass du das Mädchen nicht getötet hast, denn hier steht mehr als dein Leben auf dem Spiel.«

Wilder Fuchs senkte den Blick.

Schwarzer Dorn rutschte unruhig hin und her. »Dann bist

du also für Sonnenmuschel verantwortlich. Doch jetzt zur Sache: Was führt dich her, Ältester?«

»Ich kam wegen des Todes von Rote Schlinge.«

»Mein Sohn ist unschuldig.« Schwarzer Dorn ballte eine Faust.

Jaguar stützte das Kinn in die Hände. »Wenn er den Mord wirklich nicht begangen hat, müssen wir herausfinden, wer es war.«

»Wir brauchen deine Hilfe nicht«, sagte Schwarzer Dorn. »Wir haben sie auch am Nachmittag nicht gebraucht. Deine Ankunft war nicht sehr nützlich. Heute Nacht hätten wir den Sieg über unsere Feinde gefeiert. Wir hatten alles unter Kontrolle, bis du ... ».

»Ah ja, deine Feinde! Ich verstehe. Verbessere mich, wenn ich etwas Falsches sage, aber sind nicht einige dieser Krieger deine Freunde? Hast du nicht gemeinsam mit Neuntöter schon Kriege geführt? Hast du nicht gemeinsam mit ihm dein Land verteidigt? Bist du sicher, dass keiner deiner Verwandten unter den Kriegern von Flache Perle ist, die jetzt neben dem Fluss kampieren?« Jaguar nickte nachdrücklich. »Ja, es ist tatsächlich alles unter Kontrolle, so sehr, dass du um ein Haar Leute aus deiner eigenen Sippe umgebracht hättest.«

»Die Dinge ändern sich,« sagte Schwarzer Dorn grollend.

»Bedeutet das, dass du nun blindlings durchs Leben stürmst?« Jaguar machte eine versöhnliche Handbewegung. »Weroanzi, ich bin hier, um herauszufinden, was tatsächlich geschehen ist. Und das werde ich tun. Du hast die Wahl. Willst du mir helfen oder willst du mich behindern? Wenn du mich behindern willst, dann werde ich mich sicher fragen, welches der Grund dafür ist. Und wenn du mich zwingst, lange darüber nachzudenken, werde ich dich bald als meinen Feind betrachten müssen. Sieh mich an, Schwarzer Dorn! Willst du dich gegen Jaguar stellen?«

Schwarzer Dorn sah Jaguar nur ganz kurz in die Augen und blickte dann zur Seite. »Nur ein Narr würde einem Nachtwanderer in die Quere kommen wollen.«

»Besonders ein Narr mit einem verletzten Arm«, stimmte der Alte zu. »Man weiß nie, was in eine solche Wunde kriecht. Der Arm ist übrigens schon so stark angeschwollen, dass ich dir rate, die Wunde mit einer Knochenahle zu dränieren. Und anschließend würde ich einen Umschlag aus Tabakblättern machen, um das Gift herauszuziehen.«

Schwarzer Dorn schien in sich zusammenzufallen. »Es tut mir Leid, Ältester. Vielleicht war es die Wunde, die mein Urteil getrübt hat. Ich wollte dich nicht kränken.«

Jaguar sah die Angst in den Augen des Mannes und lächelte ihm wohlwollend zu. »Also, dann verstehen wir uns. Und nun berichte, was du über die Angelegenheit weißt.«

Schwarzer Dorn rieb sich das Gesicht, blickte Wilder Fuchs verlegen an und zuckte die Achseln. »Ich weiß, dass mein Sohn Rote Schlinge nicht getötet hat. Er ist kein Mörder, Ältester.«

»Ich verstehe. Und woher weißt du das?«

»Okeus allein weiß es, aber der Junge stellt sich schon an, wenn er einen Hirsch erlegen soll!«, rief Schwarzer Dorn. »Er ist … er ist eben ein Tollpatsch! Er hat nichts von seiner Mutter oder mir. Es ist so, als …« – Schwarzer Dorn fuchtelte mit der Hand herum – »… als stammte er …«

»Ja?«

»Nichts. Ich bin aufgebracht. Ja, er treibt mich zur Raserei. Er macht nichts richtig. Findet nicht mal die richtige Frau, um sich zu verlieben.«

Wilder Fuchs ließ den Kopf hängen und sah sehr unglücklich aus.

Jaguar hörte, wie Sonnenmuschel zu dem jungen Mann trat. »Sonnenmuschel!« Er hob eine Hand. »Bleib stehen!«

Sie zögerte, trat furchtsam von einem Fuß auf den andern und sagte schließlich: »Ja, Ältester.«

»Mein Fehler«, flüsterte Schwarzer Dorn. »Ich bin an allem schuld.«

»Wo ist seine Mutter?«

»Seine Mutter … ist tot.« Schwarzer Dorn starrte wie gebannt ins Feuer.

»Und du hast ihn nicht zu seinem Clan zurückgeschickt? Zur Familie seiner Mutter?«

»Nein.« Schwarzer Dorn schaute ihn verlegen an. »Die Mutter von Wilder Fuchs gehört zum Tellmuschel-Clan. Ihre Familie lebt in Entenbach. Ich selbst gehöre zum Blutkraut-Clan. Ich erbat mir vom Tellmuschel-Clan das Privileg, meinen Sohn aufzuziehen. Als Weroanzi bin ich in der Lage, ihm alles zu geben, was er brauchte.«

»Ich verstehe.« Jaguar zupfte an seinem Kinn. »Wann starb seine Mutter?«

»Vor langer Zeit. Gleich nach seiner Geburt.«

»Du hast nie wieder geheiratet?«

»Nein. Ich hatte meinen Sohn. Mein Herz ... darin ist keine Kammer für eine andere Frau.«

»Trauer ist ein starkes Gefühl.« Jaguar sah Wilder Fuchs von der Seite an. Er hatte die schönen Gesichtszüge seines Vaters. Auch die breiten Schultern, die kräftigen, muskulösen Arme hatte er von ihm geerbt. Die empfindsamen braunen Augen konnten das Herz einer Frau durchaus zum Schmelzen bringen.

»Mir scheint es ungewöhnlich, dass du als Weroanzi nicht schon längst wieder eine Frau hast.«

»Ich ... ich war damals noch nicht Weroanzi. Das war mein Bruder Drachenbein. Wilder Fuchs wurde geboren, Ältester, als meine Frau und ich unterwegs waren, um mit den Susquehannocks oben im Norden Handel zu treiben. Bei der Geburt war etwas ... ich weiß nicht. Sie blutete ... und blutete ... sie erholte sich nicht mehr.« Er wandte unglücklich den Blick ab.

»Es war sicher eine schwierige Reise.«

»In der Tat.« Schwarzer Dorn starrte ins Leere. »Okeus war gegen mich. Nur einen Tag vor meiner Heimkehr wurde mein Bruder Drachenbein getötet. Sein Haus fing mitten in der Nacht Feuer. Wahrscheinlich durch einen Funken im Schilf. Er ist in seinem Bett gestorben. Ich kam heim ... und hatte nichts mehr. Nur noch meinen Sohn.«

Jaguar blickte zu dem Schilfdach hinauf, das rußgeschwärzt und so anfällig für Feuer war. Wurden die Bewohner gewarnt, konnten sie entkommen, weil oft zuerst das Dach Feuer fing und sich die Flammen ihren Weg von oben nach unten bahnten. Gelegentlich jedoch, wenn der Wind aus einer ungünstigen Richtung kam und die Menschen tief schliefen, war es vorgekommen, dass ganze Familien verbrannten, ohne noch einmal zu erwachen.

»Du hast also von deinem älteren Bruder geerbt? Und so bist du Weroanzi geworden?«

»Ja, Ältester.« Schwarzer Dorn legte die Fingerspitzen aneinander und lächelte gedankenverloren. »Ich habe immer das Beste für mein Volk gegeben. So blieb ich ohne Frau.«

»Ich möchte, dass du sogar noch mehr für dein Volk tust.«

Schwarzer Dorn blickte überrascht auf.

»Ich möchte, dass du die Krieger von Flache Perle mit einem Festessen bewirtest.«

»Ein Festessen? Für diese ...«

»Du wirst es tun!«

»Wie kannst du es wagen, hierher zu kommen und ...«

»Denk gründlich nach, Weroanzi.« Jaguar lächelte. »Oder willst du, dass ich ins Dorf gehe und deinem Volk von meiner Vision berichte? Leere Häuser, brachliegende Felder, die wieder zu Wald werden, zerfallende Palisaden, Unkraut auf dem Platz. Dort, wo heute Kinder spielen, werden klagende Geister wandeln, unbegraben und vergessen von ihren versklavten Nachkommen. Wo einst stolze Grünstein-, Blutkraut- und Tellmuschel-Clans vorbeizogen, trotten nun die Krieger des Mamanatowick herum.«

Das Gesicht von Schwarzer Dorn fiel in sich zusammen. »Ist dies das Bild der Zukunft, die du siehst, Ältester?«

»Dies ist nur ein Beispiel. Ich sehe auch andere Bilder. In einem anderen Bild wird der Name von Schwarzer Dorn in Ehren gehalten. Er war der Mann, der dank seiner Gnade und Weisheit die Unabhängigen Dörfer vor Krieg und Verwüstung bewahrte. In dieser Zukunft gibst du deinen Feinden Nahrung und vergibst ihnen, dass sie einen schrecklichen, wenn auch verständlichen, Fehler gemacht haben.«

»Und du wirst den wahren Mörder von Rote Schlinge finden? Dies ist dein Vorschlag?«

»So ist es.«

»Selbst wenn ich einverstanden bin ... was ist mit Neuntöter?«

»Ich habe den Eindruck, dass Neuntöter ein sehr umsichtiger und intelligenter Mann ist. Wie du sucht auch er nach einer Lösung.«

»Neuntöter ist ein Kriegshäuptling, nicht mehr als ein Werkzeug, Ältester. Er ist hier, weil er einen Befehl ausführt. Im Grunde musst du mit Jagender Falke verhandeln. Sie hat

Neuntöter geschickt, und sie hat entschieden, dass Wilder Fuchs ihre Enkeltochter ermordet hat. Glaubst du wirklich, dass sie Frieden will?«

»Ich werde mich mit Jagender Falke beschäftigen, wenn die Zeit dafür gekommen ist.« Jaguar zuckte die Achseln. »Was sie wirklich will, ist ihre Entscheidung. Ich kann ihr, ebenso wie dir, eine andere Lösung anbieten. Sie kann meine Hilfe annehmen oder ablehnen. Das hängt von ihrem Gewissen ab.«

»Und wenn sie dich aus Flache Perle hinauswirft?«

Jaguar runzelte die Stirn. »Nicht einmal Jagender Falke würde es wagen, mich hinauszuwerfen.«

Schwarzer Dorn seufzte, breitete die Arme aus und nickte schließlich. »Nun gut, Ältester. Morgen werden wir ein Festessen für Neuntöter und seine Krieger geben.« Er machte eine Pause und legte den verletzten Arm vorsichtig an die Brust. »Und ich werde ihm vergeben und mich bemühen, meinen Frieden mit ihm zu machen.«

»Gut.« Jaguar klatschte in die Hände. »Und jetzt werde ich mir deinen Arm ansehen. Ich werde die Wunde öffnen und sie versorgen. Du wirst bald wieder gesund sein.«

Er behandelte den geschwollenen Arm des Weroanzi, und er spürte die Blicke der alten Sklavin auf seinem Rücken. Sie nagten an seiner Seele wie die Zähne einer Ratte.

Leere Räume

Es macht mir keine Freude, darüber zu sprechen. Niemand wusste je, wo ich mich befand, wenn meine Augen in ferne Weiten blickten. Nie wird jemand erfahren, wie unsäglich lange ich durch die leeren Räume in meinem Inneren wanderte – vorbei an den Mauern ausgestreckter Arme, das Zittern der verschlossenen Hände im Blick.

Abstand gehalten, des Preises ungeachtet.

Für sie.

Richtet sich nicht unser aller Leben nach den leeren Räumen der ausgestrecktern Arme, die weit offen gehalten werden für diejenigen, die wir verloren?

Zärtlich und klingend. Räume, die angefüllt sind mit der Wärme der Herzen und der Fröhlichkeit.

Aber der Preis.

Heilige Ahnen, der Preis!

Fünfmal zehn und drei Blätterblüten lang wanderte ich durch den Raum und sah es nicht. Das Ungeheuer hielt seine glühenden Augen geschlossen. Seine Farben waren die meinen. Sein Puls war das Echo meines eigenen Pulses.

Bis ich eines Tages, vor sieben Monden, versuchte, meine Hände zu öffnen. Endlich war ich bereit, sie gehen zu lassen. Ich hatte sie so lange gefangen gehalten, dass ich den Schmerz in meinem Herzen nicht mehr spürte.

Ich versuchte, die Hände zu öffnen, ich bemühte mich wirklich. Aber meine Finger waren erstarrt. Wahrhaftig. Ich würde nicht lügen. Ich strengte mich an, ich schrie.

Da öffnete er die Augen.

Er muss von Anfang an in den Mauern gelegen haben, wartend und lauernd.

Als er sich endlich bewegte, geschah es kaum merklich. Die Mauern wankten, als er mich immer fester umschlang, gepackt hielt mit einer riesigen Faust.

Jetzt …

Den ganzen Tag. Jeden Tag. Ich sitze verängstigt hier, wage nicht mich zu rühren, und starre in diese wilden glitzernden Augen.

Und denke nach.

Viele Geschichten werden im Winter an den Lagerfeuern erzählt, von Helden, die Ungeheuer erschlagen. Viele enden ähnlich. Wenn der Held seine Lanze in das Herz des Ungeheuers schleudert, dann fällt es zu Boden und beginnt einen wunderbaren Tanz. Im Todeskampf verwandelt es sich in einen strahlenden, geflügelten Gott, der sich den Helden auf den Rücken setzt und ihn in den Himmel trägt, wo der Held seinen Platz unter den anderen Göttern einnimmt.

Ich grübele.

Ist es das, was mein Ungeheuer von mir erwartet?

Mich wenigstens ein einziges Mal tapfer zu sehen?

Eins

Später in der Nacht, als die Sternenmenschen damit begannen, ihre Feuer zu entzünden, kam der Ruf. Sonnenmuschel hatte es geahnt. Sie hob den Kopf, als zwei ihrer Vettern über den Platz auf sie zukamen. Sie spürte ein nervöses Flattern in der Magengegend, stand aber nicht von ihrem Lager zwischen Neuntöter und Jaguar auf. Sie wusste, was Roter Vogel und Weißer Flügel wollten; sie dienten ihrem Onkel Sägender Zahn oft als Boten. Als sie neben ihr standen, nahm Sonnenmuschel all ihren Mut zusammen und blickte ihnen gerade in die Augen. Als Zwillinge hatten sie sieben und zehn Blätterblüten gesehen. Sie trugen Hirschfellumhänge über den breiten Schultern und hatten die Haare zu Knoten geflochten, die auf der linken Schädelhälfte festgesteckt waren. Beide hatten gelbliche Augen, lange Hakennasen und volle Lippen. Als Roter Vogel grinste, zwang Sonnenmuschel sich, das ängstliche Zittern zu unterdrücken.

»Man verlangt nach dir, Sonnenmuschel«, sagte Roter Vogel.

»Ich wusste, dass ihr früher oder später kommen würdet, Vettern. Ich will nur …«

»Wer begehrt, Sonnenmuschel zu sehen?«, fragte Jaguar und wandte sich von Neuntöter ab. Er musterte die Zwillinge mit zusammengekniffenen Augen.

Weißer Flügel sagte kalt: »Ihr Onkel, Sägender Zahn. Er wünscht, mit ihr über ihre Taten zu sprechen … nämlich, sich an dich zu binden, Zauberer.«

Jaguar erhob sich, um sie zu begleiten, aber Sonnenmuschel hielt ihn zurück. »Nein, bitte nicht. Ich gehe allein. Lass nur. Ich kehre so bald wie möglich zurück.«

Jaguar legte sich wieder hin, forschte aber mit seinen trüben alten Augen in ihrem Gesicht. »Wenn du mich brauchst, brauchst du nur nach mir zu rufen.«

Sie nickte. »Ich weiß, Ältester.« Dann stand sie auf.

Die Vettern führten sie stumm über den Platz zum kleinen Schilfhaus ihrer Mutter. Sie ging erhobenen Hauptes, den Blick fest auf die breiten Schultern der Vettern gerichtet. Sie hatte keine Lust, in die Gesichter der Leute zu sehen, die sich auf dem Platz drängten. Sie nahm aus den Augenwinkeln wahr, wie sie vor ihr zurückwichen und auf sie deuteten, hinter vorgehaltener Hand flüsternd, und sie wusste, was sie sagten. Immerhin hatte sie ihre Familie entehrt, indem sie ihre Liebe zu Wilder Fuchs bekannt gegeben hatte, und dann war sie an der Seite des gefürchtetsten Mannes zurückgekehrt. Was hatte sie erwartet? Dass man sie mit offenen Armen willkommen hieß?

Ihr Blick glitt zu den Häusern. Das Licht der Sterne schimmerte auf den Schilfdächern und überzog die Palisaden mit weißer Glasur. Wolken trieben mit mattsilbernen Rändern über den Himmel.

Sonnenmuschel verlangsamte den Schritt vor dem Haus der Mutter und ließ die Vettern vorangehen; sie hatte Mühe, den überwältigenden Drang, sich zu erbrechen, zu unterdrücken. »Nimm dich zusammen«, flüsterte sie vor sich hin. »Sie dürfen dich so nicht sehen.«

Ihr altes, geordnetes Leben war zerbrochen und mit ihm alles, was ihr heilig gewesen war. Weder bei ihrer Familie noch bei ihrem Clan noch bei Wilder Fuchs konnte sie Zuflucht finden. Krieger, die einst mit ihr befreundet waren, schlichen durch die Wälder und lauerten auf eine Gelegenheit, sie und jeden, den sie kannte, zu meucheln. Das Einzige, was ihr geblieben war, das Einzige, dessen sie sicher sein konnte, das war … sie selbst.

Sonnenmuschel biss die Zähne zusammen, als Roter Vogel und Weißer Flügel den Vorhang vor dem Eingang zum Haus zurückzogen und verkündeten: »Hier ist deine Nichte Sonnenmuschel.«

Sonnenmuschel wartete draußen vor der Feuergrube. War es wirklich nur vier Tage her, als sie dort gesessen und ihrer Mutter und ihrer Tante gelauscht hatte? Es schien ihr eine Ewigkeit her zu sein.

Onkel Sägender Zahn, beleibt und groß, trat geduckt durch den Einlass; Sonnenmuschels Mutter und ihre Tante Faserblatt, das Haupt des Clans, folgten ihm. Die Ältesten warfen Matten um das Feuer herum und setzten sich; niemand blickte Sonnenmuschel an.

Sägender Zahn warf das lange weiße Haar zurück. Er war der älteste Bruder ihrer Mutter und hatte dreimal zehn und neun Blätterblüten gesehen. Tiefe Falten durchfurchten sein Gesicht, das von einer flachen Nase bestimmt wurde. Er sagte: »Roter Vogel und Weißer Flügel, ihr könnt gehen.«

Die Vettern drehten sich um und trotteten zu ihrem eigenen Langhaus, das nur zwanzig Schritt entfernt an den östlichen Palisaden stand.

Sonnenmuschel schlang unter ihrem Umhang die Arme um ihren Oberkörper. Die Leute auf dem Platz blieben in respektvollem Abstand stehen, aber aller Augen waren auf sie gerichtet. Sogar Jaguar sah von seinem Platz neben Neuntöter aus zu. Sein altes Gesicht drückte Besorgnis aus. Es rührte Sonnenmuschel, dass er solchen Anteil nahm; schließlich war sie nur eine Sklavin.

Sie sagte: »Ich bin hier, Onkel, wie du verlangt hast. Worüber wünschst du mit mir zu sprechen?«

Faserblatt hob die Augen und starrte sie mit unverhüllter Abneigung an. »Du bist ein halsstarriges, verrücktes Mädchen, das seine Pflichten dem Clan gegenüber nicht kennt. Deswegen bist du hier.«

Sonnenmuschel schwieg. Ihre Mutter hielt die Augen fest geschlossen.

Sägender Zahn machte es sich bequem, zog die Knie an und umschlang sie mit seinen langen Armen. Wie immer, wenn er sie ermahnte, sprach er sanft und versöhnlich. »Meine Nichte, geht es dir gut? Wir sahen dich eintreffen und sorgten uns, dass du nicht zu deiner Familie heimkommst, wie es richtig gewesen wäre.«

»Mir geht es gut, Onkel. Aber ich habe keine Bindung mehr an meinen Clan. Ich habe mich in Jaguars Hände gegeben.«

»In die Hände … gegeben?«, schrie Faserblatt. »Du hast kein Recht, dich irgendjemandem zu geben. Du bist ein Kind. Du gehörst deinem Clan.«

Sonnenmuschel starrte, ohne mit der Wimper zu zucken, in die milchigen Augen. »Trotzdem habe ich es getan.«

»Und der Zauberer war einverstanden?«, fragte Sägender Zahn.

»Ja, Onkel.«

Ihre Mutter verbarg das Gesicht in den Händen. Sonnenmuschel wäre am liebsten zu ihr gegangen, um sie zu trösten, blieb aber wie angewurzelt stehen. Es wäre eine neue Pflichtvergessenheit, sich auch nur hinzusetzen, bevor der Onkel ihr die Erlaubnis dazu erteilt hätte. Sie schlang die Arme fester um sich.

Sägender Zahn betrachtete sie voller Sorge. »Warum hast du das getan, Nichte? Warum hast du deine Familie verletzt? Ich weiß, du hast dich sicher wie in einer Falle gefühlt, und deine Seele war verwundet nach all dem Geschrei auf dem Platz vor fünf Tagen. Aber warum bist du nicht zu mir gekommen? Das hättest du tun können. Ich hätte dir zugehört. Wir hätten uns gemeinsam etwas ausgedacht.«

Stoßweise ausatmend antwortete Sonnenmuschel: »Onkel, ich habe mich mit Jaguar verbunden, weil dies sein Preis dafür war, dass er Wilder Fuchs hilft. Und ich ... ich liebe Wilder Fuchs.«

Faserblatt warf ein: »Du hast zehn und vier Blätterblüten gesehen. Du bist noch nicht einmal eine Frau. Du weißt gar nichts von der Liebe. Und abgesehen davon, dein wunderbarer Wilder Fuchs hat diese Frau von Flache Perle geliebt. Das wusstest du doch, nicht wahr?«

»Ja.«

»Soviel ich weiß, hat Wilder Fuchs deine Verehrung nicht erwidert«, fuhr sie fort. »O ja, ihr wart Freunde, aber das war auch schon alles. Das sah doch jeder.«

»Das sah sogar ich «, murmelte ihre Mutter und blickte mit feuchten Augen zu Sonnenmuschel auf. Das lange schwarze Haar rahmte ihr ovales Gesicht ein und betonte die breiten Wangenknochen und die vollen Lippen. Sie ließ die bebenden Hände sinken und verschränkte sie im Schoß. »Ich habe es dir doch gesagt, Sonnenmuschel, oder? Ich habe dir gesagt, der ist kein Mann für dich. Er ...«

»Den Göttern sei Dank«, unterbrach Faserblatt ihre Schwester, »dass meine Familie mir nicht erlaubte, den Mann zu heiraten, den ich liebte, als ich ein Mädchen war. Wie sich später herausstellte, war er ein fauler Nichtsnutz. Er lief schließlich fort und wurde Händler für irgendein unbekanntes Volk unter den Wilden im Westen. Hätte ich ihn geheiratet, dann säße ich heute dort draußen, hungernd und frierend, und fischte Samenkörner aus Mist heraus, um meinen Bauch zu füllen.«

Sonnenmuschels Brust schwoll an vor Liebe zu Wilder Fuchs; sie konnte kaum noch atmen. »Ich würde mit Wilder Fuchs gehen, wohin er will«, sagte sie mit bebender Stimme. »Es kümmert mich nicht, was er ist oder tun will, solange ich nur bei ihm bin. Ich ...«

»Dann bist du noch dümmer, als ich glaubte«, erklärte Faserblatt mit eisigem Gesicht. »Und das kann ich sogar beweisen: Zuerst läufst du davon und gibst dich dem gottlosesten Mann der Welt in die Hände, einem Nachtwanderer, und dann spazierst du hier herein und tust so, als hättest du keine Verwandten. Du bist wirklich eine Idiotin.«

So zu tun, als hätte man keine Verwandten, bedeutete, dass man selbstsüchtig und hochmütig war und vorsätzlich die Menschen verletzte, die einen am meisten liebten. Nichts Schlimmeres konnte man von einem Menschen sagen – außer ihn der Blutschande zu beschuldigen. Sonnenmuschel blickte hinunter in die lodernden Flammen in der Feuergrube und nahm all ihren Mut zusammen. Sie durfte sich nicht anmerken lassen, wie sehr sie litt. Ihre Tante Faserblatt würde beim kleinsten Zeichen von Schwäche auf sie einhacken wie eine Möwe, die einen zuckenden Einsiedlerkrebs in ihrer Gewalt hat.

»Onkel«, sagte sie und richtete sich auf, »was ich Jaguar sagte, kann ich nicht zurücknehmen. Ich machte mein Angebot, und er nahm es an. Wenn du zu ihm gehen willst, um ihm zu sagen, er könne mich nicht haben, ist dies dein gutes Recht. Du bist mein Verwandter. Aber ich bitte dich, es nicht zu tun.«

Sägender Zahn hob sein faltiges Gesicht zu ihr empor und blinzelte traurig. »Und warum, Nichte?«

»Wie viele Blätterblüten ich gesehen habe, ist unwichtig. Ich kenne mein Herz, Onkel.« Sie zog eine Hand unter ihrem Umhang hervor und legte sie sich aufs Herz. »Ich habe Wilder Fuchs gelobt, dass ich ihm helfen werde. Und ich habe Jaguar gelobt, dass er mich haben kann, mit Leib und Seele. Ich werde diese Gelöbnisse nicht brechen. Wenn du also zum Jaguar gehst und ihm sagst, er könne mich nicht haben, werde ich ihm immer noch gehören. Ich werde mit ihm gehen, wohin er will, und tun, was er will. Ich ...«

»Mit Leib und Seele?« Die milchigen Augen von Faserblatt weiteten sich. »Was soll das heißen? Hat der alte Mann sich etwa in dich hineingeschoben, Mädchen? Willst du das etwa andeuten? Dass du uns abermals entehrt hast?«

»O nein. Heilige Ahnen«, murmelte ihre Mutter. »Das hat er nicht getan, oder?«

Sonnenmuschels wurden Knie weich. »Wenn er es wollte, Mutter, würde ich ihn nicht hindern. Ich gehöre ihm. Aber er hat mir nichts getan, er hat mich nicht einmal berührt. Noch nicht. Er … er war sehr lieb zu mir.«

»Man sollte sie prügeln!«, schrie Faserblatt aus vollem Hals, und um Sonnenmuschel herum schien die ganze Welt zu versinken. Köpfe wurden gereckt, die Menschen wollten besser sehen. Die Vögel in den Bäumen erschraken und verstummten. »Wäre ich dein Onkel, Mädchen, dann würde ich dich jetzt mit einer Weidengerte züchtigen. Die Narben würden nicht wieder verheilen, das schwöre ich dir.«

»Meine Versprechen würde ich trotzdem nicht brechen, Tante. Weder die gegenüber Wilder Fuchs noch die gegenüber Jaguar.«

Das Gesicht ihrer Mutter war nass vor Tränen. »Ich habe mir solche Mühe gegeben«, sagte sie leise. »Als dein Vater starb, da warst du fünf, Sonnenmuschel, und nur deinetwegen blieb ich am Leben. Weil du mich brauchtest. Und ich … ich habe dich so geliebt. Ich habe versucht …«

»Und jetzt siehst du das wunderbare Ergebnis deiner Mühsal«, sagte Faserblatt und streckte eine Hand anklagend gegen Sonnenmuschel aus. »Mädchen müssen gehorsam, bescheiden und arbeitswillig sein. Sonnenmuschel ist alles andere als das. Sieh nur, wie sie dasteht, mit einer Kriegskeule am Gürtel! Da glaubt doch jeder, sie wäre eine Weroansqua, hochmütig und stolz.«

Sonnenmuschels Magen zog sich zusammen. Ihre Tante sprach die Wahrheit. Sie lehnte sich auf gegen die Dinge, die man sie gelehrt hatte. Aber je mehr sie herabgesetzt und gedemütigt wurde, desto entschlossener wurde sie. Es war ihr, als wäre eine unbekannte und bislang verborgene Person aus ihrem Inneren hervorgetreten. Sie wandte sich an Sägender Zahn. »Onkel, wenn du mit mir fertig bist, lass mich gehen; ich habe Pflichten gegenüber Jaguar.«

Faserblatt stand auf, und ihre Lippen verzogen sich zu einem grausamen Lächeln. »Lass sie ziehen«, sagte sie zu Sägender Zahn. »Ich kenne sie nicht mehr. Sie ist unseres Clans unwürdig. Ab sofort ist sie kein Mitglied mehr.« Sie machte Anstalten, sich ins Haus zurückzuziehen.

»Warte!«, rief Sonnenmuschels Mutter. »Faserblatt, das kann doch nicht dein Ernst sein. Oder etwa doch? O Sonnenmuschel, wie konntest du uns das nur antun? Wenn Faserblatt dich ausstößt … o Okeus, sei mir gnädig … dann darf ich nicht einmal mehr mit dir sprechen.«

Sägender Zahn rieb sich das Gesicht. »Bitte, Sonnenmuschel, entschuldige dich bei deiner Tante. Gelobe …«

»Zu spät«, sagte Faserblatt. »Es war mein Ernst. Sonnenmuschel ist aus unserem Clan ausgestoßen. Von nun an ist es euch beiden verboten, mit ihr zu sprechen.« Mit einer scharfen Handbewegung durchschnitt sie die Luft. »Es ist aus!«

Sägender Zahn stand auf und ging gesenkten Kopfes und mit hängenden Schultern über den Platz. Die Leute bestürmten ihn, bevor er sein Haus erreicht hatte, zischten Fragen und packten ihn am Arm.

Sonnenmuschel starrte ihre Mutter an. Sie hielt sich den Bauch, wiegte sich leicht vor dem Feuer hin und her und weinte lautlos.

Sonnenmuschel ging über den Platz auf Jaguar zu und zwang ihre Knie, sie zu tragen. Vor ihm brach sie zusammen und lauschte ihrem dumpfen, Übelkeit erregenden Herzschlag.

Jaguar sagte: »Neuntöter, können wir unsere Unterhaltung später fortsetzen?«

Der untersetzte Häuptling erhob sich, warf einen Blick auf Sonnenmuschels Gesicht und erwiderte: »Sicher, Ältester. Ich bleibe in der Nähe.«

Als Neuntöter gegangen war, berührte Jaguar mit leichter Hand Sonnenmuschels Arm. »Du glaubst nur, dass du alles verloren hast«, sagte er. »Aber das hast du nicht.«

»Ich bin ausgestoßen worden, Ältester.« Ihre Stimme klang hoffnungslos.

»Mein liebes Mädchen«, sagte der Alte liebevoll, und seine trüben Augen strahlten, als wären sie von einem inneren Feuer erleuchtet. »Hör mich an! Die Menschen verbringen die meiste

Zeit damit, sich in ihrer Seele schützende Netze zu spinnen. Netze mit dem Namen ›Clan‹ oder ›Familie‹ oder ›ich selbst‹. Die meisten klammern sich in ihren Herzen daran, als hinge ihr Leben davon ab. Auf keinen Fall darf in diesen Netzen etwas ausgebrütet werden. Die Menschen haben viel zu große Angst vor dem, was vielleicht dort hervorkriechen würde. Du jedoch hast eben die Gelegenheit gehabt zu sehen, was tatsächlich dabei herauskommt. Wirf sie nicht weg! Flügel sind etwas Wunderbares.«

Sonnenmuschel wollte ihm antworten, ihn fragen, was er damit meinte, aber wenn sie den Mund geöffnet hätte, wäre nur ein grauenhafter Schrei zu hören gewesen. Also schloss sie nur die Augen und nickte.

Zwei

Bei Sonnenaufgang marschierten die Männer, Frauen und Kinder von Drei Myrten geschlossen aus dem Dorf hinaus. Sie trugen eine Okeus-Statue vor sich her, sangen Willkommensgesänge und geleiteten Neuntöter und seine Krieger durch die Palisaden, wo der Duft des Festessens schwer in der kalten Luft hing.

Neuntöter stand auf dem Platz und lächelte verlegen. Er fragte sich, was Schwarzer Dorn bewogen haben mochte, so etwas zu tun. Ein Festessen zu Ehren feindlicher Krieger und ihres Anführers zu geben – dies war nicht die Idee eines Mannes wie Schwarzer Dorn. Der Weroanzi war im Grunde seines Herzens zwar ein gutmütiger Mensch, aber von selbst wäre er nie auf derart schlaue Winkelzüge gekommen.

Schwarzer Dorn baute sich jetzt vor dem großen prasselnden Freudenfeuer auf, den Arm in einem dicken Verband, und rief:

»Okeus, höre meine Worte! Wende deinen Zorn ab von uns. Wir, dein Volk, ehren deinen Namen und begrüßen deine Anwesenheit unter uns. Schau in unsere Herzen und erkenne unsere Tugenden. Wende deinen Zorn gegen unsere Feinde. Wenn du jedoch jemandem Leid zufügen musst, dann lass diejenigen leiden, die unwert sind.«

»Großer Geist, lass die Unwerten leiden«, betete die Menge singend.

Schwarzer Dorn hob den gesunden Arm. »Ich heiße all unsere Freunde und langjährigen Verbündeten willkommen und lade sie ein, unsere Gastfreundschaft zu genießen. Es ist ein Fehler gemacht worden, und nun wollen wir von Drei Myrten guten Willen und Verständnis zeigen und geben dieses Fest in der Hoffnung, dass die letzten Tage vergessen werden.«

Eine junge Frau trat aus dem Haus der Toten; sie trug eine große Schneckenmuschel, deren Inhalt in der kalten Luft dampfte.

Schwarzer Dorn nahm die Muschel umständlich entgegen, hob sie an die Lippen und trank einen großen Schluck von der bitteren Brühe. »Ich biete den heiligen schwarzen Trank meinem Freund Neuntöter.« Er blickte Neuntöter in die Augen und reichte ihm mit dem gesunden Arm die Muschel.

Neuntöter trat vor, nahm das Gefäß und trank von dem heißen Yaupon-Tee. Als die Wärme durch seinen Magen strömte und die elektrische Ladung durch seine Adern fuhr, gab er mit liebenswürdigster Stimme Antwort:

»Meinen Freunden und Clan-Leuten von Drei Myrten sage ich: Wir sind glücklich, dass ihr uns so freundlich Nahrung und Freundschaft anbietet. Die Darbietung des Festessens erinnert uns an die Lehren vom Ersten Mann, der in den Himmel aufstieg, um zur Sonne zu werden, und von der Ersten Frau, die hinaufgetragen wurde, um zum Mond zu werden. Sie waren es, die nach der Schöpfung die Zwillinge Okeus und Ohona lehrten, Gäste mit Nahrung zu bewirten, auf dass ihre Leiber gekräftigt würden.

Als eure Gäste nahmen wir euer Angebot an in der Hoffnung, dass alle Missverständnisse hinter uns liegen. Gemeinsam meisterten wir so manch schlimme Lage. Seite an Seite überstanden wir Stürme, Krankheiten, Krieg und Hungersnot. So wie wir jene Heimsuchungen erlitten und überwanden, so werden wir auch diese überwinden. Dem Volk von Drei Myrten biete ich aus ganzem Herzen meine Mithilfe an, damit diese

Angelegenheit zu einem gerechten und würdigen Abschluss gebracht werden kann.«

So, das würde ihm wohl helfen, allen Widrigkeiten zu begegnen, die ihm Jagender Falke in der Zukunft sicher in den Weg stellen würde.

Er ging zu der Statue von Okeus, die man behutsam neben dem prasselnden Feuer abgestellt hatte, und goss etwas von der schwarzen Flüssigkeit in die Schale vor dem sitzenden Gott, dessen Muschelaugen durch Neuntöters Seele hindurchzustarren schienen; das aufgemalte Grinsen schien ihn zu verspotten.

Er gab Schwarzer Dorn die Schale zurück und nickte ihm respektvoll zu. Dann setzte er sich ans Feuer neben Fliegende Fischreuse. Frisch gebratene Hirschlenden, dampfendes Geschnetzeltes aus Wurzelknollen vom Aronstab, Kalebassen mit Kürbissuppe gefüllt und ein großes hölzernes Schneidebrett mit Kürbissen wurden ihnen vorgesetzt, nachdem eine jeweils kleine Portion davon Okeus angeboten worden war. Über dem Feuer brodelte ein Topf mit Maisbrei.

Jaguar kam geduckt aus dem Großhaus von Schwarzer Dorn; Sonnenmuschel folgte ihm. Es war, als zöge eine Wolke vor der Sonne vorbei. Die Leute verstummten, wandten die Augen ab, und machten mit den Fingern Abwehrzeichen.

Gleichgültig begegnete Jaguar Neuntöters Blick und ging auf den Anführer zu. Neuntöter spürte ein eigenartiges Zittern im Zwerchfell, das ihn aus dem Gleichgewicht brachte. Wie sollte er über die Aufmerksamkeit eines berühmten Zauberers glücklich sein, wenn er zum ersten Mal seit Tagen eine wirklich gute Mahlzeit genoss?

»Ich grüße dich, Häuptling«, rief Jaguar, als er näher trat. Ächzend ließ er sich neben Neuntöter nieder.

Wie üblich stand Sonnenmuschel wachend hinter dem Alten, die Hand auf ihrer Keule. Man hatte sich inzwischen so an ihren Anblick gewöhnt, dass Neuntöter jetzt kaum noch Notiz von ihr nahm – ausgenommen, wenn sie Wilder Fuchs ansah; dann leuchteten ihre Augen wie Sterne.

»Häuptling, Ältester«, murmelte Fliegende Fischreuse, »entschuldigt mich. Ich sehe dort … dort drüben einen alten Freund.« Hastig zog er sich zurück.

Neuntöter zwang sich, nicht ebenfalls ein Abwehrzeichen zu machen. An jedem anderen Ort wäre er jetzt lieber gewesen als hier, Jaguar gegenüber. Aber er sagte: »Dies ist dein Werk, nicht wahr? Dieses Festessen war doch deine Idee.«

Jaguar blickte in die Kürbisschale, holte mit den Fingern eine Hand voll süßen Breis heraus und leckte ihn dankbar auf. »Ah, ich liebe Kürbis, besonders an solchen kalten Tagen. Er wärmt den Magen.«

»Hast du dies veranlasst?«

Jaguar musterte ihn streng. »Was höre ich da? Argwohn in deiner Stimme, Häuptling? Soll ich daraus schließen, dass wir nicht mehr aufrichtig miteinander sind?«

»Ich habe zuerst gefragt, Ältester.«

Jaguar tauchte die Finger noch einmal in den Brei, und mit freudiger Miene leckte er sich die Finger ab, schmatzte und nahm sich noch eine Hand voll. »Ja. Ich hielt es für eine gute Idee. Schwarzer Dorn nahm, nachdem er alle anderen Möglichkeiten bedacht hatte, meine bescheidene Anregung nur allzu gern auf und machte sie sich am Ende ganz zu Eigen.« Jaguar zog ein verdrießliches Gesicht. »Du wirst doch jetzt nicht den Leuten erzählen, ich hätte etwas damit zu tun, oder? Das könnte nämlich, na ja, dem Geist wahrer Brüderlichkeit und Versöhnung Abbruch tun, so wie ein aufkommender Sturm am Strand ein Lagerfeuer löscht.«

»So etwas käme mir nicht in den Sinn.«

»Gut. Ich wusste, dass du ein Mann von ungewöhnlichem Verstand bist.«

Neuntöter blickte finster umher, als die anderen Männer neben ihnen ihre Teller nahmen und sich davonstahlen. »Ältester, du hast nicht viele Freunde, nicht wahr?«

Jaguar, der gerade den Mund voller Kürbis hatte, schluckte schnell und sagte: »Doch, doch. Mir fehlen meine Krähen und Möwen. Die erzählen mir die tollsten Geschichten. Hast du gewusst, dass der Mond eine Welt wie unsere ist, aber ohne Luft und Wasser?«

»Nein. Ich meine … das erzählen dir die Krähen?«

»O ja. Und vieles andere mehr.«

Neuntöter blickte zum Himmel empor. Welch lachhafte Idee! Jeder wusste, dass der Mond die Erste Frau war. Sie war als zweite Frucht vom Baum der Schöpfung auf die Welt gekommen, nach Erster Mann. Und Erster Mann hatte sie zum Himmel hinaufgetragen, gleich nachdem sie die Zwillingsgötter geboren hatte. Sie lebten beide in der Himmelswelt, gemeinsam mit den jagenden Sternenmenschen. »Ich wollte sagen, dass du unter den Menschen wenige Freunde hast.«

»Menschen kommen und gehen. Freundschaft ist eine sehr vergängliche Angelegenheit. Die Umstände verändern sich, und die Menschen verändern sich mit ihnen. Vielleicht kann auch eine Erfahrung die Lebensauffassung eines Menschen ändern, zum Beispiel eine Kriegserfahrung. Einst kannte ich einen tapferen Mann, den man zum Häuptling erhoben hatte. Er hatte sich nicht verändert, aber seine Freunde glaubten es trotzdem. Dann kannte ich einen Händler, der hatte die Berge im Westen überquert, die großen Häuptlinge auf ihren hohen Hügeln besucht, ihren schwarzen Trank getrunken und von schönen Tellern gegessen. Als er zurückkehrte, hielten ihn seine engsten Freunde für verrückt. Sie nannten ihn einen Lügner. Ein anderes Mal heirateten zwei befreundete Menschen, ein Mann und eine Frau, und jeder von ihnen war gewillt, alles zu tun, was nötig war, um so zu leben, wie der andere es wollte. Und wieder, Häuptling, diese lange Freundschaft veränderte sich. Binnen zwei Blätterblüten waren die beiden geschieden.«

»Nichts ist von Dauer, Ältester. Nur der Himmel dort oben und die Erde hier unten.«

»Auch darauf würde ich nicht wetten, weder auf das eine noch das andere, Häuptling.«

Neuntöter kratzte sich am Kinn, blinzelte nachdenklich und zuckte schließlich die Achseln. »Wahrscheinlich hast du Recht.«

Eine Weile aßen sie schweigend weiter.

Am Ende fragte Neuntöter: »Fehlt dir dort draußen auf der Insel nicht menschliche Gesellschaft, oder ... hat ein Mann wie du sie gar nicht nötig?«

Jaguar hob eine Braue. »Du wolltest sagen ›ein Zauberer‹?«

Neuntöters Magen zog sich zusammen. Aber er fragte trotzdem: »Zauberer haben böse Geister zur Gesellschaft, mit denen sie sich unterhalten, nicht wahr?«

Jaguar seufzte, seine Handgelenke erschlafften. Der Kürbisbrei tropfte von seinen Fingern. »Häuptling, ich brauche deine Hilfe, um diese Sache zu Ende zu bringen. Ich kann den Mörder von Rote Schlinge nicht allein finden. Ich brauche einen Verbündeten in Flache Perle. Der Mörder hat sich geschickt verborgen. Ich brauche deine Hilfe, um ihn aus seiner Deckung zu locken.«

Neuntöter betrachtete das dampfende Stück Hirschbraten in seiner Hand. »Ich stelle fest, dass es dir für einen Zauberer offenbar an entscheidendem Wissen bezüglich deiner Aufgaben fehlt.« Er schwenkte das Fleisch hin und her. »Ein Zauberer soll Unfrieden stiften und für den eigenen Nutzen wirken. Nicht Frieden stiften!«

Jaguar leckte sich jetzt wieder den Kürbisbrei von den Fingern. »Gut, Häuptling, aber sag es niemandem, ich verrate es nur dir: Ich bin kein Nachtwanderer. Wie ich dir schon sagte: Selbst wenn du mir Hexenpulver anbötest, nähme ich es nicht. Es würde mich zu viel von meiner Seele kosten.« Er nickte heftig in Richtung der Statue des Gottes. »Das Chaos ist allein sein Geschäft.«

»Sei vorsichtig mit dem, was du sagst, Ältester, Zauberer oder nicht.« Mit ungutem Gefühl nahm Neuntöter auch aus der Entfernung wahr, dass die Muschelaugen des Gottes offenbar fest auf ihn gerichtet waren.

»Meine Loyalität gilt Ohona, Häuptling. Der dunkle Gott und ich, wir haben unseren Frieden schon vor langer Zeit gemacht.«

Wie konnte sich ein Mensch nur so munter über Okeus äußern? Neuntöter war fassungslos und wechselte zu einem Gesprächsstoff, der ihm sicherer schien. »Warum lässt du aber dann die Leute reden? Warum beweist du ihnen nicht durch irgendeine Tat, dass du kein Zauberer bist?«

Jaguar sah Neuntöter an und zwinkerte ihm verschmitzt zu. »Weil nur ein Zauberer den Weroanzi davon abhalten konnte, dich und deine Krieger auszulöschen. Nur ein Zauberer konnte dem Weroanzi mit schrecklichem Unheil drohen, falls er kein Festessen gäbe. Und wenn du mich nach Flache Perle bringst, brauchen wir wieder einen Zauberer, um den Mörder aus seinem Versteck herauszulocken.« Er nahm sich den Rest des Kürbisbreis, schluckte ihn hinunter, rülpste und fügte hinzu: »Aber der größte Vorteil ist der: Wenn dich die Leute für einen Zauberer halten, dann kannst du den Kürbisbrei einer ganzen Schale ganz allein aufessen.«

»Warte mal …« – Neuntöter hob eine Hand – »… ich bringe dich nicht nach …«

»O doch! Wenn du mich nicht nach Flache Perle bringst, dann verfluche ich dich vor all deinen Kriegern. Glaubst du, dir würde noch einer folgen?«

Neuntöter erbleichte. »Aber du hast gesagt …«

»Deine Krieger haben nicht gehört, was ich gesagt habe.« Jaguar wischte sich die Hände an den Schenkeln ab und blickte auf den dampfenden Maisbrei. »Außerdem finden die Leute es aufregend, einen Zauberer bei sich zu haben. Ich möchte bezweifeln, dass sie dir glaubten, wenn du sie belehren wolltest. Mit anderen Worten: Ich glaube, dass du mich nach Flache Perle bringst. Oder bist du tatsächlich anderer Meinung?«

Neuntöter starrte ihn verärgert an; Jaguar schien etwas verlegen, als er auf den Topf deutete und bat: »Könntest du mir wohl den Brei reichen?«

Jaguar zog sich die Decke fest um die Schultern und schlenderte hinaus in die Nacht. Sonnenmuschel folgte ihm schweigend.

Er seufzte erleichtert, als er die Palisaden und zugleich diese bedrückende Menschenmenge hinter sich gelassen hatte. Auch die Anwesenheit von Okeus hatte ihm nicht behagt. Die Statue war nicht besonders gut geschnitzt, und ihr spöttisches Grinsen war ihm auf die Nerven gegangen. Mehr als einmal hatte er im letzten Augenblick das Verlangen unterdrückt, einen Knochen darauf zu werfen. Diese einfältigen Dörfler wären vor lauter Entsetzen sicher aus der Haut gefahren. Nur eines hätte ihn noch schneller kopfüber ins Feuer befördert: die Mitteilung, er sei die Frucht einer Blutschande.

Er hatte natürlich schon früher, wenn er in der rechten Stimmung war, verschiedene Sachen auf seine eigene Okeus-Statue geschleudert und den Gott verhöhnt, und nie war ihm irgendetwas Schreckliches geschehen. Aber aus welchem Grund nur ärgerte ihn die Okeus-Besessenheit der Leute so sehr? War es tatsächlich nur die Ungerechtigkeit, dass man Ohona bei den vielen Ritualen einfach vergaß?

»Vielleicht bekommen wir alle nur das, was wir verdienen?«

»Ältester?« Sonnenmuschel hielt sich hinter ihm wie ein Schatten.

»Es ist nichts. Nur das Gemurmel eines quengeligen alten Mannes.«

Das Licht des Mondviertels über ihnen warf einen schwachen Schein auf die letzte der niedrigen Wolken, die auf das Meer hinaustrieb. Ein paar Sterne funkelten trotzig durch die dunstige Luft. Von den dunklen Feldern, die das Dorf umgaben, kam kein Laut. Die überreifen Maisstängel, Bohnen und Kürbisranken schimmerten schwach im weißen Licht.

Jaguar stieß dampfenden Atem aus und sah ihn vor seinen Augen emporsteigen. Es war noch kälter geworden, Frost drohte. Am Morgen, wenn sich die kalte Luft über das wärmere Wasser wälzte, würde sich der Nebel heben.

Im Dorf hinter sich hörten sie anschwellende und abschwellende Stimmen im Gewirr der Gespräche. Er schüttelte den Kopf. Unter Menschen zu sein ... es rieb an seiner Seele wie Sand auf weichem Holz. Die langen Monde im Exil hatten ihn innerlich verändert, in der Nähe von Menschen fühlte er sich wie krank. Er wollte nur wieder ins Gleichgewicht kommen und seine Gedanken ordnen, nichts weiter. Schon leise Schritte hinter ihm störten ihn.

Jaguar unterdrückte den plötzlichen Drang, sich an Sonnenmuschel zu wenden und sie anzuknurren. Er war selbst schuld daran, dass sie bei ihm war; diese Bürde würde er so lange tragen müssen, bis diese Angelegenheit bereinigt war.

»Wir haben heute gute Arbeit geleistet«, bemerkte Jaguar, um sein Gewissen zu beschwichtigen.

Sonnenmuschel schwieg einen Augenblick lang und fragte dann: »Warum hast du den Kampf verhindert, Ältester? Was hätte es dir ausgemacht, wenn Schwarzer Dorn Neuntöter und seine Krieger ausgelöscht hätte? Die sind nicht von deinem Volk.«

»Ich habe es verhindert, Mädchen, weil es Wahnsinn war, ziellos tobende Leidenschaft. Hätte Schwarzer Dorn Neuntöter und seine Krieger getötet – es wäre großer Schaden entstanden. Vergiss nicht, meine kleine Freundin: Wenn ein Pfeil einmal abgeschossen worden ist, kannst du ihn nicht mehr zurückrufen, gleichgültig, wie verzweifelt du auch seiner Bahn durch den

Himmel folgst.« Er runzelte die Stirn und sehnte sich nach der Totenstille der Felder. »Und wir müssen den Fall untersuchen. Wurde Rote Schlinge etwa ermordet, um diesen Krieg auszulösen? Wenn wir die Pläne des Mörders zu vereiteln suchen, dann wollen wir es mit allen Mitteln tun. Denn eine Missetat darf nicht ungesühnt bleiben.«

»Aber, Ältester, wir verehren Okeus, und er ist ein launenhafter Gott.«

Jaguar schnaubte verächtlich. »Ja, ich weiß. Okeus wird verehrt, und Ohona weicht aus der Erinnerung wie der Nebel von gestern. Hast du dies jemals bedacht, Sonnenmuschel? Was sagt es uns über die Menschen, dass sie den Gott verehren, der Chaos und Leid bringt, und den Gott des Friedens und guten Willens vergessen?«

»Aber, Ältester, Ohona brauchen wir nicht zu besänftigen, weil er gut ist. Er tut uns nichts Böses, Okeus aber wohl.«

»Also?«

»Da also Okeus der Gefährliche ist, stimmst du ihn freundlich durch Taten und Opfergaben, damit er dich nicht ins Unglück stürzt.«

»Möwenscheiße! Kann man denn noch einfältiger sein?«

»Ältester? Ich ... ich verstehe dich nicht.«

»Also, dann denk mal nach, du junges Ding. Betrachte es aus der Sicht von Okeus. Es spielt also keine Rolle, was er macht, nicht wahr? Wenn er einen furchtbaren Sturm zusammenbraut, dann leiden die Menschen darunter, und sie bringen ihm Opfergaben dar in der Hoffnung, dass er es nicht wieder tut. Also sendet er ihnen noch einen Sturm, und dann laufen sie umher und legen ihm doppelt so viele Opfer zu Füßen. Wenn es so ist und wenn du Okeus wärst, was würdest du dann tun?«

Sonnenmuschel antwortete, ohne zu zögern: »Ihnen noch einen Sturm schicken.«

»Und nun stell dir vor, was sich Ohona dabei denkt. Er lässt die Sonne scheinen, er verhilft den Menschen zu einer guten Ernte, trotz Okeus und seinen Machenschaften. Aber wem bauen diese blöden Menschen einen Tempel?«

»Okeus.«

»Richtig. Okeus. Da ist es doch ein Wunder, dass uns Ohona noch weiter seine Gunst gewährt, nicht wahr?«

»Ja, Ältester. Aber … es ist doch sein Wesen, oder nicht? Er muss doch in jedem Fall wohlwollend und segensreich sein?«

»So ist es. Aber jetzt denk weiter. Woher kamen Okeus und Ohona?«

»Erste Frau hat sie geboren, nachdem sie vom Weltenbaum gefallen war.«

»Stimmt. Sie waren Zwillinge. Was sagt uns das über Okeus und sein Wesen?«

»Dass auch er tun muss, was seine Natur ihm befiehlt.«

»Aha. Und welche Bedeutung haben dann all die Tempel, die ihm errichtet wurden?«

Sonnenmuschel verharrte einen Augenblick mit gesenktem Kopf. »Ich verstehe. Deswegen hast du die beiden Schreine auf deiner Insel. Deswegen hast du gesagt, ich sei noch nicht reif für eine Antwort.« Sie machte eine Pause. »Aber, Ältester, warum hast du an jenem Tag Okeus etwas zu essen gebracht? Warum hast du ihm überhaupt einen Schrein gebaut, wenn er dauernd gegen uns arbeitet?«

Jaguar wedelte mit seiner Hand in die Nacht. »Weil die Erste Frau in ihrer unendlichen Weisheit begriffen hat, dass die Welt, wenn sie nur gut wäre, welken und sterben würde. So wie Ohona uns nicht im Stich gelassen hat, ganz gleich, wie wir ihn wegen seines schurkischen Bruders auch vernachlässigen mögen. Immer noch bringt er uns die Sonne nach dem Sturm. Das Gleiche gilt für Okeus. Wie sehr er uns auch leiden lässt, es ist nicht nur schlecht. Es macht uns stärker, es hält die Welt am Leben. Dafür ehre ich ihn, unabhängig davon, wie sehr er mir zuwider ist.«

Die Augen von Sonnenmuschel verengten sich; sie hob das Gesicht und blickte auf die kahlen Zweige, die sich über ihr hin- und herbewegten. »Ich verstehe nicht immer, was du sagst, Ältester, aber ich will darüber nachdenken.«

»Ja, ich weiß, das wirst du tun. Du bist ein nachdenklicher Mensch. Anders als dein Freund Wilder Fuchs wirst du …«

Ein Schatten näherte sich den Palisaden. Sonnenmuschel bewegte sich lautlos und stellte sich mit erhobener Keule vor Jaguar.

»Nein!«, schrie jemand keuchend. »Ich ergebe mich. Bitte … ich bin keine Gefahr für euch.«

Als er die kratzige Stimme hörte, legte Jaguar eine Hand auf Sonnenmuschels Schulter. »Ich glaube, es droht keine Gefahr. Wer kommt da?«

Eine alte Frau löste sich aus der Dunkelheit. »Ältester«, rief sie, »darf ich mit dir sprechen?«

»Kenne ich dich?«

»Ja, von früher. Aber es ist zwei Lebenszeiten her. Ja, zwei Lebenszeiten. Jetzt können deine Augen mich kaum mehr erkennen.«

»Und wer warst du, vor zwei Lebenszeiten?«

»Du lerntest mich kennen als … aber das ist jetzt nicht wichtig. Die Frau von damals ist tot. Es gibt keine Erinnerung mehr an ihre Blütezeit. Diese Gedanken tun weh. So viel Leid vor so langer Zeit.«

»Du redest unverständlich.«

»O nein, Ältester, meine Worte sind sehr verständlich. Aber ich bin nicht gekommen, um über die Vergangenheit zu sprechen. Ich will vom Heute sprechen, von den Widrigkeiten der Gegenwart. Lass sie leiden, habe ich gesagt. Welchen Kummer Okeus ihnen auch beschert, sie haben ihn verdient. Hunde, die sie sind.«

»Wer?« Jaguar trat näher, ging an Sonnenmuschel und der Kriegskeule in ihrer Faust vorbei.

»Diese Leute«, flüsterte die Alte und wich in die Schatten zurück. »Mögen ihre Seelen heulen in der Nacht, einsam und vergessen. Mögen ihre Geister im eigenen kochenden Blut baden, so wie mein Mann. Sie sollen brennen, auf ewig brennen!«

»Ich kenne dich doch, oder?«, fragte Jaguar. »Komm heraus, damit ich dich sehen kann.«

»Nein. Nein, Großer Mann, ich bin jetzt nur noch ein Schatten. Er würde mich töten, wüsste er, dass ich hier bin und dir von jener Frau erzähle. Schlechtes Blut! Verbotenes Blut! Nur darum ging es. Ich bin schon lange fort. Muss gehen. Zurück sein, bevor man mich vermisst. Ich …«

Gelbes Licht tanzte über sie hinweg, als Riesenbrüller mit einer hoch erhobenen Pechfackel vor die Palisaden trat.

»Geh jetzt! Weg von mir! Weg von Motte.« Die alte Frau trippelte geduckt zurück. »Sie dürfen mich nicht finden.«

»Warte!« Jaguar trat vor. »Du bist nicht in …«

»Sie ist gekommen«, zischte die Frau. »In der Nacht! Das Feuer begann von unten zu brennen und stieg an ihm empor wie Blütenblätter. Sein Fleisch brodelte und verkohlte, während er schrie.«

Die alte Hexe huschte davon und verschmolz mit den Schatten, als Riesenbrüller mit vier Kriegern näher trat. Im Fackelschein erhaschte Jaguar gerade noch einen Blick auf das Gesicht der Frau, auf einen Fleck von mattglänzendem Narbengewebe.

»Kein Wort «, sagte Jaguar zu Sonnenmuschel und wandte sich zu den Kriegern. Er schlenderte vorwärts, die Arme hinter dem Rücken verschränkt. »Kann ich dir helfen, Häuptling?«

Riesenbrüller hielt an und blinzelte im Fackellicht. »Wir haben dich vermisst, Ältester.«

»Misstrauisch gegen einen Zauberer, der frei herumläuft in der Nacht? Befürchtet ihr, ich könnte tanzen mit den Geistern der Nacht? Mich vielleicht sogar in eine Eule verwandeln?« Jaguar lachte in sich hinein. »Na ja, es stimmt schon, ich bin hier und lausche den Stimmen.«

Riesenbrüller sah ihn verwirrt an, und die Krieger hinter ihm traten von einem Bein aufs andere.

Jaguar machte eine wegwerfende Handbewegung. »Fürchte dich nicht, Häuptling. Weit entfernt davon, Übles auszubrüten, nahm ich nur die Gelegenheit wahr, um Luft zu schnappen, mich staunend der Stille der Nacht hinzugeben und nachzudenken.«

»Ich verstehe«, sagte Riesenbrüller, wiewohl seine Stimme verriet, dass er nichts verstand.

»Gut, aber jetzt kommt mit. Wenn meine Gegenwart so beruhigend auf euch wirkt, dann dürft ihr mich bis hinter die Palisaden begleiten.«

Das Rascheln von Mokassins riss Sonnenmuschel aus dem Schlaf. Sie wälzte sich in ihren warmen Hirschfellen herum und hob den Kopf. Langes schwarzes Haar fiel ihr über den Rücken. Jaguar schlief zusammengerollt neben ihr, mit dem Rücken an die Rückwand des Langhauses gelehnt. Sie fühlte die Wärme seines Körpers und spürte seinen gleichmäßigen Atem.

Riesenbrüller, der Posten, den Schwarzer Dorn aufgestellt hatte, um über sie zu wachen, stand zehn Schritte vor ihr; das

Sternenlicht, das durch das Rauchloch im Dach fiel, schimmerte auf seinem Gesicht. Kam das Geräusch von ihm?

Sie sah sich um. Es war nicht ihr Langhaus, aber sie kannte jeden, der hier wohnte. Viele fehlten noch; sie verbrachten die Nacht bei Verwandten, so weit weg vom Zauberer wie möglich. Zwanzig Handbreit entfernt lag der alte Hinkender Zeh, der tapfer die Nacht über in seinem Langhaus blieb; er schnarchte, wie jede Nacht, wie ein wütender Bär, und Kleine Kröte, seine Enkeltochter, sechs Blätterblüten alt, schlief unruhig. Sie lag links von dem Alten, einen Arm über dem Kopf gekrümmt, und ihre Finger öffneten und schlossen sich, als wollte sie nach jemandem greifen.

Sonnenmuschel hätte sie nur allzu gern im Arm gehalten. Die Mutter des Kindes war vor sechs Monden getötet worden und darüber war Kleine Kröte noch nicht hinwegkommen. Sie hatte früher am Abend leise gewimmert und das Geräusch hatte Sonnenmuschel ins Herz geschnitten.

Mokassins strichen über die Matten. Weich. Leise. Der Posten wandte sich zur Stirnseite des Langhauses.

Sonnenmuschel griff lautlos nach ihrer Keule und zog sie unter ihren Hirschfellen hervor. Rauch von Hickoryholz kräuselte sich von den glimmenden Resten in den Feuergruben zur Decke hinauf und schimmerte im Sternenlicht, das durch die Rauchlöcher fiel, bevor er abzog in die Nacht. Sie ordnete die Felldecken so an, dass sie ihre schnellen Bewegungen mit der Keule nicht behindern würden. Der hölzerne Griff lag kühl in ihrer Hand. *Wahrscheinlich ist es nichts.* Die rauchgeschwängerte Luft stach ihr in die Lungen.

Ein hoher Schatten bewegte sich anmutig durch die Mitte des Langhauses. Als er näher kam, roch sie den Rauch von heiligem Tabak und von brennendem Holz.

»Riesenbrüller«, flüsterte Wilder Fuchs, »ich bin's. Ich muss mit Sonnenmuschel sprechen.«

Riesenbrüller erwiderte: »Dein Vater hat gesagt ...«

»Er hat gesagt, du sollst auf den Zauberer aufpassen, nicht auf mich. Ich brauche deine Erlaubnis nicht, Riesenbrüller, ich teile es dir mit, da du hier der Wächter bist.«

Wilder Fuchs huschte lautlos an Riesenbrüller vorbei und kniete sich neben Sonnenmuschels Lager nieder.

Sonnenmuschel setzte sich behutsam auf, um Jaguar nicht zu wecken, und legte die Keule beiseite. Im schwachen Licht konnte sie die Prellung in Wilder Fuchs' Gesicht erkennen. »Was ist geschehen?«, flüsterte sie und tastete über seine Wange.

Wilder Fuchs hielt ihre Hand mit beiden Händen fest. »Mein Vater … war sehr aufgebracht.« Mit den Daumen liebkoste er ihre Finger. »Ich sagte, ich sei der Meinung, es wäre das Beste für uns alle, wenn ich einfach fortginge.«

Sonnenmuschel konnte nicht sprechen. Sie beklagte sich innerlich darüber, dass er nach allem, was geschehen war, nach allem, was sie durchgemacht hatte, um ihm zu helfen, einfach fliehen wollte – und andererseits flüsterte eine Stimme in ihrem Herzen: *Flieh nur … aber mit mir!*

Sie nahm sich zusammen. »Wir haben darüber gesprochen, Wilder Fuchs, in jener Nacht am Ufer des Flusses. Und du hast gesagt, wir müssten …«

»Ich weiß, ich weiß. Aber ich habe meine Meinung geändert.« Er packte ihre Hand jetzt so fest, dass es wehtat. »Sonnenmuschel, jeder hält mich für schuldig! Man wird mich töten.«

»Hör auf!«, befahl sie und riss ihre Hand los. Es dauerte keinen Herzschlag lang, da war die tiefe Verzweiflung auf seinem schönen Gesicht dem Ausdruck des erschrockenen Staunens gewichen. Er saß vor ihr, die Finger immer noch fest um etwas geschlossen, was einmal ihre Hand gewesen war.

Sonnenmuschel flüsterte: »Du bist doch sonst so mutig. Was ist denn in dich gefahren?«

»Sonnenmuschel, ich … ich glaube, mein Vater stellt sich gegen mich.« Sein Mund stand offen, sein Kinn zitterte.

»Was? Wieso denn?«

»Ich habe ihn belauscht. Er sagte, Rote Schlinge sei eine dumme Gans gewesen, dass sie an einem Mann wie mir Interesse gezeigt hätte, sie hätte schlauer sein müssen.« Er schluckte heftig. »Es war der Ton, in dem er sprach, der mich beunruhigte.«

»Es beweist gar nichts, Wilder Fuchs. Er ist deinetwegen besorgt, das weißt du. Sein Sohn ist in Schwierigkeiten. Wenn Menschen beunruhigt sind und nach einem Ausweg suchen, dann sagen sie eben dumme Sachen.«

Er spielte mit den Schnüren an seinen Mokassins. »Ja, ja, ich weiß, aber ...«. Er machte eine lange Pause. »Alle glauben, ich hätte es getan, Sonnenmuschel. Selbst Jaguar. Du hast ihn doch heute Nachmittag gehört. Also, bitte, du musst etwas für mich tun. Ich kann es nicht selbst tun. Ich habe etwas verloren, als ich in Flache Perle war, oben am Hang, wo man auf den Austernsteg hinunterblicken kann. Wenn du im Dorf bist, könntest du ...«. Er blickte sich um, blickte hinter Sonnenmuschel – und erhob sich hastig.

»Nein, sie kann nicht.«

Sonnenmuschel fuhr herum.

Jaguar saß aufrecht auf seinem Lager, zog sich eine Decke über die knochigen Schultern und fragte: »Was machst du hier?«

»Ich wollte mit Sonnenmuschel sprechen, Ältester.«

Kleine Kröte fuhr hoch und weckte Hinkender Zeh. Riesenbrüller trat vor, die Keule in der Hand, um zu sehen, was vor sich ging.

Jaguar machte eine besänftigende Handbewegung. Leise, um niemanden zu wecken, sagte er: »Die Gerüchte über meine Hexerei sind maßlos übertrieben, Riesenbrüller. Ich versichere dir, ich bin nicht so mächtig, wie meine Feinde dir einreden wollen. Geh bitte auf deinen Posten zurück. Dies hier betrifft dich nicht.«

Riesenbrüller blickte auf Wilder Fuchs, und als der junge Mann nickte, kehrte der Häuptling auf seinen Platz an der Mauer zurück, hielt jedoch die Keule einsatzbereit.

Im silbernen Licht glich Jaguars graues Haar ineinander verflochtenen Spinnweben. Er deutete auf Wilder Fuchs und sagte mit gedämpfter Stimme: »Sonnenmuschel gehört mir! Ich habe es dir gesagt, und sie hat es dir gesagt. Wenn du das nächste Mal mit ihr sprechen willst, wirst du gefälligst zuerst mir deine Gründe dafür nennen.« Er sprach mit scharfer Stimme. »Ist das klar?«

»Verzeih mir, Ältester.« Wilder Fuchs blickte sich um. »Ich wollte dir nicht zu nahe treten. Ich wollte nur ... aber ich gehe jetzt und überlasse dich wieder deiner Nachtruhe.« Geschwind wandte er sich ab und glitt davon, und Sonnenmuschel dachte: wie ein ausgepeitschter Lagerhund.

Ihr war, als hätte ihr jemand einen Holzbalken in die Magengrube gerammt. Sie hatte Mühe zu atmen. Sie beobachtete Wilder Fuchs, bis er geduckt durch den Vorhang auf der Stirnseite des Hauses in das Dunkel der Nacht verschwand.

Ihr Blick verriet, wie verletzt sie war. »Warum hast du das getan?«

»Er glaubt offenbar, dass du seine und nicht meine Sklavin bist«, sagte Jaguar mild. »Ich musste dieses Missverständnis aus der Welt schaffen.«

Sonnenmuschel legte sich wieder zurück und zog verärgert die Felle hoch. »Du warst zu schroff, Ältester. Er hat Angst, das ist alles.«

»Er ist ein Feigling, Mädchen. Sein Leben lang ist er behütet worden, zuerst von seinem Vater und jetzt von dir. Er kann nicht auf eigenen Füßen stehen. Oder er will es nicht. Ich weiß nicht, und es spielt auch keine Rolle. Ein Feigling ist ein Feigling.« Er rollte sich wieder unter seine Decke und drehte ihr den Rücken zu.

Sonnenmuschel lag noch lange wach und starrte auf den Rauch, der unter dem Dach nach den Abzugslöchern suchte. Sie bedachte Jaguars Worte und fragte sich immer wieder, was Wilder Fuchs in Flache Perle verloren haben könnte, dass es ihn in solche Panik versetzte.

Als Neuntöter erwachte, war der Morgen grau und trübe, die Luft mit Nebel angefüllt und seine Decke von Raureif verkrustet. Er setzte sich auf und stieß weißen Atem aus, der sich sofort mit dem Nebel vermischte.

Die freundschaftlichen Gefühle mochten vielleicht neu belebt worden sein, dennoch hatte er seine Krieger für die Nacht in ihr Lager unter den Bäumen befohlen. Dies war immer noch besser, als irgendeinem Heißsporn zu erlauben, alles Erreichte wieder zu zerschlagen.

Er erschauerte und versuchte, das Feuer wieder anzufachen, aber die feuchte Holzkohle war kalt. Murmelnd stand er auf und hielt in dem grauen Dunst Ausschau. Seine Krieger lagen in ihren Decken wie Holzklötze.

Neuntöter rieb sich die kalten Arme und beugte sich zu seinem Beutel. Daraus zog er ein kleines Gefäß aus Rinde hervor und holte mit den Fingern etwas heraus. Die Mischung bestand aus Bärenfett, gemahlener Blutkrautwurzel und Minze wegen des Geruchs; die Minze war seine Idee gewesen. Er rieb sich die Salbe dick auf die Haut.

Im Winter war das Fett nützlich, es hielt die Körperwärme zurück. Im Sommer schützte es vor den gierigen Moskitoschwärmen, die wie summende Säulen aus dem Ried aufstiegen. Im besten Falle trieben einen die kleinen Blutsauger in den Wahnsinn, im schlimmsten Fall in den Tod. Im Spätfrühling und im Frühsommer schwärmten sie von den brackigen Gewässern aus und erfüllten die Luft mit ihrem Getöse.

Er wollte gerade Fliegende Fischreuse mit einem Tritt wecken, als er aus dem Augenwinkel eine Bewegung wahrnahm – ein Mann, der sich allein durch den geisterhaften Nebel kämpfte und dabei jeden einzelnen Schläfer genau betrachtete.

Neuntöter erkannte den Eindringling. »Suchst du jemanden, Steinknolle?«

Der Krieger erschrak, sah sich um und erkannte Neuntöter. »Ja. Und nun habe ich dich endlich gefunden, Häuptling.«

»Ich dachte, du wärst auf der Jagd wie so viele meiner Krieger.«

Steinknolle trat widerstrebend näher, die leeren Hände zum Zeichen seiner friedlichen Absichten ausgestreckt. »Können wir etwas besprechen?«

»Sag, was du auf dem Herzen hast. Und dabei kannst du mir gleich verraten, was du eigentlich hier zu schaffen hast. Ich dachte, du hättest dich schlecht gelaunt in irgendeinem Wald versteckt.«

Steinknolle ließ den Kopf hängen. »Ich war nicht schlecht gelaunt. Ich war hier, in Drei Myrten. Ich konnte nicht zulassen, dass du sie umbringst, Häuptling. Ich habe Verwandte hier. Die wollte ich warnen.«

Neuntöter warf den Kopf zurück. Er blickte in den grauen Himmel. Über ihm schienen sich die nackten Zweige in immer zartere Gebilde aufzulösen. »Ich verstehe. Daher wussten sie also, dass wir kommen würden, und wann und wo. Und so hatten sie uns in der Falle.«

»Ja.«

Neuntöter musterte ihn mit zusammengekniffenen Augen. »Aber ich habe dich gestern dort draußen nicht gesehen.«

»Ich konnte doch nicht die Waffe gegen dich erheben – genauso wenig wie gegen meine Verwandten und Freunde. Als Jaguar den Kampf zu seinem Ende brachte, bin ich fortgelaufen und habe mich in den Bäumen hinter den Feldern versteckt. Dort habe ich die ganze Nacht darüber nachgedacht, was ich tun sollte.«

»Und zu welchem Ergebnis bist zu gelangt?«

»Zu dir zu gehen und dir zu erklären, was ich getan habe und warum. Um dir zu sagen, dass ich nicht dein Feind bin.«

»Aber du bist bestimmt auch nicht mein Freund.«

»Da irrst du dich, Neuntöter. Von jetzt an bin ich dein Freund bis zu meinem Tod, bis nur noch meine Knochen übrig sind und ins Beinhaus kommen, wo meine Ahnen liegen. Du hast mir das Leben gerettet.«

»Aber gestern hättest du zugesehen, wie ich sterbe.«

Steinknolle nickte traurig. »Und es wäre das Schrecklichste gewesen, was ich je erlebt hätte.«

»Ich frage dich noch einmal: Was willst du?«

Steinknolle richtete sich auf. »Meine Ehre verlangte nichts Geringeres. Ich wollte mit dem Mord an meinem Clan und meinen Freunden nichts zu tun haben. Als du eintrafst, wollte ich auch an deiner Ermordung und an der meiner Verwandten und Freunde, die dich begleiteten, keinen Anteil haben. Das ist nun erledigt. Aber meine Aufgabe ist noch nicht erfüllt. Ich bin hergekommen, um dir zu dienen, um meine Schuld zu sühnen. Mach mit mir, was du willst. Nimm mich wieder auf, an deine Seite, stoß mich aus oder töte mich. Was immer dir beliebt, Häuptling. Es ist deine Entscheidung.«

Neuntöter starrte in die aufrichtig wirkenden braunen Augen. Seine erste Regung war, dem Mann mit der Keule das Gehirn aus dem Schädel zu schlagen. Aber er konnte auch nicht vergessen, wie oft sie zusammen gearbeitet, gekämpft und gelacht hatten. Andererseits war es unmöglich, ihn mit offenen Armen aufzunehmen. Trotz der Umstände konnte er einen Verrat nicht einfach durchgehen lassen.

Neuntöter rieb sich die Hände. »Du hast mich verraten, Steinknolle. Was auch immer deine Tat rechtfertigt, so kann ich nicht ...«

Wie ein Geist trat Sonnenmuschel plötzlich aus dem Nebel; sie sah verdrossen aus.

Neuntöter fragte: »Was kann ich heute für dich tun?«

Schwer atmend blieb sie stehen. »Jaguar erbittet deine Anwesenheit im Großhaus des Weroanzi, Häuptling. Er bittet dich zu kommen, um einiges zu besprechen, bevor wir nach Flache Perle zurückkehren.«

Große Erleichterung erfüllte Neuntöters Seele. Das Problem mit Steinknolle war zwar noch nicht gelöst, aber er brauchte sich wenigstens im Augenblick nicht damit zu befassen. »Gut, Sonnenmuschel, ich bin bereit.« Zu Steinknolle gewandt sagte er: »Wenn ich beim Jaguar fertig bin, kehre ich zurück, und dann werde ich über dein Schicksal entscheiden.«

Steinknolle nickte und setzte sich neben die kalte Feuergrube.

Als Neuntöter sich umblickte, sah er, wie Steinknolle die Decke fest um sich zog, um sich vor der Kälte zu schützen. *Sei bloß verschwunden, wenn ich zurückkehre, alter Freund, es wäre das Beste für uns beide.*

Was Steinknolle auch getan hatte, er hatte es aus einem überwältigenden Ehrgefühl heraus getan. Sollte Neuntöter ihm befehlen, sich zur Strafe in der Bucht zu ertränken, würde er es auch tun. Einen sauberen Ausweg aus dieser schwierigen Lage gab es für sie beide nicht.

Jaguar kratzte sich und blickte in die Nacht hinaus. Der schwache Schein der Morgendämmerung fiel wie das Strahlen von Augen, die den Ruß durchdrangen, durch die Rauchlöcher. Aus dem Nebenraum hörte er leise Stimmen; die Sklavinnen bereiteten das Frühstück und die Mahlzeiten für den neuen Tag vor. Über ihm bog sich das Gestänge immer weiter nach innen, wie ein grobes Gewebe, das durch getrocknete Wurzeln zusammengehalten wurde. Das Holz hatte im Lauf der Zeit eine dunkelbraune Färbung angenommen – gestutzte Knoten, unter dem Schilf angeschwollen wie alte Knöchel.

Einem großen Korb ähnlich, dachte er, und es schien ihm seltsam, dass er bisher ein Langhaus noch nie aus dieser Perspektive gesehen hatte. Er änderte seine Haltung und spürte das Hinterteil von Sonnenmuschel, das sich gegen ihn drückte.

Die Wärme des Mädchens tat ihm wohl. Er tätschelte es sanft, seine Seele war voller Frieden.

Was war das für ein merkwürdiges Verlangen, das ein Mensch empfand, der dicht neben einem anderen lag? Gedankenverloren spielte er mit einer Strähne ihres glänzenden schwarzen Haares und beobachtete, wie sich ihre Brust sanft hob und senkte. Es war kein sinnliches Verlangen, nicht in seinem Alter und bestimmt nicht nach einem so unreifen und verrückten Mädchen wie Sonnenmuschel. Es war vielmehr eine elementare Sehnsucht, eine Leere, die im Innersten der menschlichen Seele nach Erfüllung schrie, ein Bedürfnis zu berühren, jemanden zu halten und einen anderen Menschen bei sich zu spüren. Es war ein besänftigendes Gefühl, fast wie Balsam auf der klaffenden Wunde, die ihm vor langer Zeit geschlagen worden war.

Jaguar tätschelte Sonnenmuschel erneut und zog das muffige Hirschfell zurück, das nach Rauch, Schweiß und Moder roch. Das Licht von oben strahlte durch die eckigen Abzugslöcher, vom Rauch in blauen Dunst verwandelt. Der Wächter, ein anderer jetzt, beobachtete ihn misstrauisch.

Jaguar hatte die Gastfreundschaft von Schwarzer Dorn in der Hoffnung angenommen, dass er noch einmal ein Wort mit der alten Sklavin wechseln könnte. Jetzt, da die Morgenfeuer angefacht waren und ihre Funken zum Dach spuckten, hatte er dazu nicht nur keine Gelegenheit gefunden, sondern, schlimmer noch, er hatte sich das Geschwätz von Wilder Fuchs anhören müssen. Wie hätte er sich auch zu der Alten schleichen sollen, wo er und Sonnenmuschel die ganze Nacht über von den Wächtern beobachtet wurden? Sie hatten sich nicht einmal unauffällig verhalten. Ein bewaffneter Krieger hatte nur ein paar Armlängen von ihrem Schlafpodest entfernt gestanden, den schussfertigen Bogen in einer Hand, die mit Stacheln besetzte Kriegskeule in der anderen. Als Riesenbrüller zu gähnen und zu blinzeln begann, hatte ihn ein anderer gerade ausgeschlafener und wachsamer Krieger abgelöst.

In späteren Zeiten würde sich Jaguar sicherlich belustigt an all dies erinnern, aber im Augenblick knurrte er seinen Ärger in sich hinein. Sein Leben lang hatte er nie in Gegenwart eines bewaffneten, feindseligen Mannes schlafen müssen, der ihn ausdruckslos und mit harten schwarzen Augen argwöhnisch anstarrte. Wie brachte es ein Mensch fertig zu schlafen, wenn er wusste, dass ein unwillkürliches Lippenzucken oder ein geschnaufter Schnarchlaut den Posten vielleicht dazu verleitete, ihm den Schädel einzuschlagen?

Die Hexerei brachte zweifellos Nachteile mit sich.

»In Flache Perle werde ich mich richtig ausschlafen«, murmelte er vor sich hin und rieb sich mit den schwieligen Händen das Gesicht. Sonnenmuschel regte sich, als er über sie kroch und aufstand, um sich zu strecken. Sie blinzelte und blickte mit unschuldigen Augen lächelnd zu ihm auf.

»Mädchen, ich möchte, dass du Neuntöter suchst. Sag ihm, ich wolle hier mit ihm sprechen.«

»Ja, Ältester.« Sie gähnte und streckte sich mit geballten Fäusten. Sie ergriff eine Decke und ging zur Tür.

»Kehr schnell wieder zurück.«

»Ja, Ältester.«

Gleich darauf trat Schwarzer Dorn geduckt durch den Vorhang, nachdem er sein morgendliches Geschäft erledigt hatte. Der Weroanzi ließ sich auf den Matten auf der anderen Seite des Feuers nieder. »Das Frühstück wird bald fertig sein. Meine Sklavinnen wärmen die Reste des Festessens auf.«

»Da ist sicher nicht mehr viel übrig.«

»Diese Flachperlen-Männer, die haben gefressen wie die Bären im Herbst. Wie immer.« Schwarzer Dorn hob eine Braue und ließ ein zufriedenes Lächeln auf seinem Gesicht erscheinen. »Tatsächlich bin ich recht zufrieden damit, dass ich sie gespeist habe. Hätten wir sie gestern umgebracht, würde ich mich kaum so wohl fühlen.«

»Willst du damit sagen, dass Neuntöters Kopf besser auf seinen Schultern aufgehoben ist als auf einer Stange vor deinem Großhaus?«

»Ja, ich glaube schon.« Schwarzer Dorn sah ihn ernsthaft an. »Jedenfalls vielen Dank für deinen Hinweis.«

»Ich habe dir nur geholfen zu tun, was dein Herz ohnehin tun wollte. Aber wir müssen uns noch unseren Weg durch dieses Durcheinander bahnen, Weroanzi. Der Nebel, der uns die Sicht nimmt, ist heute noch so dicht wie gestern. Wenn wir aber unsere Sicht wiedergewinnen, ist es möglich, dass wir plötzlich Dinge sehen, die sehr abstoßend sind.«

»Ja, das ist wahr. Aber wenn es diese Dinge wirklich gibt, dann findest du sie in Flache Perle. Nicht hier.«

»Wahrscheinlich. Übrigens: Wo ist Wilder Fuchs heute Morgen?«

Schwarzer Dorn griff in eine Tasche an seiner Seite und zog eine Tonpfeife hervor. Aus einem Rindengefäß schüttete er Tabak in den Pfeifenkopf, den er mit einem brennenden Zweig aus dem Feuer entzündete. Er stieß eine blaue Rauchwolke aus und tief ausatmend blickte er Jaguar in die Augen. »Ich habe ihn zu einem der abgelegenen Häuser hinter den Feldern geschickt. Seine Anwesenheit dort schien mir gestern Abend für unsere gegenseitigen Beziehungen angebrachter. Warum sollten wir einer Schnappschildkröte die Finger vor die Nase halten?«

»Eine kluge Entscheidung«, sagte Jaguar und verstand plötzlich, warum der Junge gestern Abend noch einmal heimlich zu Sonnenmuschel geschlichen war. »Ich halte es jedoch für besser, wenn du ihn ab sofort hier behältst, innerhalb der Palisaden, und zwar dauernd.«

»Ist das wirklich nötig?«

»Hat er Rote Schlinge umgebracht?«

»Nein, natürlich nicht. Das weißt du.«

»Dann sollte er hier sein, Weroanzi, begleitet von einem Krieger, sodass ihn alle sehen können.«

Schwarzer Dorn sog heftig an seiner Pfeife und blickte ihn nachdenklich an. »Du hast einen Grund dafür, nicht wahr? Du führst wieder irgendetwas im Schilde.«

»Natürlich. Ein Unschuldiger läuft nicht davon, denn er hat nichts zu verbergen. Und wenn du mir erlaubst, deine eigenen Worte zu gebrauchen: Wenn du einer Schnappschildkröte die Finger vor die Nase hältst, dann geschehen manchmal aufregende Dinge.«

»Was denn? Dass dir die Finger abgebissen werden?«

»Das geschieht nur, wenn du nicht schnell genug reagierst. Deswegen muss Wilder Fuchs dauernd bewacht werden. Von einem bewaffneten Krieger, der ihn überallhin begleitet, selbst in die Felder, wenn er sich erleichtern muss. Da er unter Bewachung steht, kann ich ihn auf Anfrage jederzeit vorführen, und das wird einige Leute beschwichtigen, die misstrauisch sind und immer noch glauben, dass er der Mörder ist.«

»Warst du schon immer so schlau?« Schwarzer Dorn grinste; einer seiner Schneidezähne war abgebrochen.

»Nein, Weroanzi, die meiste Zeit meines Lebens habe ich mich immer wieder auf die eine oder andere Art und Weise blamiert. Gib mir dein Wort, dass Wilder Fuchs von nun an dauernd in der Nähe sein wird.«

»Also gut. Er wird ab sofort bewacht. Sollte jemand versuchen, ihn anzugreifen, gebe ich dir Nachricht.«

»Und lass mich wissen, wer es war. Das ist noch wichtiger. Wir lassen den Köder baumeln, und dadurch kommen wir dahinter, wer die Schnappschildkröte ist. Und das wiederum führt uns zu dem Mörder.«

»Wie du willst.«

Die alte Motte betrat das Haus; mehrere jüngere Frauen folgten ihr, und jede trug ein hölzernes Schneidebrett, mit Speisen beladen. Die alte Frau wich geschickt Jaguars Blicken aus. Etwas an ihr kam ihm bekannt vor, aber das Alter und die furchtbare Narbe hatten ihre Züge entstellt. Die jungen Frauen stellten runde Töpfe an den Rand des Feuers, um sie zu erhitzen, und legten Brennholz nach. Jaguar stopfte seine eigene Pfeife und rauchte zufrieden vor sich hin.

Die Sklavinnen reichten ihm einen Holzteller mit Kürbisbrei und eine Schale mit Maisbrei und zogen sich dann an ihr kleines Feuer an der Tür zurück.

»Die alte Frau dort«, begann Jaguar, als er seine Pfeife zurücklegte und den Kürbisbrei mit den Fingern aus der Schale herausholte. »War sie schon immer bei dir?«

»Sie gehörte ursprünglich meinem Bruder. Drachenbein hatte sie sich vor vielen Blätterblüten vom Mamanatowick geholt. Sie war damals eine Schönheit. Heute ahnt das bei den ausgeschlagenen Zähnen und der Brandnarbe kein Mensch mehr.«

Jaguars Herz tat einen Satz und wurde von Eiseskälte erfasst. *Vom Mamanatowick? Heiliger Ohona, das war unmöglich!* »Und die Verbrennungen in ihrem Gesicht?«

»Ihr Mann war der Bruder des Mamanatowick. Drachenbein nahm sie beide gleichzeitig gefangen. Wir haben Kiefernspäne genommen, um ihn zu verbrennen. Während er noch in Flammen stand, riss sie sich los und rannte selbst ins Feuer, um ihn ein letztes Mal zu umarmen. Drachenbein war so beeindruckt von dieser Treue, dass er sie am Leben ließ, aber dieser schreckliche Schicksalsschlag hat sie zerbrochen. Seit damals ist sie auch geistig gestört.«

»Arme Frau«, flüsterte Jaguar, und seine Stimme klang wie aus großer Ferne.

»Einige sind stärker als andere.« Schwarzer Dorn zuckte die Achseln. »Aber hüte dich vor ihrem Geschwätz. Motte erzählt gern die verrücktesten Geschichten.«

»Motte?«

»So nennen wir sie. Weil sie in die Flammen geflogen ist.«

Schwarzer Dorn sah Jaguars aschgraues Gesicht. »Ältester, bist du krank?«

»Nein, nein ... ich habe nur ...« Er schüttelte sich, zwang sich zu lächeln und sagte: »Diese Kälte. Solch neblige Tage jagen mir die Kälte in die Knochen.«

Sonnenmuschel trat mit Neuntöter durch den Eingang und durchquerte den Raum. Jaguar atmete tief ein und peitschte seine Erinnerungen in die dunklen Nischen seiner Seele zurück, wo er sie verborgen hielt. Er nickte, als sich der Häuptling mit untergeschlagenen Beinen neben ihm niederließ.

Sonnenmuschel trat hinzu, rollte geschickt ihre beiden Decken zusammen und sicherte sie mit einer Schnur; dann sammelte sie die übrigen Habseligkeiten ein. Wie lange war es her, dass jemand hinter ihm aufgeräumt hatte? Jaguar schob diese Gedanken schnell beiseite, denn sie verstärkten nur seine bedrückte Stimmung.

»Guten Morgen, Häuptling«, grüßte Schwarzer Dorn. »Ich hoffe, du hast gut geschlafen.«

Neuntöter lächelte. »Ich werde alt. Als junger Mann konnte ich mit nur einer Decke im Schnee schlafen. Aber jetzt klappern mir die Zähne, wenn es friert.«

»Wir sind alle älter geworden«, sagte Schwarzer Dorn zustimmend. »Iss, bitte. Du auch, Sonnenmuschel, nimm meine Gastfreundschaft noch einmal an.«

»Der Weroanzi und ich haben uns besprochen«, begann Jaguar, als Neuntöter und Sonnenmuschel den Finger in den Maisbrei tauchten. »Schwarzer Dorn gibt mir sein Wort darauf, dass Wilder Fuchs schwer bewacht hier in Drei Myrten bleibt. So ist er nur eine halbe Tagesreise von Flache Perle entfernt für den Fall, dass wir ihn brauchen, aber auch vor Gefahren geschützt, falls jemand die Sache in die eigenen Hände nehmen will.«

Neuntöters Kiefermuskeln waren unter der glatten Haut in heftiger Bewegung, als er kaute. Er sah nicht sehr erfreut aus. »Die Weroansqua hat mir befohlen, ihn nach Flache Perle zu bringen.«

»Nun, ich möchte bezweifeln, dass die Weroansqua dich zur Rede stellen wird, wenn du ihn nicht mitbringst.« Jaguar lächelte hämisch. »Soll sie ihren Zorn gegen mich richten, falls sie es wagt. Du standest mir bei und stimmtest meinen Forderungen zu, nichts weiter.«

Neuntöter aß schweigend, die Stirn in tiefe Falten gelegt. »Ich muss einen meiner Krieger zurücklassen, damit die Abmachung eingehalten wird.«

Schwarzer Dorn fragte kalt: »Mein Wort genügt dir also nicht?«

Neuntöter erwiderte: »Es genügt mir, Weroanzi, aber ich muss anderen Rede und Antwort stehen, denjenigen, die mein Vertrauen in dich nicht teilen.« Er lächelte so, als zöge er den letzten, losen Faden aus einem wirren Knoten. »Das Schöne an zwei Händen ist, dass man sich an beiden Handflächen gleichzeitig kratzen kann.« Er machte eine Pause. »Was hältst du davon, wenn ich Steinknolle zurücklasse?«

Schwarzer Dorn zuckte die Achseln. »In dieser Angelegenheit steht er auf keiner Seite.«

»Das glaube ich auch.« Neuntöter nickte. »So erhält er die Gelegenheit, an seiner Ehre zu ersticken.«

Drei

Amselflügel stand vor dem Feuer. Das flackernde Licht warf sanfte Schatten auf seine Züge. Hinter ihm warteten Doppelknochen und Lässt Wasser, seine Unterführer.

Das Großhaus war gut ausgestattet: mit Hirschfellen, geflochtenen Körben voller Hickorynüsse, Zwergkastanien und

Haselnüssen. Mais, Tabak, Dörrfisch und Dörrfleischstreifen hingen in langen Reihen von den Dachstangen herunter. Der Duft nach rotem Zedernholz erfüllte den Raum.

Maisjäger, der Weroanzi, saß auf einem goldfarbenen Pumafell, das über einem Holzklotz lag, und blickte von diesem erhöhten Sitz aus auf diejenigen, die vor ihn standen, hinunter. Nur wenn sein Bruder, der Mamanatowick, ihn besuchte, ließ er den Thron wegräumen.

Als Weroanzi von Weißer Pfahl erhob er von den Clans in der Nachbarschaft Tribut. Den größten Teil leitete er an den Mamanatowick weiter, der drei Tagesreisen weiter südlich wohnte.

Früher war Maisjäger ein Krieger gewesen, der jüngere Bruder des Mamanatowick. Seine berühmten Heldentaten hatten ihn zum Häuptling von Weißer Pfahl gemacht. Außerdem war ihm die Verantwortung für die Sicherheit der nördlichen Grenze des Herrschaftsgebietes übertragen worden.

Maisjäger verbrachte seine Tage auf angenehme Weise. Der Krieg mit den Unabhängigen Dörfern stockte infolge eines andauernden Gleichgewichts der Kräfte, und diese Tatsache gestattete es ihm einerseits, seine Macht zu genießen. Andererseits stand ihm wegen der ständig drohenden Gefahr ein über das normale Maß hinausgehender Anteil an den Tributen, die nach Süden gingen, zu.

Im Laufe der Zeit hatte sein einst muskulöser Leib an Masse gewonnen, und die Fülle seiner Macht schien sich in der dicken Fettschicht auf seinem Körper zu spiegeln. Die Tätowierungen waren ebenfalls in die Breite gegangen und unter dem seit vielen Blätterblüten auf die Haut aufgetragenen Rot der Blutkrautwurzel nur noch undeutlich zu erkennen.

Die hängenden Backen ließen das Gesicht aufgedunsen erscheinen. Kleine braune Dachsaugen funkelten auf beiden Seiten einer platt gedrückten Nase, die ihm, Gerüchten zufolge, ein Angreifer mit einer Keule eingeschlagen hatte, als Maisjäger ein junger Mann gewesen war. Er bevorzugte fein gewebte und leuchtend bunte Gewänder vor gegerbten Fellen mit der Begründung, dass sich der Stoff wärmer, leichter und angenehmer anfühle. Wie viele andere mächtige Männer ergötzte er sich an Schmuck aus Kupfer und Zinn. Er bestreute sich mit glitzerndem Antimonstaub und liebte es, sich farbige Ammer-, Falken- und Eichelhäherfedern im Haar festzustecken. Seine sieben Frauen sorgten dafür, dass die rechte Schädelseite sauber geschoren blieb und verbrachten Stunden mit der Gestaltung seiner berühmten Haartracht.

Amselflügel war Maisjäger gegenüber immer misstrauisch gewesen, und seit seiner Ernennung zum Kriegs-Häuptling hatte sein Argwohn zugenommen. Etwas in diesen kleinen schwarzen Augen verursachte ihm großes Unbehagen. Maisjäger konnte noch so sehr lächeln und seine Arbeit loben – Amselflügel traute dem Mann nicht über den Weg.

Der Weroanzi starrte ihn nun unverwandt an, die dickliche rechte Hand auf einem mächtigen Knie. Mit der Linken hielt er die Hand von Rotelster, die neben ihm stand und Amselflügel ebenfalls scharf ansah. Sie war Maisjägers erste Frau, zehn Blätterblüten älter als er, grauhaarig, schlank, mit schmalem Gesicht. Hinter ihnen standen seine übrigen sechs Frauen und seine älteren Kinder.

»Wir konnten nichts tun«, sagte Amselflügel. Er wurde rot vor Verlegenheit und tadelte sich deswegen. »Sie hatten uns umzingelt, bevor wir die Waffen heben konnten. Als ob er gewusst hätte, dass wir kommen.«

»Tatsächlich?« Maisjäger grinste höhnisch.

Amselflügel schaute sich in dem vollen Langhaus um. »Ich nehme an, Entenmuschel ist nicht mehr unter uns?«

»Nein.« Maisjäger bewegte sich nicht, nur sein Daumen strich über den Handrücken von Rotelster. »Er ging fort, einen Tag nach deinem Aufbruch. Wahrscheinlich nach Süden. Sicher, um dem Mamanatowick mit den Geschichten über Jagender Falke und Kupferdonner und der geplanten Heirat die Ohren vollzuplappern.«

»Bist du sicher, dass er sich nach Süden wandte?«

Maisjäger blinzelte träge, wie eine Schildkröte an einem kalten Morgen. Er gab keine Antwort. Das war nicht nötig.

»Welch ein Jammer.« Amselflügel seufzte. »Wäre schön, wenn man es ihm anhängen könnte.«

»Du wurdest also umzingelt?«

»Ja, Weroanzi. Ich hatte keine Wahl. Ich gab die Botschaft an Kriegshäuptling Neuntöter weiter. Wenn wir mit Gewalt in ihr

Territorium vorgedrungen wären, hätte es einen schweren Kampf mit vielen Toten gegeben, und wir hätten nicht sicher sein können, dass deine Botschaft ihren Empfänger erreichte.« Amselflügel lächelte grimmig. »Tote sind bekanntlich keine guten Vortragskünstler.«

Der starre Blick von Maisjäger bohrte sich in Amselflügels Seele. Diese Augen hätten auch aus poliertem Stein sein können, so gefühllos blickten sie. Amselflügel drückte die Knie durch und versuchte, die aufsteigende Furcht zu bezähmen.

Es schien eine Ewigkeit zu dauern, bis Rotelster sich niederbeugte und Maisjäger etwas ins Ohr flüsterte. Der Weroanzi nickte kurz; ein gekünsteltes Lächeln erschien auf seinem Gesicht. »Nein, Tote sind keine guten Vortragskünstler. Aber mein Kriegshäuptling ist offenbar auch keiner.«

Amselflügel biss die Zähne zusammen und wippte auf seinen Fersen hin und her.

Maisjägers lächelnder Mund weitete sich. »Also schön. Du bist nicht zum Kriegshäuptling ernannt worden, um mir Geschichten zu erzählen. Du bist Kriegshäuptling, um Kämpfe zu gewinnen, und da du aus deinem Versagen kein Hehl machst, brauche ich immerhin nicht zu fürchten, dass du hinter meinem Rücken Ränke spinnst. Und deswegen, Häuptling, kann ich dir vertrauen.«

»Ja, Weroanzi.«

»Gut. Du hast also Neuntöter meine Botschaft übermittelt. Was sagte er?«

»Er sagte, er würde sie an Jagender Falke weiterleiten, Wort für Wort. Und das hat er getan.«

»Ich verstehe. Woher weißt du das, obwohl du es nicht mit eigenen Ohren hörtest?«

»Es war Neuntöter. Wie dein eigener Kriegshäuptling hält auch er mit unbequemen Wahrheiten nicht hinter dem Berg.«

Das Lächeln auf Maisjägers Gesicht gefror. »Du nimmst dir viel heraus, Amselflügel. Gefährlich für einen Mann, der gerade erst versagte. Ich war der Meinung, dass ein Kriegshäuptling sich etwas einfallen ließe, um mit Tatkraft seine Pflicht zu erfüllen.«

»Wenn der Weroanzi mir erlaubt, meinen Bericht zu beenden, wird er vielleicht feststellen, dass Einfallsreichtum durchaus zu den Fähigkeiten seines Kriegshäuptlings gehört.« Amselflügel wurde unruhig. Die Sprache wurde immer formeller, der Ton immer schärfer.

Reize ihn nicht, sonst lässt er dich rösten!

Er lächelte, um die Spannung zu lösen. »Hör mich bitte an, Weroanzi. Wir wussten, dass Neuntöter uns Späher auf die Fersen setzen würde, um sicher zu sein, dass wir das Land tatsächlich verließen. Wir liefen wie die Kaninchen, aber eben nur weit genug, um seinen Argwohn zu besänftigen. Dann schlichen Doppelknochen und ich durch den Wald zurück.«

»Aha.« Zum ersten Mal zeigte Maisjäger lebhaftes Interesse.

»Wir krochen nahe an Flache Perle heran und sahen, wie die Leiche von Rote Schlinge durch die Palisaden getragen wurde. Sie hing wie ein toter Hirsch an einer Stange.«

»Was?« Zum ersten Mal war Maisjäger verblüfft.

»Das ist meine Nachricht, mein Häuptling. Sie ist tot. Und die Krieger von Flache Perle waren so niedergeschlagen, dass sie sogar vergaßen, Wachen aufzustellen. Doppelknochen und ich konnten noch näher heranschleichen und sie belauschen. So erfuhren wir, dass Rote Schlinge ermordet wurde.«

Einen Augenblick lang war im Großhaus nur das Prasseln des Feuers zu hören.

»Wer?«, fragte Rotelster mit funkelnden Augen.

»Das weiß ich nicht«, sagte Amselflügel achselzuckend. »Viele hatten uns in Verdacht, man hatte uns in der Gegend gesehen. Andere verdächtigten auch Wilder Fuchs, den Sohn von Schwarzer Dorn. Ich hörte Gemurmel hinter den Häusern. Einige verdächtigten Kupferdonner und wieder andere Jagender Falke selbst. Meine Krieger waren es jedenfalls nicht, also muss es einer von den anderen gewesen sein, nicht wahr?«

»Hast du keinerlei Spuren von anderen Angreifern gesehen … von den Conoy vielleicht?«

»Nein, Weroanzi. Aus dem Gerede im Dorf ging hervor, dass Rote Schlinge nicht vergewaltigt wurde. Dass keine Trophäen genommen wurden. Dass keinerlei Zeichen gefunden wurden. Es geht also nicht um einen Krieg; es war Mord.«

Zum ersten Mal in jener Nacht warf Maisjäger den Kopf zurück und öffnete den Mund. Der fette Leib wurde von seinem Gelächter nur so geschüttelt.

Neuntöter und Steinknolle standen am Anlegesteg und hielten sich abseits von den anderen Kriegern, die sich für die Heimfahrt nach Flache Perle bereitmachten. Der Nebel hatte sich gehoben. Das Wasser war klar und ruhig. Sie würden bald zu Hause sein.

Neuntöter neigte den Kopf zur Seite und beobachtete Steinknolle, der geistesabwesend den Stamm einer Esche bearbeitete. Dem Krieger schien es Vergnügen zu bereiten, den Daumennagel in den Stamm zu graben und kleine Halbmonde aus der grauen Rinde herauszulösen.

»Ich glaube, ich verstehe, Häuptling. Wenn du mir ein Kupferstück schickst, soll ich Wilder Fuchs nach Flache Perle bringen. Wenn du mir eine Pfeilspitze aus Stein schickst, soll ich ihn so bald wie möglich töten. Wenn du mir eine Vogelfeder schickst, hast du den wirklichen Mörder gefunden, und ich kann nach Flache Perle zurückkehren. Wenn ihn unterdessen jemand angreifen sollte, habe ich ihn unter Einsatz meines Lebens zu schützen und dir sofort mitzuteilen, wer der Angreifer war.« Er machte eine Pause. »Ein sonderbarer Befehl, Häuptling.«

Neuntöter stemmte die Hände in die Hüften. »Es ist eine sonderbare Situation, sonst stünde ich nicht hier und redete so mit dir. Ob ich nun in meinem Herzen deinen Entschluss, Schwarzer Dorn zu warnen, gebilligt hätte oder nicht – du hast dich gegen mich gestellt. Früher hätte ich dir mein Leben anvertraut. Erfülle also deinen Auftrag, dann kann ich dir vielleicht eines Tages wieder vertrauen.«

»Ich habe getan, was ich tun musste, um meine Ehre zu retten, Häuptling.«

»Ich weiß, was du getan hast, und auch warum. Wäre es nicht eine Frage der Ehre gewesen, dann hätte ich jetzt einen anderen mit dieser Aufgabe betraut. Aber vergiss nicht, Steinknolle: Dies ist eine Angelegenheit zwischen dir und mir. Wenn die Weroansqua den Tod von Wilder Fuchs befiehlt, werde ich dir die Pfeilspitze nicht schicken. Verstehst du? Ich schicke sie dir nur dann, wenn ich selbst zu der Überzeugung gelangt bin, dass Wilder Fuchs der Mörder von Rote Schlinge ist.«

Steinknolle lächelte und Erleichterung lag in seinem Blick. »Dir vertraue ich, Häuptling.«

»Und in dieser Sache vertraue ich auch dir.« Neuntöter sah

ihn eindringlich an. »Du darfst mit niemandem darüber sprechen. Was Schwarzer Dorn betrifft: Du bist hier, um auf Wilder Fuchs Acht zu geben, damit er nicht flieht, und um die Interessen der Weroansqua zu vertreten.«

»Verstanden.«

Neuntöter hob eine Braue. »Ich habe inzwischen deine Angaben überprüft. Keiner aus deinem Clan war in die Sache verwickelt.«

»Vielen Dank, Häuptling.«

»Sei wachsam, alter Freund.« Neuntöter zögerte, bevor er Steinknolle auf die Schulter klopfte. »Wir wollen beten, dass ich dir eine Feder schicke. Wenn es die Pfeilspitze ist, dann musst du ihn töten. Es kann dich dein Leben kosten.«

Steinknolle runzelte die Stirn und löste wieder ein Stück Rinde aus dem Stamm. »Wenn er Rote Schlinge tatsächlich umgebracht hat, dann verdient er den Tod. Mein Leben wäre gut eingesetzt, Häuptling.« Er sah Neuntöter forschend an. »Und niemand könnte sagen, dass ich ohne Ehre gestorben bin.«

»Nein, niemand.«

Neuntöter wandte sich ab, als er sah, dass Jaguar sich in Sonnenmuschels Kanu setzte. Wenn sie Flache Perle erreichten, würden die Scherereien wieder beginnen, nachdem man in Drei Myrten gerade wieder zur Ruhe gekommen war.

Neuntöter nickte Steinknolle noch einmal zu und ging zu seinen Kriegern hinüber, die gerade die Kanus in die sanften Wellen schoben. *Bete zu Okeus, dass du für all dies die Lösung findest, mein Alter*. Die Vereinbarung mit Steinknolle hatte er ohne die Genehmigung der Weroansqua getroffen. Nicht einmal der dunkle Gott konnte ihm helfen, wenn sie je davon erfuhr.

Die kleine Flotte war auf dem Weg nach Flache Perle. Jaguar hatte das Kinn in eine Hand gestützt und bemerkte das Wasser, das seine Füße umspülte, nicht. Zu seiner Linken glitt das bewaldete Ufer still vorüber; nur das Glucksen des Wassers und die leisen Stimmen der Krieger waren zu hören.

Jaguar wusste, dass er sich auf sein Gespräch mit Jagender Falke vorbereiten musste. Stattdessen verweilten seine Gedanken bei der alten Sklavin. Sie konnte es nicht sein; es war einfach unmöglich!

Jaguar wandte sich um und brachte das Boot zum Schaukeln. Sonnenmuschel lenkte das Kanu sicher über das Wasser.

»Die alte Sklavin ... Motte. Was weißt du über sie?«

Sonnenmuschel zuckte mit den Achseln. »Sie war schon eine Gefangene, als ich noch nicht geboren war. Drachenbein nahm einen der Weroanzi des Mamanatowick gefangen, und sie war dessen Frau. Nicht vom Clan des Mamanatowick, sie hatte eingeheiratet.«

Jaguar ballte eine Faust. »Erinnerst du dich an seinen Namen?«

»Hm. Mal sehen. Irgendetwas mit Feuer. Da war ein ...«

»Weißes Feuer?«, fragte Jaguar so leise, dass Sonnenmuschel ihn kaum verstehen konnte.

»Ja, so hieß er. Der Witz war, dass er zwar Weißes Feuer hieß, aber als er verbrannt wurde, troff er nur so vor schwarzem Fett.«

»Heiliger Ohona!«

»Ältester?« Sonnenmuschel hörte auf zu paddeln und wandte sich beunruhigt zu dem Alten um. Den Federumhang hatte sie abgelegt und über ihre Knie gebreitet. Das Gewand aus geschmeidigem Hirschleder war an den Ärmeln und am Saum mit langen, geflochtenen Fransen verziert, die ihre schlanke Figur betonten.

»Alles in Ordnung, Ältester?«, fragte Sonnenmuschel und runzelte die Stirn.

Jaguar atmete tief ein und langsam wieder aus. Ihm war, als hätte ein Riese in seine Brust gegriffen und sein Herz umklammert. »Mir ... mir geht es gut.«

Er blickte auf das Wasser, ohne es wirklich wahrzunehmen. Seine Gedanken wanderten in die Vergangenheit. Wie konnte sich ein Mensch nur so verändern? Von der schönen Frau, die er gekannt hatte, war in der alten Hexe mit den Brandnarben nichts mehr zu erkennen. *Oder wolltest du sie etwa nicht sehen?*

Was hatte sie noch gesagt? Dass die Zeit eines Lebens verstrichen war? Oder so etwas Ähnliches?

»Weißt du, wie es geschah, Sonnenmuschel? Wie sie gefangen wurden?«

»Wasserschlange war als Erbe seines Vaters gerade Mamanatowick geworden. Wie hieß der Vater noch?«

»Sonnenfisch«, antwortete Jaguar tonlos.

»Ja. Sonnenfisch. Er starb, und Wasserschlange wurde der große Häuptling. Man sagte, er wollte sich Ruhm erwerben, und deshalb habe er einen Krieg gegen die Unabhängigen Dörfer vom Zaun gebrochen. Zur Zeit der größten Überfälle machte sich Drachenbein mit einer Hand voll Krieger auf nach Süden, nach Appamattuck, wo niemand sie erwartete. Drachenbein schlich sich ins Dorf und nahm Weißes Feuer und die Frau gefangen.«

»Ihr Name war Süßholz.«

»Ja, ich glaube schon. Die Krieger nahmen sie mit, marschierten mitten durch das Land des Mamanatowick und brachten die Gefangenen nach Drei Myrten. Drachenbein schickte eine Botschaft zu Wasserschlange und teilte ihm mit, er habe seinen Bruder Weißes Feuer und Süßholz in seiner Gewalt. Der Mamanatowick könne sie im Tausch gegen Land auslösen.«

»Und Wasserschlange sagte Nein«, ergänzte Jaguar düster. »Ein Märtyrer als Bruder ist geeigneter, die eigene Herrschaft zu festigen, als ein möglicher Rivale.«

»Das wusste ich nicht.« Sonnenmuschel paddelte weiter, ohne einen Schlag auszusetzen.

Ich wusste es. Jaguar ließ einen Arm über den Bootsrand baumeln. Das kalte Wasser ließ seine Finger schnell gefühllos werden.

Könnte ich nur meine Seele ebenso gefühllos machen.

Aber das konnte er nicht. Nicht nach all diesen Blätterblüten. Die Wunde war immer noch da, jetzt aufgebrochen, und sie konnte jeden Augenblick anfangen zu bluten.

Die untergehende Sonne warf einen leuchtenden Schein über den südwestlichen Himmel. Gegen verblassendes Orange, Gelb, Violett und Purpur bildeten die kahlen Zweige ein schwarzes Geflecht, das sich im stillen Wasser des Flusses spiegelte. Zwei Schwärme Braungänse strichen schreiend über den Himmel.

Jagender Falke hatte trotz des Geschreis den Ruf des Wachpostens vernommen und trat gebeugt durch den Einlass ihres Großhauses nach draußen. Mühsam richtete sie sich an ihrem

Gehstock auf. Dann humpelte sie zielstrebig vorwärts; der Sassafras-Stock klopfte auf dem harten Boden. Muschelkamm trat aus einem der Lagerhäuser und ging zu ihrer Mutter, um sie zu begleiten.

»Was gibt es denn?«, fragte Muschelkamm.

»Ich habe keine Ahnung. Der Posten meldete die Ankunft der Krieger. Jetzt weißt du ebenso viel wie ich.«

»Es wurde auch Zeit. Sie waren allzu lange fort.«

Jagender Falke murmelte grollend: »Ein Krieg endet selten mit schnellen Triumphen. Wenn Neuntöter einen Tag länger fort war, dann hatte er einen Grund dafür. Du musst dich in Geduld üben, Mädchen, sonst wirst du niemals eine gute Führerin sein.«

»Ich dachte, ich solle Disziplin lernen.«

»Das auch, und du hast erst kürzlich meine Erwartungen übertroffen. So sehr, dass es mich beinahe beunruhigt.«

Muschelkamm sah sie von der Seite an und sagte: »Mutter, ich kann ebenso kühl und sachlich sein wie du. Auch ich kann die Stimmen meiner Seele zum Schweigen bringen und mich gegenüber dem Sehnen meines Herzens gleichgültig stellen.«

Sie gingen durch die Palisaden zum Anlegesteg. Die Menge sammelte sich bereits.

Die Kanus glichen einem Schwarm von Fischen. Die Paddel blitzten in der Abendsonne, und die Krieger grüßten laut rufend Freunde und Verwandte.

»Zehn, zweimal zehn, dreimal zehn …«, zählte Jagender Falke die Köpfe, als die Kanus auf den Strand glitten. »Viermal zehn und vier. Zwei Köpfe mehr als beim Aufbruch? Kein Verlust? Keine Verwundeten?«

»Vielleicht war Neuntöters Überfall taktisch klug geplant und verlief ohne Zwischenfälle.« Muschelkamm stemmte die Hände in die Hüften. »Er kann wahre Wunder vollbringen, wenn er sich mit ganzem Herzen einsetzt.«

»Schwer zu glauben. Kein Überfall verläuft ohne Zwischenfälle. Siehst du Wilder Fuchs?«

»Nein. Aber sieh mal, dort sitzt Sonnenmuschel im Leitkanu. Sie ist ja seine Freundin. Und wer ist der alte Mann hinter ihr?«

Jagender Falke kniff die Augen zusammen und beobachtete

die Menschen in dem Getümmel. Die Leute umschwärmten die Krieger lachend und scherzend und klopften ihnen ein ums andere Mal anerkennend auf die Schultern.

Jagender Falke fing einzelne Worte auf: »In der Falle … Festessen … schöne Tage«. Und dann hörte sie: »Jaguar! Der Zauberer!«

Sie wollte gerade näher treten, als die Menge zurückwich und die Willkommensrufe verstummten. Alle schwiegen jetzt. Sonnenmuschel half dem alten Mann aus dem Kanu.

Er zuckte zusammen, rieb sich die Hüften und ging vorsichtig weiter, als schmerzten ihn die alten Knochen von der langen Fahrt. Das graue Haar war struppig und vom Wind zerzaust. Die Decke um seine schmalen Schultern war fleckig und zerschlissen. Aber sein faltiges Gesicht strahlte feurige Macht aus.

Jagender Falke humpelte weiter und stieß ihren Stock in den feuchten Sand. »Was geht hier vor? Wo ist Wilder Fuchs?«

Neuntöter sammelte die Waffen in seinem Kanu ein, blickte auf die Menge, dann auf den alten Mann. Schließlich trat er zu Jagender Falke.

»Weroansqua, Wilder Fuchs ist in Drei Myrten. Ich habe unseren Plan geändert.«

»Unseren Plan geändert?« In Jagender Falkes Augen glitzerte der Zorn, aber sie bezwang sich. Nein, sie wollte erst seine Erklärung hören.

»Ich habe ihn in Drei Myrten zurückgelassen«, sagte der alte Mann und zuckte zusammen, als er hinzutrat. »Fledermausscheiße! Ich kann einfach nicht mehr so lange sitzen.« Er begegnete ihrem versteinerten Blick und presste die schmalen Lippen grimmig zusammen. Herrisch fügte er hinzu: »Man nennt mich Jaguar.«

Die Leute wichen entsetzt zurück und stolperten übereinander. Jagender Falkes Wut verwandelte sich in Furcht. »Der Hexenmeister? Was willst du hier?«

»Ich bin gekommen, um Klarheit in dieses Durcheinander zu bringen.« Sein Blick glitt über die Menge. »Ich bin gekommen, um die Wahrheit über den Tod von Rote Schlinge herauszufinden.« Er deutete auf Sonnenmuschel. »Dieses Mädchen wandte sich an mich mit dem Begehr, ich möge mich davon überzeugen, ob Wilder Fuchs tatsächlich deine Enkeltochter getötet hat. Sonnenmuschel ist nun an mich gebunden.« Seine Stimme dämpfte sich zu einer leisen Drohung. »Hast du verstanden?«

Jagender Falke fasste ihren Stock fester. »Wir brauchen dich hier nicht, Zauberer.«

»Ach nein?« Jaguar deutete auf die Krieger hinter Neuntöter. »Wäre es dir lieber, deine jungen Männer starrten nun aus leeren Augenhöhlen in die Welt? Ein Kopf auf einem Pfahl der Palisaden von Drei Myrten ist kein schöner Anblick.«

Neuntöter nickte langsam, als ihn Jagender Falke fragend ansah. »Man hatte uns erwartet, Weroansqua. Wir ... wir liefen in eine Falle. Schwarzer Dorn hatte uns alle in der Hand. Jaguar verhinderte großes Unheil. Ich ... wir alle ... wir schulden ihm unser Leben. Als andere den Verstand verloren hätten, sprach er mit Weisheit. Ich beschwöre dich, Weroansqua, höre, was er zu sagen hat.«

Jagender Falke spürte große Übelkeit in der Magengrube, ihre Knie wurden plötzlich weich. Der Stolz zwang sie, dem forschenden Blick des Zauberers zu begegnen. »Also, was willst du hier?«

»Das habe ich bereits gesagt. Ich will den Mörder deiner Enkelin finden.«

»Warum?«, begehrte Muschelkamm zu wissen. Ihre Stimme klang rau. »Was scheren dich unsere Angelegenheiten?«

»Ich wurde gebeten, mich darum zu scheren.« Jaguar drückte mühsam die alten Knie durch, um sich aufrecht zu halten. »Solltest du mich daran hindern, würden unangenehme Leute unangenehme Fragen stellen und auf unangenehme Ideen kommen. Überlege es dir.«

»Wir haben nichts zu verbergen.« Muschelkamm ballte die Fäuste. »Forsche, so viel du willst.« Sie drehte sich auf den Fersen um und bahnte sich einen Weg durch die dicht gedrängte Menge.

Jagender Falke seufzte missmutig. Jeder Vorteil, den sie vielleicht einmal gehabt haben mochte, war geschmolzen wie Eis in der Sonne und für immer dahin. »Ich will keinen Nachtwanderer in meinem Dorf.«

Jaguars Augen glühten. »Es wird keine Hexerei innerhalb der Palisaden von Flache Perle geben.« Er machte eine Pause.

»Ich jedenfalls werde nicht der Urheber sein. Ich gebe dir mein Wort, Ohona und Okeus sind meine Zeugen. Ich habe dir erklärt, warum ich hier bin.« Langsam breitete sich ein Lächeln in seinem Gesicht aus. »Und nach allem, was ich gehört und mit eigenen Augen gesehen habe, glaube ich, dass du mich brauchst.«

Jagender Falke kämpfte gegen die Übelkeit in ihrem Magen an. Durfte sie es wagen, Nein zu sagen? Furchtbare Dinge erzählte man sich von diesem Mann und seiner dunklen Macht.

»Ich höre mit Respekt, was er zu sagen hat«, warf Neuntöter ein und trat neben Jaguar. »Aber ich werde wie immer tun, was du befiehlst, Weroansqua.«

Jagender Falkes Gedanken überschlugen sich. Was verband Neuntöter mit diesem gefürchteten Hexenmeister? Die Leute beobachteten sie und warteten auf eine Entscheidung. Durfte sie es wagen, ihn fortzuschicken? *Okeus sei meiner Seele gnädig! Jede unglückliche Wendung im Schicksal von Flache Perle würde über mein Haupt kommen wie eine Steinlawine. Weise ihn ab – und wer weiß, welche Plagen er dir an den Hals hext?*

Sie fuhr sich mit der Zunge über die Lippen. »Ich will hören, was du zu sagen hast, Jaguar. Dann werde ich entscheiden. Du hast einen Tag, um mich zu überzeugen.«

Mit einer Handbewegung erklärte sie die Unterredung für beendet, deutete dann auf Neuntöter und sagte: »Du bleibst noch, Kriegshäuptling.«

Die Menge löste sich langsam auf. Die Menschen besprachen sich leise und warfen immer wieder furchtsame Blicke auf Jaguar, während sie davongingen.

Als sie allein waren, fragte Jagender Falke: »Also, was soll das alles, Häuptling?«

Neuntöter berichtete von den Ereignissen in Drei Myrten, ohne etwas auszulassen. »Und so brachte ich ihn her, Weroansqua.«

Jaguars Blick ruhte währenddessen unverwandt auf ihr. Sonnenmuschel beobachtete wachsam die abziehenden Dorfbewohner. Seit der letzten Blätterblüte war sie eine Handbreit gewachsen, aber noch fehlten ihr die fraulichen Rundungen. In ihrem grünen Gewand glich sie einer Weidengerte.

»Es scheint, als hätte ich dir für die Rettung meiner Krieger zu danken«, sagte Jagender Falke. »Aber ich will dich nicht hier haben.«

Jaguar seufzte und schaute zum Dorf hinüber, wo die Leute sich an der Palisade wieder in Gruppen versammelten. »Das kann ich sehr gut verstehen, Weroansqua. An deiner Stelle würde ich mich auch nicht hier haben wollen, aber ich bin nun einmal da. Zu Beginn wollte ich diese Aufgabe nicht übernehmen. Aber bald war meine Neugier erwacht. In dieser traurigen Angelegenheit gibt es allzu viel Unverständliches. Wilder Fuchs wird des Mordes verdächtigt, und es kann sich durchaus erweisen, dass er tatsächlich schuldig ist. Doch allzu viele Menschen mit gesundem Urteilsvermögen halten ihn nicht für den Mörder.« Er machte eine Pause. »Wie ist es mit dir, Weroansqua? Wer hat deiner Meinung nach Rote Schlinge ermordet – und warum?«

»Wilder Fuchs«, antwortete sie grollend. »Weil Rote Schlinge einem anderen versprochen wurde.«

»Dies ist zu einfach«, erwiderte Jaguar. »Ich habe mit Wilder Fuchs gesprochen. Meine Seele weigert sich, einen Mörder in ihm zu sehen.«

»Deine Seele?«, entgegnete sie. »Du lässt deine Seele urteilen? Ich habe gehört, dass sogar Tiere dir Geheimnisse verraten.«

Jaguar runzelte die Stirn, und Neuntöter erstarrte. *O je, da hat sie einen empfindlichen Punkt berührt.*

»Manchmal ja«, gab Jaguar zu. »Aber nicht in diesem Fall. Meine Krähen sagten mir zwar die Ankunft von Sonnenmuschel voraus. Auf die Frage, wer Rote Schlinge getötet hat, gaben sie jedoch keine Antwort.«

»Wie bedauerlich! Vielleicht solltest du sie noch einmal fragen und uns in Ruhe lassen.«

Jaguar schaute empor zu den letzten Sonnenstrahlen. Beiläufig sagte er: »Wenn sie die Wahrheit entdecken, werden sie kommen und sie mir mitteilen. Ich würde sie allerdings lieber selbst herausfinden.«

»Weroansqua«, schaltete Neuntöter sich jetzt ein. »Wir haben doch ohnehin genug Schwierigkeiten. Wenn Jaguar Klarheit in die Sache bringen kann, dann lass es ihn versuchen.«

Mit bohrenden Blicken starrte sie ihn an. »Ich weiß nicht, welche Rolle du hier spielst, Häuptling.«

Neuntöter zog die Schultern hoch, als erwartete er einen Schlag. »Ich vertraue ihm, Weroansqua. Und du sagtest selbst, dass, wenn ich einen Weg fände, um einen Krieg mit Drei Myrten zu vermeiden, du damit einverstanden wärst.«

Ja, das hatte sie gesagt? Hatte im Namen des dunklen Gottes geschworen – und was hatte sie nun gewonnen? Sie befeuchtete ihre Lippen mit der Zunge und wiederholte: »Ich gebe dir einen Tag, Zauberer.« Bei diesem Zugeständnis zog sich ihr Magen zusammen. »Aber ich will nicht, dass du innerhalb der Palisaden schläfst. Ist das klar? Häuptling! Du bist für ihn verantwortlich. Ich will ihn unter dauernder Beobachtung wissen.«

Sie wandte sich ab und stieß mit dem Sassafras-Stock wütend in den Boden. All dies versprach nichts Gutes. Es versprach überhaupt nichts Gutes.

Vier

Sonnenmuschel saß fröstelnd auf einem Baumstumpf. Es war eine klare, kalte Nacht. Ihr Atem war eine weiße Wolke. Sie hatten in der schmalen Baumreihe am Ufer des Flussarms südlich des Anlegesteges ihr Lager aufgeschlagen. Hinter ihnen erstreckten sich die brach liegenden Felder mit ihren verkohlten Baumstümpfen bis zum bewaldeten Hang. Das Lager war nicht weit von den Palisaden entfernt, und sie konnte jede Stimme aus Flache Perle vernehmen. Jetzt waren die Leute offenbar dabei, das Abendessen zuzubereiten. Sie hörte Gelächter und Kinderstimmen, die mit bellenden Hunden schrien. Hölzerne Platten klapperten, ein goldener Feuerschein lag über den Palisaden, und in Sonnenmuschel erwachte die Sehnsucht nach einem Heim und einer Familie. Und nach Wilder Fuchs … ihrem geliebten Wilder Fuchs.

Jaguar summte vor sich hin, als er emsig Holz in die Feuergrube schichtete, die sie in den gefrorenen Boden gehackt hatten. Er sah hinfällig und alt aus. Die zerschlissene braune Decke, die er um die Schultern trug, unterstrich sein graues Haar und die buschigen Augenbrauen.

Sonnenmuschel legte die Hände um ein Knie und lauschte den Geräuschen, die von jenseits des Dorfes kamen. Eulen riefen mit glühenden Augen und glitten über die Baumwipfel. Eulen – die Vertrauten der Nachtwanderer, ihre Begleiter aus dem Tierreich.

»Ältester, darf ich dir eine Frage stellen?«

»Fragen sind gut. Nur zu.« Jaguar legte den letzten Zweig auf den Stapel und holte einen kleinen Keramiktopf mit Glut, den ihm Neuntöter gegeben hatte, aus seinem Beutel. Er verteilte die Glut über dem Haufen und blies hinein, um das Feuer anzufachen.

Sonnenmuschel sagte: »Erinnerst du dich daran, dass du über das Spinnen von schützenden Netzen sprachst? Ich habe es nicht verstanden und immer gehofft, dass du es mir einmal erklären würdest.«

Rauch stieg jetzt aus der Feuergrube. Jaguar blies weiter, und das Holz flackerte auf. Hellgelbe Flammen leckten um die Zweige. Er setzte sich auf, um zu Atem zu kommen. Sonnenmuschel erschauerte in der plötzlichen Wärme. Der Schein drang durch die kahlen Zweige über ihrem Lager.

»Die Menschen suchen immer nach Antworten, Sonnenmuschel,« sagte Jaguar. »Antworten. Sie wollen immer Antworten. Und die sind die schützenden Netze.«

»Die Antworten?«

»O ja.« Er nickte heftig. »Und zwar die von der schlimmsten Sorte. Die absoluten Wahrheiten. Leblos und wertlos, aber absolut. Der Clan ist die Mutter. Das Dorf ist die Familie. Die Welt wurde erschaffen durch den großen Baum, der in den ersten Tagen aus dem Schlamm entstand, bevor er dem Ersten Mann und der Ersten Frau Früchte schenkte. Jungen sind unbekümmerte Krieger. Mädchen sind verantwortungsbewusste Wirtschafterinnen. Wir sind kaum auf der Welt, da werden schon die ersten Fäden gesponnen und um unsere Seelen gewickelt, sie sind die Grundlage unserer Entwicklung. Aus diesen Netzen könnten viele großartige Dinge entstehen, aber die Menschen zerstören sie, bevor daraus tatsächlich etwas werden kann. Nach einigen Blätterblüten sind diese kostbaren Netze nichts weiter als leere Hüllen.«

Sonnenmuschel zog sich den Federumhang fester um die

Schultern und beobachtete, wie der Schein des Feuers die Falten in Jaguars Gesicht ausleuchtete. »Und was bedeutet das?«

Er lächelte, und die wenigen Zähne in seinem Mund schimmerten im Licht der Flammen orangefarben. »Hör auf, Antworten zu fordern. Vergiss. Mit einem Bauch voller Antworten wachsen dir keine Flügel. Sie wachsen nur, wenn du anfängst, deine Fragen zu erleben.«

»Fragen … zu erleben?«

Jaguar warf einen Ast ins Feuer. Funken stoben in blitzenden Wirbeln auf. »O ja. Wann immer du dir wirklich Zeit nimmst, ein zitterndes Blatt zu beobachten oder einen Stein zu betrachten, der am Grund eines Flusses liegt, dann erlebst du eine Frage. Du verinnerlichst sie in deiner Seele.«

Sonnenmuschel zog die Augenbrauen zusammen. »Du verwirrst mich, Ältester.«

»Hm?« Er schaute auf.

»Welche Frage erlebst du, wenn du ein zitterndes Blatt siehst?«

Jaguar zog die Decke über seine Füße und seufzte. »Du willst eine Antwort von mir haben?«

Sonnenmuschel spürte, dass sie etwas Falsches gesagt hatte. Sie befeuchtete sich die Lippen. »Ja.«

Er machte eine abwehrende Handbewegung. »Antworten – sie sind keine glänzenden Kiesel, die du ausgräbst, Sonnenmuschel. Sie sind die kühle Luft in deinen Lungen und das warme Blut, das durch deine Adern rauscht. Wenn du deine Fragen erlebst, wahrhaftig erlebst mit ganzem Herzen, dann lächeln dir die Antworten zu, aus jedem Sandkorn und aus jeder Wolke, die am Himmel dahinzieht. Antworten, mein Mädchen, werden nicht gefunden. Sie werden erlebt wie die Fragen.«

Sonnenmuschel spielte mit der Keule, die an ihrem Gürtel hing, zog sie nach vorn und untersuchte den Knoten, um sich davon zu überzeugen, dass er sich bei einem Ruck tatsächlich sofort öffnete. »Also … du willst mir nicht antworten?«

Die buschigen silberfarbenen Augenbrauen des Alten hoben sich. »Ich könnte dir eine Antwort geben. Aber es wäre meine Antwort, nicht deine. Du selbst aber musst die Antwort geben, sonst ist es keine Antwort.«

»Und …« – ihre Blicke glitten unsicher in alle Richtungen –

»… ich werde nur Antworten finden, wenn ich meine Fragen erlebe?«

»Richtig.«

Sonnenmuschel kratzte sich an der Wade, während sie darüber nachdachte. Der Wind schlug um und blies ihr den Rauch ins Gesicht. Sie verstand nicht genau, was er meinte, aber das Gespräch faszinierte sie. »Wie erlebt man Fragen, Ältester?«

»Du willst eine Antwort von mir?«

Sonnenmuschel biss sich auf die Lippen. »Heißt das, du willst eigentlich nicht mit mir sprechen?«

»Im Gegenteil. Ich genieße unsere Unterhaltung. Ich fürchte nur, ich bin in diesen Tagen kein besonders guter Unterhalter.« Er streckte sich neben dem Feuer auf der Seite aus und stützte den Kopf in die Hand. Das graue Haar berührte den Boden. Die Falten um seine Augen zogen sich zusammen. »Da gibt es allerdings etwas, was ich dir über das Erleben deiner Fragen sagen kann.«

»Was, Ältester? Ich würde es gern wissen.«

»Ja, ich weiß nicht genau, wie ich es sagen soll, damit du es verstehst.«

»Bitte, versuch es.« Sonnenmuschel rutschte auf ihrem Baumstumpf herum und beugte sich zu ihm. »Vielleicht verstehe ich es jetzt nicht, Ältester, aber eines Tages verstehe ich es vielleicht doch. Meine Mutter sagte immer, wenn ich erst älter wäre, dann würde ich …«. Ihre Stimme war immer leiser geworden. Immer, wenn sie an ihre Mutter dachte, schien es ihr, als würden winzige Messer ihren Magen zerschneiden.

Jaguar sagte freundlich: »In die leeren Hüllen zu schauen, ist schwieriger als alles, was du je tun wirst, Kind. Aber dennoch solltest du es versuchen.«

Sie wischte sich mit dem Ärmel ihres Hirschledergewands über die Augen und fragte heiser: »Wie erlebt man Fragen? Du hast gesagt, da gebe es etwas, was du mir sagen kannst. Was ist es?«

Er lächelte. »Schön, beginnen wir mit dem Anfang.«

»Sehr gut.«

»Du musst erst einmal erkennen, dass das Leben nicht aus Tagen, Wochen oder Monaten und schon gar nicht aus jeweils neuen Blätterblüten besteht.«

»Woraus besteht es dann?«

»Das Leben besteht aus Augenblicken.«

»Augenblicke? Wie ... einem Lidschlag?«

»Ja. Ein einziger Lidschlag. Das ist alles, was wir haben.« Jaguar klopfte an ihre Mokassins, als wollte er ihre volle Aufmerksamkeit auf seine Worte lenken. »Du wirst wissen, dass du deine Fragen erlebst, Mädchen, wenn du das Leben so begreifst: aus kostbaren flüchtigen Lidschlägen bestehend, unabhängig von allem anderen und ohne die Verheißung eines nächsten Lidschlags.«

Sonnenmuschel richtete sich mit gerunzelter Stirn langsam auf und sah Neuntöter, der durch die Palisaden glitt. Der Häuptling kam auf sie zu, die Hand auf seiner Keule. Sonnenmuschel sagte: »Ich werde deine Worte bedenken, Ältester, das verspreche ich. Aber jetzt solltest du dich umdrehen.«

Jaguar folgte ihrem Blick und erhob sich.

Neuntöter fühlte sich sehr unwohl, als er Jaguar und Sonnenmuschel zum Dorf führte. Es war jetzt bitterkalt, und die Kälte biss mit winzigen Zähnen in seine nackte Haut.

»Leidest du an Magenbeschwerden, Häuptling?«, fragte Jaguar.

»Woher ... woher weißt du?«

»Dein Gesichtsausdruck sagt es mir.«

»Die Weroansqua hat Angst. Ich habe sie noch nie so erlebt. Ich kann kaum glauben, dass sie mir am Nachmittag nicht befohlen hat, dich fortzujagen. Oder dich an Ort und Stelle zu töten.«

»Sie hatte keine Wahl.«

»Da kennst du die Weroansqua schlecht.«

»Vielleicht, aber ich kenne ihre Sorte. Sag mal, wer war die junge Frau bei ihr? Hoch gewachsen, gut aussehend. Die davonstampfte wie eine wütende Bärin?«

»Das war Muschelkamm. Die Tochter der Weroansqua.«

»Ah, die Mutter des Mädchens. Die glaubt, die Krieger von Amselflügel hätten Rote Schlinge getötet.«

»Das ist sie.«

Am Einlass zwischen den Palisaden gingen sie langsamer; viele Menschen lungerten dort herum. Neuntöter trieb sie mit einer Handbewegung auseinander. »Habt ihr genug zu essen?«

»Wir haben etwas Dörrfisch dabei. Das wird genügen.«

»Ihr könntet ... das heißt, ich würde mich freuen, wenn ich euch etwas besorgen könnte. Rosenknospe, eh ... meine Schwester hat sicher einen Topf Maisbrei auf dem Feuer. Die Weroansqua hat euch nicht das Essen innerhalb der Palisaden verboten.«

»Es wird sie nur noch mehr reizen.«

Neuntöter seufzte. »Sie wird mich rufen, wenn sie so weit ist. Ich bin geschwärzt und getötet worden, als ich ein Mann wurde. Das Schlimmste, was sie mir antun könnte, wäre, mich noch einmal zu töten.«

»Das stimmt«, bemerkte Jaguar. »Aber die Art, dich zu töten, wäre sehr unangenehm.«

Neuntöter runzelte ärgerlich die Stirn. Als sie durch den schmalen Einlass gingen, bekam er eine Gänsehaut. Es war ein merkwürdiges Gefühl, in das eigene Dorf zu gehen und zu wissen, dass sein Leben auf dem Spiel stand. Für einen verängstigten oder verwirrten Dorfbewohner wäre es jetzt ein Leichtes, ihn mit einem Pfeil zu durchbohren. *Aber nein, jetzt noch nicht,* dachte er. *Wir sind gerade erst nach Hause gekommen. Aber in einigen Tagen, wenn die Angst vor Jaguar an ihnen nagt, dann werden sie gefährlich werden.*

Nervös blickte er Jaguar und Sonnenmuschel an. Das Mädchen bewegte sich wie ein Krieger, wachsam bei jedem Schritt um sich blickend, auf jede Gefahr vorbereitet. Es trug seinen Umhang über den Schultern, die roten und blauen Federn schimmerten im Licht des Mondes, das durch die Bäume fiel.

Er führte sie durch das finstere Dorf; die Leute beobachteten sie aus sicherer Entfernung. Es geschah nicht oft, dass ein mächtiger Zauberer in den innersten Kreis ihrer Wohnstätten eindrang?

»Jaguar, es war vielleicht doch keine so gute Idee.«

»Das Leben ist voller Fehlentscheidungen. Aber im Augenblick stört mich mein leerer Magen mehr als der unfreundliche Empfang deiner Leute.«

Neuntöter sah, wie seine Schwester unter dem Vorhang vor dem Einlass herspähte. *Es ist schließlich ihr Haus,* erinnerte er sich etwas verspätet. *Aber sie wird doch nicht mir den Zutritt verweigern, oder?*

Wie eine Vorwarnung rief er: »Rosenknospe, Neuntöter bringt Gäste mit.«

»Auf ein Wort, Bruder«, antwortete Rosenknospe zögernd. Diesmal hatten ihre Augen nicht den verwirrenden, wissenden Blick, sie drückten eher Unsicherheit aus. Sie schob das Kinn vor und stemmte die Fäuste in die Hüften.

»Entschuldigt mich, bitte.« Neuntöter lächelte, um die Spannung zu lockern. »Meine Schwester ist wahrscheinlich beschämt, dass sie kein Mahl vorbereitet hat, das eines Gastes würdig wäre.« So. Wenn sie ihm den Eintritt glatt verweigerte, konnte er dies damit erklären, dass nichts vorbereitet war; er würde dann einen Topf mit irgendetwas Kaltem nehmen und mit Sonnenmuschel und Jaguar draußen vor den Palisaden essen.

Geduckt trat er ins warme Innere und stand seiner Schwester gegenüber. Sie trug einen Überwurf über der rechten Schulter, die rechte Brust war unbedeckt. Das weiche Fell hatte sie um die Hüften gegürtet, und von dort hing es in Falten herab. Im Allgemeinen hielt sie ihre Arme ruhig, aber jetzt bewegte sie sie nervös; ihre Hände zerknüllten den Saum des Überwurfs.

Zwei Feuer beleuchteten den Innenraum. Am hinteren Feuer sahen Weißer Otter, Seidenrinde und die anderen Kinder mit großen Augen zu. Neuntöter roch die verführerischen Gerüche von Kürbis, Aronpilzen und dampfenden Küchlein aus wildem Reis.

»Ich grüße dich, Schwester. Ich kann dir nicht sagen ...«

»Ist das der Zauberer?«

»Schwester, im Vertrauen, er ist kein Zauberer. Er ist ein Ältester, das ist alles.«

»Wer sind seine Leute? Welches ist sein Clan?«

»Ja ... also, da ...«

Ihre Augen wurden größer, sie warf die Hände in die Luft. »Was ist los, Bruder? Was ist dort draußen geschehen? Geschichten fliegen herum wie Sperlinge.«

»Und ich werde dir alles erzählen, genauso wie es sich abgespielt hat. Aber im Augenblick bitte ich dich dringend, ihn in deinem Haus willkommen zu heißen. Willst du das für mich tun?«

»Meine Kinder leben hier. Muss ich dich daran erinnern, dass ...«

»Bitte, Schwester! Vertrau mir! Nur dies eine Mal.«

Sie stand da wie eine Statue, mit grimmigem Gesicht. Dann gab sie schließlich widerwillig nach. »Ich werde ihn bewirten. Aber nur dieses eine Mal.«

Er grinste, nahm ihre Hände und küsste sie. »Ich danke dir, Schwester.«

Rosenknospe schüttelte seine Hände ab, sah ihn tadelnd an und sagte: »Wenn ich jemals zusammenrechne, was du mir alles schuldest ...«

Aber Neuntöter duckte sich schon unter dem Vorhang. »Meine Schwester freut sich, euch begrüßen zu können.«

Jaguar lachte in sich hinein. »Weißt du, ich habe schon Besuche bei Menschen gemacht, wo die Männer Besitzer von Haus und Nahrung waren. Das fand ich anfangs etwas eigenartig. Im Laufe der Zeit bin ich jedoch zu der Einsicht gelangt, dass es auch Vorteile hat.«

Neuntöter blieb nachdenklich stehen. »Ich habe auch schon von solchen Völkern gehört. Habe einige dieser Männer unter den reisenden Händlern getroffen. Aber, sag mir, wenn die Männer alles besitzen und die Clans und Familien eine männliche Erbfolge haben, wie kann ein Mann denn sicher sein, dass seine Kinder wirklich seine Kinder sind? Da muss ein Mann doch eifersüchtig über seine Frau wachen, oder?«

»Glaub mir, das tun sie auch«, erwiderte Jaguar und ging auf die Tür zu. Neuntöters Bedenken wurden sofort zerstreut. Wie es schien, konnte der Alte mit seinem Zauber einen Bären aus seinem Fell schwatzen. Er verströmte die Aura seiner Macht auf liebenswürdige Weise und strahlte Rosenknospe an, als wäre sie eine seiner ältesten und liebsten Freundinnen. Sein warmherziges Lächeln, sein vollendetes Benehmen und sein natürlicher Frohsinn erinnerten den Häuptling an einen Lieblingsonkel.

Jaguar nahm sich von einer Mischung aus gekochtem Kürbis, Sonnenblumenkernen und Walnüssen, als Rosenknospe fragte: »Welches war noch dein Clan, Ältester?«

Er lächelte sie fröhlich an. »Ach, ich glaube nicht, dass du schon von ihm gehört hast. Die Hochbeinigen, weit unten im Süden.«

»Der Clan der Hochbeinigen, Ältester? Ich habe schon von vielen Clans gehört, aber ...«

Von draußen rief eine Stimme: »Willkommen daheim, Kriegshäuptling. Hier kommt jemand, der dich besuchen will.«

Neuntöter erstarrte, blickte auf seine Schwester und antwortete: »Du bist hier willkommen, Großer Tayac.« Das war eine glatte Lüge.

Kupferdonner trat geduckt ein, hinter ihm zwei seiner Krieger. Der Mann trug sein Spinnenhalsband und zahllose Kupferketten; sie klingelten wohl tönend bei jedem Schritt. Eine prächtige Bärenfellrobe fiel über seine Schultern. Die gezackten Tätowierungen um seine Augen schienen das flackernde Licht der des Feuers zu spiegeln. Die beiden Krieger blieben an der Tür stehen, reglos und starr, mit gekreuzten Armen.

Kupferdonner grüßte Neuntöter mit einem dünnen Lächeln – dann trafen seine Blicke auf Jaguar.

Der Tayac schien zu schwanken. Sein Lächeln erlosch. Sein Gesicht drückte sprachlose Überraschung aus, dann einen Anflug von Furcht.

»So«, sagte er; seine Stimme wurde leise, und es schwang eine tödliche Drohung darin. »Man nennt dich also jetzt einen Zauberer.«

Jaguars heitere Miene veränderte sich nicht. Er lächelte und leckte sich den Kürbisbrei von den Fingern. Erst nachdem er sich die Finger gesäubert hatte, sagte er: »Wie ich höre, nennen sich dich einen ... wie war das? Einen großen Irgendwas.«

»Den Großen Tayac!«, erklärte Kupferdonner drohend.

»Hm.« Jaguar nahm sich eine weitere Hand voll Kürbisbrei, aß ihn und leckte sich anerkennend die Lippen. »Eine fabelhafte Entwicklung. Von Grasmatte zum Großen Tayac.«

»Diesen Namen wirst du nie wieder benutzen.« Kupferdonners Gesicht verdüsterte sich.

Jaguar runzelte die Stirn, als versuchte er, sich an etwas zu erinnern. »Habe ich doch auch nie, wie mir scheint. Man gab auch mir viele Namen, aber Grasmatte war nicht darunter. Darüber bin ich froh. Es war doch schließlich dein Name.«

Kupferdonner kauerte sich vor Jaguar nieder, die Muskeln gespannt, als wollte er ihm an den Hals springen. »Komm mir bloß nicht ironisch, alter Mann! Ich bin nicht mehr der Knabe, den du kanntest. Die Dinge haben sich verändert.«

»Ach, die Dinge verändern sich doch immer, Grasmatte oder Kupferdonner oder wie immer du heißt. Also gut, du willst Kupferdonner sein, der Große Tayac. Sind doch alles nur Wörter, oder nicht? Du und ich, wir beide wissen, dass tief unter der Haut, in den Muskeln, den Knochen und dem Blut verpackt, die Seele sich nicht verändert.«

»Du machst dich über mich lustig!«

Jaguars Augen wurden hart. »Nein. Nicht, wenn es sich um die Seele handelt. Und was hast du mit deiner getan? Du hast sie maskiert und den Teil, den du vergessen wolltest, mit einem Vorhang abgedeckt.«

Neuntöter beobachtete gebannt, wie der Hass in Kupferdonners Augen glühte.

»Es hat viele Blätterblüten gedauert«, sagte Jaguar, »bis ich selbst bereit war, die Vorhänge zurückzuziehen und in die schwarzen Abgründe meiner Seele zu blicken. Ob du wohl jemals den Mut haben wirst, in die deine zu sehen?«

»Ich habe allen Mut, den ich brauche, alter Mann.«

»Wohl gesprochen. Frag einen Feigling, und er wird dir sagen, er habe auch allen Mut, den er braucht. Oh, deine Bereitschaft, dem Tod ins Auge zu sehen oder dein Leben oder deinen Besitz aufs Spiel zu setzen, ziehe ich gar nicht in Zweifel. Aber so wie ein Quarz viele Flächen aufweist, so ist auch dies nur eine Facette des Muts, Tayac.«

»Großer Tayac!«

Jaguar holte sich mit dem Finger eine weitere Portion Kürbisbrei aus dem Topf. »Ach, ich vergesse das dauernd.«

»Wie habe ich mich nach diesem Tag gesehnt!« Kupferdonner schoss vor wie eine Schlange; seine Hände umklammerten Jaguars Hals. »Ich werde dich zerquetschen wie das Insekt, das du bist, Rabe. Wenn ich zudrücke, kannst du spüren, wie das Leben aus dir herausrinnt.« Die dicken Finger krampften sich um Jaguars dünnen Hals.

»Nein!« Neuntöter machte einen Satz auf Jaguar zu, der das Gleichgewicht verlor und gegen Kupferdonner fiel. Sonnenmuschel sprang auf die Beine, die Keule hoch über dem Kopf. Sie tänzelte hin und her und suchte die beste Stellung, um zuzuschlagen.

Zu Neuntöters Verblüffung winkte sie der Alte mit einer Hand zurück und machte Kupferdonner ein Zeichen aufzupassen. Als der Große Tayac an sich hinunterblickte, erschrak er plötzlich, und seine Finger lockerten ihren tödlichen Griff. Ein schmaler Knochendolch drückte sich gegen seine Haut.

»Im nächsten Augenblick, Tayac, hättest du deine Seele zu Okeus geschickt«, flüsterte Jaguar heiser und drückte den Dolch auf die Stelle unter dem Brustbein des Angreifers. »Ihr zwei, ihr seid einander würdig. Denk daran, Grasmatte. Töte mich, und ich schwöre dir bei der Seele meiner Mutter, dass ich dich mit mir nehme. Hast du verstanden?«

Hass brannte in Kupferdonners Augen, aber er nickte mit einem Ruck. Jaguar steckte den schmalen Hirschbeindolch in seinen Lendenschurz. Kupferdonner stand da, die Hände noch in Bewegung, als erwürgte er den alten Mann im Geiste. Er warf den Kopf zurück, das hoch gekämmte Haar fiel zur Seite. »Da ist noch eine Menge zwischen uns zu bereinigen, Rabe.«

Jaguar sah ihn melancholisch an und holte sich wieder eine Hand voll Kürbisbrei aus dem Topf. »Das glaube ich auch, Tayac. Aber in der Zwischenzeit frage ich dich: Wäre es nicht besser, du ließest es ruhen? Ein Mann, der in der Asche eines Feuers vom Vortag herumrührt, kann sich leicht die Finger verbrennen.«

Kupferdonner stolzierte zur Tür, gab den erschreckten Kriegern ein Zeichen und duckte sich durch den Vorhang hinaus in die Nacht.

Sonnenmuschel ließ langsam ihre Keule sinken und drückte sie, schwer atmend, an die Brust. »Heiliger Ohona«, flüsterte sie, »das war knapp.«

Rosenknospe strich sich mit zitternden Fingern über den Hals, und ganz langsam verschwand das Entsetzen aus ihren Augen. Jetzt erst beruhigte sich Neuntöters rasendes Herz.

Jaguar leckte sich die Finger ab. »Rosenknospe, habe ich dir schon gesagt, wie herrlich dein Kürbis schmeckt?«

»Das ist alles, vielen Dank, Krieger.« Jagender Falke winkte Fliegende Fischreuse, sich zu entfernen; er stand auf und beeilte sich, das Großhaus zu verlassen. Der Türvorhang schwang noch eine Weile hin und her.

Jagender Falke tastete geistesabwesend über ihr Kinn und starrte durch das Haus in den Vorraum. Dort saßen die Sklavinnen am Feuer und unterhielten sich leise. Jetzt, da Fliegende Fischreuse gegangen war, standen sie auf und widmeten sich ihren abendlichen Aufgaben.

Es war eine gemischte Gesellschaft; einige stammten aus dem Land des Mamanatowick, andere aus den Conoy und zwei von den Susquehannocks, aus einem Raubzug, der sie weit nach Süden geführt hatte. Sklavinnen, die man gefangen nahm, bezeugten den eigenen Triumph, sie waren eine Trophäe aus einem harten Kampf oder fehlerlos durchgeführten Raubzug. Männer wurden auf der Stelle getötet. Nur Frauen und Kinder, von Natur aus gefügiger, nahm man befangen.

Jagender Falke sah eine Weile den tanzenden Flammen zu. Das sanfte Licht warf einen gelblichen Schein auf die Grasmatten, die an den Wänden hingen, und ließ geisterhafte Schatten über die verrußten Dachstangen über ihr zucken. Versklavung der eigenen Leute war etwas, was sie verzweifelt zu vermeiden suchte.

Statt Wilder Fuchs sicher in ihrem Gewahrsam zu haben, war sie immer weniger Herrin der Lage. Ihr Feuer war kaum fähig, die Nachtkälte in Schranken zu halten, geschweige denn das Dunkel in ihrer Seele zu erhellen.

Neben ihr saß Muschelkamm und daneben Gelbes Netz. Wiederholt warfen ihnen die Sklavinnen Blicke zu, während sie die Nachtgewänder zurechtlegten. Von Fliegende Fischreuse hatte sie einen umfassenden Bericht über den Zug gegen Drei Myrten bekommen. Was sollte mit Jaguar geschehen? Sollte sie ihn dankbar mit Geschenken überschütten oder ihm jemanden schicken, der ihm das Hirn aus dem Schädel schlug?

»Sag mal, was hast du dort unten eigentlich gemacht?«, fragte Jagender Falke ihre Tochter. »Hast du der Welt zeigen wollen, was du für eine gedankenlose Törin bist?«

Muschelkamm starrte sie mit harten Augen an. »Wir haben nichts zu verbergen. Wir haben nichts Böses getan.«

Jagender Falke schloss die Augen und versuchte, sich zu sammeln. »Tochter, es geht nicht darum, was wir getan oder nicht getan haben. Es geht darum, dass wir unsere eigenen Angelegenheiten unter Kontrolle haben sollten. Verstehst du das nicht?«

»Er wird nichts finden.«

»Gut! Warum nicht gleich den Mamanatowick einladen, in unseren Angelegenheiten herumzuschnüffeln? Der findet sicher auch nichts, oder?«

»Darum geht es nicht!«, rief Muschelkamm protestierend. »Mach dich nicht lächerlich.«

Jetzt stand Gelbes Netz auf und wischte sich die Hände an einem Lumpen ab. »Entschuldige mich bitte, Weroansqua, ich muss ...«

»Wie? Interessierst du dich nicht für einen Familienkrach?«, fragte Jagender Falke mit Bitterkeit und beobachtete Muschelkamm durch halb geschlossene Lider.

»Es ist schon spät«, machte Gelbes Netz geltend. »Ich muss das Lager für Springendes Kitz bereiten. Gute Nacht, Weroansqua. Morgen früh sprechen wir weiter.«

»Gute Nacht, Nichte.« Jagender Falke rieb sich über die kalten Arme und griff nach einer weichen Hirschlederdecke, deren Oberseite mit den begehrten, wertvollen blauen Muschelperlen besetzt war. Sie zog die Decke um sich, als wollte sie sich nicht nur vor der Kälte schützen. Nachdem Gelbes Netz in die Nacht hinausgegangen war, sagte sie: »Muschelkamm, ich mache mich nur dann lächerlich, wenn du mich so hinstellst.«

»Neuntöter hat Probleme mit der Angelegenheit, ich habe sie nicht. Wenn du schon wütend bist, dann richte deine Wut auf ihn und nicht auf deine Familie.«

»Siehst du denn nicht, was hier geschieht? Wir stehen kurz davor, den Zusammenhalt zu verlieren. Wer immer Rote Schlinge getötet hat, versucht, uns alle zu töten! Ich habe ein riskantes Spiel gespielt, als ich sie Kupferdonner versprach. Mit dem Bündnis durch die Heirat hatte ich gehofft, ihn gegen Wasserschlange und Steinfrosch ausspielen zu können, ihn als den hässlichen Bären vor uns hinzustellen, der sich den Angriffen der Wölfe stellt, die nach uns schnappen. Aber jetzt? He? Das frage ich dich.«

Muschelkamm senkte den Blick.

»Ich sage dir etwas«, fuhr Jagender Falke fort. »Jetzt habe ich diesen Bären hier bei uns, und derweil beobachtet er uns und lernt alle unsere Schwächen kennen. Ich kann ihn nicht hinauswerfen. Er ist unser Gast. Wenn ich ihm sagte, er solle verschwinden, hat er jeden Grund, den er braucht, um uns seine Krieger auf den Hals zu hetzen.«

Muschelkamm spitzte die Lippen und zerknüllte nervös den Saum ihres Rehfellgewandes.

»Und im Süden leckt sich der Mamanatowick die Lippen und weiß genau, welch Unglück über uns gekommen ist und dass jetzt die Unabhängigen Dörfer darauf aus sind, sich gegenseitig an die Gurgel zu gehen. Glaubst du denn, er bleibt dort in Appamatuck hocken und röstet überm Feuer Nüsse? Und, wie du dir denken kannst, wird die Nachricht auch Steinfrosch im Norden zu Ohren kommen, und seine Krieger werden Fragen stellen, nur um herauszufinden, wie groß das Chaos tatsächlich ist, in dem wir uns befinden.« Sie wies mit dem Finger auf ihre Tochter. »Und glaubst du wirklich, dass unsere Leute das nicht begreifen und nicht vor den absehbaren Folgen zittern?«

»Mutter, ich …«

»Warte, ich bin noch nicht fertig. Dies alles sind Dinge, die du wissen müsstest, sie sollten für eine Führerin so selbstverständlich sein wie das Atmen, aber du scheinst es nicht zu begreifen. Während selbst ein Dummkopf ahnt, in welcher Lage wir sind, lässt du einen berüchtigten Zauberer in unser Dorf.« Jagender Falke sackte zusammen. »Okeus sei uns gnädig!«

Muschelkamm sprach langsam und betont, wenn auch mit zitternder Stimme: »Du warst es doch, die mir fortwährend immer wieder sagte, dass es keinen Rückschlag gibt, der nicht mit einigem Nachdenken in eine Gelegenheit verwandelt werden könnte.«

»So etwas könnte ich tatsächlich gesagt haben.« Jagender Falke richtete sich auf. »Du hast zugehört – ich bin überrascht.«

Auf diese Bemerkung ging Muschelkamm nicht ein. »Also, ich habe über unsere Lage nachgedacht. Ich sehe da eine Gelegenheit, vielleicht sogar eine größere als die mit Rote Schlinge. Und Jaguar kann auch eine Rolle spielen.«

»Ach, willst du vielleicht dem Großen Tayac eine andere unverheiratete Tochter anbieten?«

»Ich nicht. Aber du.«

»Ich? Ich verstehe nicht …«. Jagender Falke blickte erschrocken in das entschlossene Gesicht ihrer Tochter. »Dich?«

»Mich!«

»Du bist doch viel älter als er – und beinahe zu alt, um noch zu gebären.«

»Ich verbringe immer noch meine drei Tage im Frauenhaus. Sieh mich an, Mutter. Hast du schon einmal eine Frau meines Alters gesehen, die so jung aussieht? Und es ist mir nicht entgangen, wie er auf meine Brüste und meine Hüften starrt.«

Jagender Falke runzelte die Stirn. »Ich habe so lange keinen Gedanken mehr auf dich verschwendet, dass es mir niemals in den Sinn gekommen ist, der Große Tayac beachtete dich.«

Muschelkamm antwortete grollend: »Du kannst ja die Familie deiner Schwester zur Nachfolge bestimmen. Ich brauchte gar nicht hier zu sein. Gelbes Netz ist nach mir deine nächste lebende Verwandte. Und nach ihr kommen dein Neffe Wapiti und deine Großnichte Springendes Kitz.«

»Du gehst davon aus, dass du bei Kupferdonner bleibst. Du verschleißt mehr Ehemänner als die meisten anderen Menschen Mokassins. Immer, wenn ich dich verheirate, kehrst du wieder zurück, geschieden und schwanger.«

»Wenn ich sein Kind empfange, haben wir Kupferdonner auf unserer Seite, dann kann er für uns die Wölfe zähmen.« Muschelkamm lächelte und spielte abwesend mit einer Strähne ihres langen schwarzen Haares.

»Ich werde darüber nachdenken«, sagte Jagender Falke grübelnd. »Und Jaguar? Welchen Vorteil haben wir, wenn er bei uns ist?«

»Und wenn wir alles tun, um ihm zu helfen? Wenn wir ihn freudig aufnehmen, statt ihm Steine in den Weg zu legen?«

»Freudig aufnehmen … einen Zauberer?«

»Ach, Mutter, bitte. Sehen wir doch erst einmal, wie er ist. Vielleicht gar nicht so übel.«

»Er ist ein Nachtwanderer! Was willst du da noch sehen?«

»Du hast Vorurteile. Denk an unsere Möglichkeiten. Und wenn wir ihn im Sinne unserer Ziele formen können?«

»Ich kann dir nicht folgen.«

»Er hat schon den unglücklichen Ausgang unseres Überfalls auf Drei Myrten zum Guten gewendet. Also, nimm einmal an, dass wir ihn auf unsere Seite ziehen können. So wie unsere Leute ihn fürchten, kannst du dir vorstellen, wie sehr ihn auch die Leute des Mamanatowick fürchten.«

»Wir wissen nicht einmal, wer er ist und was er will.«

»Aber man könnte ihn dazu überreden, mit uns zu arbeiten und uns zu helfen – dies wäre doch eine glänzende Waffe gegen unsere Gegner.«

»Du sprichst von einem Zauberer, nicht von irgendeinem pflichtbewussten Krieger. Zauberern kannst du nicht einfach befehlen wie einem Häuptling.«

»Natürlich nicht, aber wenn wir ihn überreden könnten, uns zu helfen, würde das unsere Stellung stärken. Wenn wir es richtig anfangen, könnte er unsere Krieger ermutigen und Furcht in die Seelen unserer Feinde jagen. Neuntöter und seine Männer stehen schon in seiner Schuld.«

»Manchmal machst du mir Angst.«

»Mutter, hast du mich nicht gelehrt, dass nichts Wesentliches jemals ohne Risiko zu erreichen ist? Hast du mir nicht gesagt, dass wir manchmal die Neigung unseres Herzens missachten und unseren Verstand gebrauchen müssen?«

Ein Zauberer, den sie in der Hand hätten? Jagender Falke bedachte die Folgen. Neuntöter hatte Jaguar unterstützt. Doch was wussten sie über ihn? Die Geschichten, die im Dorf kursierten, berichteten von einem Mann mit ungeheurer Macht, der mit Tieren sprechen konnte und auch den mutigsten Gegner zu verzaubern wusste. Junge Krieger, die zu seiner Insel aufgebrochen waren, um ihn zu töten, wurden später tot in ihren treibenden Kanus gefunden – von Pfeilen durchbohrt. Andere verschwanden einfach, und niemand hörte je wieder von ihnen.

Doch wenn man Jaguar dazu bringen konnte, ihnen zur Seite zu treten und mit ihnen zu arbeiten, dann wäre er tatsächlich eine mächtige Waffe. Der Gedanke kam ihrem lebhaften Wesen entgegen. Seit einiger Zeit war sie es müde, bei den zahllosen Streitigkeiten unter den Unabhängigen Dörfern die Vermittlerin zu spielen. Die wachsende Bedrohung durch die Krieger von Wasserschlange hatte sie auf den Weg zu Kupferdonner gebracht; es war ein Versuch, das uralte Gleichgewicht zwischen den Unabhängigen Dörfern, den Conoy und dem Mamanatowick aufzuheben. Angenommen, sie könnte Kupferdonner haben – und Jaguar dazu? Wäre das nicht ein Vermächtnis für die Nachwelt? Noch viele Generationen lang würden die Völker ihren Namen mit Ehrfurcht nennen.

»Ich weiß nicht. Ich brauche Zeit zum Nachdenken.« Jagender Falke zog sich die Decke über die Beine. Die verschiedenen Möglichkeiten rasten durch ihren Kopf wie kleine Mäuse. »Da steckt noch mehr dahinter als …«

Der Hirschfell-Vorhang vor dem Einlass wurde zurückgeworfen und Kupferdonner trat geduckt mit zweien seiner Krieger ein. Mit großen Schritten kam er durch den Raum wie ein Gewittersturm kurz vor dem Ausbruch. Seine Halsketten klirrten bei jedem Schritt.

»Auf ein Wort, Weroansqua, bitte.« Er blieb vor ihr stehen, schwer atmend, und stemmte die Hände in die Hüften.

»Sprich, Großer Tayac.« Was war jetzt? Er sah aus, als hätte ihm jemand ins Gesicht geschlagen, und sein Anblick brachte ihr Blut in Wallung. Nicht zum ersten Mal wünschte sie, sie hätte eine Wache hinter sich.

»Ich bestehe darauf, dass der alte Mann aus Flache Perle verbannt wird, noch heute Nacht!« Er biss die Zähne zusammen, alle Muskeln waren gespannt.

»Der alte Mann?« Jagender Falke stellte sich unwissend. Muschelkamm hatte diesmal genug Verstand, um den Mund zu halten.

»Der sich Jaguar nennt. Er muss verschwinden. Sofort!«

Jagender Falke erstarrte. Wie konnte er es wagen, ihr zu befehlen wie einem kleinen Unterführer? »Großer Tayac, er ist Gast hier, so wie du. Wenn seine Anwesenheit dir nicht behagt, werde ich alles tun, damit sich möglichst keine Berührungen ergeben.«

»Du wirst …«

»Nein! Du hast in meinem Dorf nicht das Recht, Befehle zu erteilen! Wäre ich in deinem Dorf, würde ich es niemals wagen, einen solchen Ton anzuschlagen.« Sie machte eine beruhigende Geste und dämpfte ihre Stimme. »Wir sind beide aufgebracht, Großer Tayac. Bitte, wegen einer solchen Kleinigkeit wollen wir doch nicht den Kopf verlieren. Das ist unserer nicht würdig.«

Wutschnaubend wartete Kupferdonner einen Augenblick, doch als sie schwieg, atmete er tief ein. »Ja, du hast Recht. Ich entschuldige mich für meinen Ausbruch. Wenn diese alte Schlange meinen Weg allerdings noch einmal kreuzt, dann übernehme ich keine Verantwortung für die Folgen. Haben wir uns verstanden?«

Die Mischung aus Zorn und Unsicherheit, die sich in seinen Augen spiegelte, erregte ihre Neugier. Was hatte der alte Mann getan, um die eiserne Beherrschung, die bisher Kupferdonners Verhalten bestimmt hatte, zu zerschlagen?

»Großer Tayac, ich kann Jaguar genauso wenig überwachen wie dich. Aber sag mir doch, was hat er getan, um dich so aus der Fassung zu bringen?« Sie blickte ihn an, und dieses Zusammenwirken von offensichtlicher Neugier und Herausforderung wirkte wie eh und je.

»Er hat sich nicht verändert. Er ist immer noch dasselbe alte hochmütige Reptil, das er schon immer war. Ein Unruhestifter, der sich überall einmischt ...«. Kupferdonner hielt abrupt inne, eine geballte Faust erhoben. Sein Blick gewann an Schärfe, er nahm wieder den verschlagenen Ausdruck an. »Gut gespielt, Weroansqua. Der Ruf der Tüchtigkeit, den hast du dir zu Recht verdient. Du hast mich so weit gebracht, dass ich mich beinahe vergessen hätte.«

»Und meine Neugier ist erwacht.« Jagender Falke gab ihm ein Zeichen. »Bitte, setz dich, Großer Tayac. Eine Tasse heißen Tee für meinen Gast!«

Kupferdonner lächelte belustigt und ließ sich mit der natürlichen Anmut eines Pumas nieder. »Eine Tasse Tee wird mir sicher gut tun, danke.«

Eine der Sklavinnen ging davon, um dem Befehl Folge zu leisten.

Muschelkamm regte sich, zum ersten Mal, seit Kupferdonner eingetreten war und sie ihn aus großen dunklen Augen beobachtet hatte.

Kupferdonner machte es sich bequem und rückte die Perlenschnüre und das Spinnenhalsband zurecht. Er glättete seinen Schurz und lächelte, als man ihm den dampfenden Becher reichte. »Minztee, mein Lieblingstee. Und was ist das? Brombeeren – eine zusätzliche Würze?«

»In einer so kalten Nacht eine belebende Mischung, finde ich.« Jagender Falke wartete; sie spürte die Kälte nicht mehr.

Der Große Tayac nippte an dem Gebräu, grunzte vor Wonne und hielt den Kürbisbecher mit beiden Händen umfasst. »Ja, ich habe ihn schon früher gekannt. Auf der anderen Seite der Berge der Untergehenden Sonne, tief unten im Südosten bei dem großen Fluss des Schwarzen Kriegers. Unsere Wege kreuzten sich. Zu jener Zeit reiste ich mit meinem Vater, einem Händler. Den Mann, den ihr unter dem Namen Jaguar kennt, hieß damals Rabe, ein ziehender Zauberer und Gerüchteverbreiter. Nein, das ist übertrieben – nennen wir ihn einfach einen Geschichtenerzähler, und er machte seinen Weg, indem er die großen Häuptlinge mit den unglaublichsten Geschichten unterhielt. Je höher die Flüge seiner Fantasie, umso größer ihr Wohlgefallen. Die Geschichten, die er erzählte, wurden immer fantastischer.«

»Das klingt nicht so abschreckend, dass es uns dazu bringen könnte, ihn aus Flache Perle hinauszuwerfen.«

»Nein, aber er hatte auch einen Ruf als Giftmischer und Mörder und Spion für andere Häuptlinge. Da verriet er Maßnahmen zur Verteidigung und berichtete, wann Kriegstrupps aufgebrochen und zurückgekehrt waren. Man hörte, dass er verschiedene Städte an Feinde verraten hatte. Was immer er euch über sich oder seine Vergangenheit erzählt – es ist alles Lug und Trug.«

Während Kupferdonner sprach, forschte Jagender Falke in seinem Gesicht nach Anzeichen, die Täuschungsabsichten verrieten, doch sie fand keine.

»Ich werde ihn genau beobachten, Großer Tayac, das versichere ich dir. Beim kleinsten Hinweis auf einen Betrug werde ich ihn im besten Fall entfernen, im schlimmsten Fall lebendig verbrennen lassen.«

Die Lippen des Großen Tayac zuckten. »Weroansqua, noch ein letzter Rat. Ich bewege mich hier auf unsicherem Boden; aber ich würde nicht deinen Kriegsäuptling damit betrauen, ihn ›zu entfernen‹. Rabe hat so eine Art, die Leute, die ihm nahe stehen, zu blenden. In dieser Hinsicht ist er vielleicht wirklich ein Zauberer. Wenn du Hilfe benötigen solltest – du brauchst nur zu rufen.«

Und dann wärst du überglücklich, ihn selbst umzubringen zu können.

»In diesem unwahrscheinlichen Falle werde ich nicht zögern.«

Kupferdonner trank einen großen Schluck von dem Tee und warf einen schnellen Blick auf Muschelkamm. Jagender Falke bemerkte, dass ihre Tochter sich ganz unmerklich so gedreht hatte, dass das Licht ihr glänzend schwarzes Haar betonte, und ihre Augen waren größer geworden, als wollten sie das Innerste seiner Seele in sich einsaugen.

Ja, wirklich, er ist interessiert.

Die Entdeckung überraschte sie ebenso sehr wie die anderen Ereignisse des Tages. Sie spürte die subtile sexuelle Spannung zwischen den beiden wie das Knistern eines Fuchsfells, wenn man mit der Hand darüber strich.

»Wilder Fuchs entgeht uns also abermals«, sagte Kupferdonner zu Muschelkamm.

»Selbst die Edlen haben zu warten, bis ihnen das Schicksal die reifen Pflaumen in den Schoß fallen lässt«, gab Muschelkamm zurück. »Gerade du solltest wissen, dass man den Krieg nicht unbedingt beim ersten Scharmützel gewinnt. Der schönste Sieg ist der am härtesten erkämpfte. Und immer muss ein Preis bezahlt werden.«

Er betrachtete sie über den Becherrand hinweg. »Wenn du dir aus tiefstem etwas Herzen wünschst – welchen Preis würdest dafür du zahlen?«

Muschelkamm antwortete mit ungewöhnlicher Bitterkeit: »Vielleicht habe ich schon bezahlt, Großer Tayac. Ich habe alles aufgegeben für meinen Clan, für mein Volk. Aber nur ich weiß, wie hoch der Preis war.« Sie schenkte ihm ein rätselhaftes Lächeln, das zugleich Necken und Herausforderung war.

Jagender Falke sah das Glitzern in seinen Augen, als er laut lachte, als bestünde eine geheime Verständigung zwischen ihnen. »Sicher hast du bezahlt; du bist in der Tat sehr unergründlich.« Berechnend warf er einen Blick auf Jagender Falke. »Ich möchte wissen, wer von euch beiden die gefährlichere ist, du, Weroansqua, oder deine Tochter.«

»Wir kommen zurecht, Großer Tayac«, erwiderte Jagender Falke und erwartete beinahe eine höhnische Bemerkung ihrer Tochter. Aber Muschelkamms einzige Entgegnung war, dass sie Kupferdonner mit einer hochgezogenen Braue zu verspotten schien.

»Ich danke euch für den Tee«, sagte er und stand auf. »Es ist spät.« Sein Gesicht wurde hart. »Nimm meine Warnung vor Jaguar ernst. Er verheißt Ärger. Vertraue ihm nicht. Und … ich würde ihn auch nicht allzu nahe ans Essen lassen. Wer weiß, was er hineintut.«

»Ich danke dir.« Jagender Falke beugte den Kopf. »Wir würdigen deine Warnung und sind auf der Hut. Sei ohne Sorge.«

Sie sah ihn davongehen und mit seinen Kriegern in der Nacht verschwinden.

»Er hält mich also für gefährlich«, sagte Muschelkamm sanft.

»Eine höchst interessante Nacht«, stellte Jagender Falke fest. »Aber ich werde diesem Jaguar – oder Raben, wie immer er heißt – eine Chance geben. Ihn wenigstens gegen Kupferdonner ausspielen.«

»Und mein Vorschlag?«

»O ja, er ist an dir interessiert, sogar hingerissen von dir. Aber hüte dich vor ihm, Tochter. Der ist nicht wie die anderen, mit denen du in all der Zeit gespielt hast.«

Mit funkelnden Augen starrte Muschelkamm ins Feuer. »Nein … der nicht, Mutter.«

Der Gesichtsausdruck ihrer Tochter sandte Jagender Falke kalte Schauer über den Rücken. Aber sie hatte keine Zeit für Muschelkamm, nicht jetzt. Pläne schossen durch ihren Kopf wie spitze Pfeile. Es gab viel zu tun.

Fünf

Er war es tatsächlich! Nach so vielen Blätterblüten. Wer hätte das gedacht? Jaguar hatte sich zwar über seinen Aufstieg aus dem Pfeifenstein-Clan gewundert, es aber nicht gewagt, seinem Instinkt zu trauen.

»Er nannte dich ›Rabe‹«, stellte Neuntöter fragend fest, als Rosenknospe das Geschirr zusammenräumte und die leeren Platten für die Hunde hinstellte, damit sie sie ableckten. Zwei ihrer Töchter trugen Brennholz herbei. Die Flammen züngelten knackend um die Zweige und beleuchteten das Innere des

Langhauses. Die Pfähle des Holzlagers nahmen die Farbe von Bernstein an, und die Schatten hüpften um die von der Decke hängenden Maiskolben, Tabakblätter und die Säcke mit den übrigen Vorräten.

Sonnenmuschel saß neben Jaguar und drehte die Keule gedankenverloren in den Händen. Vielleicht dachte sie darüber nach, dass es doch nicht so leicht war, eine Kriegerin zu sein.

Jaguar bemühte sich, die Erregung und die Angst, die immer noch in ihm brodelten, zu unterdrücken. Tief einatmend nahm er eine bequemere Haltung ein und stopfte seine Pfeife. Er betrachtete die klein geschnittenen braunen Tabakblätter und zuckte die Achseln. »Ein Mensch braucht einen Namen. Damals wurde ich so genannt.«

»Wie mutig von dir, dich mit dem Großen Tayac auf ein solches Wortgefecht einzulassen!. Einen Augenblick lang fürchtete ich, dass er dich tötet.« Neuntöter schüttelte den Kopf.

»Und das in meinem Haus!«, rief Rosenknospe. »Ich hätte hier ausziehen müssen. Wer würde in einem Haus wohnen wollen, in dem ein Zauberer getötet wurde?«

Jaguar erwiderte: »Vertraue mir. Nach dem großartigen Mahl, das du mir vorgesetzt hast, würde ich dir niemals Schaden zufügen, liebe Frau.«

»Er hat mich überrumpelt«, sagte Sonnenmuschel verdrossen. »Er hat sich so schnell auf dich gestürzt, Ältester, dass ich vollkommen hilflos war.«

»Für mich bestand keinerlei Gefahr. Sonnenmuschel, vielleicht ist es das Einzige, was ich dich lehren kann, aber behalte es im Gedächtnis: Die äußere Erscheinung kann täuschen. Und: Unterschätze niemals einen Gegner. Wer sich gegen einen anderen stellt, ohne die möglichen Reaktionen zu bedenken, der ist ein Narr. Kupferdonner ist trotz all seiner Verschlagenheit und Großtuerei immer noch ein Narr. Dieser Teil seiner Seele hat sich nicht geändert.«

»Die beste Herausforderung ist immer noch die, die nicht bekannt gemacht wird«, fügte Neuntöter nachdenklich hinzu.

Jaguar lächelte und beugte sich vor, um die Pfeife anzuzünden. Seine runzligen Wangen arbeiteten wie ein Blasebalg, als er eine blaue Rauchwolke ausstieß. »So viel Einsicht ist den meisten Kriegshäuptlingen schon nicht mehr zuzutrauen.«

»Doch, wenn sie gewinnen wollen.«

Jaguar seufzte; der Tabak belebte seine müden Glieder. Kriegsgeschrei hatte diese Wirkung schon lange nicht mehr. Grasmatte! Nach all den Blätterblüten!

Blauer Rauch stieg aus der Pfeife empor. Man sagte, Okeus hätte der Welt den Tabak als Belohnung für Wohlverhalten geschenkt. Vergeblich fragte sich Jaguar, wo hier der Haken war. Denn so etwas lag nicht in Okeus' Natur.

Rosenknospe warf argwöhnische Blicke auf den Alten und sammelte die glänzenden Schalen ein; die Hunde hatten ihre Arbeit getan und ruhten sich aus, die Nasen lagen auf den Pfoten.

»Dies fehlte mir«, sagte Jaguar. »Ich hatte vergessen, wie es ist, in einem schönen Haus zu wohnen und mit anderen Menschen um ein abendliches Feuer zu sitzen.«

»Warum hast du dich denn auf diese Insel geflüchtet?«, fragte Rosenknospe und kam mit dieser Frage Neuntöter zuvor.

Jaguar sah den Rauchwölkchen nach. In seinem Hinterkopf tauchte das Bild von Grasmattes Mutter auf, das glänzende schwarze Haar war über die Decken gebreitet, als er in ihre dunkelbraunen Augen blickte. Niemals, in all den langen Nächten, in denen sie seine Decken wärmte, hatte sie einen Laut hören lassen. Kein Gefühl hatte sich auf ihrem Gesicht gezeigt, während er sich in sie ergoss. Bei aller Wärme, die ihre nackte Haut ihm gab – ihre Seele war immer kalt und fremd geblieben.

Grasmatte – jetzt traf er ihn hier!

Jaguar seufzte erschöpft. »Es gab viele Gründe. Ich brauchte Zeit, um über die Welt nachzudenken und zu ergründen, warum sie so und nicht anders erschaffen worden war. Ich brauchte Zeit, um zu mir selbst zu finden und darüber nachzudenken, wer ich war und wie ich so geworden war. Ich brauchte einfach Zeit, um zu denken.« *Und um mit den Geistern zu verhandeln.*

»Mit welchem Ergebnis?«, fragte Neuntöter, der jetzt seine eigene Steinpfeife aus einer Ledertasche am Fuß des Bettes hervorholte. Er lehnte sich zurück und betrachtete Jaguar nachdenklich.

»Ich kam dahinter, dass die Wahrheit ebenso schlüpfrig ist wie ein Aal in fettigen Händen. Dass Menschen ebenso trügerisch sind wie Quallen, scheinbar zart und zerbrechlich, doch fähig, sehr schmerzhaft zu stechen und zu brennen. Ich lernte auch, wer am leichtesten zu täuschen ist. Wisst ihr es?«

»Nein.« Neuntöter runzelte die Stirn.

»Man selbst.« Jaguar zog an seiner Pfeife und blickte zu Sonnenmuschel hinüber – ob sie ihn verstand? Aber zu seinem Kummer schien sie immer noch über Kupferdonners Angriff entsetzt zu sein. »Dies beantwortet deine Frage, Rosenknospe. Deshalb flüchtete ich dorthin. Um herauszufinden, was mit mir geschehen war, was ich mir selbst angetan hatte. Und um gleichzeitig, gewissermaßen nebenbei, zu erfahren, warum die Welt so ist, wie sie ist.«

»Ältester, die Welt wurde genauso erschaffen, wie sie sein soll, oder nicht?«, fragte Sonnenmuschel. »Wie könnte sie denn anders sein?«

Verschmitzt sah sie Jaguar an. »Manchmal glaube ich, dein unschuldiger Optimismus ist meine größte Schwäche. Ich wünschte ...«

Draußen klopfte ein Stock auf den Boden; der Vorhang zum Einlass hob sich. Jagender Falke spähte in den Raum. »Dachte ich mir's doch! Hier finde ich dich endlich.«

Rosenknospe senkte unwillkürlich den Blick. »Tritt ein, Weroansqua.«

Jagender Falke kam geduckt herein, schwankte und klammerte sich an ihren Stock. Sie ließ sich ächzend nieder und betrachtete die Anwesenden eingehend. Jaguar schien es, als schaute Neuntöter unbehaglicher drein als die anderen, als ob er gegen die Anstandsregeln verstoßen hätte.

»Ich hatte soeben Besuch«, sagte Jagender Falke schließlich und schaute gleichmütig Jaguar an. »Der Große Tayac hat etwas gegen deine Anwesenheit in meinem Dorf. Befahl mir, dich zu verabschieden.«

»Ziemlich hitzköpfig.« Jaguar zog an seiner Pfeife und sandte wieder eine blaue Wolke zur Decke.

»Das schien mir auch so.« Die Augen von Jagender Falke verengten sich. »Aber er wusste höchst interessante Dinge von dir zu berichten. Dass du ganze Dörfer an ihre Feinde verraten, Menschen vergiftet hast. Alles in allem recht üble Dinge.«

Jaguar lächelte. »Kein Zweifel, dass er davon erzählt hat. Zwischen uns gibt es keinerlei Zuneigung.«

»Warum bist du hier? Was willst du hier?«

Jaguar strich über den Hals der Pfeife. »Das sagte ich schon.«

»Du bist gekommen, um den Mörder meiner Enkeltochter zu finden. Ja, das sagtest du. Doch warum sollte ich dir glauben? Vielleicht sagt auch Kupferdonner die Wahrheit? Er sagt, du hättest viele Untaten begangen.«

»Das stimmt.« Durch den Tabaksrauch hindurch starrten sie sich gegenseitig an. »Ich werde mich jedoch nicht auf kleine, heimtückische Spielchen mit dir einlassen, Weroansqua. Das habe ich nicht nötig. Jenseits der Berge im Westen, an mächtigen Flüssen entlang, und tief im Süden gibt es große Häuptlingsgebiete. Dort leben Stämme, die riesige Erdmassen auftürmen und noch größere Tempel darauf bauen. Sie treiben Handel, führen Kriege und widmen sich ihren Angelegenheiten mit einer so leidenschaftlichen Hingabe, wie wir sie uns kaum vorstellen können. Vor langer Zeit verließ ich dieses Land und reiste in diesen Gegenden umher. Einigen ihrer Führer diente ich, trieb Handel und erwarb mir sogar einen gewissen Ruhm als Kriegshäuptling. Ihre Art zu herrschen ist wie ein Rauschmittel, sie steigt einem zu Kopf und nimmt jeden für sie ein. Eine Zeit lang war ich ganz im Banne dieser Schwindel erregenden Macht. Aber am Ende erkannte ich, wie schädlich sie war, denn sie frisst die Seele auf.« Er warf einen Blick auf Neuntöter. »Als ich sah, was aus mir geworden war und wie viel ich von mir selbst verloren hatte, ging ich fort. Eines Nachts ließ ich Reichtum und Macht, die mir zugefallen waren, hinter mir. Damals flüchtete ich auf meine kleine Insel. Und dort wäre ich heute, hätte mich nicht Sonnenmuschel gebeten, ihren Freund zu verteidigen. Hätte sie mir Reichtümer oder Ansehen oder Sklavinnen oder Ländereien geboten, hätte ich sie abgewiesen. Tatsächlich aber bot sie sich selbst. Weil sie glaubt, dass ein Mann für ein Verbrechen beschuldigt wird, das er nicht begangen hat.«

»Ich soll dir glauben, dass du kein Verlangen mehr nach Macht und Reichtum hast?«, fragte Jagender Falke argwöhnisch. »Dass du hier bist, weil dieses Mädchen dich gebeten hat, für ihren Freund einzutreten?«

Jaguar zuckte die Achseln. »Glaub, was du willst, Weroansqua. Ich sage die Wahrheit.« Er lachte leise. »Es ist sonderbar. Einst spann ich Lügengeschichten wie eine Spinne ihr Netz. Jetzt biete ich die Wahrheit, und sie schmeckt den Leuten längst nicht so gut wie eine hübsche Lüge. Was lernen wir daraus, Weroansqua? Die unwahrscheinlichste Lüge wird leichter angenommen als die einfachste Wahrheit.«

»Kupferdonners Anschuldigungen leugnest du also nicht?«

»Warum sollte ich? Eine Geschichte ist wie eine Maispflanze. Sie wächst in die Höhe, treibt neue Blätter, aber alles begann mit einem einzigen Samenkorn. Grasmatte hat nur einige der Samen gesehen, die ich gesät hatte.«

»Grasmatte?« Jagender Falke neigte fragend den Kopf zur Seite.

»Das war einmal sein Name. Ich nehme jedoch an, dass er kein Interesse daran hat, seine bescheidenen Anfänge bekannt zu machen. Der Große Tayac – das klingt ja auch viel besser, nicht wahr?«

Neuntöter rutschte unruhig auf seinem Platz herum und blickte von einem zum andern. Rosenknospe war inzwischen davongehuscht. Nur Sonnenmuschel schien ohne Furcht. Mit ausdruckslosem Gesicht hielt sie die Keule in ihrem Schoß.

»Lassen wir die Vergangenheit ruhen«, fuhr Jaguar fort. »Ich habe viele Blätterblüten hinter mich gebracht und so manches getan, mit dem ich nun leben muss, Gutes und Schlechtes, und alles hat mich zu dem gemacht, der ich bin, Weroansqua. So wie du vieles getan hast, was dich zu der gemacht hat, die du heute bist. Wir sollten uns mit der Gegenwart beschäftigen.«

»Und die Gegenwart macht dir Sorgen?« Jagender Falke schien nicht überzeugt.

»Ich hasse das Chaos. Eine kleine Meinungsverschiedenheit zwischen Okeus und mir.« Der Alte bemerkte, dass seine Pfeife kalt geworden war und klopfte die Reste ins Feuer. »Jagender Falke, sitzt du tief in der Klemme, und um dich herum braut sich ein Sturm zusammen. Stimmt das etwa nicht? Du bist eine alte Frau, und der Tod streckt schon die Hände aus, um deine Seele zu liebkosen. Dein Leben lang hast du gearbeitet, Pläne gemacht und für die Sicherheit deiner Familie, deines Clans und deiner Freunde Opfer gebracht. Aber jetzt droht ganz plötzlich alles auseinander zu fallen. Du fürchtest, dass die Mühen deines Lebens vergeblich gewesen sein könnten – und dass deine Welt deinen Tod nicht überleben würde.

Deine größte Angst ist, dass dein Geist die Vernichtung deiner Träume mit ansehen muss. Diese Vorstellung konntest du nicht ertragen. Deshalb suchtest du ein Bündnis mit Kupferdonner und glaubtest, damit deinem Volk ein letztes großes Geschenk zu machen. Du sahst eine Möglichkeit, dem wachsenden Einfluss des Mamanatowick zu entgehen. Du wolltest deine Enkeltochter mit Kupferdonner verheiraten, weil er dir das geeignetste Gegengewicht zu Wasserschlange zu sein schien.«

Jagender Falke schluckte schwer, ihr Blick war ins Leere gerichtet, aber sie hörte aufmerksam zu.

»Doch gerade, als alles glatt zu laufen schien, wurde Rote Schlinge ermordet, und jetzt ist deine Lage verzweifelter als vorher. Du bist mutlos, schwankst am Rande eines Abgrunds und ringst um dein Gleichgewicht in einem letzten Versuch, dich zu retten.«

»Und deshalb hast du mich gegen Drei Myrten ausrücken lassen«, flüsterte Neuntöter.

»Woher weißt du das?«, begehrte Jagender Falke zu wissen.

»Ich weiß es.« Jaguar blickte in die tanzenden Flammen, aufgewühlt durch die Erinnerungen, die er so lange vergraben hatte. *Früher einmal hätte ich genauso gehandelt.*

»Dann bist du tatsächlich ein Zauberer.« Jagender Falke rieb sich das Gesicht und zerrte mit den alten Händen an den Runzeln. »Niemand sonst könnte so tief in die Seele eines andern blicken.«

»Von Zauberern weißt du wenig. Die spähen nicht in anderer Leute Seelen. Die haben viel aufregendere Dinge zu tun.« Jaguar nahm sich aus Neuntöters Keramiktöpfchen Tabak, um seine Pfeife zu stopfen.

»Aber was kann ich nur tun?«, fragte Jagender Falke. »Wie kann ich uns retten?«

»Wir wollen zunächst einmal den Mörder finden«, sagte Neuntöter. »Damit hätten wir den bedrohlichsten Feind entlarvt.«

Jagender Falke holte tief Luft und richtete sich auf. »Ja, und dann können wir darüber nachdenken, wie wir gegen sie vorgehen.«

»Gegen sie?« fragte Jaguar.

»Natürlich«, erwiderte Neuntöter. »Der Mord an Rote Schlinge hat das Bündnis mit Kupferdonner zunichte gemacht und die Unabhängigen Dörfer in Verwirrung gestürzt. Wasserschlange und Steinfrosch sind besonders verdächtig, sie hätten den größten Nutzen. Nach allem, was wir jetzt wissen, hat Muschelkamm wahrscheinlich Recht gehabt. Amselflügel und seine Krieger könnten sie umgebracht und dann unverstümmelt zurückgelassen haben, um eine falsche Spur zu legen. Wir sollen glauben, es wäre einfacher Totschlag und kein Meuchelmord gewesen.«

Jaguar hob die Hand. »Vielleicht, Häuptling. Aber alles zu seiner Zeit. Die größte Gefahr droht uns jetzt durch vorschnelle Schlüsse. Schon einmal warst du allzu voreilig und bist in der Falle vor Drei Myrten gelandet. Ich rate dir, nicht noch einmal in dieses Loch zu fassen. Das letzte Mal war es mir kaum noch möglich, die Schlange daran zu hindern, dich zu beißen.«

Neuntöter grinste verlegen. »Die Warnung ist angekommen, Ältester.«

»Ich kam her, um mir darüber klar zu werden, was ich mit dir mache. Ich vertraue dir immer noch nicht«, verkündete Jagender Falke, die offenbar zu einem Entschluss gekommen war. »Doch ich bin willens, dir zu erlauben zu bleiben. Unter Aufsicht natürlich. Neuntöter ist für dich verantwortlich.«

»Warum hast du deine Meinung geändert?«

»Teils, weil mir der Große Tayac befohlen hat, dich hinauszuwerfen – das gefällt mir nicht –, und teils, weil du mir möglicherweise helfen kannst.«

»Wie du wünschst.« Jaguar nickte höflich.

»Aber ich will keinen Ärger mit dir, verstanden?«

»Ich bin nicht gekommen, um Ärger zu machen. Ärger kommt von ganz allein.« Jaguar zog zufrieden an seiner Pfeife. »Sobald ich herausgefunden habe, wer deine Enkelin getötet hat, verlasse ich euch.«

»Ja, das wirst du«, sagte Jagender Falke entschieden. »Ich fühle mich nicht wohl, wenn ich dich in der Nähe weiß.«

»Aber eines sollst du wissen: Um den Mörder zu finden, werde ich gehen, wohin und zu wem ich gehen muss. Gleichgültig, wer es ist. Ist das klar? An deiner Politik bin ich nicht interessiert. Ich lasse mich nicht für deine Zwecke einspannen.«

»Daran würde ich niemals denken.«

Jaguar lächelte grimmig. »Gut. In vergangenen Zeiten hatten andere nicht so viel Verstand.«

Jagender Falke spielte mit dem Saum ihres Gewandes und blickte Jaguar skeptisch an. »Warum hat Kupferdonner dich ›Rabe‹ genannt?«

Jaguar zündete seine Pfeife wieder an und rauchte nachdenklich. »Diesen Namen gab man mir, als ich Kriegshäuptling für Aufsteigender Weißer Rauch wurde. Er war einer der Schlangenhäuptlinge unten am Fluss des Schwarzen Kriegers. In den Schöpfungssagen seines Stammes reißt der Rabe das Fleisch von den Gebeinen der Toten. So nannte er mich, denn wenn ich einen Auftrag erledigt hatte, waren von den Feinden nur noch Knochen übrig.«

»So, dann bleibt er also?« Kupferdonner sah Muschelkamm von der Seite an; sie gingen beim ersten Tageslicht am Strand entlang. Es war ein klarer, kalter Morgen; der Wind blies stürmisch aus Nordwesten.

Sie näherten sich der Schwitzhütte, die in den Hang am Wasser gebaut war und im frühen Licht aussah wie ein Haufen Erde mit einem Vorhang aus Leder. Muschelkamm nickte den wartenden Sklavinnen zu. Das Feuer vor der Hütte brannte bereits, und die Steine waren schon heiß.

»Im Augenblick ist seine Anwesenheit eher von Vorteil als von Nachteil. Er könnte uns tatsächlich nützlich sein.« Muschelkamm entließ die Sklavinnen, die sich verneigten und ins Dorf zurückeilten.

»Hör mal.« Kupferdonner legte eine Hand auf ihre Schulter und drehte sie zu sich um, sodass sie in seine harten Augen blicken musste. »Du weißt nicht, wer er ist. Ich weiß es. Er ist ein Ungeheuer in Gestalt eines Menschen auf zwei Beinen.«

Der Schild des unbesiegbaren Kriegers hatte also einen Riss. Muschelkamm legte lächelnd eine Hand auf die seine. »Wir werden mit ihm fertig, Kupferdonner. Er ist ein alter Mann.«

»Er ist ein Ungeheuer«, wiederholte Kupferdonner. »Ein giftiges Insekt, das durch euer Dorf kriecht und Gift verspritzt, wo immer es kann. Töte es jetzt! Zertritt es jetzt, bevor es dich vernichtet!«

Sie hob eine Braue. »Solch starke Worte für dieses alte Wrack von einem Mann? Vielleicht sollte ich ihn mir genauer ansehen?« Sie öffnete die Lippen und trat näher an ihn heran. »Und ich dachte, du seist schon gefährlich genug.«

Eine Weile schaute er ihr in die Augen und zögerte so lange, dass sie sich fragte, ob er nicht bemerkt hatte, wie nahe sie bei ihm stand. Sie sog seinen Duft nach Moschus ein und konnte die Wärme seines Körpers spüren. Mit der freien Hand strich er über ihre langen, glänzend schwarzen Haare.

»Du bist gefährlich«, flüsterte sie. »Ich kann kaum glauben, dass du eine ältere Frau ansiehst.«

»Du faszinierst mich.« Er verdrehte die Finger in ihrem Haar. »Ich kannte noch keine Frau, die die Dinge ebenso klar sieht wie ich.«

»Ich bin die Tochter meiner Mutter«, sagte Muschelkamm spöttisch lächelnd und wand sich geschickt aus seinem Griff. »Wenn ich es nicht besser wüsste, würde ich sagen, dass in deinen Augen Begehren war.«

»Und woher weißt du, dass es nicht so ist?« Er sah zu, wie sie die Hitze der Steine in der Mitte des Feuers prüfte.

Mit einem Stock holte Muschelkamm einen Stein aus dem Feuer und goss Wasser darauf. Die Tropfen zerbarsten zu weißem Dampf. »Ich glaube, das ist heiß genug. Meinst du nicht auch?«

Kupferdonner lächelte auf eine wachsame Art. »Du und das Feuer, ihr habt vieles gemeinsam, wie mir scheint.«

»Männer verbrannten sich schon früher an mir.« Mit zwei Stöcken hob sie den weiß glühenden Stein hoch. »Hebst du bitte den Vorhang?«

Er hielt den Vorhang zur Seite, sodass sie ins Innere der Schwitzhütte gehen konnte. Beim Eintreten streifte sie ihn mit einer Hüfte, gerade genug, um ihn zu reizen. Nacheinander brachte sie die erhitzten Steine hinein und stapelte sie auf der Erde, wo sie wie rote Augen glühten. Schließlich holte sie auch den Wasserkrug, den die Sklavinnen gefüllt hatten.

Er beobachtete jede ihrer Bewegungen, so wie ein Jäger einen Hirsch belauert. »Ist dies der Tanz?«

»Der Tanz?« Sie sah zu ihm auf und hob eine Muschelhalskette von den Schultern.

»Der Tanz, den du und ich tanzen werden«, sagte er gerade heraus; sein Gesicht blieb ausdruckslos. Die Tätowierung an den schräg geschnittenen Augen gab ihm das Aussehen eines Raubvogels.

Mit forschendem Blick trat sie vor ihn. »Bist du bereit?«

»Ob ich …?« Er lachte. »Du lässt mich mit dir spazieren gehen, sagst, es gebe Verschiedenes zu besprechen. Also gut, hier bin ich, frierend, habe beinahe eine Gänsehaut, und du gehst in die Schweißhütte? Wie komme ich nur darauf, dass dies alles geplant sein könnte? Doch nicht nur wegen des Feuers oder des Wassers, das schon bereit steht.«

Sie warf ihr langes Haar über die Schultern nach hinten. »Ich will Antworten auf verschiedene Fragen. Zuerst muss ich wissen, ob ich dich als Frau anziehe. Ich glaube, ich habe es gerade in deinen Augen gesehen.«

»Ja, das hast du. Du bist nicht dumm, Muschelkamm, und ich bin es auch nicht. Du hast gesagt ›Verschiedenes sei zu besprechen‹. Worauf willst du hinaus?«

»Du kannst eine Leiche nicht heiraten, und andere Töchter habe ich nicht.«

»Warum fragst du mich dann nicht, ob ich dich heiraten will?«

Sie legte den Kopf auf die Seite. »Ich heirate nicht dem Clan zuliebe oder um eines Bündnisses willen. Dafür bin ich mir zu schade. Und du weißt das.«

»Ah, die heißblütige Muschelkamm.« Sein Gesicht drückte Bewunderung aus.

»Stört es dich?«

Er schüttelte den Kopf und trat näher. »Im Gegenteil, ich schätze diese Eigenschaft an dir. Du willst nicht als selbstverständliche Zugabe betrachtet werden. Der arme Mann, der dich so sieht, der tut mir Leid.«

Sie strich mit beiden Händen über seine muskulöse Brust und beobachtete, wie seine Augen sich weiteten. »Sollen sie dir Leid tun. Hier bin ich, mit dir, und die anderen sind anderswo. Nicht bei mir.«

Seine Hände waren plötzlich auf ihr, glitten über ihre Schultern und hinab zu ihren schwellenden Hüften. Sie sah an seinem Hals, wie sein Herzschlag schneller wurde, spürte, wie sein Atem sich beschleunigte und die Spannung in seiner Brust zunahm.

»So kann also auch eine alte Frau wie ich deine Leidenschaft noch wecken«, flüsterte sie und tastete über die wachsende Härte unter seinem Schurz.

»Ich habe dich nie als alt betrachtet«, sagte er heiser.

Sie führte ihn zu einer Tür. »Meine Sklavinnen haben drinnen einige Decken ausgebreitet. Niemand wird uns stören.«

»Ich habe noch nicht gesagt, dass ich dich heiraten werde.«

»Ich habe auch nicht gesagt, dass ich dich heiraten werde. Heirat – das ist ein weites Feld.« Mit halb geschlossenen Augen blickte sie zu ihm auf. »Muschelkamm heiratet nicht einfach einen Mann, nicht einmal, wenn er sich Großer Tayac nennt. Bevor ich in einwillige, muss ich wissen, ob du mich befriedigen kannst. Es wäre mir unerträglich, wenn du anfingst, mich zu langweilen.«

»So erginge es mir auch umgekehrt.« Er warf seinen Hirschfellumhang ab, zog sich die Leggings aus und zerrte ungeduldig an seinem Schurz. »So schön du auch bist, du könntest innerlich ausgetrocknet sein.«

Muschelkamm glitt aus ihrem Gewand und stellte sich vor ihn, die Hüften aufreizend nach vorn geschoben. »Sehe ich etwa aus wie eine alte Frau?« Sie lachte und folgte ihm ins dämmrige Innere der Hütte und ihr Körper brannte in erregender Vorfreude auf eine neue Eroberung.

Muschelkamm saß mit untergeschlagenen Beinen neben Kupferdonner. Die drückende Hitze lastete auf ihr. Der Schweiß rann über ihren nackten Leib. Der Liebesakt hatte ihr wohl getan. Der Mann hatte sich seiner Aufgabe gewachsen gezeigt und ihr nicht weniger als dreimal beigewohnt, um ihr seine Männlichkeit zu beweisen. Er hatte ihr seine Ausdauer bewiesen, sein Einfallsreichtum aber ließ einige Wünsche offen. *Trotzdem: Es wird reichen. Und wer weiß, vielleicht reift sein Samen.*

Muschelkamm warf den Kopf zurück und keuchte in der feuchten Hitze. Jeder Muskel war nach der Vereinigung erschlafft und durch den Dampf, der sich von den heißen Steinen ausbreitete, zusätzlich gelockert worden. Ein wohliges Gefühl strömte durch ihren Körper.

»Dann will er also herausfinden, wer das Mädchen getötet hat«, sagte Kupferdonner nachdenklich.

»Meine Mutter ist damit einverstanden, dass er es versucht.« Sie machte eine Pause und fügte dann langsam hinzu: »Ich bin sehr gespannt, wen er uns als den Mörder vorstellen wird.«

Sie spürte, wie Kupferdonner im Dunkeln lächelte. »Oh, das weiß ich schon. Ich werde es sein. Dies ist für ihn die ideale Gelegenheit, um alte Schulden zu begleichen.«

»Und wenn er dich tatsächlich beschuldigt?«

»Soll er. Er kann mir nichts anhaben. Welchen Grund könnte ich gehabt haben, Rote Schlinge zu töten? Ich *wollte* das Bündnis!«

»Jetzt hast du es, trotz allem.« Muschelkamm zögerte. »Vorausgesetzt, ich habe dich befriedigt. Oder – bin ich tatsächlich ausgetrocknet?«

Er lachte leise. »Wo hast du das alles nur gelernt? Ich wusste nicht, dass eine Frau einen Mann so aufwühlen kann.«

»Das ist erst der Anfang.« Sie lächelte grimmig und genoss es nachträglich, dass sie seiner zugeschnürten Kehle solches Stöhnen entlockt hatte. Typisch, sein männliches Gehabe, doch hatte er sich gelehrig gezeigt. So viele Männer hatten sich in all den Blätterblüten ihren Künsten gegenüber als unempfänglich erwiesen und schnell den Höhepunkt erreichen wollen – ohne auch nur einen Gedanken an ihre Bedürfnisse zu verschwenden.

»Wenn ich daran je Zweifel hatte, dann hast du sie jetzt zerstreut.« Er wischte sich den Schweiß von der Stirn und stand auf. In dem niedrigen Gewölbe trat er mit eingezogenem Kopf zum Einlass und schob den Vorhang beiseite.

Im blauen Wasser des Flussarms spiegelte sich das Sonnenlicht. Seine Haut dampfte, als die kühle Luft darüber hinweg strich.

Mit der Anmut eines Kriegers trat Kupferdonner ins Freie. Sonnenmuschel folgte ihm, beschattete mit der Hand die Augen gegen das Licht und bewunderte seinen muskulösen Körper. Er watete ins kalte Wasser, streckte die Arme aus und zerteilte es mit kräftigen Stößen.

Sie unterdrückte den Drang, es ihm nachzutun, wollte die Saat, die er soeben ausgebracht hatte, nicht gefährden. So watete sie bis zu den Knien ins Wasser und bespritzte sich mit dem kühlen Nass. Als ihre Haut zu kribbeln begann, eilte sie zum Feuer zurück. Sie hatte sich gerade das nasse Haar ausgeschüttelt, als Kupferdonner sich neben sie fallen ließ. Zitternd trocknete er sich mit seinem Bärenfell ab und hockte sich in die Nähe des Feuers.

»Vorsichtig«, neckte sie ihn. »Es darf nichts anbrennen.«

»Für heute hat es genug gebrannt«, gab er zurück. Seine Muskeln zuckten unter der Gänsehaut.

»Neu belebt?«, fragte sie.

»In der Tat. So etwas tut dem Herzen gut.«

»Kann aber auch gefährlich sein. Hier gibt es Quallen, und im Sommer sogar Seenesseln.«

»Bist du immer so vorsichtig?«

»Nein. Ganz und gar nicht.« Sie lächelte ironisch.«

»Quallen, he?« Er starrte über das Wasser. »Wenn Rabe wirklich ein Problem wird …«

»Was sagst du?«

»Ach, nichts.« Er blickte zu ihr auf, seine dunkeln Augen funkelten. »Mein Magen sagt mir, dass es Zeit ist, etwas zu essen … das heißt, wenn alle deine Fragen beantwortet sind.«

»Das sind sie, glaube ich. Wir werden ein paar Tage brauchen, um die Einzelheiten zu klären und die Leute langsam an die Idee zu gewöhnen, und dann können wir zu deinem Dorf zurückkehren.«

»Ja«, antwortete er nachdenklich. »Bis dahin ist noch viel zu erledigen.«

Nebeneinander gingen Neuntöter und Jaguar über die von vielen Tänzen fest getrampelte Erde des Platzes an der großen Feuerstelle vorbei. Die Wachtposten hatten sich in gleichmäßigem Abstand darum herum postiert. Jeder trug eine geschnitzte Maske in der Form eines Menschen oder eines Tieres; das Holz war beseelt von einer geistigen Kraft, die über Mensch und Zeremonie wachte. Sonnenmuschel folgte den beiden Männern mit einem Schritt Abstand, eine Hand wie üblich auf der Kriegskeule an ihrem Gürtel. Bis jetzt war es der Morgensonne nicht gelungen, die Kälte der Luft zu vertreiben.

»Ich will die Leiche sehen«, wiederholte Jaguar. Neuntöters schmerzerfüllter Blick belustigte ihn. Glaubte der Häuptling tatsächlich, ausgerechnet Jaguar wisse nicht, was sich im Haus der Toten abspielt?

»Ältester, dies ist eine Frage von … von …«

»Der Empfindlichkeiten der Familie? Fledermausscheiße! Der Hieb, der Rote Schlinge das Leben aus dem Kopf prügelte, hat auch sie getroffen. Grüne Schlange macht sie heute zurecht? Da werde ich ihm helfen.«

Neuntöter blickte ihn besorgt an. »Helfen? Wie denn? Ich meine, was weißt du schon …«

»Du meinst, was weiß schon ein Mann, der als Zauberer gefürchtet wird, von den Toten?« Jaguar lachte in sich hinein und warf einen prüfenden Blick auf Sonnenmuschel, die plötzlich blass geworden war. »Offenbar nicht das, was du dir vorstellst. Ich werde mir nicht ihre Seele packen und auch keine Körperteile für geheimnisvolle Rituale stehlen. Deine Leute, Grüne Schlange und seine Priester, werden dort sein und ihre Arbeit tun. Du könntest sicher auch mitkommen, wenn du willst, und zuschauen, wie es gemacht wird. Ist wirklich hochinteressant.«

»Nein.« Neuntöter lächelte matt. »Meine Ahnen ruhen im Beinhaus außerhalb des Dorfs. Dort werde ich sein. Mit Geistern habe ich nichts zu schaffen.«

Jaguar verlangsamte seine Schritte und betrachtete Neuntöter. »Ich bin weit herumgekommen, habe vieles vollbracht und auch gehört, mit welchen Erklärungen sich Menschen über ihre Mitmenschen erheben. Manche Häuptlinge, die ich kannte, nannten sich Götter, andere sagten, sie seien aus der Sonne geboren und ihre Seele bestehe aus einem so starken Lichtstrahl, dass normale Sterbliche durch seine Leuchtkraft geblendet werden könnten. Aber am Ende, Kriegshäuptling, sind auch sie Menschen wie du und ich. Ihr Speichel ist ebenso nass wie der unsere, und auch sie rülpsen, wenn der Magen voll ist. Heize ihnen ein, und sie schwitzen, gib ihnen zu essen, und sie müssen sich entleeren. Ihre angebliche Seelen- und Geistesmacht verhindert nicht, dass ihnen Runzeln und graue Haare wachsen. Sie sterben an Wunden und Giften, die auch ihre niedrigsten Sklaven töten würden. Außerdem«, fügte er hinzu, »die da im Haus der Toten ruht, war mit dir verwandt. Also hast du sehr wohl etwas mit ihr zu schaffen.«

Neuntöter schüttelte den Kopf. »Dein Leben, Ältester, war in der Tat ungewöhnlich.«

»Ja, das stimmt. Und jetzt werde ich mich mit dem Schatz meiner Erfahrungen dem neuesten merkwürdigen Vorfall widmen. Jagender Falke hat mir gestattet, nach dem Mörder des Mädchens zu forschen, aber diese Aufgabe kann ich nur erfüllen, wenn ich über jede Einzelheit der Ereignisse Bescheid weiß, Häuptling. Mit dem Mädchen muss ich beginnen, muss dabei sein, wenn Grüne Schlange den Körper herrichtet.«

Neuntöter blickte kurz zum Großen Haus der Weroansqua hinüber und nickte. »Dort entlang.«

Gemeinsam traten sie durch den Einlass des Hauses der Toten. Neuntöter zögerte.

»Komm, Häuptling!« Jaguar winkte. »Deine Aufgabe ist es, ein Auge auf mich zu haben. Vielleicht komme ich sonst auf dumme Gedanken und raube die Schätze des Grünstein-Clans.«

»Ich weiß nicht, ich …«

»Sind dies deine Ahnen oder nicht?«

»Ja, ja, schon.«

»Dann hast du ebenso ein Anrecht darauf, hier zu sein wie jeder andere.«

Neuntöter trat ein.

»Was ist mit mir? Ich bin vom Tellmuschel-Clan«, fragte Sonnenmuschel. Sie trug das lange Haar offen; es schimmerte im fahlen Licht. »Muss ich auch hinein?«

»Ich werde dich beschützen«, sagte Jaguar. Sie knirschte mit den Zähnen und betrat widerwillig das Haus.

Im Vorraum rief Jaguar: »Ist jemand hier?«

»Wer ist da?«, fragte eine kratzige Stimme.

»Jaguar, um dir bei der Aufbereitung von Rote Schlinge zuzuschauen. Es ist alles in Ordnung, Kwiokos. Die Weroansqua weiß Bescheid.«

»Jaguar?« Grüne Schlange trat hinter der ersten Mattenwand hervor. »Ich hörte, dass du herkommst. Die Geister verrieten es mir. Ich wollte dich schon aufsuchen, wollte sehen, ob ich gegen dich kämpfen muss, um mein Volk gegen deine Zauberei zu schützen.«

Zwei jüngere Männer waren dem älteren gefolgt; jeder von ihnen trug Priesterkleidung: ein makellos gegerbtes Hirschfellgewand, einen Federumhang und eine Fülle von klapperndem Muschel- und Kupferschmuck. Den größeren erkannte Jaguar als Blitzende Katze und den muskulösen, stämmigen als Gestreifter Bär.

»Du brauchst mich nicht zu bekämpfen«, erwiderte der Alte und ging an der ersten rauchenden Feuergrube vorbei. Das Ewige Feuer war bis auf ein Glutbett heruntergebrannt. »Ich bin hier, um zu helfen, nicht, um jemandem zu schaden. Rote Schlinge ist ermordet worden, und ich will den Schuldigen finden.«

»Der Tod von Rote Schlinge ...« Grüne Schlange runzelte die Stirn, die weißen Augenbrauen zogen sich zu einer Linie zusammen. »Es gibt da ein Problem. Ich schaute in die Glut...« – er deutete auf das Ewige Feuer – »... und sah nur undeutliche Bilder des Mörders. Ich weiß nicht, woran es lag. Vielleicht setzt der Mörder seine Macht gegen mich ein, um mich zu blenden, oder der Geist von Rote Schlinge behindert mich.«

»Ihr Geist soll dich behindern?«, fragte Jaguar gespannt. »Wie? Warum? Das wäre höchst ungewöhnlich.«

Grüne Schlange warf ihm einen Blick zu und nickte. »Das wäre es in der Tat. Ich habe den Verdacht, dass etwas meinen Blick trübt. Was meinst du? Hm?«

Jaguar strich sich das Kinn. Neuntöter und Sonnenmuschel beobachteten ihn mit Unbehagen von der anderen Seite des Raums her.

»Vielleicht versucht sie, dir zu helfen, und nicht, dich zu behindern«, entgegnete Jaguar. »Hast du sie gefragt, ob es irgendetwas gibt, das ihr missfällt?«

Grüne Schlange nickte. »Ja, aber daraufhin verzerrte sich das Bild nur noch mehr.«

»Hast du deine Schläfen mit heiliger Stechapfelpaste eingerieben? Manchmal klärt das die Sicht.«

Der Kwiokos nickte. »Ja, sicher, das tat ich. Ich trug die Paste auf, bis mir übel wurde, bis meine Seele beinahe aus meinem Körper glitt. Ich habe viele wundersame und erschreckende

Dinge gesehen, aber der Mörder entzog sich meinem Blick. Es war sehr eigenartig ... aber, ich sage dir etwas: Hier geht es um ein furchtbares Verbrechen. Nichts anderes könnte die Geister derart aufbringen.«

Jaguar neigte stirnrunzelnd den Kopf zur Seite. »Wie meinst du das, großer Kwiokos? Etwas, das noch schlimmer ist als Mord?«

»Ja.« Grüne Schlange spitzte die Lippen, seine buschigen weißen Brauen gingen in die Höhe. »Und ich sage dir, es ist ganz nahe. Wenn ich beinahe eingeschlafen bin, kann ich es förmlich spüren – bösartig, dunkel und gefährlich. So nah, so nah, dass die Geister erschrocken durcheinander laufen. Deswegen kann ich es nicht richtig sehen. Die Geister sind von Entsetzen gepackt. Rote Schlinge ist offenbar ebenso entsetzt. Furchtbar entsetzt ... ja, furchtbar ...«

»Man könnte glauben, das Haus der Toten sei irgendwie entweiht worden.«

»Ja, so ist es.« Grüne Schlange betrachtete ihn forschend mit zusammengekniffenen Augen. »Du verstehst offenbar dein Handwerk, Zauberer.«

Sechs

Jaguar schüttelte den Kopf und machte eine abwehrende Geste. »Ich will dich nicht täuschen, großer Kwiokos. Ich bin kein Zauberer und auch kein Hexenmeister. Ich habe die Pflanzen und ihre Kräfte studiert. Ich habe Männern und Frauen mit großer Macht zugehört und von ihnen gelernt. Ich habe Zaubertricks und allerlei Kunststücke vorgeführt und einmal sogar den Gott bewegt.«

Nicht jedem war es erlaubt, den Gott zu bewegen. Bei bestimmten Zeremonien wurden Schnüre an Okeus befestigt, und wenn der verborgene Vorführer daran zog, bewegte der Gott seine Arme, drehte den Kopf und erhob sich in seinem Schrein. Ein Kwiokos behielt jedoch dieses Geheimnis für sich.

»Ich verstehe.« Grüne Schlange trat zur Seite und blickte

kurz zu Neuntöter und Sonnenmuschel hinüber, die immer noch neben dem Einlass standen. »Aus welchem Grund bist du hier, Jaguar?«

»Wie schon gesagt, ich bin …«

»Nein. Der wirkliche Grund! Was hat dich hergeführt? Was willst du erreichen?«

Jaguar holte tief Luft und wägte seine Worte sorgfältig ab. »Ich bin noch nicht sicher. Ich hoffe, ein Gleichgewicht zurückzugewinnen, das mir seit vielen Blätterblüten fehlt.«

»Eine gute Tat also, um Übles auszugleichen?«

»So ähnlich.«

»Sag, Jaguar, was ist wichtiger: die Tat oder der Glaube?«
»Ich weiß es nicht, Kwiokos, aber Taten haben ihre ganz eigenen Wirkungen. Ich habe erlebt, dass das Lächeln eines Kindes ein Leben der Andacht vor einem Schrein aufwiegt. Eine Beleidigung, die über einen Fluss hinweg gebrüllt wird, kann das Blut von Tausenden von Kriegern in unbekannten Ländern in Wallung bringen. Dies ist die Macht von Taten. Ob zu gutem oder bösem Ende, Taten wirken weiter, ziehen Kreise wie Ringe auf einem Teich.«

»Wie der Mord an Rote Schlinge«, ergänzte Grüne Schlange nachdenklich.

»So ist es.« Jaguar hob eine Braue. »Ich frage mich, ob der Mörder begriff, wie viele Kreise der Schlag auf den Kopf des Mädchens ziehen würde.«

Grüne Schlange schüttelte den Kopf. »Das begreift niemand im Voraus, Jaguar. Erst nach der Tat sieht man, welche Wirkung sie hat. Erst dann begreift der Mörder, dass sein Leben nie wieder so sein wird wie vorher.«

»Also, dann sehen wir uns mal das Mädchen an.« Jaguar lächelte dem Kwiokos herzlich zu. »Ich hätte den Häuptling gern dabei. Neuntöter war an der Stelle, wo das Mädchen getötet wurde, und Sonnenmuschel ist meine Magd.«

Grüne Schlange entging die Angst auf ihren Gesichtern nicht. »Es ist gegen die Regel, aber ich werde dir den Gefallen tun.« Er blickte zu Blitzende Katze und Gestreifter Bär hinüber, die gespannt zugehört hatten. »Wir werden kein Aufhebens hiervon machen. Und nun kommt alle mit. Wir wollen uns um Rote Schlinge kümmern.«

Jaguar folgte dem Kwiokos hinter die Mattenwand, vorbei an dem Lagerraum mit den geschnitzten Wächtern davor. Im Vorübergehen berührte Grüne Schlange jeden mit einem Finger und bat um ihren Segen. Hinter der letzten Mattenwand traten sie ins Allerheiligste, wo Okeus auf seinem Thron saß. Die bemalte, edel gekleidete Holzstatue war über und über mit Muschelperlenketten und poliertem Kupfer geschmückt. Die Augen aus wertvollen Muschelschalen schienen von innen heraus zu leuchten, spiegelten aber nur das Feuer. Die ausgestreckten Arme hielten ein Bündel Maisstängel in der linken und eine reich verzierte Kriegskeule in der rechten Hand: So wurde die zwiespältige Natur des launischen Gottes aller Welt deutlich.

Oberhalb von Okeus lagen auf einer Plattform die gebundenen Leichname der Clan-Führer. Jeder war in ein Leichentuch eingewickelt. In der Welt der Lebenden für ewig stumm ruhten sie nun in der Ruhmeshalle der verehrten Geister des Grünstein-Clans.

Rechts auf dem Boden lag die junge Rote Schlinge, deren Leib durch die Verwesung bereits geschwollen. Man hatte sie auf eine geflochtene Schilfmatte gelegt.

Neuntöter trat hinter Gestreifter Bär ein und blieb abrupt stehen. Sein Blick blieb an dem Gott haften, glitt dann zu der Plattform und senkte sich schließlich zu Rote Schlinge. Er hatte sichtlich Mühe zu atmen.

Jaguar verbeugte sich respektvoll vor dem Gott und beugte sich dann über das Mädchen. Der Geruch der Zersetzung und des Rauchs stieg ihm in die Nase. Man hatte ihm erzählt, es sei ein hübsches Mädchen gewesen, das gerade zu einer jungen Frau aufgeblüht war. Jetzt waren die halb geöffneten Augen eingefallen, die Lippen über die Zähne zurückgezogen.

Jaguar hatte Rote Schlinge lebendig vor Augen: jung, heiter und lebenslustig. Er sah die blitzenden dunklen Augen, ihr spöttisches Lächeln. Ihr Herz hatte sicher heftig geklopft, als sie an jenem schicksalhaften Morgen davongeeilt war, um Wilder Fuchs zu treffen. Wie erregt sie wohl gewesen war! Ihr glänzendes, schwarzes Haar war sicher bei jedem bangen Schritt hin- und hergeflogen.

Nun lag sie hier, tot und kalt, das Fleisch faulend und geschwollen, die Augen blind. Das Blut in ihren Adern war jetzt schwarz und dick, und ihr Herz hatte schon lange für immer aufgehört zu schlagen.

Wer hat dir das angetan, Mädchen – und warum?

»Häuptling, komm zu mir.« Jaguar hatte Laub in dem Haar entdeckt. Neuntöter beugte sich neben ihm hinunter, und der Alte bat ihn: »Du sahst sie oben auf dem Kamm. Ist es dir möglich, sie in dieselbe Stellung zu bringen?«

Als er die kalte Haut berührte, zuckte Neuntöter zusammen. Es gurgelte in dem Leib, als er ihn drehte. Es gelang ihm, die Glieder seiner Erinnerung entsprechend anzuordnen.

»So lag sie da, Ältester. Dieses Bein war angezogen, die Faust geballt.«

»Dies war die Hand, mit der sie die Halskette umklammerte?«

»Ja, Ältester.«

»Ich habe die Kette hier«, sagte Grüne Schlange aus dem Hintergrund. »Bring sie her, Blitzende Katze.«

Der Priester nickte, ging hinaus und kehrte mit der Kette zurück; sie baumelte in seiner Hand. Jaguar betrachtete sie im Licht und sah sich den Haifischzahn genau an. »Solche habe ich schon gesehen. Unten am Steilufer bei der Kiefernspitze.«

Sonnenmuschel stieß einen kleinen verzweifelten Laut aus.

Jaguar schaute auf. »Was ist los, Sonnenmuschel?«

»Diese Kette, Ältester. Ich war mir nicht sicher, als Neuntöter sie erwähnte, aber … sie gehört Wilder Fuchs.«

»Du meinst, das ist es, was er mit ›verloren‹ gemeint hat? Diese Kette solltest du für ihn suchen?«

Sonnenmuschel sah aus, als hätte sie giftige Sumpfmagnolien verschluckt. »Ja, wahrscheinlich.«

Neuntöter atmete verdrießlich aus. »Sie lag in ihrer Hand. Also ist doch Wilder Fuchs der Mörder.«

»Nein!« Sonnenmuschel schüttelte wild den Kopf. »Das ist er nicht. Ich schwöre es. Ich wüsste es, wenn er … so etwas tun könnte. Aber das kann er nicht!«

Jaguar hob eine Hand, um das Mädchen zu besänftigen, sprach aber zu Neuntöter. »Denk nach, Häuptling! Wilder Fuchs könnte der jungen Frau die Kette geschenkt haben. Schließlich lief sie fort, um ihn zu treffen.«

Neuntöter schien nicht überzeugt.

»Denke nach! Wie viele Erklärungen gibt es?« Jaguar hielt Neuntöters Blick stand. »Drückte sie die Kette an ihre Brust? Um sie vielleicht im Tod zu umklammern, so wie ein sterbender Krieger seinen Machtbeutel umklammert?«

»Möglich ist es.«

»Die Kette allein beweist nichts. Sie gehört nur zu den sonderbaren Dingen, die zu klären sind.«

Neuntöter gab nach. »Ja, Ältester.«

Sonnenmuschel trat zur Seite und lehnte sich mit der Schulter an die Wand, ihre Knie zitterten, und die Beine drohten, unter ihr nachzugeben.

»Ich brauche mehr Licht.« Jaguar betrachtete das wirre Haar des Mädchens.

Gestreifter Bär legte hastig mehr Holz in das Feuer. Die Flammen schossen hoch, und Jaguar untersuchte die Blutflecken auf dem Gewand und die Lage von Rote Schlinges Kopf. »Kommt, wir müssen sie ausziehen.«

»Erst sollten wir ihren Geist beschwichtigen«, sagte Grüne Schlange nachdrücklich. »Wage es nicht, sie anzufassen, bevor sie nicht deine Absichten kennt. Die Toten sind schnell beleidigt.«

»Selbstverständlich, Kwiokos«, stimmte Jaguar zu. »Wenn du ihr unsere Aufgabe erklären würdest, während wir arbeiten, wäre ich dir sehr dankbar.«

Grüne Schlange grinste und zeigte dabei seine braunen Stummelzähne. Dann löste er eine Kürbisrassel von seinem Gürtel, schüttelte sie sanft hin und her und sang dabei zitternd einen alten Trauergesang für den Geist von Rote Schlinge.

Erst, als er verstummte, hoben Neuntöter und Jaguar das Mädchen hoch und zogen das Gewand über ihren Kopf. Jaguar untersuchte es im Feuerschein. Rote Schlinge hatte ihren letzten Tanz in einem besonders schönen Hirschfellkleid getanzt. Zickzackleisten aus dunkelblauen Muschelperlen schmückten die Vorderseite. In jeder Spitze war ein kleines Kupferplättchen aufgenäht, damit das Kleid glitzerte. Eine Reihe weißer Perlen, jede sorgfältig in der Mitte durchbohrt, säumte den Halsausschnitt und in den Saum waren lange Fransen geschnitten worden.

Jaguar betrachtete aufmerksam die dunklen Flecken. »Das Blut auf der linken Schulter ist interessant. Es scheint absichtlich in das Leder gerieben worden zu sein. Sieh es dir an, Häuptling. Was hältst du davon?«

Neuntöter trat vor und blickte auf das Leder, das Jaguar in die Höhe hielt. »Die Flecken sind vorn und hinten unterschiedlich.«

»So ist es.« Jaguar zog eine Braue hoch. »Hinten wurde das Blut in das Leder gerieben, als es noch frisch war. Das Blut, das offenbar vorn hinunterlief, kühlte ab und trocknete dort. Es ist dunkel und dick.«

»Ich verstehe«, flüsterte Neuntöter und beugte sich vor. »Sie lag ja auf dem Bauch.«

»Und das Blut auf dem Rücken?«, fragte Jaguar.

Neuntöter kniff ein Auge zu. »Sie fiel nach vorn.« Er ging um das Gewand herum, das Jaguar ihm hinhielt. »Ja, das Blut, das aus der Wunde austrat, lief in ihr Haar und wurde dann auf die Rückseite des Gewandes gerieben. Dann, als sie weggezerrt und im Laub vergraben wurde, lief das Blut aus der Wunde auf die Vorderseite des Kleides, wo es trocknete.«

»Sehr gut, Häuptling. Du hast eine scharfe Auffassungsgabe.«

Neuntöter biss sich auf die Lippen und blickte unsicher zu Grüne Schlange hinüber. »Warum sah ich das nicht schon vorher?«

Jaguar lachte grimmig. »Weil du so erregt warst, dass du nicht genau hinschautest, Häuptling. Lass uns nun sehen, was Rote Schlinge uns sonst noch über ihren Tod berichtet.« Er hockte sich nieder und untersuchte die Haut des Mädchens. »Keine Abschürfungen oder Schnitte.« Er hob die gekrümmten Hände hoch und betrachtete die Fingernägel. »Kein Hinweis darauf, dass sie den Angreifer kratzte oder sich auf andere Art wehrte.«

»Woher weißt du das?«, fragte Grüne Schlange und beugte sich vor.

Jaguar wiegte sich auf den Fersen. »Hätte sie gekämpft, dann könnten wir es sehen. Abgebrochene Fingernägel, vielleicht Haut oder Blut unter den Nägeln. Und die Haut ist unverletzt. Sie wurde weder gestoßen noch geschnitten oder geritzt. Nicht einmal ein Bluterguss ist zu sehen.« Er rollte den Kopf zur Seite und prüfte sorgfältig das Loch in Rote Schlinges Schädel. »Der Schlag traf sie an der linken Schläfe.« Er sah Neuntöter an. »Was schließt du daraus, Häuptling?«

»Wer immer dort oben zuschlug, stand vor ihr. So schlage ich auf einen Gegner ein. Selbst wenn ich ihn nur streife, bringe ich ihn aus dem Gleichgewicht und kann zu einem zweiten Schlag ausholen.«

Jaguar tastete neben dem zersplitterten Knochen, dessen scharfe Ränder die Haut durchstoßen hatten, durch das Haar der Toten. Die Wunde war ... »Was ist denn das?« Er schob das Haar zurück und runzelte die Stirn. »Kwiokos, hast du etwas Wasser? Und vielleicht ein Stück Stoff? Bei so viel Haar und Blut kann ich nichts erkennen.«

Auf ein Zeichen von Grüne Schlange eilte Blitzende Katze davon und kehrte gleich darauf mit einem großen Topf Wasser und einem Stofffetzen zurück.

Jaguar strich mit dem nassen Lappen immer wieder über das blutverkrustete Haar. Es dauerte eine Weile, bis die Stelle sauber war, aber dann konnte man die Wunde sehen – eine grässliche Öffnung über dem linken Ohr.

»Seht mal hier ...« – Jaguar deutete mit dem Finger in die Nähe der Wunde – »... eine zweite, kleinere Vertiefung, weiter vorn.«

»Sie wurde zweimal getroffen?« Neuntöter sah genau hin und runzelte dann erstaunt die Stirn. »Das ist sehr merkwürdig.«

»Richtig.« Jaguar untersuchte die Wunde erneut. »Es ist doch unwahrscheinlich ... dass sie zweimal an derselben Stelle getroffen wurde, oder?«

Neuntöter atmete tief aus. Nachdenklich sagte er: »Ja, das ist es in der Tat. Wenn der erste Schlag sie von vorn traf, dann stolperte sie rückwärts und verlor den Halt. Falls der Angreifer erneut zuschlug, hätte er den Schädel von oben treffen müssen.«

»Aber so war es offenbar nicht.«

»Und was hat das zu bedeuten?«

»Oh, das werden wir schon herausfinden, Häuptling. Rote Schlinge hat uns schon viel erzählt.« Jaguar wusch die Blutflecken von Rote Schlinges Brust und untersuchte die Brüste.

Dann spreizte er die Beine und betrachtete prüfend die Vulva. Die Schamhaare waren ausgezupft, wie es bei einer ersten Menstruation üblich war. »Sperma wurde nicht gefunden?«

»Nein. Weidenstumpf bestätigte, dass sie nicht missbraucht wurde.«

Sorgfältig untersuchte Jaguar die Beine, das Gesäß und den Rücken. Mit einem Stöckchen öffnete er den Mund und blickte hinein. Blut war über Wangen und Lippen geronnen und bildete eine Kruste auf den Zähnen. »Kein Blut auf der Zunge, sie hat also niemanden gebissen. Bei dem Schlag wurden keine Zähne ausgeschlagen.«

Sonnenmuschel ließ einen ächzenden Laut hören; mit feuchten Augen wandte sie sich ab.

Jaguar wusch sich die Hände in dem Wassertopf und blickte zu Grüne Schlange hinüber. »In Ordnung, Kwiokos, tu jetzt deine Pflicht.«

»Während du anwesend bist?« Grüne Schlange trat verlegen von einem Fuß auf den anderen. »Du gehörst nicht zu ihrem Clan.«

»Nein, aber ich muss zuschauen, wenn du die Haut abziehst.« Jaguar warf Sonnenmuschel einen Blick zu. »Aber ich werde Sonnenmuschel bitten, den Vordereingang zu sichern.«

Sonnenmuschel nickte dankbar und lief zum Einlass.

Jaguar zuckte die Achseln. »Wir hätten vermutlich ohnehin auf sie verzichten müssen. Dieser Anblick ist für niemanden leicht zu ertragen.«

Das grimmige Gesicht Neuntöters drückte Einverständnis aus.

Grüne Schlange nickte. Blitzende Katze und Gestreifter Bär traten mit einem Keramiktopf näher, der mit Bandornamenten und Farbtupfern verziert war. Während Grüne Schlange zum Takt seiner Rasseln sang, holten die Priester scharfe Messer aus Feuerstein hervor und beugten sich über die Leiche.

Jaguar und Neuntöter traten zurück. Der Häuptling sagte: »Ich glaube, ich darf hier nicht zusehen.«

»Warum nicht, Häuptling? Sie war ein Mitglied deines Clans. Ihre Seele hat sicher nichts dagegen. Du arbeitest ja für sie.«

»Wird das Ritual nicht entheiligt, wenn wir anwesend sind?«

Jaguar machte eine wegwerfende Handbewegung. »Unter uns: Nein, das ist nicht der Fall. Der Kwiokos und seinesgleichen behalten sich gern exklusive Vorrechte vor – sich und den Göttern.«

Grüne Schlange warf ihm einen missbilligenden Blick zu und fuhr fort, Rote Schlinge zu häuten.

»Wir tun jetzt Folgendes: Wir schaffen ihrem Geist einen vertrauten Ort, an dem er bleiben kann.« Jaguar betrachtete seine Hände. In den Handflächen vertieften sich die Linien, wenn er die Finger krümmte. »Ob der Geist nur hier bleibt, ist letztlich seine Sache, ganz gleich, mit welchen Ritualen wir versuchen, ihn an den Körper zu binden.«

Mit Unterbrechungen setzte Jaguar seine Untersuchungen fort, aber Rote Schlinge gab keine Hinweise mehr. Besonders den Armen widmete er seine Aufmerksamkeit und zog sogar die Muskeln zurück, um die Knochen abzutasten. Es gab keine Abschürfungen und keine weiteren Zeichen von Gewalteinwirkung, weder unter der Haut noch in den Organen. Als einzige Todesursache blieb die Zertrümmerung des Schädels.

Am Ende lag die Leiche auf dem Rücken. Was einmal eine schöne junge Frau gewesen war, bot nun ein grausiges Bild freiliegender roter Muskeln, weißer Sehnen und geronnenen Blutes. Die eingesunkenen Augäpfel starrten leer aus dem rohen Fleisch und den Knorpeln des Gesichts. Schwarze Blutergüsse umgaben die Wunden an der Seite des runden kahlen Schädels.

»Kwiokos«, sagte Jaguar sanft, »sei bitte sehr vorsichtig, wenn du den Schädel präparierst. Die Muskeln müssen so sorgfältig wie möglich abgezogen werden. Wenn du etwas Ungewöhnliches findest, gib mir bitte auf der Stelle Bescheid.«

Grüne Schlange nickte nachdenklich. »Ja, natürlich. Da ich nun gesehen habe, wie du arbeitest, glaube ich zu wissen, was du meinst.«

Es war später Nachmittag, als Jaguar Neuntöter aus dem Totenhaus führte und die bleiche Sonnenmuschel neben dem Einlass abholte.

»Du siehst jetzt etwas besser aus«, log Jaguar.

»Ich war nicht darauf gefasst … sie so zu sehen, Ältester.« Sonnenmuschel blickte unsicher zur Seite.

Neuntöter sog die klare, kalte Luft ein. »Eines verstehe ich nicht. Warum hast du gerade die Arme so genau untersucht?«

Mit vor Wut verzerrtem Gesicht wirbelte Jaguar herum. »Du elender Hund! Ich bringe dich um!« Er holte aus und wollte Neuntöter auf den Kopf schlagen.

Der Häuptling hob den Arm, um den Hieb abzuwehren. Darauf tänzelte Jaguar zurück und sagte sanft: »Deswegen, Häuptling.«

Neuntöter blieb in geduckter Haltung sprungbereit stehen. Er war verwirrt. »Hast du den Verstand verloren?«

»Habe nur etwas geklärt. Als du gedacht hast, ich greife dich an, hast du unwillkürlich den Arm gehoben, um den Schlag abzuwehren. Denk nach, Häuptling! Wie viele Arme hast du im Kampf mit deiner Keule wohl schon gebrochen?«

Der Zorn wich aus Neuntöters Gesicht. »Eine ganze Menge, Ältester. Ein Mann hebt sofort den Arm, um sich vor einem Schlag zu schützen. Das ist seine erste Bewegung.«

»Eine Frau sicher auch, darauf wette ich. Rote Schlinge hob den Arm nicht.«

»Dann wurde sie aus dem Hinterhalt überfallen!«, rief Sonnenmuschel. »Sie wusste also nicht einmal, dass sie in Gefahr war.«

»Ja und nein.« Jaguar sah Neuntöters Augen funkeln. Ja, der Kriegshäuptling war von schneller Auffassungsgabe. Er begriff sofort, worauf er hinauswollte.

Sie gingen jetzt über den Platz, und Jaguar sagte: »Verstehst du, Sonnenmuschel? Hätte ich den Häuptling nicht angeschrien – und damit gewarnt –, hätte er nicht die Zeit gehabt, den Arm zu heben. Aber der Tod kam so schnell über Rote Schlinge, dass sie sich nicht mehr schützen konnte.«

»Und ein Hinterhalt?«, fragte Sonnenmuschel. »An diese Möglichkeit denkst du nicht mehr?«

»Die Art der Wunde schließt einen Hinterhalt aus«, erklärte Neuntöter grimmig. »Der Mörder stand vor Rote Schlinge.«

»Also, wenn der Mörder vor ihr stand und sie den Arm nicht hob, um sich zu verteidigen, dann erwartete sie den Angriff nicht. Und das bedeutet … es muss jemand gewesen sein, den sie kannte.« Sonnenmuschels Augenbrauen hoben sich.

»Und dem sie vertraute«, fügte Jaguar hinzu.

Neuntöter beobachtete, wie Jaguar heißhungrig eine Schale mit gekochtem Kürbis, Maisbrei und Meerschnecken vertilgte. Rosenknospe hatte die Speise mit Bucheckern gewürzt. Sie spülten das Mahl mit großen Schlucken Nussmilch aus Kürbisbechern hinunter.

Sie hingen alle ihren Gedanken nach. Sonnenmuschel hatte ihr Essen kaum angerührt. Selbst Neuntöter schmeckte es nicht, und er aß nur, weil er seine Schwester nicht enttäuschen wollte. Jaguar aber aß, als hätte er noch nie ein solches Festmahl genossen.

Das Feuer prasselte, während Rosenknospe ihren Kindern Geschichten von den ersten Tagen der Welt erzählte, als Erster Mann und Erste Frau sowie Hirsch, Waschbär, Stinktier und Schildkröte die Welt in menschlicher Gestalt durchstreiften. Sie erzählte, wie das Backenhörnchen seine Streifen bekam und wie Erster Mann zur Sonne wurde, und anschließend von dem ersten schrecklichen Verbrechen, als Okeus Blutschande, Mord und Krieg in die Welt brachte.

Neuntöter hörte mit halbem Ohr zu; Bilder der Ereignisse des Tages gingen ihm durch den Kopf. Er fühlte sich schmutzig, der Schatten des Todes hing über ihm wie der Geruch von Rauch. *Entspann dich! Du bist nicht an die Methoden der Priester gewöhnt. Heute hast du etwas gesehen, was du nicht hättest sehen sollen.*

Ein gutes Schwitzbad, das brauchte er jetzt. Anschließend würde er im kalten Wasser des Flusses schwimmen. Ja, er wollte den Gestank des Todes aus sich herausschwitzen und dann seine Seele reinwaschen.

Er sah den Schädel von Rote Schlinge vor sich, nachdem die Haut abgezogen worden war, den zerschmetterten Knochen mit schwarzem Blut verkrustet. Der Gedanke an die beiden Wunden ließ ihn nicht mehr los, nicht nur der an die gewaltsame Zertrümmerung des zarten Schädels, sondern auch die ungewöhnliche Lage der Verletzungen beschäftigten ihn unablässig. Wie konnte man zwei Schläge so nahe nebeneinander anbringen, dass die Knochenbrüche ineinander übergingen, als ob …

Mitten im Kauen hielt er inne und betrachtete Sonnenmuschels Kriegskeule. Der Griff war so lang wie ein Männerarm. Er war aus Eschenholz und mit Schweiß- und Schmutzflecken bedeckt. Der Kopf bestand aus einem Stein, der vorn spitz geschliffen und mit dem getrockneten Band vom Fußgelenk eines Hirschen an dem hölzernen Schaft befestigt war. Seine eigene Keule sah ähnlich aus.

Aber es gab auch andere Fertigungsarten. Manche Keulen hatten Dorne – so wie die Keule von Kupferdonner, die ebenfalls einen Steinkopf hatte und darunter einen kupfernen Dorn, der in das Holz eingesetzt war.

Zwei Einbuchtungen?

»Rosenknospe, tritt näher!«

Jaguar und Sonnenmuschel schauten forschend zu ihm hinüber. Rosenknospe fragte: »Willst du noch mehr? Ich dachte, ich hätte genug, um die Hälfte deiner Krieger abzufüttern.«

»Nein. Ich brauche dich. Komm her.« Neuntöter stand auf, stellte sich vor sie und legte die Hände auf ihre Schultern. Das Feuer beleuchtete ihr Gesicht. »War Rote Schlinge etwa so groß wie du?«

Sie sah ihn verwirrt an und runzelte die Stirn. »Etwas kleiner, glaube ich, aber ich weiß es nicht genau. Sie ist im letzten Jahr gewachsen wie eine Distel auf dem Feld.«

Sonnenmuschel stellte sich neben Rosenknospe. »Sie reichte mir bis hierher.« Sie hob die Hand bis zu ihrer Braue; Rosenknospe war einen Finger kleiner.

»Das ist gut«, sagte Neuntöter. »Sonnenmuschel, gib mir meine Keule. Sie liegt neben dem Lager. Ja, das ist sie.« Sonnenmuschel reichte ihm die Keule. Neuntöter nahm sie in die rechte Hand. »Also, angenommen, ich wäre der Mörder von Rote Schlinge und ...«

»Nein, das tust du nicht!«, fauchte Rosenknospe und wich zurück. »Ich spiele keine tote Frau. Das würde mir ihre Seele nie verzeihen.«

Plötzliche Erregung erhellte Jaguars Gesicht. »Ja! Woran denkst du, Häuptling?«

»Diese beiden Löcher in ihrem Schädel. Wenn es nun nicht zwei aufeinander folgende Schläge waren, sondern nur einer? Eine Keule kann zwei Köpfe haben. Der größere sitzt gewöhnlich am Ende des Schaftes, nicht wahr?«

»Ja, das stimmt«, sagte Sonnenmuschel und beobachtete die verängstigte Rosenknospe.

»Also, bleib jetzt stehen«, rief Neuntöter und packte seine Schwester, bevor sie fortlaufen konnte. »Willst du uns helfen oder nicht?«

»Nicht, wenn ich für eine ermordete Frau einspringen muss.«

»Wir könnten sie fesseln«, schlug Jaguar vor. »Und sie am Dachpfosten aufhängen, sodass wir genau die richtige Größe erreichen.«

»Lasst mich in Ruhe!« Rosenknospe wand sich in Neuntöters Griff. Er musste zu ihr aufschauen, da sie größer war als er, aber gegen seine mächtigen Muskeln konnte sie nichts ausrichten.

»Der Geist von Rote Schlinge hat nichts dagegen, Rosenknospe, das versichere ich dir.« Jaguar sah sie so gütig und väterlich an, wie es ihm nur möglich war. »Es ist ebenso ihr Wunsch, dass wir den Mörder finden.«

Rosenknospe gab nach, aber ihre Augen schossen Blitze auf ihren Bruder. »Nur dieses eine Mal. Was soll ich tun?«

Jaguar betrachtete mit schmalen Augen die linke Seite ihres Kopfes. »Etwa hier.« Rosenknospe fuhr zusammen, als sein Finger die Stelle berührte. »Und hier. Können wir diese Punkte markieren?«

Sonnenmuschel wischte zwei gelbe Kürbisklumpen aus der Schale und klebte sie an Rosenknospes Schläfe. »So etwa?«

»Genau so.« Jaguar nickte.

Neuntöter streckte die Keule aus, brachte sie auf die Höhe der Markierungen und erkannte, dass er die Hand nur ein wenig zu heben brauchte, um den Bogen des Schlages nachzuvollziehen. »Ein kleinerer Mann?«

»Vorsicht«, sagte Jaguar warnend. »Der Kopf ist der aktivste Körperteil. Selbst wenn sie keine Zeit mehr hatte, den Schlag abzuwehren, könnte sie den Kopf im letzten Moment herumgerissen haben.«

»Seht mal den Winkel«, bemerkte Sonnenmuschel. »Sie wurde jedenfalls nicht von hinten erschlagen. Es sei denn, der Angreifer war über ihr.«

»Oder sehr groß«, warf Neuntöter ein. »Aber ich habe den ganzen Kamm abgesucht. Das Gelände ist dort vollkommen eben. Der Mörder hing höchstens von einem Baum herunter.«

»Also«, fasste Jaguar zusammen, »Rote Schlinge stand vor dem Angreifer, und, richtig, so wie der Schädel zertrümmert wurde, war es höchstwahrscheinlich eine doppelköpfige Keule.« Er zupfte an seinem Kinn. »Sehr interessant. Wir brauchen jetzt nur noch herauszufinden, wer eine doppelköpfige Keule besitzt und Rote Schlinge so nahe kommen durfte.«

»Die Krieger des Mamanatowick scheiden aus. Amselflügel kann es demnach nicht gewesen sein. Obwohl er mir lieber gewesen wäre als jeder andere. Ich hätte meinen Zorn mit Wonne an seinem Fell ausgelassen.«

»Ihr könnt ihn nicht ausschließen«, erklärte Sonnenmuschel starrköpfig. »Woher wollt ihr wissen, dass er es nicht war? Vielleicht tat er es nicht eigenhändig, aber er könnte sogar jemanden aus unseren Reihen dazu angestiftet haben.«

»Das glaube ich nicht«, widersprach Neuntöter. »Der Mamanatowick sagt doch nicht einfach ›Schick einen von denen, damit er Rote Schlinge umbringt‹, und Amselflügel findet so ohne weiteres einen von uns, der ihm den Gefallen tut.«

»Nein«, entgegnete Sonnenmuschel, »denn er würde es geschickter anstellen.«

»Den Mamanatowick dürfen wir jedenfalls nicht ausschließen«, stimmte Jaguar zu. »Der hat das Weroanzi-Bündnis mit großer List und Schlauheit zusammengehalten. Wäre er ein Dummkopf, hätte schon längst ein anderer seine Stelle angenommen.«

»Und Kupferdonner ... oder Grasmatte, wie du ihn nennst?« fragte Neuntöter, der die Wachsamkeit in Jaguars Augen bemerkte.

»Er verdient gleichfalls deine Aufmerksamkeit, Häuptling. Er ist schlau, aber auch unbeherrscht. Hätte er jemals gelernt, seinen listigen Verstand mit Geduld zu verbinden, dann wäre er tatsächlich ein sehr bedrohlicher Gegner.«

»Er war hier, weißt du.« Neuntöter verschränkte die Arme vor der Brust und versuchte, sich an alle Einzelheiten zu erinnern. Tief in seiner Seele nagte der Zweifel. Irgendetwas fehlte, ein entscheidender kleiner Baustein, mit dessen Hilfe sie die Zusammenhänge würden erkennen können.

»Und er war nachts draußen«, ergänzte Rosenknospe. »Meine Tochter Weißer Otter sah ihn in der Abenddämmerung durch den Palisadeneinlass kommen. Seine Leggings waren nass, sagte sie, als wäre er draußen in den Feldern gewesen.«

»Weißer Otter!«, rief Neuntöter. »Komm her, erzähl uns, was du gesehen hast.«

Weißer Otter war die älteste Tochter von Rosenknospe und ihm das liebste ihrer fünf Kinder. Sie war gertenschlank und hatte glänzendes, schwarzes Haar und ein schmales Gesicht, in dem die braunen Augen besonders groß wirkten. Noch ein paar Blätterblüten, dann würde sie eine Schönheit sein und ihrer Mutter das Herz brechen, wenn sie sich verheiratete.

»Es ist wahr, Onkel.« Weißer Otter schluckte, als sie sich plötzlich im Mittelpunkt der Aufmerksamkeit befand; die Erwachsenen sahen sie gebannt an. »Mutter hatte mich nach Wasser für die Morgensuppe geschickt, denn wir mussten ja für die Weroansqua, die all die vielen Gäste bewirtete, etwas beisteuern. Mit dem großen Tonkrug da drüben ging ich also zur Palisade. Da trat er durch den Einlass, blickte sich um und ging direkt auf das Großhaus der Weroansqua zu.«

»Hast du sonst noch jemanden gesehen?«, fragte Neuntöter. »Niemand war bei ihm? Niemand ist ihm gefolgt?«

Weißer Otter schüttelte den Kopf. »Niemand. Es waren zwar schon einige Leute auf den Beinen, denn es war früher Morgen. Ich hab mir weiter nichts dabei gedacht. Er war vielleicht draußen, um Wasser zu lassen. Merkwürdig waren nur die nassen Leggings. Und auch die wären mir nicht aufgefallen, wenn es nicht Kupferdonner gewesen wäre.«

»Danke dir.« Neuntöter klopfte ihr anerkennend auf die Schulter. »Wenn dir noch etwas einfällt, dann sagst du mir sofort Bescheid. Klar?«

»Ja, Onkel.« Diesmal lächelte sie ihn nicht an wie sonst.

»Da war also unser alter Freund Grasmatte schon am frühen Morgen auf und unterwegs.« Jaguar starrte mit zusammengekniffenen Augen ins Feuer. »Wenn das ein Zufall ist!«

»Du weißt, der Große Tayac besitzt eine Keule mit einem Stein und einem Kupferdorn direkt darunter.«

»Ja, das weiß ich«, erwiderte Jaguar sanft. »Und ich frage mich, ob dieser Stein und der Dorn in die Löcher in Rote Schlinges Schädel passen würden.«

Sieben

Weidenstumpf arbeitete gerade an einem Muschelrechen, als Jaguar und Sonnenmuschel ihn am folgenden Morgen endlich ausfindig machten. Der junge Jäger saß auf einem umgekippten Kanu in der Nähe des Anlegesteges. Er hatte sich über seine Arbeit gebeugt; das Wasser schwappte ihm um die Füße. Eine tiefe Falte grub sich in seine Stirn, als er einen hölzernen Griffzapfen an dem Rechen befestigte. Hinter ihm lag eine Rolle mit Flachsschnur und ein Vorrat an spitzen Muscheln, mit denen er das Holz bearbeiten konnte.

Es war ein bewölkter Tag, und der Nordwind trieb unregelmäßige Wellen mit weißen Schaumkronen in den Flussarm. Trotz des kühlen Wetters trug Weidenstumpf nur seinen Lendenschurz und einen Federumhang. Eine dicke Fettschicht schützte seine nackte Haut vor der Kälte. Das Haar hatte er zu einem Knoten gebunden und mit einer feinen Haarnadel aus dem Sprungbein eines Hirschen an der rechten Seite seines Kopfes festgesteckt.

Der Rechen bestand aus einem zweimal mannshohen dünnen Stock, der aus einem jungen Baum herausgeschnitten worden war. Fingerdicke Zweige, die etwa so lang waren wie der Arm eines Mannes, waren in Form eines Fächers am unteren Ende des Stockes angebracht und mit einem Querriegel versteift worden. Mit diesem Gerät ließen sich Muscheln und Austern vom schlammigen Boden des Flusses kratzen und ins Kanu befördern.

»Ah, auf Muscheljagd, wie man sieht«, bemerkte Jaguar.

Der junge Jäger sah kaum auf, nickte, und erst dann wurde ihm bewusst, wer ihn angesprochen hatte. Aufgeschreckt murmelte er: »Ich … eh, ja. Ich brauche eine Abwechslung von der Hirschjagd.« Das angestrengte Lächeln erlosch, als er Sonnenmuschels ausdrucksloses Gesicht blickte. »Hallo, liebe Freundin.«

»Schön, dich zu sehen, Weidenstumpf.« Sonnenmuschel lächelte mit schmalen Lippen. Es war offensichtlich, dass sie sich nicht wohl fühlte.

Jaguar schenkte Weidenstumpf sein verstörendes Grinsen, das Totenkopf-Grinsen, das er so lange geübt hatte.

Weidenstumpf blickte ihn unsicher an und drehte den Schaft des Rechens hin und her. »Unten fehlen noch ein paar Zinken.« Er deutete abwesend auf das Werkzeug. »Ich muss sie ersetzen.«

»Mit Schnur gebunden, wie ich sehe, und nicht mit Sehnen?«

»Nein, Ältester, natürlich nicht. Sehnen dehnen sich im Wasser. Eine Schnur ist besser.«

»Wird ein kalter Tag dort draußen. Raues Wasser.« Hohe Wellen wälzten sich durch den Flussarm. »Du fährst doch sicher nicht in die Salzwasserbucht selbst, oder?«

»Nein, Ältester. Der Fischfluss ist rau genug. Aber kalt wird mir trotzdem sein. Ich fürchte, ich werde so viel Sprühwasser einholen, dass das Feuer ausgeht.« Er deutete auf einen schlanken Einbaum gegenüber dem, auf dem er saß. Eine angekohlte Holzschale war mittschiffs auf den Boden gestellt. Die Fischer zündeten in den Hartholzschalen Feuer an, um sich warm zu halten und die Fische nachts in ihre Netze zu locken. Wenn man aufmerksam genug war, erlosch das Feuer auf dem Wasser nicht, und man konnte die Glut auch über lange Entfernungen halten und sich auf der Fahrt Fische und Wasservögel braten.

»Wie ich höre, warst du es, der die Leiche der armen Rote Schlinge gefunden hat.« Jaguar zog die alte Stoffdecke fest um seine Schultern. Er wünschte, sie hätten nicht hier am ungeschützten Strand, sondern im Langhaus neben dem Feuer miteinander sprechen können.

»Das stimmt, Ältester. Ich bin der Spur von Wilder Fuchs gefolgt bis zu der Stelle oben auf dem Hügel, wo der Körper im Laub versteckt war.« Mit gequältem Gesichtsausdruck schaute er schnell zu Sonnenmuschel hinüber, als fühlte er sich schuldig.

»Oh, hab keine Angst«, sagte Jaguar sanft, »ich weiß, ihr seid schon seit langer Zeit befreundet, du und Sonnenmuschel.«

Weidenstumpf nickte, die Lippen fest aufeinander gepresst, als bisse er sich die Wörter ab.

»Und du und Wilder Fuchs, ihr habt als Kinder viel Zeit miteinander verbracht. Die besten Freunde, wenn die Clans sich besuchten oder wenn du nach Drei Myrten gingst.«

Weidenstumpf nickte.

Jaguar winkte wieder zu seiner Begleiterin hinüber. »Ja, Sonnenmuschel hat mir viel über euch erzählt, über dich und Wilder Fuchs. Sie sagte auch, dass du Rote Schlinge heiraten wolltest. Dass du dich in sie verliebt hattest.«

Weidenstumpf sah Sonnenmuschel finster an. Er wurde rot und unterdrückte mit zusammengebissenen Zähnen den Ärger über den Verrat. »Meine ›Freundin‹ scheint neuerdings eine ziemlich lockere Zunge zu haben.«

»Aber, mein lieber Jäger, wenn sich die Zungen nicht lockern, kommen wir nie dahinter, was mit Rote Schlinge geschehen ist.« Jaguar trat näher. »Es hat dir doch sicher nicht gefallen, dass die reizende Rote Schlinge Kupferdonner versprochen war.«

Weidenstumpf atmete tief ein und senkte den Blick. Er strich über die Maserung des hölzernen Griffs. »Ich kenne meine Stellung, Ältester. Sie war die Enkeltochter der Weroansqua. Wir wussten es. Alle, außer Wilder Fuchs.« Seine Lippen zuckten. »Der lebte gern gefährlich.«

»Das ist ja eine merkwürdige Erklärung. Als ich Wilder Fuchs traf, war er ziemlich am Boden und halb tot vor Angst.«

»Ach ja? Frag doch mal deine Freundin dort. Los, Sonnenmuschel, erzähl es ihm! Wilder Fuchs dachte, er kann sich alles erlauben. Er, der Sohn von Schwarzer Dorn. Er kann sogar ein Risiko mit der Enkelin der Weroansqua eingehen.«

»Welches Risiko?« Jaguar blickte fragend von Sonnenmuschel zu Weidenstumpf. »Davon hat Sonnenmuschel mir nie etwas erzählt.«

»Natürlich nicht, sie deckt ihn doch. Er ist ihr Freund, er ist ihr ans Herz gewachsen. Sie glaubt, sie liebt ihn, und sie verzeiht ihm alles. Und sie stecken unter einer Decke. Bist du etwa nicht selbst darauf gekommen, Ältester? Sind deine Zauberkräfte so kläglich, dass du nicht einmal bemerkst, wann du belogen wirst?«

Sonnenmuschel ließ ihre Hand auf die Keule fallen, aber sie sagte nichts.

»Belogen? Ich?« Jaguar war verdutzt, deutete dann mit dem Daumen auf Sonnenmuschel. »Von Sonnenmuschel? Das ist doch lächerlich.«

»Lächerlich?« Weidenstumpf ahmte seinen Tonfall nach. »Ich werde dir sagen, was hier lächerlich ist. Wilder Fuchs war lächerlich. Hast du gewusst, dass er Rote Schlinge beigewohnt hatte? Erst letzten Sommer. Und zwar sechs Monde, bevor sie zur Frau geworden war.«

Sonnenmuschel trat einen halben Schritt vor, die Keule gepackt, das Gesicht Unheil verkündend. Doch Jaguar hielt sie zurück und murmelte: »Nur die Ruhe!«

»O ja, nur die Ruhe, Sonnenmuschel, du dumme Gans! Oder wusstest du nicht, dass er sich in ihr benetzte?«

»Wenn du es wusstest, warum sagtest du nichts?«, begehrte Sonnenmuschel drohend zu wissen.

»Weil ich mir ausmalte, liebe Freundin, dass er für seine Taten zur rechten Zeit würde bezahlen müssen. Ich dachte nie daran, dass er sie umbringen würde.« Weidenstumpf blickte zur Seite; der Wind zerrte einzelne Strähnen seines schwarzen Haares aus dem Haarknoten.

»Du hast ihn sicher gehasst«, sagte Jaguar sanft, »und sie auch.«

Weidenstumpf warf ihm einen zornigen Blick zu. »Nein, sie nicht. Sie war eine Törin, weil sie Wilder Fuchs erlaubte, in sie hineinzupumpen, aber es kam mir nie in den Sinn, dass sie dafür büßen würde. Er war ein Mann! Im *Huskanaw* geschwärzt! Bei allen Geistern – ein Mann paart sich doch nicht mit einem Kind! Nicht in unserem Volk!«

»Und du hast nicht versucht, sie zu schützen? Wilder Fuchs abzudrängen?«, fragte Jaguar tadelnd.

»Warum?«, rief Weidenstumpf. »Sie hätte mich nur gehasst. Mich! Gehasst! Sie glaubte … sie liebte ihn!«

»Und du sprichst von deiner Liebe zu ihr?«, entgegnete Jaguar scharf. »Also, wenn das Liebe ist, dann bist du …«

»Was weißt du denn schon?« Weidenstumpf sprang auf und warf den Muschelrechen zu Boden. »Du kommst hierher und steckst deine alte Nase in unsere Angelegenheiten. Was weißt du denn von Liebe, alter Mann? Über das Brennen in meiner Brust, wenn ich sie anblickte? Über die Qualen meiner Seele, wenn ich wusste, dass sie bei ihm war und sein kümmerliches Glied in sich aufnahm, während ich … ich … ich …« Er ballte die Fäuste und wandte sich ab.

Jaguar beobachtete, wie sich die starken Muskeln in Weidenstumpfs Brust zusammenzogen und zuckten. »Du hättest also alles getan, um sie zu bekommen?«

»Das stimmt«, antwortete er mit knirschenden Zähnen und bemühte sich um Fassung.

»Es war sicher schrecklich für dich gewesen, dass Rote Schlinge mit Wilder Fuchs davonlaufen wollte. Es war nicht so gekommen, wie du gehofft hattest; niemand hatte entdeckt, dass Wilder Fuchs einem Mädchen beigelegen hatte. Er war weder entehrt noch wurde er bestraft, und der Rang von Rote Schlinge war nicht gering genug, dass du, ein gemeiner Jäger, hättest hoffen können, sie zu heiraten. Und plötzlich war sie eine Frau und floh mit dem Mann, den du hasstest. Sie waren frei. Und weg. Rote Schlinge war aus deinem Leben verschwunden, und du konntest es nicht ertragen. Also nahmst du eine Keule und zerschlugst ihr den Schädel.«

Weidenstumpf trat mit feuchten Augen auf Jaguar zu. »Sie getötet? Den Schädel eingeschlagen? Nein ... nein! Niemals!«

»Wenn du sie schon nicht haben konntest, dann sollte sie auch kein anderer haben.«

»Nein! Wie kannst du es wagen!« Mit vor Wut verzerrtem Gesicht stand er Jaguar gegenüber. »Wenn du wüsstest, was ich auf mich genommen hätte, was ich geopfert hätte ...«

Abrupt hielt Weidenstumpf inne. Er öffnete den Mund, als wollte er nach Luft ringen ... und begann, nervös zu lachen. »Ach, du bist so schlau, Jaguar! Du dachtest, du bringst mich dazu, irgendetwas zuzugeben, die Beherrschung zu verlieren und dir zu sagen ...«

»Mir ... was zu sagen?«, drängte Jaguar.

»Na, über den Tod von Rote Schlinge.« Weidenstumpf verschränkte die Arme vor der Brust. »Tut mir Leid, alter Mann. Spiel deine Spielchen mit der Weroansqua. Ich habe allen erzählt, was dort oben geschah. Ich war auf der Jagd, und Wilder Fuchs rannte den Pfad hinunter. Wir sprachen kurz miteinander. Er hatte Blut an den Händen und stürmte davon, sprang in sein Kanu und paddelte wie ein Verrückter. Ich war neugierig geworden. Ich folgte seiner Spur nach und fand Rote Schlinge.«

»Und was sagte sie zu dir?«

»Sie war tot, schon längere Zeit.«

»Woher weißt du das?«

»Ich bin Jäger, Ältester. An einem so kalten Tag verliert ein Körper schnell die Wärme. Sie war eiskalt. Die Starre hatte schon eingesetzt, die Augen waren trocken. Selbst der Urin begann schon zu trocknen.«

»Zeichen eines Kampfes?«

»Nein. Keine. Und sie wurde auch nicht vergewaltigt, sonst hätte es Hinweise darauf gegeben.«

»Aber die Leiche war von der Mitte des Kamms zur Seite gezerrt und mit Laub bedeckt worden?«

»Das stimmt.« Weidenstumpf beobachtete Jaguar aufmerksam. »Wilder Fuchs tat es. Versuchte, sein Verbrechen zu vertuschen. Er dachte wohl, mit ein paar Blättern darüber wird der Leichnam nicht entdeckt.«

»Ach, meinst du?« Jaguar nickte langsam. »Hast du eine Keule dabei, Weidenstumpf?«

»Manchmal. Was geht dich das an?«

»Hast du sie heute dabei?«

»Ja. Ich könnte dir zeigen, wie sie wirkt.« Seine Augen wurden zu schmalen Schlitzen. »Ja, ich glaube, es würde mir sogar Spaß machen, es dir zu zeigen.« Er maß Jaguars Schädel, als suchte er nach einer für einen Hieb besonders geeigneten Stelle.

»Später vielleicht.« Jaguar überging die Drohung und gab Sonnenmuschel ein Zeichen. Sie ging zu dem Kanu hinüber und blickte hinein. Dann hob sie eine dicke Keule heraus. Wie die meisten Keulen in Flache Perle hatte sie einen Kopf, der aus demselben Holz wie der Griff geschnitzt war.

Jaguar zuckte die Achseln, und Sonnenmuschel legte die Keule zurück. »Also, wir wünschen dir eine erfolgreiche Muscheljagd, Weidenstumpf. Immer wenn Rote Schlinge ins Spiel kommt, wird deine Jagd offenbar unterbrochen.«

»Scheint so«, erwiderte Weidenstumpf gereizt.

Jaguar nickte, wandte sich ab und machte sich auf den Weg zum Dorf. Sonnenmuschel folgte ihm. Plötzlich drehte der Alte sich um, den Kopf zur Seite geneigt. Weidenstumpf hatte sich nicht gerührt und blickte ihnen mit funkelnden Augen nach.

»Sag, Weidenstumpf, du hast doch an jenem Morgen auf einen Hirsch geschossen?«

»Richtig.«

»Hast du den Pfeil gefunden?«

Der Jäger schüttelte den Kopf. »Nein. Und wenn du glaubst, der hätte Rote Schlinge getötet, dann such doch selbst danach.«

»Ein reizender Mensch«, murmelte Jaguar durch die Zähne und ging weiter. »Aber man weiß nie, was man findet, wenn man etwas sucht, nicht wahr?«

»Das stimmt. Aber täusche dich nicht, Ältester, in seinen Augen stand Mord.« In Sonnenmuschels Stimme schwang Besorgnis.

»O ja. Und er verbirgt etwas vor uns, und es windet und schlängelt sich um sein Herz wie eine Schlange in einem Sack.«

»Wir wollen hoffen, dass sie nicht herauskommt und uns beißt, Ältester. Du darfst Weidenstumpf nicht unterschätzen. Ich dachte, ich kenne ihn, aber er hat sich verändert. Ich glaube, er würde dich töten, ohne auch nur einen Herzschlag lang zu zögern.«

Das große Feuer mitten auf dem Platz verschlang gierig einen Stapel Holz. Um das Feuer herum tanzten die Krieger des Dorfes zum Takt des schrillen Gesangs von Grüne Schlange. Auf beiden Seiten des Feuers schüttelten Blitzende Katze und Gestreifter Bär ihre Rasseln, gleichfalls im Takt, und begleiteten das Lied mit ihren Bassstimmen. Sie standen dem verglühenden Schein des Sonnenuntergangs gegenüber, in Richtung von Krieg und Tod.

Unter der Leitung von Neuntöter tanzten die Krieger, sprangen und stampften mit wippenden Köpfen, und erhoben die Stimmen, die mit dem Gesang der Priester eins wurden. Sie blickten zum Abendhimmel empor, wo die Funken blinzelnd erloschen und Rauchwolken die Lobpreisungen zu Okeus' Ohren trugen, auf dass er wisse, wie dankbar sie ihm waren, dass er sie heil von dem Kriegszug zurückkehren ließ.

Die aus Holz geschnitzten Gesichter der Wächter schienen im schwächer werdenden Licht heller oder dunkler zu schimmern, wenn die Schatten der umherspringenden Krieger den Schein des Feuers freigaben oder verdeckten. Hinter ihnen standen die Zuschauer und klatschten und stampften im Takt der Rasseln. Die meisten wussten, dass der Tanz Ausdruck der Erleichterung war. Auf einen erfolgreichen Überfall, bei dem

Gefangene und Beute gemacht worden wäre, wären Feierlichkeiten gefolgt, die sich über mehrere Tage hingezogen hätten. Dieses Fest würde nur einen einzigen Abend lang dauern.

Muschelkamm näherte sich ihrem Opfer. Lautlos ging sie um den Festplatz herum. Er stand im Schatten und lehnte mit dem Rücken an der Wand des Hauses der Toten, als sie neben ihn trat. »Guten Abend, Ältester. Ich hoffe, dass der Tanz dich amüsiert.«

Jaguar war offenbar nicht überrascht und sagte beiläufig: »Fliegende Fischreuse ist bemerkenswert leicht auf den Beinen für einen so großen Mann. Wenn man sie nebeneinander sieht, ihn und Neuntöter, dann könnte man glauben, sie wären die Zwillingsbrüder von Blitzende Katze und Gestreifter Bär.«

Muschelkamm betrachtete die herumwirbelnden Krieger. »Deine Ankunft hat für einen ordentlichen Aufruhr gesorgt. Meine Mutter weiß nicht genau, ob sie dich von den Kriegern des Großen Tayac aus dem Dorf jagen lassen oder sie ihr Amt gleich dir überlassen soll.«

Jaguar bewegte seine Finger im Takt der Musik und nickte im selben Rhythmus. »Du bist sicher Muschelkamm.«

»Die bin ich.« Sie betrachtete ihn im tanzenden Feuerschein. »Aber ich frage mich: Wer bist du? Von deinem Clan, von deiner Familie und woher du kommst weiß niemand etwas. Man spricht von dir als von dem Zauberer. Es sei denn, Kupferdonner spricht von dir. Er nennt dich Rabe.«

»Unter diesem Namen kannte er mich. Aber das ist lange her, Muschelkamm. Und es war weit von hier.« Jaguar machte eine Bewegung nach Westen, zum Himmel, der sich gerade verdunkelte. »Es war jenseits der Berge, bei den großen Flüssen. Du hast sicher von den Schlangenhäuptlingen gehört und von den Tempeln, die sie bis zur Sonne bauen.«

»Bist du einer von ihnen? Gehören sie zu deinen Leuten?«

»Ich lebte eine Zeit lang unter ihnen.«

»Du sprichst aber wie einer aus unserer Gegend. Bist du hier aufgewachsen?«

»Ich sagte, dass ich unter ihnen lebte. Ich war an vielen Orten.«

»Du bleibst wohl ein immer währendes Rätsel?« Wer war dieser Mann, der so ungezwungen über sich redete, dabei aber nichts sagte? »Ich hörte, dass du deinen Clan … ja, ›die Hochbeinigen‹ nanntest.«

»Oh, ich fürchte, das war ein kleiner Scherz.« Der Alte lächelte wehmütig. »Ja, ich hatte einen Clan, vor langer Zeit. Für ihn bin ich seit über fünfmal zehn Blätterblüten tot. Es klingt sicher sonderbar in deinen Ohren, nicht wahr? Dass ein Mensch ohne Clan lebt. Denn schließlich bestimmt der Clan unseren Platz in der Welt, und jeder weiß, wer wir sind. Unsere Sippe schenkt uns schließlich alles, unsere Regeln, unsere Pflichten und Verantwortlichkeiten, unsere Lebensgefährten, unsere Freunde, sogar unser jenseitiges Leben.«

»Ohne Familie sind wir nichts.«

»Dann bin ich nichts, Muschelkamm. Mein Clan ist für mich tot, so wie ich für ihn tot bin. So stehe ich also vor dir als ein Stück menschlichen Treibguts, ein Klumpen lebenden Fleisches, ohne eine Verpflichtung gegenüber irgendeinem Clan, einer Familie oder einem Dorf. Ich bin völlig frei.«

Sie atmete tief ein und wickelte sich eine Haarsträhne um den Finger. »Ich bin möglicherweise der einzige Mensch in diesem Dorf, der dich bewundert, Ältester.« Wie würde sie sein, diese absolute Freiheit?

Er lächelte sanft, als er ihre Gedanken las. »Erschreckend«, sagte er einfach. »Absolut frei zu sein, ist entsetzlich. Besonders, wenn man in den hegenden Armen eines angesehenen und einflussreichen Clans erzogen wurde. Mir fehlte es an nichts, Muschelkamm, so wie dir auch. Dort war immer jemand, der mir half, der mir am Feuer einen Platz frei machte. Wenn ich krank war, pflegten sie mich. So, wie sie dich pflegen, wenn du krank bist. Wenn du verletzt bist, sorgen sie für dich. Wenn jemand dich bedroht, kommen sie mit erhobenen Keulen herbei, denn du gehörst zum Clan. Sie geben dir alles, und du hast die Pflicht, alles zurückzugeben.«

Im Bann seiner besänftigenden Worte hatte Muschelkamm das Gefühl, sich in Luft aufzulösen. Unter ihrem Herzen entstand eine Leere, ein gähnender Abgrund, der sie zu verschlingen drohte. Ihre Stimme wurde zu einem qualvollen Flüstern. »O ja, Ältester. Ich gab ihnen sogar mein Herz, mein zerfetztes, blutiges Herz. Ich kämpfte trotzdem mit ihnen, immer und immer wieder, um nach meinen eigenen Regeln zu leben.« Sie fasste sich, verärgert über ihre eigene Verletzlichkeit. »Aber warum erzähle ich dir das alles?«

Er lachte leise. Ihre Entgegnung belustigte ihn. »Weil dir niemand sonst zuhören würde. Niemand versteht die Sehnsucht in deiner Stimme.« Er deutete nach Westen. »Du könntest gehen. Jetzt! Pack deine Sachen und verschwinde. Dort draußen ist die ganze Welt.«

Sie rieb sich die Arme und dachte an Kupferdonner, an die Dörfer stromaufwärts, und dann schweiften ihre Gedanken in die Vergangenheit ab. »Einmal ging ich nach Norden, auf eine Handelsfahrt zu den Susquehannocks. Ich war ... nein, sie waren ... nun ja ... anders. Als wären sie gar keine Menschen. Was sie taten, wie sie lebten, genauso, aber so ...«

»Erschreckend«, ergänzte Jaguar mit verhangenen Augen. »Und deshalb, Muschelkamm, wirst du niemals gehen. Wie sehr du dich auch an den Beschränkungen deines Clans reibst – aber diese Menschen geben dir das, was das Wichtigeste für dich ist: Sicherheit!«

Der Abgrund tat sich vor Muschelkamm auf, und sie riss sich mit aller Kraft zurück, bevor sie die Herrschaft über sich selbst verlor und die Vergangenheit sie überwältigte und zerbrach und schluchzend am Boden zurückließ. Sie gewann die Fassung zurück und erinnerte sich, dass sie ein neuer Mensch mit einem neuen Anfang geworden war. Zurückzuschauen verursachte Leid; sie hatte sich deshalb geschworen, nicht mehr zurückzuschauen. »Die Sicherheit hat ihren Preis, Ältester. Einen sehr hohen Preis.«

»Den haben die meisten Dinge im Leben.«

Muschelkamm blickte auf ihre rechte Hand hinunter und bewegte die Finger. Die Muskeln spannten sich unter der samtenen, braunen Haut. Darin war Macht verborgen, eingebettet in die Erinnerung von Fleisch und Bein. Die Regeln waren klar – und manche waren absolut. Einige davon würde sie auf keinen Fall brechen, gleichgültig, welchen Preis ihre Seele schon dafür bezahlt haben mochte. »Sag mir, Ältester, sind Menschen anders als Tiere? Sind wir mit unseren Clans, Sippen und Pflichten tatsächlich besser dran?«

»Ich weiß es nicht.« Er grübelte einen Augenblick lang. »Die Hirsche, Waschbären, Luchse und Backenhörnchen haben niemanden, sie können sich nur auf sich selbst verlassen. Menschen, mit ihren Clans, Dörfern und Stämmen, können einspringen, wenn ein Einzelner in Not ist. Diesen Vorteil haben wir – sie nicht.«

»Aber sie sind frei, sie können der Sehnsucht ihres Herzens folgen. Warum hat uns Erster Mann mit Sehnsucht und Begehren ausgestattet? Warum hat er solch ein Verlangen in unsere Seelen gepflanzt – und dann Clans errichtet?«

»Betrachtest du so das Leben? Als Konflikt zwischen Sehnsucht und Verantwortung?«

»Wie ich es betrachte, ist bedeutungslos. So ist es eben. Wenn du dem Drängen deiner Seele nachgibst, Ältester, dann gerätst du früher oder später in Konflikt mit dem Clan und seinen Regeln.« Mit Bitterkeit in der Stimme fügte sie hinzu: »Aus diesem Grund bist du für deine Leute doch tot, nicht wahr?«

Seine schmalen Lippen zuckten. »Ich war einmal jung und töricht.« Er zögerte und beobachtete sie aus dem Augenwinkel heraus. »Warst du jemals töricht, Muschelkamm?«

»Irgendwann war jeder einmal töricht.«

Jaguar betrachtete offenbar in Gedanken versunken die fest getrampelte Erde unter seinen Füßen. Asche aus den Feuern hatte sie verfärbt. Tonscherben, gebleichte Muschelschalen und geknackte Nussschalen lagen herum.

»Es tut mir Leid ... das mit deiner Tochter, Muschelkamm.«

»Mir auch«, erwiderte sie.

Als sich ihre Blicke trafen, schien sie plötzlich keine Luft mehr zu haben. Ihr Herz begann zu rasen. Wie konnte ein Blick in seine Augen ihr die Fassung rauben und sie in solche Verwirrung stürzen? Sie lächelte gegen ihre wachsende Bitterkeit an. »Genieße deinen Aufenthalt hier, Ältester.« *Geh weg, Muschelkamm! Geh jetzt weg, so schnell wie möglich.*

Als sie sich umwandte, rief er: »Ich würde mich freuen, dich wiederzusehen.«

Neuntöter saß mit untergeschlagenen Beinen auf der Schilfmatte vor dem Feuer im Haus von Rosenknospe und rauchte seine Tonpfeife. Die Beine schmerzten ihn noch vom Tanzen, aber ein wohliges Gefühl hatte ihn erfasst. Der Zug gegen Drei Myrten hatte durch den Tanz einen Abschluss gefunden, und dies war wie Balsam für seinen verletzten Stolz gewesen. Er beobachtete den blauen Rauch, der aus seiner Pfeife aufstieg. Die Tabakernte war in diesem Jahr nur leidlich ausgefallen; Würmer hatten die meisten Blätter angefressen, bevor sie gepflückt werden konnten. Immerhin war genug zusammengekommen, um den Tribut, den sein Clan der Weroansqua schuldete, zu ermöglichen und ihnen außerdem einen Jahresvorrat zu sichern.

Man hatte den Maisbrei verschlungen, den Hauptgang mit verschiedenen Kürbissorten gegessen und den Rest der Nussmilch getrunken. Die Hunde hatten die Holzschalen sauber geleckt, und Rosenknospe hatte sie bereits zusammengestellt. Jetzt war sie an den Schlafbänken beschäftigt und breitete weiche Felldecken aus.

Neuntöter beobachtete Jaguar und Sonnenmuschel. Der alte Mann war den ganzen Abend nachdenklich gewesen. Die tiefen Falten auf seiner Stirn verrieten, dass er sich in das Problem des Mordfalles verbissen hatte.

Sonnenmuschel schien niedergeschlagen und in sich zurückgezogen. Die meiste Zeit hatte sie geistesabwesend ins Feuer gestarrt und so lustlos gegessen, als wäre das Mahl ohne Geschmack. Weißer Otter hatte einige Male versucht, Sonnenmuschel in ein Gespräch zu ziehen, aber zwischen den Mädchen hatte sich etwas verändert. Früher waren sie enge Freundinnen gewesen, aber jetzt schien Sonnenmuschel älter geworden zu sein, eher Frau als Mädchen.

Da Rosenknospe außer Hörweite war, fragte Neuntöter: »Was hast du heute herausgefunden?«

»Oh, eine ganze Menge.« Jaguar rieb sich mit seiner ledernen Hand das Gesicht. »Sag mal, Häuptling, welches ist die Strafe für einen jungen Mann, der einem Mädchen beiwohnt und dabei ertappt wird?«

Neuntöter zuckte die Achseln. »Das hängt davon ab, wer das Mädchen ist, wie alt und von welchem Clan. Und natürlich davon, wer der Mann ist.«

Jaguar nahm sich etwas Tabak aus dem kleinen Tontopf neben sich. Er stopfte die Blätter in den Kopf seiner alten, fleckigen Tonpfeife, sah Sonnenmuschel an und deutete auf das Feuer. Neuntöter war überrascht zu sehen, dass sie ein paar Augenblicke brauchte, bis sie bemerkte, dass sie gemeint war.

Sie sprang auf, erschrocken und schuldbewusst, und zündete mit einem Zweig die Pfeife des Ältesten an.

Erst nachdem Jaguar eine blaue Rauchwolke ausgestoßen hatte, sagte er leise: »Nehmen wir an, die junge Frau war Rote Schlinge.«

Neuntöter holte tief Luft. »Die Enkeltochter der Weroansqua?« Er schüttelte den Kopf und dachte an den Zorn, der die Augen der Weroansqua entflammen würde. »Das wäre entsetzlich, Ältester. Nur ein Narr würde eine alte Bärin erzürnen, die so leidenschaftlich auf ihre Jungen achtet wie die Weroansqua.«

»Ja, gut. Aber angenommen, der junge Mann wäre Wilder Fuchs, der Sohn von Schwarzer Dolch. Das wäre doch sicher nicht so verwerflich wie ... sagen wir mal ... Weidenstumpf?«

Neuntöter vergaß die Pfeife in seiner Hand. Jaguar las in seinem Gesicht, wie entgeistert er war. »Wurde sie gezwungen oder willigte sie ein?«

»Nach meinen Quellen wurde sie nicht gezwungen.«

»Gut. Wäre das nämlich der Fall, dann könntest nicht einmal du der wutschnaubenden Weroansqua Einhalt gebieten. Oh, der Clan von Schwarzer Dorn könnte ihr mit einem angemessenen Tribut vielleicht etwas von ihrem Zorn abkaufen. Wilder Fuchs würde natürlich trotzdem bestraft werden, käme aber wahrscheinlich mit dem Leben davon. Wenn aber jemand wie Weidenstumpf sie vergewaltigt hätte, dann würde ihn Jagender Falke sicherlich zu Tode foltern oder ihm Arme und Beine brechen und seinen Körper auf den Scheiterhaufen werfen lassen.«

»Aber wenn keine Gewalt im Spiel war und sie sich freiwillig mit ihm gepaart hätte?«

»Das ist etwas anderes«, sagte Neuntöter langsam. »Im Falle von Weidenstumpf würde sie vielleicht befehlen, ihn halb tot zu schlagen. Möglicherweise würde man ihm die Beine brechen, dann müsste er von der Gnade seines Clans leben. Hätte sie aber einen schlechten Tag, würde sie mir vielleicht auftragen, ihm den Schädel einzuschlagen und ihn bei Flut in den Fischfluss zu werfen.«

Sonnenmuschel biss sich auf die Lippen.

Neuntöter blickte sie fragend an, und Jaguar erklärte: »Offenbar hat der junge Wilder Fuchs mich angelogen. Und damit hat er Sonnenmuschel in eine schwierige Lage gebracht.« Er wandte sich an das gedemütigte Mädchen. »Was wusstest du davon?«

Sonnenmuschel ließ den Kopf sinken; sie starrte auf ihre schmalen Hände. »Ich habe es nicht gewusst, Ältester. Das schwöre ich. Ich …«

»Und geahnt?«

»Nun ja, sie verschwanden oft. Einfach so, auf und davon. Manchmal fragt man nicht … will es gar nicht wissen.« Sie hob die Hände. »Außerdem glaubten sie, sie würden heiraten. Es ahnte doch niemand … diese Verbindung mit Kupferdonner.«

Neuntöter runzelte nachdenklich die Stirn. Es war kaum zu fassen: die unreife Enkelin der Weroansqua treibt sich mit einem Mann herum – unter seiner Nase! Er ärgerte sich über sich selbst, bemerkte, dass seine Pfeife kalt geworden war, und griff brüsk nach einem Zweig, um sie neu zu entzünden. Also gut, es war geschehen – und nun war Rote Schlinge tot. Aber warum? Und wer hatte sie getötet?

Jaguar warf einen Unheil verkündenden Blick ins Feuer. Seine Finger umklammerten die Pfeife so fest, dass seine Nägel weiß wurden. »Ich sagte ihm, dass ich ihm bei lebendigem Leib die Haut abziehe.«

»Haut abziehen? Wem?«, fragte Neuntöter verwirrt.

»Wilder Fuchs. Ich sagte ihm, was geschehen würde, wenn ich herausfinde, dass er mich belügt.«

Neuntöter atmete durch die Nase aus und sah zu, wie zwei dünne Rauchfähnchen aus seinen Nasenlöchern traten und aufwärts strebten. »Es könnte auch ein anderes Motiv geben. Gab Rote Schlinge sich ihm vielleicht nur hin, um ihn zu beherrschen, um ihn für ihre Zwecke zu benutzen? Immerhin: ihr Wort gegen seines, das wäre doch ein starkes Motiv. Vielleicht war er gezwungen, sie dauerhaft zum Schweigen zu bringen.«

Jaguar starrte mit leeren Augen in die Ferne. »Es scheint mir sehr plausibel, Häuptling, mehr als je zuvor. Nach ihrer Heirat mit Kupferdonner hätte sie ihm mit dieser Keule noch lange Zeit drohen können. Natürlich, im Lauf der Zeit hätte die Bedrohung nachgelassen, aber sah Wilder Fuchs dies ebenso, mit achtzehn Blätterblüten und vom Ungestüm der Jugend getrieben?«

Sonnenmuschel schüttelte den Kopf, es war Antwort genug.

Neuntöter sagte: »Statt sich seiner Sache anzunehmen, Ältester, hast du Wilder Fuchs offenbar zum Tode verurteilt.«

Jaguar hob warnend einen Finger. »Noch nicht, Häuptling. Weidenstumpf behauptet, dass die Leiche kalt war, als er sie fand. Er sagte, der Urin trocknete schon. Lasst uns nachdenken! Weidenstumpf sieht Wilder Fuchs den Pfad hinunterstürmen. Sie reden miteinander, die besten Freunde sind sie nicht mehr, also kommt es nur zu einem kurzen Wortwechsel, und Wilder Fuchs will sich davonstehlen, so schnell wie möglich. Aber Weidenstumpf ist neugierig geworden, folgt den Spuren von Wilder Fuchs zum Hügelkamm hinauf und findet die Leiche. Wie lange hätte das gedauert, Häuptling?«

Neuntöter legte die Stirn in Falten. »Angenommen, Weidenstumpf war auf halber Höhe des Hügels, dann brauchte er, um hinaufzuklettern, etwa so viel Zeit, wie du brauchst, um den Tabak in deinem Pfeifenkopf zu rauchen. Ich habe die Spuren von Wilder Fuchs gesehen. War nicht schwer, sie auszumachen, und Weidenstumpf ist ein ausgezeichneter Fährtenleser, wie ich höre. Einmal oben, weiß er nicht, was er eigentlich sucht, und da findet er die Spur von Rote Schlinge, die von der anderen Seite heraufführte. Da er aber weiß, dass es nicht die Spur von Wilder Fuchs ist, sucht er herum, um herauszufinden, wen Wilder Fuchs getroffen hat. Alles in allem glaube ich, es dauerte weniger als eine halbe Zeithand, bis er die Leiche fand.«

Jaguar nickte. »Das glaube ich auch, Häuptling. So schnell wird keine Leiche kalt.«

»Wenn du seinem Wort vertraust, dass es …«. Neuntöter schüttelte den Kopf. »Nein, es ergibt keinen Sinn. Warum sollte er lügen?«

»Ja, warum wohl?« Jaguar stimmte Neuntöter zu. »Dies ist eine schwache Stelle in seinem Bericht. Wenn er tatsächlich will, dass wir glauben, Wilder Fuchs hätte das Mädchen getötet – und dies scheint offensichtlich zu sein –, dann hat er einen Fehler gemacht, als er uns weismachen wollte, dass es schon kalt war, als er die Leiche berührte.«

»Er verschweigt uns etwas!«, stieß Sonnenmuschel hervor. »Du hast ihn gesehen, Ältester. Eine Schlange, die sich um sein

Herz windet, hast du gesagt.« Sie blickte zu Neuntöter hinüber. »Weidenstumpf hat den Ältesten sogar bedroht! Hat gesagt, er würde gern seine Keule an ihm ausprobieren.«

Jaguar hob die Hand, um sie zu beruhigen. »Was kannst du mir über Weidenstumpf sagen, Häuptling? Was für ein Mensch ist er? Ich habe den Eindruck, er sehnt sich nach Anerkennung und Ruhm, ist aber nicht bereit, sich dafür entsprechend anzustrengen.«

Neuntöter gewann seine Gelassenheit zurück und sah sich nach allen Seiten um. Es gab keine heimlichen Lauscher. »Es ist so, wie du sagst. Sein Sternkrabben-Clan ist in Flache Perle angesehen, wenn nicht sogar einflussreich. Als Weidenstumpf vier Blätterblüten gesehen hatte, wurden seine Eltern von den Kriegern des Mamanatowick getötet. Er lebte bei dem Bruder seiner Mutter, Grüner Seestern, und der fuhr eines Tages hinaus zum Fischen und kehrte nie wieder zurück. Ertrunken, glauben wir. Damals war der Junge etwa sechs. Danach kam er bei verschiedenen Familien unter, hat sich aber nirgends richtig eingewöhnt.«

»Ein Unruhstifter?«, fragte Jaguar.

Neuntöter zuckte die Achseln. »Das ist doch jeder Junge. Aber … ja … er war störrisch, vorlaut und so rau wie nasser Sand auf Grünstein und ist es immer noch. Sein Ruf als Raufbold eilt ihm stets voraus, und er stürzt sich gern in Kämpfe, die er nicht gewinnen kann. Du kennst die Sorte.«

»Ältester«, sagte Sonnenmuschel und schob die Hände unter die Arme, als wäre ihr plötzlich kalt. »Weidenstumpf erzählte immer schon gern Lügengeschichten. Schon als Junge. Dinge, die niemand glauben konnte. Über einen ungeheuer riesigen Fisch, den er gefangen hätte – aber niemand sah den Fisch. Oder über einen Hirsch, der über hohe Bäume sprang. Oder er sprach von fliegenden Drachen. Aber wenn einer von uns ihm nicht glaubte und es sagte, dann zettelte er eine Schlägerei an, um seine Geschichte auf diese Art zu beweisen.«

Jaguar starrte auf die Reste in seiner Pfeife und wandte sich dann an Neuntöter. »Nicht gerade der verlässlichste Zeuge, wenn es um den Fund der Leiche geht. Aber glaubst du, er hätte mich in diesem Fall angelogen? Du sagtest, du seist geradewegs hinaufgelaufen. Wie spät war es da?«

Neuntöter seufzte. »So gegen Mittag. Es hat ja eine Weile gedauert, bis feststand, dass Rote Schlinge vermisst wurde. Wir organisierten einen Suchtrupp und wurden gewarnt, dass Amselflügel sich näherte. Wir fingen die Angreifer ab, und kurz darauf meldete Weidenstumpf bereits, dass er Rote Schlinge gefunden hätte.«

»Du hast Rote Schlinge gesehen.« Jaguar zuckte zusammen und veränderte seine Haltung, als ob ihn die Knochen schmerzten. »Wie lange, glaubst du, war sie da schon tot?«

Neuntöter zuckte die Achseln. »Ich würde sagen, sie starb kurz nach Sonnenuntergang.«

Jaguar runzelte die Stirn. »Das passt zu dem, was sowohl Wilder Fuchs als auch Weidenstumpf berichteten.«

»Richtig«, stimmte Neuntöter zu. »Wir wissen nur nicht, ob sie die Wahrheit sagen?«

Das weiche Licht der Dämmerung beleuchtete den Wald jenseits der Palisade von Flache Perle. Struppige Hunde schlichen umher und schnupperten an Tonscherben. Sonnenmuschel saß vor Rosenknospes Haus, die Keule neben sich, und betrachtete die Nebelfetzen, die über das Wasser zogen. Einige Sternenleute glitzerten noch am Himmel, aber die meisten hatten die funkelnden Augen bereits geschlossen, um zu schlafen.

Sonnenmuschel gähnte und verschränkte die Arme vor der Brust. Sie war unruhig; sie hatte Jaguar schnarchend in seinen Decken zurückgelassen, um hier draußen den Morgen zu begrüßen. Der kalte Wind bewegte die roten und blauen Federn ihres Umhangs und wehte durch ihr Haar.

Von hier aus konnte sie ganz Flache Perle überblicken. Vor einem Zeitfinger war ein alter Mann um die Ecke eines Langhauses gestolpert und hatte Wasser abgeschlagen. Dann hatten sich Kupferdonner und zwei seiner Krieger mit ihren Bogen aus dem Dorf geschlichen. Wahrscheinlich waren sie auf der Jagd nach ihrem Frühstück.

Sonnenmuschel legte den Kopf zurück und beobachtete den Nebel, der sich über das Schilfdach des Langhauses wälzte. Sie hatte schlecht geschlafen. Die ganze Nacht war sie von Bildern mit dem flehentlichen Gesicht von Wilder Fuchs verfolgt worden. So bemitleidenswert hatte sie ihn noch nie gesehen. An wen könnte er sich jetzt noch wenden? Rote Schlinge war tot und sie selbst nicht zur Stelle. Wer, in aller Welt, konnte ihn trösten? Zum ersten Mal war Wilder Fuchs allein. Und er saß in der schlimmsten Klemme seines Lebens.

Immer wieder ließ ihre Seele sie die wonnigen Tage ihrer gemeinsamen Kindheit erleben, und sie sehnte sich danach, zu ihm zu gehen. Einfach ... um zu reden. Sie brauchte es, sie musste mit ihm reden.

Als Kind war sie ihm wie ein glückliches Hündchen überallhin gefolgt und hatte ihn oft vor seinen Freunden in Verlegenheit gebracht, denn sie glaubten, ein Mädchen entwürdige die bevorstehenden Mannbarkeitsrituale. Sonnenmuschel lächelte in sich hinein. Doch trotz der Schmähungen seiner Freunde hatte Wilder Fuchs sie niemals angeschrien oder fortgejagt. Allerdings war er selbst bei den anderen Kindern auch nicht sehr beliebt. Gelegentlich hatte er sie übersehen, sich aber später, wenn sie allein waren, dafür entschuldigt und versprochen, es wieder gutzumachen. Diese Versprechen hatte er immer gehalten. Manchmal hatte sie morgens beim Aufwachen kleine Schätze gefunden: Blumen, schöne Muschelschalen, bunt gefärbte Herbstblätter, was immer ihr Freude machte; sie waren an das Fußende ihres Lagers geschoben worden, so weit, wie seine Arme eben reichten, denn das Haus durfte er nicht betreten, es wäre unhöflich gewesen.

In den vergangenen zwei Blätterblüten war ihre Beziehung schwieriger geworden. Nachdem Wilder Fuchs zum Mann geworden war, wuchs der Druck auf ihn, denn die Leute erwarteten von einem Mann mehr als von einem Jungen. Wilder Fuchs schien nie fähig, diese Erwartungen zu erfüllen, besonders nicht die seines Vaters. Er konnte sie nicht mehr so oft sehen wie früher, aber sie hatte seine Lage verstanden. Wenn sie dann zusammensaßen, war sie wieder zufrieden.

Sonnenmuschel spitzte die Ohren.

Jaguar war erwacht. Sie hörte, wie er leise mit jemandem im Langhaus sprach, und seufzte. Sowie er sie fand, gab es Arbeit. Aber sie beklagte sich nicht; er hatte seinen Teil der Abmachung erfüllt, und sie würde auch ihren Teil einhalten.

Sie drehte sich um, als Jaguar an der Ecke des Hauses erschien. Sein graues Haar war noch zerzaust vom Schlaf, und er schien noch nicht ganz wach. Er gähnte und kratzte sich an der Seite. Als sein Blick auf sie fiel, trat er auf sie zu.

»Du bist früh auf«, sagte er.

»Ich konnte nicht schlafen, Ältester.«

»Heimweh?«

»Nein«, erwiderte sie heftig. »Ich will meine Familie nie wieder sehen.«

Er lächelte matt, als hätte sie ihm gesagt, sie müsste an einem unbekannten Fieber sterben, das, wie er wusste, bald vergehen würde. »Dann quälst du dich sicher wegen Wilder Fuchs.«

Sonnenmuschel blickte auf die nassen Spitzen ihrer Mokassins hinab. Wie konnte er nur den Namen von Wilder Fuchs mit solchem Abscheu aussprechen? »Du kennst ihn nicht, Ältester. Sonst würdest du ihn achten.«

Jaguar ließ sich vor ihr nieder. Seine trüben alten Augen waren geschwollen und die Falten in seinem Gesicht tief. Die abgetragene Decke um seine Schultern konnte nicht verbergen, dass er vor Kälte zitterte.

Er fragte leise: »Soll ich dir die Wahrheit sagen? Oder wäre dir eine Lüge lieber?«

»Ich weiß es nicht, Ältester. Deine Wahrheiten treffen mich immer wie Keulenschläge.«

»Das sollen sie auch.«

Sonnenmuschel winkte ab. »Also gut. Sag mir die Wahrheit.«

Eine Zeit lang beobachtete Jaguar die zwitschernden Vögel, die über das Schilfdach hüpften. Wie mit einem Morgenlied begrüßten sie mit ihren Melodien die Dämmerung, und dieses Lied bereitete ihm offenbar Vergnügen.

»Man kann viel über einen Mann sagen, wenn man beobachtet, wie er andere behandelt. Glaubst du nicht auch, Sonnenmuschel?«

»Ja, Ältester, das glaube ich auch.«

»Gut.« Er trat gegen einen Stein vor seinen Füßen. »Wilder Fuchs ist ein Parasit. Er nutzt jeden aus, den er ausnutzen kann, wann immer er kann. Er hat dich so lange ausgenutzt, dass du glaubst, es müsse so sein.«

»Ältester«, entgegnete Sonnenmuschel erregt, »hast du jemals geliebt?«

»Ja, das habe ich. Mit Herz und Seele.«

Beim Klang seiner Stimme zog sich ihr Magen zusammen. Es war ihr, als hätte sie soeben einen Hirschbeindolch in seinen Bauch gerammt und umgedreht. »Warum kannst du dann meine Liebe zu Wilder Fuchs nicht verstehen?«

»Ich verstehe sie, Sonnenmuschel. Ich weiß, dass junge Liebe sehr stark ist. Aber oft, allzu oft, ist sie sehr töricht.«

Sie hielt erschrocken den Atem an. »Wie kannst du so etwas sagen, Ältester? Ich will nur eines im Leben: mich Wilder Fuchs hingeben. Ich will ihn haben, mit ganzer Seele. Ich hätte es ihm schon gewährt, wenn er … wenn er …«

Jaguar wartete. Als sie schwieg, beendete er den Satz: »Wenn er nur gewollt hätte. Aber er wollte es nicht. Du solltest dafür dankbar sein.«

»Aber …«

»Sonnenmuschel, weißt du denn, was geschehen wäre, wenn er zugelassen hätte, dass du dich ihm hingibst? Ich denke dabei nicht an deinen Körper, mein Kind, sondern an deine Seele.«

Gereizt fragte sie: »Was denn?«

»Er wüsste doch gar nicht, was er mit deiner Seele anfangen sollte. Er weiß ja nicht einmal, was er mit seiner eigenen Seele anfangen soll. Er würde mit ihr spielen wie mit einem Spielzeug, sie in die Luft und gegen die Baumstämme werfen, um zu sehen, wie viel sie aushält, so lange, bis er sie zerbrochen hätte. Und dann würde er sie einfach fortwerfen. Wer will denn schon etwas haben, das zerbrochen ist?«

Sonnenmuschel zögerte. »Meine Liebe wäre nicht zerbrochen, Ältester. Hätte er die denn auch nicht mehr gewollt?«

Jaguar schloss ein Auge. »Du sprichst von der Liebe, als glaubtest du, sie wäre eine einfache Angelegenheit.«

»Genau das ist sie! Jedenfalls für mich. Wilder Fuchs zu lieben, ist die einfachste Sache meines Lebens.«

»Liebe bedeutet Arbeit, Mädchen, schwere Arbeit. Sie ist das Schwerste, das ein Mensch in seinem Leben versucht zu tun.«

Ungläubig flüsterte sie: »Vielleicht für dich.«

Jaguar lehnte sich zurück und zog die Decke über seine Knie. »Sonnenmuschel, stört es dich denn nicht, dass die Halskette von Wilder Fuchs in der Hand von Rote Schlinge gefunden wurde? Dass er sich mit ihr paarte, als sie noch ein Mädchen war? Dies ist nicht die Art eines achtbaren Mannes.«

Sie spielte nervös mit dem Saum ihres Kleides. Sie selbst hatte sich Wilder Fuchs angeboten, als sie ihm vorschlug, mit ihr zu fliehen, als sie ihm versichert hatte, sie könne seine Frau sein. Sie hatte kein Recht, ihn zu verdammen, weil er Rote Schlinge geliebt hatte. Allerdings hatte auch sie die Entdeckung der Halskette stutzig gemacht. »Dass sie beieinander lagen … das war nicht anständig, da hast du Recht, Ältester. Aber für die Halskette gibt es bestimmt eine einleuchtende Erklärung. Wilder Fuchs hätte Rote Schlinge niemals wehgetan, das weiß ich.«

»Glaubst du nicht, dass Rote Schlinge die Kette gepackt haben könnte, als sie um ihr Leben kämpfte? Dass sie ihm bei dem Versuch, sich zu retten, die Kette vom Hals riss?«

Sonnenmuschel richtete sich auf und blickte Jaguar mit funkelnden Augen an. »Nein, das glaube ich nicht.«

»Ich verstehe.« Aber sein Verhalten strafte seine Worte Lügen. Er biss mit grimmiger Miene die Zähne zusammen. »Wer also, glaubst du, hat Rote Schlinge denn ermordet?«

»Ich weiß es nicht, Ältester.« Sie hob ratlos die Hände. »Fast jeder in Flache Perle hatte ein Motiv.«

Jaguar starrte stirnrunzelnd in den Nebel. Während es an diesem frühen Morgen langsam wärmer wurde, schien sich der Nebel in Fetzen aufzulösen. Bald würde er aufsteigen und niedrige Wolken bilden. »Das ist wahr. Wir müssen noch einiges in Erfahrung bringen, bevor wir über die Ereignisse urteilen können.«

Der Himmel im Osten glühte nun. Möwen flogen heiser kreischend über das leuchtende Blau. Sonnenmuschel strich über das glatte Holz der Keule von Wilder Fuchs, die er sie gezwungen hatte zu nehmen, obwohl vor allem sein eigenes Leben in Gefahr war. »Ältester«, fragte sie, »warum hasst du Wilder Fuchs so sehr? Er hat dir nie etwas getan.«

»Das stimmt«, antwortete Jaguar. »Aber das wird sich ändern, wenn ich ihm Gelegenheit dazu gebe. Er wird jeden verletzen, der ihm eine Gelegenheit dazu gibt.«

»Mich hat er nie verletzt.«

»Nie?«

Sie wollte schon antworten, aber er würde wissen, dass sie log. »Selbst wenn es so ist, will ich ihn immer noch heiraten, Ältester. Hältst du das für falsch? Dass man jemanden für immer lieben will?«

»Falsch nicht«, antwortete er nachdenklich. »Aber nichts ist so schwierig wie einen anderen Menschen zu lieben, Sonnenmuschel. Wer liebt, will den andern oft besitzen, ihn in das eigene Herz sperren, wo er gefangen bleibt wie ein geliebtes Hündchen ...«

»Ich will Wilder Fuchs nicht als mein Hündchen.«

Jaguar schaute unter seinen buschigen Brauen zu ihr auf. »Vielleicht nicht. Aber er will dich bestimmt als seines. Er behandelt dich bereits wie seinen zweitliebsten Hund.« Er gab Sonnenmuschel keine Gelegenheit zu widersprechen. »Lass mich ausreden.«

Sie biss die Zähne zusammen.

Er beugte sich vor und sah ihr fest in die Augen. »Willst du wissen, wie du es vermeiden kannst, ein Hündchen zu werden?«

»Eigentlich nicht. Ich glaube, es betrifft mich nicht. Ich habe einen zu starken Willen.«

»Ich werde es dir trotzdem sagen, und eines Tages wirst du froh sein, dass du es gehört hast.« Er wischte einige Bröckchen Erde von der Decke, liebevoll, als wäre sie lebendig und als wollte er sie nicht verletzen. »Versuch niemals, mit einem anderen Menschen eins zu werden, Sonnenmuschel. Du wirst dich danach sehnen, und das Herz kann sehr anspruchsvoll sein. Lass trotzdem die Finger davon. Liebe kann nur gelingen, wenn zwei Menschen begreifen, dass sie nicht eins sein können und lernen, den Abstand zwischen sich zu respektieren. Denn nur der Abstand ermöglicht es, den anderen Menschen so zu sehen, wie er wirklich ist, vollständig und nackt gegen den klaren blauen Himmel. Dies ist der Anfang der wirklichen Liebe.«

»Abstand! Aber ich ...«. Sonnenmuschel hielt inne, um zu sehen, ob Jaguar seine Augen auf die ihm eigene Art zusammenkniff. Aber er tat es nicht. Er sah sogar ein bisschen traurig aus. »Ältester, ich verspreche dir, dass ich deine Worte nicht vergessen werde, aber ich werde mich wahrscheinlich nicht dazu durchringen können, einen solchen Abstand zwischen mir und meinem Liebsten zu begrüßen. Ich will nur eines: Wilder Fuchs ganz nahe sein.« *Je näher, desto besser.*

Jaguar blickte in die Ferne. In seinen Augen schimmerte das sanfte Licht der Morgendämmerung. »Du wirst es lernen. Oder du wirst einmal sehr einsam sein.« Abrupt stand er auf und sagte: »So wie ich.« Er humpelte davon, als ob jeder Schritt ihn schmerzte.

Sonnenmuschel ließ sich gegen die Hauswand fallen. Er hatte eine Art zu reden, bei der man sich fühlte, als würde man gesteinigt. Sie schüttelte unwillig den Kopf.

Die scharfen Gerüche des neuen Tages stiegen auf, es duftete nach nassem Schilf und brennendem Eichenholz und den vom Tau feuchten Federn ihres Umhangs. Einige Leute waren schon auf und an der Arbeit. Zwei Mädchen schlenderten zum Einlass zwischen den Palisaden; in der Morgenstille klangen ihre Stimmen besonders laut. Ein Hund trottete zufrieden hinter einem Jungen her, der einen Arm voll Holz trug.

Ein qualvoller Druck legte sich auf Sonnenmuschels Brust, als sie an Jaguars letzte Worte dachte. Hatte er gemeint, dass er nie gelernt hatte, den Abstand zu respektieren? War er deshalb nicht verheiratet? Lebte er deshalb auf seiner Insel mitten im Niemandsland?

Jaguar näherte sich den Palisaden, und Sonnenmuschel bemerkte plötzlich, dass er hinausgehen wollte. Sie packte ihre Keule, sprang auf, und über den Platz stürmend rief sie: »Jaguar! Warte! Geh nicht allein! Ich komme!«

Der Einsiedler

Heilige Götter, o meine Götter, ich bin so einsam!

Ich starre zu der vom Feuer beleuchteten Decke über mir hinauf und kann nur mit Mühe atmen.

Wie seltsam, dass die plötzliche Gewissheit meines bevorstehenden Todes mir so deutlich macht, dass ich ganz allein bin, dass ich mein Leben damit verbrachte, auf meinem Wege liebe Menschen fallen zu lassen wie zerbrochene Töpfe.

Gesichter huschen an meiner Seele vorüber, und während ich noch darum ringe, ihr Lächeln mit Namen in Verbindung zu bringen, überwältigt mich das Bewusstsein um meine Schuld. Bilder wirbeln wie Schneeflocken um jedes Gesicht und sinken hinab, hinab, hinab …

Jetzt verstehe ich sogar, wie es dazu kommen konnte.

Als ich älter wurde, Stück für Stück, beschloss ich, mich von allen Ideen und allen Menschen frei zu machen, weil sie meine Einsamkeit verstopften. Alte Freunde. Neue Freunde. Alle waren sie gleich. Mir fehlte die Stärke, die Lebenskraft, um mit ihnen fertig zu werden. Das glaubte ich damals wirklich. Wie Granitbrocken lasteten sie auf meiner Seele, beanspruchten Aufmerksamkeit und bemächtigten sich gierig und in wachsendem Maße meiner kostbaren Augenblicke der Stille. Ich kämpfte um mein Leben! Um das Leben anderer! Diese Bande, die mir Kraft entzogen, konnte ich nicht ertragen. Wenn ich sie abstreife, dachte ich, hätte ich die Kraft für größere und bedeutendere Aufgaben. Nicht für mich, sondern für die anderen.

Aber so war es nicht.

Versteht ihr, ich wurde um der großen Aufgabe willen ein Einsiedler, und die Aufgabe erforderte, dass ich mir ein erhabenes Selbst aufbaute, und dem galt meine ganze Kraft. Welch grandioser Betrüger ich doch bin!

Seit vielen Blätterblüten sage ich mir, dass es allzu schwierig ist, gegen diesen Betrüger zu kämpfen. Ich bin zu alt und müde. Ich kann den Kampf sicher noch um einen Tag verschieben. Ein Tag ist nichts. Morgen werde ich mit der Jagd beginnen. Morgen werde ich ihm auflauern, bis er mich zu mir selbst führt.

Doch wenn ich zum tanzenden Feuerschein an der Decke hinaufblicke, fürchte ich, dass es vielleicht gar kein Morgen mehr gibt.

… Es gibt vielleicht kein Morgen mehr, und ich bin dazu verdammt, meine letzten Augenblicke mit einem Mann zu verbringen, den ich nicht kenne.

Ein leises, verzweifeltes Lachen entringt sich meiner Brust.

Heilige Götter, o meine Götter! Welch weites Ödland habe ich aus meinem Herzen gemacht.

Im Dienst der großen Aufgabe.

Eins

Tage wie dieser waren Jagender Falke verhasst. Sie trat aus ihrem Großhaus und blickte mit schmalen Augen durch die kahlen Myrtenzweige zum grauen Himmel hinauf. Die feuchte Kälte stach bereits mit spitzen Nadeln durch ihre dünne Haut. Ihre gebrechlichen, alten Knochen sogen die Kälte auf, so wie alter Stoff Regenwasser. Wenn die Kälte erst in ihre Knochen gesickert war, würde sie kaum noch warm werden, selbst wenn sie stundenlang neben dem Feuer saß.

Wolkenfetzen hingen wie Geier über einem toten Hirsch dicht über dem Dach ihres Hauses. So nahe waren sie – ein kräftiger Krieger hätte ihnen einen Pfeil in den Bauch schießen können, als sie über die mit Rauhreif bedeckten Palisaden glitten. Sie brauchte den weißen Atem nicht zu sehen, der vor ihrer Nase emporstieg, um zu wissen, dass der Winter schwer auf dem Land lag.

Jagender Falke krümmte die schmerzenden Finger und blickte über Flache Perle. Die Leute erledigten die morgendlichen Hausarbeiten. Manche waren auf Botengängen unterwegs. Andere verließen das Dorf, um ihre Notdurft zu verrichten. Mädchen holten bei Ebbe frisches Wasser aus dem Fluss. Eine Gruppe schläfriger Jungen trottete schwerfällig zum Einlass, zweifellos waren sie auf dem Weg, um Feuerholz zu sammeln. Die alte, vom Blitz gezeichnete Eiche würde sicher abermals nach Brennholz abgesucht werden, obwohl dort kaum noch etwas zu finden war.

Jagender Falke holte tief Atem. Nase und Kehle nahmen es ihr sofort übel, und sie stieß mit dem Sassafrasstock wütend auf den gefrorenen Boden. Die Hüften schmerzten, Knie und Knöchel quälten sie, und selbst im Gesäß spürte sie einen reißenden Schmerz. Es war eben der Winter, der dafür sorgte, dass jedes Gelenk sie quälte. Nicht einmal Einreibungen mit Schierlingssalbe oder Tee aus gerösteter, klein gehackter Kermesbeerwurzel schienen mehr zu helfen. Vielleicht würde sie später am Tag Grüne Schlange zur Schwitzhütte rufen und ihn eine Kräuterdampfkur aus Zedern, Kratzdistel und Zwergsumach machen lassen.

Jagender Falke humpelte langsam zum Haus der Toten, um Okeus und ihren Ahnen Tabak und Mais zu opfern. In Gedanken versunken kostete es sie eine Weile, bis sie den grauhaarigen, schmächtigen Ältesten erkannte, der durch den Einlass in den Palisaden das Dorf betrat und dem Sonnenmuschel wie ein Schatten folgte.

Jagender Falkes Lippen zuckten. Nach kurzem Zögern lenkte sie ihre Schritte in eine andere Richtung. Sie hatte mit Jaguar zu sprechen und war schon in Grußweite, als er sie sah; er blieb stehen und lächelte.

»Ich grüße dich, Weroansqua«, rief er respektvoll. Er hatte seine alte abgetragene Decke um die knochigen Schultern gezogen, Leggings aus Waschbärenfell bedeckten seine Waden und fielen über die Mokassins. »Ein schöner Morgen, nicht wahr?«

Sie schnaubte verärgert: »Schön? Meine Beine tun mir weh, meine Finger tun mir weh, und meine Füße tun mir auch weh. Je kälter und feuchter es wird, umso schlechter fühle ich mich.«

Jaguar lächelte wissend und hob die dichten Brauen. »Ah, du hast doch sicher die üblichen Mittel angewandt.«

»Die und andere. Der alte Knochen, Grüne Schlange, will mich von Kopf bis Fuß mit Störöl einreiben und mich dann schwitzen lassen, bis ich koche.«

»Störöl?« Jaguar rieb sich das Kinn. »Das ist ein neues Mittel.«

Jagender Falke kniff ein Auge zu. »Wenn du mich fragst, hat er schon alles andere ausprobiert und ist mit seiner Weisheit am Ende. Blitzende Katze erklärte Fliegende Fischreuse, und der erklärte Pfadwanderer, und der erklärte Gelbes Netz, und sie erklärte schließlich mir, Grüne Schlange hätte etwas davon gemurmelt, dass er noch nie einen Stör mit Beschwerden in den Gelenken gesehen hätte.« Sie sah ihn listig an. »Wie würdest du dies deuten, alter Zauberer?«

Jaguar nahm ihr den »alten Zauberer« übel und warf ihr einen grimmigen Blick zu. Dann sagte er: »Ich würde sagen, dass er sich keinen Rat mehr weiß, dies aber für sich behalten will.«

»Das glaube ich auch.«

Jaguar betrachtete ihre geschwollenen Fingergelenke. »Ich habe eine Idee. Schick einen deiner Jungs, er soll Weidenrinde abziehen. Die trocknest du, zerstampfst sie und brühst einen Tee davon. Der hilft für eine Weile. Er schmeckt ziemlich übel, hilft aber gegen die meisten Arten von Schmerz. Die Kraft der Weide ist sehr groß. Nimm nicht zu viel, sonst bekommst du Bauchweh.«

»Ach ja, immer der Bauch.« Sie rieb sich den mageren Leib. »Der ist ein anderes Problem.«

»Vielleicht kann ich helfen.«

»Woher weißt du so viel über das Heilen? Von den Schlangenhäuptlingen jenseits der Berge?«

»Von denen, ja, und von anderen.« Er neigte den Kopf. »Du bist gut informiert. Der Häuptling erstattet sicher Bericht?«

»Es ist seltsam, aber er spricht über dich nicht so offen, wie ich es von ihm gewohnt bin.« Sie verzog das Gesicht. »Ich glaube, er hat dich gern. Und Neuntöter gehört nicht zu denen, die anderen vertrauen. Ich habe den Verdacht, dass du tatsächlich ein Nachtwanderer bist.«

Diesmal lächelte Jaguar belustigt. »Er ist ein guter Mann, Weroansqua, ich an deiner Stelle würde ihn mit Bedacht einsetzen. Männer wie er schießen nicht aus dem Boden wie Ähren auf einem Feld.«

Sonnenmuschel hielt sich im Hintergrund und wirkte vollkommen uninteressiert an dem Gespräch der beiden.

Jagender Falke wies mit einer Handbewegung auf das Mädchen. »Deine Begleiterin ist offenbar nicht sehr vertrauensselig. Dies hat doch nichts mit Weidenstumpfs Drohungen zu tun, oder?«

»Wer hat dir gesagt, dass Weidenstumpf mich bedroht hat?«

»Oh, er hat sich wichtig gemacht und angekündigt, dass er dich, wenn du ihn nicht in Ruhe lässt, eines Nachts auf dem Scheiterhaufen röstet. Der Große Tayac saß übrigens ebenfalls an meinem Feuer und fand Weidenstumpf diesmal offenbar unterhaltsamer als Muschelkamm.«

»Ach ja? Findet er sie denn sonst unterhaltsam?«

»Sie reden miteinander.« Jagender Falke ließ es dabei bewenden und wunderte sich darüber, dass Weidenstumpfs Drohungen Jaguar nicht zu beunruhigen schienen.

»Ich verstehe.« Die Falten der Missbilligung im Gesicht des alten Mannes vertieften sich. »Und der Grünstein-Clan hält eine solche Verbindung für eine gute Idee?«

»Was der Grünstein-Clan denkt, geht dich nichts an, Jaguar. Ich habe nachgeforscht. Niemand scheint etwas über dich zu wissen … wer du bist und woher du kommst. Es ist, als kämst du aus dem Nichts.«

»Hast du in meiner Lagerstatt nach Eulenfedern suchen lassen?«, fragte er freundlich.

»Hätte ich suchen lassen sollen?«

Er lachte. »Nein. Aber du hast Gestreifter Bär geschickt, der in den vergangenen Nächten immer wieder einen Blick durch Neuntöters Tür warf. Hat er dir berichtet, dass ich jedes Mal in meinem Bett anzutreffen war?«

»Das hat er«, murrte Jagender Falke. Sie ärgerte sich darüber, dass der junge Priester so ungeschickt gewesen war, sich ertappen zu lassen.

Jaguars Lippen zuckten, als ob er ein Grinsen unterdrückte. »Sag ihm, dass er das nächste Mal zum Loch in der Südwand der Hütte schleichen soll. Dorthin gehen die Mädchen, um mit ihren Freundinnen zu schwatzen, nachdem die Plagegeister Rosenknospe dazu zwangen, sie zu bestrafen. Neuntöters Hund schläft neben der Tür und knurrt jedes Mal, wenn Gestreifter Bär sich anschleicht.«

»Kein Wunder, dass Neuntöter dich mag. Du hast denselben miesen Humor.« Jagender Falke machte eine Pause und musterte ihn. »Hast du den Mörder meiner Enkeltochter gefunden?«

»Nein.«

»Aber du hast einen Verdacht?«

»Natürlich. Genau wie du.«

»Du hast gestern mit Weidenstumpf gesprochen. Glaubst du, dass er es war?«

»Vielleicht.« Jaguar warf einen Seitenblick auf das Langhaus, wo der junge Jäger wohnte. Es war ein verfallener Schilfbau gleich hinter dem Frauenhaus. »Du hast ihn gesehen, an dem Tag, als Rote Schlinge gebracht wurde. Sag mir, wie sah er aus?«

Jagender Falke runzelte die Stirn und erinnerte sich an jenen

Tag, sah die schauerliche Prozession vor sich, die durch die Felder näher kam, sah die Leiche von Rote Schlinge an der Stange hin- und herschwingen. Und dort war auch Weidenstumpf, der den anderen folgte. »Er war der Letzte in der Gruppe.« Dies war ihr damals gar nicht aufgefallen.

»Ist das wichtig?«

»Ich glaube schon.« Sie nickte. »Normalerweise wäre er an der Spitze marschiert und hätte sich in die Brust geworfen, um bewundert zu werden.«

»Ja, er macht auch auf mich einen solchen Eindruck. Und während der Zeremonie, in der Rote Schlinge zur Frau erklärt wurde – hat er sich da auffällig benommen?«

Jagender Falke versuchte sich zu erinnern und presste sich die Finger auf die Lippen. Sie wusste, dass sie ihn gesehen hatte ... oder? Wo war es gewesen? Sie hatte in der Tat etwas Ungewöhnliches bemerkt, aber ... »Ja, tatsächlich! Hättest du nicht danach gefragt, hätte ich es völlig vergessen.«

»Also ... wie auffällig?«, drängte Jaguar.

»Das ist es ja gerade.« Jagender Falke machte eine hilflose Handbewegung. »Ich kann mich nicht erinnern. Es war etwas in der letzten Nacht, beim Tanz. Er war ... er war ... o Fledermausscheiße! Aber es fällt mir wieder ein. Ich habe immer noch ein gutes Gedächtnis. Zu jenem Zeitpunkt schien es einfach nicht wichtig zu sein.«

»Hing es mit Rote Schlinge zusammen? Oder vielleicht mit Wilder Fuchs?«

»Nein, bestimmt nicht. Aber ich kann dir sagen, dass ich Wilder Fuchs und Rote Schlinge in jener Nacht zusammen gesehen habe. Sie sprachen unauffällig miteinander. Es war unmittelbar vor ihrem letzten Tanz. Ich dachte mir nichts dabei, schließlich hatte sie das Recht, ihren Freunden Lebewohl zu sagen.«

»Wer war noch mit ihr befreundet? Weidenstumpf?«

Jagender Falke zögerte. Er las anscheinend in ihren Gedanken, als hinterließen sie Spuren in feuchter Erde. »Ahnst du etwas?«

Jaguar zuckte die Achseln, seine Miene verriet nichts. »Vielleicht und vielleicht nicht. Weroansqua, ich will dir nicht noch mehr Schwierigkeiten bereiten, indem ich mit dir jeden einzelnen Verdacht bespreche. Du würdest am Ende jedem im Dorf misstrauen.«

»Das würde ich?«

»Das würdest du, mich eingeschlossen.« Sein unvermitteltes Lächeln sandte ihr Schauer über den Rücken. »Wo warst du an jenem Morgen, Weroansqua?«

»Ich?« Sie erstarrte. Ihre Gedanken rasten zurück zu jenem Morgen. Was hatte sie getan, bevor sie ins Haus der Toten gegangen war? »Ich war beschäftigt. Im Haus, ich habe für Ordnung gesorgt, mich um meine Gäste gekümmert. Du weißt genauso gut wie ich, es ist eine Menge zu tun in einem Dorf, das voller ...«

Sein Gesicht war ausdruckslos und rätselhaft, sein Blick so bohrend, als wollte er ihre plötzliche Verteidigungshaltung durchlöchern.

»Ja, ich hatte viel zu tun!«, fuhr Jagender Falke hitzig fort, und sie schien zum ersten Mal fassungslos. »Höre! Was erlaubst du dir, hierher zu kommen und mich zu befragen! Ich bin die Weroansqua!« Sie legte eine Hand auf ihr Herz und spürte, wie es hämmerte. Ihr Puls raste, und in diesem Augenblick verlor sie das Gleichgewicht. Nur Jaguars flinke Hand verhinderte, dass sie zu Boden fiel. Das Schwindelgefühl verging ebenso schnell, wie es gekommen war.

»Ich ... es ist alles in Ordnung mit mir.« Sie schüttelte seine Hand ab und betrachtete ihn grimmig. »Okeus soll dich holen!«

»Aber du siehst doch ein«, entgegnete er ruhig, »dass auch du sie getötet haben könntest.«

»Lächerlich!«

»Lächerlich? Die Weroansqua vereinbarte die Heirat zwischen Rote Schlinge und Kupferdonner. Aber bei genauerer Betrachtung stellte sie fest, dass ihr das Wasser bis zum Hals stand. Wie kann sie diese Verbindung rückgängig machen, ohne den Großen Tayac zu verärgern? Sie sieht keinen Ausweg; aber bei einem derart hohen Einsatz befiehlt sie, von Verzweiflung getrieben, ihre Enkeltochter an dem Morgen zu töten, an dem sie gemeinsam mit Kupferdonner abreisen soll. Wilder Fuchs wird geopfert, aber der Preis dafür ist leicht zu zahlen. Soll Schwarzer Dorn ruhig einen Mond lang wutschnaubend toben, bis dann ein Kanu nach dem anderen Tribute bringt und natürlich eine Entschuldigung.« Er legte eine Hand unter sein Kinn und schaute sinnend nach oben. »Ich würde die Entschuldigung etwa so abfassen: Hochverehrter Weroanzi, ich bitte dich um Vergebung. Der Kummer über den Tod meiner Tochter trieb mich zu unbesonnenen Handlungen. Die Erklärungen des Großen Tayac und von anderen, die mir nahe stehen, gaben mir Anlass zu glauben, dein Sohn hätte meine Enkeltochter ermordet. Bitte, nimm diese Geschenke und vergib einer alten Frau, die in einem furchtbaren Irrtum gefangen war.«

Jagender Falke schluckte schwer. Kraft ihres starken Willens gewann sie ihre Fassung zurück. *Möge Okeus seine Seele verschlingen! Woher kennt er mich so gut?*

Er betrachtete sie, immer noch ausdruckslos, als wüsste er bereits, was sie sagen würde.

»Nun gut«, knurrte Jagender Falke angewidert. »Wenn ich sie tatsächlich hätte töten lassen, dann wäre eine solche Entschuldigung durchaus möglich gewesen.«

»Weroansqua, angenommen, sie wäre nicht getötet worden, sondern wäre mit dem Jungen fortgelaufen ... was hättest du dann getan?«

»Ich hätte Neuntöter und jeden ausgewachsenen Mann hinterher geschickt, um sie mit Gewalt zurückbringen lassen.«

»Und Rote Schlinge wusste dies? Dass du so handeln würdest?«

»Natürlich, sie war meine Enkeltochter! Sie hätte gewusst, dass ich vor lauter Zorn Bäume ausreißen würde, um sie zurückzubekommen. Die Frauen in meiner Familie stellen sich ihrer Verantwortung. Wir tun unsere Pflicht.«

»Aber Rote Schlinge war offenbar nicht deiner Meinung. Schließlich ist sie fortgelaufen, um sich mit Wilder Fuchs zu treffen.«

»Oder um ihm zu sagen, dass sie nicht mit ihm ginge.« Jagender Falke ließ ein leises Knurren hören. »Ich kann nicht glauben, dass meine Enkeltochter so dumm gewesen wäre zu glauben, sie könnte dem Netz der Krieger entgehen, die ich auf ihre Fersen geheftet hätte.«

Jaguar sah neugierig zu Sonnenmuschel hinüber und entgegnete sanft: »Nun ja, was wissen wir schon von der Einfalt junger Liebe?« Sonnenmuschel senkte den Blick und errötete heftig. Jaguar wandte sich wieder ab und fragte: »Und wenn man sie zurückgebracht hätte – was wäre dann geschehen?«

Jagender Falke verengte ihre Augen zu Schlitzen. »Es hätte mich viel gekostet, Kupferdonner Genugtuung zu verschaffen und die Schande zu mildern, die Rote Schlinge ihm durch ihre Flucht bereitet hätte. Das Mädchen hätte sich lieber den rechten Arm abhacken sollen, statt ihren Clan auf diese Weise zu entehren.«

»Wenn es nun zu dieser Flucht mit Wilder Fuchs gekommen wäre ... hättest du sie dann lieber tot als entehrt zurückbekommen?«

»Bei den hölzernen Eiern von Okeus – du bist wirklich gerissen.« *Vielleicht allzu gerissen.* Eine solche Geschichte konnte sie erledigen, ihr alle Achtung nehmen, die sie sich in vielen Blätterblüten hart erkämpft hatte. Tod und Verdammnis! Der alte Narr hatte sich gerade mit seinen Vermutungen in ein frühes Grab geredet. Außerdem wurde er für einen Zauberer gehalten. Neuntöter hätte vielleicht nicht die Nerven, ihm den Schädel einzuschlagen, aber da war schließlich noch Fliegende Fischreuse. Ein Wort von ihr, und der hart gesottene Krieger würde ...

»Denk nicht einmal daran«, sagte Jaguar sanft. »Es würde alles nur noch schlimmer machen.«

»Woran soll ich nicht denken? Was bedeutet ›schlimmer machen‹?« *Die heulenden Geister sollten ihn packen*! Konnte er wirklich in die Seele einer Frau blicken? Ein kalter Schauer lief über ihren Rücken.

Jaguar sah sie tadelnd an. »Glaubst du nicht auch, dass der Mamanatowick und dieser fette alte Steinfrosch bereits an so etwas gedacht haben? Sie sind nicht dumm. Wenn ich mir eine solche Geschichte ausdenken kann, können sie das auch. Wenn ich aber tot bin, wird deine Lage noch schwieriger sein. Jeder Häuptling an der Salzwasserbucht wird sagen: Als Jaguar der Wahrheit nahe war, ließ Jagender Falke ihn umbringen ... wie ihre Enkeltochter.«

Verärgert bohrte Jagender Falke den Sassafrasstock in die gefrorene Erde. »Und dann werden sie sich gegen mich wenden.«

»Nur wenn ich herausfinde, dass du ihren Tod befohlen hast«, betonte Jaguar. »Wenn du mich töten lässt, ist dies der Beweis. Und deine eigenen Pläne sind durchkreuzt, denn Kupferdonner wird davon erfahren, und dann hast du drei Bündnisse gegen dich, denn ich bezweifle, dass der Große Tayac, Grasmatte, dir verzeihen wird, was du ihm angetan hast. Jedenfalls würde der Mann, den ich einmal gekannt habe, dir nicht verzeihen.«

»Dann sollte ich dich wohl besser am Leben lassen«, murmelte sie.

Er zuckte die Achseln. »Ich bin ein alter Mann. Der Tod ist schon lange mein Begleiter, wir kennen uns gut. Und ein paar Winter mehr oder weniger – was macht das schon?«

»Geh mir jetzt aus den Augen! Und diese blöde Geschichte behältst du für dich, ist das klar?« Die Wut wallte in ihr auf, und sie stach mit ihrem Stock auf ihn ein.

Behände ergriff Jaguar dessen Spitze und begegnete ihrem Blick. »Sag, Weroansqua: Hast du Rote Schlinge töten lassen?«

»Nein! Nein! Und nochmals NEIN!«

»Weshalb bist du dann so nervös?« Jaguar ließ den Stock los, drehte sich auf der Ferse um und ging über den Platz davon. Sonnenmuschel lief eilig hinter ihm her. Er rief über die Schulter zurück: »Übrigens, vergiss nicht, die Weidenrinde holen zu lassen.«

»Ich denke gar nicht daran!«, fauchte Jagender Falke und murmelte dann: »Leck doch Hundesabber, alter Narr!« Sie malte sich aus, wie sie Fliegende Fischreuse erklärte, auf welche Weise er das verdammte Leben aus diesem alten Klappergestell prügeln sollte.

»War es wirklich nötig, sie so zu reizen?« Sonnenmuschel blickte über die Schulter zurück zu der wütenden Weroansqua hinüber. »Du glaubst doch nicht wirklich, dass sie Rote Schlinge getötet hat, oder?«

»Warum nicht?« Jaguar begegnete ihrem fragenden Blick. »Es könnte genauso gewesen sein, wie ich es sagte. Versetz dich einmal in ihre Lage. Angenommen, du hättest die Heirat vorgeschlagen und erst später begriffen, wie gefährlich Kupferdonner wirklich ist. Aber wie eine Lawine aus Felsbrocken gewann die geplante Verbindung ein Eigenleben und rollte immer schneller und unaufhaltsam ins Tal. Wie konnte Jagender Falke die Ereignisse aufhalten, ohne plötzlich einen Krieg mit den Dörfern stromaufwärts am Hals zu haben?«

»Aber ihre Enkeltochter?« Sonnenmuschel schüttelte verwirrt den Kopf. »Sie konnte doch nicht einfach jemanden damit beauftragen, einem Mitglied der eigenen Familie den Schädel einzuschlagen! Rote Schlinge stammt aus dem Schoß von Muschelkamm. Bei allem, was heilig ist, Ältester!«

»Na, wenn du Okeus noch immer für heilig hältst – dem würde die Idee gefallen. Die wäre tatsächlich ganz nach seinem Herzen. Genau das, was er selbst gern täte.«

»Aber Ältester …«

Jaguar hob Schweigen gebietend die Hand und blickte fest in Sonnenmuschels Augen, die ihre Ungläubigkeit spiegelten. »Du überraschst mich immer wieder, Mädchen – warum nur? Ich dachte, du hättest in den letzten Tagen genug gesehen und gehört und allmählich verstanden, wie Menschen denken und handeln. Ob Jagender Falke das Mädchen töten ließe, um die Unabhängigen Dörfer zu retten? Aber ja doch, auf der Stelle, ohne zu zögern.«

»Woher willst du das wissen?«

Jaguar rieb sich die schmerzende Stirn. »Weil ich es oft genug gesehen habe. Mit eigenen Augen gesehen habe! Erlebt! Mitgespielt habe! Warum, in Ohonas Namen, glaubst du wohl, dass ich mich auf diese Insel in der Mitte der Bucht zurückgezogen habe? Weil ich vor den Ränken floh, in die man verwickelt wird, wenn man zu Amt und Einfluss gelangt. Wenn die Einsätze so hoch sind, dann sind Männer und Frauen wie besessen und verspüren nur noch den Drang, andere zu beherrschen, zu überwachen und zu steuern. Es ist ein schiefes Bild des Lebens, das man vor sich sieht … als ob man vom Grund eines klaren Teichs auf die Welt blickt. Alles ist verzerrt, unwirklich, wie von außen gesehen, aber sehr wirklich von innen. Verstehst du das?«

Sonnenmuschel sah ihn aus blanken Augen an und schüttelte den Kopf.

»Nein, sicher nicht, natürlich nicht.« Jaguar warf angewidert die Hände in die Luft. »Warum habe ich dich am Hals? Du bist so rein und so ehrlich, als kämst du aus Ohonas Schoß. Es bereitet mir Schwierigkeiten, dass du mir so nah bist. Du hast einen schlechten Einfluss für mich.«

»Ich dachte, ich bin dir eine Hilfe, Ältester, indem ich dir den Rücken frei halte. Ich gab dir mein Leben. Was es mich auch kosten mag, ich bin dein …«

»Genug!« Jaguar wehrte ab und suchte in Sonnenmuschels Augen nach einer Spur von Verständnis. »Ich wollte sagen, dass deine Nähe beginnt, meine Gedanken durcheinander zu bringen.«

»Deine Gedanken?«

»Sonnenmuschel, wenn du nach dem Mörder von Rote Schlinge suchen würdest, du würdest ihn niemals finden. Du bist völlig unfähig dazu.«

»Bin ich das?«

»Das bist du. Redlich und wohlmeinend ist dein Wesen, und es verblendet dich so, dass du die Fehler der Menschen nicht siehst. Nimm deinen Freund Wilder Fuchs. Auf sein Wort hin bist du zu mir gekommen und hast mir deine Seele geboten, um ihm zu helfen. Aber, Sonnenmuschel, ich bin nicht davon überzeugt, dass er das Mädchen nicht getötet hat. Er ist ein Blutsauger. Begreifst du nicht? Er wird bis an sein Lebensende von anderen leben und bei allem, was er tut, immer mittelmäßig bleiben. Er nimmt alles, aber er gibt niemals etwas zurück.«

Niedergeschlagen flüsterte sie: »Bitte sprich nicht so von ihm, ich …«

»Bei Okeus, dem Unheilbringer, Mädchen! Ist dir denn nicht klar, dass ich deinetwegen die Weroansqua beinahe nicht beschuldigt hätte?«

»Ich kann nicht glauben, dass du es getan hast.«

»Das ist es ja. Ich hätte es eben beinahe nicht getan. Wir führten eine so freundliche Unterhaltung, und du warst direkt hinter mir, und ich wusste, es würde dir unangenehm sein. Und weil ich es wusste, hätte ich es beinahe nicht getan.« Er zuckte zusammen und rieb sich die Schläfen. »Und das stört mich ungemein.«

»Ältester, sie ist unter den Häuptlingen diejenige mit dem größten Ansehen. In jedem Dorf spricht man mit großer Achtung von ihr. Sie hat Nahrungsmittel nach Drei Myrten geschickt, als ich ein Kind war und wir beinahe verhungert wären. Und ebenso in andere Dörfer. Wie oft stellten sich ihre Krieger zwischen uns und den Mamanatowick! Auf ihr Wort hin haben viele Familien des Grünstein-Clans Waisenkinder adoptiert und ...«

»Still!« Jaguar hob eine Hand zum grauen Himmel empor. »Mein Leben lang habe ich Ohona um Hilfe angefleht. Und jetzt läuft er mir in meinem Schatten nach.« Er rollte die Augen und seufzte. »Komm, wir wollen sehen, wie weit Neuntöter mit seiner Befragung gekommen ist.«

Kopfschmerzen kündigten sich an, aber trotzdem dachte er unablässig darüber nach, wie Jagender Falke seine Fragen nach ihrem Aufenthaltsort an jenem Tag beantwortet hatte. So verschlagen, wie die alte Führerin war – sie hatte sich kaum in der Gewalt gehabt. Jaguar gab sich jedoch nicht damit zufrieden, dass sie sich empört verhalten hatte, weil ein Fremder es gewagt hatte, ihr Wort in Zweifel zu ziehen. *Du verbirgst etwas, Weroansqua, und bevor wir am Ende sind, werde ich wissen, was es ist.*

Vorausgesetzt natürlich, dass sie ihre Drohung, ihn töten zu lassen, nicht wahr machte.

Weißer Otter schlug mit einem kurzen Schlegel auf die langen Stiele der Hanfpflanzen, um die seidigen Fasern zu lockern, die sie anschließend von den Stängeln löste und neben sich auf den Boden legte. Die Fasern würde sie der Länge nach sortieren und zu Fäden verspinnen. Mehrere Fäden ergaben Stränge, die schließlich miteinander verflochten wurden – Seilerware für Netze, Fallen und Einfassungen.

Neuntöter lächelte grüßend und ließ sich neben ihr auf den Fersen nieder. »Gute Schnüre! Ein neues Netz für deinen Onkel?«

Sie lächelte ihn auf ihre besondere Art an; ihre Augen funkelten. »Warum sollte ich ihm ein neues Netz schenken? Du würdest es beiseite legen und vergessen, bis die Mäuse es aufgefressen hätten.«

»Na ja, vielleicht hast du Recht. Ich bin einfach mit zu vielen anderen Dingen beschäftigt.« Er neigte den Kopf, und plötzlich wurde ihm klar, wie lange es her war, dass er sich ein paar Tage

Muße gegönnt hatte, um zu fischen oder um mit einigen anderen Jägern auf den Hängen nach Hirsch, Bär oder Truthahn zu jagen. Stattdessen hatten ihn seine Krieger mit Fischen, Fleisch und Wasservögeln beschenkt, und zwar in solchem Ausmaß, dass er seine Pflichten gegenüber der Familie vernachlässigt hatte.

»Beschäftigt? Mit Verhandlungen mit dem Großen Tayac? Mit dem Mord an Rote Schlinge? Weißer Stern sagte erst kürzlich, sie hätte dich seit zehn Tagen nicht mehr gesehen. Vielleicht solltest du auch etwas Zeit in ihrem Langhaus verbringen, Onkel. Mutter sagt immer: Zuerst beschwert sich eine Frau, aber dann handelt sie.«

Neuntöter blinzelte sie argwöhnisch an. »Woher beziehst du solche Einsichten über Mann und Frau? Du bist noch nicht einmal …« Aber dann fiel ihm auf, wie voll ihre Brüste waren, und nun sah er auch, dass ihre Hüften sich rundeten. In wenigen Monden würde sie das Frauenhaus aufsuchen.

»Ich habe fünfzehn Winter erlebt, Onkel.« Sie hob eine fein geschwungene Braue. »Die Erwachsenen wollen nie glauben, dass Kinder älter werden. Warum nur? Warum wollt ihr, dass wir unser Leben lang klein bleiben?«

»Und warum willst du so schnell groß werden?«, hielt er dagegen.

Sie zuckte die Achseln. »Wer will denn immer wie ein Kind behandelt werden? Ich will eine Frau sein und Verantwortung tragen.«

»Warum die Eile? Du glaubst vielleicht, dass du als Frau Verantwortung übernimmst, aber eigentlich ist es umgekehrt: Die Verantwortung übernimmt dich. Hast du sie einmal am Hals, wirst du sie nicht mehr los.«

»Die meisten meiner Freundinnen sind bereits Frauen.« Weißer Otter war immer ein frühreifes Kind gewesen, und Rosenknospe hatte schon häufig festgestellt, dass ihre Freundinnen alle älter waren.

»Ja, und diese Tatsache bringt mich auf etwas, das ich mit dir besprechen wollte. Es geht um den Morgen, an dem Rote Schlinge starb. Wie gut kannst du dich an diesen Tag erinnern?«

»Sehr gut.« Sie sah ihn ernst an, und ihre großen Augen

brachten ihn etwas durcheinander. »Ich hatte nicht gut geschlafen. Ich hätte todmüde sein müssen, aber mein Magen schmerzte. Ich glaube, ich hatte zu viel gegessen und zu viel getanzt.«

»Wann hat deine Mutter dich hinausgeschickt. Gleich nach Tagesanbruch?«

Weißer Otter zögerte und blickte auf die feinen Fäden in ihren braunen Händen. »Ja, Onkel.«

Neuntöter hob die Brauen. »Was ist mit dir, Mädchen? Sieh mich an!«

Sie hob ihr hübsches Gesicht, das keinerlei Regung verriet.

»Sei nicht so schüchtern, Weißer Otter. Ich bin dein Onkel. Erinnerst du dich noch? Ich habe immer gesagt, komm zu mir, wenn du ein Problem hast.«

Sie spitzte die Lippen und schwieg.

»Gut, dann will ich raten. Du warst gerade nach Hause gekommen, nicht wahr? Du warst draußen, mit deinen Freundinnen, oder? Vielleicht hattest du nur die Decken zur Nacht ausgerollt und dich dann wieder hinausgeschlichen?«

Er las das Schuldgefühl in ihren Augen. »Ah ja, ich verstehe.«

»Onkel, ich habe nicht ... ich meine ...«

Er seufzte und lachte dann in sich hinein. »Ich war auch einmal jung. Und du bist beinahe eine Frau – aber noch nicht ganz.«

Sie senkte den Kopf, und er hob ihr Kinn, um ihr wieder in die Augen zu sehen.

»Mein Vater sagte, es sei in Ordnung.« Ihre Augen baten um Milde.

»Dein Vater ist für dein Verhalten nicht verantwortlich. Aber ich bin es, als Bruder deiner Mutter. Haben wir uns verstanden?«

Sie nickte.

»Ich kann den Kindern von Weißer Stern erzählen, was ich will, aber ihre Erziehung ist Halbmonds Sache. Dafür ist er verantwortlich so wie ich für deine Erziehung. Bei uns ist es so – nicht wie bei diesen Völkern im Westen, wo der Vater für die ganze Familie die Verantwortung trägt.«

»Manchmal scheint mir dies aber sinnvoller zu sein.«

Neuntöter verzog den Mund. »Sie sind Barbaren. Wir haben

unsere Anweisungen von Erste Frau bekommen, die die Kinder geboren hat. Die Verantwortung trägt der Clan, und das heißt in deinem Fall: deine Mutter und ich.«

»Ich weiß, Onkel. Aber Rote Schlinge ging weg, und wir wollten … also, ich wollte mit meinen Freundinnen zusammen sein, das ist alles. Ich bin bald so weit, und ich wollte einfach draußen sein und hören, was die Leute reden. Ich habe nichts Unrechtes getan, wollte nur …«

»Du hättest um diese Zeit schlafen sollen.« Jetzt lächelte er. »Komm, wir schließen einen Vertrag, wir beide. Du bist fast eine Frau. Aber bis zu dem Tag, an dem du aus dem Frauenhaus kommst, stehst du mir Rede und Antwort. Verstanden?«

»Ja.« Sie richtete sich auf. »Was für einen Vertrag?«

»Wenn du in Zukunft mit deinen Freundinnen zusammen sein willst, kommst du zuerst zu mir. Und wenn nichts dagegen spricht, erlaube ich es dir.« Er machte eine Pause. »Vorausgesetzt, du vernachlässigst am nächsten Tag deine Pflichten nicht.«

Sie lächelte ihn an, wie sie ihn immer angelächelt hatte. »Danke, Onkel.«

»Und jetzt zurück zu unserem Problem. Du warst draußen und bist dann zurückgeschlichen, bevor jemand aufwachte.«

»Das stimmt.«

»Was hast du gesehen?«

Sie schaute sich um und beugte sich zu ihm hinüber. »Es war kurz vor Tagesanbruch, noch dunkel, aber es brannte noch ein kleines Feuer, und es gab so viel Licht, dass ich den Platz sehen konnte. Ich ging gerade zum Langhaus zurück, als ich den Großen Tayac sah. Er sprach mit jemandem am Einlass zwischen den Palisaden. Ich konnte nicht sehen, wer es war, aber es war jedenfalls ein junger Krieger.«

»Einer von seinen?«

Sie schüttelte den Kopf. »Einer von unseren. Das konnte ich an der Kleidung und an der Haartracht erkennen. Die Krieger des Großen Tayac tragen die Haare so wie er. Aber dieser Mann hatte seine Haare zu einem Knoten gebunden und an der linken Schädelseite festgesteckt.«

Neuntöter runzelte die Stirn. »Einer von uns? Die Männer des Großen Tayac waren schließlich bei uns zu Gast, wir tanzten die ganze Nacht, es ist also nur natürlich, dass wir miteinander redeten.«

»Ich weiß.« Die Brauen von Weißer Otter zogen sich zusammen. »Aber die Art und Weise, wie sie miteinander sprachen! Sie hatten die Köpfe zusammengesteckt. Es war, als führten sie etwas im Schilde.«

»Weiter!«

»Es schien mir verdächtig. Ich duckte mich in den Schatten und sah zu, und der Krieger glitt durch die Palisaden hinaus. Dann schaute Kupferdonner sich um, als wollte er sehen, ob er beobachtet wurde, und ging dann zum Großhaus der Weroansqua. Dort lauschte er eine Weile mit dem Ohr an der Wand, schaute sich wieder um, und lief eilig zum Einlass, schaute sich abermals um und schlich ebenfalls hinaus.«

Neuntöter lehnte sich zurück. Er war verwirrt. »Warum diese Heimlichkeit? Er ist hier Gast.«

»Vielleicht sollte niemand wissen, dass er mit diesem Krieger gesprochen hatte.«

Was bedeutete das nur? Wer war dieser Krieger?

»Ich verstehe. Sonst noch etwas?«

»Nein. Ich ging heim, vergewisserte mich, dass mich niemand vermisst hatte. Alle schliefen noch. Ich dachte mir nichts dabei, da niemand von Kupferdonners Verschwinden sprach und alles in Ordnung schien. Bis Rote Schlinge vermisst wurde. Aber da konnte ich nichts mehr sagen …«

»… weil deine Mutter und ich erfahren hätten, dass du dich davongeschlichen hattest«, beendete er den Satz. »Weißer Otter, dies soll dir eine Lehre sein. Wenn du so etwas tust, ist es, als spieltest du mit einer Qualle. Erstens ist es dir verboten, und zweitens könntest du dich dabei verbrennen.«

»Ich habe es bereits gelernt, Onkel.« Weißer Otter ließ die weichen Fasern durch ihre Finger gleiten und kämmte sie aus.

»Na schön, vorbei ist vorbei.« Neuntöter rieb sich nachdenklich das Kinn und sah dabei im Geiste, wie Kupferdonner im Dunkeln das Dorf verließ. »Der Große Tayac schlich sich also an dem Morgen durch die Palisaden hinaus, als Rote Schlinge ermordet wurde? Ob sie zu diesem Zeitpunkt Flache Perle wohl schon verlassen hatte?«

»Nein. Kurz zuvor stand sie noch hinter dem Haus der Toten

und sprach mit Springendes Kitz. Ich glaube, sie stritten sich. Ich sah, dass sie allein sein wollten und verließ sie. Das war kurz bevor ich Kupferdonner sah. Rote Schlinge ging erst nach ihm fort.«

»Aber morgens war er wieder zurück. Er aß …«

»Ja, ich sah ihn, als er zurückkehrte. Ich holte gerade Wasser. Ich verließ mit dem Wassertopf das Langhaus, und er trat durch den Einlass.«

»Sah er verdächtig aus?«

»Eigentlich nicht. Es schien, als hätte er gerade sein Wasser abgeschlagen. Aber, ich weiß natürlich nicht genau …«

»Sprich weiter.«

»Als ich ihn sah, dachte ich zuerst, er wäre die ganze Zeit draußen gewesen. Weil er … na ja, er sah nicht aus …« Sie verzog das Gesicht.

»Sah nicht aus wie was?«

»Ich bin mir nicht sicher. Also, ich will sagen, dass er nicht so aussah, als hätte er geschlafen. Er war … ja, er war ganz wach. Er sah nicht so verschlafen aus wie Leute, die gerade aufgestanden sind.«

Neuntöter hob diese Beobachtung auf; er verstaute sie gewissermaßen, wie ein Eichhörnchen eine dicke Nuss versteckte. »Was hast du noch gesehen?«

Weißer Otter schloss die Augen. »Mal sehen. Der alte Spottdrossel ging über den Platz. Und der Hund von Jagender Falke saß vor dem Einlass zum Haus der Weroansqua. Dann trat Muschelkamm aus dem Haus der Toten und ging zum Großhaus der Weroansqua. Ich lief an ihr vorüber. Dann schlenderte ich zum Steg hinunter und füllte den Topf mit Wasser. Den brachte ich Mutter, wie jeden Morgen.«

Neuntöter zuckte die Achseln. »Klingt ganz normal.«

»Und Muschelkamm? Sie ist eigentlich eine Langschläferin. Sie hustete auch, das fällt mir jetzt ein. Der alte Spottdrossel mahnte sie, sie solle bei der Kälte vorsichtig sein.«

»Nichte, ihre Tochter sollte an jenem Tag verheiratet werden. Muschelkamm musste sich um viele Dinge kümmern. Bei den vielen Gästen im Großhaus hatte sie sicher viele Gründe, im Haus der Toten zu sein.«

»Bei ihr bist du immer so nachsichtig, Onkel. Mutter meint,

dies rühre daher, dass du dir wünschtest, sie wäre von einem anderen Clan.«

Neuntöter schloss die Augen und hob einen warnenden Finger. »Darüber macht man keine Witze. Sie ist eine Freundin, das ist alles, und ich würde sie nie für etwas anderes halten. Muschelkamm ist meine Cousine. Schon der bloße Gedanke an eine andere Art von Verbindung wäre das schlimmste Unglück, das unseren Clan heimsuchen könnte.«

Dennoch hatten ihm die Worte von Weißer Otter die Fassung geraubt. Muschelkamm hatte immer verführerisch auf ihn gewirkt, und da seine Gefühle für sie weit mehr waren als nur freundschaftlich, trug er stets Sorge dafür, dass er nie mit ihr allein war. Es war nicht so, dass er sich selbst nicht traute … Doch, so war es: Im Falle von Muschelkamm war er sich seiner selbst nicht sicher.

Die Lippen von Weißer Otter waren verschlossen, aber ihre Augen sprachen eine umso deutlichere Sprache: Ich habe gesehen, wie du sie ansiehst, wenn du glaubst, dass du unbeobachtet bist.

»Du wechselst das Thema«, knurrte er. Dann hatte er plötzlich einen Gedanken. »Einen Augenblick! Wer stand denn am Einlass Wache?«

Weißer Otter schüttelte den Kopf. »Niemand. Wegen des Tanzes in der Nacht davor dachte ich mir nichts dabei. Das ganze Dorf war ja beinahe die ganze Nacht wach.«

Die Falten auf Neuntöters Stirn waren in Bewegung. »Steinknolle hätte in dieser Nacht die Posten einteilen sollen. Vielleicht hat er es in dem Durcheinander vergessen.«

Neuntöter schätzte es nicht, dass Dinge vergessen wurden, nicht, wenn es um die Sicherheit von Flache Perle ging.

»Vielen Dank, Weißer Otter. Wenn dir noch etwas einfällt, dann sag mir bitte sofort Bescheid.«

Sie lächelte ihn an. »Das werde ich, Onkel.«

Neuntöter stand auf und rang die muskulösen Hände. Also Kupferdonner war einem Krieger hinaus in die Nacht gefolgt? Welchem Krieger? Alle Männer aus den Unabhängigen Dörfern trugen Haarknoten auf der linken Seite des Schädels. Und plötzlich lief ihm ein Schauer über den Rücken. Ja, tatsächlich: alle Männer. Auch die Krieger des Mamanatowick!

Zwei

Der Hang war steiler, als Jaguar vermutet hatte. Auf dem schmalen Pfad, der auf den Hügel hinaufführte, achtete er auf jeden Schritt.

»Oh, sei versichert, Häuptling, Grasmatte – oder Kupferdonner, wie er sich jetzt nennt – ist durchaus der Mann, der eine Heirat mit dem Grünstein-Clan vereinbart und gleichzeitig mit dem Mamanatowick ein Komplott ausheckt«, erklärte er zwischen Atemstößen, als er innehielt, um nach Luft zu schnappen.

Sonnenmuschel und der Kriegshäuptling machten den Eindruck, als befänden sie sich auf einem Spaziergang. Nur Jaguars Lungen arbeiteten hart.

Neuntöter schien weder den Wald noch den steilen Hang zu sehen. Er stand da, die Stirn gerunzelt, die rechte Hand an der Kriegskeule, die auf seinen breiten Schultern lag.

»Ein Komplott aushecken? Um das Volk seiner neuen Frau zu vernichten?« Neuntöter schüttelte den Kopf. »Das ergibt keinen Sinn. Warum dann Rote Schlinge überhaupt heiraten? Wenn er schon Ränke schmiedet, warum verbündet er sich dann nicht einfach mit dem Mamanatowick und vernichtet uns?«

»Der Mann, den Weißer Otter sah, war also einer von deinen eigenen Leuten.«

»Ich kann es einfach nicht glauben.«

»Häuptling, nur dein Herz will es nicht glauben. Dein Kopf aber weiß es bereits besser. Du und deine Verbündeten, ihr wart zusammen auf dem Kriegspfad und habt auf einander Acht gegeben. Wenn nun einer deiner Männer mit dem Großen Tayac auch nur spricht, dann fühlst du dich verraten. Ein solcher Verrat greift alle Fasern deiner Seele an, aber du darfst nicht vergessen, dass es nichts gibt, wozu Menschen nicht fähig wären.« Jaguar stellte den Fuß fest auf die Erde und blickte den Wildpfad hinauf. »Denk nur an deinen treuen Stellvertreter Steinknolle. Der, wie ich dich erinnern darf, den Wachtposten für jene Nacht einteilen sollte.«

Sie waren jetzt auf halber Höhe des Hangs und folgten dem Weg, den Rote Schlinge an jenem unheilvollen Morgen genommen hatte. Jaguar wünschte, er hätte nicht darauf bestanden, sich die Örtlichkeiten selbst anzusehen.

»Ich kann verstehen, dass Steinknolle Drei Myrten warnte.« Neuntöter betastete seine Keule und blickte Sonnenmuschel aufmunternd an. »Dort leben Verwandte von ihm. Alles, was wir tun, ist für den Clan.«

»Alles für den Clan«, murmelte Jaguar nachdenklich, während er prüfend die alten Bäume in Augenschein nahm, die am Hang wuchsen. Die kahlen Zweige über seinem Kopf waren so dicht, als befände er sich in einer riesigen Pfahlbaulaube, getragen von tausend starken Pfosten.

Er hörte die Schreie von Gänsen und Enten vom Fluss her. Ohne sie zu sehen, wusste er, dass Eistaucher im seichten Wasser auf junge Menhaden Jagd machten. Aus dem Wald erschollen die Lieder der Vögel, nicht das laute Sommergetriller, sondern ein zartes Zwitschern, das durch die Bäume gefiltert wurde. Er sah einen Kleiber an einer Ulme hinaufklettern und dann eine Reihe von Wildschwänen, die die Luft mit dem Rauschen ihrer mächtigen Schwingen erfüllten.

Den Einfall der Strandläufer im nächsten Frühling würde Rote Schlinge nun nicht mehr erleben – die Schwärme von Knutt, die auf der Suche nach Eiern der Königskrabbe über die Strände trippeln würden, ebenfalls nicht. Auch die Rückkehr der Fischadler im dritten Mond des neuen Jahres würde sie nicht mehr erleben.

Alles, was wir tun, ist für den Clan. Jaguar kletterte weiter und dachte über diese schreckliche Wahrheit nach. Der Clan war alles: Er beherrschte seine Leute und lenkte sie. Der Gedanke nagte an ihm, als wäre darin wie ein Faden ein Hinweis verborgen, an dem man nur zu ziehen brauchte, um den Knoten zu lösen.

Neuntöter sah besorgt aus; das, was ihm durch den Kopf ging, bedrückte ihn. Er stieg leichtfüßig bergan, in seinen kurzen Beinen spielten die Wadenmuskeln.

Sonnenmuschel folgte ihnen; sie spähte durch jede Lücke im Gewirr der Bäume und immer den Pfad hinauf, um jedes mögliche Unheil, das von oben kommen könnte, abzuwehren.

Jaguars Lungen leisteten schwere Arbeit, sein altes Herz hämmerte heftig gegen seine Rippen. Die vom Alter schlaffen

Beinmuskeln waren schon geschwächt, und jetzt wehrten sie sich gegen die Anstrengung gemeinsam mit den Gelenken. Trotz der Kälte ließ er seine Decke lose um seine Schultern hängen und war dankbar dafür, dass es nicht einer jener schwülen Mittsommertage war, die schwer über dem Land der Salzwasserbucht lagen. Der Wald hätte vor Leben gestrotzt, und das Summen der Insekten hätte jeden anderen Laut sogleich erstickt.

Als Junge hatte Jaguar den Sommer geliebt. In den lauen Nächten war er durch die Palisaden hinausgegangen und hatte den Herzschlag der Welt gespürt. Moskitoschwärme gehörten allerdings auch zu jenen Nächten, und ihr Tanz um seinen eingefetteten Körper herum sah aus wie sein ganz persönlicher Dunst. Das Fett hielt sie zwar davon ab, einen Menschen auszusaugen, jedoch nicht davon, ihm die Nasenlöcher zu verstopfen und ihm in den offenen Mund zu fliegen, um sich in seinem Hals zu versammeln. Vielleicht war der Winter doch die bessere Jahreszeit. Da war die Ernte eingeholt, das Ungeziefer verschwunden, und aus den Fischwehren konnte man Barsche holen. Die Jäger hatten die Halbinsel durchstreift und Hirsche gejagt. Nüsse hatte man eimerweise gesammelt. In diesen kalten, stürmischen Tagen konnte ein Mann am Feuer die alten Geschichten erzählen, mit seinen Freunden plaudern und zufrieden auf seine Familie blicken.

Doch ich nicht, o nein, ich habe dies alles verlassen.

Über sein plötzliches Sehnen verstört, strengte er sich noch mehr an. Aus welch verborgener Ecke seiner Seele war diese lang unterdrückte Sehnsucht aufgestiegen? Hatten etwa die Abende an Neuntöters Feuer die erloschene Glut seiner Erinnerungen entfacht?

Jaguar rang nach Luft, als er neben einer großen Buche endlich auf dem Kamm landete. Er krümmte sich und keuchte wie ein aus dem Wasser gezogener Krötenfisch.

»Dort ist der Tatort«, sagte Neuntöter; er ging an Jaguar vorüber und blickte sich auf dem ebenen Hügelkamm um. Mit der Keule klatschte er leicht in seine linke Handfläche.

»Ist alles in Ordnung mit dir, Ältester?«, fragte Sonnenmuschel und beugte sich zu ihm hinunter. Sie legte ihm eine kühle Hand auf die heiße Schulter und tätschelte ihn ermutigend.

»War außer Atem.« Jaguar winkte ab und richtete sich mühsam auf. »Die Kraft der Jugend ist bei den junge Menschen verschwendet. Rote Schlinge lief hier herauf, sicher ohne zu ahnen, dass wir sie glühend um diese Fähigkeit beneiden würden.«

»Nur Wenige wissen, was sie haben, Ältester, bis es ihnen weggenommen wird«, stimmte Neuntöter zu. »Du wirst uns doch nicht tot umfallen, oder?«

»Nein. Wäre mir äußerst unangenehm, wenn ihr noch eine Leiche von hier oben hinunterschleppen müsstet.« Jaguar hustete rasselnd.

Neuntöter stieß mit seiner Keule ins Laub. »Mach dir keine Gedanken! Genauso gut könnte ich dich als Fraß für die Krähen und Waschbären hier oben zurücklassen.«

»Da hätten sie aber ein kärgliches Mahl, das kannst du mir glauben.« Jaguar war jetzt wieder bei Atem. »Also gut, zeig mir, wo es geschah.«

Neuntöter folgte der Furche auf dem Pfad. Auf halbem Weg blieb er stehen. »Wir glauben, dass sie hier getötet worden ist. Dass jemand hinter dem Baum dort hervorkam.« Er wies auf einen Nussbaum mit grauer Rinde.

Jaguar trat zu dem Baum, der so mächtig war, dass er den Stamm mit beiden Armen nicht umfassen konnte. Wenn das harte Holz Geheimnisse kannte, so hielt es sie in der rissigen Rinde verborgen. Dann ging er zu der großen Buche zurück und betrachtete sie. Die dicken Wurzeln traten am Boden knotig aus der Erde. »Sieh mal her, Häuptling. Hier in diese Mulde kann sich ein erwachsener Mann hineinkauern und den ganzen Pfad beobachten.«

Neuntöter und Sonnenmuschel traten näher und betrachteten sich die kleine mit Laub gefüllte Grube zwischen den dicken Wurzeln. Von dort aus sah man den Pfad, der sich zwischen den Bäumen den Hang hinunterschlängelte; die Buchenzweige schützten die Silhouette des Beobachters.

Neuntöter beugte sich hinunter und griff vorsichtig nach einigen Blättern, die in die Mulde geweht waren, und Jaguar schaute ihm über die Schulter. »Ich glaube, das bringt uns nicht weiter. An dem Morgen war es feucht, und die Blätter waren sicher weich. Hier ist kein Blatt unter dem Gewicht eines Menschen gebrochen oder zerdrückt worden, und bei denen, die zusammenkleben, weiß ich nicht, ob jemand darauf getreten ist oder ob sie gefroren und wieder aufgetaut waren, nachdem der Wind sie herübergetragen hatte.«

Jaguar deutete auf eine Stelle, wo die glatte, graue Rinde etwas abgewetzt schien. »Hat sich hier vielleicht jemand angelehnt?«

»Vielleicht.« Neuntöter zuckte die Achseln. »Wie wollen wir unterscheiden, ob der Mörder sich daran gerieben hat oder ob es Kinder waren, die im letzten Mond um den Baum herum gespielt haben?«

»Das weiß ich auch nicht.« Jaguar richtete sich auf und trat nachdenklich zurück; er ließ seinen Blick zwischen der Buche und dem Nussbaum wandern. Die Bäume standen nicht mehr als sechs Schritte voneinander entfernt. »Die Buche ist ein großer, dicker Baum. Aber der Mörder hat nicht hier gewartet, er hat sich lieber hinter den Nussbaum zurückgezogen.«

»Hätte ich auch getan«, warf Sonnenmuschel ein. »Der Nussbaum steht näher am Pfad, und da er kaum breiter ist als ein Mensch, hat das Opfer weniger Zeit, sich zu wehren, wenn der Angreifer dahinter hervortritt. Und nicht nur das: Das Opfer, das gerade den Kamm erreicht und gesehen hat, dass der Weg frei ist, lässt alle Vorsicht fahren.«

»Du lernst schnell.« Jaguar ging auf den Nussbaum zu und betrachtete den Abstand zwischen Baum und Pfad. »Sonnenmuschel, komm mal her. Tu so, als wolltest du Neuntöter auflauern. Häuptling, du bist zwar etwas kleiner als Rote Schlinge, aber ich möchte, dass du gerade den Kamm erreichst und dann weitergehst, als wärst du Rote Schlinge, die zum Austernsteg läuft. Kannst du das tun?«

Neuntöter zuckte skeptisch die Achseln, ging aber an der Buche vorbei und glitt über den Rand des Kamms.

»Also, Sonnenmuschel, du weißt, dass er kommt, versteckst dich und lauerst ihm auf, so wie es sich ganz natürlich ergibt.« Jaguar trat zurück und beobachtete die Szene.

Neuntöter kletterte über den Rand des Kamms, warf einen Blick auf die Buche und lief dann über den Kamm. Jaguar hörte, wie die Mokassins im Laub raschelten. Als Neuntöter vorüberging, war der Nussbaum nur zwei Schritte von seiner

Rechten entfernt. Erst als er auch ihn passiert hatte, trat Sonnenmuschel dahinter hervor und tat so, als schlüge sie ihm über den Kopf.

»Halt!« Jaguar stürzte vor und betrachtete die Stellung. »Wo war die Stelle, Häuptling?«

Neuntöter runzelte die Stirn und sah sich um. »Einen oder zwei Schritte hinter mir.«

Jaguar zupfte nachdenklich an seinem Kinn. »Sonnenmuschel und ich hätten dich genau dort niedergeschlagen, wo du jetzt stehst. Wie Sonnenmuschel gerade vorgeführt hat, hätte dich ihr Schlag in der Mitte des Schädels getroffen. Durch die Wucht des Schlages wären deine Knie eingeknickt und du wärst vornübergefallen. Die Blutspuren hätten sich dann etwa einen Schritt vor dir befunden.«

Neuntöter drehte sich um, sah, wo Sonnenmuschel stand und wie sie ihre Keule hielt. »Ich weiß, was du meinst. Wenn also die Blutflecken weiter hinten sind …«

»Richtig!« Jaguar rieb sich die Hände. »Also, noch mal, aber dieses Mal, Sonnenmuschel, möchte ich, dass du hinter dem Baum hervorkommst, bevor er vorübergegangen ist.«

Abermals kam Neuntöter wie Rote Schlinge über den Kamm. Sowie das Rascheln von Neuntöters Mokassins näher kam, trat Sonnenmuschel mit erhobener Keule hinter dem Baum hervor.

Neuntöter blieb unvermittelt stehen.

»Halt!« Jaguar trat heran und maß den Abstand zwischen Neuntöter und der mutmaßlichen Stelle der Blutflecken. »Jetzt komm näher, Sonnenmuschel, nur einen Schritt, als wolltest du mit ihm sprechen. Ja … so ist es richtig.«

Sonnenmuschel kam heran.

»Und jetzt«, sagte Jaguar ruhig, »schlag ihn nieder!«

Sonnenmuschel wirbelte die Keule langsam im Bogen herum, sodass der Steinhammer gerade über Neuntöters Kopf hinwegsauste.

»Das war knapp«, sagte der Häuptling. »Hätte Sonnenmuschel mich angesprochen, als sie vortrat, dann hätte ich mich so zu ihr umgedreht.« Er stand Sonnenmuschel genau gegenüber, die ausgestreckte Keule in Höhe der linken Seite des Kopfes.

»Wenn Sonnenmuschel dich jetzt getroffen hätte, dann hätte der Schlag deinen Kopf nach rechts geschleudert, deine Knie wären eingeknickt und du hättest das Gleichgewicht verloren und wärst wie ein Sack Mais zu Boden gefallen ...«

»Genau dorthin, wo das Blut war.« Neuntöter starrte nachdenklich auf das Laub, als sähe er wieder den Fleck, frisch und rot. »Also kannte sie den Mörder. Er trat vor und sagte etwas. Und dann schlug er zu.«

»Nur einer, dem Rote Schlinge vertraute, konnte so nahe an sie herankommen.« Jaguar ließ sich auf die Fersen nieder und wühlte in dem Laub.

»Blut findest du nicht mehr, Ältester«, sagte Sonnenmuschel, »der Regen hat sicher alles fortgespült.«

»Ja, ich weiß.« Jaguar schob Blätter beiseite und fuhr mit der Hand über den Boden. »Wir wollen den Boden trotzdem untersuchen. Es würde mich zwar wundern, wenn wir noch etwas fänden, aber Rote Schlinge hatte vielleicht noch etwas außer der Haifischzahnkette in der Hand.«

Sie durchstöberten das Laub. Neuntöter sagte nachdenklich: »Sie erwartete Wilder Fuchs, also hatte er sicher ... Was ist denn das?« Er hob einen kleinen Holzkeil auf und hielt ihn ans Licht. Er war nicht größer als ein Daumennagel, auf einer Seite abgerundet, offenbar geschnitzt und geglättet.

Jaguar kniete ebenfalls nieder und nahm das Stück in die Hand. »Also, wenn ich raten müsste, würde ich sagen, es ist ein Stück Hickoryholz, Häuptling. Teil eines Werkzeugs. Die abgerundete Seite ist bearbeitet worden.«

Neuntöter prüfte die Bruchstelle. »Aber nicht vor kurzem, Ältester. Sieh her, die geschliffene Seite ist dunkel und fleckig. An der Bruchstelle ist das Holz hell, also erst vor kurzem gebrochen.«

»Jeder könnte ein solches Stück Holz verloren haben«, sagte Sonnenmuschel und deutete auf den Pfad. »Hier gehen viele Menschen entlang. Es ist der schnellste Weg vom Anlegesteg nach Flache Perle, man braucht nicht um die Landzunge herumzupaddeln. Gewöhnlich wird von hier aus ein Läufer losgeschickt, um Flache Perle über eintreffende Besucher zu informieren. Der Läufer ist zwei oder drei Zeithände schneller im Dorf als das schnellste Kanu. Ich bin die Strecke mehr als einmal für Schwarzer Dorn gelaufen. Dieses Stück Holz könnte jedem gehören.«

Neuntöter zuckte die Achseln und wollte es schon fortwerfen.

»Nein«, wandte Jaguar behutsam ein. »Ich möchte es behalten. Man kann nie wissen ...«

Neuntöter gab ihm das Fundstück, und Jaguar steckte es in seine Gürteltasche, bevor er wieder im Laub wühlte. Aber nun blieb die Suche ergebnislos.

Schließlich stand Jaguar auf und wischte sich die Hände ab. »Genug davon, Häuptling. Zeig mir jetzt, wohin die Leiche gezogen wurde.«

Neuntöter erhob sich ebenfalls und deutete nach Norden. »Dort hinüber.« Er ging voraus zu einer kleinen Vertiefung hinter einem Hickorybaum, nicht weiter als dreißig Schritte entfernt. Dort, wo die Leiche gelegen hatte, waren die Blätter noch verstreut.

Jaguar neigte den Kopf und blickte mit zusammengekniffenen Augen zum Pfad zurück.

»Dies sagt uns nicht viel, oder?« Neuntöter stemmte die Hände in die Seiten. »Jeder könnte sie dorthin gezerrt haben.«

Jaguar schwieg. Er betrachtete die Stelle und den weißen Hickorybaum, der die Sicht vom Pfad her versperrte. Wie der Nussbaum blieb auch er ein stummer Zeuge. Die Grube war vor langer Zeit entstanden, als ein Baum von einem Sturm entwurzelt worden war; die Wurzeln hatten ein Loch im Boden hinterlassen. Im Laufe der Zeit war Bruchholz in das Loch gefallen und faulte dort, und auch der Erdboden selbst hatte die Wunde zum Teil geheilt.

Abermals kauerte sich Jaguar nieder und durchwühlte das Laub nach Spuren von Rote Schlinge oder ihrem Mörder, fand aber nichts. Er seufzte und rieb sich die wunden Knie.

»Sonst noch etwas?«, fragte Neuntöter.

Jaguar zuckte zusammen, als seine Gelenke beim Aufstehen knackten. Von Schmerzen gepeinigt humpelte er zum Pfad zurück und starrte auf der Ostseite des Hügels hinunter zum Anlegesteg. »Ja, ich glaube schon. Ich sollte eigentlich dort hinuntergehen, dorthin, wo Wilder Fuchs wartete, wie er sagte.«

»Wenn du willst.« Neuntöter klopfte in gleichmäßigem Takt

auf den Griff seiner Keule. »Aber dort unten gibt es nur riesige Haufen von Austernschalen. Wie man sagt, stammen sie noch aus der Zeit, als Erster Mann über die Erde wandelte.«

»Das glaube ich«, bestätigte Sonnenmuschel. »Es würde mehrere Leben dauern, um so viele Austern zu essen.«

Jaguar verzog das Gesicht, als er den Hang hinabblickte. »Wenn ich einmal dort unten bin, muss ich dann den ganzen Weg wieder heraufklettern?«

»Wir könnten dir ein Kanu schicken.« Neuntöter lächelte höhnisch.

»Wenn es dir Schwierigkeiten bereitet, könnte ich dich sicher tragen, Ältester«, sagte Sonnenmuschel ernsthaft. »Du bist nicht so schwer, und ich bin ziemlich kräftig.«

»Wenn es jemals wirklich so weit kommt, Sonnenmuschel, werde ich es dir erlauben.« Jaguar tat den ersten Schritt hinunter auf dem steilen Abhang. Bestimmte Aspekte bei der Suche nach dem Mörder von Rote Schlinge – etwa das Klettern auf solchen Steilhängen – waren doch nicht mehr ganz das Richtige für ihn.

»Wer weiß, vielleicht finden wir Weidenstumpfs verlorenen Pfeil ...«

Jagender Falke saß in ihrem Langhaus neben dem Feuer und atmete tief. Zerstampfte Weidenrinde! Welch ein Gottesgeschenk! Sie bewegte ihre Finger. Seit Jahren hatte sie keine Faust mehr ballen können und schon gar nicht ohne Schmerzen. Welchen Ärger auch immer er ihr noch bereiten würde – Jaguar hatte ihr zum ersten Mal seit vielen Jahren Erleichterung verschafft. Dafür war sie beinahe bereit, ihm seine Beschuldigungen zu verzeihen.

Aber nur beinahe.

Sklavinnen und Dienerinnen waren in ihrem Rücken geschäftig dabei, die Krieger Kupferdonners zu bewirten. Aus Höflichkeit hatte der Große Tayac bereits drei Kanus mit seinen Männern nach Hause geschickt, um die Lebensmittelvorräte von Jagender Falke zu schonen.

Es war ein taktvoller Zug von ihm, denn Jagender Falke hätte natürlich nicht darüber geklagt, dass seine Männer ihre Wintervorräte verspeisten, und wenn es sie das Leben gekostet hätte. Ein solches Benehmen hätte sie in den Augen des Großen Tayac herabgesetzt, wäre es doch ein Zeichen dafür gewesen, dass sie nicht fähig war, für geehrte Gäste zu sorgen.

Sie hätte zwar durch Boten die Unabhängigen Dörfer um Beihilfen bitten können. Aber in dieser schwierigen Zeit, da die Feindseligkeit zwischen Flache Perle und Drei Myrten gerade mit Mühe beigelegt worden war, wollte sie nichts übertreiben.

Die zehn zurückgebliebenen Krieger halfen sich auch selbst; sie suchten Fährten, jagten Hirsche, Waschbären, Opossums, Moschusratten und Kaninchen, arbeiteten an den Fischwehren und warfen Netze für die Karpfen, die sich an warmen Wintertagen in großen Schwärmen im seichten Wasser tummelten.

Kupferdonner saß Jagender Falke gegenüber und polierte den funkelnden Kupferdorn an seiner Keule mit einem feuchten Lederlappen und Sand. Bei jeder Bewegung zeigten sich seine starken Muskeln unter der glatten, bronzefarbenen Haut.

Zu ihrer Rechten webte Muschelkamm ein Stück Stoff auf ihrem kleinen Webstuhl. Sie hatte die Fasern in verschiedenen Farben gefärbt, mit dem Rot der Blutkrautwurzel, Schwarz vom Tintenfisch, Sonnenblumengelb und Purpur aus schwarzen Kirschen. Die Blicke, die sie mit Kupferdonner wechselte, konnten Jagender Falke nicht verborgen bleiben.

»Dann ist der alte Mann also heute zum Tatort gegangen.« Kupferdonner lachte in sich hinein. »Da hat er sicher jeden Stein umgedreht. Hat er denn etwas gefunden? Vielleicht einen Leckerbissen?«

»Meinen Zorn hat er gefunden«, schnaubte Jagender Falke. »Der hatte doch die Frechheit, mir zu sagen – mir! –, mir hätte der Tod von Rote Schlinge genützt. Mir, ihrer Großmutter!«

»Aber, Weroansqua, warum lässt du dir eine solche Unverschämtheit gefallen?«

Jagender Falke unterdrückte eine bissige Antwort, der Ton des Großen Tayac gefiel ihr nicht. Der Spott war zwar leise, aber dennoch nicht zu überhören. Es dauerte einen Augenblick, bis sie den sonderbaren Blick ihrer Tochter bemerkte.

»Starr mich nicht so an mit deinen großen Augen, Mädchen!«, grollte sie. »Das gefällt mir nicht. Mit dem Tod des Mädchens habe ich nichts zu tun.«

Muschelkamms Gesicht hellte sich auf. »Ich ... ich weiß, Mutter. Ich bin nur überrascht, das ist alles.«

»Ich sage dir, was ich tun würde.« Kupferdonner betrachtete den glänzenden Dorn an seiner Keule. »Ich würde ihn aus meinem Dorf entfernen lassen. Er war immer schon ein Unruhestifter.«

Jagender Falke seufzte. »Als Zauberer könnte er mir eine Menge Probleme bereiten, besonders wenn er einen Fluch brüllte in dem Augenblick, da wir ihn durch den Einlass stoßen.«

Kupferdonner neigte den Kopf und strich über das glatte Holz seiner Keule. »Das könnte er tatsächlich ... wenn er durch den Einlass gestoßen würde. Aber es gibt andere Methoden. Er könnte hinausgetragen werden. Mit den Füßen zuerst.«

Jagender Falke dachte darüber nach. »Es klingt vielleicht merkwürdig, aber der Mann, auf den ich mich in diesen Dingen gewöhnlich verlasse, scheint nicht willens, eine solche Maßnahme zu ergreifen.«

»Häuptlinge kann man ersetzen. Besonders, wenn ihre Treue fragwürdig ist.«

Jagender Falke starrte ins prasselnde Feuer. Hatte der alte Geier es tatsächlich vermocht, Neuntöter so zu blenden, dass er seine Pflicht gegenüber der Familie und dem Clan vergaß? Sollte sie ihn ersetzen? Oder versuchen, ihm seinen Wahn auszureden?

»Wenn du dem alten Mann erlaubst zu bleiben«, fuhr Kupferdonner fort, »wird er dein Volk allmählich vergiften. Es gegen dich aufhetzen. Er kann nicht anders. Es ist seine Natur. So hat Okeus ihn gemacht.«

Jagender Falke bewegte wieder ihre Finger und erinnerte sich an den Rat des Alten. »Was tat er im Dienste der Schlangenhäuptlinge?«

»War unter anderem ihr Kriegshäuptling und Berater. Meistens schlich er in den Ratsversammlungen umher und säte Zwietracht. Eines ist mir besonders gut in Erinnerung: dass seine Feinde am Ende immer tot gefunden wurden, manchmal ohne ein Zeichen von Gewalteinwirkung.« Kupferdonner klopfte auf seine Keule. »Man sagte, er kenne die Pflanzen und ihre Eigenschaften. Einmal hörte ich, dass er eine Vorliebe für

Wasserschierling hätte. Aber er kannte auch die Wirkung anderer Pflanzen, auch von solchen, die sofort zum Tode führen.«

»Ich möchte lieber keine Mahlzeit mit ihm teilen.« Jagender Falke strich mit der Zunge über ihren zahnlosen Kiefer. »Aber es gibt auch Gift, das nicht von Pflanzen stammt.«

»Er ist schon eigenartig«, erklärte Muschelkamm. »Aber ich halte ihn nicht für gefährlich.«

Kupferdonner lachte leise. »Unterschätz ihn nicht!«

»Wenn er so gefährlich ist, was macht er dann hier?«, fragte Muschelkamm und zog eine Braue in die Höhe. »Warum ist er nicht irgendwo Häuptling geworden?«

»Ist wahrscheinlich geflohen, als man eine seiner kleinen Verschwörungen aufdeckte.« Kupferdonner zuckte die Achseln. »Wäre nicht das erste Mal, dass ein Mann vor dem Zorn eines Schlangenhäuptlings flieht. Und eines muss ich meinem alten Freund Rabe lassen: Er war immer schlau genug, um seine eigene Haut zu retten, gleichgültig, wie viele seiner Freunde ihr Leben verloren.«

Jagender Falke stützte stirnrunzelnd das Kinn in die rechte Hand. »Er hat uns immerhin vor einem Krieg mit Drei Myrten gerettet. Und ein solcher Krieg wäre eine Katastrophe gewesen.«

»Welchen Preis hättest du denn zahlen müssen, Weroansqua?« Kupferdonner lächelte sie an, aber es war ein gekünsteltes Lächeln. »Du hättest einen alten Bundesgenossen verloren. Na und? Du hast doch jetzt ganz andere Möglichkeiten, ganz andere Kräfte, denen du vertrauen darfst.«

Ihr Gesicht blieb ausdruckslos. »Für neue Bündnisse bin ich immer zu haben, Großer Tayac. Aber warum deswegen alte vernichten? Die Zukunft ist bestenfalls eine Zeit voller Gefahren, besonders heutzutage.«

Dann sah sie die Blicke zwischen Muschelkamm und Kupferdonner. Ah, er hatte den Köder geschluckt! Und plötzlich gewann der alte Plan neues Leben. Vielleicht, es war immerhin eine Möglichkeit, konnte sie etwas für den Grünstein-Clan retten – und für die Zukunft.

»Ja, Tochter?«, fragte Jagender Falke, und es war ihr nicht ganz wohl.

Muschelkamm zuckte die Achseln und bemühte sich, gleichmütig zu erscheinen. »Wir haben kürzlich miteinander gesprochen, der Große Tayac und ich.«

Und nicht nur gesprochen, würde ich sagen, so wie du dreinschaust.

Jagender Falke straffte sich.

»Nun, da Rote Schlinge tot ist, haben wir im Clan keine Frau mehr, die würdig wäre, seine Gemahlin zu werden. Springendes Kitz wäre eine mögliche Heiratskandidatin, aber sie ist noch keine Frau und wird so bald auch nicht reif dafür sein.«

»Und du hast deshalb an dich selbst gedacht?« Jagender Falke beschloss, die weitschweifige Erklärung, die ihre Tochter vorbringen würde, abzukürzen.

»Kupferdonner ist einverstanden, Mutter.« Muschelkamm neigte den Kopf. »Und ich bin es auch.«

Jetzt war nur noch das Geplapper der Sklavinnen zu hören, die den Kriegern das Mahl auftischten.

Jagender Falke betrachtete den Großen Tayac durch halbgeschlossene Lider. Er schien zufrieden und unbekümmert und in keiner Weise in Sorge darüber, dass sie sein Begehren ablehnen könnte. Welches Spiel spielte er? Warum wollte er eine Frau, die so alt wie Muschelkamm war? Sie könnte ihm ein Kind schenken, vielleicht auch zwei, aber ihr Schoß war schon beinahe ausgetrocknet.

»Muschelkamm wird für mein Volk von großem Vorteil sein«, sagte Kupferdonner schließlich und blickte auf. »Sie kennt die Unabhängigen Dörfer, durchschaut die Machenschaften des Mamanatowick. Rote Schlinge hätte mir Jugend geschenkt und viele Geburten, aber Muschelkamm bringt mir Erfahrung.«

Und du glaubst, dass sie die Weroansqua wird, wenn ich tot bin.

Dies war der letzte, fehlende Baustein. Eine Heirat mit Muschelkamm würde Kupferdonner in das Zentrum des Grünstein-Clans rücken und zum Nutznießer der Geltung machen, die der Clan bei den Unabhängigen Dörfern genoss. Sie brauchte ihn also nicht mehr mit viel List zu einer Abmachung zu bewegen; seine eigene Gier führte ihn genau dorthin, wo sie ihn haben wollte.

»In deiner Abwesenheit könnte ich sicher Gelbes Netz als Weroansqua einsetzen«, sagte Jagender Falke, um zu sehen, wie ihre Tochter auf einen solchen Vorschlag reagierte. »Du wärest zu weit weg, um hier eine solche Aufgabe zu übernehmen.«

Muschelkamm senkte zustimmend den Kopf, offensichtlich gleichmütig, aber Kupferdonner musterte sie scharf.

Jagender Falke nickte. Kupferdonner spielte ein kompliziertes Spiel, das sie noch nicht durchschaute, aber Muschelkamm wurde wie üblich von ihren Leidenschaften und nicht von ihrem Kopf beherrscht.

»Ich werde darüber nachdenken«, sagte Jagender Falke. »Inzwischen bleibt Jaguar hier und sieht unter den Steinen nach.«

In ihrem Herzen war sie unzufrieden mit dieser neuen Entwicklung in einem alten Plan. Rote Schlinge zu benutzen, war ein viel geringeres Risiko gewesen als eine Verbindung zwischen der ungestümen Muschelkamm und Kupferdonner. Aber wenn man einen Sturm herbeirief, hatte man immer das Problem, dass man nicht wusste, wo der Blitz einschlägt.

Drei

Jaguar trat in das dämmrige Innere des Hauses der Toten und streifte sich den Schnee von den Füßen. Nach den milden, klaren Tagen hatte ein kalter Westwind ein Wolkenband über die Berge geblasen. Die Temperatur war gefallen, und die ersten Schneeflocken schwebten vom Himmel herab.

Jaguar näherte sich der Feuergrube in der Mitte des Raums. Er schüttelte seine Decke aus und warf sie sich wieder über die Schultern. Der Vorraum war leer, und er ging bis zu der Mattenwand, die den Raum teilte, und rief in den Gang hinein: »Hallo! Ist jemand da? Kwiokos, kann ich dich sprechen?«

Der hoch gewachsene, schmächtige Priester Blitzende Katze erschien und kam den Gang hinunter. Die Wächter beobachteten mit ausdruckslosen Gesichtern, wie er an ihnen vorüberging.

»Ältester, kann ich dir helfen?«

»Ich möchte mit Grüne Schlange sprechen. Es geht um Rote Schlinge. Wir haben dort oben auf dem Kamm einiges gefunden.«

Blitzende Katze schaute sich unsicher um und nickte dann hastig. »Hier entlang bitte.« Er führte Jaguar durch den Gang.

Blitzende Katze beachtete die Wächter nicht, doch Jaguar nickte jedem grüßend zu. Er spürte die Anerkennung, mit der sie den Respekt entgegennahmen, den ein Fremder ihnen zollte – im Gegensatz zu dem vertrauten Diener.

An den Lagerräumen mit den aufgestapelten Gütern vorbei wurde er in das Heiligtum geführt, wo sich die Statue von Okeus und die Plattform für die Ahnen des Grünstein-Clans befanden.

Okeus schien ihn mit Augen, die bösartig glitzerten, durchdringend anzustarren. Die Halsketten schimmerten im Feuerschein, und die bemalten Glieder waren wie zum Aufspringen gespannt. Der Mais in seiner linken Hand sah verwelkt aus, braun und verdorrt, aber die Keule mit den Zwillingsköpfen in seiner rechten schien poliert. Die kupferne Haarnadel im Haarknoten auf seinem Scheitel glänzte im Licht. Der Mund war spöttisch verzogen – oder humorvoll; Jaguar konnte es nicht erkennen.

»Ich grüße dich, Dunkler Herr«, murmelte er dem Kult entsprechend und verbeugte sich, um dem Gott seine Achtung kundzutun. Erst dann wandte er sich um und sah, was rechts neben dem Feuer lag. Rote Schlinges Überreste waren in Rückenlage auf einer Matte aufgebahrt. Von ihrem Skelett war das Fleisch nun sorgfältig abgelöst worden. Ligament, das in der Hitze des Feuers hart geworden war, verband die Gelenke mit den Knochen. Genauso sollte es sein. Das Skelett würde bei der Wiederherstellung des Körpers als Gerüst dienen, die Haut würde gegerbt sein, und mit Stroh und Heu würde man den Hohlraum ausfüllen, den Muskeln und innere Organe hinterlassen hatten, als sie entfernt worden waren.

Jaguar betrachtete den Schädel. Etwas an dem unregelmäßigen Knochenbruch verursachte ihm Unbehagen, und er spürte ein unangenehmes Kribbeln in seiner Seele, aber er hätte nicht sagen können, welches der Grund dafür war.

»Jaguar?«, fragte Grüne Schlange und sah von einem großen, runden Topf, vor dem er saß, auf. »Du bist zurückgekommen?«

»Ja, Kwiokos. Ich dachte daran … aber was tust du da?«

Grüne Schlange blickte in den Topf. »Ich gerbe die Haut. Ich bin gerade mit der Mischung beschäftigt. Die Zusammensetzung der Flüssigkeiten ist entscheidend. Einmal vor vielen Blätterblüten unterlief mir ein Fehler, eine sehr schlimme Sache, besonders wenn es die eigene Sippe trifft. Ich konnte damals die Haut zwar noch trocknen, bevor der Moder sie verfärbte. Aber jetzt, mitten im Winter, wäre das unmöglich.«

»Das bezweifle ich nicht … außerdem ist es sehr kalt.« Jaguar wies mit dem Daumen zum Einlass. »Ich fürchte, dein Werk würde vor Kälte erstarren.«

Grüne Schlange wusch sich Hände in einem anderen Topf. »Die Weroansqua befahl uns, dich nicht mehr zu unterstützen. Offenbar hast du sie erzürnt, und das Betreten dieses Hauses ist dir verboten.«

Jaguar lächelte sein entwaffnendes Lächeln. »Und den Rest hat sie ausgelassen.«

»Den Rest?« Falten durchfurchten die Stirn von Grüne Schlange. »Welchen Rest?«

»Ach, ich hatte keine Wahl, ich deutete an, dass auch ihr der Tod von Rote Schlinge Vorteile bringt. Ich hatte meine Gründe. Der Mörder muss glauben, dass jeder verdächtig ist, selbst die Weroansqua. Wie soll ich ihm sonst auf die Schliche kommen?«

Die Falten auf der Stirn von Grüne Schlange wurden noch tiefer. »Ich weiß es nicht. Sie war jedenfalls außer sich. So war es also? Du hast sie beschuldigt, ihre Enkeltochter ermordet zu haben?«

»Glaubst du, sie wäre fähig gewesen, das Mädchen ermorden zu lassen? Immerhin hätte sie damit verhindern können, dass der Große Tayac in den Grünstein-Clan einheiratet. Vielleicht weiß sie inzwischen welch kaltblütiger Blutsauger er ist.«

Grüne Schlange hob hilflos die Hände. »Ich kenne sie seit vielen Blätterblüten, seit sie ein kleines Mädchen war und ich ein noch kleinerer Junge. Sie war schon als Kind schlau und listig, wie ein Luchs. Es war damals schon klar, dass sie einmal Weroansqua sein würde. Sie tat immer das Richtige, machte keine Fehler wie viele andere von uns. Als ihr Onkel, der alte Weroanzi, starb und kein Bruder da war, fiel die Herrschaft nach dem Erbrecht des Clans an Jagender Falke. Sie übernahm das Amt und wurde Weroansqua. Damals spottete man in den

Unabhängigen Dörfer darüber. Sie war noch sehr jung und hatte gerade erst das Frauenhaus verlassen.«

»Es war sicher eine schwierige Zeit für euch«, sagte Jaguar teilnahmsvoll.

»Ja, das stimmt. Aber Jagender Falke war anders als die meisten Frauen, nicht zu vergleichen mit ihrer Tochter.« Grüne Schlange richtete den Zeigefinger gegen seine Stirn. »Sie ruht in ihrer Mitte, Jaguar. Hier. Ihre Seele weiß, worum es geht, was sie will, wohin der Weg führt und wie man ans Ziel gelangt. Bevor wir noch die Haut ihres Vater abgezogen hatten, schickte sie ihre Krieger bereits in den Krieg. Damals war der alte Blutreiher Kriegshäuptling. Er ließ verbreiten, dass Jagender Falke die Führung übernommen hatte – und dann überfiel er den Mamanatowick.« Grüne Schlange grinste bei der Erinnerung. »Ja, sie war schon eine ganz besondere Frau. Von Anfang an war sie die Weroansqua, und sie war es durch und durch, bis auf die Knochen.« Der Kwiokos schüttelte den Kopf. »Blutreiher brachte nach dem Kampf mit dem Mamanatowick Gefangene mit. Es waren zwei Krieger, Vettern des Mamanatowick. Jagender Falke rief alle zusammen und ging auf die beiden Krieger zu. Die standen da, waren tapfer und verhöhnten sie, beschimpften sie und sagten, ein kleines Mädchen hätte nicht die Macht, sie zu töten.«

Jaguar blickte zur Seite. »Aber sie ließ sie verbrennen, nicht wahr? Hat sie auf dem Platz ins Feuer werfen lassen. Sie schrien noch, wie ich hörte, und wanden sich, und einem gelang es noch, auf die Beine zu kommen, bevor sein Haar in den Flammen aufging, und dann fiel er in die Glut.«

»Ja, so war es. Warst du dabei?«

»Nein, ich hörte nur davon, das ist alles.« Jaguar deutete auf Rote Schlinge. »Was ist mit ihr? Glaubst du, Jagender Falke ließ das Mädchen töten, um das Bündnis mit Kupferdonner zu verhindern?«

Grüne Schlange nagte an seiner Unterlippe und begutachtete das Skelett, das aus blinden Augenhöhlen auf die rußbefleckte Decke hoch über ihm starrte. Dann schüttelte der Priester langsam den Kopf. »Nein. Sie war es nicht. Jagender Falke, so hart sie auch sein mag, hätte einfach Nein gesagt. Unter Umständen ein anderes Mädchen angeboten. Vielleicht eins aus der Brut von Gelbes Netz oder irgendeine andere Frau aus dem Clan. Dann hätte sie so viele Kanus mit Geschenken und Lebensmitteln geschickt, dass Kupferdonners Stolz befriedigt worden wäre.«

»Wie ist es mit Sühne? Eine Strafe für die Flucht und die Entehrung des Clans im Angesicht von Kupferdonner? Der Weroansqua wäre es sicher nicht angenehm gewesen, hätte sie dem Großen Tayac berichten müssen, dass sich Rote Schlinge am Vorabend ihrer Hochzeit mit einem unreifen Halbwüchsigen davongemacht hätte.«

»O Jaguar, dies wäre schlimm gewesen, wirklich sehr schlimm. Aber die Kinder hätten nicht entkommen können. Nein, nein. Neuntöter hätte sie binnen eines Tages aufgespürt, trotz des Vorsprungs von einem Tag, den Wilder Fuchs hatte. So wie ich Jagender Falke kenne, hätte sie Rote Schlinge ausgestoßen und enterbt und Kupferdonner als Sklavin übereignet, statt sie zu töten. Die Weroansqua ist nicht die Frau, die eine Gelegenheit ungenutzt verstreichen lässt, ihren Feinden eine Lehre zu erteilen. Hätte sie das Mädchen wegen Ungehorsam töten lassen wollen, dann wäre es in einer öffentlichen Hinrichtung geschehen. Jetzt gibt es nichts weiter als lauter ungelöste Fragen und Verdächtigungen.« Der Kwiokos machte eine Pause. »Du siehst, die Weroansqua ist zu klug, als dass sie sich auf so etwas einlassen würde.«

»Jemand hat sich aber darauf eingelassen.«

Grüne Schlange nickte und verschränkte die Arme vor der Brust. »Dann finde den Dummkopf. Die Weroansqua ist es jedenfalls nicht.«

Jaguar lächelte grimmig. »Jemanden auf solche Weise umzubringen, hat nichts mit Klugheit oder Dummheit zu tun. Nein, nein, du kennst die Denkweise des Mörders nicht. Rote Schlinge wurde nicht so getötet, weil der Täter dumm oder klug gewesen war.«

»Sondern?«

»Kwiokos, hast du die Weroansqua schon einmal verzweifelt gesehen?«

Grüne Schlange blickte mit Unbehagen auf Blitzende Katze und Gestreifter Bär, die neben dem Einlass warteten. Er machte eine kleine Handbewegung und sagte: »Ihr beide, seht mal nach dem Feuer im Vorraum. Ich möchte nicht, dass es erlischt. Und sorgt dafür, dass genügend Brennholz vorhanden ist. Es wird sicher noch eine Weile lang schneien.«

Die jungen Männer sahen sich an, nickten und gingen widerstrebend hinaus.

»Verzweifelt?«, fragte Grüne Schlange, als die Priester außer Hörweite waren. »Freilich, Jaguar. Verzweiflung sehe ich in ihren Augen, aber nur, wenn sie Muschelkamm beobachtet. Die Weroansqua hat eine große Sorge. Sie fürchtet sich geradezu davor, die Geschäfte des Grünstein-Clans in die Hände ihrer Tochter legen zu müssen.«

»Muschelkamm?«

Grüne Schlange ging zum Feuer, setzte sich und winkte Jaguar, er solle sich gegenüber niederlassen. Aus einer Seitentasche zog er eine Pfeife hervor, die er mit Tabak aus einer Schale stopfte. Jaguar tat es ihm gleich.

Der Kwiokos hob seine Pfeife als demütige Opfergabe zu der Statue von Okeus empor und nahm dann einen bereitliegenden Zweig, um sie anzuzünden. Jaguar zündete seine Pfeife ebenfalls an. Der Rauch heiligte die Worte, sandte sie zu den Geistern empor und besiegelte die Gültigkeit solcher Gespräche.

»Wenn jemals irgendetwas die Weroansqua enttäuscht hat, dann ist es Muschelkamm.« Grüne Schlange blickte Jaguar wissend in die Augen. »Von der schnellen Auffassungsgabe und dem Einfallsreichtum, mit denen die Natur die Weroansqua segnete, bekam Muschelkamm nichts. Sie ist wie der Wind, der an einem Tag hierher, am anderen dorthin bläst. So zielstrebig die Weroansqua ist, so zerstreut ist Muschelkamm; sie wird immer die Sklavin ihrer Leidenschaften und Begierden bleiben.«

»Ich verstehe.«

»Tatsächlich?« Grüne Schlange rauchte; der blaue Rauch stieg spiralförmig zur Decke. »Jagender Falke ist wie eine scharfe Klinge aus Feuerstein, die zielstrebig durchs Leben schneidet. Muschelkamm dagegen ist wie ein verspielter Otter, immer auf der Jagd nach neuem Wild. Nehmen wir eine Zeremonie: Jagender Falke wird jeden Teilnehmer abschätzen, welchen Wert er für sie hat und welche Vorteile sie durch ihn gewinnen kann. Muschelkamm wird abschätzen, was jeder unter dem Lendenschurz trägt und wie viel Schmuck er gewillt ist, ihr umzuhängen.«

Jaguar warf einen Seitenblick auf das Gerippe von Rote Schlinge. »Dann hat Muschelkamm ihre Mutter immer enttäuscht?«

Grüne Schlange zuckte die Achseln. »Erst in der letzten Zeit scheint sich Muschelkamm überhaupt für das hohe Amt zu interessieren. Ich glaube, sie bemerkt, wie alt ihre Mutter schon ist. Seit einigen Monden versucht Muschelkamm tatsächlich, sich verantwortlich zu zeigen. Aber wenn ich raten sollte, dann würde ich sagen: Eine gute Weroansqua wird sie sicher nicht.«

»Und es beunruhigt dich.«

»Ich werde bald sterben.« Grüne Schlange starrte gedankenverloren ins Feuer. »Blitzende Katze wird dann mit dem Problem fertig werden müssen, vielleicht auch Gestreifter Bär. Einige von uns glaubten, dass Rote Schlinge nach ihrer Großmutter schlägt. Aber offenbar glich sie doch eher ihrer Mutter: Sie ließ sich von ihrer Begierde leiten und nicht von ihrem Verstand.«

»Die Weroansqua könnte Gelbes Netz zu ihrer Nachfolgerin bestimmen.«

»Vielleicht wird sie es tatsächlich tun.« Grüne Schlange betrachtete die Tabakflecken an dem tönernen Pfeifenkopf. »Es geht die Rede, dass nun vielleicht Muschelkamm Kupferdonner heiratet.«

Jaguar hob erstaunt den Kopf. »Tatsächlich? Und die Weroansqua ist damit einverstanden?«

Grüne Schlange blies den Rauch durch die Nase. »Ich habe gehört, dass sie darüber nachdenkt. Wenn sie zustimmt, dann wäre bewiesen, dass die Weroansqua tatsächlich ein Bündnis mit Kupferdonner und seinen Kriegern wollte.«

»Falls sie zustimmt!« Jaguar klopfte mit dem Hals seiner Pfeife nachdenklich an seine restlichen Vorderzähne. »Sie will vielleicht nicht allzu schnell Nein sagen, das könnte den Großen Tayac beleidigen. Mit etwas Zeit gewinnt sie Spielraum.« Er blickte wieder auf das Skelett von Rote Schlinge. »Und was meinst du, Mädchen? Verstehst du das alles?«

»Sie hat versucht, es mir zu sagen«, erklärte Grüne Schlange, und seine Augen ruhten traurig auf den Gebeinen.

»Hat versucht, es dir zu sagen?« fragte Jaguar sanft. »Wann?«

»Am Morgen ihres Todestages.« Der alte Mann rieb sich das Gesicht. »Ihr Geist wandelte durch das Haus der Toten. Ich schlief im Vorraum, und sie ging an mir vorüber. Ich sah sie im Traum. Ich glaube, sie wollte zu ihren Ahnen, und seitdem ist sie hier.« Er schaute zu der Plattform hinauf, wo die eingewickelten Leichname lagen. »Dort oben ist sie jetzt. Manchmal zwischen Schlaf und Wachen, wenn die Seele sich entspannt, höre ich sie. Sie versucht, mir etwas zu sagen, aber sie schluchzt so heftig, dass ich die Worte nicht verstehen kann.«

Jaguar starrte ebenfalls zu der Plattform hinüber und wünschte sich mit aller Kraft, Rote Schlinge möge erscheinen und zu ihnen sprechen. Ach, täte sie es doch! Dann könnte er den Mörder entlarven und sich von Sonnenmuschel zu seiner Insel bringen lassen.

Allzu viele Erinnerungen sind lebendig geworden. Du hast deine eigenen Geister, die dich bedrängen, Jaguar. Aber im Gegensatz zu denen von Rote Schlinge sind deine bösartig.

Jaguar schnaubte gereizt und erhob sich, bereit, das Haus der Toten zu verlassen. In diesem Augenblick fiel sein Blick wieder auf den Schädel von Rote Schlinge. Er trat näher und beugte sich hinunter. »Hast du etwas an den Zähnen gemacht?«

Grüne Schlange starrte gedankenverloren ins Feuer, zweifellos war er auf der Suche nach den Geistern.

»Kwiokos, hast du etwas an den Zähnen gemacht?«, fragte Jaguar etwas lauter.

»Ich ... eh ... was? Was hast du gesagt?« Grüne Schlange blinzelte, um klar zu sehen. »Wie war das?«

»Mit den Zähnen stimmt etwas nicht«, wiederholte Jaguar. »Sieh mal! Hier vorn sollten diese beiden großen flachen Zähne sein, und der rechts daran angrenzende sollte etwas kleiner sein, ebenfalls flach, so wie auf der linken Seite. Stattdessen ist es nur ein Stumpf. Hast du ihn abgebrochen?«

Grüne Schlange beugte sich über den Schädel des Mädchens. »O nein! Da wurde nichts abgebrochen. Der Zahn fiel mir ebenfalls auf, als ich den Schädel säuberte. Wahrscheinlich ist er so gewachsen.«

Jaguar beugte sich noch tiefer hinunter und atmete den Verfall, der an den abgeschabten Knochen hing. Nun sah auch er, dass der Zahn tatsächlich nicht abgebrochen, sondern missgebildet war. »Also gut.« Er straffte sich. »Einen Augenblick lang glaubte ich, ein Schlag hätte sie auf den Mund getroffen, ein Schlag, den wir übersehen hätten.«

»Nein, nein. Es gibt nur die Löcher an der Seite des Schädels.« Grüne Schlange senkte den Kopf und betrachtete die Frakturen. »Ich war sehr sorgfältig, als wir das Gehirn herausholten. Die Wunden wurden nicht beeinträchtigt.«

»Großartig!« Jaguar richtete sich auf. »Ich selbst hätte es nicht besser machen können.« Er neigte den Kopf zur Seite und betrachtete den grinsenden Schädel. »Siehst du, Rote Schlinge, jetzt heiratet deine Mutter Kupferdonner. Ist das nicht eine seltsame Wende des Schicksals?«

»Damit bleibt das Bündnis erhalten,« betonte Grüne Schlange.

»Ja,« sagte Jaguar nachdenklich, »aber ein Bündnis womit?« Und sein Blick richtete sich wieder auf die beiden Löcher im Schädel von Rote Schlinge.

Jaguar schritt hinter Neuntöter her und setzte die Füße in die Fußabdrücke, die der kleinwüchsige Häuptling im Schnee hinterließ. Sonnenmuschel folgte ihm mit einem Schritt Abstand und beobachtete wachsam das Gelände, das rechts von ihnen anstieg. Zu ihrer Linken rauschte das kalte Wasser des Flusses, das die gleiche Farbe wie die grauen Wolken über ihnen hatte.

Jaguars Atem stieg vor seinem Gesicht weiß in die Höhe. Unter ihren Füßen knirschte der Schnee. Die einzigen Laute, die zu hören waren, kamen von den Enten, die sich in Schwärmen auf dem Wasser zusammendrängten.

»Ältester, ich wurde damit beauftragt, dich zu Muschelkamm zu begleiten«, hatte Neuntöter Jaguar mitgeteilt. »Ich soll dich zur Schwitzhütte bringen. Dort will sie mit dir sprechen.«

»Ach, wirklich?«, hatte Jaguar nur mäßig interessiert geantwortet.

Jetzt stand er vor dem niedrigen Gebäude nahe dem Wasser. Er konnte den Rauch aus dem Feuer vor der Tür riechen und sah kleine Dampfsäulen aus den Dachlöchern steigen.

Neuntöter verlangsamte seinen Schritt und rief: »Muschelkamm! Ich bringe Jaguar, wie du befohlen hast.«

Muschelkamms Stimme wurde durch den Vorhang im Einlass gedämpft. »Vielen Dank, Häuptling. Das ist alles. Du bist jetzt entschuldigt.«

Neuntöter hob eine Braue, sah Jaguar an, teils belustigt, teils besorgt, und wünschte ihm, bevor er davonging: »Viel Glück!«

Jaguar nickte Sonnenmuschel, die gleichfalls besorgt dreinschaute, beruhigend zu und zog dann den Vorhang beiseite und trat geduckt in die feuchte Hitze. Der Dampf nahm ihm den Atem. Tiefe Dunkelheit hüllte ihn ein, und er zuckte zusammen, als sich plötzlich eine Hand auf seinen Arm legte.

»Komm, Ältester, setz dich neben mich.« Muschelkamm führte ihn zu einer Matte und half ihm, sich darauf niederzulassen.

Er rang nach Atem, kämpfte gegen den erstickenden Dampf an und streifte sich die alte Decke von den Schultern. »Entschuldige bitte,« sagte er rasselnd, »es ist schon eine Weile her, dass ich in einer Schwitzhütte war. Meine alte Haut braucht etwas Zeit, um sich wieder daran zu gewöhnen.«

»Ich komme oft hierher«, erklärte sie. »Hier kann ich in Ruhe nachdenken.« Dann fügte sie hinzu: »Du willst dich sicher ausziehen. Sonst wirst du gebraten. Oder, schlimmer noch, du gehst in nasser Kleidung wieder hinaus in die Kälte und wirst krank.«

Jaguar grunzte, zog sich sein Fellhemd über den Kopf und die Schurzklappe aus dem Gürtel. Muschelkamm nahm die Kleidungsstücke an sich und legte sie vor die Türklappe.

Er rieb sich über die Arme. »Die Legenden erzählen, dass Erste Frau am Anfang an einem in Dampf gehüllten Ort lebte, um ihre Seele zu läutern und ihren Körper zu erneuern. Man sagt, ein Mensch könnte niemals wahrhaft erfrischt sein, bis er im Dampf geschwitzt und sich in kaltem Wasser gewaschen habe.«

»Glaubst du, dass es wahr ist? Diese Geschichte von Erster Frau?«

»Manchmal.«

»Ich glaube es«, sagte Muschelkamm. »Außerdem glaube ich, dass ich mir auf eben diese Art und Weise Gesundheit und Jugend erhalten habe.« Sie machte eine Pause. »Sag, Ältester, hältst du mich für eine attraktive Frau?«

Er lachte leise. »Ich glaube, in meinem Alter sind alle Frauen attraktiv … und mehr kann ich schon nicht tun: glauben.«

Sie lachte mit ihm und schwieg dann. Jaguar benutzte die Pause, um sich Luft zu verschaffen; die Hitze kribbelte auf seiner Haut. Die Feuchtigkeit schlug sich in Tropfen auf seinen buschigen Brauen nieder, und er fühlte, wie die Hitze in seine alten Gelenke kroch.

»Du hast nach mir geschickt«, sagte er schließlich. »Da meine körperlichen Reize schon seit langem dahin sind, nehme ich an, dass du etwas anderes im Sinne hast.«

Jetzt konnte er sie sehen, eine undeutliche Gestalt in der Dunkelheit und den Dampfschwaden. Sie schien zusammengesunken, hielt den Kopf gesenkt.

»Hast du herausgefunden, wer meine Tochter ermordet hat?«

»Nein.« Jaguar warf den Kopf zurück. »Es ist merkwürdig, aber jeder, den ich frage, hatte offenbar ein Motiv, sie zu töten. Deine Tochter hat offenbar in recht vielen Menschen leidenschaftliche Gefühle entfacht.« Er wandte sich zu ihr. »Wie ich höre, wolltest du am Morgen ihrer Ermordung einen Krieg gegen den Mamanatowick beginnen.«

»Ich war empört, Ältester, ich musste irgendetwas tun, musste zurückschlagen. Amselflügel war dort draußen. Ich war überzeugt davon, dass er sie getötet hatte.« Sie dachte kurz nach. »Was hättest du geglaubt, wenn es deine Tochter gewesen wäre? Ich bin mir immer noch nicht sicher, dass er es nicht doch getan hat. So wie sie zurückgelassen wurde … unberührt – es war vielleicht eine kluge List von Amselflügel.«

»Es klingt, als würdest du versuchen, dich selbst zu überzeugen, Muschelkamm. Warum?«

Sie zuckte die Achseln. »Es würde vieles leichter machen, findest du nicht?«

»Tatsächlich?« Er wartete darauf, dass sie ihre eigene Frage beantwortete, aber sie schwieg. Also wiederholte er: »Warum?«

»Weil … wir würden von der Wahrheit verschont.« Ihre Stimme klang unsicher, und offenbar fühlte sie sich nicht wohl bei ihren Worten. »Ich wünschte, wir könnten von vorn anfangen, so tun, als wäre nie etwas vorgefallen, und jedem eine zweite Chance geben, um alles richtig zu machen.«

»Dem Mörder eine zweite Chance geben?« Jaguar runzelte

die Stirn. »Wie kommst du darauf, dass er eine will? Der Mörder wurde zu einer Verzweiflungstat getrieben, Muschelkamm. Deswegen wurde Rote Schlinge getötet. Sie war dabei, etwas zu tun, oder sie wusste etwas, das jemanden dazu zwang, sie zu töten.« Er hörte, wie ihr Atem stockte; sie ließ die Schultern fallen und senkte offenbar unglücklich den Kopf. Gleich darauf schluchzte sie. Er tätschelte mitfühlend ihre Schultern. »Ist ja schon gut. Schon gut. Auch das Leid geht vorüber, wie alles andere auch.«

»Ich ... es tut mir Leid«, murmelte sie unter Tränen. »Die ganze Zeit versuche ich, so würdevoll zu sein, wie man es von mir erwartet. Was du da sagst... es ist einfach ...«

Er schnaubte spöttisch. »Also, um die Wahrheit zu sagen, du machst nicht den Eindruck einer Trauernden, und es fiel mir auf. Eine Mutter verliert gewöhnlich nicht die Tochter, ohne zu weinen, ohne sich die Haare auszuraufen und sich hysterisch zu gebärden.«

»Aber nicht, wenn sie die Tochter der Weroansqua ist«, sagte Muschelkamm müde. »Das ist anderen vorbehalten, nicht dem Stolz des Grünstein-Clans.«

Ihr Ton veranlasste Jaguar, sie zu fragen: »Sag mir, glaubst du, deine Mutter hätte Rote Schlinge töten lassen?«

Muschelkamms Kopf blieb gesenkt. Erst nach einigem Nachdenken antwortete sie: »Nein.«

»Warum nicht? Sicher hatte sie begriffen, wie gefährlich die Einheirat von Kupferdonner sein könnte.«

»Gefährlich?« Muschelkamm rutschte unruhig auf ihrem Platz herum und starrte ihn im Dunkeln an. »Du verstehst nicht, Ältester. Wir sind auf der Verliererseite, der Mamanatowick verstärkt in regelmäßigen Abständen seine Stellung an unseren Südgrenzen. Die Überfälle von Steinfrosch und seinen Conoy aus dem Norden schwächen uns jedes Mal mehr. Für Strafexpeditionen haben wir keine Krieger. Der Machtzuwachs des Großen Tayac im Gebiet stromaufwärts hat das Gleichgewicht verändert.«

»So wie Okeus die Welt geschaffen hat, ist Veränderung vorgesehen.« Jaguar machte eine Pause. »Aber wenn du jetzt den Großen Tayac heiratest, dann wirst du gefährlich leben. Diese Entscheidung wirst du schon sehr bald bereuen.«

»Mein Leben lang habe ich gefährlich gelebt, Ältester.« Sie setzte sich gerade, die Arme auf die Knie gestützt. »Ich habe für meine Fehler bezahlt. Oh, und wie habe ich dafür bezahlt! Manchmal wundere ich mich, wie ich es fertig gebracht habe – das zu tun, was ich getan habe. Aber dann sage ich mir: Ich bin die Tochter der Weroansqua! Ich tue, was ich tun muss. Doch der Preis war höher, als du ahnst.«

»Und der langen Liste deiner Fehler fügst du nun einen weiteren hinzu.« Er hielt kurz inne und wog seine Worte sorgfältig ab. »Kupferdonner unterscheidet sich nicht von dem Mamanatowick. Er ist vielleicht etwas ehrgeiziger als die anderen Häuptlinge. Er hat die Schlangenhäuptlinge gesehen und sieht sich selbst als einen an.«

Sie überlegte eine Weile und fragte: »Was ist geschehen … zwischen euch beiden?«

»Vor vielen Blätterblüten tötete ich seinen Vater und nahm ihn und seine Mutter gefangen. Sein Vater war ein Händler. Er kam zur falschen Zeit. Er besuchte gerade ein Dorf, das ich für meinen Häuptling überfiel.« Jaguar zuckte die Achseln. »Wenn Kupferdonners Vater sich nicht eingemischt hätte, wäre er vielleicht davongekommen. Stattdessen aber fühlte er sich verpflichtet, dem Häuptling beizustehen, einem Mann namens Pirscht Bei Nacht, und nahm sich eine Kriegskeule, um zu kämpfen. Er tötete meinen Unterführer, und ich tötete ihn. Nach dem Kampf beanspruchte ich Kupferdonner und seine Mutter für mich, und ich nahm sie als Sklaven in mein Haus.«

»Wie kam er hierher?«

»Wahrscheinlich lief er davon. Und er ist sicher nicht darauf erpicht, dass jeder von seiner Vergangenheit als Sklave erfährt.« Jaguar seufzte. »Vielleicht hätte ich dir damals, an diesem längst vergangenen Tag, einen Gefallen getan, wenn ich ihm den Kopf abgeschnitten hätte, statt ihn mitzunehmen, damit er mir Wasser bringt und Brennholz herbeischleppt.«

»Deshalb hasst er dich?«

»Ich kann es ihm nicht übel nehmen. Ich zerstörte sein Leben.«

»Und seine Mutter?«

»Sie hat meine Bedürfnisse befriedigt, solange ich dort war. Als ich fortging, nahm sie ein anderer, und ich weiß nicht, was aus ihr wurde. Ich vermute, sie ist tot. Ursprünglich kam sie aus den oberen Dörfern. Eines Tages kam der Händler, und sie verliebte sich in ihn und begleitete ihn, als er Handel trieb, jenseits der Berge, an den großen Flüssen. Sie war es gewohnt, gut behandelt zu werden, und fand sich nie damit ab, eine Sklavin zu sein. Grasmatte war noch jung. Ein Junge ist biegsamer, aber in jener Zeit, als er geschlagen wurde und leben musste wie ein Tier, verdarb etwas in ihm, und so wurde er, was er heute ist.«

Muschelkamm klatschte in die Hände und beugte sich vor, um noch mehr Wasser auf die heißen Steine zu schütten. Als der Dampf aufstieg, fragte sie: »Was ist mit den Tätowierungen? Bedeuten sie etwas?«

»Es sind die Zeichen eines Schlangenhäuptlings. Dein Kupferdonner versucht, sich in den Mann zu verwandeln, den er als Junge so leidenschaftlich hasste. Neid ist wie der Biss einer Kupferkopfschlange, voll tödlichem Gift.«

»Er sagt, du habest deine Feinde vergiftet und seist sehr gut darin gewesen, deine Rivalen verschwinden zu lassen.«

Jaguar holte tief Luft. »Du hast erzählt, dass du in deinem Leben mehr Fehler gemacht hast, als ein Mensch allein machen darf. Als ich jung war, erging es mir ebenso. Und wie du habe auch ich dafür bezahlt.« Er ließ ein gequältes heiseres Lachen hören. »Was auch immer Kupferdonner dir von mir erzählt – wenn es nicht stimmt, es hätte doch wahr sein können.«

»So warst du also ein großer einflussreicher Kriegshäuptling. Was hast du angestellt? Mit der Frau des Schlangenhäuptlings herumgetändelt? Wie kommt es, dass ein gefürchteter Kriegsheld als Zauberer auf einer Insel in der Salzwasserbucht endet?«

Er schloss die Augen und sah sich: hoch gewachsen, stark, in bunt gefärbte Stoffe gekleidet, den Leib mit Ketten aus glänzendem Kupfer behängt. Von seinem Haus aus, das hoch auf einem Hügel am Westende des Platzes lag, blickte er über den glitzernden Fluss des Schwarzen Kriegers, über schilfgedeckte Häuser in den Maisfeldern hinweg. Die Reihe seiner Sklaven kniete vor ihm, den Kopf gesenkt. Blaue, gelbe und orangefarbene Federn schmückten sein Haar, das eine Nadel aus poliertem Kupfer zusammenhielt.

Am Fuß des hohen viereckigen Hügels befand sich eine

mannshohe Pyramide aus Menschenschädeln, die im hellen Sonnenlicht verfaulten. Selbst jetzt, nach so vielen Blätterblüten, hatte er noch immer diesen Geruch in der Nase; und er hörte noch immer das Summen der Fliegen.

Er wischte sich den Schweiß vom Gesicht, als er in die Vergangenheit blickte, in diesen dunklen Raum, durch dessen kleines Fenster das Mondlicht fiel. Er hörte den Ruf der Eulen im Wald und roch das brackige Wasser und den Schlamm des Flusses des Schwarzen Kriegers.

»Ich hatte einen Traum. Erster Mann, der Wolfträumer, kam zu mir und fragte mich: ›Wer bist du, Rabe? Was ist aus dir geworden?‹

Und ich gab zur Antwort: ›Ich bin der mächtige Rabe, der Kriegshäuptling des berühmten Aufsteigender Weißer Rauch, des Herrn der Drei Flüsse. Vor mir zittert die Welt, denn ich bin meines Herrn peitschender rechter Arm.‹

›Du bist verdorben worden‹, antwortete der Wolfträumer traurig. ›Du wurdest unter dem Zeichen des Wolfs geboren, und nun stehst du hier, vom Raben verführt. Sieh in dich hinein, großer Mann, und sage mir, was du siehst.‹«

Jaguar leckte sich die Lippen und starrte ins Dunkel der Schwitzhütte. »Und das tat ich, unbesonnen und halsstarrig, wie ich war. Was hatte ich denn, ausgerechnet ich, zu fürchten? Ich … sah in mich hinein … und gewahrte, was aus mir geworden war.« Er schüttelte sich, schüttelte bedrohliche Erinnerungen ab. »In jener Nacht stritt ich mich mit meinem Häuptling, ich verlor den Verstand, und später … später in der Nacht ging ich fort. Sagte niemandem etwas. Ich ging durch die hohen Tore, über die Maisfelder und in den Wald, ohne zurückzublicken. Hungrig, verschmutzt und einsam, so marschierte ich nach Norden, am Fluss des Schwarzen Kriegers entlang und hinauf ins Gebirge. Ich folgte seinen Lauf nach Osten, von Gipfel zu Gipfel, und von dort oben stieg ich hinunter in das Land meiner Geburt. Allein, besiegt und stumm, so kehrte ich heim.«

Muschelkamm wartete geduldig.

»Ja, das ist alles.« Jaguar lächelte grimmig in die heißen Dampfschwaden hinein. »Ich fuhr zu meiner Insel hinaus, um mich selbst zu finden.«

»Und? Hast du dich gefunden?«

Er bewegte seine Finger. Die Hitze hatte die Steifheit des Alters aus ihnen herausgelöst. »O ja. Und das, was ich fand, erschreckte mich zu Tode.«

Sie rutschte unruhig hin und her. »Und warum bist du hier?«

»Wegen der Unschuld«, antwortete er.

»Das verstehe ich nicht.«

Er straffte den Rücken. »Das verlangt niemand von dir. Du kannst dich nicht finden, wenn du nicht zuerst verloren warst. Um zu sehen, musst du zuerst blind sein. Um das Gute zu finden, musst du zuerst böse sein. Um Reichtum zu erlangen, musst du zuerst die Armut suchen. Um wirklich frei zu sein, musst du zuerst ein Sklave werden.«

»Das ergibt keinen Sinn.«

»Dabei ist es das Sinnvollste auf der Welt.« Er warf ihr einen Blick von der Seite her zu. »Und was ist mit dir, Muschelkamm? Hast du jemals tief in deine eigene Seele geblickt?« Er spürte ihre Angst.

»Natürlich.«

»Du lügst«, entgegnete er freimütig. »Aber letztlich lügen wir alle.«

»Ich weiß«, sagte sie leise. »Denn manchmal tut es zu weh, die Wahrheit zu sagen.«

Vier

Neuntöter beobachtete die Wolken, die nach Osten zum Ozean eilten. Er hatte sich eine Stelle ausgesucht, von der aus er über das Wasser bis hin zum anderen Ufer blicken konnte. Auf der schieferfarbenen Wasseroberfläche wanderten kleine Wellen unbarmherzig auf die Ufer zu. Sie kräuselten sich, gaben dem Land einen Schlag und starben.

Neuntöter lehnte an einer Ulme, deren raue Rinde rissig und narbig geworden war unter der Last der Zeit und der Feuer, die seine Leute legten, um in regelmäßigen Abständen das Unkraut auf den Feldern zu vernichten. Von hier aus konnte er das ge-

genüberliegende Ufer mit dem in grauen Winterpelz gehüllten Wald sehen. Aber sein Blick war unverwandt auf die Schwitzhütte gerichtet – und auf das Mädchen, das vor dem Einlass Wache hielt. Als Jaguar hinter dem Vorhang verschwunden war, hatte Neuntöter neben Sonnenmuschel gewartet und das meiste von dem gehört, was drinnen besprochen wurde. Doch als Muschelkamm in den dämmrigen Nachmittag hinaustrat, nackt und schweißglänzend, hatte er sich unbehaglich gefühlt und war fortgegangen. Sie hatte ihr nasses Haar zu einem dicken Knoten geschlungen und schlenderte zu dem kalten Wasser gerade unterhalb der Hüttentür, um sich darin abzukühlen.

Einen Lidschlag lang ließ Neuntöter sich dazu hinreißen, ihren geschmeidigen Körper zu bewundern. Die athletischen Formen hätten auch einer halb so alten Frau gut gestanden.

Was hatte sie, das ihn so fesselte? Ihr Leib und der sinnliche Ausdruck in ihren Augen machten sie begehrenswerter als alle anderen Frauen, die er je gekannt hatte. War es die erotische Art, mit der sie sich bewegte, oder die gespannte Aufmerksamkeit, mit der sie einem Mann zuhörte, die sie so unwiderstehlich machten? Er hatte oft mit ihr gesprochen, und sie hatte ihn mehr als einmal verzaubert. Er schien in ihren Blick zu versinken, und sein Herz raste, wenn er der Mittelpunkt ihrer Aufmerksamkeit war. Dann öffneten sich ihre Lippen ein wenig, und seine Sinne schwanden beinahe dahin. Als wäre sie sich ihrer Wirkung auf ihn vollkommen bewusst, stachelte sie ihn mit ihrem Lächeln derart an, dass er nicht mehr fähig war, etwas zu sagen.

Tropfnass und erschauernd, mit harten Brustwarzen, stieg sie aus dem Wasser und warf sich eine Decke über die Schultern. Da erst bemerkte sie den Beobachter, der zu ihr hinüberblickte. Sie schenkte ihm ein strahlendes Lächeln und ging auf die Palisaden zu. Neuntöter machte sich auf den Weg zu der Ulme und lehnte sich an den Stamm, um nachzudenken.

Mit Mühe drängte er seine Gedanken von Muschelkamm fort und vertiefte sich in die fantastischen Neuigkeiten, die er durch den dünnen Vorhang am Einlass zur Schwitzhütte gehört hatte.

Jaguar war also Kriegshäuptling der Schlangenhäuptlinge gewesen? Darauf wäre Neuntöter nie gekommen. Und die

Konsequenzen erschreckten ihn. Er selbst konnte sich vielleicht damit brüsten, Kriegshäuptling der Weroansqua zu sein, aber nach allem, was die Händler berichteten, war ein Krieg der Schlangenhäuptlinge etwas ganz anderes. Bei diesen Kämpfen wurden ganze Stämme gegeneinander ausgespielt, zehnmal zehnmal zehn und noch mehr Krieger nahmen daran teil, und jeder einzelne beherrschte sein Handwerk. Auf dem Marsch waren sie mit bunten Federn geschmückt und führten Schilde aus Weidenruten und fein gearbeitete Pfeile mit sich. Er hatte gehört, dass diese Krieger auf geweihten Kriegspfaden ausrückten. Jede Gruppe folgte einer für sie entwickelten Strategie, war aber gleichzeitig immer auch ein Teil des Ganzen.

Und Jaguar war tatsächlich der Anführer jener fähigen Krieger gewesen? Neuntöter biss sich nachdenklich auf die Lippen und erinnerte sich an die Niederlagen, die Kupferdonner dem Mamanatowick, Steinfrosch und dem Tayac der Conoy beigebracht hatte. War die Herrschaft, die Kupferdonner an den Grenzen des Grünstein-Landes errichten wollte, etwa von jener Art? Welches Geschick mochte Neuntöters Volk drohen, wenn Kupferdonner seine Gebietsansprüche festigen wollte? Dieser Gedanke beunruhigte Neuntöter sehr. Wie sollten seine Leute – dieser Haufen von Jägern und Fischern – gegen die sagenhaften Krieger der Schlangenhäuptlinge antreten und erfolgreich sein?

Vor der Schwitzhütte drehte Sonnenmuschel sich plötzlich um und streckte eine schmale braune Hand aus, um Jaguar zu stützen, der durch die niedrige Türöffnung ins Freie trat. Der alte Mann fröstelte in der Kälte und blinzelte. Das Licht schien ihn zu blenden.

Neuntöter erhob sich und ging zum Ufer, wo Jaguar sich Wasser auf das alte Fleisch spritzte.

Neuntöter musterte ihn skeptisch. Welke Haut, durch die Hitze gerötet, hing an seinem knochigen Leib. Einzelne Muskelstränge ließen frühere Stärke ahnen. Helle Narben traten deutlich auf der dunklen Haut hervor. Sein Geschlecht schien müde in der grauen Wolle der Schamhaare zu hängen. War dieser alte Mann tatsächlich ein so großer Kriegshäuptling gewesen?

»Das habe ich seit Jahren nicht mehr getan«, sagte Jaguar und rieb seine Gänsehaut mit der Decke ab. »Ich glaube, es ist jetzt Zeit für eine Tasse warmen Tee und ein schönes Feuer.«

Neuntöter wies zum Dorf, als Jaguar sein altes Jägerhemd überstreifte, seinen Lendenschurz anlegte und sich die Decke um die Schultern legte. Sonnenmuschel nahm den gewohnten Platz hinter ihnen ein.

Eine Weile blieb Neuntöter in Gedanken versunken, bis er Jaguars wissende Augen auf sich ruhen fühlte. Der alte Mann war offenbar dabei, die schützenden Hüllen um seine Gedanken herum abzuschälen.

»Ja, Häuptling?«

»Ich habe euch belauscht, ich konnte nicht anders.«

Jaguars Lippen zuckten. »Das hatte ich erwartet. Es war die Hitze. Sie hat meine Wachsamkeit in ihren Dampf eingehüllt.«

»Du dientest einem Schlangenhäuptling? Einem mit Namen Aufsteigender Weißer Rauch? Von dem habe sogar ich gehört.«

»Das ist lange her.«

»Du sagtest, dass Kupferdonner versucht, es den Schlangenhäuptlingen gleichzutun. Du sagtest, er habe deswegen sich so tätowieren lassen wie sie.«

»Es gibt viele Leute, die sein wollen, was sie nicht sind. Bei Kupferdonner reicht dieses Verlangen zurück in die Zeit, als er ein Junge war.« Jaguar zögerte. »Du weißt also, dass ich ihn gefangen nahm. Ein Kind ist ein neugieriges Wesen, voller Spannkraft und stark und doch so zerbrechlich. Grasmatte war auch ein solches Kind.«

»Das verstehe ich nicht.«

Jaguar lächelte mit schmalen Lippen. »Als ich seinen Vater tötete und ihn selbst und seine Mutter als Sklaven nahm, zerstörte ich gleichzeitig seine Welt. Aus den Trümmern baute er sich eine andere, eine, die er verstehen konnte.«

»Das ergibt keinen Sinn, Ältester«, meldete sich Sonnenmuschel zu Wort. »Er hätte den Schlangenhäuptling, der ihn gefangen nahm, hassen müssen. Das hätte ich getan.«

»Oh, auch Grasmatte hasste ihn, aber er bewunderte ihn auch.« Jaguar blickte über die Schulter auf das Mädchen. »Sonnenmuschel, versetz dich in die Lage des Jungen und sieh die Welt mit seinen Augen. Kannst du das?«

»Ich glaube schon, Ältester.«

»Gut. Vielen Menschen fällt so etwas sehr schwer.« Er warf Neuntöter einen Blick zu. »Der Kwiokos behauptet zwar, dass er die Seele eines Jungen aus seinem Körper herausprügeln und dann mit seiner Rassel verjagen kann. Aber wie dem auch sei: Ein Mann, der sich nicht an seine Kindheit erinnern kann, ist entweder ein Lügner oder er bekam einen Schlag auf den Kopf, der stärker war, als er glaubte.«

Neuntöter grinste. Er wusste sehr gut, dass nach dem Schwärzungsritual kein Mann mehr dazu fähig war, über Ereignisse in seiner Kindheit zu sprechen. Jaguar nahm wieder einmal die selbst auferlegten Regeln seines Volkes aufs Korn. Laut sagte er: »Ist dir denn nichts heilig, Ältester?«

»Vieles ist mir heilig, Häuptling. Nicht aber die Rituale der Menschen.« Jaguar holte tief Luft. »Also, was haben wir jetzt in der Hand? Einen Jungen, dessen Welt zertrümmert wurde. Sein Vater ist tot, und das wird der Junge ihm nie verzeihen.«

»Warum?«, fragte Sonnenmuschel. »Es war doch nicht die Schuld seines Vaters, dass er im Kampf getötet wurde.«

»Versteht dies ein kleiner Junge?«, fragte Jaguar. »Sonnenmuschel, der Vater von Grasmatte war ein sehr einflussreicher Händler, er hatte es nicht nötig, die Stadt von Pirscht bei Nacht zu verteidigen. Der Junge verehrte seinen Vater, hielt ihn für unbesiegbar, und wie immer er auch starb, Grasmatte verzieh ihm nicht, dass er seine Erwartungen enttäuscht hatte. So denken Kinder eben, besonders, wenn sie mit ihrer Mutter, die sie gleichfalls lieben, in die Sklaverei geführt werden. Sie suchen so lange nach einem Schuldigen, bis sie ihn gefunden haben.«

»Der Junge richtete also seine ganze Wut gegen den Vater?« Neuntöter schüttelte den Kopf.

»Tot und damit nicht mehr in der Lage, sich zu rechtfertigen, war er für den Sohn der bequemste Sündenbock.« Jaguar blickte zu Sonnenmuschel. »Natürlich hasste Grasmatte mich und meinen Häuptling Aufsteigender Weißer Rauch, aber weil wir gewonnen hatten, hasste er uns nicht allzu sehr. Denn schließlich will Kupferdonner heute nur eines: siegen!«

»Ich hörte, was du Muschelkamm über die Tätowierungen erzähltest. Wenn er die Schlangenhäuptlinge so sehr hasste, warum versucht er dann, ihnen zu gleichen? Und warum kehrte er, wenn er ihnen gleichen wollte, an den Fischfluss und die Salzwasserbucht zurück?«

»Kriegshäuptling, beantworte mir diese Frage: Was würdest du sagen, wenn ich dir mitteilte, dass es mein Wunsch ist, der nächste Weroanzi von Flache Perle zu sein?«

»Dass du verrückt bist. Es ist unmöglich, und du weißt es.«

»So ist es.«

»Du gehörst nicht zum Grünstein-Clan, Ältester«, erinnerte ihn Sonnenmuschel.

»Das stimmt, und Grasmatte gehörte zu keinem der herrschenden Clans unter den Schlangenhäuptlingen. Er blieb ein Außenseiter.«

»Und als er dann zum Volk seiner Mutter am Fischfluss zurückkehrte«, ergänzte Neuntöter, »hatte er endlich einen Platz für sich gefunden.«

»Und jetzt will er an der Salzwasserbucht eine Häuptlingsherrschaft errichten, die denen gleicht, die er am Fluss des Schwarzen Kriegers oder am Schlangenfluss oder bei Vater Wasser kennen lernte.« Jaguar stieß mit der Fußspitze in den Schnee.

»Und? Kann er das?«

Jaguar zuckte die Achseln. »Ich glaube, Häuptling, dass die Antwort darauf von dir abhängt – und vom Mamanatowick und vom Tayac Steinfrosch.«

Neuntöter packte seine Keule. »Ich hörte, wie du sagtest, was immer Kupferdonner dir vorwerfe, sei wahrscheinlich wahr.«

Jaguar sah Neuntöter fest in die Augen. »Einmal sprachen wir darüber, dass Ehrlichkeit das Schwierigste sei, was man sich gegenseitig versprechen kann, erinnerst du dich. Wir haben eine Abmachung miteinander, und ich habe sie nicht vergessen. Muschelkamm soll wissen, welch ein Mensch ich war.«

»Warum?«

Jaguar zuckte die Achseln. »Zu gegebener Zeit wirst du es erfahren, Häuptling. Jetzt bin ich noch nicht bereit, und ich weiß nicht einmal, warum es so ist. Nur eine Ahnung rät mir, noch zu warten, die Erklärung zum richtigen Zeitpunkt abzugeben. Und nun zurück zum Thema. Ja, ich habe gemordet, Menschen erschlagen und vergiftet und meine Feinde auch auf andere Art aus dem Weg geräumt. Es ist hier und heute ungünstig für uns, dass Kupferdonner von den meisten dieser furchtbaren Morde weiß oder zumindest ahnt, dass sie auf mein Konto gehen.«

»Aber sie geschahen doch im Rahmen deiner Pflichten als Kriegshäuptling, nicht wahr?«, fragte Neuntöter.

Jaguar schnaubte gereizt und rieb sie die Arme, um sich zu wärmen. »Einige wurden auf Anordnung meines Häuptlings umgebracht. Andere tötete ich, weil ich sie fürchtete oder verabscheute oder wegen irgendeiner Kleinigkeit bestrafen wollte.« Seine Miene wurde hart. »Wichtig ist letztendlich nur, dass ich sie tötete. Natürlich tötet ein Mann manchmal, weil es seine Pflicht ist. So muss es sein. Aber viele meiner Gegner starben, manche von ihnen auf besonders grausame Weise, nur weil ich es so wollte.«

Sonnenmuschel erbleichte, von Entsetzen gepackt.

Jaguar wandte sich an sie. »Fasse dich, liebe Freundin. Niemand starb durch Hexerei. Wen ich tötete, den tötete ich vorsätzlich, mit einer Waffe, mit Gift oder mit meinen Händen. Niemand wurde verhext oder verlor seine Seele durch Zauberei. Darauf gebe ich dir mein Wort.«

Sonnenmuschel flüsterte: »Ich danke dir, Ältester.«

Neuntöter schluckte und schüttelte den Kopf. »Du erzähltest Muschelkamm von einem Traum. Erster Mann sei zu dir gekommen.«

Jaguars Lippen bebten, seine Stimme wurde weich: »Ja, auch das ist richtig.« Er blickte Neuntöter in die Augen. »Du hörtest also auch, dass ich Muschelkamm sagte, man müsse erst alles verlieren, um alles zu finden? Dies war mein Ernst, Häuptling. Dies ist die wichtigste Erkenntnis, die ich einem Menschen vermitteln kann.« Er lächelte wehmütig. »Aber nur Wenige verstehen, wie bedeutsam sie ist.«

Der alte Mann bat mit einer Geste um Schweigen und stapfte durch den Schnee. Sonnenmuschel zögerte eine Weile und sah Neuntöter fragend an. Er runzelte die Stirn und zuckte unsicher die Achseln. Ein starkes Zusammengehörigkeitsgefühl verband sie. Wenn Sonnenmuschel etwas nicht verstand, dann konnte auch von Neuntöter kein Verständnis erwartet werden.

»Es ist merkwürdig«, flüsterte Neuntöter Sonnenmuschel ins Ohr, »aber ich vertraue ihm immer noch. Ich weiß nicht warum, aber so ist es!«

»Mir geht es ebenso, und ich glaube, es liegt daran, dass er die Dinge mit den Augen von Okeus schaute«, wisperte Sonnenmuschel. »Und das, was er sah, erleuchtete seine Seele mit hellen Blitzen.«

Halbmond, Neuntöters Schwager, wartete auf ihn im Einlass der Palisaden. Neuntöter gab Jaguar ein Zeichen. »Offenbar Familienangelegenheiten. Geht schon voraus und wärmt euch am Feuer meiner Schwester. Rosenknospe hat sicher Tee für euch.«

Jaguar nickte dankbar. Er zitterte und schlurfte, so schnell er konnte, über den Platz zum Langhaus von Rosenknospe. Sonnenmuschel ging neben ihm her und blickte sich, wie üblich, wachsam nach allen Seiten um.

»Viel zu tun gehabt?«, fragte Halbmond. Er war zwei Köpfe größer als Neuntöter. Lange Muskelstränge liefen über seine Gliedmaßen, und seine Schultern, wenngleich gebeugt, schienen eher geeignet, Gewalt zu erdulden als Gewalt auszuüben. Seine Unterlippe neigte dazu, nach vorn zu hängen, und die rundliche Nase in Verbindung mit den schielenden Augen ließen ihn verwirrt erscheinen. Dieser Eindruck täuschte viele Menschen, die den Fehler machten, ihn zu unterschätzen.

Neuntöter tastete über den Griff der Keule, die an seinem Lendenschurz befestigt war. »Ja, recht viel. Es begann gleich in der Frühe mit Besorgungen für die Weroansqua. Dann musste ich ein paar Körbe mit Mais zu Tante Windblatt bringen. Sie weigert sich, innerhalb der Palisaden zu leben, weil dort die Luft ihren Geist verliert, was immer das bedeutet. Ich glaube, es stört sie, dass so viele Menschen diese Luft atmen.«

»Und er?« Halbmonds zuckende Lippen nannten Jaguar. Es belustigte Neuntöter, dass niemand Sonnenmuschels Anwesenheit zur Kenntnis nahm. Die Dienerin des Zauberers hätte ebenso gut unsichtbar sein können.

»Ich brachte ihn zu Muschelkamm, sie wünschte ihn zu sprechen.«

»Worüber wollte sie mit ihm sprechen?« Halbmond verschränkte die Arme vor der Brust, und mit Unbehagen beobachtete er den alten Mann, der an einem der Wachtposten vor dem Haus der Toten vorüberhumpelte.

»Das weiß ich nicht«, log Neuntöter. »Ich kümmere mich nicht um die Angelegenheiten der Weroansqua.«

»Aha, die Angelegenheiten der Weroansqua!« Halbmond grinste. »Muschelkamm wollte also nicht einfach nur Gesellschaft haben?«

»Bruder, ich weiß es nicht. Vielleicht oder vielleicht auch nicht. Sie wollte privat mit ihm sprechen. Ich diene meinem Clan, so wie du dem deinen dienst. Also, was kann ich für dich tun?«

»Geh zu deiner Frau.« Halbmond knetete sein Ohrläppchen. »Wie lange ist es her? Eine Woche, vielleicht zwei? Weißer Stern hält sich beinahe für eine Witwe. Die ganze Zeit bist du bei deiner Schwester gewesen.«

»Der Mord an Rote Schlinge hat vieles durcheinander gebracht. Er hat den Clan beschäftigt. Dann gab es einen Kriegszug gegen Drei Myrten. Du weißt, wie er endete.«

»Alter Freund, es war ein völlig überflüssiger Überfall, und er hätte gar nicht stattfinden dürfen. Er war falsch und von Anfang an zum Scheitern verurteilt. Nur der alte Mann dort hat uns gerettet ... hat uns tatsächlich alles erspart.«

Neuntöter lächelte über seinen Schwager. Sie waren schon Kriegsgefährten gewesen, lange bevor sie durch Heirat Verwandte wurden. Wären sie nicht so gute Freunde gewesen, hätte Neuntöter Weißer Stern nicht geheiratet. Sie war fast sechs Jahre älter als er und Witwe. Ihr Mann war eines grausamen Todes gestorben. Man hatte entdeckt, dass der Inhalt des Darms die Darmwand durchbrochen und sich im rechten Hoden gestaut hatte. So hatte sich die Fäulnis langsam in seinen Körper gefressen.

Weißer Stern sollte dann eigentlich einen Mann mit höherem Ansehen heiraten und nicht einen jungen unbekannten Krieger aus dem Grünstein-Clan. Damals war Neuntöter ein Jüngling gewesen und hatte sich noch nicht den Namen gemacht, den er sich erst nach dem verwegenen Überfall auf den Mamanatowick-Weroanzi aus Mattaponi erworben hatte. Doch dank Halbmonds Fürsprache und weil er Mitglied des Grünstein-Clans war, wurde die Hochzeit schließlich in die Wege geleitet.

Der junge Mann, der einmal der Kriegshäuptling Neuntöter werden sollte, heiratete die schönste Frau des Dorfes – wenn man von Muschelkamm absah. Zu jener Zeit war seine Cousine noch mit Drachenbein verheiratet und lebte in Drei Myrten.

»Mein Freund, ich muss dir sagen … dieser Jaguar … also … ich weiß nicht recht …« Halbmond kreuzte die langen Arme. »Sicher, er hat uns nach dem Überfall auf Drei Myrten gerettet. Aber die Leute sind beunruhigt. Was treibt er hier? Was sucht er hier, Bruder?«

»Wenn ich es dir sagte, du würdest mir nicht glauben.«

»Ach, komm. Du redest mit deinem Schwager, um nicht zu sagen mit deinem ältesten Freund.«

Neuntöter sah Halbmond verschwörerisch an. »Er ist wegen Sonnenmuschel hier.«

»Was?«

»Siehst du, ich sagte gleich, dass du mir nicht glauben wirst.«

In Halbmonds Augen war Enttäuschung zu lesen.

»Also gut, ich soll also nach Hause kommen und heute Abend die Nachtgewänder von Weißer Stern wärmen. Na schön, sag ihr, dass ich kommen werde. Spät, aber ich werde dort sein.« Neuntöter zuckte zusammen. »Wenn nicht plötzlich aus dem Nichts irgendeine Schwierigkeit auftaucht und meine besten Absichten zunichte macht.«

»Wenn etwa deine Schwester den Zauberer aus dem Haus wirft? Wage es nur nicht, ihn zu deiner Frau zu bringen. Weißer Stern liebt dich, aber sie will ihre Kinder nicht einem solchen Anblick aussetzen. Es ist schlimm genug, dass du den Kindern deiner Schwester so etwas zumutest.«

»Stell dir vor, sogar ich bin schlau genug, ihn nicht in das Langhaus von Weißer Stern zu bringen.«

Halbmond zögerte und trat unschlüssig von einem Bein auf das andere.

»Was ist los, Bruder? Heraus damit! Die Zeit, die Zunge zu hüten, ist für uns längst vorbei.«

»Es geht um meinen Neffen Wildkaninchen«, sagte Halbmond und brachte damit die Sprache auf Neuntöters Sohn. »Er hat sich in den Kopf gesetzt, fortzulaufen und sich den Kriegern des Großen Tayac anzuschließen. Es geht offenbar irgendein Gerücht um, dass Muschelkamm Kupferdonner heiratet. Dann wird es zu einem Bündnis kommen. Wildkaninchen will stromaufwärts ziehen, um für den Großen Tayac zu kämpfen.«

»Sag einfach Nein.«

Halbmond seufzte. »Ich habe Nein gesagt. Weißer Stern und ich, wir haben beide Nein gesagt. Aber er ist entschlossen, ja sogar unverschämt. Du kannst den Trotz in seinen Augen sehen. Er ist dein Sohn, Neuntöter, und genauso widerspenstig und dickköpfig wie du. Als ich ihm dies vorwarf, machte er einen regelrecht zufriedenen Eindruck. Ich dachte, wenn du vielleicht einmal mit ihm sprechen könntest ...«

Neuntöter spitzte die Lippen, während Halbmond redete, und nickte. »Das werde ich, alter Freund, wenn du glaubst, dass es hilfreich ist. Ich kann ihm nichts verbieten, dazu habe ich kein Recht. Was er tut, ist Sache deines Clans.«

»Ja, ich weiß. Aber er bewundert dich mehr als jeden anderen. Du hast ihn zwar so verwöhnt, dass er zu nichts mehr taugt und jetzt ein unverbesserliches Ungeheuer ist, aber trotzdem hält er dich für den wichtigsten Menschen auf der Welt. Dafür hielt er dich jedenfalls, bis der Große Tayac auf der Bildfläche erschien. Jetzt will er die gleiche Tätowierung, dieses Muster mit den schrägen Augen, wenn er geschwärzt worden ist. Als ob die Muster des Tellmuschel-Clans nicht gut genug sind.«

Neuntöter lachte leise. »Ich werde mit ihm reden. Sag ihm, dass eine ordentliche Tracht Prügel auf ihn wartet, wenn er nicht auf seinen Onkel hört, auch wenn er die Frucht meiner Lenden ist. Und ich schließe einen Handel mit dir: Ich tausche Wildkaninchen gegen Weißer Otter ein.«

»Das tust du nicht.« Halbmond hob abwehrend die Hände. »Dein Samen hat nichts als Jungen in den Schoß von Weißer Stern gepflanzt und Gott sei Dank keine Töchter.«

»Mädchen sind gar nicht so übel.«

»Gar nicht so übel? Wer sagt das?«

»In welchem Haus wirst du denn wohnen, wenn du alt bist und deine Frau überlebst? Glaubst du, die Frau, die Wildkaninchen heiratet, wird dir erlauben, dir den Bauch voll zu schlagen, wenn dir die Zähne ausgefallen sind?« Neuntöter trommelte sich auf die Brust. »Aber sieh mich an. Ich kann Weißer

Otters Gastfreundschaft ausnutzen und dann bei Glatte Rinde schnorren, und wenn die mich hinauswirft, gehe ich zu Kleine Muschel. Und wenn die es auch satt hat, mich durchzufüttern, und ich noch am Leben bin, gibt es immer noch Wasserreis. Siehst du den Vorteil, wenn man vier Nichten hat? Du findest immer ein Plätzchen zum Leben.«

»Dann werde ich dich als alter Mann verfluchen, dass du Weißer Stern keine Töchter gegeben hast, und weil es Deine Schuld ist, komme ich zu dir, um bei dir und deinen Nichten zu wohnen.«

»Abgemacht« Neuntöter schüttelte Halbmond herzlich die Hand. Sie lachten noch eine Weile miteinander und freuten sich über ihre unverbrüchliche Freundschaft und betrachteten das Geschehen auf dem Platz.

Neuntöter beobachtete die Leute, die ihrer Arbeit nachgingen, und hing seinen Gedanken nach. *Sie hätte sich am Einlass noch einmal umgewandt und auf den Platz zurückgeblickt.* Er drehte sich so weit um, dass er das Tor sehen konnte. *Ja, sie hätte dort angehalten und zurückgeschaut. Was hatte sie gesehen?*

»Wie war das?«, fragte Halbmond.

»Was sah sie?«, wiederholte Neuntöter. »Rote Schlinge, an jenem Morgen. Sie ging durch den Einlass hinaus. Stand dann genau hier, wo wir jetzt stehen. Was sah sie, als sie sich umblickte? Wenn ich nur mit ihren Augen sehen könnte! War jemand hier und sah sie fortgehen?«

»Vielleicht der Mann, der sie getötet hat.« Halbmond zuckte die Achseln. »Ich weiß es nicht. Kein Mensch wird es je erfahren. Die Toten sind tot, Bruder, und was sie wissen, stirbt mit ihnen.«

»Ja, natürlich.«

»Wildkaninchen will sich sein Haar wie der Große Tayac schneiden.« Halbmond verzog das Gesicht. »Er will an den Seiten alles wegschneiden. Er ist noch ein Junge. Ich sagte ihm, wenn er durch das *Huskanaw* gegangen ist, kann er jeden Unsinn machen, den er will, aber solange er bei uns wohnt, hat er sich den Regeln des Tellmuschel-Clans zu fügen. Verlange ich zu viel ?«

»Er ist eben ein Junge.«

»Ja, ja, das ist er«, bestätigte Halbmond. »Er ist dein Sohn, und das im Übermaß. All diese Energie, und ich bin derjenige, der ihn in einen Menschen verwandeln soll und nicht in ein wildes Wiesel.«

»Wiesel sind großartige Jäger. Du brauchst dich nie darum zu sorgen, dass er hungert.«

»Wiesel sind wilde Kämpfer und blutrünstig obendrein.«

»Ich werde mit ihm sprechen«, sagte Neuntöter versöhnlich. »Aber denk daran: Er braucht mich nicht anzuhören, ich bin nur sein Vater.«

»Ich weiß, aber ich glaube, dass er auf dich hören wird.« Halbmond schlug Neuntöter freundschaftlich auf die Schulter. »Deiner Frau wäre es sicher lieb, wenn es heute Abend nicht allzu spät würde, ich glaube, sie kocht etwas Besonderes für dich.«

»Danke, ich werde dort sein.«

Neuntöter blickte Halbmond noch für eine Weile nach und machte sich dann auf den Weg zum Langhaus seiner Schwester. Er hatte Weißer Stern vernachlässigt, aber schließlich gingen Familie und Clan vor. Seine Frau wusste es und hatte immer verstanden, dass er bestimmte Pflichten hatte. Er hatte Glück mit ihr gehabt. Seit ihrer ersten gemeinsamen Nacht war ihre gegenseitige Liebe stetig gewachsen. Dies war durchaus nicht selbstverständlich.

Neuntöter dachte an die Verbindung zwischen Rote Schlinge und Kupferdonner, die nun nicht mehr zustande kommen würde. Wie hatte sich die junge Frau wohl gefühlt, plötzlich von einem Augenblick auf den andern einem Mann wie Kupferdonner versprochen zu sein?

Er begann, das ganze Problem Rote Schlinge neu zu überdenken, und während er in Gedanken auch die kleinsten Hinweise, die er und Jaguar entdeckt hatten, noch einmal durchging, flüsterte die Stimme seiner Seele: *Er hat es sich in den Kopf gesetzt, fortzulaufen und sich zu den Kriegern des Großen Tayac zu gesellen … tätowiert zu werden wie er … das Muster der schrägen Augen … wenn er geschwärzt ist … als ob das Muster des Tellmuschel-Clans nicht gut genug wäre!*

War dies ein Fingerzeig, der zur Aufklärung des Rätsels um den Tod von Rote Schlinge beitragen könnte? Oder war auch dies nur eine blinde Spur in den Wäldern, die zum Anfang zurückführte?

Jaguar nippte an seinem Hagebuttentee, als Neuntöter geduckt mit verwirrtem Gesichtsausdruck durch den Einlass trat. Der kleine Häuptling ging über die Matten, schüttelte den federbesetzten Umhang ab und löste seine Keule. Er ließ sie zu Boden fallen und setzte sich neben Jaguar.

»Du siehst besorgt aus«, bemerkte Jaguar, als der Häuptling sich die Hände am prasselnden Feuer wärmte. »Du fragst dich immer noch, ob ich nicht doch ein Zauberer bin und vielleicht die Brühe der Weroansqua vergifte, damit ich in ihre Mokassins steigen kann, wenn sie tot umgefallen ist, nicht wahr?«

»Hm? Nein. Im Augenblick jedenfalls nicht.«

»Aber vielleicht im nächsten Augenblick.

»Wie war das?«

»Du fragst dich immer noch voller Sorge, ob ich nicht die Weroansqua vergifte, damit ich die Herrschaft übernehmen und in ihre Mokassins ...«

»Ja, ja, das habe ich gehört.« Neuntöters Gesicht hellte sich auf, und er hob eine Braue. »Wovon redest du eigentlich?«

Jaguar nippte wieder an seinem Tee. »Was verwirrt dich so? Sind es immer noch die Dinge, die du am Nachmittag erfuhrst?«

Neuntöter schüttelte den Kopf, und die Falten auf seiner Stirn vertieften sich. »Nein, ja, da gibt es vielleicht einen Zusammenhang.« Er nahm sich einen leeren Kürbis und schöpfte damit etwas Tee, der in einem Keramiktopf neben dem Feuer stand. »Ich sprach gerade mit meinem Sohn. Sein Name ist Wildkaninchen.«

»Das ist ein guter Name für einen Sohn.« Jaguar ließ seinen Kürbis kreisen und beobachtete, wie der Tee bis zum Rand schwappte.

»Es dauert noch eine Blätterblüte bis zu seinem *Huskanaw*, aber er hängt an Kupferdonners Lippen. Offenbar hat der Große Tayac viel Zeit darauf verwandt, die Jungen zu besuchen.«

»Ach?« Jaguar schielte in seine Schale. »Es ist mir neu, dass er sich für Jugendliche interessiert.«

»Das ist offenbar der Fall.« Neuntöter nippte an dem heißen Tee, schnitt eine Grimasse und sog Luft ein, um die verbrannten Lippen und die Zunge zu kühlen. »Und er erzählt ihnen, dass sie, wenn sie Männer geworden sind, mehr als willkommen seien, sich ihm und seinen Kriegern anzuschließen. Denn schließlich, sagt er, hat jeder der Clans Mitglieder in den Dörfern am Oberlauf des Flusses. Außerdem verspricht er Reichtum, Vorteile und Beförderung, Grundbesitz, den man sich nur zu nehmen braucht. Wenn man Wildkaninchen hört, dann hat Kupferdonner bereits die Hälfte vom Territorium des Mamanatowick verteilt.«

»Ich verstehe.« Jaguar zupfte nachdenklich an seinem Kinn. »Möchte wetten, Grasmatte vergaß, Wasserschlange dies mitzuteilen.«

Neuntöter stellte seinen Tee zur Seite und stocherte mit einem Stock im Feuer herum. »Die meisten Jungen hat er dazu gebracht, dass sie sich das Haar so schneiden wollen wie er. Nicht in der traditionellen Weise, nämlich die rechte Seite glattrasiert und die linke hochgesteckt, sondern an beiden Seiten abgeschnitten. Nach Kupferdonners Worten schneiden sich die Schlangenhäuptlinge das Haar so, damit es sich im Kampf nicht auflösen kann.«

»Da ist etwas Wahres dran«, murmelte Jaguar. »Aber diese Krieger üben den ganzen Tag. Sie nehmen sich nicht die Zeit, um zu jagen oder fischen, es sei denn zum Vergnügen. Alles, was sie tun, dient der Vorbereitung auf den Kampf.«

Neuntöter starrte ihn mit großen Augen an. »Genau das hat Kupferdonner den Jungen gesagt. Wenn sie zu ihm kommen, dann können sie richtige Krieger sein und nichts anderes, und alles, was sie brauchen, bekommen sie von ihm.«

Jaguar stellte seinen Kürbis ab und legte die Finger aneinander. »Na, so was, Klein-Grasmatte hat offenbar große Pläne. Aber wie, um alles in der Welt, will er denn eine solche Armee unterhalten?«

»Wie bitte?« Neuntöter starrte ihn grimmig an.

»Die Schlangenhäuptlinge haben viele Krieger, das ist wahr. Aber unter zehnmal zehn gibt es nur einen vollgültigen Kampfkrieger. Der muss unterhalten werden, Häuptling. Man muss ihm ein Haus geben, eine Frau, Nahrung und Kleidung und Schmuck. Dafür müssen etwa dreißig Bauern und Handwerker arbeiten.«

»Und warum nicht drei Krieger auf zehnmal zehn?«, fragte Neuntöter. »Dann hättest du eine noch größere Armee.«

»Und wer schlägt die Feuersteine für die Pfeilspitzen? Macht die Töpfe und brennt sie? Pflegt die Rituale, überprüft den Sternenhimmel, sorgt für die Arbeiter, beaufsichtigt die Saat, das Jäten und die Ernten, baut die Kanus, wirft Hügel auf, stutzt die Bäume und setzt die Häuser instand? Der Krieg ist nur ein kleiner Bereich in einer großen Häuptlingsherrschaft. Die Priester, Schnitzer, Händler, Weber und all die anderen müssen ebenso ihre Arbeit tun, und viele von ihnen müssen wiederum von anderen unterhalten werden.«

Neuntöter verzog das Gesicht. »Dann kann Kupferdonner also gar nicht alles verwirklichen, was er plant, jedenfalls nicht sofort.«

Jaguar zuckte die Achseln. »Ich glaube nicht mal, dass er es jemals verwirklichen kann. Das Gelände rings um die Salzwasserbucht ist nicht vergleichbar mit den großen fruchtbaren Gebieten im Binnenland. Dort erstrecken sich Maisfelder bis zum Horizont, und sie werden alle eifrig bearbeitet. In dem Gelände hier wechseln sich Bergkämme und steile Hänge ab. Der fruchtbare Boden ist in Ausdehnung und Tiefe begrenzt und schnell ausgelaugt. Die Täler sind oft sumpfig, stehen häufig unter Wasser. Nein, der Unterschied hier ist der, Häuptling, dass wir den größten Teil unserer Nahrung erst mühsam herbeischaffen müssen. Die Schlangenhäuptlinge haben zahllose Leute, die diese Aufgabe für sie erledigen. Sie verlassen sich nicht auf Fische, Hirsche, Nüsse, Muscheln und Krebse. Für sie bedeutet Mais Leben, und sie können eine ganze Menge davon anbauen.«

»Dann brauchen wir die Geschichte vom Großen Tayac nicht allzu ernst zu nehmen?«

»Ich bin nicht sicher.« Jaguar schaute düster in den Kürbis, den er wieder zur Hand genommen hatte. »Weißt du, es wäre sehr hübsch, wenn du ihn bemalen könntest. Vielleicht ein Bild mit einem Hirsch?«

»Ich werde es mir überlegen. Was mich jetzt beunruhigt, ist, dass Wildkaninchen fortlaufen will, um Krieger des Großen Tayac zu werden.« Neuntöter stieß seinen Stock ins Feuer, drehte ihn in der Hand und sah zu, wie die Flammen das Ende versengten. »Jetzt will er das wiederholen, was er als Junge erlebt hat, nicht wahr? Versucht, kleinen Jungen zu imponieren, und will in ihnen den Wunsch wecken, so zu werden wie er.«

»Ja, das glaube ich auch.« Jaguar warf einen Blick zu Rosenknospe hinüber, die das Essen bereitete. »Gibt es heute Abend wieder Kürbisbrei? Gestern war das Mahl einfach köstlich. Ich hätte bis zum Platzen davon essen können.«

»Es fehlte nicht mehr viel.«

Jaguar seufzte und achtete wieder auf das Feuer. »Wir haben, glaube ich, jetzt auf alle normalen Fragen normale Antworten bekommen. Es gibt eine Menge Leute, die ein Motiv für einen Mord an deiner Cousine hatten. Wilder Fuchs, weil Rote Schlinge vielleicht die Absicht hatte, seine Tändelei mit einem Mädchen, das ihm aus Altersgründen verboten war, aufzudecken. Weidenstumpf aus unerfüllter Liebe. Jagender Falke, weil der Tod des Mädchens sie aus einer gefährlichen Beziehung zu einem ehrgeizigen Blutsauger befreit hätte. Kupferdonner … na ja … auch er hätte viele Gründe.«

»Und die Krieger des Mamanatowick? Amselflügel sollte die Heirat verhindern.«

Jaguar kniff die Augen zusammen. »Ach, ich weiß nicht. Vielleicht … aber eigentlich … nein. Ich glaube, ich könnte es riechen, wenn er darin verwickelt wäre – aber ich rieche nichts.«

»Du kannst dies leicht sagen, Ältester. Ich habe zu nahe und zu lange bei ihm gelebt.« Neuntöter blickte zum Ende des Raums hinüber, wo Rosenknospe letzte Hand ans Abendessen legte. »Du sollst wissen, Ältester, dass ich heute Abend zu meiner Frau nach Hause gehe. Ich lasse dich in den fähigen Händen von Rosenknospe zurück. Sie ist zwar in den Geheimnissen der Pflanzen und deren Anwendung sicher nicht so beschlagen wie du, aber ich glaube, den Drang, dich zu vergiften, hat sie überwunden.«

Jaguar hob zum Abschied eine Hand. »Nein, wirklich, Häuptling, ich glaube eher, sie hat mich mittlerweile ins Herz geschlossen. Also, keine Sorge! Du kannst mich mit gutem Gewissen zurücklassen. Im Gegensatz zu vielen anderen ungehobelten Widerlingen, die heutzutage ihr Unwesen treiben, respektiere ich das Heim und die Gastfreundschaft meines Gastgebers durchaus, und ich würde es nicht wagen, deiner

Schwester unter den Rock zu gehen, es sei denn, sie würde mich ganz resolut dazu auffordern.«

Neuntöter hatte sich noch nicht ganz aufgerichtet und hielt ungläubig und erschrocken mitten in der Bewegung inne.

Mit mildem Ausdruck blickte Jaguar auf und versuchte, das Lächeln, das über seine Lippen zuckte, zu verbergen.

Fünf

Mit kristallenen Litzen versilberte der Rauhreif jeden Grashalm, jedes Zweiglein und jedes Kraut. Dichter Nebel war von den wärmeren Wassern der Salzwasserbucht gekommen, wälzte sich den den Fischfluss hinauf, legte sich über die Felder und verfing sich in den Baumkronen. Jetzt hing er niedrig und tauchte Flache Perle in gespenstisches Grau.

Jaguar ging an den Wächtern vorüber, die rings um den Platz mit dem rituellen Feuer aufgestellt waren, und konnte kaum über die Palisaden schauen. Die geschnitzten Gesichter wirkten so düster, als bedrücke der dichte Nebel auch ihren Geist. Er roch den Rauch der ewigen Feuer, die im Haus der Toten brannten. Blitzende Katze und Gestreifter Bär hatten sie bestückt.

Jaguar war an diesem Morgen etwas unsicher auf den Beinen, in der feuchten Kälte schmerzten ihn die Gelenke, obwohl die Wärme der Feuer, die Rosenknospe unterhalten hatte, in seine Glieder gedrungen war. Beim Gehen hörte er die Schritte der wachsamen Sonnenmuschel hinter sich. Das Mädchen behielt, wie üblich, alles, was sich hinter seinem Rücken regte, im Auge.

Ihm fehlte Neuntöters Gesellschaft. Der kleinwüchsige Häuptling hatte sich als wackerer Gefährte erwiesen – einsichtig, mit Sinn für Humor, in echter Sorge für sein Volk und klar erkennend, was der Tod von Rote Schlinge für seine Leute bedeutete.

Um ehrlich zu sein, hatte ihn der Gesichtsausdruck des Häuptlings, als er zu seiner Frau ging, ergötzt. Die Befürchtung

Neuntöters, ein so alter Klotz menschlichen Treibguts wie er könnte noch unter Rosenknospes Decke schlüpfen, hatte ihn überaus entzückt.

Aus dem Nebel tauchte eine Gestalt auf, und es dauerte einen Augenblick, bis Jaguar Weidenstumpf erkannte. Der Jäger hielt den Kopf gesenkt, sein Gesichtsausdruck war sorgenvoll.

Jaguar blieb stehen, und Weidenstumpf überrannte ihn beinahe, bevor er ihn mit großen Augen erkannte. »Ach, du bist es.«

»Tut mir Leid, dich zu erschrecken. Du siehst aus, als hätte dein Clan dich enterbt.«

Weidenstumpf blickte ihn mit offensichtlicher Abneigung an. »Immer noch hier, immer noch im Topf rührend, um zu sehen, was nach oben schwimmt?«

»Immerhin habe ich dich gefunden.«

»Ja. Und jetzt lass mich in Ruhe.«

Weidenstumpf wollte weiter gehen, als Jaguar sagte: »Wenn du sie nicht getötet hast, dann erzähl mir doch, was du an jenem Morgen dort draußen getrieben hast. Ich finde es seltsam, dass du dir ausgerechnet diesen Morgen ausgesucht hast, um auf die Jagd zu gehen.«

»Richtige Männer tun genau dies, Ältester. Wir jagen. Jemand muss etwas zu essen nach Hause bringen. Männer jagen und fischen. Es ist mir klar, dass du solches nicht nötig hast. Du gehst ins nächstbeste Haus, und dort tischt man dir auf. Aber manche von uns sind dauernd damit beschäftigt.«

»Oh, auch ich hatte meinen Anteil an der Jagd. Sie ist eine gute Übung für den Krieg.« Jaguar betrachtete Weidenstumpf im Dämmerlicht. »Ja, sieh nur, du hast dir die linke Schädelseite geschoren. Wenn ich raten müsste, würde ich sagen, dass du wie die Krieger des Großen Tayac aussehen willst.« Wieder fiel ein Bausteinchen. Aber – passte es auch wirklich an diesen Platz?

»Wie ich mir das Haar schneide, ist allein meine Sache. Ich habe mein *Huskanaw* hinter mir. Mir sagt niemand, was ich zu tun habe.«

»Ja, davon habe ich gehört.« Jaguar senkte die Stimme. »Und ich glaube, ich verstehe dich.«

»Was verstehst du?« Weidenstumpf verschränkte die Arme vor der Brust.

»Ein Leben ohne Eltern, im Clan herumgeschubst wie ein Korb Nüsse. Ein einsames Leben ist das, wenn man nie zu einer richtigen Familie gehört und immer allein ist.«

Weidenstumpfs Gesichtszüge entspannten sich, aber nur für einen Augenblick. »Du hast mir gar nichts zu sagen, Ältester. Du und dein Wachhündchen Sonnenmuschel, ihr könnt meinetwegen auf den Grund der Salzwasserbucht sinken und den Fischen als Fraß dienen.«

Sonnenmuschel sah ihn böse an.

»Du könnest mir helfen, Weidenstumpf. Ich bin nicht dein Feind. Ganz ohne Umschweife würde ich behaupten, dass nichts von alledem sich ereignet hätte, wenn Kupferdonner nicht hier erschienen wäre. Deine Neigung gilt der falschen Seite.«

»Der Große Tayac erkennt die Begabung eines Menschen auf den ersten Blick, und anders als so viele hier hat er eine Vision, einen Plan für die Zukunft.«

»Ich verstehe, aber hast du dich schon einmal gefragt, wie es den Unabhängigen Dörfer ergehen wird, wenn seine Pläne reifen?«

»Wie den Feldern im Herbst, alter Mann, wird es uns sehr viel besser gehen als vor der Ernte.« Weidenstumpf holte schnell Atem. »Wir sind doch alle miteinander verbraucht. Der Mamanatowick und die Conoy haben uns in der Zange und zerquetschen uns langsam. Ich habe keine Lust, am Ende meinen Schädel bei irgendeinem Weroanzi im Haus der Toten zwischen anderen Kriegstrophäen hängen zu sehen. Ich habe Verwandte in den Dörfern stromaufwärts und bei denen bin ich willkommen.« Er schaute in den wabernden Nebel. »Ich habe die Weroansqua und ihr sinnloses Geschwätz im Rat gehört. Dieser Ort hier, der ist so gut wie tot.«

»Und die Pflicht gegenüber deinem Clan? Diese Menschen haben dich aufgenommen, dir Wohnstatt gegeben und deinen Bauch gefüllt. Schuldest du deiner Familie nicht etwas? Dies gehört zur Ehre und zur Pflicht eines jeden Kriegers.«

Weidenstumpfs Augen wurden zu schmalen Schlitzen. »Wenn du so erpicht darauf bist, im Topf herumzurühren, Ältester, dann nimm dir einmal den des Grünstein-Clans vor. Wenn du solchen Wert auf Ehre und Pflicht legst, dann sieh doch einmal nach, ob du nicht etwas in dem Schlamm aufrührst, den sie hinter ihren wackeren Reden verbergen.«

»Was könnte das denn sein? Ich würde es gern aus deinem Mund hören.«

»Das glaube ich dir aufs Wort, Zauberer. Na, dann hör ihnen zu wie ich. Du bist genauso hingerissen von Jagender Falke und Muschelkamm wie alle anderen. Aber ich sage dir, was du im Mittelpunkt des Grünstein-Clans finden wirst. Fäulnis! Die findest du.«

»Und in diesen Clan wolltest du einheiraten? Du wolltest doch Rote Schlinge?«

»Sie ...«. Weidenstumpf zögerte. »Ich dachte, sie sei anders. Jedenfalls am Anfang. Aber dann entdeckte ich, was ich die ganze Zeit hätte sehen müssen. Wie die Mutter, so die Tochter. Ich sah es in der Nacht, in der sie sich wie ein läufige Hündin mit Wilder Fuchs abgab. Es liegt ihnen im Blut, Ältester. Sie können nichts dafür.«

»Was liegt ihnen im Blut? Was genau willst du mir mitteilen?«

Weidenstumpf schaute Jaguar an und lächelte bitter. »Warum sollte ich es dir so leicht machen. Du bist doch so schlau, finde es gefälligst selbst heraus. Warum war die Weroansqua wohl so begierig darauf, Drei Myrten zu überfallen. Wenn Schwarzer Dorn tot ist, dann lassen sich die Spuren des Verbrechens schnell verwischen. Kann man alte Fußspuren besser zudecken als mit einer frischen Ascheschicht?« Weidenstumpf schnaubte angeekelt und ging weiter.

Jaguar blieb stehen. Er spürte die feuchte Kälte auf seinem Gesicht. »Sonnenmuschel, was meinte er mit Ascheschicht?«

Mit großen Augen sah Sonnenmuschel zu ihm auf. »Ich weiß es nicht, Ältester«, antwortete sie verwirrt. »Aber ich habe gehört, wie man über ihn redet; man sagt, dass er oft nachts herumschleicht und an den Wänden lauscht. Aber niemand weiß, wo er was hört.«

Neuntöter betrachtete den Horizont, als das Kanu sich gegen die grauen Wellen des Fischflusses stemmte. Sorgfältig sicherte er es in alle Richtungen. Die Vormittagsbrise hatte den Nebel zerteilt und ganze Schwaden landeinwärts geblasen, wo sie sich zu Wolkenfetzen vereinten. Er und Fliegende Fischreuse hatten die Gelegenheit wahrgenommen, in die Flussmitte zu paddeln. Neben ihnen schnellten die Köpfe von Viele Hunde und Krebsfuß auf und nieder; die Paddel blitzten im Licht, als sie sich in Stellung brachten. Sie hatten sich an der Landzunge orientiert und nach Augenmaß in einer Reihe ausgerichtet. Die Kanus mussten sich genau an der richtigen Stelle befinden.

Mitten im Winter gab es den niedrigsten Wasserstand. Schlammlöcher, normalerweise unter Wasser, boten Frauen und Kindern nun jede Menge Schalentiere, während die Männer in tieferen Kanälen fischten.

Jetzt, da die Kanus richtig lagen, konnten die Männer das Netz in das tiefe Loch senken, wo sich die Fische tummelten. Dort unten war das Wasser wärmer, und dort sammelten sich die Weißbarsche. Wenn die Männer es geschickt anstellten, konnten sie in kurzer Zeit ein Kanu mit frischem Fisch beladen.

Fliegende Fischreuse stand vorn und half Neuntöter, das Netz mit den Steinen hinunterzulassen. Falte um Falte ließen die Männer das Netz gleichmäßig über Bord fallen. Ihnen gegenüber holten Viele Hunde und Krebsfuß die Leinen ein, die das große Netz zwischen ihnen spannten.

Es war eine schwierige Arbeit; abgesehen von der sorgfältigen Behandlung des Netzes musste jeder Mann sein Gleichgewicht und das Kanu gegen die Wellen halten. Jedes Mal, wenn der Wind auffrischte, blickte Neuntöter wachsam über das offene Wasser. Wenn die Wogen allzu sehr anschwollen, blieb ihnen nichts anderes übrig, als das Netz wieder einzuholen und in Windeseile zum Ufer zu paddeln, bevor die Kanus kenterten.

»Das müsste genügen«, sagte Fliegende Fischreuse, als die letzte Falte des Netzes über Bord glitt. Er ergriff die Führungsleine und Netztöter die Grundleine; die musste er nun festhalten, langsam abrollen lassen und mit dem Paddel gleichzeitig Kurs und den richtigen Abstand zu dem zweiten Kanu halten.

Langsam rollte die Leine ab. Neuntöter richtete seine Position nach der Landmarke aus, die das tiefere Wasser kennzeichnete. Der Rückenwind trieb sie genau über das tiefe Loch mit den vor Kälte starren Fischen. Auch der Zeitpunkt war entscheidend. Bei Ebbe gab es keine Strömung. Das sinkende Netz wirkte wie ein großer Anker und verlangsamte die Abtrift. Bei Flut würde das Netz sie mit der Strömung fortziehen.

Fliegende Fischreuse verfolgte die Länge der abrollenden Leine und beurteilte mit geschultem Auge den Winkel, mit dem sie ins Wasser glitt. »Zurück!«, rief er. Neuntöter paddelte rückwärts und maß den Abstand zu Krebsfuß im zweiten Kanu mit den Augen.

»So«, rief Fliegende Fischreuse, als die Leinen im richtigen Winkel hingen, »noch drei Windungen, dann sind wir genau über ihnen.«

Neuntöter nickte und überprüfte seine Position. Sie befanden sich in einer Linie zwischen der Landzunge und dem alten grauen Baum auf der Halbinsel von Flache Perle.

Das letzte Stück Leine rollte sich ab, und Fliegende Fischreuse packte das verknotete Ende. Er prüfte den Abstand zwischen den Kanus und sagte: »Schließ etwas auf, damit das Netz auf Grund geht.«

Neuntöter benutzte das Paddel nur, um sich im Takt der Wellen zu bewegen, und überließ es dem schweren Netz, die beiden Kanus zueinander zu ziehen.

»Paddel!«, rief Fliegende Fischreuse und packte seine Leine an einer Schlinge. Neuntöter hielt seine Leine mit dem Fuß auf dem Kanuboden fest und tat einen kräftigen Schlag mit dem Paddel. Ihm gegenüber machte Krebsfuß das Gleiche und drehte sein Kanu etwas ab. Mit seinen muskulösen Armen trieb Neuntöter sein Boot vorwärts und feiner Schweiß trat aus seinen Poren. Im Geiste sah er das Netz, das die Leitleine oben hielt und dessen mit Steinen beschwerte Seite über den Schlamm am Grund strich. Wie ein riesiger Schlund sog es die Fische in sich hinein.

Fliegende Fischreuse hielt seine Leine ebenso gepackt und benutzte sein Paddel, um vorwärts zu kommen, weg von dem anderen Kanu.

Mit jedem Paddelschlag zogen sie das Netz weiter, und die Männer keuchten vor Anstrengung. Wie sehr sie sich auch mühten, das Gewicht das Netzes zog die Kanus unbarmherzig zueinander.

»Jetzt haben wir es geschafft!«, rief Neuntöter, als das Netz hinter ihnen sichtbar wurde. »Lasst es uns hochziehen!« Er bemerkte, dass der Wind auffrischte; über die Schulter blickend sah er, wie er die Wellen auseinander trieb.

Hand über Hand holten sie den Fang ein und unter der Last trieben die Kanus aufeinander zu.

Neuntöters Arm- und Schultermuskeln verkrampften sich vor Anstrengung, und das kalte Wasser ließ seine Finger erstarren. Der Geruch der nassen Hanfleine vermischte sich mit der salzigen Brise von der Bucht. Die nasse Leine legte er dank langer Übung Schlinge auf Schlinge zusammen. Auf dem Boden des Kanus bildete sich eine große Pfütze.

Die Ecke des Netzes tauchte aus der Tiefe auf, und mit einem schnellen Seitenblick stellte Neuntöter fest, dass auch Krebsfuß sein Ende ergriff. Zusammen zogen sie die verknotete Leine in die Kanus. Die Boote wären seitlich zusammengestoßen, wenn das voll beladene Netz sie nicht auseinander gehalten hätte.

»Vorsicht!«, rief Fliegende Fischreuse warnend, denn dies war der Augenblick, in dem viele Leute das Gleichgewicht verloren und über Bord gingen.

Sie zogen jetzt das Netz genau zwischen sich, und schon waren auch die zuckenden und gegen das Netz ankämpfenden Fische zu sehen.

»Auf geht's!«, rief Viele Hunde. »Halb und halb.«

Gleichzeitig hievten sie das schwere Netz hoch, das zwischen den Kanus hing. Neuntöter griff ins kalte Wasser und zog die Last über die Bordwand. Sie schütteten die gefangenen Fische, deren silberne Schuppen im Licht glänzten, in die Kanus.

»Sieht gut aus«, stellte Fliegende Fischreuse lächelnd fest. »Mit dieser Ladung werden wir viele Bäuche füllen.«

»Was mich betrifft«, knurrte Viele Hunde, »mir hängt der geräucherte Fisch zum Hals heraus.«

»Na, bei den vielen hungrigen Mäulern in deinem jämmerlichen Sternmuschel-Clan«, warf Neuntöter scherzend ein, »ist über deinen Anteil doch sowieso schon verfügt. Aber sei getröstet, ich hebe ein paar Gräten für dich auf.«

»Du musst ihn aber nett darum bitten«, sagte Krebsfuß spöttisch, »sonst überlässt er dir nur die Köpfe.«

»Ach, halt den Mund!«, entgegnete Viele Hunde. »Sonst schlage ich dir einen nassen Fisch um die Ohren.«

Neuntöter packte das Netz und stülpte es nach außen; Barsche, Streifenbarrel und eine Qualle fielen heraus. Er spießte die Qualle auf und warf sie über Bord. In der wimmelnden Masse zu seinen Füßen sah er sogar einige Welse, die das frische Wasser in die Tiefe gelockt hatte.

Sorgfältig das Gleichgewicht wahrend, reichten sie das nasse, schwere Netz hinüber in das Kanu von Krebsfuß. Eine Weile konnten sie nichts anderes tun, als sich in ihren dümpelnden Kanus gegenseitig anzugrinsen, während ihnen die Fische knietief um die Beine zuckten. Neuntöter blickte zur offenen Bucht zurück. Der Wind hatte zugelegt und die Brandung aufgewühlt. »Es ist Zeit, nach Hause zurückzukehren. Wenn die Wellen noch stärker werden, dann fressen die Fische uns zum Abendessen.«

Neuntöter zerrte sein Paddel vom Kanuboden hoch und steuerte ans Ufer. Zwischendurch schlug er dem einen oder anderen Fisch auf den Kopf, der Anstalten machte, sich über Bord davonzumachen. Jetzt ritten die beiden schwer beladenen Kanus mit nur einer Fingerbreite Abstand nebeneinander über die Wellen.

Fliegende Fischreuse im Bug sagte: »Du warst lange mit dem Zauberer zusammen.«

»Wegen des Mordes an Rote Schlinge arbeiten wir zusammen.« Neuntöter blickte zum Ufer hinüber, schätzte die Wellen und den Wind gegen die Entfernung ab, die sie noch bis zum Flussarm unterhalb von Flache Perle zu bewältigen hatten. Würden sie es schaffen?

»Was treibt er denn? Alle reden darüber. Es gibt verschiedene Gerüchte. Er soll die Weroansqua beschuldigt haben, will Kupferdonner herausfordern … alles Mögliche.«

»Wundert mich, dass die Leute nicht sagen, er verwandelt sich nachts in eine Eule und fliegt umher.«

»Sagen sie doch.« Fliegende Fischreuse schüttelte den Kopf. Gespannt beobachtete er die rauen Wellen.

»Er wohnt im Langhaus von Rosenknospe. Dort war ich in den vergangenen Nächten ebenfalls. Ich habe keine Eule gesehen, und ich muss dir sagen, bei dem Haufen Kürbisbrei, den er jeden Abend verspeist, könnte er gar nicht fliegen, selbst wenn er es wollte.«

Fliegende Fischreuse lachte in sich hinein. »Na ja, es ist nicht oft ein Zauberer unter uns, der einen Mord untersucht; da muss man mit so etwas rechnen.«

»Ich weiß.« Sie fuhren über einen Wellenkamm und Wasser schwappte über die Bordwand. Noch ein paar solcher Ergüsse, und die Fische wären wieder im Wasser.

Neuntöter hielt kurz inne, um auf einen Barsch zu schlagen, der so lang war wie sein Arm. Das Paddel traf den purpurfarben gestreiften Fisch mit einem dumpfen Klatschen.

»Also, gibt es nichts weiter zu berichten?«

»Eigentlich nicht. Aber ich möchte dich etwas fragen.«

»Mich?« Fliegende Fischreuse blickte auf die Masse der sich windenden Fische.

»In jener letzten Festnacht hätte ein Krieger zur Wache am Einlass in den Palisaden eingeteilt werden sollen. Weißt du, wer es war?«

Fliegende Fischreuse paddelte eine Weile lang schweigend weiter, und an seinen Schultern erkannte Neuntöter, dass er sich verkrampft hatte und angespannter war, als das raue Wasser es gerechtfertigt hätte.

»Ja, das weiß ich«, sagte Fliegende Fischreuse endlich. »Steinknolle war an jenem Abend für die Wacheinteilung verantwortlich. Er erzählte mir später davon und beklagte sich über Weidenstumpf ...«

»Weidenstumpf?«

»Ja. Unser kleiner Sonnenschein. Als Steinknolle ihn aufforderte, den Einlass zu überwachen, wurde er unverschämt. Steinknolle sagte, glaube ich: Ich hätte ihm am liebsten auf den Kopf geschlagen; der sagte, er hätte etwas zu erledigen. Oder so ähnlich.«

»Verstehe.«

Fliegende Fischreuse warf einen Blick über die Schulter. »Jaguar hat mit ihm gesprochen, nicht wahr?«

»Tu mir einen Gefallen: Das bleibt unter uns.«

»Warum sollte denn Weidenst...«

»Fliegende Fischreuse!«

»Ja, ja, schon gut. Es bleibt unter uns.«

Eine hohe Welle hob sie empor und ein Sprühregen durchnässte Neuntöter von oben bis unten. Die körperliche Anstrengung ließ ihn den kalten Biss des Windes kaum spüren. Wasser tröpfelte über die eingefettete Haut und kühlte seinen erhitzten Körper.

»Es sah am Anfang so gut aus, aber ich habe doch schon bessere Tage zum Fischen erlebt«, murmelte Neuntöter. Er blickte zurück zu dem anderen Boot, das sich in ihrem Kielwasser vorwärts kämpfte und mit dem schweren Netz, das sich mittschiffs auftürmte, ebenso gefährdet war.

»Nur gut, dass wir nicht in die Bucht hinausgepaddelt sind, dort würden wir jetzt schwimmen, wenn auch nicht lange in diesem kalten Wasser.« Fliegende Fischreuse wischte sich die Gischt aus dem Gesicht. »Soll ich Wasser schöpfen?«

»Nein. Aber ein paar von den Fischen schwimmen schon wieder.« Abermals schlug Neuntöter einen Barsch nieder. »Wenn wir uns anstrengen, kommen wir sicher in ruhigeres Wasser, bevor wir schöpfen müssen.«

Wenn es zu gefährlich wurde, konnten sie natürlich Fische zurückwerfen, aber Neuntöter würde lieber kentern, als zu diesem Mittel zu greifen. Denn dieser Schleppnetzfang in tieferem Wasser war so ergiebig, wie er es noch nie erlebt hatte.

Sie erreichten die Untiefe, gerade als der Regen auf sie niederzuprasseln begann. Die Hälfte der Fische schwamm um ihre Füße; die kleineren warfen sich im Wasser auf dem Kanuboden hin und her. Das Wasser war knöcheltief, und Neuntöter fror entsetzlich. Kälteschauer schüttelten ihn, und er packte das nasse Paddel fester.

»Wir haben es gerade noch einmal geschafft.« Neuntöter grinste, obwohl ihm nicht danach zumute war. Fischer fuhren im Winter oft auf eigene Gefahr aufs offene Wasser hinaus. Das Kentern bei heftigem Wellengang war nicht das einzige Risiko. Man wusste von Fischern, denen die Kälte so zugesetzt hatte, dass sie den Verstand verloren hatten. Durch Schüttelfrost verwirrt vergaßen sie, Wasser zu schöpfen, oder sie wurden von der Flut ins Meer gerissen. Manche kamen zu Tode, andere, die zum Glück gerettet wurden, wussten nicht einmal mehr, wie ihr Clan hieß.

Fliegende Fischreuse fing den Schöpfkürbis auf, der vorüberschwamm und schüttete das Wasser über Bord. Viele Hunde tat es ihm gleich.

Neuntöter erschauerte erneut und legte sich mächtig ins Zeug im Bestreben, sie nach Hause entlassen zu können.

»Kupferdonner redet mit den jungen Kriegern«, bemerkte Fliegende Fischreuse, selbst fröstelnd.

»Hmm, und verspricht ihnen Ruhm und Ehre auf dem Kriegspfad.«

»Was hältst du davon? Ist an dem Gerede etwas dran? Kann er den Mamanatowick wirklich aus seinem Land vertreiben und es für sich selbst beanspruchen?«

»Jaguar zufolge nicht. Hast du gewusst, dass der Älteste früher Kriegshäuptling bei den Schlangenhäuptlingen war? Er ist der Meinung, dass Kupferdonner seine Krieger vielleicht ausbilden, aber nicht unterhalten kann.«

»Und warum nicht?«

Neuntöter deutete auf die zuckenden Fischleiber auf dem Boden des Kanus, bemerkte aber dann, dass Fliegende Fischreuse die Bewegung nicht sehen konnte. »Weil uns schon das Fischen so viel Zeit kostet. So wie heute. Unser Volk kann nicht nur aus Kampfkriegern bestehen.«

»Das ist richtig. Aber auf wen werden die Jungen hören? Auf Jaguar oder auf Kupferdonner?«

»Macht es am Ende einen Unterschied?«

»Ich weiß es nicht, Häuptling, ich weiß es einfach nicht.«

»Weidenstumpf hielt in jener Nacht Wache?« Neuntöter bedachte die möglichen Folgen. »Weißer Otter erzählte mir, dass niemand dort war, als sie kurz nach Morgengrauen durch den Einlass ging. Wenn er also nicht dort war, wo war er dann?«

»Er war derjenige, der die Leiche von Rote Schlinge fand«, erklärte Fliegende Fischreuse. »Erinnerst du dich? Er sagte, er sei auf der Jagd gewesen, habe Wilder Fuchs gesehen und sei seiner Spur gefolgt.«

»Ja«, sagte Neuntöter grimmig. »Ich erinnere mich.«

»Du solltest vielleicht noch etwas Kürbis dazutun«, sagte Jaguar. »Wenigstens noch einen oder zwei.«

Rosenknospe seufzte und sah den Alten ärgerlich an. »Ich glaube, der Maisbrei wird heute Abend sehr gut. Ich habe ihn mit Bucheckern gewürzt, die du so liebst, und auch Minzblätter hinzugefügt.«

»Und was kocht in dem Topf dort drüben?« Jaguar blickte sie fragend an.

»Ich habe heute zwei Bisamratten geschenkt bekommen, und das ist von ihnen noch übrig; ich habe sie in Stücke geschnitten und koche sie mit Kastanien. Und dann habe ich den ganzen Tag Eicheln gekocht, bis sie ganz ausgelaugt waren, und in der ganzen letzten Stunde habe ich sie zu Mehl gestampft. Das Brot backt dort in der Asche.« Sie verschränkte die Arme. »Und nur für dich habe ich ein paar Traubenkrautwurzeln verbrannt. Die Asche mische ich mit Hirschfett, und die kannst du dir dann dick über das Eichelbrot schmieren und essen wie ein Weroanzi ... Noch Klagen?«

Jaguar lehnte sich zurück und der Ausdruck tiefsten Nachdenkens prägte seine Miene.

»Ich glaube nicht. Für Eichelbrot mit Traubenkrautfett würde ich sogar einmal auf den Kürbisbrei verzichten. Wenigstens an einem einzigen Abend.«

Rosenknospe schüttelte lächelnd den Kopf. »Hat dir denn auf deiner Insel nie jemand etwas zu essen gemacht?«

»Da war nur einer, und der war ich selbst. Aber wenn du immer wieder Austern und Muscheln isst – und Muscheln und Austern und Austern und Muscheln –, dann kannst du dir vorstellen, wie wunderbar es ist, in ein Haus zu kommen, Rosenknospe.« Er seufzte sehnsüchtig. »Als Krieger hast du ein großes Problem. Du lernst, wie man Mais und Fleisch und Fisch zubereitet. Jede andere Nahrung ist entweder getrocknet oder geräuchert. Ein gutes Essen, besonders so ein Essen wie bei dir, das ist ... also, du kannst dir nicht vorstellen, wie es auf mich wirkt. Ich kann dir gar nicht sagen, wie sehr ich deine Mahlzeiten schätze.«

Sie kicherte. »Doch, man sieht es dir an. Ich freue mich, wenn ein Lächeln in deinem Gesicht aufgeht.« Sie machte eine Pause. »Hast du nie eine Frau gehabt?«

Er breitete die Arme aus. »Irgendwie ... ist es nie dazu gekommen.«

»Dein Clan hätte bestimmt für eine Heirat gesorgt.«

Er zögerte, unsicher, was er darauf sagen sollte. Sie erkannte seine plötzliche Zurückhaltung und neigte den Kopf zur Seite. Die hochgezogene Braue war Frage genug. Er blickte Sonnenmuschel an, die sorgfältig Hanffasern zu einer Leine verflocht.

Rosenknospe senkte die Stimme. »Jaguar, du wohnst hier seit Tagen, und ich habe dich nie gefragt. In unserem Volk ist dies die wichtigste Frage: Wer bist du? Ein Mensch hat einen Clan, hat Verwandte. Du kommst nicht plötzlich aus Rauch hervor. Wer sind deine Leute? Man erzählt sich, dass sie dich hinausgeworfen haben, dass du ein Entrechteter bist, den nicht einmal seine Verwandten wieder haben wollen. Ist das wahr?«

Er blickte in ihre forschenden Augen und wog seine Antwort ab. Möwenscheiße! Sie hatte ein Recht darauf, es zu wissen; er wohnte unter ihrem Dach und aus Achtung, die ihr Bruder ihm zollte, hatte sie die wichtigste Frage ihres Volkes nie gestellt.

Er antwortete leise: »Ich wurde von meinem Volk nicht ausgestoßen. Ich ging fort. Es war meine Entscheidung ... mein Fehler. Ich war in einer Klemme, meine Lage war unerträglich. Ich war jung, fast noch ein Knabe. Eines Nachts packte ich alles zusammen und ging weg. Es war das Einzige, was mir zu tun blieb – oder mich umzubringen. Sie haben mich schon längst aufgegeben, für die bin ich tot. Ich glaube, mein Volk weiß nicht mal mehr meinen Namen.«

Sie legte ihm teilnahmsvoll eine Hand auf den Arm. In ihren Augen war Sorge. »Jaguar, das bedeutet nicht, dass du keinen Clan hast. Es ist schon so lange her. Du könntest zurückkehren, weißt du? Eine Familie hört nicht auf zu existieren, bloß weil du als junger Mann einen Fehler gemacht hast.«

Er tätschelte ihre Hand. »Liebste Rosenknospe. Wie naiv du bist. Der zornige Jüngling starb in jener Nacht. Er wandte dieser Welt den Rücken zu und ging hinaus, um eine bessere zu suchen. Oh, ich habe es wirklich versucht, glaub mir. Ich war an vielen Orten. Ich stieg zu den Höchsten auf und fiel unter die Niedrigsten hinab, und ich konnte mich noch so sehr umschauen, aber überall waren die Menschen gleich, wo immer ich war. Ein paar waren etwas gemeiner als andere, manche mutiger, andere glücklicher, aber die Menschen waren eben überall Menschen. Wir sind tatsächlich die Kinder von Okeus, alle erbärmlich, mit Fehlern behaftet und edel gesinnt zugleich.« Er lachte leise. »Sogar, wenn wir in bester Verfassung sind. Was ohnehin nicht oft der Fall ist.«

»Hast du deswegen nie geheiratet? Weil du ohne Familie warst, ohne Verwandte? Findet dann ein Mann wie du nie eine Heimstatt?«

»Ho! Du brauchst nur ruhmreich zu sein, Rosenknospe, brauchst nur Schätze und Einfluss zu haben, dann verzeihen sie dir alles. Sie sehen nur den Pomp eines Kriegshäuptlings, nicht den Menschen hinter dem Feder- und Kupferschmuck. Doch ein Mann sollte auch in Frieden mit sich selbst leben. Eines Morgens wachte ich auf und sah, was aus mir geworden war: ein hassenswertes Ungeheuer. Am Ende war ich der Einzige, den ich getäuscht und betrogen hatte.«

»Du antwortest nicht. Du weichst meinen Fragen sehr geschickt aus.« Sie beugte sich vor und prüfte das Eichelbrot mit dem Finger. »Warum hast du nicht geheiratet? Du hast angedeutet, es wäre möglich gewesen, wenn du gewollt hättest.«

Ihr geduldiger Blick entwaffnete ihn abermals. »Eine Frau habe ich geliebt. Ich konnte sie nicht bekommen, sie war bereits einem anderen versprochen. Im Gegensatz zu Rote Schlinge und Wilder Fuchs hatte ich nicht den Mut, mit ihr zu fliehen.« Er blickte auf seine schwieligen Hände, die geschwollenen Gelenke und die schlaffe Haut. »Ich kam nie von ihr los. Keine andere Frau reichte an sie heran. Sie wurde für mich, nun ja, zu einer Art Besessenheit. Aber besessene Menschen sind nie ganz bei Verstand und nie ganz heil, sie sind wie Vögel, die mit nur einem Flügel fliegen und am Ende auf die Erde fallen.«

Sie nickte. »Dann ist die Sache mit Rote Schlinge für dich also mehr als ein einfaches Rätsel, nicht wahr? Es gehört irgendwie zu deiner Besessenheit.« Sie musterte ihn. »Weiß Neuntöter davon?«

Er schüttelte den Kopf, den Blick noch auf seine runzligen Hände gerichtet. »Manchmal glaube ich, dass Sonnenmuschel mir mit einer Absicht von Ohona gesandt wurde. Wenn ich dieses Rätsel löse und vernünftig beurteilen kann, dann habe ich mich vielleicht ein für alle Mal von meiner Besessenheit befreit.«

»Oder sie nimmt dir die klare Sicht. Hast du auch dies bedacht?«

»O ja, das habe ich, Rosenknospe. Wenn überhaupt etwas, dann hat mich dies dazu bewogen, noch behutsamer an diese Sache mit Rote Schlinge heranzugehen.«

»Verstehe.«

Jetzt blickte er ihr endlich in die Augen. »Es wäre mir sehr lieb, wenn diese Unterhaltung unter uns bliebe. Es wird schon viel zu viel erzählt. Ich habe dir dies gesagt, weil du so freundlich zu mir warst, und ich dachte, ich sei dir eine Erklärung schuldig.«

»Dein Vertrauen ist bei mir gut aufgehoben, Jaguar.« Sie warf forschend einen Blick auf Sonnenmuschel, die immer noch selbstvergessen ihre Leine spleißte. »Und wie heißt nun dein Clan?«

Er schüttelte den Kopf. »Sie sind tot, Rosenknospe. Vielleicht nicht wirklich, aber für mich. Nein, lieber ertrage ich deinen Vorwurf, dass ich ein Ausgestoßener bin, als dass ich den Namen noch einmal über meine Lippen bringe.«

»Wie du willst«, antwortete Rosenknospe kurz.

Jaguar fragte sich, warum ihn ihre Worte schmerzten und warum sich die offene Wunde in seiner Seele nach so vielen Jahren immer noch nicht geschlossen hatte.

Sechs

Der Schnee sank in dichten Flocken vom Himmel, als Jaguar mit Sonnenmuschel über den Platz schritt. Die Kälte nagte an seinen Knochen. Es schneite so heftig, dass die Flocken seine Schultern umhüllten und sein graues Haar weiß färbten.

Jeder seiner Schritte knirschte auf dem Schnee.

Die Langhäuser um ihn herum glichen Buckelwalen; die gewölbten Dächer waren weiß. Das rußbefleckte Schilf um die Abzugslöcher sah aus, als hätte Ungeheuer blaue Rauchringe durch ihre Nasenlöcher geblasen.

»Ich habe ein merkwürdiges Gefühl, Ältester«, sagte Sonnenmuschel voller Unbehagen.

»Es war unausweichlich«, vertraute Jaguar ihr an. »Es war nur überraschend, dass die Vorladung so spät kam.«

»Es gefällt mir nicht. Warum jetzt? Warum im Großhaus der Weroansqua? Das scheint mir nicht richtig.«

»Aber es gibt keinen anderen Ort dafür. Das Treffen muss dort stattfinden, wo gesetzmäßige Gewalt ausgeübt wird. Bei allem, was zwischen uns steht, müssen wir uns an einem Schauplatz begegnen, der wenigstens ein Minimum an Gleichbehandlung verspricht.«

Jaguar hielt vor dem Einlass der Weroansqua inne, um sich den Schnee abzuklopfen, und trat dann geduckt ins warme, rauchige Innere.

Ein großes Feuer loderte in der Feuerstelle. Im vorderen Raum befand sich nur eine einzige Person. Die Schlafbänke waren vorbereitet, die Nachtgewänder ordentlich darauf ausgebreitet. Die gefüllten Vorratseimer waren aufgehängt. Jaguar lächelte grimmig; er war sich Sonnenmuschels Begleitung bewusst, die ihm zu seiner Sicherheit so dicht folgte, dass ihre Zehen seine eigenen Fersen streiften.

Kupferdonner hatte sich den Teil eines Baumstamms hinter das Feuer gelegt und fein gegerbte Hirschfelle darüber gebreitet. Darauf thronte er wie ein Weroanzi, die Arme auf die Knie gestützt. Mit hartem Gesichtsausdruck beobachtete er, wie Jaguar über den mattenbedeckten Boden näher kam. Der Feuerschein tanzte über die polierte Halskette und warf einen rötlichen Schimmer auf den Spinnenanhänger. Um seinen Auftritt noch eindrucksvoller zu gestalten, hatte er seine dichte Mähne so eingefettet, dass sie aufrecht stand und mit der geschorenen Kopfhaut kontrastierte. Seine schwere Kriegskeule war in Reichweite seiner starken rechten Hand aufgestellt.

»Da bist du ja endlich, Rabe.« Kupferdonner wies auf die ausgebreiteten Matten ihm gegenüber. »Setz dich. Wir müssen reden.«

Jaguar blickte lässig in die Runde, nahm die Decke von den Schultern und schüttelte den schmelzenden Schnee davon ab. Sonnenmuschel stand neben ihm und hielt die Keule fest in beiden Händen.

Jaguar neigte den Kopf zur Seite und ließ sich Zeit. »Vielen Dank, Grasmatte, aber ich bleibe lieber stehen. Es ist das Wetter … es macht den Gelenken zu schaffen. Ist doch komisch, oder? Da denkt man doch, im Alter lassen sie sich leichter bewegen und nicht, dass sie steifer werden. Das meiste wird doch eher locker mit der Zeit, wenn es lange benutzt wurde.«

»Ich bestehe darauf, dass du dich setzt.«

»Aber ich will stehen. Oder … sollte das alles sein, was du willst? Nur, dass ich mich setze? Wenn es so ist, dann gehe ich lieber wieder zu Rosenknospe und setze mich dort. Denn dort brauche ich nicht mehr aufzustehen, und sie macht mir am Morgen ein fabelhaftes Frühstück. Neuntöter brachte gestern einen guten Fang nach Hause. Frischer Fisch, gebraten, und ich habe das saftige weiße Fleisch noch heiß von den Gräten gelöst. Wenn ich mich setzen soll, dann will ich wenigstens wieder so etwas Saftiges haben.«

Kupferdonners Augen funkelten vor Wut. »Ich warne dich, ich habe genug von dir, Rabe. Du stiftest nur Unruhe. Schmiedest immer noch deine Ränke. Die Leute hier kennen dich nicht so gut wie ich. Sie wissen noch nicht, dass du dein Gift verspritzt, wo immer du gehst, um damit alles zu zersetzen, was gut und friedvoll ist.«

»Verzeih mir, Grasmatte, wenn ich mich irre, aber trägst du nicht eine Spinne um den Hals? Das letzte Mal, als ich eine Spinne sah, tötete sie ihre Beute mit einem giftigen Biss.« In Jaguars schwachem Gedächtnis blitzte es auf, und er fügte hinzu: »Ich sah das Spinnenmotiv schon einmal. Ein Natchez-Krieger trug es, soweit ich mich erinnere. Es geht um die Nachtspinnen-Gesellschaft, nicht wahr? Gehörst du auch dazu, Grasmatte?«

»Rabe! Meine Geduld mit dir ist am Ende. Ich habe dich zu mir befohlen, um zu …«

»Ach so! Du hast das Muster einfach kopiert!« Jaguar trat einen Schritt zur Seite, und Kupferdonner drehte den Kopf, um ihn im Auge zu behalten. »Ich glaube kaum, dass du dich freiwillig der Weihe unterworfen hättest. Ihr geht immerhin eine lange und harte Ausbildung voraus. Um ein Geweihter zu werden, der den Spinnenanhänger tragen darf, muss man acht Männer im Einzelkampf töten, je einen für ein Spinnenbein, und dann einen Tee aus Stechapfelsud trinken, damit man eine Vision bekommt. Den wenigen, die dieses Ritual überleben, wird Blut abgezapft und ihre Haut wird geritzt. Sie werden tätowiert. Wer sich mit einem heiligen Gelöbnis zu einem Kriegszug verpflichtet, weicht nicht, bis er entweder getötet wird oder seinen Gegner getötet hat. Ich glaube, deshalb hat die Nachtspinnen-Gesellschaft so wenige Mitglieder, und deshalb werden sie entlang der Flüsse so hoch geachtet und verehrt.«

»Genug!«, brüllte Kupferdonner und erhob sich. Seine Wut war zu heller Glut geworden; sein Gesicht war verzerrt, seine Kiefermuskeln zuckten heftig. »Das letzte Mal, als du in mein Leben tratest, schwor ich, dich zu töten. Beim langnasigen Gott, dies war mein Wille!« Er hob drohend eine Faust. »Und jetzt finde ich dich, einen gebrochenen Greis, der immer noch seine kleinen Ränke schmiedet. Dung und Feuer! Du alter Blutsauger, du widerst mich an!«

Jaguar verschränkte die Hände hinter seinem Rücken und warf Sonnenmuschel einen ermutigenden Blick zu; sie schien vor Spannung zu vibrieren. Die Nasenflügel ihrer kleinen Adlernase bebten. »Ich widere dich an, Grasmatte? Immerhin trete ich nicht unter Vorspiegelung falscher Tatsachen auf.«

»Ich kam hierher, um mir eine Frau zu holen. Und du verteidigst ihren Mörder. Welch seltsame Fügung!«

»So seltsam, dass du nun, da die Tochter tot ist, die Mutter zur Frau begehrst.« Jaguar hob spöttisch eine Braue.

»Es war ihre Idee. Muschelkamms Idee. Sie kam zu mir! Diese Leute wollen ein Bündnis. Sie brauchen es. Ohne Bündnis sind sie tot! Es ist nur eine Frage der Zeit. Es ist besser, sich mit einem Gewinner zu verbünden als von einem Eroberer zerquetscht zu werden. Du, ausgerechnet du, solltest um diese Dinge wissen.« Seine Augen verengten sich. »Oder hast du vergessen, wie wir uns an jenem Tag begegneten?«

»Ich erinnere mich ganz genau, Grasmatte. Es war der Tag, an dem du und deine Mutter meine Sklaven wurdet.«

Kupferdonner schritt um das Feuer herum und schob sein Gesicht ganz nahe vor das Jaguars. Der Feuerschein tanzte gespenstisch über die Tätowierung um die schrägen Augen und den schwarzen Streifen um seinen Mund. »Ich habe mir jenen Tag immer wieder in meine Erinnerung geholt, Rabe. Sobald ich die Augen schließe, um zu schlafen, übermannt mich dieser Albtraum. Aber endlich bist du hier, mir in die Hände gespielt wie durch Okeus selbst.«

»Ich verstehe nicht ganz, was du mit den jungen Männern hier anfangen willst.« Unbekümmert winkte Jaguar Sonnenmuschel mit einer Hand beruhigend zu. Mit der anderen Hand zupfte er an seinem Kinn. »Versuchst du, ihnen vorzugaukeln, du wärst eine Nachtspinne, damit sie dir folgen? Aber wie denn? Wenn dies dein Plan war, warum ließest du Rote Schlinge ermorden? Sie war doch dein Schlüssel zu den jungen Leuten.«

»Ich ließ Rote Schlinge ermorden?« Diese Behauptung raubte Kupferdonner die Fassung. »Ich kam hierher, um das Mädchen zu heiraten! Warum sollte ich es umbringen?«

»Danach fragte ich gerade.« Jaguar sah ihn gleichmütig an. »Grasmatte, du konntest schon immer logisch denken. Sieh es mal so: Du tötest Rote Schlinge, sodass es so aussieht, als hätte Wilder Fuchs es getan. Die Verwirrung ist groß. Alte Bündnisse werden plötzlich fragwürdig. Das Bündnis der Unabhängigen Dörfer bricht auseinander, sie zerfleischen sich, und dann greifst du ein, bevor die Krieger des Mamanatowick sie sich einverleiben können. Du vereinigst sie unter deiner Schutzherrschaft und brauchst nicht mehr zu fürchten, dass irgendjemand deinen Rang als Nachtspinne infrage stellt.«

»Du alter Narr!«, brüllte Kupferdonner. »Die Heirat hätte doch genügt. Warum sollte ich mir mit Krieg etwas holen, was ich mit einer Heirat ebenso gut gewinnen kann? Mir vorzuwerfen, ich hätte Rote Schlinge umgebracht … das ist doch … das ist doch Wahnsinn! Du bist ja noch verrückter, als ich dachte.«

»Aber wer tötete sie? Du glaubst doch sicher nicht an diesen Blödsinn, dass Amselflügels Krieger es taten. Es ist nicht ihre Art, sie so liegen zu lassen. Ich kenne diese Kerle. Die hätten Maisjäger wenigstens den Kopf geliefert, und der hätte ihn mit gebührender Zeremonie und voller Demut an Wasserschlange weitergeleitet.«

»Wilder Fuchs war der Mörder!« Kupferdonner wich zurück und stampfte erregt auf den Boden. »Wer denn sonst?«

»Oh, mir fallen viele Leute ein. Zum Beispiel Weidenstumpf: Er wollte Rote Schlinge für sich, doch siehe, sie wurde dir versprochen. Ein gekränkter Liebhaber … einen geeigneteren Täter hättest du dir doch gar nicht wünschen können. Aus Verzweiflung stellen die Menschen sonderbare Dinge an, die, oberflächlich betrachtet, keinen Sinn ergeben, Dinge, die jeder Logik widersprechen.«

»Weidenstumpf?« Kupferdonner hielt plötzlich inne. Er schien vollkommen verwirrt. »Aber der …«

»Er erzählte mir, er hätte alles getan, um ihre Liebe zu gewinnen. Er dachte sogar daran, Wilder Fuchs zu töten – oder daran, öffentlich zu verkünden, dass sie ihm erlaubte, seinen Lieblingspfeil in ihr zu wärmen. Aber Weidenstumpf fürchtete, sie würde ihn deswegen hassen. Du warst der Stein, der unerwartet in seinen Teich fiel.«

Kupferdonner runzelte die Stirn, seine Verblüffung war offensichtlich. Er blickte Jaguar forschend an, als suchte er nach Erklärungen. Aber dann stahl sich langsam ein Lächeln in sein Gesicht. »Manches ändert sich nie, du hinterlistiger Blutsauger, wie? Du wirfst immer noch deinen Dreck ins Trinkwasser anderer Leute. Und dann rührst du solange darin herum, bis sie merken, dass sie deine Scheiße trinken.« Er schüttelte den Kopf. »Du hast sogar die Frechheit, die Weroansqua zu verdächtigen.«

»Wenn du es nicht warst, warum nicht sie? Ihr Motiv ist genauso stark wie das von anderen. Vielleicht ist sie endlich dahinter gekommen, welch kleine gemeine Schlange du im Grunde bist, Grasmatte. Mit Rote Schlinges Tod kann die Weroansqua verhindern, ihr Land an deine Machtgier zu verlieren. Ich weiß, es geht über dein Begriffsvermögen weit hinaus, doch es gibt Menschen, die alles in ihrer Macht Stehende tun würden, um nicht das Opfer deiner schmutzigen Intrigen zu werden.«

Kupferdonner schwieg, seine Hände ballten sich zu Fäusten und öffneten sich wieder; seine Lippen waren nur noch ein dünner, blutleerer Strich.

»Du siehst also«, fasste Jaguar zusammen, »die Scheiße im Wasser stammt nicht von mir. Aber die Unschuldigen, die darin rühren, entdecken vielleicht, wer das Wasser tatsächlich vergiftet hat.«

Von der anderen Seite des Feuers starrte Kupferdonner Jaguar böse an. »Ich habe dich bestellt, um dir zu sagen, dass ich genug von deinen Spielchen habe. Zwei meiner Krieger bringen dich zu deiner Insel zurück, sobald der Sturm nachlässt.«

»Und damit ist die Weroansqua einverstanden? Sie befiehlt, dass ich gehe? Oh, das möchte ich bezweifeln, Grasmatte, denn sie hat größere Selbstachtung. Würde sie mich ausweisen, käme am Ende viel Kummer auf sie zu. Das weiß sie, und sie ist klug genug, um diesen Fallstricken aus dem Weg zu gehen.«

»Ach ja, alter Mann? Und wieso?«

»Weil allzu viele wissen, dass Jaguar hier ist. Die Kunde davon ist schon bis in die Unabhängigen Dörfer gelangt und zweifelsohne auch zum Mamanatowick, zu Steinfrosch und seinem Conoy-Stammesbund. Wenn sie mich hinauswirft, bevor ich den Mörder entlarvt habe, wird jede der betroffenen Parteien glauben, ich hätte etwas so Abscheuliches entdeckt, dass sie es unbedingt verbergen muss. Denk nach, Grasmatte, selbst wenn es nicht deine Stärke ist: Welche Erklärung wird wohl überall die Runde machen? Hmm?«

»Das interessiert mich nicht.«

»Das interessiert dich nicht? Ja, natürlich. Alles, was die Unabhängigen Dörfer durcheinander bringt, kommt dir zugute, nicht wahr? Selbst wenn herauskommen sollte, die Weroansqua stecke hinter dem Mord an ihrer Enkeltochter. Aber Jagender Falke weiß genau, dass es nur einen Ausweg gibt: Der Mörder ihrer Enkeltochter muss gefunden werden. Wenn der Schuldige erst erkannt und bestraft ist, dann kann sie die gestörten Beziehungen mit den anderen Clans und Dörfern wieder in Ordnung bringen. Wird der Mörder nicht gefunden, wird der Mamanatowick zur Zeit der nächsten Aussaat Tribut von den übrigen Unabhängigen Dörfern fordern. Doch dann werden seine Weroanzi in den Großhäusern sitzen und die Eintreibung überwachen.«

»Du hast auf jede Frage eine Antwort parat, alter Mann.«

»Nicht immer, aber für gewöhnlich finde ich am Ende eine, das stimmt.«

Kupferdonner zerrte ärgerlich an seiner Halskette. »Ich habe das Mädchen nicht umgebracht!« Er ballte die Fäuste. »Und morgen wirst du uns verlassen. Meine Krieger bringen dich heim.«

Jaguar lachte leise. »Davon bin ich überzeugt, wenn mein Heim auf dem Grund der Salzwasserbucht liegt. Wenn wir außer Sicht sind, könnten sie mir den Schädel einschlagen, meinen Körper mit Steinen beschweren und mich über Bord kippen. Einige Tage später kehren sie zurück, und niemand zweifelt daran, dass sie mich heil auf meiner Insel abgesetzt haben.«

Kupferdonner kniff ein Auge zu, und die Tätowierung sah besonders abstoßend aus. »Du bist so weit gegangen, wie ich dich gehen ließ. Die Grenze ist jetzt erreicht.«

»Das bezweifle ich.« Jaguar neigte den Kopf zur Seite. »Die Tatsache, dass ich noch aufrecht stehe, verrät mir das Gegenteil. Von allen lebenden Menschen bin ich derjenige, den du am liebsten töten möchtest. Du gibst mir die Schuld am Tod deines Vaters und an der Versklavung deiner Mutter. Dass ich immer noch atme, zeigt deine Schwäche. Nein, Grasmatte, ich glaube nicht, dass dich die Unabhängigen Dörfer brauchen, jedenfalls nicht so sehr, wie du sie brauchst. Denn warum bliebest du sonst hier?«

»Ich warne dich, alter Mann!«

Jaguar trat vor, um die an der Wand hängenden Körbe zu untersuchen. Einige waren aus Streifen aus Zedernrinde geflochten, andere aus weichen Weidengerten und wieder andere aus dünnen Sumachzweigen. Die meisten enthielten Nüsse, getrocknete Früchte und andere Nahrungsmittel, die in verschlossenen Ledersäcken verderben würden. »Doch ich könnte mich irren.« Er wandte sich um und blickte Kupferdonner fragend an. »Vielleicht bist du doch schlauer, als ich dachte. Vielleicht hast du es endlich begriffen.«

»Was begriffen?«

»Dass du dir hier keine solche Herrschaft aufbauen kannst wie die der Schlangenhäuptlinge, die du so offenkundig bewunderst. Du weißt, dass du Vollkampfkrieger nicht unterhalten kannst, dass deine Krieger eben auch fischen und jagen müssen. Du kannst den Lebensmittelüberschuss, den du brauchst, um sie zu ernähren, gar nicht erwirtschaften. In diesem Hügelland mit seinen engen Tälern gibt der Boden nicht genug her. Du brauchst – wie die Unabhängigen Dörfer auch – Bündnispartner. Gut, du hast die Krieger des Mamanatowick geschlagen und die Conoy von Steinfrosch ebenso, aber jetzt begreifst du, dass sie dich am Ende zermürben. Mit der Zeit werden sie dich aushöhlen wie Sand den Speckstein und deine Kräfte lähmen.«

»Niemand widersteht meinen Kriegern.«

»Vielleicht. Nicht wenn sie mit geballter Macht angreifen. Aber der Feind wird immer zurückkehren und dir jedes Mal etwas Blut mehr abzapfen. Und du … als wolltest du Moskitos mit der Keule erschlagen. Wenn du sie nur alle auf einem Haufen zusammen hättest, dann könntest du sie zerquetschen. Aber du kannst nur in eine summende Wolke schlagen, während sie Tropfen für Tropfen dein Blut saugen, bis du keines mehr hast.« Er schüttelte den Kopf. »Grasmatte, armer kleiner Junge, immer noch aufgeblasen von Träumen von Ruhm und Größe, die sich nie erfüllen werden.«

Der Adamsapfel des Großen Tayac war in heftiger Bewegung, die Halsadern waren angeschwollen. »Hinaus, Rabe!« Er erstickte fast an den Worten. »Geh mir aus den Augen!«

»Wie du wünschst, Grasmatte, aber ich würde …«

»Diesen Namen will ich nie wieder hören! Hast du verstanden?«

»Namen sind flüchtige Dinge.« Jaguar zuckte die Achseln. »Einer ist so gut wie der andere.« Er warf sich die Decke über die Schultern. »Aber höre noch einen Rat: An deiner Stelle würde ich ein Auge auf Weidenstumpf haben. Ich glaube, er ist nicht vertrauenswürdig. Komm, Sonnenmuschel, sehen wir einmal nach, ob der Fisch noch heiß ist. Es ist schon merkwürdig, aber trotz der Gesellschaft hier habe ich offenbar schon wieder Appetit.«

Jaguar warf einen letzten Blick über die Schulter; Kupferdonners Gesicht war dunkelrot angelaufen und immer noch vor Wut verzerrt. Dann war der Alte draußen und ging durch die hohen Schneewehen.

»Ältester«, flüsterte Sonnenmuschel, »warum tust du so etwas?«

»Was meinst du mit ›so etwas‹?«

»Du machst ihn rasend. Er wollte dich töten.«

»Sonnenmuschel, er wollte mich töten, seit er wusste, dass ich im Dorf war. Es ist eine alte Sache zwischen uns. Die Frage ist auch nicht, ob er mich töten will, sondern wann. Heute war ich völlig sicher.«

»Sicher?« Sonnenmuschel huschte an ihm vorüber, um sich sogleich vor ihm aufzubauen. »Mit einem Schlag hätte er dir das Genick brechen können.«

»Oh, dann hätte er vor einem Trümmerhaufen gestanden und gar nichts erreicht.«

»Das verstehe ich nicht.«

»Du kennst die Weroansqua nicht.« Jaguar ging an Sonnenmuschel vorbei; sie folgte ihm. »Du glaubst doch nicht etwa, sie würde ihn mit mir allein lassen? Nein, nein, meine tapfere kleine Frau. Es war alles sorgfältig geplant. Kupferdonner sagte Jagender Falke, jetzt wolle er mit mir abrechnen und mir zeigen, wo ich hingehöre, um ihr seine Macht zu zeigen. Er hoffte, ich würde mich verplappern und etwas verraten, was mich als Zauberer oder Unruhestifter entlarvt. Aber Grasmatte ist in solchen Dingen noch nie sehr schlau gewesen, und jetzt, als Kupferdonner, ist er offenbar auch nicht klüger.«

Sonnenmuschel öffnete den Mund, schloss ihn jedoch sofort wieder.

»Die Weroansqua hat es doch geschickt angestellt, findest du nicht?« Jaguar blinzelte die Schneeflocken auf seinen Lidern fort.

»Wieso?«

»Jagender Falke ist keine Närrin. Sie war die ganze Zeit dort, wahrscheinlich hinter einem Mattenvorhang versteckt und belauschte die Unterhaltung. Deswegen konnte Kupferdonner mich nicht töten. Es hätte ausgesehen, als wollte er mich zum Schweigen bringen, und dies hätte ihre Stellung gestärkt; solches Wissen hätte sie wie eine Keule gegen ihn verwenden können.«

Sonnenmuschel holte tief Luft, schluckte eine Schneeflocke und hustete. »Du spielst gefährliche Spiele, Ältester.«

»Ja, ja. Aber ich bin inzwischen zu alt, um vorsichtig zu leben.« Jaguar eilte weiter. Im Geiste saß er schon vor einem warmen, gebratenen Fisch.

Sieben

Vor dem Türvorhang des Langhauses von Gelbes Netz blieb Neuntöter stehen und rief: »Hier ist dein Vetter Neuntöter! Darf ich mit dir sprechen?«

»Tritt ein, Häuptling«, antwortete Gelbes Netz.

Neuntöter schleuderte sich den Schnee von den Mokassins und betrat das Haus. Es dauerte einen Augenblick, bis seine Augen sich an das Halbdunkel gewöhnt hatten. Beißender Rauch stach ihm in die Nase und vermischte sich mit dem Duft nach geröstetem Mais, gekochter Nussmilch und gebratenen Wurzeln von Aronstabknollen; sie mussten lange gebraten werden, damit sich die Säure aus dem saftigen Fleisch löste.

Herzlich lächelnd erhob sich Gelbes Netz von ihrem Sitz hinter dem Hauptfeuer. »Willkommen in meinem Haus, Häuptling! Was kann ich heute für meinen Vetter tun?«

Neuntöter trat über die Matte näher und strich sich das Schneewasser von den Brauen. »Ich hatte gehofft, mit Springendes Kitz zu sprechen. Ist deine Tochter hier?«

Gelbes Netz betrachtete ihn, plötzlich wachsam und zurückhaltend. Sie wollte etwas sagen, hielt sich jedoch zurück und rief: »Springendes Kitz! Komm her!.«

Neben dem Feuer im Hintergrund erhob sich die schlanke Gestalt von Springendes Kitz. Eine Bindfadenschlinge hing noch an ihren langen braunen Fingern, sie hatte mit den jüngeren Geschwistern das Fadenspiel gespielt. Bei schlechtem Wetter waren die meisten Kinder damit beschäftigt.

Neuntöter sah sie herankommen, und ihr Haar schwang bei jedem Schritt. Sie trug eine Hirschfellschürze, die über der linken Hüfte verknotet und mit einem Muschelperlenmuster verziert war. Ein Hirschfellüberwurf, der ihre knospende rechte Brust freiließ, war über der linken Schulter befestigt.

Ein erwartungsvoller Ausdruck lag auf ihrem Gesicht. Sie richtete die dunklen Augen zu Boden und spielte mit dem Bindfaden herum, als wüsste sie nicht, was sie damit tun sollte.

In seiner Zeit als Häuptling hatte Neuntöter mit ihr niemals Schwierigkeiten gehabt, denn sie schien bemüht, allen Fallstricken auszuweichen, in denen sich ihresgleichen so oft verfing.

Seine Lippen zuckten, er neigte unmerklich den Kopf. Gelbes Netz las seinen Wunsch von seinen Augen ab und zog sich mit den Worten zurück: »Springendes Kitz, achte bitte auf das Essen.«

Neuntöter setzte sich auf die Matte und bedeutete Springendes Kitz, neben ihm Platz zu nehmen. Sie umklammerte den Bindfaden in ihrem Schoß.

»Guter Schnee draußen«, sagte Neuntöter. »Wir haben Glück gehabt, dass wir unseren Fang noch vor dem Sturm hereinbringen konnten. Gestern konnten wir ein ganzes Kanu mit Fischen füllen. Deine Mutter hat auch einige bekommen.«

»Ja, Ältester. Gestern Abend haben wir ein paar gegessen.« Die Stimme klang gedämpft.

Neuntöter seufzte. »Weißt du, warum ich hier bin?«

»Wegen Rote Schlinge?«

»Ja, Cousine, ich brauche deine Hilfe.« Er beobachtete sie, aber sie hob die Augen nicht zu ihm auf.

»Du warst in jener Nacht mit Rote Schlinge zusammen. Weißer Otter sagte, sie habe euch allein gelassen.«

Springendes Kitz nickte.

»Sag mir, Cousine, was ihr in der Nacht getan habt, was sie dir gesagt hat. Ich muss alles wissen, auch wenn es unwichtig scheint. Jede winzige Kleinigkeit hilft mir.«

Springendes Kitz zögerte und sagte dann: »Ältester, sie ist tot. Ist das jetzt noch wichtig?«

»Ich glaube, ja. Du hast die Gerüchte gehört. Du weißt, wir hätten beinahe einen Krieg mit Drei Myrten angefangen. Wir leben in einer gefährlichen Zeit. Wenn wir wissen, wer Rote Schlinge ermordet hat, kann der Clan vielleicht weitere Fehler vermeiden.«

Sie nickte widerwillig. »Ich verstehe.«

Neuntöter legte die Finger nachdenklich aneinander. »Ich weiß bereits, dass Weißer Otter in jener Nacht hinausgehuscht ist. Wusstest du es auch? Wusste Gelbes Netz, dass du draußen warst?«

Springendes Kitz saß regungslos auf ihrem Platz und ließ die Schultern hängen.

Neuntöter senkte die Stimme. »Was du mir sagst, bleibt im Augenblick unter uns. Ich kam nicht hierher, um dir und deiner Mutter Verdruss zu bereiten. Wenn du etwas Schlimmes getan hast, dann werden wir es unter uns in Ordnung bringen, einverstanden?«

Springendes Kitz schluckte und nickte.

Neuntöter verschränkte seine Finger. »Ich sage dir, was ich

weiß. Rote Schlinge plante, mit Wilder Fuchs zu fliehen. Sie sollte ihn am Austernsteg treffen, und dann wollten sie sich zusammen davonstehlen. Ich weiß auch, dass sie sich paarten, obwohl sie noch ein Mädchen war. Aber sie tat es freiwillig, nicht wahr?«

»Ja, Ältester.«

»Wie lange ging es schon so?«

»Seit dem Jäten im letzten Sommer. Weißt du noch, dass Jagender Falke unsere Nachbarn zu einem Fest einlud? Damals begann es.«

Er runzelte nachdenklich die Stirn. »Ich verstehe. Hat Rote Schlinge dir davon erzählt?«

»Nein, Ältester. Ich ... ich sah sie. Und ich hatte Angst um sie. Am nächsten Tag fragte ich Rote Schlinge danach. Aber es schien ihr gleich zu sein. Sie wollte nur bei ihm sein.« Springendes Kitz legte ihre glatte Stirn in Falten. »Sie liebte ihn wirklich, und er liebte sie. Sie wussten, dass es falsch war, aber sie konnten nicht anders.«

»Ich verstehe.«

»Rote Schlinge sagte, sie wollten zusammen sein, Wilder Fuchs würde eines Tages ein großer Mann sein, vielleicht so groß wie der Mamanatowick ... und dann würde sie an seiner Seite sein.«

»Jeder hat ein Recht auf seine Träume. Es war sicher ein furchtbarer Schlag für sie, als die Weroansqua sie dem Großen Tayac versprach.«

»Ich habe noch nie jemanden gesehen, der so aufgebracht war. Sie sagte, sie könne nicht widersprechen, sie sei schließlich die Enkeltochter von Jagender Falke. Ein Nein könne sie weder ihrer Großmutter noch ihrer Mutter antun. Sie könne ihren Clan nicht entehren, indem sie diese Heirat ablehnte. Sie saß tatsächlich in der Falle, Ältester. Alle setzten große Hoffnungen in sie. Und dann, in jener Nacht, nach dem Tanz zur Feier ihrer Verlobung, bat Wilder Fuchs sie, mit ihm fortzulaufen. Sie sagte, sie habe ihre Meinung geändert, sie sei nur Muschelkamms Tochter.«

»Was bedeutet das? Nur Muschelkamms Tochter? Natürlich ist sie das.« Neuntöter starrte verwirrt ins Feuer, dachte an Rote Schlinge und wie sehr sie Muschelkamm glich. Wie die Mutter so die Tochter? Bedeutete dies, dass Rote Schlinge, wäre sie am Leben geblieben, einen zukünftigen Häuptling mit geheimem und verbotenem Verlangen gequält hätte? Dann wandte er sich wieder an Springendes Kitz. »Sprich weiter. Was geschah in der Nacht?«

»Rote Schlinge sagte, ich solle sie nach dem Tanz treffen. Ich kehrte mit Mutter nach Hause zurück und sah nach den anderen. Die übrige Familie schlief schon. Auch Mutter war sehr müde. Ich glaube, sie schlief ein, sowie sie sich hingelegt hatte. Ich legte Holz auf das Feuer und ging wieder hinaus. Rote Schlinge wartete auf mich. Sie war sehr aufgeregt. Ich hatte gedacht, der Tanz, die Anstrengung und die Feierlichkeiten hätten sie vielleicht erschöpft, aber nein, sie war quicklebendig.«

»Wo war das?«

»Drüben beim Haus der Toten, wo der Lichtschein des großen Feuers die Dunkelheit nicht stört.«

»Und was geschah dann?«

»Ich fragte sie, warum sie so erregt sei. Da antwortete sie, sie wolle mit Wilder Fuchs fortlaufen. Sie gehe, sobald sie den Pfad über den Hügelkamm ausmachen könne. Sie werde Wilder Fuchs gegen Morgengrauen am Austernsteg treffen.«

»Hieltest du das für eine gute Idee?«

»Nein!« Springendes Kitz blickte Neuntöter entsetzt an. »Was sollte aus Kupferdonner werden? Aus ihrer Verpflichtung gegenüber dem Clan, ihn zu heiraten? Ich fragte sie danach, aber Rote Schlinge spuckte aus und schüttelte ihre Hände, als klebte irgendetwas Ekelhaftes daran. Er sei hässlicher als ein Kugelfisch, sagte sie, und sie hasse ihn; wenn er über sie krieche, muss sie sich erbrechen.«

»So schlimm?«

Springendes Kitz sah ihn von der Seite an. Sie war immer noch unsicher. »Was mich betrifft, ich würde es auch vorziehen, mich mit einer Schlange zu paaren. Kupferdonner ist ein abstoßender Mann.«

Neuntöter hob warnend eine Braue. »Weißer Otter sagte, ihr hättet euch gestritten. Worüber?«

Springendes Kitz holte tief Luft. »Ich sagte ihr, sie sei verrückt, diese Flucht würde niemals gelingen. Die Weroansqua würde dir und deinen Kriegern die Verfolgung befehlen und am Ende würde sie trotz allem Kupferdonners Frau werden. Doch dann, statt triumphierend die Ehe einzugehen, würde sie entehrt zu ihm gehen müssen, als seine Gefangene. Ältester, ich sagte ihr, der Clan werde das Leid, das sie über uns bringen würde, tragen müssen, und wir alle würden schließlich für ihre Dummheiten zahlen.«

»Cousine, du bist sehr klug für dein Alter.« Neuntöter massierte sein Genick, um die Spannung zu mindern. Welch ein Unsinn, welche Pflichtvergessenheit! So viel Ärger wegen einer dickköpfigen jungen Frau! Woher rührte nur die Verwirrung im Kopf von Muschelkamms Tochter? Unter allen Mädchen im Clan, die gerade Frauen geworden waren, hätte Rote Schlinge als Erste erkennen müssen, welche Verantwortung sie trug.

Springendes Kitz zuckte die Achseln. »Sie war der Meinung, ich sei nur ein dummes Kind. Dass ich den Aufstieg zur Größe niemals erfassen würde. Und dann sagte sie etwas vollkommen Sinnloses.«

»Nämlich?«

Springendes Kitz runzelte die Stirn und mühte sich, die richtigen Worte zu finden. »Sie sagte: ›Sie kann ihre Spuren mit Asche bedecken, wenn sie will, aber dieser Fehler nimmt ihr Leben in ihre eigenen Hände.‹«

»Was soll das heißen?«

Springendes Kitz schüttelte den Kopf. »Ich weiß es nicht. Ich habe lange darüber nachgedacht. Sie … damit könnte sie die Weroansqua meinen. Rote Schlinge sagte nicht: Ich nehme mein Leben in die eigenen Hände. Dann könnte man glauben, sie habe von sich selbst gesprochen.«

»Und die Asche?«

»Ich weiß es nicht. Weißt du es auch nicht? Hast du etwas für die Weroansqua verbrannt?«

Neuntöter schüttelte den Kopf. »Nein. Nichts Außergewöhnliches. Wir haben bei Überfällen Langhäuser niedergebrannt, aber nicht auf besonderen Befehl.«

»Gibt es ein Ritual unter Erwachsenen, das ich nicht kenne? Eine Zeremonie, bei der Spuren mit Asche bedeckt werden? Irgendetwas beim *Huskanaw*?«

»Nein, nichts dergleichen.« Neuntöter schwieg eine Weile und wiederholte dann: »›Sie kann ihre Spuren mit Asche bedecken, wenn sie will, aber dieser Fehler nimmt ihr Leben in ihre eigenen Hände.‹ Ein sinnloser Satz. Wie kann ein Fehler ihr Leben in ihre eigenen Hände nehmen?«

»Ich sage dir, Ältester, ich weiß nicht, was sie damit meinte, aber es klang sehr ernst.«

»Ich glaube dir, Cousine. Und was geschah dann?«

»Ich bat sie zum letzten Mal, flehte sie an, nicht fortzulaufen, sprach wieder von ihrer Pflicht, aber sie schnitt mir das Wort ab.«

Springendes Kitz starrte auf die dampfenden Töpfe. Ihr leerer Blick verriet, dass sie jene Nacht noch einmal durchlebte. »Sie hatte diesen schmerzerfüllten Blick, Ältester, als könnte sie nicht glauben, dass ich so etwas sagte. Sie sagte: ›Ich hatte geglaubt, du freust dich für mich, Springendes Kitz.‹ Und dann schüttelte sie den Kopf und sagte: ›Ich habe mich wohl in dir getäuscht, so wie ich mich auch in vielen anderen getäuscht habe.‹ Springendes Kitz fuhr sich mit der Hand über die Oberlippe. »Ich sagte, dass ich ihr Glück wünsche, doch es gebe Aufgaben, denen wir alle gerecht werden müssten. Und als Mitglied der Familie der Weroansqua habe sie nun einmal größere Verpflichtungen als alle andern.«

»Das ist wahr«, bestätigte Neuntöter. »Alles hat seinen Preis, Cousine, der für Amt und Macht ist besonders hoch.«

»Über die Verpflichtungen der Familie der Weroansqua könnte ich dir einiges erzählen, antwortete sie. Aber ich will dir nicht deine herrlichen Illusionen rauben. Dann lachte sie spöttisch und sagte: ‚Du bist so armselig. Mach nur weiter so. Sei bis ans Ende deines Lebens ihre Sklavin. Und da erschien Weißer Otter. Sie sagte nichts. Sie hörte sicher den Ton Rote Schlinges Stimme, drehte sich um und ging fort.«

»Und anschließend ging Rote Schlinge selbst?«

Springendes Kitz schluckte schwer. »Sie sagte: ›Dort geht auch eine solche Närrin. Verheirate sie mit diesem Ungeheuer – oder heirate ihn selbst, aber versprich mir eines.‹ Und ich versprach es ihr.«

»Nämlich?«

»Sie bat: ›Erzähle niemandem, dass ich fortgegangen bin, sie finden es selbst noch früh genug heraus.‹« Springendes Kitz wickelte sich die Schnur um die Faust und zog sie so fest an, dass sie sich in ihre glatte Haut grub. »Ich nickte nur und wollte gehen. Aber auf halbem Weg blieb ich stehen. Ich konnte sie nicht einfach so gehen lassen. Ich musste zurücklaufen und ihr sagen, dass ich notfalls zur Weroansqua gehen und alles tun würde, um sie aufzuhalten.«

Neuntöter hörte die Zurückhaltung in ihrer Stimme. »Und warum hast du es dann doch niemandem erzählt? Als Frau des Clans hättest du auch zu mir kommen können.«

»Ich hätte Mutter wecken und es ihr sagen müssen. Sie hätte es dir oder der Weroansqua zutragen können.« Mit gequältem Blick sah Springendes Kitz auf. »Rote Schlinge hätte mich für den Rest meines Lebens gehasst. Aber ich konnte sie nicht gehen lassen und erlauben, dass sie unseren Clan entehrt. Wir würden alle dafür büßen müssen. Es war nicht recht, dem Grünstein-Clan so etwas anzutun, nicht ihrer Mutter, nicht der Weroansqua.« Springendes Kitz seufzte tief. »Schließlich überlegte ich es mir anders. Ich dachte, an meiner Statt würden der Mann und die Frau sie verraten.«

»Welcher Mann, welche Frau? Hast du sonst noch jemanden dort draußen gesehen?«

Springendes Kitz nickte. »Ich nahm diesmal die Abkürzung hinter dem Haus der Toten und dachte, ich könnte Rote Schlinge noch abfangen, wenn sie ihre Sachen holte. Sie waren im Schatten hinter dem Haus der Toten gleich hinter der Ecke, an der wir gestanden hatten. Aber sie hatten uns nicht kommen hören. Im Schein des Feuers, der sich auf den Palisaden spiegelte, konnte ich ihre schwarzen Umrisse sehen. Sie standen aufrecht und stritten sich flüsternd.«

»Konntest du sie erkennen?«

Springendes Kitz schüttelte den Kopf. »Sie waren wie Schatten vor dem Licht, und ich war zu weit weg. Du weißt, wie lang das Haus der Toten ist. Ich war gerade um die Ecke gekommen.«

»Aber es waren eine Frau und ein Mann?«

Springendes Kitz lächelte wissend. »Als sie aufstanden, waren sie nackt. Sie griffen nach ihren Gewändern wie Leute, die gestört, aber nicht erwischt wurden.«

»Sagten sie etwas?«

»Ich konnte nichts verstehen. Sie stritten, das hörte ich an dem Zischen und Fauchen in ihrem Geflüster. Dann packte der Mann die Frau am Arm, als wollte er sie zurückhalten. Sie riss sich los und sagte etwas zu ihm, was ihn offenbar sehr verletzte; er zuckte zusammen und blieb reglos stehen. Die Gefangenen, die ihr von den Kriegszügen hierher bringt, sehen so ähnlich aus. Er war wie zerstört.«

Neuntöters Augen wurden zu schmalen Schlitzen, und er zupfte an seinem Ohrläppchen. »Glaubst du, sie standen nahe genug, um dich und Rote Schlinge zu hören?«

Springendes Kitz nickte schuldbewusst. »Deshalb sagte ich Mutter nichts. Die Frau zog sich ihr Gewand an und trat gegen die Decken am Boden, als wäre sie wütend. Dann warf sie dem Mann einen letzten Blick zu. Sie hatte diesen entschlossenen Schritt: gestreckte Beine und die Hände zu Fäusten geballt ... herausfordernd würdest du es nennen. Dann wandte sie sich um und ging zielstrebig davon. Ich dachte, sie ginge zur Weroansqua, um Rote Schlinge zu verraten. In dem Fall brauchte ich mein Versprechen nicht zu brechen; Rote Schlinge hätte mich für einen solchen Verrat bis an mein Lebensende gehasst.«

»Und der Mann?«

»Der stand einfach da und ließ den Kopf hängen.« Springendes Kitz holte tief Luft. »Ich schlich wieder zurück, so wie ich gekommen war. Ich wollte nicht gesehen werden. Es war kurz vor Morgengrauen.« Springendes Kitz senkte den Kopf abermals und starrte abwesend auf ihre Hände.

Ein Mann und eine Frau, die sich hinter dem Haus der Toten liebten? Wer waren sie? »Springendes Kitz, was ist mit den Haaren? Waren seine Haare hochgekämmt wie die vom Großen Tayac oder die seiner Krieger?«

»Nein, Ältester. Er trug die Haare nach der Art unserer Männer. Es war keiner der Krieger vom Großen Tayac.«

Neuntöter zögerte. »Was wenn ... Springendes Kitz, war es vielleicht Weidenstumpf?«

»Weidenstumpf?« Sie war verwirrt.

»Könnte er es gewesen sein?«

Sie überlegte und hob dann die Hände. »Das kann ich nicht sagen, Ältester. Es war dunkel. Ich sah nur den Schatten eines nackten Mannes, aber nicht, wie er sich anzog. Ich weiß also auch nicht, welche Kleidung er trug.«

Neuntöter beobachtete, wie der Dampf aus den Kochtöpfen aufstieg. Weidenstumpf hätte eigentlich in jener Nacht auf Wache sein sollen, aber Weißer Otter hatte gesagt, sie hätte ihn mit Kupferdonner davongehen sehen. Hatte Weidenstumpf an den Palisaden vielleicht nur seine Arbeit getan? Den Großen Tayac erkannt, ihn hinaus begleitet, weil er sich möglicherweise erleichtern wollte, und dann seinen Posten verlassen, um die Frau zu treffen?

»Ältester«, flüsterte Springendes Kitz. »Es ist meine Schuld. Hätte ich etwas gesagt, wäre sie heute noch am Leben.«

»Cousine«, widersprach Neuntöter freundlich, »wenn wir vor einer Entscheidung stehen, dann tun wir das, was wir für richtig halten. Erst später erfahren wir, ob unsere Entscheidung richtig war oder nicht. Wenn du es deiner Mutter gesagt hättest, würde Rote Schlinge vielleicht heute noch leben und wäre mit Kupferdonner verheiratet. Vielleicht hätte Weidenstumpf der Weroansqua erzählt, dass sie sich bereits mit Wilder Fuchs gepaart hatte, und dann hätte ich ihn töten müssen. Wer weiß? Wir tun, was wir für richtig halten, aber die richtige Entscheidung zu treffen, ist auch immer eine Sache des Glücks.«

Springendes Kitz schwieg und presste die Lippen zusammen.

Neuntöter wies auf die dampfenden Töpfe. »Du hast mir sehr geholfen, aber jetzt sieh nach dem Essen, sonst zieht deine Mutter dir die Haut ab.«

Springendes Kitz wandte sich den Töpfen zu und rührte mit einem Stock den Eintopf um, damit er nicht anbrannte. Sie prüfte die dampfenden Aronknollen und stach hinein, um zu erfahren, ob sie schon gar waren.

Der Mann und die Frau beim Haus der Toten hatten Springendes Kitz und Rote Schlinge ohne Zweifel belauscht – aber hatten sie deshalb auch mit dem Mord zu tun? Das Dorf war voller Gäste gewesen, die gekommen waren, um zu feiern, dass Rote Schlinge zur Frau erhoben worden war. Bei solchen Gelegenheiten kamen sich ein Mann und eine Frau manchmal näher, paarten sich und gingen wieder auseinander.

Springendes Kitz goss etwas Wasser in einen der Töpfe und rückte einen anderen über dem Feuer zurecht; dabei blickte sie immer wieder unsicher zu Neuntöter hinüber.

»Warum blieben sie?«

»Ältester?«

Neuntöter hob verwundert eine Braue. »Wenn ein Paar beim Liebesspiel gestört wird, zieht es sich normalerweise sofort an ein versteckteres Plätzchen zurück.«

»Oder die beiden bitten darum, allein gelassen zu werden, ein Gebot Höflichkeit.«

In diesem Augenblick trat Gelbes Netz durch den Einlass und blickte Neuntöter argwöhnisch an. Sie blieb abrupt stehen und starrte ihren Vetter abwartend an. Ihr Blick sprach eine deutliche Sprache.

Neuntöter erhob sich. »Ich sollte jetzt gehen. Vielen Dank für deine Hilfe, Springendes Kitz.«

Sie zögerte und spielte an einem Topf herum. »Bekomme ich jetzt Schwierigkeiten, Ältester?«

»Nicht mehr, als du ohnehin schon hast. Du bist die Einzige, die sagen kann, ob du richtig oder falsch gehandelt hast. Und was meinst du?«

Springendes Kitz spitzte die Lippen und nickte. »Ich weiß.«

Neuntöter lächelte ihr zu. »Wenn dir noch etwas einfällt, komm bitte und sag es mir. Vielleicht ist es sehr wichtig.«

Damit ging er zum Einlass und nickte im Vorübergehen Gelbes Netz zu. Sie starrte ihn nur ausdruckslos an, und er trat hinaus in den Schnee.

Jaguar saß Neuntöter gegenüber und rauchte zufrieden seine Pfeife. Sein Magen war gefüllt, auf der Holzplatte vor ihm lagen die Gräten eines großen Klippenbarsches.

In dieser frostigen Winternacht empfand er das Feuer in Rosenknospes Langhaus als besonders wohltuend. Draußen war der Himmel klar, und es war noch kälter geworden. Im hinteren Teil des Langhauses lachte Weißer Otter mit ihren Geschwistern, die ein Wettspiel mit Schilfrohren spielten und abwechselnd Nussschalen setzten und die Schilfrohre zu Boden warfen. Einundachtzig kurze Rohre wurden zu einem Bündel zusammengefasst und auf den festen Boden geworfen, von dem sie abprallten und auseinander fielen. Ziel des Spiels war es, so schnell wie möglich sieben oder elf Rohre zu ergreifen. Der Spieler, der gewonnen hatte, vergrößerte seinen Nussvorrat.

Rosenknospe beugte sich über eine der Schlafbänke und holte eine Hacke hervor. Sie nahm das Schulterblatt eines Hirsches, ein Stückchen Sehne und einen Haifischzahn. Dann legte sie die Dinge nebeneinander und begann, mit dem Haifischzahn die alte Muschelschale vom Ende des Stiels der Hacke abzusägen.

»Die Sonnenwende naht«, sagte sie nachdenklich. »Es ist Zeit, die Werkzeuge herzurichten. In drei Monden werde ich froh sein, dass ich die Arbeit bereits erledigt habe.« Sie deutete auf die stumpfe Muschelschale, deren Rand abgenutzt und zum Teil ausgebrochen war. »Damit kann man nicht mal mehr die Luft umgraben, geschweige denn den Boden.«

Sonnenmuschel trat ein, eine Decke um die Schultern. »Draußen ist es sehr kalt«, sagte sie keuchend und setzte sich neben Jaguar; sie streckte die Hände zum Feuer aus. Beim Anblick der Hacke sagte sie: »Feldbestellung ist erst in drei Monden.«

»Rosenknospe ist nicht die Frau, die alles bis zum letzten Moment aufschiebt.« Jaguar beobachtete, wie Rosenknospe die raue Sehnenbindung durchsägte, die die Hacke zusammenhielt. Er nahm einen Zug aus der Pfeife und schnippte einige Gräten zu den hungrigen Hunden hinüber, die geduldig hinter ihm warteten. Dann stellte er die Holzschale auf den Boden, so dass sie das Fett aus ihr herauslecken konnten.

Neuntöter sah ihn prüfend an. »Dieses Leben scheint dir gut zu bekommen, Ältester. Dein Bauch ist längst nicht mehr die gähnend leere Höhle wie am Anfang, als du herkamst.«

Jaguar lächelte und nahm die Pfeife aus dem Mund. »Ich muss gestehen, Häuptling, ich fange an, deinen Haushalt ins Herz zu schließen. Aber es soll nicht zur Gewohnheit werden, denn es könnte mir schwer fallen, wieder fortzugehen.«

Rosenknospe arbeitete weiter und schaute ihn belustigt an. »Sicher sind wir längst nicht so unterhaltsam wie die Krähen und Möwen auf deiner Insel. Vermisst du sie nicht sehr?«

Jaguar seufzte und spürte die Wärme in seiner Seele nur allzu deutlich. Menschliche Gesellschaft ist wie ein Rauschgift: Der Mensch wird süchtig und braucht immer mehr davon. »So glücklich ich auch bin, hier zu sein und dein Essen zu genießen, werde ich doch fortgehen, sobald wir diese Sache zu einem Abschluss gebracht haben.«

»Wenn dich nicht Kupferdonner vorher noch tötet«, wandte Sonnenmuschel ein. »Ehrlich, Ältester, du raubst mir wirklich oft die Fassung.«

Neuntöter hob den Kopf. »Drohte Kupferdonner damit, dich zu töten?«

»Wie gesagt: Es ist eine alte Sache zwischen uns.«

Rosenknospe durchtrennte die letzten Bindungen und löste die Muschel von dem Stiel. »Sagt mal, ihr drei, was habt ihr bisher eigentlich erreicht? Hm? Seid ihr weitergekommen? Im Dorf schwirren verschiedene Gerüchte umher. Und mir ist es mittlerweile lästig, über den Platz zu gehen. Dauernd werde ich angesprochen und muss Fragen beantworten.«

»Und was antwortest du, Schwester?«, fragte Neuntöter.

»Dass alles Nötige von der Weroansqua bekannt gegeben wird, wenn es an der Zeit ist.« Rosenknospe legte das Gelenkende des Schulterblattes an den Stiel und prüfte verschiedene Möglichkeiten, es zu befestigen.

»Also, was wissen wir?« Neuntöter klopfte seine Pfeife aus und stopfte sie mit frisch geschnittenen Blättern, die er aus einer kleinen Schale nahm, die neben ihm stand. »Wilder Fuchs bat Rote Schlinge, mit ihm fortzulaufen. Seit mindestens sechs Monden waren sie bereits ein Liebespaar. Rote Schlinge versprach, ihn am Anlegesteg zu treffen. Sie konnte nicht einfach packen und fortgehen, sie wollte noch mit Springendes Kitz darüber sprechen. Zur selben Zeit beobachtete Weißer Otter Kupferdonner und Weidenstumpf, die heimlich miteinander sprachen. Darauf gingen beide durch die Palisaden hinaus. Springendes Kitz flehte Rote Schlinge an zu bleiben, wurde aber abgewiesen. Die Auseinandersetzung wurde so unangenehm, dass Weißer Otter sich nicht in die Unterhaltung einmischen wollte, sondern sich zurückzog. Springendes Kitz wollte nach Hause, doch unterwegs fiel ihr noch etwas ein, und sie versuchte, Rote Schlinge abzufangen. Aber da entdeckte sie einen Mann und eine Frau im Schatten und unterbrach deren Liebesspiel; die beiden hatten offenbar das Gespräch zwischen den Freundinnen belauscht.« Neuntöter entzündete die Pfeife mit einem Zweig und zog kräftig daran. »Wir wissen nicht, wer die beiden waren, aber der Mann versuchte, die Frau am Arm zu packen. Sie schüttelte ihn ab. Sie hatten einen hitzigen Wortwechsel. Sie zog sich an und stürmte davon. Was er tat, wissen wir nicht.«

»In der Zwischenzeit«, ergänzte Jaguar, »war Weidenstumpf nicht auf seinem Posten am Einlass. Erst am nächsten Vormittag wurde er wieder gesehen, als Wilder Fuchs den Pfad hinuntereilte. Darauf folgte Weidenstumpf seinen Spuren und entdeckte Rote Schlinges Leiche. Mittlerweile beobachtete Weißer Otter in aller Frühe Kupferdonners Rückkehr ins Dorf. Wo war er?«

Rosenknospe fügte hinzu: »Und die Weroansqua war an jenem Morgen nicht beim Frühstück. Wo war sie?«

Jaguar hob eine struppige Braue. »Ja, wo?«

»Ich verstehe einfach nicht, warum sie ihre Enkeltochter töten sollte.«

»Vielleicht wollte ihre Mutter ihren Tod.«

»Muschelkamm?« Neuntöters Gesicht verzerrte sich vor Abscheu. »Nein, das kann ich nicht glauben. Warum sollte sie ihre eigene Tochter töten? Doch nicht etwa, um Kupferdonner zu heiraten.«

»Häuptling, wollte Muschelkamm ihn von Anfang an heiraten? Wäre das möglich gewesen? Verlangte sie vielleicht so sehr nach einem Mann mit großer Überlegenheit?«

»Nein, Ältester. Vielleicht ist sie wirklich eine Frau, die von ihren Leidenschaften getrieben wird – Okeus weiß es –, aber es ergibt trotzdem keinen Sinn. Wenn sie ihn hätte für sich haben wollen, hätte sie jederzeit eingreifen und ihn heiraten können und Rote Schlinge hätte vor Erleichterung und Glück laut aufgeschrien. Dies alles habe ich schon mehrmals durchgespielt, aber es gibt einfach keinen Grund dafür, dass Muschelkamm ihre Tochter töten oder den Auftrag dazu erteilen würde. Anfangs hätten wir sie noch verdächtigen können, dass sie das Bündnis mit den Dörfern am Oberlauf verhindern wollte, aber jetzt bietet sie sich gewissermaßen selbst an, um es zu retten.«

»Was ist mit Scham?«, fragte Jaguar. »Wenn sie den Gedanken, dass ihre Tochter ihrem Volk davonläuft, nicht ertragen konnte?«

Neuntöter runzelte die Stirn. »Glaub mir, Muschelkamm ist nicht die Frau, die über ein kleines Abenteuer viel Aufhebens macht. Insgeheim würde sie sich vielleicht sogar darüber freuen, dass ihre Tochter überhaupt so etwas gewagt hätte.«

»Das bedeutet also«, stellte Jaguar trocken fest, »dass sie genau die Abenteuerin ist, die ich mir vorgestellt habe.«

Neuntöter bemerkte, dass Rosenknospe ihn scharf ansah, und senkte den Blick. »Eine Mutter müsste schon sehr verzweifelt und entschlossen sein, um die eigene Tochter zu töten. Seitensprünge hin oder her, sie hatte allzu viele Möglichkeiten, Kupferdonner entweder aus dem Weg zu gehen oder ihn zu bekommen. Es gab für sie wirklich keinen Grund, Rote Schlinge zu töten. Also, dieser Topf leckt.«

»Und die Weroansqua?«, fragte Jaguar sanft. »War sie vielleicht so verzweifelt, dass sie keinen anderen Ausweg mehr sah?«

»Nicht, dass ich wüsste. Ältester, wir sollten auch Amselflügel und seine Krieger nicht außer Acht lassen«, betonte Neuntöter. »War es tatsächlich nur ein Zufall, dass er an Ort und Stelle war?«

Jaguar zuckte die Achseln. »Das kann man jetzt noch nicht sagen. Vielleicht ein Zusammenstoß mit Kupferdonner? Denkst du etwa daran?«

Neuntöter betrachtete den blauen Rauch vor seiner Nase. »Sollte ich? Ist so etwas denkbar? Amselflügel sagte, Maisjäger hätte ihn mit einer Botschaft geschickt, um sein Missfallen an einer Heirat von Rote Schlinge mit dem Großen Tayac auszudrücken. War dies eine List?«

Jaguar kratzte sich am Ohr. »Ich bin mir nicht sicher, aber das glaube ich nicht. Wahrscheinlicher ist es, dass Kupferdonner über das Bündnis mit den Unabhängigen Dörfern nicht gerade glücklich ist. Als Rote Schlinge gefunden wurde, blieb er hier und wartete darauf, was geschehen würde, war bereit, sofort einzugreifen, sowie sich eine günstige Gelegenheit ergab. Er ist schlau, aber nicht klug. Statt andere zu beeinflussen, wartet er lieber auf zufällige Ereignisse, die er dann sofort zu seinen Gunsten ausnutzt.«

»Aber warum lässt er dann zu, dass die Weroansqua mir jenen Überfall befiehlt? Er hätte beinahe in einer Katastrophe geendet.« Neuntöter starrte auf die Glut in seiner Pfeife.

»Angenommen, du hättest Erfolg gehabt«, entgegnete Jaguar. »Du konntest nicht damit rechnen, dass Steinknolle deinen Plan verrät. Ohne diesen Verrat hättest du den Jungen vielleicht entführen können. Kupferdonner hätte dann die Gelegenheit gehabt, um das Leben des Jungen zu bitten. Kupferdonner, der Friedensstifter – besser hätte er die Unabhängigen Dörfer doch gar nicht an sich binden können. Die tote Rote Schlinge allein war für ihn völlig uninteressant, aber als Geschädigter durfte er eine Vereinbarung fordern, auf deren Grundlage die Reibereien zwischen Flache Perle und Drei Myrten aus der Welt geschafft worden wären. Jagender Falke wäre ihm ewig dankbar gewesen, und gemeinsam hätten sie im Clan nach einer geeigneten Frau für ihn gesucht.«

»So bekäme er statt Rote Schlinge Muschelkamm », murrte Neuntöter. »Und er wäre noch eine Generation näher an der Herrschaft über Flache Perle.«

»O ja! Er wäre durch die Heirat nicht nur ein Verbündeter, sondern sein Rang in den Dörfern entspäche nun beinahe dem der Weroansqua. Schließlich hätte er ein Problem gelöst, das um ein Haar Unheil und Verderben gebracht hätte.« Jaguar lachte in sich hinein. »Ich glaube, dass Kupferdonner die Situation von Flache Perle besser kennt als du selbst, Häuptling. Du hast eine hinterlistige Spinne in deiner Mitte, die in deine tiefsten Geheimnisse eingeweiht ist.«

»Und woher kennt er die?«

»Von Weidenstumpf. Kupferdonner wittert das schwächste Glied in der Kette, und dort setzt er an. Weidenstumpf ist nicht nur verstimmt, sondern sehr verärgert.«

»Einen Augenblick«, unterbrach Sonnenmuschel das Gespräch. »Weidenstumpf wollte Rote Schlinge haben. Er liebte sie und hasste Wilder Fuchs, weil er sich mit ihr paarte. Warum sollte er Kupferdonner in irgendeiner Weise behilflich sein? Dem war schließlich gerade die Frau versprochen worden, die er selbst liebte!«

»Ich würde Kupferdonner sogar zutrauen, dass er Weidenstumpf am Ende versprach, er könne Rote Schlinge haben.« Jaguar lächelte, und seine Augen funkelten listig. »Ihr wisst, dass er den jungen Leuten erzählte, es würde ein neues Land entstehen, wenn er erst den Mamanatowick zurückgetrieben hätte. Es wäre sogar denkbar – und ich betone, es ist eine vage Möglichkeit –, dass Kupferdonner, als er Weidenstumpfs Unterstützung suchte, dem jungen Jäger vorgaukelte, er könne unter dem Großen Tayac vielleicht ein Weroanzi werden. Ein Oberhäuptling gibt einem Weroanzi oft die eigene Frau zur Heirat. Dies gilt als Treuebeweis und dient dazu, ihn fester an sich zu binden. Sonnenmuschel, du kennst Weidenstumpf am besten. Was hätte er wohl zur Aussicht gesagt, ein Weroanzi zu werden und außerdem Rote Schlinge zu bekommen? Zwei Fliegen mit einer Klappe?«

Sonnenmuschel verzog das Gesicht. »Er hätte eine solche Gelegenheit sicher nicht ungenutzt vorüberziehen lassen. Aber hätte Kupferdonner ihm so etwas wirklich versprechen können? Und das Bündnis mit dem Grünstein-Clan?«

»Ach, das Versprechen wäre natürlich nicht sofort erfüllt worden.« Jaguar starrte düster auf die erloschene Pfeife. »Zunächst einmal hätte Kupferdonner selbst Kinder von ihr haben wollen. Dann hätte er mindestens eine weitere Grünstein-Frau genommen und wahrscheinlich noch je eine vom Sternkrabben- und vom Blutkraut-Clan, um seine Macht in den Unabhängigen Dörfern zu festigen.«

»Wenn er Weidenstumpf überhaupt so lange bei sich behalten hätte.« Neuntöter schüttelte voller Abscheu den Kopf. »Das hinge doch sicher davon ab, wie nützlich er ihm langfristig gewesen wäre.«

»Das ist sicher richtig.«

Neuntöter seufzte. »Damit begrabe ich jedenfalls meine Idee, dass Weidenstumpf der Kerl gewesen sein könnte, der Rote Schlinge und Springendes Kitz in jener Nacht belauschte.«

Mit einem Zweig kratzte Jaguar die Asche aus der Pfeife. »Dies alles erklärt aber immerhin, was Weidenstumpf und Kupferdonner taten, nachdem Weißer Otter sie nachts gesehen hatte, als sie das Dorf verließen. In all den Tagen des Feierns und Tanzens hielt Kupferdonner sicher nach einem Einzelgänger Ausschau, nach einem, der offensichtlich mit seinem Leben unzufrieden war. Eurem Großer Tayac, dem entgeht so leicht nichts. Er ist ein ausgezeichneter Menschenkenner. Ich vermute, er durchschaut Weidenstumpf bis auf den Grund seiner Seele, sah bestimmt auch das glühende Verlangen in seinen Augen, als der Jäger Rote Schlinge beim Tanzen beobachtete.«

»Was macht Weidenstumpf verdächtig?«, fragte Sonnenmuschel plötzlich.

Jaguar hob eine Schulter. »Seine Haltung, als ich das erste Mal mit ihm sprach, und die Tatsache, dass er das Haar so trägt wie Kupferdonner. Er ist vom Großen Tayac so geblendet, dass er sich selbst kaum sehen kann.« Jaguar zögerte. »Und er weiß oder ahnt zumindest etwas sehr Schlimmes, das den Grünstein-Clan betrifft.« Er runzelte die Stirn. »Gibt es etwas, das ihr mir sagen wollt, bevor ich es selbst herausfinde?«

Neuntöter war verdutzt. »Es gibt die üblichen Familienskandale, aber nichts Besonderes. Manchmal verprügelt ein Mann seine Frau wegen eines kleinen Seitensprungs. Da war einmal ein kleiner Dieb, den ich auf Befehlt der Weroansqua hinrichten ließ, aber das ist schon einige Zeit her. Wir brachen ihm die Beine und warfen ihn auf den Scheiterhaufen. Vor einigen Monden schnüffelte der alte Grünstab an seiner ältesten Tochter herum, und wir brachten ihn in den Wald, um eine kleine Unterhaltung mit ihm zu führen. Seitdem benimmt er sich, aber wir behalten ihn im Auge. Nur eine Beschuldigung wegen Blutschande könnte den Grünstein-Clan zerstören.« Neuntöter schaute in den hinteren Teil des Langhauses zu den spielenden Kindern hinüber. »Ich habe eine Nichte, die manchmal heimlich aus dem Haus huscht, aber ich glaube, auch diese Angelegenheit ist nun geregelt.«

Rosenknospe hielt den Kopf so tief gesenkt, dass die Haare ihr vor das Gesicht fielen, und ihre ganze Aufmerksamkeit galt nun der Sehne, mit der sie das Schulterblatt an dem Stiel der Hacke befestigte.

Sonnenmuschel hielt den Blick ebenfalls gesenkt, die Finger zuckten nervös in ihrem Schoß.

Obgleich Neuntöters Augen seine Aufrichtigkeit spiegelten, spürte Jaguar das Unbehagen der anderen. War da nun etwas oder nicht? Und wenn es etwas gab, wusste Neuntöter offensichtlich nichts davon. *Oder lügt er dich am Ende doch an? Und wenn ja, warum?* Jaguar seufzte. Nun ja, alles zu seiner Zeit. »Also haben wir nach wie vor die tote Rote Schlinge, die mit einer doppelköpfigen Kriegskeule auf dem Hügelpfad, der zum Anlegesteg führt, erschlagen wurde.«

»Aber wer war es?«, fragte Sonnenmuschel in einem Ton, als

wäre sie erleichtert, dass ein unangenehmes Gesprächsthema fallen gelassen wurde. »Wir haben Weidenstumpf gerade aus dem Kreis der Verdächtigen ausgeschlossen. Vorausgesetzt, du hast Recht, und er ließ sich auf einen Handel mit Kupferdonner ein. Er würde das Mädchen nicht töten, nicht nach einem solchen Angebot.«

»Es gibt immer noch Wilder Fuchs«, sagte Neuntöter. »Er hatte die Mittel, ein Motiv und die Gelegenheit. Vielleicht überlegte Rote Schlinge es sich im letzten Augenblick anders. Vielleicht fühlte sie sich aufgrund der Vorhaltungen von Springendes Kitz doch schuldig.«

»Und vielleicht«, ergänzte Sonnenmuschel und richtete sich auf, »war es am Ende doch Kupferdonner, der sie umbrachte.«

»Wie kommst du jetzt darauf?«, fragte Jaguar. »Wir nehmen doch als ziemlich sicher an, dass er Weidenstumpf mit ihr ködern wollte.«

»Ältester«, erklärte Sonnenmuschel, »Kupferdonner war dort draußen. Vielleicht sah er, wie sie fortging, folgte ihr und kam zu dem Schluss, dass sie ihn verlassen wollte. Du kennst ihn besser als irgendeiner von uns. Du hast die Wut in seinen Augen gesehen. Sein Pfand für das Bündnis mit dem Grünstein-Clan läuft mit einem unreifen Jungen davon. Der Handel mit Weidenstumpf löste sich in Nichts auf. Dies war ein herber Schlag für seinen Stolz. Was, glaubst du, tat er daraufhin?«

Jaguar starrte abwesend ins Feuer. »Ich bin offenbar recht alt geworden, sonst wäre mir dies nicht entgangen. Schande und Scheiße, er wäre ihr natürlich gefolgt, um zu sehen, was sie im Schilde führte, und als er keinen Zweifel mehr an ihren Absichten haben konnte, überfiel ihn rasende Wut. In einem solchen Zustand hätte er sie umgebracht, ohne auch nur mit der Wimper zu zucken.«

»Lasst uns seine Keule nicht vergessen: eine Steinkugel am Ende und einen Kupferdorn, der darunter sitzt«, fügte Neuntöter hinzu. »Sie hätte im Schädel des Mädchens zwei Löcher hinterlassen.«

Wasserfall

Als ich jung war, saß ich oft unten am Wasserfall am Fluss des Schwarzen Kriegers, nur um diesen schimmernden Lichtkreis im Dunst zu beobachten. Das Wasser war so hoch wie möglich geklettert und verhielt in funkelnder Herrlichkeit.

Der Lichtkreis schwebte auf ewig zwischen Himmel und Erde – so wie mein Leben.

Oh, wie ich ihn liebte.

Dort oben war alles so viel leichter und reiner. Tatsächlich aber war das Wasser Blut, doch das konnte ich nicht sehen. Nicht Gebeine drückten sich in meine Fußsohlen, sondern Felsen. Nicht Schreie drangen an meine Ohren, sondern das Rauschen des Windes in den Bäumen. Ich konnte nichts sehen … außer mich selbst, von einem Lichtkreis der Herrlichkeit umfangen.

Ich trachtete danach, diesen Lichtkreis zu erhalten, um mich in seinem blendenden Glanz zu verbergen.

Viele Blätterblüten sah ich vorüberziehen … ich versuche zu zählen – vielleicht fünfmal zehn und fünf –, bevor ich erkannte, dass weder der Lichtkreis noch mein Leben schwebte.

So sehr ich es auch versuchte, es war mir unmöglich, in jenem Schwebezustand zu verharren. Der herrlich funkelnde Lichtkreis verschwand ganz plötzlich, wurde vom Nichts verschluckt. Er blendete mich so, dass ich mich im Nirgendwo wiederfand – ich hatte den Boden unter den Füßen verloren. Mein Leben lang gelang es mir nicht, etwas Beständiges oder Bleibendes zu errichten.

Oh, hätte ich es nur gewusst. Oh, ihr Götter, ich wünschte, ich hätte mich so sehen können, wie ich war.

Leer. Vollkommen hohl und leer.

Doch, ich lebte in dieser Schwebe. Einige Blätterblüten lang.

Aber dann fiel ich, der funkelnde Lichtkreis verwandelte sich in einen Strudel winziger glänzender Messer, mörderisch schöner Messer, die um mich herum wirbelten und mich in Stücke schnitten.

Ich falle immer noch.

Und ich habe Angst, furchtbare Angst, weil ich so lange in der

Schwebe war, dass es keinen Boden mehr gibt. Nicht für mich.

Vielleicht ist es mein Los, ewig durch die Leere zu fallen, während meine Seele mir langsam entgleitet. Die Dinge fliegen an mir vorüber. Ich strecke die Hand aus. Doch ich kann sie nicht berühren, sie nicht halten

… oder meine Augen schließen.

Eins

Jagender Falke saß vor dem wärmenden Feuer, und viele Dinge gingen ihr durch den Kopf. Sie beobachtete die Sklavinnen, die gerade Schüsseln und Schalen einsammelten. Beim Nachtmahl waren die Reste des großen Fangs von Neuntöter und Viele Hunde verspeist worden. Nur ein großer, jetzt halb leerer Topf Maisbrei dampfte noch über dem Feuer.

Jagender Falke hatte sich den Muscheln gewidmet, die die Familie von Gelbes Netz gesammelt und in feuchten Tüchern gedünstet hatte. Der tiefe Wasserstand mitten im Winter gab Schlammbänke frei, die den Rest des Jahres über verborgen blieben. Tagsüber griffen Menschen und Möwen zu, und nachts kamen die Waschbären.

Jagender Falkes alter Hund lag auf dem Boden und gestattete seiner Herrin, ihn zwischen den seidigen Ohren zu kraulen. Sein buschiger Schwanz klopfte rhythmisch auf die Matte, und es war offensichtlich, dass das Tier die Berührung genoss.

Auf der anderen Seite des Feuers starrte Kupferdonner düster in die Glut. Der rote Schein betonte nicht nur die gezackte Tätowierung um seine Augen, sondern auch den Spinnenanhänger und die protzigen Kupferketten. Seit der Begegnung mit Jaguar folgte ihm eine mürrische Gereiztheit wie ein schwarzer Schatten.

Es ist faszinierend, dachte Jagender Falke, *ein höchst interessantes Wechselspiel.* Hier in ihrem Dorf umkreisten sich zwei alte Feinde, um ihren letzten entscheidenden Kampf auszutragen. Und Rote Schlinges Tod war der Auslöser dafür.

Wie für mich.

Was einmal ein verzweifeltes, riskantes Glücksspiel gewesen war, hatte nun eine viel größere Bedeutung erlangt, nicht nur für die Zukunft ihres Clans und der Unabhängigen Dörfer, sondern für die ganze Küste entlang der Salzwasserbucht. Der Schlag, der den Schädel von Rote Schlinge zerschmettert hatte, war die Ursache für eine Flut von Ereignissen, ja, für eine Sturzflut geworden, die nun über sie hereinbrach.

Okeus, sag mir, habe ich alles richtig gemacht?

Sie ließ den Blick durch den warmen Raum schweifen. Muschelkamm, dieser ewige Problemfall, saß rechts von Kupferdonner. Mit einer Knochenahle bohrte sie Löcher in eine Lederschürze. Anschließend nähte sie mit einer Nadel, die aus dem Skelett eines Rochens gefertigt war, eine blaue Röhrenperle auf. Diese Perlen, die aus dem Gehäuse der Venusmuschel stammten, waren sehr kostbar. Muschelkamm nähte viele Perlen auf die Schürze.

Beim Herauslegen der Schlafdecken für die Gäste leitete Gelbes Netz Springendes Kitz an. Jagender Falke beobachtete sie und bewunderte ihre Tüchtigkeit. Springendes Kitz hatte offenbar den Sinn für zielgerichtetes Arbeiten von ihrer Mutter geerbt. Auch handelte sie wie ihre Mutter niemals unüberlegt und verschwendete nicht sinnlos ihre Kraft. Was war nur zwischen ihr selbst und Muschelkamm geschehen? Warum war Muschelkamm nur so geraten, wie sie war? Bei jedem Vergleich, den sie zwischen ihrer Nichte und der eigenen Tochter zog, schnitt Gelbes Netz viel besser ab als Muschelkamm. Gelbes Netz trat mit Zurückhaltung auf, während Muschelkamm seit ihrer Kindheit eine liederliche Hemmungslosigkeit zur Schau getragen hatte.

Okeus, steh uns bei, wenn ich allzu früh sterbe und Muschelkamm Weroansqua wird.

Mit schmerzenden Fingern streichelte Jagender Falke das Fell ihres Hundes. Sie wünschte, ihre Söhne wären am Leben geblieben. Brauner Kiefer, der älteste, hatte einen klugen Kopf auf den Schultern getragen, und er wäre ein fähiger Nachfolger gewesen, hätten ihn nicht die Conoy von Steinfrosch bei einem Überfall erschlagen. Der zweite Sohn, Grüne Muschel, hatte sich bei einem schweren Sturz das Bein gebrochen; es wurde zwar gerichtet, doch dort, wo die zersplitterten Knochen durch das Fleisch stachen, hatten sich die Wunden entzündet. Es hatte beinahe drei Monde gedauert, und der letzte war von Schweißausbrüchen und Schüttelfrösten gekennzeichnet gewesen und Grüne Muschels Geist war von einer Wahnvorstellung in die nächsten geglitten.

Was meine Kinder betrifft, Okeus, hast du mich ungerecht behandelt. Nur Muschelkamm war am Leben geblieben, um ihre Nachfolge anzutreten; von ihren Enkeln hatten nur Seenessel und Rote Schlinge überlebt. Seenessel lebte jetzt in Entenbach, im am weitesten westlich gelegenen der Unabhängigen Dörfer. Seenessel, glücklich mit dem Weroanzi von Entenbach verheiratet, hatte nachdrücklich erklärt, dass sie nichts mehr mit ihrer Mutter oder Flache Perle zu tun haben wollte. Seit vielen Blätterblüten hatte es keinen Kontakt mehr gegeben.

Trotzdem wusste jeder in Flache Perle über die Tochter der Weroansqua Bescheid. Seenessel gehörte immer noch zum Grünstein-Clan, und Neuigkeiten blieben nicht verborgen. Sie hatte vier Kinder geboren, zwei Mädchen und zwei Jungen. Nach allem, was man hörte, waren Seenessels Nachkommen wohlgelitten, verantwortungsbewusst und offenbar auch fähig, eines Tages Führungsaufgaben zu übernehmen.

Soll ich Seenessel herbitten? Soll ich sie fragen, ob sie mein Erbe antreten möchte? Widerwillig dachte Jagender Falke darüber nach und beobachtete dabei, wie Muschelkamms Blicke zu Kupferdonner hinüberglitten, auf den breiten Schultern und auf den muskulösen Schenkeln ruhten.

Nein! Wie auch immer, ich warf das Schilfrohr vor langer Zeit, und ich sollte auf das setzen, was ich packen kann. Seenessel kehrte mir den Rücken. Es war ihre Entscheidung, und ich werde nicht vor ihr durch den Schlamm kriechen.

Verflucht sei sie! Sie zerschnitt die Bande mit Mutter, dem Heim und diesem mütterlichen Großhaus. Dann soll sie auch, bei Okeus, mit den Folgen leben!

Der alte Hund zuckte, und erst da bemerkte sie, dass sie sich in das Fell gekrallt hatte. Um Vergebung bittend streichelte sie das Tier und tätschelte beruhigend den weichen Hals.

Sie betrachtete Kupferdonner und erkannte die Wut in seinen blitzenden Augen. Jaguar hatte eine wirbelnde Flut des Hasses in dem Großen Tayac freigesetzt und sein brütender Zorn schürte tief sitzende Ängste in Jagender Falke.

Dieser Mann ist zu allem fähig.

Sie hatte verschiedene Möglichkeiten. Sollte sie es befehlen, dann würde Neuntöter ihn aus dem Hinterhalt heraus töten und die Krieger seines Gefolges dazu. Mit einem Schlag hätte sie das Problem Kupferdonner gelöst. Daraufhin könnte sie dem Großen Tayac den Mord an Rote Schlinge anhängen und gegen die Dörfer am Oberlauf des Flusses in den Krieg ziehen.

Das Bündnis würde dadurch allerdings noch mehr belastet als durch die andauernden Spielchen von Wasserschlange und Steinfrosch.

Die zweite Möglichkeit wäre, Jaguar von Kupferdonner töten zu lassen. So listig der alte Mann auch mit Kupferdonner umging, er hatte eine große Schwachstelle übersehen: Die Leute hielten ihn für einen Zauberer. Eine schlaue Weroansqua wie Jagender Falke konnte die Mahlzeit irgendeines Mannes mit Maiapfelwurz vergiften, sodass ihm übel wurde, und dann öffentlich kundtun, dass sie den Alten dabei ertappt hätte, wie er den Kranken mit einem Bann belegte. Maiapfelwurz war ein gefährliches Gift, sie würde es vorsichtig dosieren müssen. Einspruch brauchte sie nicht zu fürchten; die Beschuldigung einer Weroansqua gegen einen Zauberer war dessen Todesurteil. Nach Jaguars Hinrichtung würde sich der kranke Mann langsam wieder erholen, und sie und Kupferdonner wären gerechtfertigt.

Mit den Fingerspitzen strich sie nachdenklich über ihr Kinn. *Will ich dies tatsächlich tun?* Denn sie hatte Jaguar im Grunde in ihr Herz geschlossen. Es war schon eine Weile her, dass jemand es gewagt hatte, ihr mit solcher Keckheit in die Augen zu sehen. Aus irgendeinem sonderbaren Grund war es ihr erfrischend und unterhaltsam erschienen.

Als sie ein Kichern hörte, blickte sie missbilligend zu Springendes Kitz hinüber. Gelbes Netz wies gerade eine Sklavin an, nach dem Maisbrei sehen. Weißer Otter war inzwischen hereingekommen und alberte mit Springendes Kitz herum. Sie kicherten und warfen dabei furchtsame Blicke auf Kupferdonner. Wie albern diese jungen Dinger doch waren!

Jagender Falkes Gedanken wandten sich erneut ihrem größten Problem zu. Die dritte Möglichkeit war Muschelkamms Heirat mit Kupferdonner. Jaguar hatte Recht, und sie war dumm gewesen, es nicht zu sehen. Ganz abgesehen von ihrer verzweifelten Intrige – Kupferdonner brauchte dieses Bündnis mehr als sie. Sie hatte angenommen, dass er bei ihr herumlungerte, um Schwachstellen ausfindig zu machen, doch Jaguar hatte Recht behalten: Der Große Tayac war ein Opportunist, der nach einem Ausweg aus dem eigenen Dilemma suchte.

Jaguar sei Dank dafür; in ihrer Beziehung zum Großen Tayac

war ihre Position stärker geworden. Wenn sie Muschelkamm mit diesem Mann verheiratete, dann konnte sie für die Dörfer am Oberlauf des Flusses und die unentbehrliche Handelsstraße ins Innere viel mehr herausholen. Die Zugeständnisse würden territorialen Zugang, Anteil an Bodenschätzen und – warum nicht – vielleicht sogar einen symbolischen Tribut einschließen.

Weißer Otter und Springendes Kitz lachten immer noch und hatten angefangen, sich gegenseitig zu schubsen. Aber es sah merkwürdig steif und gekünstelt aus, als wollten sie sich wichtig machen. Aber vor wem? Für sie? Nein, das würden sie schön bleiben lassen.

Weißer Otter hatte eine Ecke des Mattenvorhangs in die Hand genommen und sprang damit herum, als tanzte die Matte in wirbelnden Kreisen. Aber dann stolperte sie über einen Krug voller Kastanien, die unter die Schlafbank kullerten, wo Kupferdonners Habe auf einem Haufen lag.

»Schluss jetzt!«, fauchte Jagender Falke schließlich. »Ihr stellt sofort diesen Blödsinn ein. Beseitigt das Durcheinander dort und dann räumt hier drinnen auf. Los, an die Arbeit!«

»Es ist das Wetter«, sagte Muschelkamm. »Die Kälte zwingt die Menschen, im Haus zu bleiben, und das bekommt ihnen nicht.« Mit flinken Fingern bohrte sie weitere Löcher in das Leder, und man konnte bereits ein schönes Zickzackmuster erkennen.

Zufrieden stellte Jagender Falke fest, dass die Mädchen sich reumütig zeigten und pflichtschuldig an die Arbeit gingen. Weißer Otter rollte die Matte zusammen und legte sie zur Seite, um die verstreuten Kastanien aufzusammeln. Springendes Kitz räumte die Schalen ab, die Kupferdonners Krieger überall verstreut hatten liegen lassen.

Jagender Falke seufzte. »Ja, die Kälte ist in diesem Jahr schrecklich. Ich glaube, so einen rauen Winter habe ich noch nie erlebt. Die Sonnenwendfeier ist schon bald. Das Grün des Frühlings kommt für mich keinen Tag zu früh.«

Kupferdonner ballte eine Faust und beobachtete die sich spannenden Muskeln unter der glatten Haut seines Unterarms. »Die Zeit ist gekommen, eine Entscheidung zu treffen, Weroansqua. Ich hätte gern gewartet, bis du alle Möglichkeiten abgewogen hast, aber ich glaube, der alte Mann zwingt uns dazu, das Schilfrohr zu werfen.« Er schaute auf und blickte sie mit harten schwarzen Augen an. »Was wirst du tun?«

Die Muskeln in ihrem gebrechlichen Rücken spannten sich, als sie seine Herausforderung annahm. »Ich werde gar nichts tun, Großer Tayac, solange ich nicht weiß, wer meine Enkeltochter getötet hat und warum.«

Kupferdonners Augen wurden schmal. »Soll ich etwa glauben, dass du mich für den Mörder hältst?«

»Nein, Großer Tayac!« *Vorsicht, Jagender Falke, du musst behutsamer sein.* »Wäre ich überzeugt, dass du sie getötet hast, dann wärest du bereits tot.« Sie lächelte listig. »Dass du noch am Leben bist, spricht also für sich selbst.«

Kupferdonner lachte, aber es klang bitter. »Vielen Dank für dein Vertrauen.« Er warf einen schnellen Blick auf Muschelkamm. »Ich werde warten ... aber nicht mehr lange, Weroansqua. Inzwischen aber wird uns der alte Mann weiterhin Gift in Leib und Seele träufeln.«

»Wir sind fertig!«, rief Weißer Otter, die aussah, als hätte man sie dabei erwischt, wie sie dem Ältesten den Maisbrei gestohlen hatte.

War ich tatsächlich so hart zu ihr? Jagender Falke holte tief Luft. Die allgemeine Spannung machte alle reizbar. »Gut. Geht jetzt und nehmt meinen Dank.« Mit ihrer gebrechlichen Hand winkte sie den Mädchen zu verschwinden. Springendes Kitz und Weißer Otter trugen die zusammengerollte Matte zwischen sich durch den Einlass hinaus.

Kupferdonner rieb sich die Hände. »Ich warne dich! Ich werde mich nicht damit begnügen, dass der Alte beschuldigt wird. Bitte, Weroansqua, bedenke doch, was er tut. Er ist hier, um Unheil zu stiften. Warum kam er überhaupt hierher? Um die Person zu finden, die Rote Schlinge tötete? Ich bitte dich, warum? Welches Interesse hat er am Tod eines Mädchens, das er nie zuvor sah? Warum sucht er nach seinem Mörder? Beantworte mir diese eine Frage!«

»Das kann ich nicht.«

»Nein, du kannst es nicht. Und jetzt denk darüber nach: Rabe war der Kriegshäuptling eines der mächtigsten Schlangenhäuptlinge. Jetzt ist er hier, ein gebrochener alter Mann, der auf einer Insel mitten in der Salzwasserbucht lebt. Wie wird ein

Mann wie Rabe plötzlich zum Jaguar? Wodurch verwandelt sich ein einflussreicher Kriegshäuptling in einen einsiedlerischen Zauberer?« Kupferdonner starrte sie drohend an. »Wunderst du dich nicht darüber? Fragst du dich nicht, wer er in Wirklichkeit ist?«

Jagender Falke nickte. »Aber ja, ich wundere mich tatsächlich. Doch er schweigt beharrlich, deutet nie etwas an.«

»Dann hör mir zu! Ich erinnere mich an die Nacht, in der er aus dem Dienst von Aufsteigender Weißer Rauch schied. Rabe war gerade von einem erfolgreichen Raubzug zurückgekehrt. Er und seine Krieger hatten die Gefangenen an Aufsteigender Weißer Rauch ausgeliefert. Sie hatten eine Pyramide aus abgeschlagenen Köpfen am Fuß des hohen Grabhügels von Aufsteigender Weißer Rauch errichtet. Kupferplatten, Muschelanhänger, bunte Federn, Perlenketten und mannshohe Götterstatuen aus den geplünderten Tempeln der Sonnenstadt waren auf dem Platz aufgetürmt, damit jeder die furchtbare Stärke, die Macht und die Gewalt von Aufsteigender Weißer Rauch und seinen Kriegern bewundern konnte.«

»Sind die Schlangenhäuptlinge wirklich so reich, wie man sich erzählt?«, fragte Muschelkamm. Sie hing an Kupferdonners Lippen, die Schürze lag in ihrem Schoß.

»Das und noch viel mehr.« Kupferdonner lächelte. »Ihre Städte sind so groß, dass du nur staunen kannst.«

»Erzähl weiter«, sagte Jagender Falke und warf Muschelkamm einen ärgerlichen Blick zu. *Dies sieht ihr ähnlich, sie sieht nur eine Einzelheit, selbst wenn es ums große Ganze geht.*

Kupferdonner lehnte sich zurück, die Hände um die Knie gelegt. »Rabe hatte im Großen Tempel von Aufsteigender Weißer Rauch gefeiert. Etwas fiel zwischen den beiden vor. Ich weiß nicht, worüber sie sich in jener Nacht stritten, aber jeder innerhalb der hohen Mauern konnte ihre Stimmen hören, wenn auch nicht verstehen, worum es ging. Doch dem Ton nach war es eine scharfe, bittere Auseinandersetzung.

Ich wartete am Einlass zum hohen Haus von Rabe. Es befand sich auf einem Hügel am Ende der Stadt, oberhalb des Flusses des Schwarzen Kriegers. Von dort aus sah ich Rabe über den Platz kommen. Vor der Pyramide blieb er stehen. Die Schädel stanken erbärmlich. Am Tag verwesten sie unter einer schwarzen Schicht von Fliegen, und bei Nacht wurden sie von Maden geschüttelt. Mit einem Grollen, das tief aus seiner Kehle kam, kletterte Rabe schließlich hinauf. Er ließ ein Furcht erregendes Gewinsel hören, und dann warf er einen Kopf nach dem anderen hinunter. Sie schlugen dumpf auf dem harten Boden auf.

Voller Entsetzen sah ich zu, wie er den letzten wie einen Stein in die Luft warf. Er kullerte wie die anderen über den Boden und blieb schließlich liegen. Dann begann Rabe zu laufen. Aus dem Schatten sah ich ihn die Stufen zu seinem Haus hinaufeilen, er nahm immer drei auf einmal. Als er durch das Tor kam, sah ich sein Gesicht im Mondlicht. Tränen waren in silbernen Bahnen über seine Wangen gelaufen. Seine Miene glich der eines Geistes, der eines Mannes in Todesqual.«

Kupferdonner starrte gedankenverloren ins Feuer, als erlebte er die Ereignisse in jener Nacht noch einmal.

»Und deswegen nennst du ihn einen Zauberer?« fragte Jagender Falke.

Kupferdonner erschauerte, als fröstelte er plötzlich. »Du hättest ihn sehen müssen. Wenn je ein Mann von bösen Geistern besessen war, dann Rabe in jener Nacht.«

»Und was hat er dann getan?«, fragte Muschelkamm, die die Perlen in ihrem Schoß vergessen hatte.

Kupferdonner schüttelte den Kopf. »Ich weiß nur, was meine Mutter mir erzählte. Sie war im Haus. Sie sprach danach nie wieder darüber. Sie hielt ihn davon ab, sich das Leben zu nehmen.« Kupferdonner verzog die Lippen. »Das werde ich ihr nie verzeihen.«

Jagender Falke biss sich auf die Unterlippe. »Hat er je gesagt, warum er so außer sich geraten war?«

Kupferdonner zuckte die Achseln. »Ich war noch ein Junge, und ich hatte Angst. Ich versteckte mich. Am nächsten Morgen war er fort. Verschwunden. Niemand hat ihn je wieder gesehen. Ich hielt ihn schon lange für tot – bis ich ins Langhaus des Häuptlings kam und ihn dort fand, lebendig ... und voller Gift wie eh und je.«

»Wer immer er ist, jedenfalls wurde er nicht bei den Schlangenhäuptlingen geboren.« Muschelkamm gestikulierte mit der Ahle. »Er hat keinen Akzent.«

»Nein, er ist von hier«, bestätigte Kupferdonner. »Er und Mutter sprachen oft über die Clans und die Erntezeiten. Er wurde hier geboren.«

»Aber wie heißt sein Clan?« Muschelkamm schien völlig verwirrt. »Er behauptet, man hielte ihn für tot. Er habe keinen Clan. Hat er deiner Mutter gegenüber je etwas darüber erwähnt?«

»Wenn ja, hat sie nie etwas verraten.«

»Was geschah mit deiner Mutter?«, fragte Jagender Falke.

»Der Häuptling, den Aufsteigender Weißer Rauch zum Nachfolger von Rabe ernannt hatte, wurde ihrer überdrüssig. Und wenn er sie bestieg, dann schrie sie vor Schmerzen, es war ganz anders als bei Rabe. Er schlug ihr schließlich mit der Keule den Schädel ein.« Er biss die Zähne zusammen, die Kiefermuskeln traten hervor.

Jagender Falke tätschelte ihren Hund und winkte einer Sklavin, von der sie sich auf die Beine helfen ließ. Sie schwankte etwas und seufzte. »Es ist spät. Ich gehe jetzt schlafen. Großer Tayac, ich muss sagen, es war ein erhellender Abend. Ich werde deine Worte und deine Ratschläge bedenken.«

Damit wandte sie sich ab und humpelte hinter den Mattenvorhang. Kaum hatte sie sich ausgezogen und auf die Schlafbank gelegt, brüllte Kupferdonner: »Jemand hat meine Keule genommen! Wer? Wer war es? Wenn ich ihn finde, bringe ich ihn um!«

Neuntöter betrat das Haus der Toten und trug ein in Matten gerolltes Bündel unter dem Arm. Er nickte Jaguar zu, ging am äußeren Feuer vorüber durch den langen Gang zum Heiligtum und berührte dabei die Wächter mit ungewohnter Ehrerbietung. Zu der Frage in den Augen von Grüne Schlange nickte er und legte das Bündel auf eine der Schlafplattformen.

»Das ist es also?«, fragte Grüne Schlange, der sich über die Gebeine von Rote Schlinge beugte.

»Das ist es.« Neuntöter holte tief Luft; er fühlte sich nicht wohl angesichts der Verschwörung, auf die er sich eingelassen hatte.

Jaguar betrat das Heiligtum, die Hände erwartungsvoll verschränkt. Das ewige Feuer erfüllte das Haus der Toten mit seinem gelben Licht; das Holz knarrte wie aus Protest gegen ihren Plan.

Jaguar rollte die Matte auf und hob die schwere Keule heraus. Er hielt sie hoch und starrte auf das glatt geschliffene Holz mit der feinen Schnitzerei. »Es ist mir noch nie aufgefallen … es ist eine Arbeit im Stil des Schwarzen Kriegers.«

»Hat das etwas zu bedeuten?«, fragte Neuntöter und blickte den alten Priester an. Grüne Schlange sang einen Gebetstext vor sich hin und schüttelte dabei die Rasseln, um die Geister zu beruhigen.

Die Statue von Okeus, von den tanzenden Flammen beleuchtet, schien zu grinsen, die Muschelaugen voller Schadenfreude. Der Gesichtsausdruck des Gottes erschreckte und verwirrte Neuntöter. Bei jedem Knarren des Hauses, das dem scharfen Wind ausgesetzt war, fuhr er zusammen. Auch eine Maus hätte ein erboster Dämon sein können, der sich leise näher schlich.

Jaguar hob die Keule ins Licht, und seine Blicke tasteten sie aufmerksam ab. Der Kupferdorn leuchtete in einem blutigen Orange. Nur wenige Augenblicke zuvor, an der Tür des Hauses der Toten, hatte Neuntöter die in die Matte eingerollte Keule aus den Händen der vor Angst halb wahnsinnigen Weißer Otter entgegengenommen. Das Mädchen hatte sich auf der Ferse umgedreht und war ins Haus der Mutter gestürmt, in die wohlverdiente Sicherheit.

Neuntöter erschauerte, denn er war sich der Geister der Ahnen auf der Galerie bewusst, von der die geräucherten und eingewickelten Leichname auf ihn hinunterstarrten. Die Augen von Okeus hatten nun eine gelbliche leuchtende Tönung angenommen, die der Seele Übelkeit verursachte.

»Diese Art von spitzem Stein« – Jaguar tippte auf die geschärfte Spitze – »kommt von den Bergen oberhalb vom Knie des Schlangenflusses. Der Stein wird im Mittelland gehandelt, über die Wasserscheide und den Fluss des Schwarzen Kriegers transportiert. Zu einem Teil gelangt er auch über den Schlangenfluss zu Vater Wasser bis hin zur Küste.«

»Und das Kupfer?«, fragte Neuntöter, der den dicken Dorn, der aus dem schweren Kopf hervorragte, beinahe mit Neid betrachtete.

»Aus dem hohen Norden. Es kommt die Flüsse hinab, und das Metall ist viel besser als das aus den Bergen hier in unserer Gegend. Ich habe ganze Platten davon gesehen, zwei Armlängen lang und fast ebenso breit. Ich kannte einmal einen Häuptling, der wollte in einem mit Kupfer ausgeschlagenen Grab liegen. Ich weiß nicht, ob es ihm gelang oder nicht, aber diese Geschichte vermittelt immerhin einen Eindruck von dem Reichtum, den die Schlangenhäuptlinge erworben haben.«

»Fantastisch!«, murmelte Neuntöter.

»Nein, Häuptling, sie sind nur ein Haufen Leute wie alle anderen auch. Nicht besser, nicht schlechter. Bewahre dir dieses Gefühl der Bewunderung für die Geburt deines nächsten Kindes auf. Denn sie, mein Freund, ist etwas wirklich Wunderbares.«

Neuntöter strich über den Schaft der Keule. »Ist dies also Kupferdonners saubere Arbeit.«

Jaguar lachte leise. »Kupferdonners Arbeit? Der soll diese Keule gefertigt haben? Darauf solltest du nicht dein Leben verwetten. Nein, wirklich nicht, Häuptling! Kupferdonner hat sie gestohlen.«

»Gestohlen?«

»Aber natürlich. So wie er auch den Spinnenanhänger und seine übrige Kostümierung gestohlen hat. Nur Okeus weiß, wer sein Gesicht tätowierte, aber er stammte jedenfalls nicht aus dem Haus eines edlen Mannes. Was immer er heute ist, bei den Schlangenhäuptlingen war er ein Sklave, und davor war er der Sohn eines Händlers.«

»Ich verstehe dich nicht.«

»Nein? Häuptling, kann ein Sklave ein Weroanzi werden?«

»Natürlich nicht. Man wird geboren, um … ach so, ich verstehe.«

Jaguars Augen glitzerten. »Das ist doch merkwürdig, nicht wahr? Ein Weroanzi kann als Sklave enden, aber ein Sklave kann niemals zu einem Weroanzi werden.«

»Außer Kupferdonner, der scheint nun am Ende der Große Tayac geworden zu sein.«

»Richtig.« Jaguar packte die schwere Keule, hielt sie von sich und prüfte Gewicht und Gleichgewichtspunkt. »Kwiokos, ich glaube, wir sind jetzt bereit für dich.«

Grüne Schlange erhob die Stimme und sang sein Lied, und die Rasseln zischten im Takt seiner dröhnend vorgebrachten Worte. Als er fertig war, blickte er zu Okeus und den Vorfahren hinüber und verbeugte sich.

Die Geister waren nun besänftigt, und er steckte die Rassel in seinen Gürtel und ging auf die andere Seite des Feuers, wo die Gebeine von Rote Schlinge auf der Matte lagen. Ihre Haut weichte daneben in einem Topf, der Prozess der Gerbung hatte begonnen.

Grüne Schlange nahm ihren Schädel und trug ihn zur Plattform. »Verzeih uns, Rote Schlinge, aber wir müssen es tun. Hilf uns, Rote Schlinge! Wir suchen den Mann, der dir dies antat. Hilf uns, damit wir den Mörder der Strafe zuführen können, die er verdient.«

Der Schädel lag nun auf der Plattform, und Jaguar hob die Keule hoch, setzte das spitze Ende in ein Loch und versuchte, den Kupferdorn in die andere Einbuchtung einzupassen.

Neuntöter holte tief Luft und bemühte sich, die Keule am Schädel des Mädchens ruhig zu halten. »Drehen wir sie um.« Er packte den Schädel, der glatte Knochen war kalt wie Stein unter seinen warmen Fingern. Jaguar hielt die Keule, und Neuntöter versuchte, Keulenkopf und Dorn in die Löcher einzupassen.

Grüne Schlange hob eine Braue. »Ich würde sagen, sie passt nicht.«

»Das sehe ich ebenso«, nickte Neuntöter zustimmend. »Der Abstand zwischen Kopf und Dorn der Keule von Kupferdonner ist zu groß.«

»Das ist er tatsächlich. Und die Form des Kopfs passt ebenfalls nicht.« Jaguar beugte sich nieder und spähte mit zusammengekniffenen Augen auf das konisch zulaufende Kopfende der Keule. »Die Keule, die den Schädel von Rote Schlinge zertrümmerte, hatte einen eckigen Kopf.«

»Und nicht ein Kupferdorn ist für das zweite Loch verantwortlich«, fügte Neuntöter hinzu. »Der Kupferdorn auf der Keule des Großen Tayac wäre schlitzförmig in den dünnen Knochen eingedrungen, so wie man mit einer scharfen Muschelschale durch einen Kürbis schneidet. Dieser Schlag jedoch durchbohrte ihren Schädel nicht, sondern zertrümmerte ihn.«

Jaguar ließ seufzend die Keule sinken. Aus einer Gürteltasche zog er das hölzerne Bruchstück vom Tatort hervor und betrachtete die Keule aufmerksam. Es fehlte kein solches Stück. »Wieder eine Spur, die im Dickicht endet.« Er starrte gedankenverloren auf den Schädel. Im Feuerschein grinste er ihn an. Der merkwürdige Stummelzahn schimmerte im Licht.

Neuntöter rieb sich den Nacken. »Ach, wie gern hätte ich gesehen, dass alles zusammenpasst. Mit welcher Wonne hätte ich Kupferdonner dies vorgeführt.«

»Es entlastet ihn noch nicht«, sagte Jaguar warnend. »Wir wissen jetzt nur, dass er sie nicht mit dieser Keule umbrachte. Dieser Holzspan hier, den wir dort oben fanden, der passt vielleicht zu einer anderen Keule.«

»Aber er hätte doch sicher seine eigene Waffe benutzt. Diese Keule trägt er schließlich mit sich herum wie eine Art persönlichen Totem.«

Jaguar starrte mürrisch auf den Schädel. »Die Antwort liegt dort«, sagte er nachdenklich. »Sie will uns etwas zeigen. Aber … was?«

Neuntöter blickte den Schädel zweifelnd an. »Ältester, es ist nur ein Schädel auf einer Matte.«

»Richtig, Häuptling.« Des Alten Blick ging plötzlich ins Leere. Er stützte sich auf die Keule. »Einen solchen Zahn sah ich schon einmal.«

»Ältester?« Neuntöter beugte sich hinunter, um die Zähne von Rote Schlinge zu betrachten. Blut befleckte die Wurzeln, aber die Zähne, die aus dem Knochen ragten, waren weiß poliert worden.

»Es war nur ein Gedanke, Häuptling. Ich muss es noch genauer untersuchen.«

»Möchtest du nicht …«

»Nein, jetzt nicht. Ich möchte …«

In diesem Augenblick ertönte draußen Geschrei. Neuntöter richtete sich auf. Er hörte eine Stimme: »… was gestohlen?«

»Ich glaube, der Große Tayac hat den Verlust seiner Keule entdeckt.« Jaguars Lippen kräuselten sich zu einem Lächeln. »Entschuldigt mich jetzt, ich möchte ihm sein Eigentum zurückgeben.«

»Du, Ältester? Wie ich gehört habe, will er dich ohnehin töten!«

»Umso mehr Grund für mich, ihm seine Keule zurückzugeben. Meinst du nicht auch? Ein Versuch, die tobenden Wasser zu beruhigen.«

»O ja. So kommen Wirbelstürme zustande.«

»Nur zu bestimmten Zeiten im Jahr, Häuptling.« Mit einem Nicken zeigte er Grüne Schlange seine Dankbarkeit, schwang die schwere Kriegskeule über seine knochigen Schultern und marschierte zum Einlass.

Es war kalt, als der Tag begann, der Himmel war klar und im Osten rosafarben getönt, als die Wintersonne durch die kahlen Zweige auf den Hügelkamm schien. Jaguar trat aus den Palisaden hinaus und blickte über die Felder; wie Nebel stieg sein Atem in die Luft.

Die schwarzen Stümpfe längst abgestorbener Bäume ragten wie verfaulte Zahnstummel aus dem Boden. Unkrautstängel und verdorrtes Gras – als Brennmaterial nicht ergiebig genug – verliehen dem von vielen Füßen zertrampelten Schnee an manchen Stellen einen lohfarbenen Schimmer.

Gestern war es so warm gewesen, dass die obere Schneeschicht geschmolzen war, aber der Nachtfrost hatte erneut eine starke Kruste gebildet. Bei jedem Schritt krachten Jaguars Mokassins in den weichen Schnee darunter.

Bucklige Langhäuser standen auf den Feldern verstreut. Auf den Schilfdächern glitzerte der Reif, und dünne blaue Rauchfähnchen stiegen durch die Abzugslöcher in den Himmel. Man brauchte nicht viel Fantasie, um in den Schneewellen des Feldes verzauberte Walfische liegen zu sehen.

Jaguar sah die Frau, die er suchte, sofort. Sie hatte gerade ihre Notdurft erledigt und richtete ihr Kleid. Er zog sich die Decke fester um die Schultern und widerstand dem Drang, in der Kälte des Morgens mit den Zähnen zu klappern.

»Ich grüße dich, Muschelkamm«, sagte er fröhlich und ging auf sie zu. »Ich bin erstaunt, dich schon so früh zu sehen, nach all den Aufregungen der letzten Nacht.«

Sie blickte ihn skeptisch an und zog dabei eine schmale Braue in die Höhe. »Aufregung, die wir dir zu verdanken haben, Ältester.« Sie verzog die Lippen. »Ich würde ja immer noch gern wissen, wie es dir gelang, Kupferdonners Keule zu stehlen.«

»Das würde er selbst bestimmt ebenso gern wissen.« Jaguar zuckte die Achseln und setzte sich auf einen verwitterten Baumstumpf. Wenn sich die Leute ein neues Feld urbar machen wollten, ringelten sie die Bäume, damit sie abstarben. Anschließend hackten und brannten sie abwechselnd, um das Land zu roden. Die Stümpfe konnten sie jedoch nicht beseitigen; deshalb pflanzten sie darum herum, bis sie endlich verrottet waren.

Muschelkamm lächelte. »Sag mal, hast du ihn damit nur reizen wollen? Wenn ja, warst du erfolgreich. Er raste vor Wut und fluchte die ganze Nacht lang. Hätte er die Gelegenheit dazu gehabt, hätte er dich sicher auf der Stelle umgebracht.«

Jaguar tat höchst überrascht. »Was? Hat er mir etwa nicht geglaubt, dass ich sie auf einem alten Brennholzstapel bei Grüne Schlange gefunden habe? Ich hätte geschworen, dass sie als Opfergabe für Okeus gedacht war. Wie könnte man den falschen Gott denn besser ehren als mit einem schönen, warmen Freudenfeuer?«

Sie verschränkte die Arme vor der Brust und stieß weißen Atem aus. »Er hasst dich. Am Ende wird er dich töten.«

»Vielleicht. Aber ich werde es ihm schwer machen.« Jaguar schob den Gedanken beiseite. »Muschelkamm, ich bin ein alter Mann, und, um ehrlich zu sein, wenn ich noch weitere fünf Winter überstehe, dann ist es ein Wunder.« Er rieb sich die Knie. »Diese Gelenke haben nicht mehr die Spannkraft von früher. Ich glaube, ein Mensch fühlt sein Ende kommen.«

»Wie alt bist du?«

»Zu alt. Fast siebenmal zehn.« Er lächelte gedankenverloren. »Es ist doch sonderbar. Die meisten alten Menschen sehen mit einigem Glück viermal zehn Blätterblüten. Aber dann gibt es ein paar aus der Art geschlagene wie deine Mutter und mich, die offenbar ewig weitermachen.«

»Nicht jeder Altgewordene wird Ältester genannt mit der Ehrfurcht, die deinem Alter gebührt.«

»Das ist wohl richtig.« Er starrte hinaus auf die Felder, die kleine erdige Buckel aufwiesen, wo Mais, Bohnen und Kürbisse geerntet worden waren. Diese drei Pflanzen vertrugen sich gut, sie teilten sich die Erde und waren alle mit der Gesellschaft der andern zufrieden. Warum konnten die verschiedenen Stämme nicht gleichermaßen Rücksicht aufeinander nehmen? »Und einige andere wie die junge Rote Schlinge erreichen nicht einmal annähernd das Alter der meisten.«

Muschelkamm nickte und senkte den Blick. »Gestern Abend, am Feuer der Weroansqua, stellte Kupferdonner eine gute Frage. Was interessiert dich so an dieser Angelegenheit?«

»Die Angelegenheit mit Rote Schlinge?« Jaguar breitete die Hände aus. »Ich habe meine Gründe. Außerdem bin ich ein schrulliger Greis. Die meisten halten mich für einen schrecklichen Zauberer. Ich kann ihre Denkweise nicht ändern und werde daher meiner Art und meinen Gründen folgen.«

»Du hattest einmal eine Tochter?«

»Nein. Eine … eine gute Freundin. Eine Geliebte. Aber sie war mir nicht bestimmt.«

»Ich habe nie einen Liebhaber verloren.« Sie schaute zur Seite. »Dies ist ein Schicksal, das ich mir erspart habe.«

Er presste die Ellbogen fest an seinen Körper. Es war wirklich bitterkalt »Dann wirst du also Kupferdonner heiraten?«

Sie zuckte die Achseln. »Ich weiß es noch nicht. Anfangs hielt ich es für eine gute Idee. Damit wäre das Bündnis gesichert. Aber jetzt bin ich nicht mehr so sicher.«

»Was höre ich? Vernünftiges von der unvernünftigen Muschelkamm?«

»Ist dies die Meinung der Leute?«

»Beantworte diese Frage selbst.«

Mit trüben Augen blickte sie über die Felder. »Sie haben wahrscheinlich Recht, Ältester. Wenn man der Verantwortung aus dem Weg geht, dann hat man das Problem, dass Okeus einen am Ende einholt. Was wir auch tun, wir zahlen alle für unsere Fehler.«

Er nickte. Durch die Zeit zurückschauend sah er sie, diese großen dunklen Augen direkt vor sich, seine Hand, die über ihr schimmerndes, rabenschwarzes Haar und weiter über ihre Wange strich. Wie glatt ihre Haut gewesen war! Sein Herz mit dem Loch darin sehnte sich schmerzlich nach ihr, so wie es sich sein Leben lang nach ihr gesehnt hatte.

Muschelkamm seufzte leise, und Jaguar blickte auf. Welch anziehende Frau sie doch war, das Haar immer noch dicht und schwarz, die Haut beinahe faltenlos. Ja, er sah Rote Schlinge in ihr, eine überwältigende jüngere Ausgabe von Muschelkamm, die frohe Verheißung des Lebens noch nicht von Alter und Sorge getrübt.

Sie bemerkte seine Aufmerksamkeit und fragte: »Wie siehst du mich an, Ältester? Doch sicher nicht begehrlich?«

»Ich bin nur alt, Muschelkamm, nicht tot. Du bist eine hinreißende Frau.«

Sie änderte verlegen die Haltung und lächelte über das Kompliment. »Du schmeichelst mir, Ältester. Aber ich frage mich: zu welchem Zweck?«

»Es gibt keinen Zweck. Wenn ein Mann eine schöne Frau nicht mehr bewundern darf – und sich sogar noch etwas dabei wünscht –, dann läge er doch besser auf der Plattform bei den anderen im Haus der Toten.« Er zögerte. »Lächle für mich, Muschelkamm. Sieh mir in die Augen und schenk mir dein innigstes, dein wunderbarstes Lächeln.«

Sie ging in die Knie, legte ihm die Hände auf die Schultern, sah ihm tief in die Augen und schenkte ihm ihr strahlendstes Lächeln, in dem ihre vollkommenen weißen Zähne aufblitzten. Nach einer Weile fragte sie: »Genügt es dir?« Eine Braue ging in die Höhe. »Oder willst du mehr?«

Er lachte in sich hinein. »Natürlich will ich mehr, aber ich weiß leider nur allzu gut, was ein Mann in meinem Alter noch vertragen kann. Nein, nein, meine Liebe, die Zeiten, als ich noch bei einer Frau liegen konnte, sind lange vorbei. Die Glieder werden im Alter kraftlos. Und jenes bestimmte Glied ist nur noch dazu bestimmt, das nächtliche Wasser abzulassen.«

Muschelkamm tätschelte seine Schulter und richtete sich auf. »Bei Okeus! Weißt du, Ältester, ich wünschte, du hättest ein paar Mal zehn Blätterblüten weniger gesehen. Ich möchte wetten, wir beide würden ein gutes Paar abgeben.« Sie machte eine Pause. »Du bist doch nicht vom Grünstein-Clan, oder?«

»Nein, nicht Grünstein, weder jetzt noch jemals.« Er blickte auf. »Denkst du immer noch ans Fortlaufen, um diesem ganzen Clangeschäft aus dem Weg zu gehen? Ich erinnere mich, wie du mich am ersten Tag mit einiger Sehnsucht angesehen hast. Du könntest immer noch gehen. Vielleicht noch die Sonnwendfeiern abwarten und dann verschwinden.«

»Dafür ist es zu spät«, antwortete sie traurig.

»Ach ja, ich vergaß. Die Fremdartigkeit bei den Susquehannocks gefiel dir nicht.« Er wärmte sein Gesicht in der Sonne. »Wie lange ist sie her, diese Reise nach Norden?«

»Seither habe ich die Blätter zehnmal und siebenmal kommen sehen.«

»Ist die Erinnerung noch frisch?«

»O ja«. Sie schloss die Augen und lächelte. »Ich sehe alles vor mir, als wäre es gestern gewesen.«

Er grinste sie an. »Wie gefiel dir die Zeremonie ›Weißer Hund‹?«

Sie verzog das Gesicht. »Sie war recht lächerlich. Denk doch, ein starkes Volk wie die Andaste müssen einen kleinen weißen Hund töten und ihn verbrennen, um dem Gott eine Botschaft zu senden. Wie würdest du dich als Okeus fühlen, wenn das Volk dir einen Hund als Botschafter schickt? Es ist ... es ist eine Beleidigung.«

»Und es dauert tagelang.«

Sie nickte. »Vielleicht haben sie nichts anderes zu tun, wenn sie nur in ihren Langhäusern sitzen, und um sie herum ist nichts als Schnee.«

»Es ist die Mitte des Winters. Was kann man von dem Land dort oben erwarten?« Er machte eine Pause. »Also, wenn du die Opferung eines kleinen weißen Hundes für lächerlich hältst – was würdest du denn schicken?«

»Einen Menschen natürlich.« Muschelkamm zuckte die Achseln. »Gibt man sich nicht deswegen im Haus der Toten so viel Mühe mit unseren Vorfahren? Im Gegensatz zu den Andaste können wir für uns selbst sprechen.«

»Und die Grünmais-Zeremonie? Ist die so anders als unsere?«

»Ja, das ist sie, Ältester.« Sie hob einen Finger, um ihren Worten mehr Nachdruck zu verleihen. »Die dummen Andaste tanzen bei jeder Zeremonie denselben Tanz. Immer wieder den Federtanz. Worum es auch geht – Winter, Frühling, Maisreife, Ernte oder Herbst – immer und immer wieder denselben Tanz. So gelangweilt wie bei dem *Ah-do'-weh* war ich nie zuvor in meinem Leben. Eine eintönige Rede nach der anderen. Und die Masken! Falsche Gesichter, buschige Gesichter hopsen herum wie die Ungeheuer.« Sie schüttelte den Kopf. »Da sind wir doch viel gescheiter. Die Geister kommen und leben im Innern der Wächtersäulen. Wir laden sie nicht ein, in unsere Körper zu kommen.« Plötzlich verlegen blickte sie ihn an.

»Nein, Muschelkamm, ich bin von keinem anderen Geist besessen als von meinem eigenen, und ich muss sagen, ich habe mehr als genug mit ihm zu tun.« Er lächelte zur Sonne hinauf. »Es ist merkwürdig, dass die Menschen, so sehr ich auch protestiere, darauf beharren, dass ein Mensch den Wunsch haben kann, ein Zauberer zu sein. Lieber würde ich mir den rechten Arm abhacken, als mir von der Macht so etwas einzuhandeln.«

Muschelkamm spielte mit der Ecke ihres Federumhangs. »Wenn du zurückgehen und irgendetwas anderes machen könntest – was würdest du tun, Ältester?«

Er zog nachdenklich die Brauen zusammen. »Oh, ich würde alles anders machen. Vorausgesetzt, ich könnte zurückgehen, wissend, was ich jetzt weiß, um mit mir selbst zurate zu gehen. Das meinst du doch, nicht wahr? Denn schließlich sind es vor allem Leidenschaft und Unerfahrenheit, die uns Fehler machen lassen.« Er zuckte die Achseln. »Und wie ist es mit dir, Muschelkamm?«

In der Tiefe ihrer dunklen Augen sah er einen großen Schmerz. »Wenn ich etwas anders machen könnte, dann wäre ich gern auf die Welt gekommen wie du, Ältester.«

»Wie ich?«

»Ja, ich möchte wie du sein. Wieviel besser ist es, dein Leben gelebt zu haben als meines.« Und damit wandte sie sich ab und ging mit schnellen Schritten zu den Palisaden hinüber.

Er sah ihr nach; das Sonnenlicht tanzte auf ihren Hüften und filterte blaue Streifen aus ihrem glänzenden schwarzen Haar.

»Ah, schöne Muschelkamm, ich beginne, dich zu verstehen. Du und ich, welch ein Paar! Und Okeus reitet auf unseren Schultern – und lacht und lacht.«

Zwei

Neuntöter stand neben Jaguar am Anlegesteg. Eine eisige Brise blies vom Wasser her, und er zog seinen Federumhang fest um die Schultern. Der alte Mann keuchte und schnappte nach Luft. Die Kälte und der Wind setzten ihm zu, und er war längst nicht mehr so gut zu Fuß wie früher.

»Du weißt, was du zu tun hast?«, rief er zu Sonnenmuschel hinüber. Sie stieß das Kanu in tieferes Wasser und stieg in das wacklige Boot. Die Kälte hatte das Wasser dunkel gefärbt. Im Sommer war es undurchdringlich grün, und Neuntöter hatte noch nie verstanden, warum die Farbe sich mit den Jahreszeiten änderte.

Sonnenmuschel versuchte, das Kanu auf der Stelle zu halten. Sie rief: »Ich soll Steinknolle in Drei Myrten aufsuchen und ihm dieses Kupferstück geben.« Sie hielt ein glänzendes Stück Metall hoch und sandte den beiden Männern ein Lächeln. »Er soll Schwarzer Dorn und Wilder Fuchs nach Flache Perle bringen.«

»Und wenn Schwarzer Dorn nicht kommen will?«, rief Neuntöter.

»Dann werde ich ihm sagen, dass Jaguar auf dem Weg zu ihm ist, diesmal an der Spitze der Krieger von Flache Perle.«

»Sag ihm, dass wir den Verdacht gegen Wilder Fuchs fallen lassen!«, brüllte Jaguar. Er winkte Sonnenmuschel nach, als sie den schmalen Einbaum auf das offene Wasser hinaus lenkte.

»Den Verdacht gegen Wilder Fuchs fallen lassen?«, fragte Neuntöter sanft und warf Jaguar einen fragenden Blick zu.

»Oh, und das ist keine Lüge, Häuptling.« Der Alte lächelte verschmitzt. So oder so kommt die Wahrheit ans Licht. Und sollte der Junge am Ende mit gebrochenen Armen und Beinen ins Feuer geworfen werden, wird es keinen Zweifel an seiner Schuld geben.«

Neuntöter stützte die Hände in die Hüften. »Ich hoffe, du weißt, was du tust.«

»Alles zu seiner Zeit, Häuptling.« Jaguar zitterte vor Kälte. »Ich werde diese Angelegenheit noch vor der Sonnenwendfeier zum Abschluss bringen. Jetzt passen die Bausteine endlich zusammen. Wie bei einem Topf, der am Boden zerschellt; es dauert nur eine Weile, bis die Scherben wieder richtig zusammengesetzt sind. Doch plötzlich steht es wieder vor uns, das Gefäß, als ob es nie zerbrochen wäre.«

»Aber es wird nie mehr Wasser halten,« warf Neuntöter ein.

»Natürlich nicht«, erwiderte Jaguar traurig. »Aber das wussten wir bereits, als der Topf hingefallen war, nicht wahr, Häuptling? Die Welt zerbrach, als ein Schlag Rote Schlinges Schädel zertrümmerte. Für die Betroffenen wird nichts mehr so sein wie vorher, und erst recht nicht für den Mörder.«

»Du sprichst in Rätseln, Ältester.« Neuntöter sah, wie Sonnenmuschel um die Landspitze fuhr, und das Kanu wurde schließlich von den Bäumen, deren Äste dicht über dem Wasser hingen, verdeckt.

»Rätsel? Aber keineswegs.« Jaguar wandte sich um. »Komm, wir gehen zu deiner Schwester. Sie war gerade dabei, Kürbisbrei zu kochen, als ich dich bat, mich hier zu treffen.«

Zwischen den umgekippten Kanus hindurch gingen sie zurück. Inzwischen war es so warm geworden, dass der Schnee schmolz; auf dem Steg war der Boden rutschig. Neuntöters Mokassins sogen sich voll Wasser; er hatte kalte Füße.

»Ich verstehe immer noch nicht, warum du Schwarzer Dorn und Wilder Fuchs hier haben willst.« Neuntöter schluckte schwer, als sein scharfer Verstand die einzig mögliche Erklärung fand. »Möwenscheiße und Fledermausdreck! Du glaubst doch nicht ...«

Jaguar verzog das Gesicht. Seine ledrige Haut war in der Kälte rot angelaufen. »Der junge Mann hat gelogen, Neuntöter. Ich drohte ihm damit, dass ich ihm in einem solchen Fall die Haut abziehen würde, aber dazu hätte ich auch nach Drei Myrten gehen können. Nein, ich brauche ihn hier! Er ist die Scherbe des Topfes, die uns noch fehlt, verstehst du? Er ist der Beweis, wenn du so willst.«

Neuntöter schnitt eine Grimasse. »Es fällt mir immer noch schwer zu glauben, dass er Rote Schlinge getötet hat. Nach allem, was wir wissen, war der Mörder ein anderer. Wahrscheinlicher scheint mir sogar, dass es die Weroansqua war.«

»Vielleicht ist es ihre Absicht, uns in diesem Glauben zu lassen. Wenn ich mit meinen Vermutungen richtig liege, wird die Weroansqua eine sehr unglückliche Frau werden.«

Neuntöters Magen zog sich zusammen. »Schluss mit den Andeutungen! Sag mir endlich, was du denkst, Ältester.«

Jaguar blieb unvermittelt stehen. »Noch nicht, Häuptling. Meine Vermutungen werden viele Leute vollkommen durcheinander bringen. Zuerst will ich ganz sicher sein und dann in Ruhe darüber entscheiden, was ich mit meinem Wissen anfangen werde.«

»Das ergibt doch alles keinen Sinn.«

»Doch.«

Das herzliche Lächeln und die Trauer in den Augen des alten Mannes milderten Neuntöters schlimmste Befürchtungen.

»Ältester, ich weiß alles, was auch du weißt. Wenn alles so klar ist, warum kann ich es nicht sehen?«

»Weil du, mein Freund, von deiner eigenen Wahrheit geblendet wirst.« Jaguar ging weiter zu den Palisaden. »Die Menschen sehen die Welt, so wie man sie lehrte, sie zu sehen. Auch du hast eine bestimmte Sichtweise gelernt, und wenn du in eine andere Richtung blickst, dann siehst du doch nur die Muster, die du zu sehen erwartest. Wie ein Mann, der in den Nebel schaut. Du glaubst, dass die Welt dieselbe wie vorher ist, wenn der Nebel sich hebt. Vielleicht, Häuptling, will ich den Nebel gar nicht aufreißen. Vielleicht irre ich mich, und es ist gar nicht das dahinter verborgen, was ich vermute.«

»Das beruhigt mich nicht.«

»Es soll dich nicht beruhigen, Häuptling.«

Sie gingen durch den Einlass in den Palisaden hindurch und überquerten den Platz. Die Säulen der Wächter warfen lange Schatten in dem Sonnenlicht, das auf ihren geschnitzten Gesichtern lag. Man hatte schon angefangen, ihnen angesichts des bevorstehenden Sonnenwendfestes Opfergaben zu Füßen zu legen. Die Sonnenwende war für die Menschen – nach der Maisreife im Spätsommer – die zweitwichtige Zeremonie. Mit den Feierlichkeiten sagten sie Erster Mann Dank für das vergangene Jahr und flehten ihn an, seine Reise nach Norden anzutreten, um der Welt wieder Wärme und neues Leben zu bringen.

Heute wirkte das Haus der Toten mit der verwitternden Seitenwand aus Borke grau und abweisend. Neuntöter fühlte die Anwesenheit von Rote Schlinge förmlich durch die Wände hindurch. Er sah im Geiste Okeus in seiner Nische sitzen, und seine Augen glühten im Feuerschein bösartig. Ein kalter Schauer lief ihm über den Rücken.

»Wenn es aber schließlich doch nicht richtig ist, Ältester, was wird dann aus den Unabhängigen Dörfern? Worauf muss ich mich vorbereiten?«

Jaguar rieb sich das Kinn; nachdenklich blickte er zu Boden. »Auf das Schlimmste.«

»Krieg mit dem Großen Tayac?« Neuntöters Blick wanderte zu den jungen Kriegern, die etwas abseits mit Weidenstumpf sprachen und seine Haartracht bewunderten.

»Vergiss nicht den Mamanatowick. Wasserschlange liegt immer sprungbereit auf seinem Lager, um jederzeit losschlagen zu können. Und sollte er die plötzlich auftauchende Gelegenheit übersehen, dann warten schon Steinfrosch und seine Conoy im Norden auf einen günstigen Augenblick.«

»Statt mit denen hätte ich lieber mit Wasserschlange zu tun. Er hat den längeren Weg und muss über das Wasser.«

Neuntöter zog seinen Federumhang fester um sich, als er Spottdrossel erblickte. Der alte Mann stand vor dem Langhaus seiner Tochter. »Ältester, entschuldige mich bitte, aber dort ist ein Mann, mit dem ich sprechen muss. Ich treffe dich gleich im Haus von Rosenknospe.«

»Geh nur, Häuptling. Aber sei gewarnt! Wenn der Kürbis so gut ist wie das letzte Mal, wird für dich nicht mehr viel übrig sein.«

Neuntöter nickte kurz und ging eilig über den Platz. Im Vorbeigehen berührte er die Wächter. Sie beobachteten ihn mit stumpfen Holzaugen, als prüften sie seine Seele.

Spottdrossel war beinahe so alt wie Jagender Falke. Sein Rücken war krumm, und seine Haut sah aus wie eine Nussschale, die zu lange in der Sonne gelegen hatte. In jüngeren Jahren war er ein geachteter Krieger gewesen, aber jetzt waren seine Augen trübe geworden und beim Gehen knirschten seine Knie so laut, dass man es hörte. Wegen der Schmerzen konnte er keine weiten Strecken mehr zurücklegen.

»Ich grüße dich, Ältester«, sagte Neuntöter. Der Alte neigte den Kopf und bog ein fleischiges Ohr nach vorn, um besser zu hören. Sein schütteres weißes Haar schimmerte im Sonnenlicht. Eine einzelne Hüttensängerfeder steckte in dem kleinen Knoten, den er immer auf der linken Seite des Kopfes trug.

»Wer ist da?«, fragte er mit kratziger Stimme.

»Neuntöter, Ältester, der Kriegshäuptling.«

»Rufst mich wohl zum Kampf, oder?« Spottdrossel stieß ein heiseres Lachen aus. »Dann will ich meinen Bogen holen. Aber, weißt du« – er lächelte und entblößte einen zahnlosen Mund – »ich bin gefährlicher für unsere eigenen Krieger als für den Feind.« Mit einem krummen Finger rieb er seine geschwollene Nase und lachte.

Neuntöter stimmte ein und sagte: »Ach, du machst es schon richtig, Ältester. Du richtest genügend Schaden an.«

»Da hast du Recht, Häuptling.« Er streckte einen schlaffen Arm aus. »Aber ich will nicht klagen.« Er schlug sich auf den Oberarm. »Noch kann ich etwas weiter als bis zu meinen Zehen schießen.«

»Einst konntest du viel weiter schießen.« Neuntöter lächelte dem altem Mann zu. »Man erzählt sich, dass du in deiner Jugend einen stärkeren Bogen als ich spannen konntest. Ich hätte mich damals gern mit dir im Bogenschießen gemessen, um Demut zu lernen, wenn du mich geschlagen hättest.«

Der alte Mann nickte, und sein Kopf wackelte auf dem dürren Hals hin und her. »Ja, das hätte mir gefallen.« Er leckte sich die dünnen, braunen Lippen. »Mein einziger Fehlschuss ... das war im Kampf gegen den Mamanatowick. Hatte einen Pfeil auf den alten Sonnenfisch abgeschossen und gut gezielt. Bei all dem Elend, das er über uns gebracht hatte, hätte ich ihm damals mit Wonne sein böses Herz durchbohrt.«

»Das hätte uns allen wohl getan. Und sein Sohn Wasserschlange ist nicht viel besser geraten. Kämpftest du vor oder nach der Geburt des Sohnes gegen ihn?«

Spottdrossel runzelte die Stirn, seinem faltigen Gesicht war die Anstrengung deutlich anzusehen. »Keine Ahnung, ich glaube, es war später. Aber wäre der Alte tot gewesen, hätte der Balg vielleicht all die Tricks, die er jetzt beherrscht, nicht lernen können.«

»Ja, vielleicht.«

Spottdrossel lächelte in die Sonne, aber seine trüben alten Augen blinzelten in die Vergangenheit. »Es war eine gute Zeit damals, eine wirklich gute Zeit.«

Neuntöter ließ den Alten kurz in seinen Erinnerungen schwelgen und sagte dann: »Ältester, ich habe eine Frage an dich.«

»Wenn ich dir helfen kann …«

»Erinnerst du dich an den Morgen nach dem Fest für Rote Schlinge, an den Morgen nach ihrem Tanz? Weißer Otter sagt, du seist schon früh auf gewesen und über den Platz gegangen.«

»He? Ja. Über den Platz, sagst du?«

»Sehr früh. Du warst einer der Ersten, die auf den Beinen waren.«

»Kann nicht mehr so gut schlafen.« Er saugte an seiner Unterlippe und zog eine Schulter hoch. »Das Alter … du weißt schon. Ein alter Mann schläft nicht mehr so lange. Und der Krach, das Singen und das Klatschen. Ich stand auf und zog los, als der Platz noch menschenleer war. Ich sehe nicht mehr gut, weißt du, stoße überall an, bin anderen im Weg. Ich liebe es ruhig und friedlich.«

»Hast du etwas gesehen?«

»He? Hab doch gerade gesagt, dass ich nicht mehr so gut sehe.«

»Ich weiß, Ältester. Aber es geht um den Morgen, an dem Rote Schlinge ermordet wurde. Vielleicht hast du an jenem Morgen etwas bemerkt …«

»Ach ja, jetzt fällt es mir wieder ein. Ich suchte nach meinem Umhang. In der Nacht hatte ich ihn abgelegt.« Der Alte grinste vergnügt. »Ich vergesse manchmal Dinge.«

»Dies hat nichts mit dem Alter zu tun, Ältester.«

»He? Nein, nein, wahrscheinlich nicht.

»Fandest du deinen Umhang?«

»He? Nein, nein. Es stellte sich heraus, dass meine Nichte ihn schon in der Nacht gebracht hatte. Sie gab ihn mir … warte … ja, später, am selben Tag.« Er nickte ernst. »Ich habe mich immer um sie gekümmert. Als kleines Mädchen war sie ein richtiger Wildfang. Hatte das von ihrem Vater, glaube ich. Halbe Hand, erinnerst du dich? Heiratete vor etwa viermal zehn Blätterblüten meine Schwester. Ist jetzt schon lange tot, ein flotter Bär von

Mann war er. Dachte manchmal, ich müsste ihm mit der Keule Manieren beibringen. Aber das Mädchen, das er meiner Schwester geschenkt hat, es ist in Ordnung. Sorgt für mich.«

»Erzähl mir von dem Morgen, Ältester.«

Spottdrossel rieb sich mit der schwieligen Hand das faltige Gesicht. Die langen Fingernägel waren eingerissen und braun. »Humpelte so umher. Konnte den Umhang nicht finden, und es war sehr kalt an dem Morgen. Nicht so kalt wie in diesen Tagen, aber die alten Knie schmerzten mächtig. Nein, den Umhang fand ich nicht, aber eine Decke.«

»Eine Decke? Wem gehörte sie?«

»Keine Ahnung. Nahm an, die würde sich schon jemand abholen.«

»Wo fandest du sie?«

»Na, dort neben dem Haus der Toten. Lag einfach dort herum. Beinahe hätte ich sie nicht gesehen, stolperte aber darüber.« Er schüttelte den Kopf. »Bin nicht mehr so flott auf den Beinen, sie hatte sich mir um den Fuß gewickelt. Die Leute sollten etwas mehr Rücksicht auf alte Männer wie mich nehmen. Wir fallen doch über jeden Dreck, und diese Knie – solche Dummheiten verzeihen sie nicht mehr.«

»Was geschah mit der Decke?«

»He? Legte sie um die Schultern. War doch so kalt, verstehst du? Und ich hatte meinen Umhang verlegt.«

»Auf der anderen Seite des Hauses der Toten also? Was hattest du dort zu suchen?«

»Na, es hätte gut sein können, dass mein Umhang dort lag.«

»Warum gerade dort, Ältester?«

Spottdrossel grinste. Sein zerfurchtes Gesicht wirkte listig. »Dort ist es dunkel, verstehst du? Und die Knie, die taugen nicht mehr viel. Beim Tanzen fiel ich über alle möglichen Leute und stand vielen im Weg. Auch so ein alter Bär wie ich muss einmal Wasser lassen und, um die Wahrheit zu sagen, Häuptling: Wenn du alt bist, dann fließt auch das nicht mehr so schnell und munter wie früher. Braucht eine Weile, bis alles leer ist. Und dort war gleich der Schatten, ich konnte mich an der Wand entlangtasten und in aller Ruhe pinkeln. Ein alter Mann wie ich will keine Kinder dabeihaben, die dann wetten, wie lange der Alte braucht.«

»Verstehe. Du dachtest also, dass du den Umhang vielleicht dort draußen vergessen hättest.«

»Na ja, der fällt mir manchmal von den Schultern.«

Neuntöter dachte darüber nach, ob es nicht vielleicht besser wäre, jung zu sterben. »Und diese Decke, Spottdrossel. Hast du sie noch?«

»He? Na ja. Irgendwann fragt sicher jemand danach. Aber mir war kalt an dem Morgen, da legte ich sie mir um und nahm sie mit nach Hause. Ist doch besser, sie trocken im Haus zu haben, als dass die Hunde sie draußen nass machen.«

»Darf ich einen Blick darauf werfen?«

»Meinst wohl, es ist deine, was?«

»Nein, aber ...«

»Eine so schöne Decke solltest du nicht herumliegen lassen, die könnte ein alter Mann vollpinkeln. Oder die Hunde lassen sich drauf aus. Und wenn du sie schon irgendwo liegen lässt, dann gefälligst dort, wo ein alter Mann nicht drüber stolpert.«

Neuntöter zuckte zusammen. »Ja, sicher, Ältester. Verzeih mir.«

Spottdrossel beugte sich mit knirschenden Gelenken hinunter und trat durch den Einlass des Langhauses.

Während Neuntöter wartete, blickte er über den Platz zum hohen Haus der Toten hinüber und auf die Wand, die bei hell leuchtendem Freudenfeuer im Schatten gelegen hatte. In Rote Schlinges letzter Nacht war dahinter viel geschehen.

Spottdrossel schlurfte endlich aus dem Haus und hielt eine ordentlich zusammengelegte Decke aus Hirschleder in Händen. Sie war sorgfältig gearbeitet, aufwändig bestickt und ganz offensichtlich sehr wertvoll. Als Neuntöter sie auseinander faltete, glitzerte das Bild von einem Hirschbock im Feuerschein. Ein kleines Kupferstück war auf jede Ecke aufgenäht.

»Deine?«, fragte Spottdrossel.

Neuntöter atmete tief ein. »Nein, Ältester.« Sein Herz setzte einen Schlag aus, und er faltete die weiche Decke wieder zusammen. »Aber ich weiß, wem sie gehört. Ich verspreche dir, dass sie dem rechtmäßigen Besitzer zurückgegeben wird.«

»He? Also gut. Aber sag ihm, Häuptling, er soll in Zukunft seine Sachen nicht dort liegen lassen, wo ein alter Mann darüber stolpern kann. Wenn du so alt bist wie ich, dann fällst du hin und kommst vielleicht nicht mehr hoch.« Er lachte gut gelaunt in sich hinein.

»Ja, ich danke dir, Ältester. Du warst eine große Hilfe.«

»Gut, gut. Seh dich dann bei der Sonnenwendfeier. Erster Mann darf nicht denken, wir hätten ihn vergessen.«

»Auf keinen Fall.« Neuntöter nahm die Decke unter den Arm und wandte sich zum Haus von Rosenknospe, aber er ging mit weichen Knien.

Jaguar war überrascht, als Rosenknospe mit einem Bündel auf dem Rücken auf ihn zutrat. Er blieb stehen. »Ich dachte, du bereitest das Essen für die Sonnenwendfeiern zu.«

Sie seufzte und hielt inne. »Zurück mit dir, Jaguar! Es sei denn, du willst, dass Weiberblut deine kostbare männliche Seele bedroht.«

»Ah, ich verstehe. Der Mond hat seinen Segen über dich ausgeschüttet.«

Rosenknospe betrachtete ihn. »Dies ist eine merkwürdige Ausdrucksweise für einen Mann.«

Jaguar grinste. »Ich muss dir etwas erzählen. Einmal – es ist schon länger her – saß ich in einem Kanu fest, zusammen mit einer Frau, und zwar in der ganzen Zeit ihres Mondsegens. Ich war geschwächt, leidend und halb tot. Sie pflegte und fütterte mich derweil, wechselte ihre Bluttücher und wrang das Blut aus. Sie benutzte denselben Stoff, um mir damit den fiebernden Kopf zu waschen. Wenn je die Seele eines Mannes in Gefahr war, dann war es meine. Meine Waffen lagen auf dem Boden des Kanus. Sie fütterte mich, oft noch mit Blutflecken an der Hand. Während der letzten blutenden Tage war ich auf dem Weg der Besserung, und als wir an Land gingen, konnte ich trotz meiner Schwäche noch einen Angreifer töten.«

»Vielleicht weil deine Seele besessen ist und du wirklich ein Zauberer bist.«

»Und vielleicht ist es nur ein dummer Aberglaube, der uns dazu zwingt, unsere blutenden Frauen wegzuschließen.«

»Ja, vielleicht.« Rosenknospe blickte sich um und zwinkerte ihm wie eine Komplizin zu. »Du glaubst doch sicher nicht, dass es so furchtbar ist, sich drei oder vier Tage im Monat auszuruhen, mit Freundinnen zu plaudern und sich mit kleinen Dingen wie Perlenstickerei zu beschäftigen? Da du so ein kluger Mensch bist, so lebenserfahren, will ich dir gern sagen, dass ich mich manchmal auf meinen Mond freue. Leider wird er bald nicht mehr zu mir kommen, und das gefällt mir gar nicht. Wohin soll ich mich dann flüchten?«

Jaguar lachte. »Das weiß ich leider auch nicht, Rosenknospe, aber ich verspreche dir, dein Geheimnis zu hüten. In zwei Tagen sehen wir uns wieder.«

»Vielleicht werden es sogar vier!«, rief sie ihm nach. »Manchmal dauert es etwas länger, und fortwährend für deinen Bauch zu sorgen, war doch sehr anstrengend für mich.«

Er wandte sich um. »Aber den Kürbis hast du doch gekocht, oder?«

»Weißer Otter macht ihn fertig.« Rosenknospe winkte und ging ins Menstruationshaus.

Jaguar murmelte vor sich hin: »Weißer Otter kocht jetzt vier Tage lang!« Er hatte schon erlebt, wie Frauen mitten in einer Mahlzeit aufstanden und sich leise entschuldigten – so schnell konnte die Blutung mit den Krämpfen einsetzen. Mehr als einmal hatte er die Frauen in Verdacht gehabt, sie suchten nur eine Ausrede, um zu verschwinden. Nach so langer Zeit war es befriedigend, von Rosenknospe zu hören, dass dies durchaus der Wahrheit entsprach.

Eine gute Frau, diese Rosenknospe.

Er verschränkte die Hände hinter dem Rücken und schlurfte über den aufgeweichten Boden des Platzes. Alles in allem schien Neuntöters ganze Familie recht außergewöhnlich zu sein.

Er verglich in Gedanken die verschiedenen Mitglieder des Grünstein-Clans miteinander – Neuntöter, Gelbes Netz, Weißer Otter und die Nachkommen von Jagender Falke –, als er sich dem Langhaus näherte.

»Ältester!«

Er wandte sich um. Jagender Falke kam von ihrem Großhaus zielstrebig herangehumpelt. Ihr Sassafrasstock stieß bei jedem Schritt in den Boden.

»Ich grüße dich, Weroansqua. Schöner Tag heute, findest du nicht? Warm genug, um den Schnee zu schmelzen, ohne gleichzeitig den Boden auszutrocknen.«

»Stimmt. Aber heute Nacht wird sich der Nebel bei der warmen Luft wieder von der Bucht hereinwälzen. Gegen Morgen werde ich die Hand nicht mehr vor Augen sehen.«

»Besser als der Nordwind! Der bläst uns nichts weiter als Stürme ins Land.«

Sie war jetzt nahe genug und starrte ihn böse an. »Stürme gibt es in der Tat genug, und ich komme, um einen neuen zusammenzubrauen.« Sie hob den Stock. »Ist Rosenknospe dort drinnen?«

»Nein. Ich traf sie auf dem Weg zum Frauenhaus. Wir werden sie sicher einige Tage lang nicht sehen.«

»Hmm … Muschelkamm auch nicht.« Sie rieb sich die fleischige Nase. »Also, komm, wir gehen rein. Wir haben einiges miteinander zu besprechen.«

»Aber das ist …«

»… mein Langhaus! Es gehört dem Grünstein-Clan«, fuhr sie dazwischen. »Und ich, ich *bin* der Grünstein-Clan. Lass uns reden. Wir müssen einige Dinge klären, sonst übernimmt dies der Kriegshäuptling für mich.«

Jaguar starrte in die feindselig blickenden Augen der Weroansqua, zuckte die Achseln und betrat hinter ihr das Haus. Es dauerte einen Augenblick, bis er sich an das dämmrige Licht gewöhnt hatte. Dann ging er zum Hauptfeuer. Weißer Otter blickte auf und zog sich hastig in den hinteren Teil des Hauses zurück, als sie die beiden Besucher erkannte.

»Mädchen!«, rief Jagender Falke. »Geh jetzt und tue etwas Nützliches. Kriegskeulen stehlen gehört nicht dazu.« Sie deutete mit dem Stock auf Weißer Otter. »Ich werde deine Mätzchen nicht vergessen, für lange Zeit nicht vergessen.«

Weißer Otter blieb stehen, starr vor Entsetzen wie ein Hirsch in der Falle, die Augen glasig, mit offenem Mund. Dann fasste sie sich und stürzte davon.

Jaguar stützte Jagender Falke mit einer Hand, als sie sich ans Feuer setzte. Brummend ließ er sich nieder und holte sich den heißen Topf mit dem Kürbisbrei von der Glut. »Wage es nicht, diese Mädchen zu bestrafen.«

»Wie ich es mir schon dachte: Springendes Kitz hat mitgemacht.« Ein vernichtender Blick traf ihn. »Es sind meine Mädchen! Grünstein-Clan! Beide! Ich verfahre mit ihnen, wie es mir passt.«

»Was immer du ihnen zufügen willst, ich bin zuerst dran. Ich bat sie darum, die Keule zu stehlen. Also bestrafe mich!«

Er starrte sie ebenso böse an wie sie ihn. »Verstehst du? Du lässt es an mir aus. Nicht an ihnen!«

»Verlass dich darauf! Und dann nehme ich mir den Häuptling vor«, antwortete sie grollend. »Aber bevor ich ihn zu Fischködern schnetzeln lasse, wirst du mir sagen, worum es ging. Niemand bestiehlt Gäste in meinem Haus! Niemand!«

»Es ging um den Schädel von Rote Schlinge.« Jaguar suchte den Boden mit den Augen ab und fand schließlich eine Schale, die einmal ein Schildkrötenpanzer gewesen war. Er schöpfte etwas von dem Kürbisbrei hinein und blies darauf, um ihn abzukühlen. »Möchtest du auch etwas?«

»Nein. Und du bist hier, um zu reden, und nicht, um zu essen.«

»Ich kann reden und zugleich essen. Im Übrigen: Wenn du dem Häuptling schon befiehlst, mir den Schädel einzuschlagen, dann möchte ich dabei einen vollen Bauch haben.«

»Zurück zum Schädel von Rote Schlinge!«

Jaguar fuhr fort, auf den Brei zu blasen. Zwischen den Atemzügen sagte er: »Sie wurde mit einer Doppelkopfkeule erschlagen. Davon weiß nicht jeder. Nur Grüne Schlange und die Priester, Neuntöter und jetzt du. Kupferdonner besitzt solch eine Keule. Anhand der Löcher in dem Schädel untersuchten wir sie. Sie passte nicht.«

Jagender Falke starrte regungslos ins Feuer. Nichts regte sich in ihrem Gesicht, aus dem Jaguar hätte schließen können, wie sie diese Nachricht aufnahm. Sie schien nicht einmal mehr zu atmen.

Jaguar erklärte, dass der Kürbis sehr schmackhaft sei, und nahm sich eine weitere Portion.

»Wer bist du?«, fragte Jagender Falke ruhig.

»Hängt davon ab, wen du fragst. Die meisten Leute halten mich für einen Zauberer. Dies ist mir so rätselhaft, dass ich immer noch Mühe habe, mich daran zu gewöhnen. Für andere bin ich ein welker alter Mann, der wie ein Einsiedler draußen in der …«

»Wer bist du wirklich?« Sie hob die Augen, ihr harter Blick verriet, dass sie nichts verzieh. »Am Anfang duldete ich dich, weil du uns aus einer üblen Situation befreit hattest. Ich hätte jeden Ausweg genommen, um dieses Bündnis zusammenzuhalten. Jetzt bin ich mir nicht mehr sicher. Bevor ich von hier fortgehe, will ich wissen, ob ich einen Fehler gemacht habe oder nicht.« Einen Augenblick lang schwieg sie. »Ist das klar?«

Jaguar leckte sich Kürbisbrei von den Fingern. »Weroansqua, du und ich, wir haben das Leben von ganz verschiedenen Seiten gesehen. Zwei alte Krieger wie wir können sich gegenseitig in die Augen sehen und wissen, dass jeder seine Geheimnisse hat – du deine, ich meine. Es gibt Dinge, über die ich nicht spreche. Nicht, weil ich ein Geheimnis daraus machen will, sondern weil ich so lange gelebt habe wie du und mir das Recht erworben habe, manches für mich zu behalten.«

Sie knurrte. »Und der Rest?«

»Frag mich!«

»Warum hast du Aufsteigender Weißer Rauch verlassen?«

Jaguar hielt mitten im Kauen inne und starrte in ihre schwarzen Augen. »Willst du die Wahrheit wissen?«

»Spiel nicht den Idioten! Was glaubst du, weswegen ich hier bin?«

»Also gut, ich werde es dir verraten: Mir war so übel, ich hätte mich ununterbrochen übergeben können. Ich war krank, weil ich mit guten Männern und Frauen in den Krieg zog, um andere gute Männer und Frauen zu töten. Krank von dem Erfolg, krank von den Leichen, die in der Sonne verwesten. Krank von den Fliegen, die über sie krochen, als sie anschwollen und die Luft zischend entwich. Krank von dem Anblick der herzlosen Schlange, die sich auf ihrem polierten Zedernthron wohlig ringelte. Krank von der Einsicht, dass dieser Mann niemals zufrieden sein würde, wie viele Dörfer ich auch überfiel und niederbrannte oder wie viele Sklaven ich auch heimbrachte, die vor ihm auf den Knien lagen.« Er blickte auf. »Verstehst du das?«

»Ich weiß es nicht. Was machte es dir aus? Sie waren doch nicht von deinem Clan.«

Mit der Zungenspitze leckte sich Jaguar etwas Kürbisbrei von den Lippen. »Weroansqua, weißt du, was uns – unter anderem – zum Menschen macht?«

»Da gibt es vieles. Komm zur Sache.«

»Ich habe oft und lange die Tiere beobachtet. Wenn sie töten, töten sie sauber und schnell, sie gehen einer Art Arbeit nach.«

»Und die Wiesel?«, entgegnete sie. »Die Luchse? Die Ottern? Denen macht das Töten Spaß.«

»Ja, aber auch für sie ist es etwas anderes. Sie werfen die Beute herum und schlagen sie auf einen Stein. Es ist Spiel, Jagender Falke. Ein Spiel mit kleiner, schwacher Beute, die nicht zurückschlagen kann.« Aus schmalen Augen starrte er sie an. »Menschen können immer zurückschlagen. Von allen Geschöpfen sind wir die einzigen, die aus Gewohnheit die eigene Art umbringen. Nicht zum Essen, nicht für die Fortpflanzung, sondern wegen der Trophäen. Was wir noch tun, und dies war entscheidend, als ich Aufsteigender Weißer Rauch verließ, das können die meisten kaum verstehen.«

»Nämlich?«

»Die Menschen haben von allen Geschöpfen allein die Fähigkeit, sich in die Lage ihrer Opfer zu versetzen.«

Ihr scharfer Blick ruhte unverwandt auf ihm. »Und?«

Er zuckte die Achseln. »Ich steckte zu oft in der Haut meiner Opfer. Wenn ich nachts träumte, sah ich mich durch ihre Augen. Es gefiel mir nicht, wie sie mich ansahen, wie sie mich beurteilten. Die Schreie jedes Kindes brannten sich in meine Seele, als ich über den blutigen Leichen ihrer Eltern stand. Da war einmal ein kleines Mädchen, ein hübsches Ding, es hatte das ganze Leben noch vor sich …« Er schloss die Augen, presste sie fest zu, als wollte er das Bild aus seiner Seele vertreiben.

Jagender Falke wartete schweigend.

Er schluckte schwer und sagte: »Töten ist mehr, als einem Menschen das Leben nehmen. Man tötet auch die Träume, Weroansqua, die Hoffnung, die Liebe, den Ehrgeiz und die Ziele. Alles verdirbt zusammen mit den stinkenden Leichen.«

»Und das kleine Mädchen?«, fragte die Weroansqua, jetzt weicher gestimmt.

»Wer weiß? Wenn es noch leben sollte, dann als Sklavin, die Augen leblos vor Verzweiflung, das Haar verfilzt. Diese Sklavin wird nie einen groß gewachsenen jungen Krieger lieben können, nie sehen, wie seine Augen leuchten, wenn er sie sieht. Wenn sie ein Kind gebärt, dann eines, das ihr der Mann einpflanzte, der sie benutzt hat wie eine Lagerhündin. Und das Kind, falls es am Leben bleibt, hat nur ein Leben wie das seiner Mutter vor sich.« Er stocherte gedankenverloren mit den Fingern in dem Brei herum. »Welches Recht hatte ich, so etwas zu tun, Kindern die Eltern zu nehmen? Macht berauscht, sie macht uns arrogant, Weroansqua. Mein Leben lang war ich arrogant.«

»Also hast du die Demut gesucht? Auf einer Insel draußen in der Salzwasserbucht?«

Er nickte und schöpfte sich erneut etwas Brei aus dem Topf. »Es hat nicht lange gedauert, bis erzürnte Geister von meiner Seele Besitz ergriffen, aber es wird ewig dauern, bis ich sie zur Ruhe gebracht habe.«

Jagender Falke nahm einen Stecken und schürte das Feuer. »All dies erklärt nicht, warum du hier bist. Was kümmert es dich, dass meine Enkelin ermordet wurde? Was versprichst du dir davon, wenn du ihren Mörder findest?«

»Die Möglichkeit, mir selbst zu verzeihen, dass ich als junger Mensch so dumm war.« Er genoss den Kürbisbrei und das liebliche Aroma. »Vielleicht war dies gar nicht so wichtig. Doch wenn du jung und verliebt bist, erscheinen manche Dinge wie das Ende der Welt. Sonnenmuschel versicherte mir, dass Wilder Fuchs nicht Rote Schlinges Mörder ist. Ich sah die Verzweiflung in ihren Augen, und meine Neugier erwachte. Da hatte ein junger Mensch einen Fehler gemacht. Vielleicht konnte ich einen anderen jungen Menschen davon abhalten, einen noch schlimmeren Fehler zu begehen. Deshalb bin ich hier.«

»Du kamst hierher, um einen jungen Menschen vor einem Fehler zu bewahren? Und das soll ich glauben?«

Jaguar betrachtete sie durch halb geschlossene Lider. »Es ist mir nicht neu, dass die Wahrheit sich mit einer fantastischen Lüge nicht messen kann. Sie ist nicht so interessant und längst nicht so aufregend. Lügen scheinen häufig glaubhafter. Aber ich sage trotzdem die Wahrheit. Du kannst sie glauben oder auch nicht. Das Leben, Weroansqua, dreht sich gewöhnlich im Kreis. Schon Tage vor Sonnenmuschels Ankunft hatten die Krähen mir berichtet, dass etwas Bedeutendes bevorstehe. Bis heute frage ich mich, was wohl geschehen wäre, wenn mir schon damals, in meiner Vergangenheit, jemand einen weisen Rat in mein jugendliches Ohr geflüstert hätte. Wie anders wäre mein Leben dann wohl verlaufen?«

»Und was geschah stattdessen?«

»Ich war jung, leidenschaftlich und von meinem Clan zurückgestoßen worden. Aber ich wollte es ihnen zeigen, sie würden für ihre Gemeinheit büßen müssen. Angetrieben von jugendlicher Anmaßung lief ich davon und suchte einen Ort, an dem man meinen Wert erkennen würde.« Er lächelte wehmütig und fuhr leise fort: »Verblendet, wie ich war, schwor ich, eines Tages an der Spitze einer Streitmacht zurückzukehren und dann ... O ja, dann wäre alles anders verlaufen.« Er schüttelte den Kopf. »Im Namen Ohonas – was sind wir doch für Narren!«

»Wer bist du?« Ihre ledrige Hand schloss sich fest um den Stock. »Wie heißt dein Clan? Aus welchem Dorf kommst du?«

Seufzend schüttelte er den Kopf. »Dieses Geheimnis behalte ich für mich, Weroansqua, bis in meinen Tod. Jener junge Mann starb vor langer Zeit. Aber wenn es dir so wichtig ist, befiehl Neuntöter, mir den Schädel einzuschlagen, und dann sieh nach, ob du es mit deinen Fingernägeln aus meinem Hirn herauskratzen kannst. Aber selbst dann, fürchte ich, werde ich mein Geheimnis bewahren.«

Sie beobachtete ihn aus schmalen Augen. »Und der Mord an Rote Schlinge?«

Er lächelte versonnen. »Noch vor der Sonnenwende wirst du die Wahrheit wissen. Die Antwort ist bereits auf dem Weg, in Sonnenmuschels Kanu, Weroansqua, das letzte, noch fehlende Glied in der Kette der Wahrheiten.«

Jagender Falke schloss die Augen. Sie war völlig erschöpft. Jaguar erkannte die Bürde des Alters, die sie dank ihres unbeugsamen Willens standhaft trug. Jetzt wirkte sie verwelkt und wie ausgedörrt.

Mit rauer Stimme sagte sie: »Und diese Wahrheit wird mir nicht gefallen, nicht wahr?«

»Ja«, antwortete er sanft, »das glaube ich auch.«

Drei

Jaguar und Neuntöter warteten zwei Tage lang. Wie Jagender Falke vorausgesagt hatte, wälzte sich der Nebel über die Bucht ins Land und verdunkelte die Welt. Jaguar hatte es sich im Haus von Rosenknospe am Feuer bequem gemacht und wärmte seine alten Knochen. Weißer Otter gab ihm zu essen. Ihre Kochkünste waren erstaunlich gut.

»Was hat die Weroansqua mit Springendes Kitz und mir vor?«, fragte Weißer Otter ängstlich.

»Gar nichts, Kind«, beruhigte sie Jaguar. »Wir haben darüber gesprochen. Sie versteht jetzt, dass wir die Keule aus gutem Grund nahmen.«

»Du warst sehr tapfer, Nichte«, versicherte Neuntöter. »Ich weiß nicht, ob ich in deinem Alter so mutig gewesen wäre.«

Weißer Otter lächelte errötend.

Neuntöter nickte und warf einen besorgten Blick auf Jaguar. Wenn es aufklarte und der Nebel sich hob, dann würden Schwarzer Dorn und Wilder Fuchs eintreffen – oder all ihre Pläne wären zunichte gemacht.

In jener Nacht, als Jaguar und Neuntöter zusammen am Feuer saßen, schickte Jagender Falke eine ihrer Sklavinnen auf einen wichtigen Botengang in die Nacht hinaus.

Jagender Falke blickte in das prasselnde, knackende Feuer, dessen gelbes Licht durch den Raum tanzte. Die Matten aus Schilf und Spartgras schimmerten golden. Über die Decke und die Regalfächer huschten Schatten, als ob dunkle Geister spielerisch miteinander rangen.

Sie änderte ihre Haltung, um die schmerzenden alten Hüften zu entlasten. Die feuchte Kälte verstärkte die Schmerzen. Ohne die Medizin aus Weidenrinde, die Jaguar ihr empfohlen hatte, wäre dieser Winter unerträglich gewesen. Suchtrupps durchkämmten das Land auf der Suche nach Weiden.

Sie rieb sich das Gesicht; finstere Gedanken drückten ihre Seele nieder. Von dem Augenblick an, da Rote Schlinge zu ihrer Flucht mit Wilder Fuchs aufgebrochen war, hatte sich der

Grünstein-Clan wie ein Pelikan mit gebrochenem Flügel hilflos im Kreis gedreht. Nun spürte sie die dunklen Wellen des Unheils, die schon lange in ihr tobten.

Wie rette ich den Clan?

Dieser Gedanke bedrängte sie immer wieder, und ihre Seele war wund vor Hilflosigkeit. Im Laufe ihres Lebens hatte sie den Grünstein-Clan unter den Unabhängigen Dörfern aufsteigen sehen. Würde sie jetzt, in ihren letzten Tagen, zuschauen müssen, wie alles gleich einem ungebrannten Topf in der Brandung zerbrach?

Sie blickte auf, als Kupferdonner im Einlass erschien. »Du hast mich holen lassen, Weroansqua?«

»Ja, Großer Tayac. Ich danke dir, dass du so schnell und so spät in der Nacht noch gekommen bist.« Sie deutete auf eine Matte neben dem Feuer. »Setz dich.«

Mit der geschmeidigen Kraft einer Wildkatze ließ Kupferdonner sich nieder und schlang die Arme um die Knie. Er beobachtete sie neugierig und abwartend. Der Feuerschein huschte über seine Tätowierung. Die Zickzacklinie um seine Augen und der schwarze Streifen um seinen Mund ließen keine Regung auf seinem Gesicht erkennen. Er hätte auch eine Maske tragen können.

»Die Dinge spitzen sich zu«, sagte Jagender Falke schließlich. »Es wird sehr bald zu einer Entscheidung kommen. Jaguar sagte, dass Schwarzer Dorn mit Wilder Fuchs bereits auf dem Wege hierher sind. Ich befinde mich in einer unangenehmen Situation.« Sie sah die Erregung in seinen Augen. »Vielleicht muss ich mich auf deine Hilfe verlassen.«

»Und dein Kriegshäuptling?«

Sie zuckte die Achseln. »Ich bin mir seiner Treue nicht mehr sicher. Aber dies ist nicht der Augenblick, um ihn abzulösen. Ein solcher Vorgang braucht Zeit. Die Männer schätzen ihn. Zu viele würden meine Entscheidung infrage stellen. Und ich spüre immer noch den Stachel des erfolglosen Zuges gegen Drei Myrten. Wenn wir nur die Hälfte unserer Streitmacht für den Angriff auf ein verbündetes Dorf aufbringen können, wie viele könnte ich wohl für einen Einsatz innerhalb von Flache Perle zusammenbekommen?«

Der starre Blick seiner schwarzen Augen erinnerte sie an

eine Schlange, die ein Eichhörnchen ganz in ihrer Nähe betrachtet.

»Was kann ich dabei gewinnen?«, fragte er endlich. »Meine zehn Krieger und ich könnten Neuntöter und die Männer, die ihm vielleicht beistehen, aus dem Weg räumen, aber ich will wissen, wofür ich kämpfe.«

Sie rieb die runzligen Handflächen aneinander und betrachtete die pergamentbraune Haut auf den Handrücken. »Du wirst dein Bündnis haben, Großer Tayac. Ich gebe dir Muschelkamm ... und Springendes Kitz dazu, sobald sie zur Frau geworden ist. Zwei Bande, nicht nur eines. Alter und Erfahrung in Verbindung mit Jugend und Fruchtbarkeit. Die östlichen Grenzen deines Territoriums werden gesichert sein. Im Frühling vereinen wir uns, um nach Süden in das Gebiet des Mamanatowick einzufallen. Dies ist es doch, was du willst, nicht wahr?«

Kupferdonners Lippen kräuselten sich zu einem Lächeln. »Und ich will auch den alten Mann. Wenn wir abziehen, will ich ihn in mein Dorf mitnehmen.«

»Er gehört dir.« Sie hob die Hand. »Aber erst, wenn ich es sage. Ist das klar? Ich kann mir keinen Fehler mehr erlauben, es sind bereits zu viele gemacht worden.«

Kupferdonner neigte leicht den Kopf, sein Lächeln wurde noch breiter, und er schien überaus befriedigt. »Wie du willst, Weroansqua.« Er machte eine Pause. »Wann darf ich mit Muschelkamm sprechen?«

»In zwei Tagen, Großer Tayac. Im Augenblick ist sie im Frauenhaus, sie hat gerade ihre Mondphase. Das, was du ihr zu sagen hast, kann so lange warten.«

»Ja, sicher.« Er stand auf, die Muskeln unter der eingefetteten Haut spannten sich. »Vielen Dank für dein Vertrauen, Weroansqua. Jetzt ist mir wohler. Ich glaube, gemeinsam werden wir unschlagbar sein.«

»Schlafe gut, Großer Tayac.«

Nachdem er gegangen war, wanderte Jagender Falkes Blick wieder zum Feuer; sie fühlte eine große Leere in ihrer Seele. Leise fragte sie: »Hast du alles gehört?«

Gelbes Netz trat hinter der Matte im hinteren Teil des Raumes hervor. »Ja, Weroansqua.« Sie stemmte die Fäuste in die

Hüften. »War es wirklich notwendig, ihm meine Tochter zu versprechen?«

»Wäre es dir lieber gewesen, ich hätte ihm dich selbst versprochen? Natürlich musste ich es tun. Er soll wissen, dass es mir mit der langfristigen Planung ernst war. Muschelkamms Schoß könnte plötzlich austrocknen. Springendes Kitz ist gesund und jung und wird bald erblühen.«

Gelbes Netz bewahrte nur mit Mühe die Fassung und konnte ihren Abscheu kaum verbergen.

Jagender Falke hob eine Braue. »Bleib ruhig, Cousine! Wenn unser Plan gelingt, dann fällt der Mamanatowick über die Dörfer am Oberlauf her wie eine rasende Bärin. Die beiden werden sich gegenseitig zerfleischen und uns eine Atempause verschaffen. Das ist doch unser Ziel, nicht wahr?«

»Ich beginne, an deinen Plänen zu zweifeln, Weroansqua.«

»Zweifelst du auch daran, dass du dich recht bald ›Weroansqua‹ nennen wirst? Diese Aussicht allein sollte deine Empörung dämpfen.«

»Und Muschelkamm? Wird sie sich nicht dagegen wehren?«

»Nein. Ich werde es erst bekannt geben, wenn sie mit Kupferdonner abgezogen ist. Deine Stellung ist gefestigt. Wenn sich Kupferdonner und der Mamanatowick erst gegenseitig ausgeblutet haben, dann erklären wir das Verlöbnis von Springendes Kitz für ungültig, um ihr die Nachfolge zu sichern.«

»Woraus schließt du, dass Muschelkamm dies hinnehmen wird?«

»Nach Tagesanbruch werde ich ins Frauenhaus gehen und ihr erklären, dass sie mit Kupferdonner aufbrechen muss. Sie wird es hinnehmen, vor allem, wenn ich betone, dies sei das Beste für den Clan.«

»Und wenn der alte Mann dir einen Strich durch deine Pläne macht? Über ihn kannst du nicht verfügen, Cousine.«

Jagender Falke lächelte grimmig. »Nein, aber in seinem Fall wird uns Kupferdonner dienlich sein.«

Gelbes Netz holte tief Luft. »Nicht jede von uns hat deinen Sinn für Macht und Herrschaft.«

Die Flammen leckten an einem Eichenast, schwärzten das Holz und suchten auf der Rinde nach Angriffsstellen. »Dann sollltest du diesen Sinn schleunigst entwickeln, Cousine. Du brauchst ihn, wenn du einen Clan anführst.«

»Und die Härte des Herzens? Ist sie die Voraussetzung?«

»Ja. Eine Weroansqua kann sich keine Gefühle leisten, Gelbes Netz. Diesen Teil in dir musst du abtöten. Alles andere kommt von selbst.«

Am Morgen des dritten Tages brach der Nebel auf, Dunststreifen stiegen durch die Bäume und schwebten um die Langhäuser. Im ganzen Dorf duftete es nach schmackhaften Mahlzeiten. Die Menschen bereiteten sich auf die Sonnenwendfeiern vor.

Schwarzer Dorn, Wilder Fuchs, Sonnenmuschel und zwei Kanus mit Kriegern erreichten Flache Perle, als die Sonne bereits hoch am Himmel stand. Neuntöter hatte die Rufe der Wächter gehört und hastig nach Bogen, Keule und Köcher gegriffen, bevor er zu den Palisaden eilte.

Die langen schwarzen Kanus glitten durch das Wasser und schoben sich zum Anlegesteg. Der Weroanzi war bewundernswert schnell vorwärts gekommen.

Am Steg stützte sich Neuntöter auf den Stiel seiner Keule, die er auf den Sand gestellt hatte. Fliegende Fischreuse erschien neben ihm und sagte: »Häuptling, die Weroansqua möchte, dass du den Weroanzi in ihr Großhaus geleitest. Dort wird sie ihn bewirten und ihn unterhalten, bevor du und Jaguar mit ihm sprechen.«

»Gut. Inzwischen schickst du zwei Späher aus. Sie sollen die Pfade, die ins Dorf führen, überwachen. Wenn hier etwas misslingt, dann wollen wir nicht aus dem Hinterhalt überfallen werden.«

»Ja, Häuptling.« Fliegende Fischreuse lief zu seinen Spähern.

Die schweren Kanus wurden ans Ufer gezogen; die Leute drängten sich schweigend und mit ausdruckslosen Gesichtern vor den Palisaden, um zuzuschauen. Alle beobachteten aufmerksam, wie der Weroanzi näher kam. Er trug einen Umhang aus bemalten Ammerfedern, die im Sonnenlicht schimmerten. In der rechten Hand trug er seine Keule, der verwundete linke Arm war noch immer verbunden.

Hinter ihm ging Wilder Fuchs mit schnellen, nervösen

Schritten. Daneben lief Sonnenmuschel, das runde Gesicht starr wie eine Maske. Schwarzer Dorns Krieger stellten sich hintereinander in einer Reihe auf, um ihrem Häuptling zu folgen. Der abweisende Empfang entging ihnen nicht.

Neuntöter holte tief Luft. Dann trat er vor und hob eine Hand in der zeitlosen Geste freundschaftlichen Grußes.

»Ich grüße dich, großer Weroanzi. Willkommen im Land der Flachen Perle. Die Weroansqua Jagender Falke, Ehrwürdige Mutter des Grünstein-Clans, lädt dich zum Essen und bittet dich, unsere Gastlichkeit und Freundschaft anzunehmen.«

Schwarzer Dorn trat vor Neuntöter und blickte ihm ins Gesicht. Hinter seinen schwarzen Augen drängten sich zehnmal zehnmal zehn Fragen. Neuntöter zwang sich mit aller Kraft, diesen Blick unbewegt zu erwidern. Jaguars Falle war aufgestellt, aber niemand wusste, wer am Ende ihr Opfer würde.

»Führe uns, Kriegshäuptling.« Schwarzer Dorn verbeugte sich kurz. »Der Weroanzi von Drei Myrten, sein Sohn und seine Krieger nehmen das Freundschaftsangebot der Weroansqua an.« Er blickte zu der wartenden Menge hinüber, schenkte ihr ein eisiges Lächeln und erlaubte Neuntöter, ihn an den Posten am Einlass vorbeizuführen. Hinter ihm marschierten seine Krieger dicht aufgeschlossen und blickten unsicher auf Neuntöters Männer.

Sonnenmuschel fing Neuntöters Blick auf und hob fragend eine Braue. Mit den Lippen bildete er die Wörter »Haus der Toten«. Sonnenmuschel nickte und huschte zu dem hohen Bau hinüber.

Neuntöter schritt gelassen über den Platz, aber in seinem Bauch spürte er das nervöse Flattern von zehnmal zehn Kolibris. Die Spannung glich der eines bis zum Äußersten gepannten Seils. Wann würde es reißen?

Neben dem Großhaus der Weroansqua stand Kupferdonner mit verschränkten Armen; seine Krieger mit den geschorenen Köpfen und den hohen Skalplocken bildeten ein Spalier. Ihre Blicke trafen sich, und in Kupferdonners Augen blitzte Siegesgewissheit auf. Neuntöter fragte sich mit großem Unbehagen, um welchen Sieg es sich wohl handelte?

»Wann wird die Wahrheit bekannt gegeben?«, fragte Schwarzer Dorn leise.

»Heute Abend«, antwortete Neuntöter. »Nach der Begrüßung und der Bewirtung. Wir werden vorlegen, was wir fanden, und erklären, welche Bedeutung diese Dinge haben. Du wirst genügend Zeit haben, zur Sonnenwende heimzukehren.«

»Ist mein Sohn unschuldig?«

»Darüber kann ich nichts sagen«, erwiderte Neuntöter. »Aber unsere Ermittlungen lassen vermuten, dass er das Mädchen nicht getötet hat.«

Schwarzer Dorn stieß einen Seufzer aus. »Dann ist meine Erleichterung vollkommen. Ich danke dir, Kriegshäuptling.«

Dein Dank kommt zu früh, Weroanzi.

Neuntöter biss sich auf die Zunge und bemühte sich um seine Fassung. Wie es sich für einen Kriegshäuptling ziemte, betrat er das Großhaus der Weroansqua und rief: »Okeus und die Geister sind unsere Zeugen: Der Grünstein-Clan heißt den Weroanzi von Drei Myrten willkommen. Die große Weroansqua Jagender Falke bittet Schwarzer Dorn vom Blutkraut-Clan, einzutreten und die Gastfreundschaft von Flache Perle zu genießen.«

Schwarzer Dorn trat geduckt durch den Türvorhang und schritt über den Mattenboden zum Hauptfeuer. Auf seinen Fersen folgten Wilder Fuchs und die Krieger. Am Feuer wartete Gelbes Netz. Sie trug einen weichen Überwurf aus Hirschfell über der linken Schulter, die rechte Brust war unbedeckt. Das Licht des Feuers schien auf ihre eingefettete Haut, die mit Blutwurz rot gefärbt worden war. Mit hocherhobenem Haupt geleitete sie den Weroanzi durch die Raumteilungsmatten in den rückwärtigen Teil des Hauses, wo bedeutende Gäste gewöhnlich empfangen wurden.

Am ersten Feuer nahmen die Krieger von Schwarzer Dorn Platz. Mit wachsamen Augen beobachteten sie das Geschehen um sich herum. Kaum saßen sie, trugen Jagender Falkes Sklavinnen schon Tassen mit heißem Tee heran, sodass jeder Einzelne sich gut behandelt und willkommen fühlte.

Neuntöter folgte den anderen durch die Raumteiler in den hinteren Bereich. Hier thronte Jagender Falke auf einem Baumstumpf, und auf den Schlafbänken zu beiden Seiten saßen die nächsten Verwandten. Tanzende Flammen warfen gelbliches Licht in alle Ecken, und gelegentlich stiegen Funken empor zum Abzugsloch hoch über ihnen.

»Ich grüße dich, Schwarzer Dorn vom Blutkraut-Clan!«, rief Jagender Falke. »Wir heißen Drei Myrten in unserem Dorf willkommen.« Wie der Weroanzi trug sie einen Überwurf, der über und über mit bunt bemalten Ammerfedern bedeckt war. In dem silbernfarbenen Haar steckte eine lange, polierte Kupfernadel. Auch sie hatte ihre Haut eingefettet, und der Glanz lenkte von ihren Runzeln ab.

»Ich grüße dich, Weroansqua. Ich kam nach Flache Perle so schnell, wie das Wetter es zuließ. Die Herzlichkeit, mit der du mich, meinen Sohn und meine Krieger empfängst, ist sehr gütig. Durch deine liebenswürdige Einladung fühle ich mich sehr geehrt.«

»O nein, es ist nicht meine Einladung, Weroanzi. Es handelt sich um eine Einladung von Jaguar und meinem Kriegshäuptling, die behaupten, jetzt die Umstände der Ermordung meiner Enkelin zu kennen.« Sie hob eine Hand, um das Thema zu beenden. »Doch genug davon für den Augenblick. Du bist von weither gekommen. Über Tod und Mord werden wir später reden. Nun wollen wir essen und trinken. Man bringe dem Weroanzi und seinen Männern zu essen!« Sie klatschte in die Hände, und die Mädchen, die an den Längsseiten des Raumes warteten, beeilten sich zu gehorchen. Wegen seines hohen Rangs wurde Schwarzer Dorn von den Frauen des Grünstein-Clans bedient.

Schwarzer Dorn setzte sich auf den Ehrenplatz. Wilder Fuchs, immer noch eingeschüchtert, ließ sich auf den Platz an seiner Seite fallen. Schwarzer Dorn runzelte die Stirn und fragte: »Und wo ist Sonnenmuschel? Ich hatte erwartet, sie hier zu sehen.«

»Sie ist im Frauenhaus, Weroanzi. Aber keine Sorge. Wenn wir erst unseren Fall erledigt haben, wirst du genügend Zeit finden, um unsere Gastfreundschaft zu genießen. Sie braucht gewiss nicht allzu lange, um ihren Pflichten gegenüber Erster Frau nachzukommen.«

Schwarzer Dorn nickte; er schien erleichtert.

Das Mahl begann. Frisch gebratener Hirschrücken, Walnussmilch, gesüßter Kürbis, gebackener Truthahn, Enten- und Wachtelbraten wurden vor Schwarzer Dorn und Wilder Fuchs hingestellt, ebenso wie Wurzeltee in Muschelschalen.

Neuntöter fing den Blick von Jagender Falke auf, nickte und verschwand unauffällig. Leise schlich er hinaus, überzeugte sich davon, dass bei den Kriegern von Schwarzer Dorn alles in Ordnung war und trat geduckt ins Freie.

Kalte Windböen kamen jetzt von Norden. Während er zum Haus der Toten ging, sah er den ersten Dunst des Nachmittags, der bald zu dichtem Nebel würde. Bei Nacht würde man die Hand vor Augen nicht mehr sehen können.

»Ist er zufrieden?«, fragte Kupferdonner, der immer noch neben der Tür stand. »Genießt er die Gastfreundschaft von Flache Perle zum letzten Mal?«

»Zum letzten Mal?« Neuntöter hielt inne und wandte sich um. »Ich weiß nicht, was du meinst, Großer Tayac.«

Kupferdonner machte eine wegwerfende Handbewegung. »Oh, ich denke an nichts Besonderes. Aber schließlich hätte man einen Boten schicken und es dabei bewenden lassen können. Ein Krieger hätte sagen können: ›Alles vergeben, Weroanzi, der Schuldige ist entlarvt, die Welt ist wieder in Ordnung. Vergib uns den dummen Fehler. Wie konnten wir nur glauben, dein Sohn hätte das Mädchen ermordet?‹ Das hätte genügt, nicht wahr? Stattdessen bringt man ihn her.« Kupferdonner schüttelte den Kopf. »Ich selbst hätte bemerkt, dass etwas faul ist, und wäre nicht hierher gekommen. Aber so klug ist Schwarzer Dorn offenbar nicht, wie ich sehe. Habe ich nicht Recht?«

Neuntöter ballte die Fäuste, um seinen Zorn zu unterdrücken. »Was willst du mir damit sagen?«

Kupferdonner trat vor und dämpfte seine Stimme, damit seine Männer ihn nicht hören konnten. »Oh, ich glaube, du weißt recht gut, was ich meine. Außerdem war ich an jenem Morgen dort draußen, wie du sehr wohl weißt. Ich sah ihn mit eigenen Augen. Und ihr, du und der alte Mann, habt es nach langer Schnüffelei endlich herausgefunden, nicht wahr?«

Neuntöter erstarrte und bemühte sich, ruhig zu bleiben. »Du sahst ihn dort draußen? Was tat er?«

»Trottete zu den Bäumen, kurz vor Sonnenaufgang.«

»Was noch?«

»Er trug etwas in der Hand. Könnte eine Keule gewesen sein.«

»Würdest du sie wiedererkennen?« Neuntöter hob spöttisch eine Braue, als ob er Kupferdonner herausfordern wollte.

»Dieselbe, die er jetzt bei sich hat. Es ist doch seine, nicht wahr? Er hat sie immer bei sich, wohin er auch geht.«

»Und was trieb dich nach draußen, Großer Tayac? Es war gegen Ende der Nacht. Da hättest du schlafen sollen.«

Kupferdonner lächelte dünn. »Oft findet ein Mann vor seiner Hochzeitsnacht keinen Schlaf, Häuptling. Oder hast du das vergessen?«

»Ich habe viele Dinge vergessen. Wenn du mich jetzt bitte entschuldigst … ich habe noch Verschiedenes zu erledigen.«

Er wandte sich ab, als Kupferdonner noch einmal das Wort an ihn richtete: »Wenn du Hilfe brauchst, um ihn zu überwältigen … meine Männer und ich sind dir zu Diensten, Häuptling.«

Neuntöter lief ein kalter Schauer über den Rücken. Der Ton, in dem er ihn »Häuptling« nannte, schien purer Hohn, als ob der Mann etwas wüsste, von dem er selbst nicht die leiseste Ahnung hatte.

Er klopft nur auf den Busch, das ist alles. Er weiß nichts von der Keule, es ist nur eine List.

Aber dieser Gedanke beruhigte Neuntöter nicht. Er hatte das deutliche Gefühl, dass irgendetwas nicht stimmte. Er wusste zwar nicht, was es war, aber er erkannte, dass ihrer aller Leben davon abhing.

Als Neuntöter das Haus der Toten betrat, saß Jaguar im Vorraum. Er hatte die Decke, die Neuntöter von Spottdrossel bekommen hatte, auf dem Schoß. Das sorgfältig gegerbte Fell war weich und wärmte seine steifen Knie. Neben ihm stand ein großer Korb.

Sonnenmuschel bückte sich mit ausgestreckten Händen über das Feuer. Sie hatte sich die Haut eingefettet, ein Überwurf lag über ihrer linken Schulter, aber Füße und Waden waren mit Schlamm bespritzt. Sie blickte auf und sah in Neuntöters harte Augen.

»Wir konnten erst abfahren, als der Nebel sich gehoben hatte«, sagte sie. »Es war nicht einfach, Schwarzer Dorn überhaupt zu dieser Reise zu bewegen. Er ist schließlich immer noch der Weroanzi, den nicht einmal Jaguar herumkommandieren kann.«

»Verrückter Stolz«, knurrte Jaguar und ließ seine Finger über die Verzierungen auf der Decke gleiten. Dann faltete er sie zusammen und legte sie behutsam über den Korb. »Alle beim Essen und Trinken?«

»Ja«, bestätigte Neuntöter.

Beim Klang seiner Stimme blickte Jaguar erstaunt auf. »Gibt es etwas, Häuptling?«

»Ältester, es hat sich etwas geändert.« Neuntöter trat ans Feuer und starrte nachdenklich in die Flammen. »Kupferdonner sah am Morgen des Mordes Schwarzer Dorn außerhalb der Palisaden. Er sagte, der Weroanzi hätte wie immer seine Keule bei sich getragen.«

»Dann hätte er auch gleich sagen können, dass Schwarzer Dorn das Mädchen getötet hat.« Jaguar runzelte die Stirn. »Warum erst jetzt?«

»Er spielt den Geheimnisvollen, Ältester. Er lässt einen Köder baumeln und wartet ab, wer danach schnappt.«

»Was?«

»Schwarzer Dorns Kriegskeule hat einen Dorn am Ende.«

Jaguar grunzte und nickte heftig. »Darauf kommt es nicht mehr an, Häuptling.«

»Was? Sie fehlt uns doch – die Keule mit zwei Dornen.«

»Nicht mehr.«

»Das verstehe ich nicht.«

Jaguar grinste. »Alles zu seiner Zeit, Häuptling. Im Augenblick ist es gut untergebracht, und wenn es so weit ist, werde ich danach schicken lassen.«

»Schicken lassen? Also Ältester, ich …«

»Warum ist Kupferdonner wohl so spät noch auf Informationen aus, was meinst du?« Jaguar neigte den Kopf und sah Neuntöter herausfordernd an.

»Der tat so hochmütig. Er war unverschämt.«

»Das ist Kupferdonner immer.«

»Nein, diesmal war es anders. Sein Ton war beleidigend.«

Jaguar holte tief Luft. Das letzte Teilchen der Wahrheit zitterte vor seinem geistigen Auge und stand kurz davor, in seine Lücke zu fallen. »So vieles hatte ich direkt vor Augen.« Er blickte zu Sonnenmuschel hinüber. »Ist Steinknolle eingetroffen? Ist die alte Frau bei ihm?«

»Ja, Ältester. Sie sind vor kurzem an Land gegangen.« Sonnenmuschel nickte und fügte hinzu: »Steinknolle sagte, er werde deinen Anweisungen folgen.« Sie zögerte. »Ältester, er fragte, ob er wieder in seine Vertrauensstellung eingesetzt würde, nun, da er seine Aufgabe gewissenhaft erfüllt hätte.«

»Was meinst du, Häuptling?«, fragte Jaguar mit Blick auf Neuntöter.

Der Häuptling blickte grollend ins Feuer; seine Finger zupften an seinem Lendenschurz herum. »Ihn wieder als meinen Stellvertreter einsetzen? Wie könnte ich das? Er ist fortgelaufen und hat Drei Myrten vor dem Überfall gewarnt. Darüber kann ich nicht hinweggehen.«

»Alles für den Clan?«, fragte Jaguar sanft. »Bringt man uns das nicht bei? Von dem Augenblick an, da wir aus dem Mutterschoß herausgleiten, nass und blutig, ist alles für den Clan. Alles!«

»Willst du uns etwas Bestimmtes mitteilen, Jaguar?« Sonnenmuschel sah ihn mit einem wissenden Blick an.

»Manchmal verbietet uns der Clan, menschliche Regungen zu zeigen«, erwiderte Jaguar bekümmert. »Und manchmal muss ein Unschuldiger sterben, um einen Schuldigen zu schützen.«

»Ich kann dir nicht folgen«, sagte Neuntöter und fühlte sich unbehaglich.

»Heute Abend wirst du mir wohl oder übel folgen müssen, Häuptling. Und diesmal brauche ich mehr denn je deinen gesunden Menschenverstand. Ich brauche dein Vertrauen, aber vor allem will ich, dass du nachdenkst, bevor du handelst. Verstehst du? Wir müssen es so vorsichtig wie möglich einfädeln.« Aber auch in Jaguars Herzen wohnten nun Spannung und Sorge, und er konnte nichts dagegen tun. Die Menschen waren launenhafte Geschöpfe, und sie würden es immer bleiben.

Er fühlte förmlich den bösartigen Blick von Okeus, der ihn aus dem Dunkel des Heiligtums anstarrte. So sehr Jaguar sich auch wehrte, es zuzugeben, vielleicht waren die alten Legenden doch wahr, die davon erzählten, dass alle Menschen aus den Lenden von Okeus hervorgegangen waren.

Jaguar seufzte, schlug sich mit den Händen auf die Brust und sagte: »Entschuldigt mich, aber ich muss jetzt mit der alten Frau sprechen. Die letzten Glieder dieser langen Kette sind bei ihr zu finden.«

»Ältester, willst du, dass ich dich begleite?«, fragte Neuntöter

»Nein, Häuptling. Bleib hier mit Sonnenmuschel bei den Priestern. Hüte diesen Korb, den Grüne Schlange für uns vorbereitet hat. Es darf niemand hineinsehen. Niemand, hörst du? Nicht einmal die Weroansqua. Ohne seinen Inhalt sind wir verloren!«

Sonnenmuschel kaute an einer kalten Truthahnkeule. Sie hatte jetzt etwas im Magen, aber dennoch fühlte sie sich unwohl. Die Entscheidung würde bald fallen – so oder so. Jaguar war erst vor einer halben Zeithand vom Langhaus des Clans von Steinknolle zurückgekehrt. Er hatte sich geweigert, etwas zu sagen; seine Stirn war zerfurcht. Neuntöter beobachtete ihn unruhig und kaute an einer Aronbrotkruste herum. Diese Nacht konnte großes Unheil bringen, für jeden von ihnen.

Grüne Schlange trat hinter einer Matte hervor und sah sich um; sein Gesicht war angespannt, die weißen Brauen waren hochgezogen. »Ich glaube, es ist alles bereit, Ältester. Ich habe Blitzende Katze und Gestreifter Bär angewiesen, uns zu begleiten.«

»Ich danke dir, Kwiokos«, sagte Jaguar und lächelte den Mann freundlich an. »Deine Hilfe ist unschätzbar wertvoll.«

Grüne Schlanges Miene entspannte sich. »Du bist ein guter Mann, Jaguar. Und, ja, ich sehe den Finger von Ohona auf dir, der Deinen Leib mit Macht erfüllt. Möge er dir heute Abend beistehen.« Er rieb sich die Nase. »Wenn du mich jetzt bitte entschuldigst – ich muss mich um die Opfergaben für Okeus kümmern … auf dass er uns gestattet weiterzumachen, ohne dass uns Unheil droht.«

Grüne Schlange wandte sich ab und verschwand durch einen schmalen Gang in den hinteren Teil des Hauses. Ehrfürchtig berührte er jeden der Wächter.

»Ein guter Mann«, bemerkte Jaguar.

Neuntöter nickte, in Gedanken versunken, und seine Kiefer mahlten. *Das Warten macht mich wahnsinnig.*

Sonnenmuschel versuchte, ihre Unruhe zu unterdrücken, und Jaguar lächelte sie verständnisvoll an.

Springendes Kitz kam aus der Dämmerung und lehnte im Einlass vom Haus der Toten. Sie verkündete: »Ältester, die Weroansqua erbittet deine Anwesenheit im Großhaus. Sie lässt dir sagen, dass sie nun den Abschluss dieser Angelegenheit erwartet.«

Jaguar rief: »Kwiokos, es ist Zeit!«

Grüne Schlange tauchte mit gebeugtem Kopf aus dem Gang auf. Beim Gehen schüttelte er seine Kürbisrassel und sang dabei kaum hörbar vor sich hin. Blitzende Katze und Gestreifter Bär folgten ihm; frisch eingefettet und mit Federn im Haar wirkten sie sehr feierlich.

Jaguar deutete auf den Korb. Neuntöter hob ihn auf und schätzte das Gewicht ab. Nur ein Bruchteil des aus Perlen bestehenden Hirschbildes war zu sehen.

Sonnenmuschel spürte jubelnde Erleichterung und zugleich tiefe Verzweiflung, als sie das Haus der Toten verließen. Die Pläne waren gemacht, die Falle war aufgestellt.

Nebelfetzen glitten in der Dämmerung an ihnen vorüber. Der hölzerne Wächter, an dem sie vorbeikamen, war mit Wassertröpfchen bedeckt. Im Zwielicht sah Sonnenmuschel in sein Gesicht. Die Augen schienen drohend – oder vielleicht furchtsam – in die kommende Nacht zu blicken.

Die Kälte nagte an der eingefetteten Haut und kroch unter den Überwurf um ihre Schultern. In dieser Nacht würde sich alles aufklären. Wilder Fuchs würde ein für alle Mal von jedem Verdacht befreit sein. Für diesen Augenblick hatte sie gelebt, hatte davon geträumt und sich danach gesehnt. Ihre Freude war beinahe stark genug, um die tiefe Furcht vor dem, was geschehen würde, zu vertreiben. Wie auch immer das Urteil ausfiele, gewiss würden die Enthüllungen mächtige Leute aufstören und erzürnen.

Sie erschauerte, als sie Jaguar folgte. Das Gefühl, dass die Augen des Wächters sie immer noch anstarrten, verursachte ein unangenehmes Kribbeln in der Mitte ihres Rückens. Wachsam blickte sie sich um und suchte mit den Augen im Nebel. Gestalten schienen durch das Dunkel zu gleiten: Waren es Geister oder Feinde? Die Umrisse der Priester waren kaum noch zu erkennen. Hinter sich hörte sie die weichen Schritte von Neuntöter. Sie wandte sich um und sah den Kriegshäuptling, der seine ganze Aufmerksamkeit auf den Korb in seinen Händen gerichtet hatte.

Sonnenmuschel hastete voran und verringerte den Abstand zu Jaguars verletzlichem Rücken. Irgendwo schrie ein Kind, und Wasser tropfte von den Schilfdächern der Häuser. Die Brise trug leise Stimmen heran, Splitter von Gesprächen, die durch die Wände der Großhäuser gedämpft wurden.

Der Nebel waberte einen Augenblick lang, und Sonnenmuschel erkannte flüchtig eine Gestalt, die im Dunkel kauerte. Sie kniete, der linke Arm war ausgestreckt, der rechte bis zur Wange zurückgebogen. Die Kurve des gespannten Bogens hätte auch ein Traumbild sein können.

Sonnenmuschel schrie: »Jaguar! Nein!« Sie sprang auf den Alten zu, und er schrie auf, als ihr Gewicht ihn zu Boden streckte und nach vorn warf.

Sie spürte den kalten Pfeil, der ihren Oberarm durchbohrte, scharf an ihren Rippen vorbeiglitt und unterhalb ihrer linken Brust stecken blieb. Das Fleisch um den Pfeilschaft herum riss, und sie schrie laut: »Lauf!«

»Sonnenmuschel!«, rief Jaguar. »Sonnenmuschel? Was ist los? Was …«

»Lauf!«, schrie sie wieder. »Er will dich töten!«

Aus weiter Ferne hörte sie Neuntöter Befehle brüllen und spürte, wie Jaguar sich sich unter ihr hervorwand.

Die ganze Welt war nur noch Schmerz, der von allen Seiten auf sie eindrang. Sonnenmuschel konnte sich nur auf die Seite rollen, damit ihre Seele die Verletzung in sich aufnehmen konnte. Dann spürte sie nichts mehr.

Vier

Neuntöter lief hin und her und schlug mit der Faust in seine schwielige Handfläche. Wut – und zugleich das Gefühl der Hilflosigkeit erschütterten ihn. Er beobachtete, wie Jaguar mit einem Stück nassen Leders über Sonnenmuschels Stirn strich. Grüne Schlange sang im Hintergrund, und die Rassel zischte im Takt zu dem lauter und leiser werdenden Sprechgesang.

Seine Krieger durchsuchten bereits das Dorf. Er selbst hatte die wimmernde Sonnenmuschel in Rosenknospes Langhaus getragen. Jaguar war ihm gefolgt und hatte seine bebenden Finger auf den Arm der jungen Frau gelegt. Blitzende Katze hatte den Korb an sich genommen, der nun auf der anderen Seite des Feuers stand.

Weißer Otter und die anderen Kinder standen mit weit aufgerissenen Augen um sie herum. Fliegende Fischreuse trat mit grimmiger Miene durch den Einlass. Auf Neuntöters fragenden Blick hin schüttelte er langsam den Kopf: »Nichts, Häuptling. Wir gehen von Haus zu Haus, aber was wir dort finden werden, kann ich nicht sagen. Es herrschte die ganze Nacht überall reges Kommen und Gehen.«

»Jemand muss etwas gesehen haben.«

Fliegende Fischreuse zuckte die Achseln. »Der Nebel ist so dicht, Häuptling, wir könnten direkt an ihm vorbeigelaufen sein. Selbst der Wachtposten am Einlass in den Palisaden hätte sicher niemanden bemerkt.«

»Wo waren die Männer von Schwarzer Dorn? Alle im Großhaus?«

Fliegende Fischreuse runzelte die Stirn. »Ich … ich weiß es nicht.«

»Wir müssen es wissen. Das gilt auch für die Männer des Großen Tayac. Ich will wissen, wo jeder Einzelne von ihnen war!« Neuntöter holte tief Luft. »Das gilt auch für Weidenstumpf!«

Fliegende Fischreuse nickte hastig und lief geduckt hinaus in die Nacht.

Neuntöter stieß einen bedrückten Seufzer aus und schüttelte den Kopf. Wohin führte es, wenn er sein eigenes Volk verdächtigte? Schlimmer noch – was würde es für sein Volk bedeuten, wenn sich Weidenstumpf am Ende tatsächlich als der Schuldige erwies?

Er kniete neben Jaguar und untersuchte Sonnnenmuschels Wunde. Der Pfeil war von links eingedrungen, hatte ihren Arm gestreift und sich dann tief unterhalb ihrer Brust in den Leib gebohrt, sodass die Spitze unter der Haut über dem Brustbein deutlich zu sehen war.

Neuntöter zuckte zusammen und fragte: »Was hältst du davon?«

»Wir brechen den Schaft ab, schneiden die Haut um die Pfeilspitze herum auf und ziehen den Pfeil hindurch.« Der alte Mann schien sehr besorgt.

»Und dann?«

Jaguar zuckte die Achseln. »Das Übrige hängt von den Geistern ab und vielleicht von der Gnade Ohonas.« Er prüfte die Wunde noch einmal. »Ein Umschlag wirkt nur auf Löchern. Wenn es zu einer Entzündung kommt, wird der Eiter nur schwer abzulassen sein sein.« Er drückte vorsichtig auf Sonnenmuschels Brust und tastete sie mit den Fingerspitzen ab. »Aha, wir haben Glück. Die Rippen sind nicht gebrochen, und ich fühle den Schaft. Er liegt neben den Rippen. Die Lunge ist unverletzt.«

Neuntöter rief: »Weißer Otter, bring mir die Nähahlen deiner Mutter. Ich brauche eine große, scharfe, vielleicht die aus Hirschbein.«

Weißer Otter hastete in den hinteren Teil des Hauses und war sogleich wieder zurück; sie gab Neuntöter die Knochenahle, die aus dem langen Kanonenbein direkt oberhalb eines Hufs gefertigt worden war. Das untere Gelenk hatte man abgebrochen und den Unterschenkel zu einer Nadelspitze geschliffen.

Mittlerweile schnitt Jaguar mit einer scharfen Muschelkante eine tiefe Kerbe in den Pfeilschaft. Mit einem schnellen Knacken brach er schließlich den Schaft ab. Sonnenmuschel stöhnte auf.

»Ganz ruhig, Sonnenmuschel.« Jaguar sprach beruhigend auf sie ein. »Ganz ruhig. Jetzt wird es noch schlimmer. Wir müssen den Pfeil herausziehen.«

»Ja«, keuchte Sonnenmuschel, »ich weiß.« Sie schluckte hart. »Ich will … ich will tapfer sein.«

Jaguar nickte ihr ermutigend zu. »Du bist die tapferste Frau, die ich kenne.«

Sie antwortete mit einem schwachen, angestrengten Lächeln.

»Lass mich mal.« Jaguar nahm Neuntöter die Ahle aus der

Hand, begutachtete stirnrunzelnd die Spitze und sagte: »Darin habe ich mehr Übung.«

»Aber nicht viel, möchte ich wetten.«

Neuntöter presste seine Finger auf Sonnenmuschels Brust, um die Haut über der Pfeilspitze zu spannen. Jaguar drückte die scharfe Ahlenspitze in die Haut, drehte sie schnell, sodass sie sich hineinbohrte, und öffnete die Wunde dann mit der Muschelkante. Die dunkle Steinspitze des Pfeils war jetzt in dem geronnenen Blut zu sehen.

»Fertig.« Jaguar nickte Neuntöter zu. »Drück zu!«

Neuntöter zwang sich, das Zittern seiner Muskeln zu bezwingen. In Kriegszeiten hatte er so etwas häufig getan. Einer der grausamen Begleitumstände des Krieges war die Behandlung von Wunden. Am schlimmsten waren die Pfeilwunden im Unterleib. Selbst wenn man den Pfeil herausziehen konnte, starb der Verwundete binnen weniger schwerer Tage an den verletzten Eingeweiden. Es war kein guter Tod.

Daran musste er denken, als er gegen den freigelegten Schaft drückte; gleichzeitig packte Jaguar die blutige Steinspitze und zog sie mit einer einzigen Bewegung heraus. Sonnenmuschel fuhr zusammen und krallte sich mit beiden Händen in die Matte.

»So«, sagte Jaguar und wischte sich die Schweißtropfen von der Stirn. Den blutigen Pfeil warf er beiseite und drückte fest auf Sonnenmuschels Brust. »Häuptling, massier den Arm, wir müssen so viel verdorbenes Blut wie möglich aus der Wunde herauspressen. Wenn wir sie leeren, kann sich das Übel nicht so leicht festsetzen.«

»Und wenn wir die Schlagader verletzen?«

»Da der Pfeil sie nicht getroffen hat, ist das Risiko auch beim Ausbluten gering.«

Neuntöter drückte sanft den Muskel zusammen und beobachtete, wie das verklumpte Blut aus der Wunde in eine kleine Pfütze neben der Matte tropfte. Er hielt inne, als das Blut hell und flüssig lief.

»Gut, jetzt Druck auf die Löcher«, wies Jaguar ihn an. »Wir wollen doch mal sehen, ob wir die Blutung nicht aufhalten können.«

Neuntöter gehorchte und beobachtete den alten Mann, der

das Mädchen versorgte. Jaguar schien in derlei Dingen tatsächlich Übung zu haben.

Grüne Schlange trat mit zischenden Rasseln hinter Neuntöter und sang einen »Hütesang«, um den bösen Geistern mitzuteilen, dass Sonnenmuschel nun unter seinem Schutz stand. Seine leise Stimme schien Sonnenmuschel wohl zu tun; sie legte sich zurück und atmete tief, ihre Augen waren geschlossen, die Lippen leicht geöffnet.

»Was nun?«, fragte Neuntöter.

»Ich brauche Nachtschattenblätter für eine Salbe und Kaktuspolster – möglichst frisch, wenn es in der Nähe welche gibt – und Wasserpfeffer für einen Umschlag, der die Blutung stillt.«

»Das haben wir alles. Aber die Kaktuspolster von den Dünen sind ausgetrocknet.« Grüne Schlange winkte Gestreifter Bär, und der stämmige Priester eilte davon. In seiner Hast überrannte er beinahe Jagender Falke, die gerade auf wackligen Beinen eingetreten war. Sie humpelte näher und starrte auf Sonnenmuschel hinunter. »Was ist geschehen?«

Jaguar, mit blutverschmierten Händen, schaute auf. »Sie hat mir das Leben gerettet, Weroansqua.« Er deutete auf den blutigen Pfeil auf der Bodenmatte. »Der galt mir. Sollte wohl verhindern, dass ich heute Abend spreche. Offenbar ist jemand vor Verzweiflung wie von Sinnen.«

Jagender Falke stützte sich auf ihren Stock und schloss die Augen. »Dann sollten wir endlich die Wahrheit hören, Zauberer.«

Jaguar wandte sich wieder Sonnenmuschel zu. Mit leiser Stimme sagte er: »Ich bin kein Zauberer, Weroansqua. Wäre ich einer, dann hätte ich den Pfeil gleich auf denjenigen gelenkt, der auf mich schoss.«

»Von wem stammt der Pfeil?«, fragte Grüne Schlange. »Diese Zeichen hier, kennt die jemand?«

Neuntöter nickte. Widerwillig sagte er: »Ja, es sind die von Weidenstumpf.«

»Bringt ihn her!«, befahl Jagender Falke mit scharfer Stimme. »Wir wollen hierüber etwas hören.«

»Meine Krieger suchen bereits nach ihm.« Neuntöter blickte zu ihr auf. »Wenn er es tatsächlich war, Weroansqua, sollten wir es vielleicht nicht zu laut kundtun.« Mit dem Kopf wies er in die Richtung des Großhauses.

Sie erfasste sofort, was er meinte, und nickte ihm zu.

Von draußen hörte man das Scharren von Füßen, Laute eines Handgemenges und Flüche, und dann wurde der sich wehrende Weidenstumpf hereingestoßen und zu Boden geworfen, wo er auf dem Bauch liegen blieb. Fliegende Fischreuse und Viele Hunde stürmten hinter ihm herein.

Weidenstumpfs Lendenschurz war halb heruntergerissen, das hoch gekämmte Haar zusammengedrückt und zerzaust. Er wollte sich aufrappeln, aber zwei Krieger packten ihn sofort an den Schultern und stießen ihn vorwärts. Zwei Schritte hinter ihm blieben sie stehen und hielten ihn fest.

»Was soll das alles?« Weidenstumpf wand sich in ihren Armen. An der Schläfe schwoll bereits eine Beule an, die bald ein Auge schließen würde. Fliegende Fischreuse war offenbar nicht zimperlich gewesen.

Jagender Falke musterte Weidenstumpf wie ein Stück Fleisch. Ihr Blick blieb auf dem geschorenen Kopf und dem Haarstreifen in der Mitte haften, auf dieser Haartracht, die der von Kupferdonner glich.

Neuntöter las in ihrem Gesicht. *Jetzt kommen wir der Sache auf den Grund.* Wenn sie so aussah, würde niemand, der bei Sinnen war, der Weroansqua widersprechen.

»Der Pfeil dort« – Jagender Falke stieß mit dem Stock danach – »ist das deiner?«

Weidenstumpf starrte völlig verwirrt auf den blutigen Schaft. »Meiner?«

»Die Markierung auf dem Pfeil …«, fügte Neuntöter hinzu. »Es sind deine Zeichen.«

Weidenstumpf blinzelte. Neuntöter sah in seinen Augen wachsende Angst. »Ja, ich glaube,das stimmt. Aber wie kommt der Pfeil hierher? Was soll das alles?«

»Dieser Pfeil wurde gerade aus Sonnenmuschel herausgezogen«, stellte Jagender Falke eisig fest. Sie hob den Kopf, als wollte sie fragen: Wagst du das zu bestreiten?

Weidenstumpf fiel in dem festen Griff der Krieger in sich zusammen. Er schüttelte den Kopf, unglücklich, fassungslos. »Nein, Weroansqua, Okeus ist mein Zeuge, dies habe ich nicht getan.«

»Also, dann ...«

»Ich weiß es nicht!« Weidenstumpf wurde weiß im Gesicht, er leckte sich die Lippen. »Ich schwöre, ich weiß es nicht. Ich habe meine Pfeile bei meinem Vetter gelassen. Ich war im Großhaus, ich sollte ein Auge auf die Männer aus Drei Myrten haben. Der Große Tayac befahl es mir, und ich erfüllte meinen Auftrag. Fragt sie, die Leute, die dort waren!«

»Und wo fanden wir dich?« Fliegende Fischreuse schüttelte Weidenstumpf hin und her. »Vor dem Großhaus.«

»Ich war draußen, mit den andern.« Weidenstumpfs Knie waren weich geworden, er hing schlaff im Griff der Krieger. »Fragt sie, fragt sie doch!«

»Das kann schon sein«, sagte Neuntöter. »Fast alle waren heute Abend im Großhaus. Aber könnte jemand bezeugen, Weidenstumpf, dass er die ganze Zeit bei dir war? Dass du dich nicht heimlich davonmachtest, gerade lange genug, um deine Waffen zu holen und uns aufzulauern?«

»Ich ... ja, ja, Krebsfuß. Fragt Krebsfuß! Er saß die ganze Zeit neben mir.«

Neuntöters Sicherheit verflog. »Krebsfuß ist ein guter Mann, ein verlässlicher Krieger, Weroansqua. Wenn Krebsfuß dies bestätigt, dann war Weidenstumpf nicht der Täter.« Er machte eine Pause. »Viele Hunde, geh und frag Krebsfuß danach!«

Viele Hunde ließ Weidenstumpf widerwillig los und ging hinaus, als Gestreifter Bär mit verschiedenen verzierten Ledersäcken eintrat. Er ging um Weidenstumpf herum und reichte sie Jaguar.

Jaguar durchstöberte die Arzneimittel und fand, was er suchte. Er strich Fett in eine Schale und vermischte es mit zerstoßenen Nachtschattenblättern zu einer Salbe. »Sonnenmuschel, ich reibe dir jetzt die Schläfen ein. Die Salbe wird deinen Schmerz lindern und dir helfen zu schlafen.«

»Danke ... ich danke dir«, flüsterte sie.

Mit einem flachen Schilfhalm strich er ihr die grüne Paste auf. Dann vermischte er den zerstoßenen Wasserpfeffer mit dem Fett, bestrich die Kaktuspolster damit, legte sie auf die Wunde und achtete darauf, dass der Verband nicht zu straff war. Anschließend lehnte er sich zurück und seufzte müde.

»Wird sie genesen?«, fragte Jagender Falke.

Jaguar zuckte die Achseln; sein Gesicht war ernst. »Die Zukunft wird es weisen, Weroansqua. Im Augenblick kann ich nur sagen: Ich habe getan, was ich konnte. Wenn die Wunde eitert, werde ich versuchen, den Eiter abzulassen.«

»Was ist mit Ausbrennen?«, fragte Grüne Schlange.

»Nicht bei einer solchen Pfeilwunde.« Jaguar rieb sich die schwieligen Hände, um das getrocknete Blut abzustreifen. »Ausbrennen versiegelt die Wunde. Gift und anderes Übel darin kann dann nicht mehr entweichen.«

Viele Hunde kehrte mit grimmiger Miene wieder zurück. Als aller Augen auf ihn gerichtet waren, sagte er: »Krebsfuß bestätigt, dass Weidenstumpf tatsächlich neben ihm gesessen hat, als auf Sonnenmuschel geschossen wurde.«

Neuntöter blickte Weidenstumpf finster an. »Gut, Krieger, du kannst gehen. Aber ich weiß nicht ...«

»Noch nicht, Häuptling!« Jagender Falke glich jetzt dem Raubvogel, der ihr den Namen gegeben hatte. Sie schien wie gebannt auf eine Beute zu starren. »Weidenstumpf, du sagtest, du seist dort gewesen, weil der Große Tayac es dir befohlen hatte? Um die Männer aus Drei Myrten zu beobachten?«

Er nickte und war offenbar so erleichtert, dass er alle Vorsicht vergaß. »Ja, Weroansqua. Er sagte, ich solle ...«

»Du bist erledigt!«, fauchte sie. »Du holst jetzt deine Sachen und verschwindest. In diesem Dorf hast du nichts mehr zu suchen. Ich bin die Weroansqua! Du stehst unter meinem Befehl! Schaff deinen verlausten Leib aus dieser Gemeinschaft hinaus. Jetzt, sofort! Und wenn einer meiner Krieger dich je wieder in meinem Territorium erspäht, wird er dich töten, weil du nichts weiter als Ungeziefer bist.«

»Aber, Weroansqua, wo soll ich denn ...«

»Das ist mir gleichgültig. Vielleicht nimmt dich der Große Tayac bei sich auf, he?« Sie hob den Sassafrasstock und deutete auf den Einlass. »Und jetzt verschwinde! Sonst lass ich dir Beine und Arme brechen und dich ins Feuer werfen.«

»Weroansqua, der Große Tayac ...«

»... ist der Grund dafür, dass du noch lebst, Junge. Wäre er nicht, würdest du in einer halben Zeithand bereits schreien und brennen.«

Weidenstumpf richtete sich auf und ging zum Einlass, aber seine Knie zitterten, als er in die Nacht hinaustrat.

Neuntöter kratzte an den trockenen Blutflecken auf seinen Fingernägeln. »Ich glaube, es ist gut, dass wir ihn los sind.«

Jagender Falke schnaubte erbost. »Ein guter Jäger war er nicht.« Ihr stechender Blick richtete sich auf Neuntöter. »Er ist nicht der Einzige, dessen Ergebenheit fragwürdig geworden ist.«

Kalte Schauer erfassten Neuntöter. Er stand auf und trat auf sie zu, um ihrem zornigen Blick zu begegnen. »Wenn du mit mir nicht mehr zufrieden bist, Weroansqua, dann kannst du mich entlassen, jederzeit!«

Bevor die alte Frau den Mund öffnen konnte, mischte sich Jaguar ein. »Genug jetzt! Wenn sich Wut gesammelt hat, sagt man unter Umständen bittere Worte, die man nicht wirklich so meint, aber nicht mehr zurückrufen kann.« Er rappelte sich mühsam auf die Beine. »Nun kommt, ich glaube, wir sollten die Dinge jetzt zum Abschluss bringen.« Mit traurigem Blick betrachtete er Sonnenmuschel. »Wenn ich jetzt das Großhaus erreiche, dann erwartet uns dort die Wahrheit.«

Neuntöter blickte der Weroansqua fest in die Augen und sie senkte schließlich den Blick. Leise vor sich hinmurmelnd humpelte sie zum Einlass und ging hinaus.

Jaguar setzte sich auf die Bank an der Wand des Innenraums im Großhaus der Weroansqua, dem Herzstück des Grünstein-Clans. Hier drinnen war es heiß und stickig. Das große Feuer prasselte und knackte; Funken flogen zu den Körben, die von der Decke hingen, empor.

»So, nun ist es so weit«, stellte Neuntöter leise fest. Er hatte seit der hitzigen Auseinandersetzung mit der Weroansqua kein Wort mehr gesagt.

»Ja, jetzt ist es so weit.« Jaguar legte die Fingerspitzen aneinander und sah, dass Reste von Sonnenmuschels Blut immer noch daran klebten. Die Hälfte seiner Seele war ohnehin bei dem Mädchen geblieben.

So viel Blut – und jeder Tropfen von jungen Menschen vergossen.

Neben Neuntöter saßen Grüne Schlange und Blitzende Katze mit dem Korb. Gestreifter Bär stand neben den Matten am anderen Ende des Raumes. Fliegende Fischreuse hielt sich, nervös hin- und hergehend, in der Nähe der Tür auf, die Kriegskeule in der Hand.

Auf der gegenüberliegenden Bank saß mit gesenktem Kopf Schwarzer Dorn. An seiner Seite befand sich Wilder Fuchs, ängstlich aus weit aufgerissenen Augen blickend. Diese Furcht war nicht grundlos; noch immer stand sein Leben auf dem Spiel. Daneben saß Kupferdonner, der die Gesichter der Anwesenden aufmerksam musterte.

Jagender Falke starrte von ihrem fellbedeckten Baumstumpfthron an der hinteren Wand zornig in die Runde. Der Platz zu ihrer Rechten, für Muschelkamm bestimmt, blieb leer. Sie war immer noch im Frauenhaus. Rechts daneben saß Gelbes Netz mit ausdruckslosem Gesicht, und neben ihr versuchte Springendes Kitz, die sich offensichtlicht nicht wohl fühlte, ihre Hände zu beschäftigen, und am Ende zerknüllte sie den Saum ihres Hirschfellüberwurfs.

Hinter der Raumteilermatte drängten sich die Zuhörer im Hauptraum. Unter solchen Bedingungen wäre es tatsächlich ein Leichtes, Weidenstumpfs Pfeile zu stehlen; das ganze Dorf war im Großhaus versammelt, um Näheres über den Mord an Rote Schlinge zu erfahren. Die Wände schienen unter dem Druck der Leiber zu beben.

Jagender Falke schaute umher und hob dann ihren Stock in die Höhe. »Ruhe!«, rief sie. »Alle sollen schweigen!«

Neuntöter erhob sich und brüllte: »Die Weroansqua befiehlt Ruhe!«

Das Stimmengewirr verstummte, und plötzlich herrschte vollkommene Stille. Neuntöter blickte sich um, befriedigt, dass die Ordnung wieder hergestellt war, und setzte sich.

Jagender Falke klopfte mit ihrem Stock auf die Bodenmatte. »Wie ihr wisst, wurde meine Enkeltochter Rote Schlinge vor nicht ganz zehn Tagen ermordet. Wir hielten damals Wilder Fuchs für den Täter.«

Sie blickte den jungen Krieger finster an; er schluckte schwer und ließ sich mit dem Rücken gegen die Wand sinken.

»Wir waren vielleicht schlecht beraten, unsere Krieger auszuschicken, um ihn zurückzubringen.« Sie wandte sich an Schwarzer Dorn. »Wenn dies ein Fehler war, bitte ich den Weroanzi und die Bewohner von Drei Myrten um Verzeihung. Leider stand Wilder Fuchs unter Verdacht. Manchmal setzt der Verstand aus, wenn man erfährt, dass ein Verwandter sinnlos ermordet worden ist.«

»Ich verstehe«, sagte Schwarzer Dorn versöhnlich. Er lächelte Jagender Falke herzlich und Verzeihung gewährend zu.

Jaguar reckte den Hals und starrte Schwarzer Dorn mit unverhohlenem Interesse an. Schwarzer Dorn bemerkte es, und sein Lächeln erlosch.

Jagender Falke fuhr fort: »Nun geschah es, dass ein Mann, bekannt als Jaguar, den Kampf beendete, indem er sich anbot, den wahren Mörder meiner Enkelin zu entlarven. Da wir Feindseligkeiten unter guten Freunden – und außerdem Verwandten – vermeiden wollten, willigten wir ein, der Weroanzi und ich, Jaguar gewähren zu lassen. Und nun haben wir uns hier versammelt, um zu hören, was er herausgefunden hat.«

Sie sah Jaguar aus schmalen Augen herausfordernd an; ihr Blick war wie eine Warnung, sie nicht zu enttäuschen.

Jaguar erhob sich und trat vor das Feuer. Sein Schatten, den die Flammen auf die Wand warfen, glich einem zum Angriff bereiten Ungeheuer. »Weroansqua, heute Nacht wird alles ans Licht kommen, wenn du mir erlaubst, so vorzugehen, wie es mir angemessen erscheint. Ich will damit beginnen, über die Tatsachen zu berichten, so, wie sie mir bekannt sind.«

»Ich erlaube den Menschen nicht gern, so vorzugehen, wie es ihnen angemessen erscheint, Ältester.«

»Diesmal hast du keine Wahl.« Jaguar klatschte in die Hände. »Siehst du, der Mord an Rote Schlinge war kein gewöhnlicher Mord. Man tötet einen Menschen im Krieg, aus Rache oder um ihn für ein Verbrechen zu bestrafen. In unserem Fall geht es jedoch um etwas anderes: Es war kein Raubüberfall, es war keine Blutrache. Dieser Mord war eine Verzweiflungstat.« Mit einem bitteren Lächeln blickte er zu Jagender Falke hinüber. »Und dies, Weroansqua, ist der entscheidende Unterschied.«

Es herrschte Totenstille, nur das Prasseln des Feuers war zu hören.

»Wie kann ein Mensch so verzweifelt sein, dass er einen Mord begeht?« Jaguar hob eine Braue.« Die junge Rote Schlinge war in Wilder Fuchs verliebt, so sehr, dass sie die strengen Regeln ihrer Familie und ihres Clans missachtete und sich unbekümmert mit dem jungen Mann paarte.«

Fliegende Fischreuse fuhr auf und starrte Wilder Fuchs böse an.

Jaguar beobachtete Jagender Falke einen Augenblick lang, im Stillen verwundert über ihre Reglosigkeit. Immerhin wurde diese Anschuldigung zum ersten Mal öffentlich vorgebracht. Offenbar wusste die Weroansqua bereits Bescheid oder hatte es zumindest geahnt.

»Der Clan ist alles«, fuhr Jaguar fort. »Und der Grünstein-Clan war in Schwierigkeiten. Kupferdonner hatte die Dörfer am Oberlauf vereint und kontrollierte den Handel. Der Mamanatowick hatte damit begonnen, Druck auf die Unabhängigen Dörfer auszuüben. Das ursprüngliche Gleichgewicht war gestört.«

Kupferdonner lachte, verschränkte die Arme vor der Brust und blickte selbstgefällig in die Runde.

»O Grasmatte«, spottete Jaguar. »An deiner Stelle wäre ich nicht so selbstsicher.« Er sah Jagender Falke mit wissendem Blick an. »Du glaubtest, du hättest alles in deinem Sinne geregelt, Weroansqua, nicht wahr? Rote Schlinge war zum Problem geworden; sie schlug ihrer Mutter nach. Da war es doch nahe liegend, sich der erwarteten Peinlichkeiten zu entledigen, indem man ...«

»Ich habe das Mädchen nicht umgebracht!« Jagender Falkes Augen sprühten Funken.

Nachdrücklich entgegnete Jaguar: »Das habe ich auch nicht gesagt.«

»Aber du ...«. Wutentbrannt öffnete sie den Mund.

»Ich wollte sagen, dass es doch nahe liegend war, sich der erwarteten Peinlichkeiten zu entledigen, indem man Rote Schlinge mit Kupferdonner verheiratete. Dieser Plan war ein Meisterstück. Du listige alte Füchsin, du, damit wolltest du den Mamanatowick zum Handeln zwingen. Kupferdonner machte dir nämlich Angst, stimmt das etwa nicht? Er war eine neue, tatkräftige Führerpersönlichkeit, die das alte Gleichgewicht aus den Fugen brachte – und gleich südlich von Kupferdonners Territorium liegen die Unabhängigen Dörfer. Jedoch ... es gab ein wirksames Mittel, diese Gefahr zu beseitigen. Nicht wahr, Weroansqua?«

»Welches Mittel?« Jagender Falke war jetzt gereizt.

Jaguar warf einen abschätzenden Blick auf Kupferdonner. »Durch den Ehebund des Grünstein-Clans mit Kupferdonner wäre der Mamanatowick gezwungen gewesen, seine Streitmacht gegen die Dörfer am Oberlauf aufzubieten. Denn von dort drohte, seit der Emporkömmling von sich reden machte, die Gefahr. Während der Mamanatowick die Angelegenheit mit Kupferdonner ausfocht, würden die Unabhängigen Dörfer aus dem Konflikt herausgehalten. Nun konnte jeder sich ausrechnen, dass Wasserschlange Kupferdonner binnen zwei Blätterblüten ausgelöscht haben würde. Und wenn du anschließend den Streitkräften von Wasserschlange entgegengetreten wärest, hätten diese sich vor Schwäche kaum noch verteidigen können. Du aber hättest Zeit gewonnen.«

»Sehr plausibel«, stellte Neuntöter zustimmend fest. »Aber der Mord an Rote Schlinge unterstützte doch nicht die Ziele der Weroansqua, oder?«

Jaguar schüttelte den Kopf. »Ich glaube nicht, dass Jagender Falke das Mädchen töten ließ.« Er sah Kupferdonner an, der nun unbehaglich und stirnrunzelnd zu Jagender Falke hinüberstarrte. »Du und der Mamanatowick wurdet wie Puppen an einem Faden bewegt, Grasmatte. Die größte Befürchtung der Weroansqua war, dass du dich vielleicht mit Wasserschlange einigst und lieber mit ihm Geschäfte machst statt gegen ihn zu kämpfen. Eine solche Verschiebung der Machtverhältnisse hätte den Unabhängigen Dörfern am Ende die Luft abgeschnürt. Jagender Falke wusste von Anfang an, dass du nicht in der Lage warst, dir allein eine Häuptlingsherrschaft aufzubauen, wie du sie dir erträumt hattest. Die Dörfer am Oberlauf hätten dazu gar nicht die Mittel. Was sie beunruhigte, war die Frage: Was wird er tun, wenn er erst bemerkt, dass es so nicht geht?«

Kupferdonners Augen hatten sich zu Schlitzen verengt. »Und der Trick mit Muschelkamm? Hast du mit mir gespielt, Weroansqua?«

Jaguar antwortete für sie. »Rote Schlinge war tot. Die Pläne waren der Weroansqua völlig durcheinander geraten. Sie hätte dich mit jeder verheiratet, sofern sich daraus ein Bündnis ergeben hätte, das der Mamanatowick unmöglich hinnehmen konnte.«

Jagender Falke erstarrte. »Ich werde mir das nicht länger anhören. Kriegshäuptling, ergreif ihn!«

»Und wo warst du an jenem Morgen, Weroansqua?«, fragte Jaguar sanft. »Die Leute bezeugen, dass du nicht beim Frühstück warst. Warum? Was hast du in der fraglichen Zeit getan?«

Jagender Falke öffnete den Mund, brachte aber keinen Ton hervor. Sie war erstaunt und entsetzt darüber, dass der Alte sich offenbar auch von ihr nicht einschüchtern ließ.

Neuntöter beobachtete Jagender Falke und sagte dann: »Ich würde ihn gern anhören, Weroansqua. Ich glaube, das, was er zu sagen hat, ist wichtig und betrifft den Clan.«

»Wenn du meinem Befehl nicht folgst ... Fliegende Fischreuse, ich bestehe ...«

»Nein!« Gelbes Netz sprang auf und starrte zornig auf Jagender Falke. »Ich bin derselben Meinung wie mein Vetter Neuntöter. Im Interesse des Grünstein-Clans müssen wir Jaguar anhören. Wir wissen schließlich immer noch nicht, wer Rote Schlinge ermordet hat.« Sie blickte aus nächster Nähe in das wutverzerrte Gesicht von Jagender Falke. »Du sagst doch, du hättest sie nicht getötet. Wovor fürchtest du dich?«

»Ich habe sie nicht getötet!«, schrie Jagender Falke. »Du weißt es doch genau! An jenem Morgen war ich bei dir.« Sie deutete mit dem Stock auf Kupferdonner. »Wir wollten gemeinsam darüber nachdenken, was wir mit ihm machen!«

»Oder hast du sie töten lassen?«, fragte Gelbes Netz misstrauisch.

»Nein!« Jagender Falke starrte ihre Cousine fassungslos an. »Für wen hältst du mich? Für ein Ungeheuer?«

Jaguar legte Gelbes Netz die Hand auf die Schulter. »Die Weroansqua hat ihre Enkeltochter nicht getötet!«

»Und das weißt du genau?«, fragte Gelbes Netz.

»Ich bin recht sicher.« Jaguar warf einen Seitenblick auf die wutschnaubende Weroansqua. »Hätte sie es getan, dann hätte sie dem Kriegshäuptling niemals befohlen, Wilder Fuchs zu holen. Dann hätte sie ihm aufgetragen, Amselfeder aufzuspüren und Weißer Pfahl anzugreifen. Sie brauchte einen Sündenbock, und Maisjäger wäre genau der richtige gewesen.«

Schwarzer Dorn neigte den Kopf. »Dann glaubte sie also wirklich, dass Wilder Fuchs der Mörder war?«

Jaguar nickte. »Die Ermordung von Rote Schlinge kam für Jagender Falke völlig überraschend. Sie wusste, dass die Krieger von Maisjäger keine Schuld daran hatten, denn die hätten den Körper geschändet. So blieb Wilder Fuchs als mutmaßlicher Täter übrig. Denn, verzeih, Weroansqua, du würdest niemals eine persönliche Beschimpfung oder eine Beleidigung des Clans dulden.«

Sie nickte grollend.

»Also, wer hat das Mädchen getötet?« verlangte Neuntöter zu wissen. Sein Blick glitt zu Kupferdonner.

»Ich nicht!« Kupferdonner hob abwehrend die Hände. »Welchen Grund hätte ich denn haben sollen?«

»Eifersucht«, entgegnete Neuntöter. »Du konntest den Gedanken nicht ertragen, dass sie dir mit einem nichtsnutzigen Jungen davonlaufen wollte. Für dich war es eine Sache der Ehre, diese Schmach mit Blut zu tilgen.«

Kupferdonners Gesicht verzog sich zu einem schiefen Lächeln. »Es hätte mir nichts ausgemacht, wenn sie es mit einem Lagerhund getrieben hätte. Ich brauchte ein Bündnis und ein Kind von ihr, nicht mehr und nicht weniger.« Er neigte den Kopf zur Weroansqua. »Denk nur nicht ... auch ich hatte meine Hintergedanken.«

»Es tut mir Leid, Grasmatte, aber dein bester Spion ist gerade hinausgeworfen worden«, warf Jaguar ein. »Weidenstumpf ist heute Abend verbannt worden. Großer Tayac, dein Bündnis hat sich gerade vor deinen Augen in Luft aufgelöst. Die Leute hier sind nicht so wie die bei den Schlangenhäuptlingen. Sie kennen nicht diesen Gehorsam, sie sind nicht dazu erzogen worden zu glauben, zu gehorchen und unterjocht zu werden.«

»Menschen können sich ändern.« Kupferdonner stemmte eine Faust in die Hüfte.

»Glaubst du?« Jaguar deutete auf Gelbes Netz und Neuntöter. »Hier siehst du zwei Verwandte, die die Angelegenheit entgegen der Meinung der Weroansqua öffentlich als Sache des Clans bezeichnen. Wie und wann hätte Aufsteigender Weißer Rauch zugelassen, dass ihm in dieser Weise die Stirn geboten wird? Er hätte nicht einmal von seinem eigenen Sohn Widerspruch geduldet.«

Kupferdonners Lippen zuckten.

»Eine Tatsache ist jedoch von noch größerer Bedeutung. Wo sind deine Krieger? Du schicktest sie bereits nach Hause. Warum? Damit sie fischen, jagen und Fallen aufstellen. Im Gegensatz zu einem Schlangenhäuptling bist du gar nicht in der Lage, deine Krieger für nur eine einzige Aufgabe zu verpflichten. Höchstens zehn von ihnen kannst du hier für deine Zwecke einsetzen, mehr aber auch nicht.«

Jaguar trat näher an Kupferdonner heran. »Die Wahrheit ist, dass du dich mit jedem verbünden würdest, der sich dir andient. Du hast dir eine Streitmacht aufgebaut und sie gut ausgebildet. Du hast es fertig gebracht, die Krieger von Wasserschlange und die Conoy von Steinfrosch zu schlagen, aber anschließend löste sich deine Elitetruppe auf. Denn deine Krieger wollten lieber jagen, fischen und Fallen aufstellen. Vielleicht waren sie auch in Sorge wegen der Mohikaner im Westen oder der Susquehannocks im Norden. Und trotz all deiner Tätowierungen, dem gestohlenen Spinnenanhänger und dieser Kriegskeule, die du aus dem Trophäenhaus von Aufsteigender Weißer Rauch nahmst, konntest du sie nicht halten.«

Kupferdonner erhob sich mit kraftvoller Geschmeidigkeit. »Jetzt habe ich genug von dir, Rabe.«

»Und deshalb versuchst du, Krieger anzuwerben, sie zu überreden, in deine Truppe zu kommen.« Jaguar verschränkte die Hände hinter dem Rücken. »Du hältst nach jungen Männern Ausschau, die gewillt sind, dir ganztägig als Krieger zu dienen. Aber leider findest du nur ein paar Unzufriedene, solche wie Weidenstumpf. Er und seinesgleichen verfügen jedoch kaum über die Fähigkeiten eines kühnen, erstklassigen Kriegers, nicht wahr?«

»Ich warne dich!« Kupferdonner trat einen Schritt vor, aber Neuntöter stellte sich sofort zwischen beide Männer.

»Beruhige dich, Großer Tayac.« Jaguar winkte beschwichtigend mit der Hand. »Gern würde ich dich als Mörder von Rote Schlinge anklagen. Aber du bist auf dieses Bündnis angewiesen, und ich möchte wetten, dass du dich, als Rote Schlinge tot war, verzweifelt nach anderen Möglichkeiten umsahst.« Jaguar machte eine Pause. »Doch wegen deines Verhaltens heute Abend muss ich doch feststellen, dass die Weroansqua etwas sehr Brauchbares gefunden hat.«

Jagender Falke murmelte: »Meine Verhandlungen mit dem Großen Tayac gehen dich nichts an.«

Jaguar zuckte freundlich die Achseln. »Wie du willst.«

Kupferdonner ballte in ohnmächtiger Wut die Fäuste. »Du willst nur Unruhe stiften, Rabe. Wirst du nun endlich zur Sache kommen oder weiter unsere Zeit vertrödeln?«

Jaguar lächelte kalt. »Du warst schon immer ungeduldig. Bist du auch zu ungeduldig, um in Erfahrung zu bringen, in welche Familie du beinahe eingeheiratet hättest? Ich sage dir, die Antwort auf diese Frage wird dir nicht gefallen. Umso weniger, als ich derjenige sein werde, der sie dir offenbart.«

Jagender Falke zischte: »Alter Mann, wenn du nicht endlich zur Sache kommst, werde ich dich brennen lassen!«

Fünf

Neuntöter wünschte sich inbrünstig, er hätte seine Keule mitgenommen. Kupferdonners Gesicht verfinsterte sich wie der Himmel vor einem aufziehenden Wintersturm. Wenn dieses Treffen in Gewalttätigkeit mündete, konnte Neuntöter sich nur auf das schnelle, disziplinierte Eingreifen seiner Krieger verlassen, um die Weroansqua zu schützen und die Ordnung wieder herzustellen.

Die Spannung im Großhaus war so deutlich spürbar wie der heiße Atem eines wilden Tieres im Nacken der Beute. Jagender Falke sah aus, als hätte sie soeben einen bitteren Sud aus Maiapfelwurzel geschluckt; sie reckte ihren Unterkiefer grimmig nach vorn. Gelbes Netz saß angespannt und mit nachdenklichem Gesicht auf ihrem Platz. Nur Jaguar und Grüne Schlange wirkten unbekümmert. Waren sie aus Holz, oder hatte das Alter sie blind gemacht vor den Gefahren, die sich rings um sie herum zusammenballten?

Jaguar rieb sich die Hände. »Der Mord an Rote Schlinge hat

nichts mit dem zu tun, worüber wir gerade sprachen; diese Dinge haben die Entwicklung nur beschleunigt.«

»Und warum wirfst du dann all dies auf? Um uns zu demütigen?«, fragte Jagender Falke und schwenkte zornig ihren Stock.

»Nein, Weroansqua. Ich habe dir – im Gegenteil – sogar einen Gefallen getan.« Er betrachtete Kupferdonner mit offensichtlichem Abscheu. »Siehst du, die unschuldigen Menschen, die verdächtigt wurden, die junge Frau getötet zu haben, sollten von jedem Verdacht befreit werden, denn sonst wären sie ihr Leben lang mit Fragen verfolgt worden. Deshalb wollte ich all dies klären, damit jeder von ihnen sein Leben wieder unbelastet leben kann.«

Schwarzer Dorn hatte die Arme vor der Brust verschränkt, er wirkte gelangweilt.

Jaguar wog seine Worte sorgfältig ab und sagte schließlich: »Die Geschichte begann schon vor langer Zeit, vor beinahe zehn und sieben Blätterblüten. Zu jener Zeit war Muschelkamm mit Drachenbein verheiratet, dem Weroanzi von Drei Myrten. Aber die Ehe hinderte sie nicht …«

»Woran?«, fragte Muschelkamm, die in diesem Augenblick den Raum betrat. Ihr Haar war feucht vom Nebel, die dunklen Augen waren starr auf Jaguar gerichtet. »Hattest du die Absicht, Ältester, über mich zu sprechen, während ich noch im Frauenhaus war?«

»Ich hatte keine Wahl«, antwortete Jaguar leichthin. »Die Weroansqua setzte die Zeit fest … offenbar, ohne sich mit dir abzustimmen.«

Muschelkamm schenkte ihrer Mutter ein grimmiges Lächeln und sandte einen fragenden Blick zu Schwarzer Dorn hinüber. Schwungvoll nahm sie Platz, streifte den feuchten Federumhang ab und warf das lange Haar über die Schulter nach hinten. Sie bedachte Neuntöter mit einem so innigen Lächeln, dass sein Innerstes erbebte. Dann strahlte sie Kupferdonner an und streckte die Hände zum Feuer aus.

Neuntöter konnte den Blick nicht von ihr wenden und beobachtete, wie sich ihr geschmeidiger Körper dem wärmenden Feuer entgegenbog. Gleichzeitig jedoch nahm er wahr, dass Schwarzer Dorn sie mit zusammengebissenen Zähnen und angespannten Kiefermuskeln unverwandt ansah. Neuntöter bemerkte die Verzweiflung hinter seiner verkrampften Haltung – und erkannte den Grund dafür.

Jaguar nahm seine Rede wieder auf. »Ja, vor zehn und sieben Blätterblüten reiste Muschelkamm nach Norden, die Salzwasserbucht hinauf. Die Reise, angeblich eine Handelsexpedition, führte sie nach Norden, wo sie ein Jahr bei den Susquehannocks und den Seneca verbrachte.«

»Ich glaube, du täuschst dich in dem Zeitraum, den wir dort verbrachten, Ältester.« Muschelkamm lächelte Jaguar geziert an. »Mir schienen es eher drei Monde zu sein.«

Die Stimme des Alten wurde weich. »Es tut mir Leid, Muschelkamm, aber du verrietest dich selbst erst vor kurzem. Die Zeremonie ›Weißer Hund‹ der Andaste findet in der Mitte des Winters statt, gleich nach der Sonnenwende, die Grüne-Mais-Zeremonie im Spätsommer. Du erlebtest sie beide. Wie sonst könntest du wissen, dass bei beiden der gleiche Federtanz getanzt wird?«

»Ich erfuhr davon aus Erzählungen anderer.«

»Nein, du brauchtest Zeit, um dein Kind zur Welt zu bringen.« Jaguar hob die Hände. »Ich vermute, dass Drachenbein wusste, dass es nicht sein Kind, sondern das seines Bruders war. Deshalb seid ihr nach Norden gereist, du und Schwarzer Dorn, damit du das Kind gebären konntest, ohne dass dein Mann davon erfuhr. Und was geschah dann? Konntest du es nicht ertragen, dich von dem Kind zu trennen?«

Mit offenem Mund starrte Muschelkamm ihn an. »Das ist lächerlich!«

Neuntöter bemerkte das plötzliche Erschrecken im Gesicht von Schwarzer Dorn, als hätte sich die ganze Welt mit einem Schlag verdunkelt. Er hob die Hände, fuchtelte damit in der Luft herum und legte sie sich schließlich an beide Wangen.

Jaguar trat einen Schritt nach vorn und wandte seine Aufmerksamkeit der rußigen Decke zu. »Als ich in Drei Myrten war, versuchte die alte Motte …«

»Motte!«, schrie Muschelkamm. »Die ist doch verrückt! Du alter Narr! Du hast ihr doch wohl nicht ein Wort geglaubt? Drachenbein nahm sie sich bei einem Raubzug gegen den Mamanatowick. Sie wurde so oft auf den Kopf geschlagen, sie kann nicht mehr Nacht und Tag voneinander unterscheiden!«

»Aber sie erinnerte sich daran, dass Drachenbeins Haus niederbrannte«, erwiderte Jaguar gleichmütig. »Und zwar in der Nacht, bevor du mit Schwarzer Dorn von den Susquehannocks zurückkehrtest.«

»Langhäuser brennen«, rief Schwarzer Dorn, »so etwas kommt vor.«

»Das stimmt« – Jaguar deutete aufs Dach – »aber die Funken fangen sich gewöhnlich im Rauchabzug. Das Feuer in Drachenbeins Haus war Brandstiftung, und niemand konnte entkommen. In diesem Fall ergaben sich daraus einige Vorteile. Dein Bruder kam im Feuer um. Du wurdest Weroanzi und behieltest dein Kind. Deshalb erhob der Clan deiner Frau niemals Anspruch auf das Kind, nicht wahr? Wilder Fuchs ist gar nicht das Kind deiner Frau.«

»Sie starb im Kindbett!«, schrie Schwarzer Dorn mit schriller Stimme. »Ich schwöre es, Okeus ist mein Zeuge.«

»Was auch immer ihr zustieß ... jedenfalls kehrte sie nicht mit dir zurück, oder?« Jaguar ließ nicht locker. »Und ob sie nun starb oder bei den Susquehannocks blieb, ist im Grunde unwichtig. Sie war aus dem Weg und nicht mehr in der Lage, die Wahrheit zu verraten.«

Mit glasigen Augen blickte Schwarzer Dorn zu Muschelkamm hinüber. Sie starrte wie gebannt auf Jaguar, und ihre Augen schienen noch größer zu werden. Ihre Mundwinkel zuckten, doch plötzlich lächelte sie und nickte. »Sehr schön ausgeheckt, Ältester, ein schönes Beispiel dafür, wie man aus verschiedenen Perlen eine Kette machen kann. Das Muster jedoch ist deine eigene Erfindung, den Tatsachen entspricht es nicht.«

»Glaubst du wirklich?« Jaguar blickte in die gebannt zuhörende Runde. Wilder Fuchs starrte mit offenem Mund zu Muschelkamm hinüber. »Wir werden sofort feststellen, wie gut ich tatsächlich aus Tatsachen ein Muster machen kann. Und dann, Muschelkamm, werden wir sehen, um wessen Hals die Kette passt.«

»Mutter!«, zischte Muschelkamm. »Mach dem ein Ende! Sofort! Der alte Narr ist außer Rand und Band.«

»Nein«, widersprach Jagender Falke mit steinerner Miene, »wir werden ihn anhören.«

Jaguar wandte sich an Grüne Schlange: »Wenn du so gut wärst, Ältester ...«

Grüne Schlange griff in den Korb, den Blitzende Katze zwischen den Knien hielt, und holte den Schädel hervor. Mit einem Singsang, der den Geist der jungen Frau beschwichtigen sollte, reichte er ihn Jaguar. Der Älteste nahm ihn vorsichtig in seine faltigen Hände.

»Beachtet bitte« – Jaguar deutete auf die hässlichen Löcher in dem glatten runden Schädel – »dass dieser Schädel an zwei Stellen eingeschlagen wurde. Der Hieb tötete Rote Schlinge wahrscheinlich sofort. Sie war schon tot, als sie auf die Erde fiel.« Jaguar begegnete dem Blick von Neuntöter.«Kriegshäuptling, nimm bitte die Waffe von Grüne Schlange entgegen und zeig uns, wie der Schlag ausgeführt wurde.«

Der Kwiokos holte eine Kriegskeule mit langem Schaft aus dem Korb und reichte sie Neuntöter, der, schwer schluckend, den schlanken Griff ergriff. Bei der Berührung des abgegriffenen Holzes wurde seine Hand eiskalt. Jaguar hielt den grinsenden Schädel vor sich, und Neuntöter streckte die Keule aus und richtete sie nach dem Schädel aus, sodass die beiden Steinköpfe des Keulenhammers genau in die Löcher passten. Neuntöter konnte plötzlich die langen schwarzen Haarsträhnen sehen, die sich in der Ritze des Keulenkopfs verfangen hatten. »Ältester ... diese Haare dort ... ist das nicht ...?«

Jaguar nickte. »Als der Mörder die Keule ins Haus der Toten zurückbrachte, bemerkte er nicht, dass sich einige Haare von Rote Schlinge an der Keule verfangen hatten.«

»Diese Haare könnten von irgendjemandem stammen!«, wandte Schwarzer Dorn mit heiserer Stimme ein. Er konnte den Blick von dem grausigen Beweisstück nicht abwenden, und seine Augen traten beinahe aus den Höhlen.

»Diese Haare stammen von Rote Schlinge«, entgegnete Jaguar bestimmt. »Der Kriegshäuptling und ich suchten lange nach der Waffe und nahmen sogar Kupferdonners Keule heimlich an uns, um zu sehen, ob der Keulenkopf in die Wunde passte. Grasmatte, du bist sicher erfreut zu hören, dass sie nicht passte.«

»Natürlich passte sie nicht.«

»Woher? Wo stammt sie her?«, fragte Neuntöter erregt – und plötzlich wusste er es. Er hatte sie schon so oft gesehen. »Bei Okeus, sie wurde aus der Hand des Gottes geraubt! Es ist die Kriegskeule vom Altar!«

»Genauso ist es«, bestätigte Jaguar ernst. Er griff in seine Gürteltasche. »Um jeden Zweifel zu beseitigen: Dieses Stückchen Holz war durch die Wucht des Schlages aus der Halterung des Keulenkopfs herausgebrochen. Wir, der Kriegshäuptling, Sonnenmuschel und ich, fanden es auf dem Hügelkamm, als wir den Tatort untersuchten. Wie man sieht, passt es genau.« Jaguar drückte das dreieckige Stück Holz in die Bruchstelle, an der Holz und Stein aufeinander trafen.

»Also, da hast du nun die Keule, mit der Rote Schlinge erschlagen wurde«, sagte Jagender Falke trocken. »Die kann jeder in jener Nacht im Tempel gestohlen haben.«

Jaguar wiegte die Keule zärtlich in den Armen, als wäre sie ein überaus wertvolles Ei. »Völlig richtig, Weroansqua. Als ich mit meinen Nachforschungen begann, wusste ich noch nichts über den wahren Grund für Rote Schlinges Ermordung. Vielleicht haben tatsächlich viele den Tod des Mädchens gewollt, aber um sie tatsächlich umzubringen, bedurfte es eines besonderen Grades der Verzweiflung. Weidenstumpf war verzweifelt, aber er hätte seine eigene Keule benutzt, und außerdem saß er, als der Mord geschah, bei Kupferdonner und schmiedete Pläne. Vielleicht wünschte Wilder Fuchs ihren Tod, aber Weißer Otter und Springendes Kitz bezeugen, dass Rote Schlinge mit ihm fliehen wollte. Er hatte also kein Motiv.«

»Warte!«, rief Neuntöter. »Was ist mit der Halskette von Wilder Fuchs? Rote Schlinge hielt sie fest in der Hand.«

Jaguar nickte Grüne Schlange zu, der die Halskette aus dem Korb nahm. Wilder Fuchs erschrak bei ihrem Anblick, das Entsetzen stand ihm ins Gesicht geschrieben.

»Wilder Fuchs!« Jaguar nahm die Kette in die Hand und schwenkte sie vor den Augen des jungen Kriegers. »Würdest du uns bitte erklären, wie diese Kette in die Hände von Rote Schlinge gelangte?«

Wilder Fuchs stammelte: »Ich … ich legte sie in ihre Hand, Ältester. An jenem Morgen … als ich sie gefunden hatte …

blutverschmiert. Sie war so kalt. Ich konnte einfach nicht ...« Gequält blickte er auf. »Ich liebte sie doch! Verstehst du nicht? Ich wäre für sie gestorben! Wir wollten gemeinsam fortlaufen, um zusammen zu sein, um für den Rest unseres Lebens miteinander glücklich zu sein. Und dann fand ich sie so, tot, blutverschmiert. Ich habe einfach ... einfach meine Kette abgenommen und ihr in die Hand gelegt. Irgendetwas ... verstehst du denn nicht? Etwas von mir ... für sie. Damit sie wusste, dass ich sie immer noch liebte. Dass ich sie immer lieben würde.« Niedergeschlagen blickte er zu Boden. »Für alle Zeiten. Auf ewig!«

Jaguar trat zu ihm und hob sein Gesicht. Schimmernde Tränen liefen Wilder Fuchs über die Wangen. »Sie weiß es, Wilder Fuchs. Und deine Halskette bleibt bei ihren Gebeinen, das verspreche ich dir.«

Wilder Fuchs lächelte erleichtert, als Jaguar die Kette an Grüne Schlange zurückreichte.

Dann zögerte der Alte und blickte gebannt auf die Lippen des Jungen. Er flüsterte: »Nun löst sich alles auf.« Er brauchte einen Augenblick, um sich zu besinnen. »Und jetzt wollen wir zurückkehren in diese letzte Nacht des Tanzes. Erinnert euch an jenen Abend. Rote Schlinge und Wilder Fuchs trafen sich nach dem Tanz außerhalb der Palisaden. Sie erzählte ihm, wie sehr ihr Kupferdonner zuwider sei. Er schlug ihr vor, mit ihm zu fliehen, und sie willigte ein. Sie sollte ihn im Morgengrauen am Anlegesteg treffen. So hätte er genügend Zeit, um die Landspitze herum zu paddeln. Dann ging Rote Schlinge wieder zurück, traf Springendes Kitz und erzählte der Freundin von ihren Plänen. Springendes Kitz versuchte, ihr diesen Wahnsinn auszureden. War es nicht so?«

Springendes Kitz nickte und senkte den Kopf, um die feindseligen Blicke von Mutter und Tante nicht sehen zu müssen.

»Du glaubst doch nicht im Ernst, dass eines der Mädchen sie tötete!« Kupferdonner schlug sich lachend auf die Knie.

»Nein.« Jaguar atmete tief ein. »Hinter einer Ecke des Hauses der Toten, versteckt im Schatten, liebten sich ein Mann und eine Frau. Sie hatten jedes Wort gehört. Sie stritten sich, nachdem die Mädchen gegangen waren. Die Meinungsverschiedenheit war so heftig, dass der Mann seine Decke dort liegen ließ.

Der alte Spottdrossel fand sie am nächsten Morgen.« Er nickte Grüne Schlange zu.

Der Priester hob die gefaltete Decke aus dem Korb und schlug sie auseinander, damit jeder das besondere wunderschöne Perlenmuster sehen konnte. Der Hirsch schien im Feuerschein zu tanzen.

Mit bleichem Gesicht sprang Schwarzer Dorn auf. »Die hast du gestohlen!« Er war leichenblass, fuhr herum und deutete auf Jagender Falke. »Dies ist dein Werk, du dreckige alte Hündin! Jetzt reicht es!«

»Schluss!«, brüllte Kupferdonner, sprang auf die Beine und packte Schwarzer Dorns Arme von hinten. Einen Augenblick lang rangen die beiden Männer miteinander und kämpften um ihr Gleichgewicht. Schwarzer Dorn hätte sich vielleicht durchsetzen können, wenn sein verletzter Arm nicht gewesen wäre. Dann aber spannte Kupferdonner seine mächtigen Muskeln an und drückte Schwarzer Dorn zurück auf die Bank. Schwarzer Dorn kämpfte gegen den harten Griff an, Speichel lief über sein Kinn.

Jaguar sagte sanft: »Von Muschelkamm weiß ich, dass die Interessen des Clans über allem anderen stehen. Und so ist es. Alles für den Clan. Alles zum Nutzen des Clans!« Er machte eine Pause und fügte dann hinzu: »Für Irrtümer ist ein hoher Preis zu zahlen.«

Muschelkamm starrte wie abwesend in die weite Ferne. Sie wirkte verfallen, die Lippen waren halb geöffnet, als traute sie vor Erstaunen ihren Ohren nicht.

Jaguar hob den Schädel von Rote Schlinge hoch und tippte mit dem Fingernagel auf den Schneidezahn. »Wer Augen hat zu sehen, wird feststellen, dass dieser Zahn missgebildet ist. So wie deiner, Schwarzer Dorn. Und – dies muss ich leider hinzufügen – wie der Schneidezahn von Wilder Fuchs. Deine beiden Kinder haben den gleichen missgebildeten Zahn, Weroanzi. Sie erbten ihn von dir.«

Nur einen Lidschlag lang sah Schwarzer Dorn den entsetzten Blick von Muschelkamm, und die Liebe zu ihr leuchtete in seinen Augen, vermischt mit Pein und Resignation. Er lächelte, als wollte er ihr Mut machen. Dann blickte er auf seinen Sohn und streckte den Arm aus, wie um ihn zu berühren.

Wilder Fuchs glotzte ihn mit zuckenden Lippen an und versuchte, das soeben Gehörte zu verarbeiten. Er zuckte vor der Vaterhand zurück und schluckte schwer, als er die schaurige Wahrheit allmählich begriff.

Schwarzer Dorn straffte sich und sagte: »Es ist wahr, ich bin der Mörder. Es ist meine Schuld. Ich habe das Mädchen getötet. Ich war dort draußen beim Haus der Toten, gemeinsam mit Muschelkamm, und wir liebten uns wie immer. Ich belauschte die Unterhaltung, sagte, ich wollte die beiden aufhalten. Muschelkamm bat mich zu warten, sie wollte Rote Schlinge ihren Plan selbst ausreden.«

»Es kam zu einem Streit?«, fragte Jaguar.

»Ja. Sie lief davon.« Schwarzer Dorn gab sich einen Ruck, und seine Augen wurden klarer, als er sich mutig offenbarte.

»Nein!«, zischte Muschelkamm und ballte die Fäuste. Sie sprang vor, aber Jagender Falke schlug ihr mit dem Stock auf die Schulter. Muschelkamm blieb wie vom Donner gerührt stehen und starrte fassungslos und mit glasigen Augen auf Schwarzer Dorn. Wilder Fuchs gab erstickte Laute von sich, als würde er gewürgt.

»Muschelkamm konnte das Mädchen nicht finden«, beteuerte Schwarzer Dorn, »und sie war außer sich. Also fasste ich einen Entschluss. Ich ging ins Haus der Toten, denn ich ahnte, dass der Gott eine Waffe hatte. Mit ihr schlich ich mich hinaus, lief den Hügel hinauf und kam gerade zur rechten Zeit, um Rote Schlinge aufzuhalten.« Er schloss die Augen, Tränen strömten über sein Gesicht. »Ich wollte sie nicht töten, aber sie weigerte sich, mich anzuhören. Glaubte mir nicht, als ich ihr versicherte, dass Wilder Fuchs ihr Bruder sei. Sie lachte nur. Und ... da zerbrach etwas in mir ... und ich schlug sie und ...«

»Vater?« Wilder Fuchs hob die Hände, als wollte er nach etwas greifen, das nur er allein sah. »Rote Schlinge? Sie ist ... sie ist ...«

»Jetzt bekommt alles einen Sinn,« sagte Jaguar bedrückt. »Vernunft und Verzweiflung wirkten hier zusammen und ergaben ein Mordmotiv. Wilder Fuchs und Rote Schlinge stammten beide aus dem Schoß von Muschelkamm, beide aus dem Samen von Schwarzer Dorn.« Jaguar blickte auf, die Augen verrieten seinen Schmerz. »Weroansqua, Wilder Fuchs und Rote Schlinge gehören beide zum Grünstein-Clan!«

»Blutschande!«, zischte Jagender Falke. »Blutschande!«

»Nein!«, heulte Wilder Fuchs auf und sackte in sich zusammen. »Das habe ich nicht getan! Nein, nein!«

Jenseits der Raumteilermatte erhob sich nun lautes Stimmengewirr, das durch die ganze Länge des Raums tönte. Jagender Falke saß wie vom Blitz getroffen auf ihrem Thron. Muschelkamm wirkte wie zu Eis erstarrt, die glasigen Augen unverwandt auf den unglücklichen Weroanzi Schwarzer Dorn gerichtet.

Neuntöter schüttelte den Kopf; alles verschwamm vor seinen Augen angesichts der Bedeutung dessen, was er gerade gehört hatte. Inzest! Das grausigste aller Verbrechen!

»Was … was soll ich jetzt mit dir machen?«, fragte Jagender Falke, als sie allmählich ihre Fassung wieder gewann. »Mit dir und deiner Dämonenausgeburt von Sohn?«

Schwarzer Dorn füllte seine Lungen mit Luft und spannte seine Muskeln wie zu einer letzten Anstrengung. Er blickte Muschelkamm bittend an und verkündete dann mit ruhiger Stimme: »Mein Sohn ist unschuldig. Er wusste nichts. Ich tötete deine Enkeltochter, Weroansqua. Um meinen Sohn zu retten, biete ich mich selbst als Sühne an.« Er wandte sich um und erblickte seine Krieger, die sich am Einlass drängten. »Ihr Männer! Zurück mit euch! Ich befehle es! Dies ist mein freier Wille. Es darf keine Rache aus Drei Myrten geben!«

»Nein!«, sagte Muschelkamm mit leiser Stimme. »Was tust du da?«

»Ich habe sie umgebracht!«, antwortete Schwarzer Dorn. »Ich übernehme die Verantwortung, Muschelkamm. Ich durfte nicht zulassen, dass sie sich liebten, dass sie in Blutschande heirateten. Dies wollte ich um jeden Preis verhindern!«

»Ergreift ihn!«, fauchte Jagender Falke. »Zum Feuer auf dem Platz mit ihm! Brecht ihm Arme und Beine … und werft ihn in die Flammen!«

Wilder Fuchs barg das Gesicht in den Händen und schluchzte. »Ich wusste es nicht! Er hat mich belogen! Seinen eigenen Sohn … belogen! Es ist nicht meine Schuld!«

»Was mit dir geschieht, darüber entscheide ich später«, sagte Jagender Falke grimmig.

Neuntöter nickte Fliegende Fischreuse zu. Kupferdonner lockerte seinen Griff nicht. Er hielt Schwarzer Dorn fest und schleppte mit Fliegende Fischreuse den unglücklichen Weroanzi eilends durch den Einlass, sodass der Rahmen bebte und die Matten raschelten, und die dichte Menschenmenge im Großhaus wich hurtig zurück, um den Männern Platz zu machen.

»Wartet!« Jaguars Ruf ging im Getümmel unter.

»Meine Krieger!«, brüllte Schwarzer Dorn. »Bleibt ruhig! Haltet Frieden! Es ist meine Schuld, und ich werde dafür büßen.«

Blut und Fäulnis! Inzest! Schon der Gedanke daran verursachte Neuntöter Übelkeit und ließ ihn schwanken, während er den anderen folgte. Er würde der Mann sein, der Schwarzer Dorn Arme und Beine brach. Dies gehörte zu den Aufgaben eines Kriegshäuptlings. Pflicht und Ehre des Clans verlangten es. Nicht nur um der der Gerechtigkeit willen, er würde es auch für Rote Schlinge tun, die ermordete Clansfrau.

»Häuptling, warte!«, rief Jaguar hinter ihm. »Auf ein Wort, bitte. Dies ist nicht …«

»Nicht jetzt, Ältester! Bitte!« Konnte der alte Mann denn nicht einsehen, dass dies alles auch ohne weiteren Aufruhr furchtbar genug war? Neuntöter schob alle Erinnerungen beiseite – Bilder von sich und Schwarzer Dorn gemeinsam auf dem Kriegspfad, gemeinsam feiernd und scherzend, von gemeinsamen Jagden und Nächten in der Bucht, vom Feuer mitten im Kanu und der Speerjagd auf die Fische, die angelockt durch den Schein des Feuers aus dem Wasser auftauchten.

»Wie konnte das nur geschehen, Schwarzer Dorn?«, murmelte Neuntöter. Sein Magen verkrampfte sich. Inzest! Bei den Göttern verhasst, hatte diese Schande den Grünstein-Clan befleckt, und der Makel reichte bis in seine eigene Familie. Aber zu töten? Er konnte einfach nicht glauben, dass Schwarzer Dorn das Mädchen ermordet hatte. Hätte er nicht eine andere Lösung finden können?

Aber Jaguar hat offenbar Recht: Die Menschen überraschen immer wieder mit dunklen Seiten.

Schwarzer Dorn hatte sich mit seiner Untat beinahe gebrüstet. Was konnte man darauf erwidern? Auch die Schöpfungslegenden erzählten davon: Die Menschen stammen von Okeus ab. Das Gefühl der Übelkeit erfasste nun Neuntöters ganze Seele.

Jaguar zog ihn von hinten am Arm. »Häuptling, ich muss dir etwas sagen …«

»Ältester, lass mich in Ruhe! Wir sprechen uns später!« Er schüttelte die Hand des alten Mannes ab und verlor ihn dann im Getümmel stoßender Ellbogen und drängender Leiber, als sie in die Dunkelheit hinaustraten. Kupferdonner und Fliegende Fischreuse schleppten den Gefangenen über den Platz. Nebelschwaden schwebten um sie herum wie der Atem des dunklen Gottes. Die Wächter blickten mit finsteren Mienen Unheil verkündend auf sie hinunter.

Es ging alles sehr schnell. Aus dem Nebel tauchten von überall her Menschen auf und warfen Äste, Zweige und Reisig in die schwarze Feuergrube.

Beunruhigt stand Neuntöter neben Fliegende Fischreuse, der mit Kupferdonner Schwarzer Dorns Arme nach hinten bog. Der Weroanzi schien jetzt zusammenzusacken. Jemand kam mit einem Keramiktopf voller Glut herbei und warf sie auf den Holzhaufen. Andere taten es ihm nach und brachten aus ihren Häusern Glut, die sie auf die wachsende Pyramide aus Holz schütteten.

»Okeus, hilf mir!«, flüsterte Schwarzer Dorn, als das Feuer den Nebel in einen flammenden Kreis gelblichen Lichts verwandelte.

Fliegende Fischreuse schien sich nicht wohl zu fühlen. Seine Augen waren glasig vor Abscheu, ein solch verruchtes Wesen wie Schwarzer Dorn festhalten zu müssen.

Neuntöter konnte Kupferdonners tätowiertes Gesicht sehen. Er grinste und gemeine Gier glomm in seinen Augen.

Steinknolle trat zu Neuntöter und reichte ihm seine alte, abgenutzte Kriegskeule. Angesichts der schaurigen Aufgabe, die auf ihn wartete, erschien ihm die Vertrautheit, mit der sie sich in seine Hand schmiegte, geradezu schamlos.

Neuntöter hob die Waffe mit beiden Händen, die den mit Leder umwickelten Griff fest umklammerten. *Ich will es nicht!* Aber er hatte keine Wahl. Auch in der Vergangenheit hatten solche Dinge zu seinen Pflichten gehört. Kupferdonner und Fliegende Fischreuse würden Schwarzer Dorn festhalten oder ihn zu Boden werfen, und er, Neuntöter, würde die Keule im Kreis herumwirbeln und zuschlagen, und beim Auftreffen der Keule würde er das Krachen hören und zugleich in seinen eigenen Knochen spüren.

Schwarzer Dorn war mein Freund … mein Freund …

Selbst nach dem Geständnis des Weroanzi weigerte sich Neuntöters Gehirn störrisch, das Ungeheuerliche zu glauben, während zugleich sein Entsetzen über das schaurige Verbrechen wuchs. Blutschande! Wilder Fuchs hatte Rote Schlinge beigewohnt! Vielleicht sollte man den Jungen ebenfalls ins Feuer werfen und die üble Angelegenheit jetzt und hier und für immer aus der Welt schaffen. Er bemerkte, dass das Feuer jetzt loderte, dass ein Funkensturm in die dunstige Luft wirbelte, und straffte sich.

»Kriegshäuptling!«, rief Jaguar drängend, als er über den Platz heranhumpelte. »Du musst mich anhören!«

Neuntöter wandte sich seufzend dem alten Mann zu. »Mach schnell! Ich habe genug …«

Muschelkamm stürmte mit aufgelösten Haaren heran, die Augen wild flackernd wie die eines Tieres, das in der Falle sitzt. Sie stieß die Leute beiseite, warf sich auf Fliegende Fischreuse und schrie: »Nein! Lass ab! Er war es nicht! Schwarzer Dorn ist unschuldig!«

Sie klammerte sich an Fliegende Fischreuse, und so konnte sich Schwarzer Dorn mit einem Arm befreien. Er ballte eine Faust und schlug Kupferdonner mitten ins Gesicht. Der Große Tayac taumelte zur Seite, und Schwarzer Dorn riss sich los.

Bevor Neuntöter die neue Lage erfassen konnte, brüllte Schwarzer Dorn: »Ich habe sie getötet! Und ich werde dafür büßen!« Ein letzter Blick auf Muschelkamm – und er sprang mit einem Satz in das prasselnde Feuer.

Unwillkürlich wollte Neuntöter vorstürzen, um den Mann zurückzuziehen. Die Hitze versengte seinen Arm.

Schwarzer Dorn kreischte grauenhaft aus vollem Hals, bis er das Feuer in seine Brust sog. Er trat um sich, krümmte und wand sich, als seine Haare in einem blendenden Leuchtfeuer aufflammten. Seine Haut wurde schwarz, schlug Blasen und dampfte, während sich fette schwarze Rauchwolken über den Flammen türmten.

Neuntöter stolperte rückwärts und sah, wie Muschelkamm auf allen vieren auf das Flammenmeer zukroch. Entsetzen stand in ihren weit aufgerissenen Augen, und sie streckte eine Hand nach der verkohlten Gestalt aus.

Neuntöter duckte sich unter die Hitzewelle und zog sie aus dem Sog des Feuers. Sie kämpfte einen Augenblick lang gegen seinen Griff und gab erst nach, als er sie in Sicherheit gezogen hatte. Streifen fettigen Rauchs vermischten sich mit dem flackernden gelben Licht. Sie schluchzte wie ein Kind.

Zärtlich strich Neuntöter über Muschelkamms Rücken und blickte dabei Jaguar an. Müde fragte er: »Ja, Ältester? Worum geht es?«

Jaguars Gesicht spiegelte tiefe Trauer, und er öffnete den Mund, als wollte er etwas sagen. Er betrachtete den schwarzen Körper, der nun in die Glut glitt. Dann sah er Neuntöter in die Augen und blickte auf die verstörte Muschelkamm in seinen Armen. Kopfschüttelnd wandte er sich schließlich ab und schritt mit hängenden Schultern durch die Menge, die ihm den Weg frei gab.

Sechs

Als das erste Licht des Morgens durch die Ritzen im Schilfgeflecht des Daches fiel, saß Jaguar im Langhaus von Rosenknospe am Feuer, die Arme um die Knie geschlungen. Die Bilder der furchtbaren Nacht schwirrten in seinem Kopf umher. Sonnenmuschel schlief schwer atmend auf der Bank hinter ihm. Ihm gegenüber saß Neuntöter mit gesenktem Kopf, in seinen Augen brannte tiefe Traurigkeit.

Am Feuer machte sich Weißer Otter mit der Zubereitung des Frühstücks zu schaffen – als hätte jemand Lust, etwas zu essen. Jaguar sah in das Funken sprühende Feuer. Seine Seele war wund. »Hat jemand heute Morgen Wilder Fuchs gesehen?«

Neuntöter rieb sich müde das Gesicht. »Nein. In dem Tumult der letzten Nacht hat er sich davongeschlichen. Wenn wir Glück haben, dann hat er sich vielleicht ertränkt. Es ist hart, ein Ausgestoßener zu sein.«

»Dazu hätte er nicht den Mut, Häuptling. Im Augenblick sucht er die Schuld bei allen anderen, nur nicht bei sich selbst.« Er machte eine Pause. »Warum hat Muschelkamm Schwarzer Dorn nicht einfach geheiratet? Warum immer heimlich so weitermachen und das Leben anderer zerstören?«

Neuntöter zupfte an den ausgefransten Rändern der Matten, von denen einige noch Blutflecken von Sonnenmuschel aufwiesen. »Die Weroansqua verweigerte die Erlaubnis. Muschelkamms Heirat mit Drachenbein stärkte das Bündnis. Er hatte ihr einen Sohn gegeben, Weißes Bein, der später ertrank. Ein anderer Sohn, Seetaucher, wurde vom Blitz erschlagen.«

»Was für ein Mensch war Drachenbein?«

»Er war das Gegenteil von Schwarzer Dorn. Ein Großmaul. Er war grob. Er und Muschelkamm fielen sich an wie die wilden Katzen. Ich muss sagen, ich kann sie wirklich nicht dafür tadeln, dass sie sich Schwarzer Dorn zuwandte. Ich glaube, Jagender Falke erwartete immer zu viel von Muschelkamm. Sie sehnte sich nach Abwechslung, Festlichkeiten und Abenteuern, genauso wie ihr Vater. Wie ich hörte, war er der starke Arm und Jagender Falke der Kopf, und gemeinsam verhalfen sie dem Grünstein-Clan zur führenden Rolle unter den Unabhängigen Dörfern.«

»Muschelkamm heiratete nicht mehr?«

»O doch. Ein Jahr hier, ein halbes Jahr dort, aber sie kam immer wieder als geschiedene Frau nach Hause. Jetzt weiß ich, warum. Sie wollte Schwarzer Dorn nahe sein. Dies hätte sich nicht geändert, wenn sie Kupferdonner geheiratet hätte.«

Jaguar blinzelte, um das Bild der verkohlten Leiche aus seinen Gedanken zu verbannen. Seine Seele schien ihm wie ein altes Stück Stoff, ausgedrückt und bar jeder Freude, die einst dort gewohnt haben mochte.

Als läse er in seinem Gesicht, fragte Neuntöter: »Was wird Wilder Fuchs nun anfangen? Er beging nur den einen Fehler, sich in die falsche junge Frau zu verlieben. Deshalb ist er jetzt für immer erledigt. Welche Frau würde ihn noch heiraten, welches Dorf ihn noch aufnehmen? Er lag bei seiner Schwester, und dieser Makel wird ewig an ihm haften bleiben.«

»Aus diesem Grund hörte Grüne Schlange den Geist von Rote Schlinge schluchzen.« Jaguar rieb sich das Gesicht. »Erst im Tod erkannte sie, was man ihr angetan hatte.«

»Warum warf Schwarzer Dorn sich ins Feuer?« Weißer Otter schüttelte verwundert den Kopf.

Jaguar flüsterte: »Er hatte Angst, dass ihn der Mut im letzten Augenblick verlassen könnte.«

»Warum? Er brauchte doch nur auszuharren.« Neuntöter zupfte eine Faser aus der Matte und betrachtete sie geistesabwesend.

Jaguar schloss die Augen und holte tief Luft. »Häuptling, es ist noch nicht vorbei. Schwarzer Dorn kam mir zuvor. Er griff ein, bevor ich mit meinem Vortrag fertig war. Siehst du ...«

Von draußen drangen Schreie herein: »Lauft!« und »Ein Überfall!«

Neuntöter sprang auf, packte seine Waffen und stürzte zum Einlass. Jaguar kam murrend auf die Beine und eilte ihm nach, seine alten Knochen verfluchend. Aus dem Nebel, den die Abenddämmerung milchig weiß gebleicht hatte, tauchten die Langhäuser auf wie ein gespenstisches Relief. Männer und Frauen tauchten vorbeirasend aus dem Nichts auf und verschwanden wieder.

»Wo?«, schrie ein Mann. »Wo sind sie?«

»Hinter dem Haupttor! Eine große Streitmacht!«

Jaguar hielt sich an der Seite, um nicht überrannt zu werden und eilte zum Platz. Ein Pfeil steckte im Boden und wies mit seinem gefiederten Schaft in die Richtung, aus der er gekommen war. Von allen Seiten ertönten Schreie.

Eine Rotte von Kriegern drängte sich im Schutz der Palisaden zusammen und spähte durch die Ritzen in den Nebel hinaus. Hier und da schoss ein Krieger einen Pfeil auf eine vorbeistürzende Gestalt jenseits der Palisaden ab.

Neuntöter stand im Einlass und winkte mit seinem schweren Bogen. »Frauen und Kinder sollen die Palisaden innen ablaufen. Der Feind könnte uns umgehen und versuchen, im rückwärtigen Teil einzufallen. Steinknolle, übernimm das! Lass keine Sektion unbewacht!«

Jaguar erreichte die Palisaden und starrte in den Nebel. »Wer ist denn dort draußen?«

Kupferdonner kam im Laufschritt herbei, drückte sich gegen den Pfahl neben Jaguar und blickte sö wütend in die Dämmerung, dass die Tätowierungen sich verzerrten. »Wer ist dort draußen?«, schrie er. »Gebt euch zu erkennen, ihr feigen Hunde!«

Aus dem Nebel brüllte jemand: »Die Krieger des Mamanatowick Wasserschlange! Ich bin Amselfeder, und ich will deinen Kopf, bevor der Tag zu Ende ist.«

»Komm und hol ihn dir«, brüllte Kupferdonner zurück, »und dann wollen wir sehen, wer bei Sonnenaufgang der Kürzere von uns beiden ist.«

Jaguar seufzte und sagte kopfschüttelnd: »Vielleicht kann ich es aufhalten.«

Kupferdonner warf ihm einen abweisenden Blick zu. »Du, Rabe? Du gehörst nicht hierher. Was glaubst du, wer dort draußen ist? Weißer Aufsteigender Rauch?«

Jaguar beachtete ihn nicht und marschierte zielstrebig dorthin, wo Neuntöter seine Krieger aufstellte. Ein Pfeil zischte über ihn hinweg und bohrte sich mit dumpfem Geräusch in das Holz der Palisaden.

»Was ist geschehen?«, fragte Jaguar.

Neuntöter antwortete gereizt: »Ältester, ich habe jetzt keine Zeit …«

»Was ist vorgefallen, Häuptling? Du sagst es mir, und zwar jetzt… oder hast du deinen letzten Kampf bei Drei Myrten vergessen?«

Die Gereiztheit wich einem schiefen Lächeln. »Verzeih, Ältester. Einer der zwei Späher, die ich gestern Nacht aufgestellt hatte, um uns vor einem Angriff der Krieger von Schwarzer Dorn zu warnen, hat uns gerade rechtzeitig benachrichtigt. Dort draußen sind viele Krieger. Anscheinend ist Amselfeder mit Verstärkung zurückgekehrt.«

»Komm mit, Häuptling.« Jaguar ging auf den Einlass zu.

»Was? Bist du wahnsinnig? Dies ist nicht Drei Myrten. Dort draußen ist Amselfeder! Wenn du durch die Palisaden trittst, töten sie dich.«

»Vielleicht, Häuptling. Aber vielleicht kann ich auch diesen

Kampf aufhalten, so wenig mir auch daran liegt.« Jaguar zögerte bei den letzten Pfählen vor dem Einlass. »Deine Lungen sind besser als meine. Stell doch einmal fest, ob Maisjäger dabei ist.«

Neuntöter trat hinter ihm vor und legte die Hände trichterförmig an den Mund. Er brüllte: »Wer führt den Überfall? Bist du es, Maisjäger?«

Alles blieb still. Nach einer Pause antwortete eine Stimme: »Maisjäger ist hier, aber wir kommen mit dem Mamanatowick persönlich. Er selbst wird die Zerstörung von Flache Perle beobachten.«

In den Feldern erhob sich großes Geschrei; die Krieger des Mamanatowick gaben brüllend ihre Entschlossenheit kund. Neuntöter zuckte zusammen und lehnte sich gegen einen Pfahl. »Es klingt, als hätte er mehrmals zehnmal zehn Krieger dabei. Wir mussten uns noch nie ohne Vorwarnung so vielen Gegnern entgegenstellen.«

»Wie lange kannst du aushalten?«

Neuntöter rieb sich das Gesicht. »Nicht sehr lange, Ältester. Wenn er mit einer großen Streitmacht hier ist, kann er alles ausforschen und in aller Ruhe nach einer schwachen Stelle suchen, die er sicher finden wird. Wenn sich der Nebel hebt und er die Langhäuser in Brand setzen kann, dann ist es nur noch eine Frage der Zeit.«

Jaguar lachte in sich hinein, obwohl seine Sorge wuchs. »Alles für den Clan, was?« Nach einem Augenblick fuhr er fort: »Also gut, Häuptling, erhebe noch einmal deine Stimme für mich.« Eine ihm fremde Nervosität ließ ihn erbeben. »Sag dem Mamanatowick ... sag ihm, dass sein Onkel, Acht Felsen, mit ihm sprechen will.«

Neuntöter starrte ihn ungläubig an. Er schluckte schwer und fragte: »Wer? Wer will mit ihm sprechen?«

»Du hast mich gehört. Acht Felsen. Los, sag es ihm!« Der Alte deutete in den Nebel.

Neuntöter brüllte durch den Trichter seiner Hände: »Mamanatowick! Höre mich! Dein Onkel, Acht Felsen, wünscht dich zu sprechen.«

Ein langes Schweigen folgte. Dann rief eine höhnische Stimme aus dem Nebel: »Acht Felsen ist schon lange tot, du winselnder Wurm!«

In die darauf folgende Stille brüllte Jaguar: »Wenn ich tot bin, warum liegt dann mein Körper nicht in deinem Totenhaus? Darauf weißt du nichts zu sagen, was? Weil ich nämlich in diesem Körper lebe, du Schwachkopf!«

»Wer spricht?« Ein Mann war vorgetreten, und weitere Männer folgten ihm.

»In diesen Tagen werde ich Jaguar genannt.«

»Der Zauberer!« Die Worte zischten durch die Reihen der sich sammelnden Angreifer.

»Nennt mich ruhig Zauberer. Aber derselbe Mann gab der Mutter von Wasserschlange das erste Stück Kupfer.« Jaguar neigte den Kopf und hörte das unterdrückte Stimmengewirr, das sich jetzt auf beiden Seiten regte.

»Tritt vor!«, kam die Antwort. »Dir geschieht nichts, wenn du die Wahrheit sagst.«

Jaguar wandte sich zum Gehen, und Neuntöter machte Miene, ihn zu begleiten. »Was soll das, Häuptling? Geh zurück, bevor irgendein Ruhmsüchtiger dir einen Pfeil verpasst.«

»Du gehst nicht allein dort hinaus, Ältester! Sonnenmuschel ist nicht hier. Wenn etwas geschieht, brauchst du mich, damit ich dir den Rücken decken kann.«

»Wenn wirklich etwas geschehen sollte, dann wirst du hier gebraucht, um die Verteidigung aufzustellen und zu führen. Dieser Pflicht wirst du nicht nachkommen können, wenn du mit zertrümmertem Schädel dort draußen auf dem Bauch liegst.«

»Vielleicht bleibt mir nach der letzten Nacht nicht mehr viel, wofür es sich zu leben lohnt.«

»Du Narr! Du musst dich um Weißer Otter und die anderen Kinder des Clans kümmern.« Als Neuntöter ihn ungerührt im Gleichschritt begleitete, gab Jaguar nach. »Also gut, dann sind wir eben beide Narren.«

»So ist es«, murmelte Neuntöter durch den Mundwinkel. »Aber gemeinsam haben wir Narren doch ganz schön etwas geleistet.«

Jaguar lächelte und sah einen Hoffnungsschimmer. »Was auch geschieht, Häuptling, du sollst wissen, dass mir deine Freundschaft sehr viel bedeutet.«

»Und mir die deine.«

Bei diesen Worten straffte sich Jaguar und ging trotz der Schwäche in seinen Beinen mit einem neu belebten Gefühl der Erhabenheit weiter. Trotz der vielen Prüfungen, die er in seinem Leben bestanden hatte, zitterte seine Seele jetzt vor Angst, da er seiner Familie begegnen würde. So viele Blätterblüten waren vergangen! Was würden sie von dem Feigling halten, der damals fortgelaufen war? Konnte er ihnen überhaupt noch in die Augen blicken?

Sie stampften über das holprige Feld, und von überall her tauchten Krieger aus dem Nebel auf, als wären sie plötzlich zum Leben erweckt worden. Jaguars Zeh verfing sich in einer welken Liane, und Neuntöter packte sofort zu, um ihn zu halten. Dieser ermutigende Zugriff gab dem Alten nicht nur körperlichen Halt.

Neuntöter fragte lächelnd: »Alles in Ordnung?«

Jaguars Mund war so trocken wie altes Laub. »Ja, vielen Dank, Häuptling.«

Wachsam näherte sich ein Krieger, der angestrengt durch den Nebel blinzelte. Er trug eine ausgestopfte Amsel auf der rechten Seite seines geschorenen Kopfes. »Neuntöter? Ja, du bist es. Niemand sonst ist kleiner als eine Frau und doppelt so dumm.«

»Intelligenz war nie deine Stärke, Amselfeder. Hör jetzt zu keifen auf! Du gleichst dem Vogel, der dir den Namen gab. Bring den Ältesten zum Mamanatowick! Er hat etwas Wichtiges zu besprechen.«

»Geht es um die Zerstörung von Flache Perle?«

»Hüte deine Zunge, Krieger!«, sagte Jaguar barsch, »Sonst lasse ich deinen Kopf auf einen Speer stecken.«

Amselfeder fuhr bei dem gebieterischen Klang der Stimme zusammen und verzog das Gesicht. »Hier entlang.« Dann zögerte er. »Neuntöter, du legst deine Waffen hier ab!«

»Er behält seine Waffen«, sagte Jaguar, »wie es sich für den Begleiter eines Ältesten vom Himmelsfeuer-Clan gehört. Und wenn du mir noch einmal widersprichst, dann verlierst du nicht nur deinen Kopf.«

Amselfeder biss sich unentschlossen auf die Lippen, runzelte die Stirn und ging dann mit schnellem Schritt voraus.

Jaguar bedurfte der stützenden Hand von Neuntöter, als sie

über das unebene Feld stapften. Die Rotten der Krieger umringten sie immer dichter, sodass ein Rückzug ausgeschlossen war.

»Hältst du dies immer noch für eine gute Idee?«, murmelte Neuntöter.

»Sie ist besser als jede andere.«

»Erst Blutschande und jetzt dies hier! Okeus hat uns verflucht!«

»Möwenscheiße! War nur ein ungünstiges Zusammentreffen.«

»Das Schicksal meines Clans hängt in der Luft, und ich hänge an einem Ketzer!«

Jaguar hob eine Braue. »Ich könnte dich verlassen.«

Neuntöter lächelte ergeben und schwieg.

Der Mamanatowick saß auf einem geschwärzten Baumstumpf, über dem ein aufgespanntes Hirschfell lag, um die Nässe zurückzuhalten. Er selbst trug ein Luchsfell über der linken Schulter und einen großen Kupferanhänger auf der eingesunkenen Brust. Der Lendenschurz war mit Kupferperlen und dem Perlenbild eines Luchses verziert. Er war ein älterer Mann mit vielen Falten im Gesicht, das lange Haar war schon grau. Das Kinn in die Handfläche gestützt, betrachtete er Jaguar nachdenklich, als dieser mit Neuntöter vor ihn trat.

»Ich grüße dich, Neffe.« Jaguar verbeugte sich höflich. »Du hast dich gut gemacht. Du hast das Gesicht deines Vaters. Deine Mutter wäre stolz auf dich.«

»Und ich soll glauben, dass du Acht Felsen bist? Der geheimnisvolle Acht Felsen, der sich vor langer Zeit in Luft auflöste? Ich sehe nur einen verwelkten, alten Mann. Ich soll glauben, dass der Zauberer namens Jaguar mein verlorener Onkel ist?«

»Ich habe mich nicht aufgelöst, ich bin gegangen.« Jaguar verschränkte die Arme vor der Brust. »Aus persönlichen Gründen.«

»Warum?«

»Das ist meine Angelegenheit.«

Wasserschlange blickte zu Amselfeder. »Los, überfall das Dorf und töte alle. Mit den beiden hier fängst du an.«

Amselfeder trat einen Schritt vor.

Jaguar sagte hastig: »Warte!« Er holte tief Luft. »Also gut, Wasserschlange. Ich bin wegen einer Frau gegangen.« Er machte eine Pause. »Sie hieß … Spätherbst.«

»Sie war meine Tante.«

»Wenn du der Sohn von Sonnenfisch bist, dann war sie es. Sie war meinem Bruder Weißes Feuer versprochen.«

»Du willst sagen … Was?« Das Gesicht des Mamanatowick drückte Missfallen aus.

»Ich will sagen, dass sie meinem Bruder versprochen war und dass ich sie liebte. Ich will sagen, dass ich den Gedanken, sie bei ihm zu wissen, nicht ertrug. Ich verabscheute Weißes Feuer, er war ein verzogenes Ungeheuer, schon als Kind. Und ausgerechnet ihm versprach Mutter Spätherbst, mein geliebtes Mädchen.«

Wasserschlange beugte sich vor und suchte in Jaguars Gesicht nach einer Lösung dieser ungewöhnlichen Verwicklung.«Du warst der Erstgeborene und daher zum Mamanatowick bestimmt. Und darauf hast du verzichtet, weil dir eine Frau verweigert wurde? Und das soll ich glauben?«

»Glaub, was du willst, Neffe. Ich war sehr jung, und ich liebte sie von ganzem Herzen. Sie bat mich, mit ihr davonzulaufen, sie mitzunehmen, aber ich wusste, was von mir erwartet wurde. Alles für den Clan: Pflicht, Ehre, Verantwortung. Mein Leib, mein Herz und meine Seele gehörten dem Himmelsfeuer-Clan. Statt also meinen Clan durch die Flucht mit Spätherbst zu entehren, mit der Frau, die meinem Bruder versprochen war, entehrte ich mich selbst. Ich sah zu, wie sie ihn heiratete, wie sie seine Hand nahm und mit ihm tanzte – und in diesem Augenblick wusste ich, dass ich nicht bleiben konnte, dass ich nicht in ihrer Nähe … oder in der seinen leben konnte.« Er schüttelte den Kopf. »Ich habe keine andere Frau geliebt.«

»Heiliger Okeus!«, flüsterte Neuntöter.

»Bitte!« Jaguar hob die Hand. »Wenn du schon heilig sagen musst, dann bitte im Zusammenhang mit Ohona.«

Wasserschlange dachte einen Augenblick lang nach. »Das Verschwinden von Acht Felsen war immer ein großes Geheimnis.

Jetzt erklärt sich manches.«

Jaguar rang nach Atem. Es verwunderte ihn, dass er keine

Luft mehr bekam. »Jene Nacht war unerträglich. Ich sah vor mir, wie er sie bestieg. Ich wollte mir den Kopf einschlagen, aber stattdessen verließ ich das Dorf und wanderte nach Westen. Ich ertrug es nicht, sie durch mein Bleiben noch mehr in Unehre zu bringen.«

»Du bist also gewandert? Wie ein abgerissener Händler?«, fragte Wasserschlange. »Warum kamst du nicht heim? Sieht aus, als hättest du dein Leben verschwendet.«

»Ja, Neffe. Ich habe es zum größten Teil verschwendet.« Jaguar zuckte die Achseln. »Aber ich kam heim. Und wenn dies alles vorüber ist, ziehe ich wieder auf meine Insel und verbringe dort den Rest meines Lebens nach meinem Belieben.«

»Wenn du Acht Felsen bist, dann kehrst du mit mir nach Hause zurück. Zurück zu deinem Clan und deiner Familie.«

»Nein, Neffe. Ich habe schon vor langer Zeit meine Wahl getroffen. Wenn es jetzt nicht darum ginge, diesen Überfall aufzuhalten, würde ich sterben, wie ich gelebt habe – einsam und unbekannt. Der einzige Grund, warum ich mich dir offenbarte, ist der, dass ich dich davon abhalten muss, Flache Perle zu zerstören. Ich bin ein Ältester des Himmelsfeuer-Clans ...«

»*Der* Älteste vom Himmelsfeuer-Clan. Die andern sind alle tot.«

»Also gut. Als der Älteste verlange ich von dir, diesen Überfall abzubrechen.«

Wasserschlange deutete in Richtung des Dorfes, das nun zwischen den Nebelschwaden sichtbar wurde. »Der Große Tayac ist dort drinnen. Ich habe lange auf diesen Augenblick gewartet. Jetzt werde ich zwei Probleme auf einen Schlag lösen.«

Jaguar richtete sich auf. »Dann wirst du mich erschlagen müssen.«

»Warum denn?«, rief Wasserschlange und erhob sich. »Was bedeuten dir diese Leute?«

»Ich habe Freundinnen hier. Eine, eine junge Frau, heißt Sonnenmuschel. Sie ist noch keine richtige Frau, aber ich will, dass sie eine wird, aber nicht als deine Sklavin. Die andere heißt Weißer Otter. Ich will, dass sie aufwächst und eine Frau wie ihre Mutter wird.«

»Und deswegen soll ich einen Angriff abblasen, von dem ich

seit zehn Blätterblüten geträumt habe? Wegen zweier Mädchen?« Wasserschlange hob ungläubig die Hände zum Himmel.

»Nach allem, was ich in meinem Leben gesehen habe, kann ich mir keinen besseren Grund vorstellen. Also wähle, Mamanatowick: Entweder du lässt Flache Perle in Frieden oder du tötest deinen Clan-Ältesten.«

Wasserschlange zögerte. »Es muss noch eine andere Lösung geben. Ich kann meinen Kriegern befehlen, dich festzuhalten, bis …«

»Nein, Mamanatowick.« Neuntöter trat vor. »Wenn du diesen Befehl gibst, töte ich dich. Ich bin Neuntöter, der Kriegshäuptling von Flache Perle und der Leibwächter des Ältesten. Ich bin bei ihm, um ihn vor seinen Feinden zu schützen.«

Amselfeder legte sofort einen Pfeil in seinen Bogen, aber Wasserschlange winkte ab. »Ältester, dein Begleiter ist ein tapferer Mann, deiner Stellung und deines Ranges würdig. Für diesen Dienst, Neuntöter, schone ich dein Leben.«

»Du wirst noch mehr schonen«, sagte Jaguar grimmig. »Kriegshäuptling, reich mir deine Keule. Wenn nötig, kämpfe ich mit der Waffe in der Hand um meinen Anspruch auf die Führung des Himmelsfeuer-Clans.«

Der Mamanatowick öffnete erstaunt den Mund. »Du willst gegen mich kämpfen?«

»Es ist nach dem Gesetz des Clans mein Recht.« Jaguar nahm die Keule von Neuntöter. »Ich könnte eine Clan-Versammlung einberufen, um meinen Anspruch auf den Umhang des Mamanatowick geltend zu machen. Ich bin der erstgeborene Sohn von Weiße Möwe, gezeugt von Steinspan.« Er lächelte boshaft. »Oder du bläst den Überfall ab, und dann vergesse ich, dass ich dich jemals hier gesehen habe.«

Wasserschlange hob eine Braue. »Und was ist mit Kupferdonner? Glaubst du, ich könnte diesen Emporkömmling einfach so laufen lassen? Ich bin seit sechs Tagen auf dem Kriegspfad und versäume die Sonnenwendfeiern. Ich will nicht mit leeren Händen nach Hause zurückkehren.«

»Nein, du nimmst mich mit, und wir prüfen deine Berechtigung, Mamanatowick zu sein. Entweder das – oder du bringst meine Leiche nach Hause und erklärst dort, warum du deinen

Clan-Ältesten getötet hast. Das ist alles, was ich dir anbieten kann. Also, entscheide dich, hier und jetzt!«

»Ach, nein, das gefällt mir gar nicht.« Wasserschlange blickte Jaguar und Neuntöter grollend an und wog die Möglichkeiten ab. Aber keine schien ihm annehmbar.

»Das glaube ich gern. Jedoch, Neffe, ich kenne mich aus, was das Gesetz des Clans und meine Rechte betrifft, ebenso wie du. Du weißt genau, wer ich bin, oder?«

Wasserschlange schluckte voller Abscheu, hin- und hergerissen zwischen dem Verlangen, seine Feinde zu besiegen, und seinen Pflichten den Sippengesetzen gegenüber.

»Vielleicht könntet ihr mit vollen Bäuchen nach Hause gehen.« Neuntöter mischte sich ein. »Als Mitglied des Grünstein-Clans biete ich euch unsere Gastfreundschaft.« Er schaute in die Runde. »Du hast eine Menge Krieger bei dir; es könnte sein, dass ein Festessen die Mittel der Weroansqua übermäßig beansprucht, aber wenn wir zu einer Verständigung kämen, sagen wir, dass für die Dauer der nächsten zwei Blätterblüten kein Überfall mehr stattfindet, dann würde ich wetten, dass die Unabhängigen Dörfer einspringen.«

»Und ich glaube, ich könnte dir die Brühe noch versüßen.« Jaguar gab Neuntöter die Keule zurück. »Ich biete dir die Rückkehr einer anderen Verwandten an. Heute nennt man sie Motte, aber du hast sie als Süßholz gekannt.«

»Die Schwester von Spätherbst? Sie war die zweite Frau von Weißes Feuer.« Wasserschlange bedachte die Folgen. »Die Weroansqua wäre einverstanden?«

Jaguar sagte gleichmütig: »Ich glaube, sie wäre sehr erfreut, dich und deine Krieger unterhalten und bewirten zu dürfen. Motte ist die Sklavin eines Mannes, der mir einen Gefallen schuldet. Bis jetzt hast du niemanden getötet, oder?«

»Nur einen Späher im Wald. Der andere konnte fliehen und warnte die anderen.« Wasserschlange neigte den Kopf. »Vielleicht ein Geschenk an den Clan des toten Kriegers …?«

»So könnte man es regeln«, sagte Neuntöter zustimmend.

»Aber nur für zwei Blätterblüten.« Wasserschlange beharrte darauf. »Und den Emporkömmling nehme ich mir selbst vor.«

»Damit bin ich einverstanden«, sagte Jaguar liebenswürdig.

»Ich glaube allerdings, dass auch er mit einer anderen Regelung einverstanden wäre.«

Wasserschlange lächelte listig. »Die wäre nur von kurzer Dauer. Am Ende bekomme ich diese Dörfer ohnehin.«

»Vielleicht«, erwiderte Jaguar. »Aber im Augenblick erfüllen sie noch eine Aufgabe. Was du an Autorität verlierst, gewinnst du dadurch zurück, dass sie dir als Puffer gegen die Conoy von Steinfrosch dienen. Ein weiser Mamanatowick würde dies bedenken!«

»Du hältst mich für weise?«

»Das liegt uns doch im Blut, Neffe.«

Es war die erste Nacht der Sonnenwende. Sonnenmuschel lag im Langhaus von Rosenknospe auf dem Rücken. Sie hatte stechende Schmerzen und das Fieber verwirrte ihre Sinne. Das lange Haar lag in einem glänzenden schwarzen Halbkreis ausgebreitet um ihren Kopf; der magere Körper sonderte eine Menge Schweiß ab. Sie hatte gerade so viel Kraft, um im Feuerschein die Schatten über die Wände tanzen zu sehen. Das Hauptfeuer war zu einer kleinen gleichmäßig flackernden Lohe heruntergebrannt. Im Haus war es totenstill, doch von draußen hörte sie das Singen, das Händeklatschen und das Keuchen der eifrigen Tänzer auf dem Platz.

Das Gespräch über den Tod von Schwarzer Dorn hatte sie gehört. Sie hatte im Dorf des Weroanzi gelebt und ihn als guten und gerechten Mann kennen gelernt, obwohl er sie an jenem Tag auf dem Platz so schlecht behandelt hatte. Was wird Drei Myrten ohne ihn anfangen?

Wilder Fuchs hat Blutschande mit Rote Schlinge begangen.

Sie schloss die Augen vor dieser grausigen Wahrheit und strich mit den Fingern über das weiche Hirschfell auf ihrer Brust. So lange schon hatte sie sich Wilder Fuchs gewünscht und sich danach gesehnt, ihn zu treffen, aber jetzt war sie sich ihrer Gefühle nicht mehr sicher. Wenn er klug war, hatte ihn die Scham zur Flucht aus Flache Perle getrieben, bevor die Weroansqua den Rat zusammenrufen konnte, um über die Art seines Todes zu bestimmen. Aber sie wünschte sich doch, dass er käme, um Abschied zu nehmen, oder dass er ihr etwas ausrichten ließ – eine kleine Geste jedenfalls.

Ich habe alles für dich gewagt, Wilder Fuchs.

Sie betete, dass er schon auf der Flucht wäre. Im Geiste sah sie ihn vor sich, wie er sich tapfer der Welt stellte und sich in einem fernen Land eine Bleibe einrichtete.

Würde er sich, wie Jaguar, eine Insel suchen, um mit seinen Dämonen zu leben?

Ich könnte warten, dorthin gehen und ihm helfen, diese furchtbare Tragödie zu überwinden.

Sie hatte keine Angst, nicht vor Wilder Fuchs. Es war nicht seine Schuld. Er hatte nichts gewusst.

Sonnenmuschel holte tief Luft und und zitterte vor Kälte. Das Atmen schmerzte. Um sich von den Schmerzen abzulenken, blickte sie auf die Körbe und locker gewebten Säcke, die von der Decke herabhingen. Sie sah die getrockneten Bohnenstängel, einige große Kürbisse und Vorräte von verschiedenen Nüssen. Im Langhaus roch es süß nach dem Brot aus wildem Reis und dem Hagebuttentee, den sie zum Frühstück bekommen hatte. Eine volle Kürbistasse stand neben ihr, aber sie hatte keine Lust zu trinken, sie hatte zu gar nichts Lust. Sie konnte kaum die Augen offen halten.

»Mutter«, murmelte sie, und ein schluchzender Laut stieg in ihrer Kehle empor. »Mutter, du fehlst mir.«

Sie hatte geträumt, ihre Mutter wäre hier und kümmerte sich um sie, mit liebevoller Stimme und kühlen Händen. Die vertrauten Gerüche ihres Heims waren so tröstend gewesen: gerösteter Mais und Holzfeuer, getrocknete Rosenblütenblätter, die ihre Mutter in warmes Wasser gab, um ihr anschließend damit die Haare zu waschen.

Eine Träne rollte über ihr Gesicht. Ihre Mutter fragte sich sicher, wo sie war, und wahrscheinlich war sie krank vor Sorge. Zum ersten Mal nach ihrem Fortgang hatte Sonnenmuschel den innigen Wunsch, nach Hause zu laufen und sich der Gnade ihrer Familie zu unterwerfen. Wenn sie lange genug flehte, würde Tante Faserblatt ihr sicher verzeihen.

Nur … sie konnte nicht nach Hause gehen. Jaguar hatte seinen Teil der Abmachung eingehalten, und folglich schuldete sie ihm ihr Leben.

Ihre Augenlider waren so schwer wie Steine. Sie kämpfte dagegen an, blinzelte und versuchte, den Blick auf den Einlass zum Langhaus zu richten, der über ihren Fußspitzen gerade sichtbar war. Eine Weile schien es ihr, als schwebte sie, über den warmen Fellen verhaltend und mit dem Rauch des Feuers zur Decke gleitend.

Dann verschoben sich die Schatten auf dem Vorhang vor dem Einlass, und Sonnenmuschel sah, wie dort eine Gestalt zögerte, sich aufrichtete und ängstlich umherblickte. Es war ein Mann, und als er sah, dass sie allein war, schlich er mit eingezogenen Schultern vorwärts, als erwartete er in jedem Moment einen Schlag. Einen Augenblick lang hielt sie ihn für ein weiteres dieser schwankenden Wahnbilder, die das Fieber ihr vorgaukelte, doch dann fragte der Mann: »Sonnenmuschel?«

»Wilder Fuchs? Ich dachte, du wärst schon geflohen.«

»War ich auch. Niemand sah mich, und ich schlich mich in den Nebel hinaus und versteckte mich im Wald. Aber jetzt ist es Nacht, und so kehrte ich zurück. Ich musste dich sehen.«

Er trug eine einfache hellbraune Decke um die breiten Schultern und war sehr bleich. Seine Augen, zwei schwarze Kreise, waren eingefallen, das Haar hing ihm lose um die Schultern. Er kniete neben Sonnenmuschel und ergriff ihre schlaffe Hand. Sie genoss die Kühle seiner Haut.

»Das Dorf ist voller Krieger des Mamanatowick. Alles tanzt. Mit der Decke über dem Kopf erkennt mich niemand. Ich musste dich sehen! Ich bitte dich, mit mir zu kommen, Sonnenmuschel. Ich brauche dich jetzt, mehr als ich dich jemals vorher brauchte.« Er zog die Nase hoch und wischte sie am Ärmel ab. »Ich bin so allein. Die ganze Welt hat mich verraten.«

»Du musst jetzt einfach fortgehen, Wilder Fuchs, so wie es Jaguar tat. Such dir einen Ort, wo dich niemand kennt.«

»Fortgehen? Aber ich wusste doch gar nicht, dass sie meine Schwester ist. Ich habe keine Schuld. Das hat mir mein Vater angetan. Dieses lügnerische stinkende Geschmeiß hat es mit Absicht getan. Er hat mich ruiniert.«

»Nein, Wilder Fuchs, bitte! Jetzt ist es an der Zeit, dass du Mut beweist. Du …«

»Du hörst mir nicht zu. Du hast kein Wort verstanden.«

»Wilder Fuchs …«

»Ich brauche dich, Sonnenmuschel. Alle wenden sich von mir ab. Ich habe Angst. Verstehst du? Nur weil ich hier bin, könnte mich schon jemand umbringen. Sie geben mir die Schuld.«

»Wilder Fuchs, fasse Mut …«

»Lauf mit mir davon, Sonnenmuschel! Bitte! Ich flehe dich an!«

Sie schloss die Augen, und es schien ihr, als flösse ihre Seele aus ihr hinaus, als würde sie von ihm ausgesaugt, so wie ein Blutegel einen Menschen aussaugt.

»Sonnenmuschel, wenn du mir nicht hilfst, dann … dann weiß ich nicht, was ich tue.«

Sie sagte nichts, ängstigte sich für ihn. Was hatte Jaguar gesagt? Dass er ein Feigling sei, eine Jammergestalt?

Er drückte fest ihre Hand. »Jaguar hat über dich gewacht wie eine Sau über ihr kleinstes Ferkel. Dies war meine erste Chance, und ich bin gekommen, um dich mitzunehmen, und zwar auf der Stelle.«

»Ich kann nicht mitkommen, Wilder Fuchs. Ich bin sehr schwach. Du musst jetzt tapfer sein und allein gehen.«

Wilder Fuchs drückte ihre Handfläche gegen seine Wange. »Aber ich will nicht fortgehen. Ich habe nichts Böses getan. Mein Vater hat Rote Schlinge getötet. Er ist schuld. Ich habe gewusst, dass er im Herzen ein Mörder ist. Mir ist immer übel geworden, wenn ich mit ansehen musste, wie er sich auf dem Kriegspfad aufführte. Erinnerst du dich an das Glitzern in seinen Augen? Ihm hat das Töten Spaß gemacht, Sonnenmuschel.«

»Nein … nein, Wilder Fuchs. Mach doch nicht …«

Plötzlich zog er etwas unter der Decke hervor. Es sah aus wie ein schwarzer Knochensplitter. »Ich habe dies hier aus der Asche gezogen. Ich werde es behalten. Es soll mich immer daran erinnern, was er mir – und sich – angetan hat.«

Er umklammerte den Knochensplitter, und ein unterdrückter trauriger Laut wurde von den geschlossenen Lippen kaum zurückgehalten. »Ich bin für immer gezeichnet, Sonnenmuschel, und daran ist er schuld. Er hat mich Blutschande treiben lassen, das musst du verstehen. Man wird wegsehen, wenn man mich erblickt, als ob eine furchtbare, ansteckende Krankheit vorüberginge. Irgendeiner wird mich töten, ich weiß es.«

Sonnenmuschel mühte sich, ihren Daumen in seine Wange zu drücken. »Sieh mich an!«

Er hob den Kopf, und in seinen Augen sah sie den Hass.

Einen Augenblick lang blieb ihr Herz stehen, dann lief ein Prickeln durch ihren Körper. »Dein Vater«, sagte sie und versuchte, ihre Lungen mit Luft zu füllen, ohne vor Schmerzen zusammenzuzucken, »war ... ein guter Mensch, Wilder Fuchs. Du solltest ihn nicht hassen.«

Wieder stieg ein schluchzender Laut in seine Kehle. Er legte ihre Hand auf das Fell zurück und presste den Knochensplitter an sein Herz. Er wiegte sich hin und her und verlangte weinerlich wie ein Kind: »Komm mit mir, Sonnenmuschel! Du und ich, wir werden es ihnen zeigen. All denen, die uns wehgetan haben. Wir zahlen es ihnen zurück. Das werden wir. Sie sollen leiden, bis sie um Vergebung flehen.«

Sie beobachtete ihn müde und wartete auf etwas – eine Spur von Kraft, vielleicht ein Zeichen seiner Liebe. Sie wusste es selbst nicht. Sie war so erschöpft.

Wilder Fuchs setzte sich mit untergeschlagenen Beinen neben sie und wischte sich mit der Decke die Tränen ab. »Sonnenmuschel?«

Sie stieß einen langen, schmerzerfüllten Seufzer aus. Vor weniger als einem Viertelmond hätte sie noch gesagt: Ich bin bei dir, Wilder Fuchs, mach dir keine Sorgen, ich kümmere mich schon um dich. Aber jetzt, da er den verkohlten Knochensplitter in der Faust hielt ...

Sie sagte: »Geh fort, Wilder Fuchs ... lauf bitte einfach weg.«

»Nein, hör zu, Sonnenmuschel! Ich werde ein sehr gefährlicher Mann sein. Sie werden mich fürchten.« Er grinste sie an; Verzweiflung glomm in seinen Augen. »Wenn du glaubst, sie fürchten Jaguar, dann warte nur ab, wie sie aussehen, wenn sie wissen, was ich mit ihnen machen werde. Mit ihnen allen! Sie werden sich wünschen, sie hätten niemals ...«

Geräuschlos trat Jaguar in das Langhaus und zog den Vorhang zurück. Sein graues Haar glänzte im Feuerschein. Er sah sie an. »Was machst du hier, Junge? Sonnenmuschel braucht Ruhe. Störst du sie etwa?«

Bevor Wilder Fuchs antworten konnte, sagte Sonnenmuschel: »Ja, Ältester, ja, er stört mich wirklich.« Sie ließ den Kopf zur Seite fallen und schloss die Augen.

»Vielleicht sollte ich laut verkünden, dass du hier bist, Wilder Fuchs.« Jaguars Stimme klang drohend. »Die Weroansqua fragt sich schon seit einiger Zeit, was mit dir los ist.«

Sonnenmuschel hörte, wie Wilder Fuchs aufstand und mit schnellen Schritten zum Einlass lief.

Jaguar kniete nieder und legte mit liebevollen Händen das Fell über sie. »Hätte nicht gedacht, dass er es wagt herzukommen.«

»Was wird mit ihm geschehen?«

Jaguar seufzte. »Mädchen, er wird ein sehr unglücklicher junger Mann werden. Kein Clan wird ihm eine Zuflucht bieten. Er wird weit gehen und alles und jeden zurücklassen müssen, um seinem Ruf zu entfliehen.«

»Es war nicht seine Schuld.«

Jaguar schnaubte erbost: »Nicht seine Schuld? Er paarte sich mit einem unmündigen Mädchen. Er bat Rote Schlinge, die schon einem anderen versprochen war, mit ihm fortzulaufen. Er empfindet nicht einmal Abscheu vor sich selbst, nicht wahr? Er sollte vor Empörung über seine Taten krank sein, aber das ist er nicht. Er wird sich im Laufe der Zeit selbst einreden, dass er von Anfang an im Recht war. Und nach einigen Jahren wird er sich sogar damit brüsten, dass er für ein paar Monate Rote Schlinge besaß.«

So unendlich müde war sie noch nie gewesen. »Ja,« flüsterte sie, »ich weiß.«

»Schlaf, Sonnenmuschel. Hier gibt es nichts, was deine Aufmerksamkeit erfordert. Außerdem musst du jetzt gesund werden, damit du nach Hause zurückkehren kannst.«

»Auf die Insel?«

»Nein«, sagte er und strich ihr das verschwitzte Haar aus dem Gesicht. Sie öffente die Augen und sah sein Lächeln. »Ich bringe dich nach Hause. Zu deinen Leuten. Und wenn wir dort sind, werde ich mich wohl mal ein bisschen mit deiner reizenden Tante unterhalten. Ich entbinde dich von deinem Gelöbnis. Sobald du gesund bist, bist du ein freies Mädchen.«

»Aber ... du brauchst mich doch.«

»Ja, das stimmt, mehr, als du ahnst. Aber auf meiner Insel bin ich in Sicherheit. Allerdings würde ich mich sehr freuen, wenn du mich manchmal besuchen würdest ... und mir vielleicht etwas Kürbisbrei bringst.«

Sonnenmuschel versuchte zu lächeln, aber bevor sie ihre Lippen bewegen konnte, war sie schon eingeschlafen.

Sieben

Jaguar winkte Süßholz zu, bevor sie im Einlass in den Palisaden verschwand. An diesem zweiten Tag der Sonnenwendfeier wurde sie von vier stämmigen jungen Kriegern auf einer Hirschfellbahre hinausgetragen in die Nachmittagssonne und die Freiheit. Als man ihr gesagt hatte, sie werde zu ihrem Volk zurückkehren und der Mamanatowick könne sie sofort heimgeleiten, hatte sie keinen Augenblick gezögert.

Flache Perle feierte. Jaguar fühlte die Erde unter seinen Füßen beben, als die Tänzer schlurfend und stampfend das große Feuer zum Takt der Topftrommel und der Rasseln der Priester umkreisten. Obwohl alle sangen, hörte Jaguar die hohe Stimme von Grüne Schlange heraus, der den rituellen Gesang zu Ehren von Erster Mann anführte. Es war eine Danksagung für das Leben der Natur, das er ihnen im vergangenen Jahr geschenkt hatte, und die flehentliche Bitte, er möge morgen seine Reise nach Norden beginnen.

Man hatte die Statue von Okeus auf einer Plattform aufgestellt, damit er die Feierlichkeiten beobachten konnte, und seine Muschelaugen leuchteten im schräg einfallenden Licht der Sonne. Er sah noch tückischer aus als sonst, als hätte er Einblick in Jaguars Seele und erblickte höhnisch die grausame Wahrheit, die dort verborgen war.

Jaguar schüttelte trübsinnig den Kopf, und der Anblick von Neuntöter, der sich seinen Weg durch die fremden Krieger bahnte, bedrückte ihn noch mehr. Die Gäste, die nicht mit den Bewohnern von Flache Perle tanzten, saßen um ihre Feuer herum. Der Häuptling blieb überall stehen, vergewisserte sich, dass sie alles hatten, was sie benötigten, lachte manchmal über einen Scherz und ging weiter.

Die Männer lächelten ihm zu, drückten ihm die Hand oder boten ihm von ihrem Essen an. Spielte Jaguar nur die Fantasie einen Streich – oder lächelten im hellen Sonnenlicht auch die Wächter? Der Duft von gerösteten Aronpilzen, Maisbrei und dampfender Walnussmilch überlagerte den noch süßeren Duft der Tabakpfeifen, die freundschaftlich geraucht wurden.

Endlich trat der Kriegshäuptling neben Jaguar und blickte über die Menge der Krieger und Tänzer. Er trug einen Federumhang, seine Kriegskeule war an seinem Schurz befestigt, der Köcher hing über seinem Rücken, und der berühmte Bogen lag locker auf seiner Schulter. Er hatte sich nicht nur eingefettet und die Haut mit Blutwurz rot gefärbt, sondern sie auch mit Antimon bestäubt, um sie zum Glitzern zu bringen.

Der Häuptling nahm Jaguars Blick wahr, mit dem dieser den Abgang der alten Frau durch den Palisadeneinlass beobachtet hatte. »Hat Wilder Fuchs sich dagegen gewehrt, die alte Frau gehen zu lassen?«

»Ich habe ihn gar nicht gefragt. Ich habe sie einfach als frei erklärt. Außerdem schuldete mir das kleine Wiesel etwas. Er hat mich belogen.«

»Eines weiß ich: Ich möchte nicht der Mann sein, der dir in die Quere kommt.« Neuntöter schaute zu dem großen Feuer hinüber. Durch die kreisenden Tänzer und die tanzenden Flammen hindurch kam manchmal der schwarze Schädel von Schwarzer Dorn in der Glut ans Licht, aber binnen weniger Tage würde auch er nur noch Asche sein.

Jaguar lehnte an einem der Wächter und spürte die eisige Kälte, die ihn umfing. »Ich möchte dir danken. Ich hätte keinen besseren Freund haben können. Die ist ein ganz neues Gefühl für mich.«

Neuntöter hakte seine Keule aus und stellte den Keulenkopf zwischen die Füße; die feiernden Krieger behielt er im Auge. Schließlich war es immer noch eine feindliche Macht, und viele Kränkungen wurden heute im Sinne des Friedens dieses besonderen Tages beiseite geschoben, aber sie waren nicht vergessen. »Du hattest niemals einen Freund? Auf all deinen Wanderungen trafst du nicht einen?«

»Häuptling, die Menschen sind überall gleich. Ich war immer ein Außenseiter, der nie über seine Vergangenheit sprach. Wohin auch immer du gehst: Stämme setzen sich aus Clans zusammen, Clans aus Geschlechtern und Geschlechter aus Sippen. Es gibt keinen Platz für einen Mann ohne Clan.« Wie lange würde Wilder Fuchs brauchen, bis er das bemerkte?

»Du bist nicht mehr ohne Clan, Ältester. Du gehörst zum Himmelsfeuer-Clan.«

Als Jaguar den Kopf schütteln wollte, fügte Neuntöter hinzu: »Und wenn du auch in diesem Augenblick nicht vom Himmelsfeuer-Clan bist, dann doch vom Grünstein-Clan. Ohona ist mein Zeuge – ich schwöre es bei meinem Leben.«

Jaguar lächelte und schlug dem Häuptling auf die Schulter. »Du bist ein guter Mensch, Neuntöter. Ich bin froh, im selben Clan zu sein wie du.«

»Vor einer Weile war ich beim Langhaus. Rosenknospe ist zurück. Sie hat ein Auge auf Sonnenmuschel, für den Fall, dass Wilder Fuchs wieder versucht herzukommen.«

»Ich habe sie auch gesehen.« Jaguar spürte, wie die gute Laune ihn verließ. »Sonnenmuschel geht es jetzt besser, glaube ich. Ich muss morgen erneut den Eiter abfließen lassen, aber das Fieber ist gebrochen.« Er hatte mit Rosenknospe über das Frauenhaus gesprochen und dabei von anderen furchtbaren Dingen erfahren. Er wollte mit dem Häuptling darüber sprechen, aber dann sah er, wie sehr Neuntöter es genoss, unter alten Feinden zu sein, die sich gegenseitig auf ihn aufmerksam machten und ihn wegen seiner Tapferkeit bewunderten. *Nein, behalt es für dich.* Er lächelte. »Hast du schon das Neueste gehört? Kupferdonner und Wasserschlange tranken Schlehentee aus einer Tasse. Jagender Falke hat sie beide grimmig angeschaut und tat so, als hätte sie Befehlsgewalt über die ganze Welt.«

»Er ist immer noch wütend auf dich.«

Jaguar zuckte die Achseln. »Ein Mann vergisst nichts. Ich tötete seinen Vater und machte ihn und seine Mutter zu Sklaven. Er hat gute Gründe, um mich zu hassen.«

»Das glaube ich auch.« Neuntöter machte eine Pause. »Aber er und Wasserschlange und ich hatten vorhin eine kleine Unterhaltung. Im Augenblick ist Kupferdonner bereit, Vergangenes ruhen zu lassen – besonders, da du zum Himmelsfeuer-Clan gehörst.«

»Das stimmt doch nicht, Häuptling. Ich habe mich von diesem Clan schon vor langer Zeit abgewendet. Wenn ich zu meiner Insel zurückkehre, bin ich wieder ohne Clan.«

»Du gehörst zum Himmelsfeuer-Clan! Lassen wir es im Augenblick dabei bewenden, Ältester.« Neuntöter schüttelte den Kopf. »Du bist störrisch wie ein junger Bär im Frühling auf einem Grasfleck. Wenn Kupferdonner dich umbringt, ist Wasserschlange verpflichtet, deinen Tod zu rächen. Du bist schließlich der Clan-Älteste, auch wenn du weit draußen in der Bucht auf deiner kleinen Insel sitzt. Aber wenn du ihn in Ruhe lässt, dann lässt er dich auch in Ruhe. Dies ist doch ein sauberer Handel.«

Jaguar lächelte. »Ich verstehe. Ich bin sicher, du hattest deine Hand im Spiel. Also gut, einverstanden – es ist sicher ein sauberer Handel.«

Neuntöter betrachtete ihn aus dem Augenwinkel. »Und noch etwas im Sinne eines sauberen Handels: Ich habe alles vergessen, was du heute Morgen zum Mamanatowick gesagt hast.«

»Über Spätherbst?«

»Wen?«, fragte Neuntöter sanft. »Wer ist das?«

»Danke, Neuntöter.«

»Also dann« – Neuntöter blickte sich um – »ich werde noch ein bisschen herumgehen, damit niemand vergisst, dass wir friedlich und freundlich zueinander sind, solange wir die Sonnenwende feiern.« Er machte eine Pause. »Es wird ohnehin nicht lange dauern. Vielleicht nicht einmal die versprochenen zwei Blätterblüten.«

»Vielleicht sind zwei Blätterblüten lang genug.« Jaguar nickte. »Und … man kann nie wissen …«

»Richtig, man kann nie wissen …« Neuntöter ging davon und nickte den Kriegern zu.

Jaguar zog sich die alte Decke zurecht, tätschelte den Wächter freundschaftlich und trat geduckt in das Haus der Toten. Die düstere Stimmung, die das Gespräch mit Neuntöter für kurze Zeit verdrängt hatte, senkte sich wieder auf seine Seele.

Auf seinem Weg durch den schmalen Gang berührte er jeden der Wächter. Er fand sie im Heiligtum des Gottes. Sitzend schaute sie auf zu dem neuen Bündel auf der Plattform oberhalb von Okeus' leerem Sitz.

Man hatte den Gott zwar hinausgebracht, aber dennoch spürte Jaguar seine Gegenwart, als ob Okeus ihn aus den Schatten heraus beobachtete. Im Geiste sah Jaguar die glänzenden

Muschelaugen vor sich; die Kriegskeule, noch mit den Haaren von Rote Schlinge zwischen Griff und Kopf, hielt er drohend in der rechten Hand, Gelächter hallte in seiner Seele wider.

»Hier bist du, in Okeus' Stätte. Ihr seid euch sehr ähnlich«, sagte Jaguar ruhig. »Beide seid ihr finster und chaotisch. Ein Paar, das einander wirklich würdig ist.«

Sie wandte sich nicht um, betrachtete unbeirrt den eingewickelten Leichnam, als sähe sie durch den Stoff hindurch das Mädchen, das einmal die sorgfältig gereinigten Knochen mit Fleisch umhüllt hatte.

Jaguar trat näher und machte es sich neben ihr bequem. »Warum hast du ihn nicht aufgehalten? Ein Wort von dir hätte genügt.«

Muschelkamm zuckte kaum merklich mit den Schultern. »Ich konnte es nicht.«

»Ich verstehe nicht viel von diesen Dingen, aber ein Mann, der dich so sehr liebte, hatte etwas Besseres verdient.«

Wieder eine Andeutung von Achselzucken. »Er war mutiger als ich. Er war immer der Mutige und ich der Feigling. Ich war immer diejenige, die furchtbar erschrak und die dümmsten Sachen machte.«

»Was geschah ... zwischen dir und Drachenbein?«

»Eine Verletzung.«

»War Schwarzer Dorn der Erzeuger aller deiner Kinder?«

Ihre Lippen zuckten. »Der älteste Junge, ich glaube, der war von Drachenbein. Und Seetaucher, ja, der auch. Dann wurde Drachenbein im Kampf verwundet. Sein Glied wurde nicht mehr steif. Es hat ihn halb wahnsinnig gemacht, dass er nachts neben mir lag und nichts geschah. Das erste Mal, als Schwarzer Dorn mir ein Kind machte, täuschte ich Drachenbein vor, es sei seines. Aber es kam tot zur Welt. Und dann stritten wir die ganze Zeit. Ich glaube ... ja, ich war sicher schuld, ich verspottete ihn, und das hätte ich nicht tun dürfen.«

»Und dann bemerktest du, dass du mit Wilder Fuchs schwanger gingst.«

Sie nickte. »Deshalb nahm Schwarzer Dorn mich mit nach Norden. Seine Frau schöpfte Verdacht und bestand darauf, ihn zu begleiten. Ich erstickte sie mit einem Ledersack. Niemand bemerkte etwas. Schwarzer Dorn glaubte, sie sei einfach gestorben. Er wusste nicht, dass ich meine Hand im Spiel hatte. Ich brachte Wilder Fuchs zur Welt, aber ich wollte ihn nicht aufgeben und ihn bei diesen schrecklichen Leuten zurücklassen. Ich konnte den Gedanken nicht ertragen, dass er als Susquehannock aufwachsen sollte und vielleicht eines Tages an der Spitze vieler Krieger in die Bucht paddeln würde, um gegen mich, seine eigene Mutter, Krieg zu führen.«

»So hast du also deine Rückkehr geheim gehalten und Drachenbein in deinem Langhaus verbrannt?«

Sie nickte. »Der Tod war besser für ihn. Es war die einfachste Lösung, glaubst du nicht auch? Hätte ich mich scheiden lassen, dann hätten die Leute erfahren, dass seine Männlichkeit zerstört war.« Ihre Augen blitzten. »Ich tat ihm einen Gefallen.«

Jaguar seufzte müde. »Die ganze Zeit deckte dich Schwarzer Dorn. Half er dir dabei, seinen Bruder zu verbrennen?«

»Nein. Ich tat es allein. Das konnte er nicht … er hätte es nicht getan.« Sie zuckte die Achseln. »Ich wartete einfach ab, verstehst du? Ich würde eines Tages Weroansqua sein und ihn heiraten können. Aber Mutter lebt und lebt immer länger…« Muschelkamm ballte eine Faust. »Manchmal denke ich, sie wird niemals sterben.«

»Selbst wenn alles so gekommen wäre … du hättest ihn nie geheiratet.«

»Was weißt du denn davon?«

»Genug.« Jaguar zupfte an seinem Kinn und spürte, dass Okeus boshaft zu ihm hinübergrinste. »Du warst nie eine Frau für nur einen Mann. Schwarzer Dorn wusste das, aber solange du so häufig zu ihm kamst, übersah er eben deine vielen Fehler. Die Liebe macht einen Mann blind.«

»Die Liebe kann auch eine Frau blind machen.«

Jaguar blickte zum Leichnam von Rote Schlinge hinüber. »Ja, das ist wohl wahr.« Er wog seine nächsten Worte sorgfältig ab. »Wenn Jagender Falke stirbt, wirst du beiseite treten und Neuntöter zum Weroanzi ernennen.«

Sie fuhr hoch und starrte ihn ungläubig an. »Du bist verrückt, wenn du denkst, dass ich …«

»Doch, dies wirst du tun.« Jaguar beharrte darauf. »Wenn nicht, werde ich dich ruinieren, Muschelkamm. Ich kann es, und du weißt, dass ich es auch tun werde. Ich weiß alles, ich kenne sogar den Grund für den Husten, der dich schüttelte, als du an jenem Morgen aus dem Haus der Toten kamst. Deine Kehle schmerzte vom Laufen, nicht wahr?«

Sie starrte ihn ungläubig aus weit aufgerissenen Augen an.

»Muschelkamm, es kümmert mich nicht, dass Schwarzer Dorn sein Leben für dich opferte – obwohl ich ihn dafür hoch achte –, aber ich verzeihe dir niemals, dass du Sonnenmuschel verwundet hast.«

»Sonnenmuschel?«

»Du warst vorgestern nicht im Frauenhaus, oder? Rosenknospe sah dich hinaushuschen, gleich nach Sonnenuntergang. Du dachtest, sie schliefe. In weniger als fünfzehn Schritten warst du bei Weidenstumpfs Waffen, die neben dem Einlass im Haus seines Vetters hingen. Du wusstest, dass man ihn als Mörder verdächtigen würde, und nahmst an, dass man ihm die Schuld an meinem Tod geben würde.«

»Du bist wahnsinnig.«

»Vielleicht – aber du wirst niemals die Weroansqua sein!«

»Dein Wort steht gegen meines.«

»Du wirst es mir geloben, Muschelkamm, jetzt. Wenn du den Umhang der Weroansqua nimmst, werde ich dich ins Verderben hetzen.«

Sie runzelte die Stirn, als verstünde sie ihn nicht ganz. »Ich habe für meine Fehler bezahlt!«

»Nein, Rote Schlinge und Schwarzer Dorn haben bezahlt. Wilder Fuchs wird für den kleinen Rest von Leben, der ihm noch bleibt, weiter zahlen müssen. Aber du bist wieder heil davongekommen.« Er schüttelte den Kopf. »Du widerst mich an.«

Jetzt schien sie sich wieder zu fassen. »Ich weiß nicht, wovon du sprichst. Mutter wird bald sterben. Sehr viel länger hält sie nicht durch. Wenn sie dort oben liegt« – sie deutete auf die Leichname – »werde ich Weroansqua sein. Und ich werde tun, was mir passt. Vielleicht lasse ich dich verbrennen, Zauberer.«

Jaguar schüttelte den Kopf. »Sieh mich an. Sieh mir in die Augen! Du wirst Neuntöter zum Weroanzi ernennen. Gelbes Netz wird widersprechen, aber du hast das Recht dazu. Und kraft dieses Rechtes wirst du Neuntöter zum Weroanzi ernennen.«

Sie sah seine Entschlossenheit, und sein Blick, aus dem wilde Entschlossenheit sprach, drang bis auf den Grund ihrer Seele. Und während er sie noch ansah, brach sie zusammen und gab nach. Die schaurige Wirklichkeit ihrer Taten überwältigte sie, und ihr Widerstand löste sich auf. Mit hängenden Schultern begann sie zu weinen.

Er hatte gewonnen. Aber war dies wirklich ein Sieg?

Schluchzend fragte sie: »Was wirst du tun?«

»Nichts, was nicht sein muss.« Jaguar erhob sich, seine Seele war taub. Er fühlte sich leer. »Und was wirst du tun? Dein Liebster ist tot, wie deine Tochter. Du weißt es noch nicht, aber deine Zukunft ist ebenso tot wie Rote Schlinge dort oben.«

»Schwarzer Dorn tötete sie. Er gab es zu.«

»Er gab es zu? Ich kam her, um dich dafür zu strafen, dass du Sonnenmuschel verwundet hast.« Er trat zum Einlass. »Aber ich glaube, du bist genug gestraft. Als du deiner Tochter den Schädel mit der Keule dort drüben einschlugst, in jenem Augenblick machtest du auch deinem eigenen Leben ein Ende.«

»Blutschande ist selbst für mich ein Verbrechen. Ich habe für Drachenbein bezahlt, genauso wie für die Frau von Schwarzer Dorn. Ich habe für meine Fehler bezahlt!« Sie schaute auf ihre rechte Hand hinunter, öffnete und schloss die Finger, als wollte sie eine Keule ergreifen.

»Nein! Ich sagte bereits: Rote Schlinge, Wilder Fuchs und Schwarzer Dorn haben bezahlt. Du wusstest, dass Jagender Falke nicht zulassen konnte, dass die beiden fortliefen. Sie hätte sie zurückschleppen lassen, und dann wäre alles ans Licht gekommen. Die Morde und der Inzest zwischen Wilder Fuchs und Rote Schlinge. Du wärst vernichtet gewesen – und der Grünstein-Clan mit dir.«

»Ich habe den Clan beschützt.« Muschelkamms Stimme brach.

»Grüne Schlange glaubte, er hätte an jenem Morgen den Geist von Rote Schlinge gesehen, aber in dem gedämpften Licht verwechselte er dich mit ihr, als du die Keule zurückbrachtest.«

»Ich ließ meine Gefühle außer Acht. Ich verhärtete mein Herz, wie Mutter es immer sagte.« Sie zitterte jetzt. »Wegen des Nutzens für den Clan bin ich des Clans würdig.«

»Okeus stehe dir bei, Muschelkamm, denn du bist diejenige, die damit leben muss. Aber in der Nacht, wenn die Träume kommen und du deinen Liebhaber und deine Tochter sehen wirst, wenn sie dich anstarren – wie willst du ihnen all dies erklären? Wenn du von Wilder Fuchs hörst, der in den Wäldern hausen wird wie ein wildes Tier – was wird deine Seele dann fühlen? In jedem Augenblick wirst du wissen, dass dein Junge ein verabscheuungswürdiger Ausgestoßener ist, verachtet und geächtet – deinetwegen! Und wenn er sich eines Tages aus lauter Verzweiflung das Leben nimmt oder von einem voreiligen Krieger umgebracht wird, dann wird auch sein Geist kommen und dich aus den Schatten deiner Seele anstarren.«

Sie flüsterte: »Schwarzer Dorn? Wo ist Schwarzer Dorn? Bitte, ich muss ihn treffen.«

»Er kann nicht mehr kommen, Muschelkamm. Nie mehr.«

»Schwarzer Dorn ...«, wimmerte sie, ließ sich auf den Boden fallen und rollte sich wie ein Fötus zusammen. Bitteres Schluchzen schüttelte sie und Tränen liefen wie silberfarbene Fäden über ihre Wangen.

Jaguar wandte sich ab, ging langsam durch den Gang davon und schritt in das klare Licht des kalten Nachmittags hinaus.

Danksagung

Das Volk des Nebels und die anderen Bände aus der Reihe zur Geschichte der Ureinwohner Amerikas hätten ohne die kenntnisreiche Ermutigung von Tom Doherty, Linda Quinton und den Mitarbeitern von Tor/Forge nicht geschrieben werden können. In all den Jahren standen sie treu zu diesem Projekt. Wir sind ihnen zu tiefstem Dank verpflichtet.

Harriet McDougal, unsere langjährige Redakteurin, verdient besonderen Dank dafür, dass sie uns unermüdlich ermunterte und uns verständnisvoll zur Seite stand. Wenn wir vor lauter Bäumen den Wald nicht mehr sahen, war sie unsere Kettensäge. Vielen Dank, Harriet, wir wissen, welches Glück es war, dich zu haben.

Lucia StClair Robson, Autorin von *Mary's Land* bot uns ihr Haus als Quartier an, als wir die Gegend um die Chesapeake Bay erkundeten. Dank für alles, Lucia, einschließlich deiner herzlichen Gastfreundschaft – und ganz besonders für das Rollschuherlebnis. Dank auch euch, Ray Williamson und Carol Carnett, für die fruchtbaren Gespräche über die Astronomie in alten Zeiten.

Und, wie immer, gebührt auch Harold und Sylvia Fenn, Rob Howard und all den anderen lieben Menschen bei H. B. Fenn unser herzlichster Dank.